DER GROSSE
SAMMELBAND V

RAUMSCHIFF ENTERPRISE

Jenseits der Sterne

Klingonen-Gambit

GOLDMANN VERLAG

Im Goldmann Verlag sind folgende
Originalabenteuer von Raumschiff Enterprise
auch als Einzelbände erhältlich:

Band 1: **Der unwirkliche McCoy** (23730) • Band 2: **Strafplanet Tantalus** (23731) • Band 3: **Spock läuft Amok** (23732) • Band 4: **Das Silikonmonster** (23733) • Band 5: **Der Asylplanet** (23734) • Band 6: **Die Lichter von Zhetar** (23735) • Band 7: **Das Paradies-Syndrom** (23737) • Band 8: **Der Doppelgänger** (23738) • Band 9: **Rückkehr zum Morgen** (23739) • Band 10: **Ein kleiner Privatkrieg** (23740) • Band 11: **Der Tag der Taube** (23741) • Band 12: **Spock muß sterben!** (23742) • Band 13: **Jenseits der Sterne** (23600) • Band 14: **Klingonen-Gambit** (23601) • Band 15: **Galaxis in Gefahr** (23602) • Band 16: **Die falschen Engel** (23603) • Band 17: **Spock, Messias!** (23619) • Band 18: **Wie Phoenix aus der Asche** (23620) • Band 19: **Der Teufelsplanet** (23627) • Band 20: **Gefangene des Wahnsinns** (23616) • Band 21: **Welt ohne Ende** (23613) • Band 22: **Das Phoenix-Verfahren** (23614) • Band 23: **Planet der blauen Blumen** (23615) • Band 24: **Grenze zur Unendlichkeit** (23617) • Band 25: **Die Expertin** (23618) • Band 26: **Zwischen den Welten** (23621) • Band 27: **Welt ohne Sterne** (23650) • Band 28: **Perrys Planet** (23651)

Alle bedruckten Materialien dieses Taschenbuches sind chlorfrei
und umweltschonend. Das Papier enthält Recycling-Anteile.

Der Goldmann Verlag
ist ein Unternehmen der Verlagsgruppe Bertelsmann

Umschlaggestaltung: Design Team München
Umschlagillustration: Schlück / Balrowe
Druck: Elsnerdruck, Berlin
Verlagsnummer: 23681
SN / Herstellung: Peter Papenbrok
Made in Germany
ISBN 3-442-23681-9

1 3 5 7 9 10 8 6 4 2

James Blish

Jenseits der Sterne

Star Trek® 13

Aus dem Amerikanischen
von Thomas Hummel und Lore Straßl
Bearbeitet von Hermann Urbanek

INHALT

[1] TV-Titel: Kurs auf Marcus 12
[2] TV-Titel: Pokerspiele

Das Korbomit-Manöver

Spock fertigte gerade eine Karte der Planetensysteme der Galaxis an, eine lange und ermüdende Arbeit. Immerhin waren sechs der neun Felder seines Bildschirms schon beleuchtet. Die fotografische Karte zeigte die Sternenbereiche, die von der *Enterprise* bereits erforscht waren. Seine Kamera klickte erneut, und das siebente Feld erwachte zu leuchtendem Leben. Es zeigte jenen Quadranten des Weltraums, durch den sich das Raumschiff gerade bewegte. Bailey, erst vor kurzem zum Navigator ernannt, jung, unerfahren, ein Neuling im Dienst der Sternenflotte, betrachtete das Quadrat mit mühsam verborgener Ungeduld.

»Drei Tage machen Sie das jetzt schon, Mister Spock. Andere Schiffe müssen doch längst schon Sternkarten von Teilen dieser Gegend gemacht haben.«

Spock sprach sanft. »Negativ, Leutnant. Wir sind die ersten, die so weit vorgedrungen sind. Wir...«

Er wurde vom Heulen der Alarmsirene unterbrochen, und Bailey, der seine Augen von Spocks Bildschirm abwandte, starrte auf das rote Licht, das auf seiner eigenen Konsole aufblinkte. Sulu, der hinter ihm lehnte, rief: »Sir! Kontakt mit einem fremden Objekt. Es bewegt sich auf uns zu.«

Spock erhob sich und sagte, während er mit großen Schritten zum leeren Kommandosessel eilte: »Deflektoren! Volle Stärke.«

Halb von seinem Sitz erhoben, rief Bailey: »Und es bewegt sich auf *Kollisions*kurs auf uns zu!«

»Ausweichmanöver, Mr. Sulu«, sagte Spock sanft.

Sulu betätigte einige Schalter und las das Resultat ab. »Das Objekt ändert seine Richtung mit uns, Sir. Und es kommt weiter auf uns zu.«

»Ich kann kein Signal von ihm empfangen, Sir«, sagte Uhura mit ihrer vollen, tiefen Stimme.

»Und es bewegt sich weiterhin auf Kollisionskurs auf uns zu!«

Die Aufregung in Baileys Stimme stand in deutlichem Kontrast zur kontrollierten, auf Effizienz bedachten Haltung seiner Kollegen auf der Brücke. Anstatt aber den Unterschied zu bemerken – und mehr Selbstbeherrschung zu zeigen –, steigerte sich seine Stimme fast zu einem Kreischen. *»Und unsere Deflektoren können es nicht stoppen!«*

»Geben Sie Alarm für alle Abteilungen. Alle Mann fertigmachen zum...« Spock wurde von Sulu unterbrochen: »Es wird langsamer, Sir.« Die ruhige Stimme des Vulkaniers sagte: »Alarm für alle Abteilungen aufgehoben. Alle Maschinen stop.«

»Sichtkontakt.«

In Baileys Ruf schwang eine Mischung aus Triumph und offener Arroganz mit.

Als die *Enterprise* langsam stoppte, endete die Bewegung der Sterne ebenfalls. Auf dem Bildschirm der Brücke erschien ein Lichtpunkt, bei dem es sich nicht um einen Stern handelte. Der Punkt wurde so rasch größer, daß die ihn gespannt betrachtende Brückenbesatzung ihn als kristallförmigen Kubus identifizieren konnte. Er leuchtete, drehte sich um sich selbst, und seine Bewegung in ihre Richtung wurde immer langsamer. Dann plötzlich stoppte das Objekt ebenfalls, blieb im Raum hängen und drehte sich langsam um seine imaginäre Achse. Es zeigte eine unheimliche Mischung außerirdischer Farben, die wechselten, auftauchten und wieder verschwanden, je nachdem, welche Seite ihnen das Ding zuwandte.

Spock nahm den Blick von ihm. »Langsam voraus. Steuern Sie einen Kurs um es herum, Mr. Sulu.«

Doch im gleichen Augenblick, als sie begannen, sich zu bewegen, bewegte sich das Objekt mit ihnen.

»Es blockiert uns«, brüllte Bailey. »Es versperrt uns absichtlich den Weg!«

Spock wandte sich ruhig in seine Richtung.

»Völlig unnötig, die Stimme zu erheben, Mr. Bailey. Im Gegensatz zu uns scheint das Objekt nicht hören zu können.« Dann wandte er sich an Sulu und fügte hinzu: »Maschinen stop. Geben

Sie Alarm.«

Die durchdringende Alarmsirene heulte erneut. Sulu drückte einige Knöpfe. »Brücke an alle Decks. Alarmstufe Rot. Captain Kirk auf die Brücke!«

Kirks muskulöser Körper war in Shorts gekleidet. McCoy hatte ihn die Rückenlage einnehmen lassen, seine Arme zogen und seine Beine drückten gegen ein Übungsgerät, das von der Decke der Krankenstation herunterhing – eine Körperhaltung, in der Kirk das rot blinkende Licht über der Tür nicht sehen konnte. McCoy bemerkte es, war aber so vertieft darin, die Computerergebnisse von Kirks Körperfunktionen abzulesen, daß er den Entschluß faßte, es nicht zu erwähnen. Es war stets ein Alptraum für ihn, Kirk dazu zu überreden, sich einer medizinischen Untersuchung zu unterziehen. Und doch war die Überwachung der Gesundheit des Captains der *Enterprise*, der sich dieser wie ein leichtfüßiger Floh zu entziehen verstand, seine wichtigste berufliche Aufgabe. Gerade jetzt hatte er eine dieser seltenen, allzu seltenen Chancen. Und er dachte nicht daran, sie wegen einiger elektrischer Lichter zu verlieren, seien sie nun rot, blau, gelb oder von irgendeiner anderen Farbe des Spektrums.

Er beendete seine Ablesungen, schaltete die Übungsmaschine ab und fragte: »Schlapp, Jim?«

Kirk rutschte vom Tisch. »Wenn ich's wäre, wärst du der letzte, dem ich es erzählen würde...« Während er noch sprach, bemerkte er das Blinken des Rotlichts über der Tür. Er hastete zu einem Monitor, schaltete ihn ein, drückte einen Knopf und sprach in den Intercom.

»Hier Kirk. Was ist los?«

Er ließ sich berichten.

Der kleine Bildschirm über dem Intercom zeigte Spocks Gesicht. Seine Lippen bewegten sich. »Sehen Sie sich das mal an, Captain.«

Spock verschwand, und der sich langsam drehende Kubus tauchte auf. »Was immer es auch ist«, sagte Spocks Stimme, »es versperrt uns den Weg. Wenn wir uns bewegen, bewegt es sich ebenfalls, Sir.«

Er schaltete den Bildschirm ab und griff sich ein Unterhemd und ein Handtuch. Er schlüpfte, Kopf voran, in das Unterhemd, und kaum war dieser wieder zu sehen, da fuhr er McCoy an.

»Du konntest das Licht von diesem Platz aus sehen! Warum hast du nichts gesagt?«

»Immerhin habe ich deine Untersuchung abgeschlossen, oder? Was bin ich denn, ein Arzt...«

Aber Kirk war schon weg.

Während er seine Instrumente einsammelte, beendete McCoy den Satz zur eigenen Rechtfertigung und Befriedigung: »...oder ein Straßenbahnschaffner? Wenn ich jedesmal aufspringen würde, sobald irgendwo ein Licht aufblinkt, würde ich bald in der Klapsmühle enden.«

Draußen beschleunigte Kirk seinen Schritt und passierte vorbeieilende Besatzungsmitglieder, als Sulus Stimme aus dem Lautsprecher tönte.

»Alarm für alle Decks. Alle Mann auf ihre Posten.«

Kirk zog das Handtuch enger um seinen Nacken und eilte zum Turbo-Kabinenaufzug am Ende des Korridors. Die Türen schlossen sich sofort hinter ihm, und er befahl: »Brücke.«

Auf diesen mündlichen Befehl hin klickten die Relais, und auf dem Kontrollmonitor leuchteten Lämpchen auf, als die Kabine sich in vertikaler Richtung in Bewegung setzte. Das Surren des Aufzugs schwoll mit wachsender Geschwindigkeit an. Kirk, der wegen der Verzögerung ungeduldig war, drückte einen Knopf auf dem Intercom-Monitor.

»Kirk an Brücke.«

»Hier Spock, Sir.«

»Irgendwelche Veränderungen?«

»Negativ. Was immer es ist, es scheint uns lediglich hier festhalten zu wollen.«

»Dann werde ich mich erst einmal umziehen.« Er schaltete den Intercom ab und befahl der Turbo-Kabine: »Kabine des Captains.«

Sanft kam die Kabine zum Stehen. Als sie sich ebenso sanft wieder in Bewegung setzte, änderte sie ihre Richtung von der Vertikalen in die Horizontale.

Auf der Brücke stand Spock neben Bailey, dessen Augen von dem merkwürdigen, undefinierbaren Kubus auf dem Bildschirm wie hypnotisiert schienen. Er schreckte den jungen Navigator aus seiner Trance auf, als er sagte: »Alle Decks haben Alarmbereitschaft gemeldet, Mr. Bailey.«

Bailey wurde rot und begann mit seiner Arbeit.

»Ja, Sir«, sagte er, erhob sich und schaltete das immer noch blinkende Rotlicht auf seiner Konsole ab.

Mit der kühlen Gelassenheit des Vulkaniers sagte Spock: »Wenn der Captain kommt, erwartet er einen Bericht über…«

»…über Größe und Position des Kubus. Ich werde die Daten bis dahin haben, Sir.«

Spock nickte ernst, und Bailey fügte hinzu: »Daß ich vorhin laut geworden bin, bedeutet nicht, daß ich Angst hatte oder meine Arbeit nicht tun konnte. Es bedeutet lediglich, daß ich so etwas Menschliches wie eine Adrenalindrüse besitze.«

Spock schwieg einen Moment, überrascht von der Aggression, die in diesem zweideutigen Hinweis auf seine fremdartige Herkunft lag. Mit ernstem Gesicht nickte er erneut Bailey zu.

»Klingt höchst unbequem«, sagte er, »haben Sie jemals daran gedacht, sie sich entfernen zu lassen?«

Er ließ Bailey stehen und ging zum Kommandosessel. Der rot angelaufene Navigator, der ein kaum verhohlenes Gelächter von Sulus Platz neben sich hörte, wurde noch röter.

»Sehr witzig«, äußerte er sich höhnisch.

Sulu schüttelte sich vor unterdrücktem Lachen und sagte atemlos: »Junge… versuche nicht mit Spock zu diskutieren – er zerlegt dich in kleine Stücke, die zu klein sind, als daß man sie noch finden könnte.«

»Wenn ich der Captain wäre…«

»Der ist noch härter. Ich warne dich, Bruderherz. Das trifft einen um so schlimmer, weil er ein so verdammt guter Kommandant ist.«

Der überaus harte Captain hatte die Tür zu seinem Quartier geöffnet und sah seinen Bootsmaat, der eine seiner Uniformen bereitlegte. Er wand sich das Handtuch vom Nacken, warf es auf einen Stuhl und sagte: »Danke, Bootsmaat.«

Offensichtlich unbeeindruckt von seinem Ton sagte Janice Rand: »Ja, Sir.« Sie schloß die Tür hinter sich, als Kirk, der sein Unterhemd auszog, einen Schalter unter einem kleinen Bildschirm betätigte. »Captain an Brücke.«

Der Schirm wurde hell, und das Gesicht des Wissenschaftlers tauchte auf. »Spock hier, Sir.«

»Irgendwelche Lebenszeichen?«

»Negativ, Sir.«

»Haben Sie alle Anruf-Frequenzen ausprobiert?«

»Positiv. Der Kubus antwortet nicht.«

Kirk zog sein Uniformhemd in die faltenlose exakte Position. »Beordern Sie die Abteilungsleiter auf die Brücke.«

»Sie stehen schon bereit, Captain.«

Der Kubus drehte sich immer noch um eine hypothetische Achse. Die wechselnden, unbestimmbaren Farben, die der Bildschirm in den Gesichtern der Umstehenden reflektierte, ließen sie fremd erscheinen.

Kirk warf einen Blick darauf. »Navigation?«

»Entfernung zu uns fünfzehnhundert Meter, Position konstant«, sagte Bailey.

»Rudergänger?«

»Die Kantenlänge beträgt einhundertsieben Meter, Sir. Die Masse knapp unter elftausend Tonnen.«

»Kommunikation?«

»Ruffrequenzen noch offen, keine Nachricht«, sagte Uhura.

»Mr. Spock?«

»Der Sensor zeigt, daß es massiv ist, Sir; aber die Substanzen, aus denen es besteht, sind uns unbekannt.«

»Maschinenraum?«

»Antriebsenergie...« Scott zuckte mit den Schultern. »Ein massiver Block. Keine Ahnung, wie das Ding angetrieben wird, Sir.«

Kirk lächelte ihm zu. »Ich nehme Ihnen auch eine Spekulation ab, Scotty.«

»Und ich würde Ihnen eine liefern, wenn ich eine hätte. Wie ein massiver Kubus merken kann, wenn wir kommen, uns blockieren kann, sich bewegen kann, wenn wir uns bewegen ... das geht über meinen Horizont, wie meine Leute früher zu sagen pflegten. Das ist alles, was ich dazu sagen kann.«

Kirk sah zu McCoy. »Biowissenschaft?«

»Gleiches Ergebnis, Jim. In einem massiven Kubus kann kein Leben existieren. Aber es muß irgendwo eine Art externer Intelligenz geben, die es dirigiert.«

»Danke, Pille.«

Bailey explodierte.

»Wir lassen zu, daß es uns hier festhält, Sir? Wir besitzen Phaserwaffen. Ich bin dafür, es in seine Atome zu zerblasen!«

Kirk drehte sich zu ihm um und blickte ihn an. Als er sprach, klang seine Stimme so trocken wie verwelktes Laub. »Ich werde es mir merken, Mr. Bailey, für den Fall, daß hier die Demokratie eingeführt wird.«

Er verließ seinen Sessel und ging zum Aufzug, gefolgt von der übrigen Brückenbesatzung. Von Sulu abgesehen, stand Bailey ganz allein neben seiner Konsole.

»Verstehst du jetzt, was ich meine?« fragte Sulu. »Setz dich.«

Der rätselhafte Kubus hatte das Sternenschiff nun achtzehn Stunden lang festgehalten. Sein Ursprung, ebenso sein Zweck waren der erschöpften Besatzung nach wie vor unbekannt. Kirks Augen, wie die seiner Offiziere und Abteilungsleiter, waren blutunterlaufen vom Studieren der Sternkarten, in denen trotz hartnäckiger Suche kein bewohnbarer Planet zu entdecken war, der nahe genug gewesen wäre, daß das geheimnisvolle Objekt von dort hätte kommen können. Im Besprechungsraum wischte Kirk die Stöße von Graphiken und Berechnungen beiseite, warf seinen Stift hin, lehnte sich zurück und streckte sich. Die anderen um ihn herum gaben ein unterdrücktes Gähnen von sich.

»Irgendwelche weiteren Vorschläge, meine Herren?« fragte Kirk.

Spock ergriff das Wort. »Ich glaube, es läuft auf eine von zwei

Möglichkeiten hinaus. Erstens, es ist eine Raumboje, die als eine Art ›Fliegenpapier‹ verwendet wird, Sir.«

Das Wort verwirrte die anderen so, daß es sie wieder munter machte. Nur Kirk nickte Spock zu und meinte: »Sie schlagen also vor, wir sollten nicht länger hier herumhängen?«

»Wir würden dabei keine allzu gute Figur machen.«

»Bisher habe ich immer gedacht, ich hätte Englisch gelernt.« Uhura brachte die allgemeine Verwirrung zum Ausdruck.

Kirk lächelte, als er sagte: »Fliegenpapier – eine Erfindung aus dem neunzehnten Jahrhundert. Es wurde auf der Erde früher benutzt, um, mit einer klebrigen Substanz bedeckt, die Insekten festzuhalten, die in es hineinflogen.«

Ernst und belehrend sagte Spock: »Ich glaube, es war eher in Ihrem zwanzigsten Jahrhundert, Sir.«

»Zweifellos haben Sie recht, Mr. Spock«, sagte Kirk.

»Irgend jemand da draußen mag uns nicht«, sagte Sulu.

Kirk stand auf. »Es wird Zeit, daß wir etwas unternehmen, Gentlemen. Mr. Bailey...« Der *ungestüme* Navigator legte einen Schalter an seinem Tischmonitor um. »Besprechungsraum an Phaserkanonenbesatzung...«

»Kommando zurück!« zischte Kirk und betätigte einen Schalter an seinem Monitor. Doch seine Stimme war ungewöhnlich sanft, als er sich an Bailey wandte, der jetzt zitterte. »Ich hoffe, es stört Sie nicht, daß *ich* die Art der Maßnahmen bestimme, die von meinem Schiff durchgeführt werden, Mr. Bailey?«

»Es tut mir leid, Sir. Ich dachte, Sie wollten...«

»Sparen Sie sich die Erklärung, Mr. Bailey. Wenn ich eine wünsche, werde ich Sie davon in Kenntnis setzen.«

Der Navigator sank in sich zusammen. Kirk fuhr fort. »Wie ich vorhin sagen wollte, Mr. Bailey, berechnen Sie einen Kurs, der uns im Spiralflug von dem Kubus wegführt. Mr. Sulu, alarmieren Sie den Maschinenraum. Wir werden versuchen, uns von ihm loszureißen.«

Kirk erhob sich und wartete an der Tür des Besprechungsraumes, bis Sulu einen Knopf an seinem Monitor gedrückt und gesagt hatte: »Steuermann an Maschinenraum. Achtung, Alarm für alle

Decks. Wir versuchen, dem Kubus zu entkommen.«

Auf der Brücke bestimmte ein niedergeschlagener Bailey den Spiralkurs. Ohne sich umzudrehen, meldete er: »Kurs errechnet und eingegeben, Captain.«

Von seinem Sessel aus betrachtete Kirk seine geschäftige Brükkenbesatzung. Dann blickte er zu dem auf dem Schirm abgebildeten Kubus und befahl: »Mit viertel Kraft voraus.«

Das Maschinengeräusch wurde tiefer. Als die *Enterprise* ihren neuen kurvenreichen Flug aufnahm, glitten die Sterne seitlich weg – aber der Kubus hielt den Abstand zum Raumschiff exakt gleich.

»Blockiert uns immer noch, Sir«, sagte Sulu.

»Dann wollen wir mal sehen, ob es den Weg freigibt. Halbe Kraft voraus.«

»Null Komma fünf, Sir«, wiederholte Sulu.

Mit der wachsenden Geschwindigkeit wurde der Kubus auf dem Bildschirm größer, er drehte sich schneller, und seine Farben begannen aufzuglühen. Plötzlich leuchteten die Warnlichter auf allen Kontrolltafeln auf, der Kubus rotierte jetzt mit schwindelerregender Geschwindigkeit, seine Farben gewannen an Intensität.

Spock schaute von seiner Computerkonsole auf. »Strahlung, Sir. Kurzwellig. Und sie wird stärker.«

Kirk befahl, das Raumschiff anzuhalten. Auch die Sterne kamen zum Stillstand. Der Kubus näherte sich jedoch, trotz der stationären Position der *Enterprise*, weiterhin dem Schiff. Seine Farben flackerten bedrohlich.

»Es kommt uns immer näher!« sagte Bailey. »Abstand neunzig Meter, Captain.«

»Strahlung nimmt zu, Sir«, hörte Kirk Spock sagen, während er auf den Bildschirm blickte.

»Halbe Kraft zurück, Mr. Sulu.«

»Halbe Kraft, Sir.«

Das Surren der Maschinen war wieder zu hören, als das Raumschiff sich rückwärts in Bewegung setzte. Aber das Manöver veranlaßte den Kubus nur zu höherer Geschwindigkeit, anstatt ihn von der Verfolgung abzuhalten.

»Strahlung nähert sich der Toleranzgrenze, Sir«, meldete Spock.

Die leuchtenden Farben des Kubus, die jetzt stark verschwammen, überfluteten die Brücke mit ihren Reflexionen und entstellten die Gesichter durch bizarre Schatten und Farben.

»Es kommt immer näher«, sagte Bailey, »genau auf uns zu.«

»Maschinen zurück, volle Kraft«, befahl Kirk.

»Volle Kraft, Sir.«

Die Sterne flogen vorbei, als das Raumschiff nach hinten beschleunigte. Aber obwohl der Kubus auf dem Schirm kaum größer wurde, wurde das feurige Glühen noch heller, während er wie wild um seine Achse wirbelte.

»Abstand jetzt einundsiebzig Meter, Sir«, sagte Bailey.

Kirk wandte sich an Sulu. »Steuermann, auf Sol-Beschleunigung gehen.«

Durch das Geräusch der Sol-Triebwerke, das nun zum Surren der Maschinen hinzukam, meldete Sulu: »Sol Eins, Sir.«

Spock sagte mit tonloser Stimme: »Strahlung an der Toleranzgrenze, Captain.«

»Sol Zwei, Sir«, sagte Sulu.

Der tödliche wirbelnde Kreisel hing immer noch über ihnen. Sulu blickte seinen Captain an. »Die Geschwindigkeit beträgt jetzt Sol Drei, Sir.«

»Strahlung hat Toleranzgrenze überschritten, Captain«, meldete Spock. »Gerät jetzt in den tödlichen Bereich.«

»Abstand fünfzig Meter und nach wie vor näher kommend!«

»Phaserbesatzung Feuerbereitschaft herstellen«, befahl Kirk.

»Phaserbesatzung feuerbereit, Sir«, sagte Bailey.

Die Sterne flogen in umgekehrter Richtung davon, während der Kubus, eine Glut aus häßlichen, grellen Farben, den Abstand zwischen sich und dem Raumschiff weiter verringerte.

»Phaser auf das Ziel ausrichten«, sagte Kirk.

Spock kam von seiner Station zum Kommandosessel. »Strahlung steigt weiter an. Wir können sie nur noch wenige Sekunden lang aushalten, Sir.« Da sie dem Bildschirm am nächsten standen, mußten beide ihre Augen vor dem feurigen Licht ihres Verfolgers schützen.

»Phaser sind auf das Ziel ausgerichtet, Sir«, sagte Bailey.

»Einsatzschußweite erreicht und überschritten.«

»Hauptphaser feuern.«

Die Strahlen, die den Kubus trafen und ihn zur Explosion brachten, tauchten die Brücke in einen blendenden Lichtschwall. Dann kamen die Explosionswellen, die das Raumschiff so erschütterten, daß Offiziere und Besatzung sich an den Konsolen festhalten mußten, um nicht übers Deck gewirbelt zu werden. Die Brükkenbeleuchtung flackerte, erlosch, und die *Enterprise* hing bewegungslos im Raum; ein regloses Pünktchen, bedeutungslos angesichts der unermeßlichen Ausmaße des sternenübersäten Weltraums.

Kirk verspürte keine Erleichterung, als er daran dachte, daß die Blockade nun durch den Einsatz seiner Phaserkanonen beseitigt war. Was nun? Weitere Forschungen in der ursprünglichen Richtung würden mit ziemlicher Sicherheit einen neuerlichen Angriff nach sich ziehen, dessen Herkunft ebenso unbekannt war wie der Angreifer. War der geheimnisvolle Kubus ein Kundschafter irgendeines mordlustigen Weltraumpsychopathen? Sollte er Schiff und Mannschaft riskieren – oder auf Gegenkurs gehen? Unruhig ging er zu Spock, der an seinem Schirm stand.

»Wie hat man das Ziel unserer Mission definiert, Mr. Spock? Ach ja: ›Dorthin zu fliegen, wo noch kein Mensch zuvor gewesen ist.‹«

»So lautet unser Auftrag, Captain.« Die klaren Augen unter den buschigen Brauen trafen die seinen. »Die Sensoren zeigen überhaupt nichts an. Kein Objekt, keinen Kontaktversuch aus irgendeiner Richtung.«

»Trauen Sie sich eine Spekulation zu, was wir finden werden, wenn wir weiterfliegen?«

»Spekulation?« Spock schüttelte den Kopf. »Ich ziehe Logik vor, Sir. Wir werden auf die Intelligenz treffen, die den Kubus ausgeschickt hat.«

»Eine Intelligenz, die sich von unserer lediglich unterscheidet – oder die uns überlegen ist?«

»Wahrscheinlich beides. Und falls Sie nach der logischen Schlußfolgerung daraus fragen...«

»Ich frage nicht danach.«

Spock sah ihn an. »Ist Ihnen bewußt, Sir, daß eine gewisse Ineffizienz darin liegt, nach meiner Meinung zu bestimmten Dingen zu fragen, zu denen Sie bereits eine Entscheidung getroffen haben?«

»Aber es gibt mir eine gefühlsmäßige Sicherheit«, antwortete Kirk mit ausdruckslosem Gesicht. Er drehte sich um. »Gehen Sie auf Kurs nach vorne, Mr. Bailey.«

»Kurs errechnet und eingegeben, Sir.«

»Starten«, sagte Kirk.

Die Maschinen heulten auf. »Sol Eins, Sir«, sagte Sulu.

Nun, da der Beschluß zum Weiterflug getroffen worden war, war es erforderlich, die Schutzmaßnahmen zu verstärken. Kirk ging zu seinem Kommandoposten zurück und blickte seine Brükkenbesatzung an. Sein Ausdruck war ernst und kompromißlos. »Navigator«, begann er, »die Phaserbesatzung war schwerfällig, und Sie waren zu langsam beim Ausrichten Ihrer Leitstrahlen. Steuermann, die Maschinendecks hätten auch schneller arbeiten können. Mr. Spock wird eine Reihe von Scheinangriffen und simulierten Fluchtmanövern programmieren.«

Er warf Bailey und Sulu einen kalten Blick zu. »Wiederholen Sie die Übungen so lange, bis ich zufrieden bin, meine Herren«, sagte er.

McCoy hatte von der Aufzugtüre aus zugehört und zugesehen. Als Kirk sich ihm jetzt näherte, sagte er leise: »Dein Timing ist miserabel, Jim. Die Männer sind müde.«

»Du bist doch derjenige, der behauptet, ein bißchen leiden sei gut für die Seele.«

»Das habe ich nie gesagt!«

Als sie die Turbo-Kabine betraten, tauschten sie einen Blick. McCoy *hatte* es gesagt, er würde es wieder sagen – und beide wußten es. Aber Kirk widersprach nicht. »Kabine des Captains«, sagte er. Die Kabine setzte sich abwärts in Bewegung, als Baileys Stimme über den Lautsprecher ertönte. »Hier ist die Brücke. Maschinenraum und Phaserdecks fertigmachen für einen simulierten Angriff. Wiederhole: Simulierter Angriff.«

McCoy zeigte auf die Sprechanlage. »Außerdem mache ich mir wegen Bailey Sorgen! Die Position eines Navigators ist hart genug für einen erfahrenen Mann...«

Kirk unterbrach ihn kurz und ungeduldig. »Ich denke, er wird's schaffen.«

»Wieso bist du da so sicher. Weil du etwas an ihm feststellst, das dir gefällt, etwas, das dich an dich selbst erinnert, als du fünfzehn Jahre jünger warst?«

Irritiert wollte Kirk ihn zum Schweigen bringen, als er selbst von Bailey unterbrochen wurde: »Tempo, Deck Fünf! Geben Sie mir die Freigabe!«

»Glaubst du nicht auch, daß du ihm zuviel zugemutet hast? Hör dir seine Stimme an, Jim...«

Erneut gewährte Baileys Stimme McCoy eine Atempause. »Alarmzustand... Gefechtsstationen...«

Das Alarmsignal im Aufzug ertönte immer noch, als sich die Türen auf einen Korridor öffneten, den Besatzungsmitglieder entlang eilten. Baileys Kommandos folgten Kirk bis in seine Kabine. »Maschinendeck Fünf, berichten Sie. Phaserbesatzungen, los, weitermachen!«

In einem Sessel, die Augen geschlossen, ausgelaugt und müde, hörte Kirk zu. Offensichtlich genoß Bailey die Übertragung der Kommandogewalt. Wie ein Kind, das mit einer schweren Verantwortung spielt. Soweit es ihn selbst betraf, fragte er sich, ob er ihrer nicht müde geworden sei. Vielleicht. Aber hatte er denn eine Wahl? Das ist nur eine Illusion, dachte er. Ohne Erfahrung und ohne moralische Wertvorstellungen wurde man zum Spielball unbewußter Kräfte, die außerhalb des eigenen Verstehens lagen; Idealismus kann sich als Egoismus herausstellen, und der Drang zum Ruhm kann damit enden, das Kommando auf einem Sternenschiff innezuhaben. Und für diese Selbsttäuschung wird man dann gestraft durch die absolute Einsamkeit der schweren Verantwortung der Befehlsgewalt.

»Hier, Jim.«

Er nahm das Glas, das McCoy ihm reichte. »Was kommt jetzt? Mehr Menschlichkeit? ›Sie sind keine Maschinen, Jim‹?«

»Sie sind...«

»Ich habe dich sagen hören, der Mensch sei jeder Maschine überlegen, Pille.«

»Auch das habe ich nie gesagt«, zischte McCoy.

Kirk erhob sich, als das rote Licht an seinem Monitor aufblitzte. »Kirk hier.«

»Erfolgsquote der Übung neunundvierzig Prozent, Captain«, sagte Spock.

»Versuchen Sie, auf hundert zu kommen, Mr. Spock.«

Nur menschliche Perfektion kann den Captain eines Raumschiffs zufriedenstellen. »Ich bin müde«, dachte er. »Ich sollte besser Charterflüge zum Mars verkaufen.« Die Tür wurde geöffnet. Janice Rand, die ein mit einem weißen Tuch bedecktes Tablett trug, ging an Kirk und McCoy vorbei, um es auf dem Tisch neben dem Captain abzustellen.

Kirk blickte sie mit gerunzelter Stirn fragend an.

Sie entfernte das Tuch und sagte: »Es ist lange her, daß Sie etwas gegessen haben, Sir.«

»Was zum Teufel ist das? Grüne Blätter? Bin ich denn eine Ziege?«

Das Mädchen zeigte auf McCoy. »Diätsalat, Sir. Dr. McCoy hat Ihren Diätplan geändert. Ich dachte, Sie wüßten das.«

Aus dem Kabinenlautsprecher sagte Bailey: »Hier ist die Brücke. Alle Decks bereiten sich darauf vor, beim zweiten simulierten Angriff eine bessere Reaktionszeit zu erzielen.«

Kirk, der den Salat mit Abscheu betrachtete, nahm eine Gabel und stach hinein, während Janice seine Serviette eine Spur zu professionell entfaltete.

»Dein Gewicht war ein paar Pfund zu hoch«, sagte McCoy. »Erinnerst du dich?«

»Kirk packte die Serviette und warf sie auf den Tisch. »Was stehen Sie hier noch herum, Bootsmaat?«

»Ich wollte nur das Essen abräumen, falls es nicht... in Ordnung ist, Sir.«

Kirk schaute in die jungen, ernsten, grauen Mädchenaugen. Ein Augenblick verging, dann sagte er: »Es ist... gut. Bringen Sie dem

Arzt auch etwas davon.«

McCoy betrachtete seine Füße. »Nein, danke. Ich esse nie vor der Besatzung.«

Bootsmaat Rand goß etwas Flüssigkeit in das Glas auf dem Tablett.

Kirk stützte die Stirn in die gespreizte rechte Hand und betrachtete sie. »In Ordnung, Bootsmaat. Vielen Dank«, sagte er höflich.

Als sie die Tür hinter sich geschlossen hatte, schloß er die Augen. »Pille, wenn ich den Schlaukopf im Hauptquartier in die Finger bekomme, der mir einen weiblichen Bootsmaat zugewiesen hat...«

»Sie ist sehr attraktiv. Hast du kein Selbstvertrauen mehr?«

Ich könnte McCoy natürlich das volle Glas ins Gesicht schmeißen, dachte Kirk. Das würde ihn zum Schweigen bringen und ihn davon abhalten, seine eigenen männlichen Wünsche auf andere Männer zu übertragen, die diese nicht verspürten. Aber er war zu müde, das fertigzubringen.

»Ich bin verheiratet«, sagte er. »Und ein treuer Ehemann. Mein Mädchen heißt *Enterprise*. Der erste Fehler, den diese andere Frau, dieser Bootsmaat macht...«

McCoy lächelte und schüttelte den Kopf. »Sie wird keinen machen«, sagte er.

Wieder kam Baileys Stimme aus dem Lautsprecher: »Maschinendecks Achtung. Phaserbesatzung, wir...«

Das Alarmsignal erstickte seine Stimme. Das Rotlicht auf dem Armaturentisch blitzte auf, und Sulu unterbrach ihn und sagte etwas zu beherrscht: »Letztes Kommando zurück! Alle Decks auf Gefechtsstationen! Das ist keine Übung. Ich wiederhole: Alle Decks auf Gefechtsstationen. *Das ist keine Übung.*«

Das Rotlicht auf dem Armaturenbord blinkte wild.

»Hier Kirk«, sagte Kirk.

Spocks Stimme klang gedämpft: »Die Sensoren haben etwas vor uns erfaßt, Captain.«

»Ich komme«, sagte Kirk.

Auf der Brücke war Spock über seinen abgeschirmten Bildschirm gebeugt. Er hob den Kopf nur so lange, wie es notwendig war, um dem Captain Bericht zu erstatten. »Außergewöhnlich starker Kontakt, aber bislang noch kein Sichtkontakt.«

Kirk beobachtete schweigend, wie Spock sich erneut über seine Anzeigen und Kontrollapparate beugte und stirnrunzelnd neue Daten eingab. Nach Sichtung der Ergebnisse sagte Spock tonlos: »Entfernungsspektograph… metallisch, ähnlich dem Kubus… aber viel höhere Energiewerte.«

Kirk drehte sich um und befahl: »Bildschirm an.« Doch alles, was er zeigte, waren Sterne, deren Anordnung für das menschliche Auge willkürlich und ungeordnet schien. Doch dann rief Sulu: »Hier, Sir!«

Kirk sah es auch – ein winziges Lichtpünktchen, das aber bereits größer wurde, während er es betrachtete. Er fühlte, wie etwas ihm die Brust zuschnürte, als er sagte: »Halbe Kraft. Ausweichmanöver vorbereiten.«

»Geschwindigkeit auf Sol Zwei reduziert, Sir«, antwortete Sulu.

Im nächsten Augenblick schien die Brücke der *Enterprise* kopfzustehen, zu schaukeln und sich zu drehen wie ein Spielzeug in der Hand eines riesigen, schwachsinnigen Kindes. Eine Wache an der Tür stürzte zu Boden und schlitterte beinahe übers ganze Deck, bis er sich an einem Kabinengriff festhalten konnte. Die Leute griffen nach allem und jedem, das ihnen Halt bot – Stuhlbeine, Armaturentische, Stahlträger.

»Traktorstrahl, Sir. Es hat uns erwischt – und fest im Griff«, sagte Spock, als er wieder in seinem Stuhl saß.

»Maschinen überbeansprucht, Sir«, sagte Sulu, der sich wieder erholt hatte.

»Alle Maschinen stop«, befahl Kirk.

»Alle Maschinen gestoppt, Sir.«

Kirk lehnte den Kopf gegen die Rückenlehne seines Kommandosessels und schaute wieder auf den Bildschirm, auf dem das Lichtpünktchen jetzt Gestalt anzunehmen begann.

»Objekt wird langsamer, Sir«, sagte Bailey.

Von seinem Bibliothekscomputer erhielt Spock die Ergebnisse

seiner Eingaben. »Größe und Masse des Objekts...« Er unterbrach sich und schüttelte den Kopf. »Das muß falsch sein. Ich erhalte eine fehlerhafte Auswertung.«

Kirk, der von dem Bedürfnis, zu sehen, was sich auf dem Bildschirm abspielte, und dem Verlangen, Spock zu fragen, was er herausgefunden hatte, hin und her gerissen wurde, befahl: »Phaserbesatzung, Achtung.«

Das Ding auf dem Bildschirm war inzwischen so groß geworden, daß eine Identifizierung hätte möglich sein müssen. Aber wie der Kubus war diese Erscheinung zu fremdartig, als daß irgendwelche verläßlichen Aussagen hätten getroffen werden können. Absurderweise schien es ein abgerundeter Ballhaufen zu sein, der größer wurde, je näher er kam. Neugierig, aber ohne es recht zu glauben, konnte Kirk das pulsierende Licht im Innern der zellähnlichen Unterteilungen sehen.

Wie zu sich selbst flüsterte Uhura: »Das ist doch nicht wahr.«

Spock blickte auf den Bildschirm und sagte: »Ich fürchte, meine Auswertung war doch korrekt, Sir.«

Auf dem riesigen Bildschirm konnte man nun alles ausgezeichnet verfolgen. In einem der unteren Quadranten hing die gewaltige *Enterprise* bewegungslos im Raum. In der Ferne sah man das andere Schiff (falls es ein Schiff war), noch klein, aber ständig wachsend. Bald hatte es die Größe der *Enterprise* im gegenüberliegenden Quadranten erreicht. Aber es vergrößerte sich ständig und wuchs, bis es doppelt so groß wie das Sternenschiff war und den gesamten Bildschirm ausfüllte.

Als das fremde Schiff die *Enterprise* völlig zum Zwerg degradiert hatte, war es so groß, daß nur noch ein Teil von ihm auf dem Bildschirm sichtbar war.

Die Brückenbesatzung betrachtete schockiert und ehrfürchtig das Bild des Kolosses. Nur Spock schaute ihn mit ebenso großem wie lebhaftem Interesse an.

Ganz ruhig fragte er: »Masse, Mr. Sulu?«

»Puh...«, stöhnte der erstaunte Sulu. Als er Kirks Blick bemerkte, fügte er hinzu: »Der Wert liegt außerhalb meiner Skala. Der Durchmesser muß etwa eine Meile betragen, Sir.«

»Faszinierend«, murmelte Spock.

»Abbildung verkleinern«, sagte Kirk.

Bailey war zu schockiert, etwas zu unternehmen, so daß Sulu sich über seine Konsole beugte und einen Schalter umlegte. Schrittweise wurde die Abbildung kleiner, bis der Bildschirm den Umriß des gesamten Objekts fassen konnte.

»Leutnant Uhura, stellen Sie eine Verbindung her«, sagte Kirk.

»Verbindungsfrequenz offen, Sir.«

Kirk griff zum Mikrofon. »Hier spricht die *Enterprise*, ein Schiff der Föderation der Planeten. Wir senden Grüße und erwarten Ihre Antwort.«

Man ließ sie warten. Dann setzte sich Bailey, der Kopfhörer angelegt hatte, plötzlich aufrecht hin. Er erstarrte, sein Gesicht wurde weiß, sein Kiefer klappte herunter.

»Was gibt es, Mr. Bailey?«

Der Navigator wandte ihm sein bleiches Gesicht zu. »Eine Botschaft, Sir... sie kommt über meinen Navigationskanal.« Er schluckte, preßte die Kopfhörer fest ans Ohr und lauschte. Kirk wandte sich an seinen Nachrichtenoffizier.

»Nehmen Sie die Botschaft auf, Lieutenant Uhura.«

»Aufnahme läuft, Sir.«

Die Wiedergabe der Botschaft über einen Verstärker erschütterte die Brücke durch einen Wasserfall unzusammenhängenden Gebrülls.

Doch Kirk, der neben Spock stand und zuhörte, war schließlich in der Lage, Worte zu verstehen, wo zuvor nur Lärm zu hören gewesen war.

»...und in unsere Sternensysteme eingedrungen. Hier spricht Balok, Kommandeur des Flaggschiffs Fesarius der Ersten Föderation... Ihr Schiff – offensichtlich das Produkt einer primitiven, barbarischen Zivilisation – hat eine Warnboje der Ersten Föderation mißachtet und zerstört. Es hat damit gezeigt, daß Ihre Absichten nicht friedlich sind...«

Die Stimme, die sich anhörte, als käme sie von eisernen Stimmbändern, setzte einen Moment lang aus und fuhr dann fort: »Wir überlegen nun, was mit Ihrem Schiff und der Besatzung geschehen wird.«

»Verbindung herstellen«, befahl Kirk.

»Frequenz offen, Sir.«

Kirk, dessen eigene Stimme gefiltert und verstärkt seltsam klang, sprach bedächtig. »Hier spricht der Captain der U.S.S. *Enterprise*. Die Warnfunktion Ihrer Raumboje war uns nicht bekannt. Unser Schiff wurde durch sie blockiert, und als wir versuchten, sie zu umgehen...«

Sein letzter Satz ging in einer pfeifenden Rückkopplung unter. Obwohl Spock sah, daß er die Lippen immer noch bewegte, war nur noch das Pfeifen zu hören.

Es hörte erst auf, als Uhura auf einen Wink Kirks hin die Verbindung abbrach. Er stand schweigend neben Spock, als der Computer des Vulkaniers in eine Orgie roter Lichter ausbrach. Während er Schalter betätigte und Knöpfe drehte, als ob er versuchen würde, etwas den Zutritt zu versperren, sagte der Wissenschaftsoffizier: »Captain... wir werden von außerordentlich starken Sensoren abgetastet. Sie sind überall eingedrungen... in die elektrischen Systeme... unsere Maschinen... selbst in unsere Kabinen und Laboratorien.«

Noch einmal war die rauhe Stimme des Kommandanten der Fesarius, die über den Verstärker wie ein Reibeisen klang, auf der ganzen Brücke zu hören. *»Weitere Kommunikation wird nicht gestattet. Beim leisesten Anzeichen einer feindseligen Handlung wird das Schiff sofort zerstört.«*

Auf der Brücke herrschte Stille. Selbst die große Erfahrung mit dem Unvorstellbaren, hartes Training und die gut geschulte Selbstbeherrschung konnten die Besatzung nicht von der Lähmung befreien, die ihr die Drohung Baloks versetzt hatte. Kirk regte sich als erster. Er ging zu seinem Kommandosessel und war sich dabei, wie schon Tausende Male zuvor, der auf ihn gerichteten Blicke seiner Besatzung bewußt, der hoffnungsvollen, auf ein Wunder wartenden Blicke.

Ein paar Lichter auf den Konsolen wurden schwächer und erloschen. Spock, der an seinem Schaltpult arbeitete, rief: »Sie schalten einige unserer Systeme ab, Sir. Brillant! Ich würde gern ihre Methoden untersuchen.«

Als Kirk sich in seinem Sessel nach vorn beugte, ließ das rhythmische Summen der Relais und der Servomotoren auf der Brücke nach; schließlich hörte es ganz auf.

»Mr. Spock«, fragte Kirk, »hat unser Flugschreiber dies alles auf Band aufgezeichnet?«

»Genug, um andere Schiffe zu warnen, Sir.«

»Mr. Bailey, schicken Sie den Flugschreiber los.«

Bailey starrte Kirk nur an. Doch dann, als hätte der Blick eine Art Zauber von ihm genommen, machte er die richtigen Schaltungen an seiner Konsole. Er befeuchtete seine trockenen Lippen und meldete: »Flugschreiber ausgestoßen, Sir.«

»Und er befindet sich auf Kurs – dahin zurück, von wo wir hergekommen sind«, sagte Spock und hob den Kopf von seinem Sichtgerät.

Weißes Licht flutete plötzlich aus dem Bildschirm und überzog die Gesichter mit Leichenblässe. Eine zweite Schockwelle erschütterte das Sternenschiff und zwang die Besatzung erneut, nach jedem verfügbaren Halt zu greifen. Bailey hielt sich mit einer Hand an Sulus Konsole fest, mit der anderen schützte er seine Augen und flüsterte: »O mein Gott.«

Diesen Augenblick wählte Balok für seine ohrenbetäubende Durchsage. *»Ihr Flugschreiber wurde zerstört.«* Nach einer Pause von einer Sekunde fügte er hinzu: *»Sie sind einer Prüfung unterzogen worden. Bedauerlicherweise muß jetzt Ihr Schiff zerstört werden.«*

Wut flammte in Kirk auf. Ein Zorn, der so stark war, daß die Knöchel seiner Hände, mit denen er die Lehnen seines Kommandosessels umklammert hatte, weiß wurden bei dem Versuch, ihn zu unterdrücken und in die bis dahin nicht gekannten Tiefen seines Ichs zurückzustoßen, von wo er gekommen war. Vage hörte er, wie Bailey seufzte.

Der Kommandant der Fesarius genoß ganz offensichtlich seine Rolle in diesem Katz-und-Maus-Spiel.

»Ihr Ende wird schmerzlos sein. Wir gehen davon aus, daß Sie

einen Gott oder Götter haben oder eine Art Glauben, der Ihnen Trost spendet. Wir gewähren Ihnen daher zehn jener als Minuten bezeichneten Erd-Zeiteinheiten, um sich auf den Tod vorzubereiten. Wir werden unseren Entschluß nicht ändern. Wir werden keine Kommunikation zulassen. Bei einer feindlichen Bewegung oder einem Fluchtversuch werden Sie sofort zerstört.«

Kirk hatte seinen Kampf gewonnen. Der rasende Zorn hatte einem rasenden Denken Platz gemacht. Von seiner Station aus, wo er an seinen Meßgeräten arbeitete, sagte Spock: »Wäre interessant zu erfahren, wie sie aussehen. Falls ich lokalisieren kann, von wo die Stimme herkommt...«

Die Aufzugtüren hinter seinem Kommandosessel mußten sich geöffnet haben, denn McCoy und Scott rannten mit ängstlich fragenden Gesichtern auf ihn zu.

»Jim... Balok... seine Botschaft war auf dem ganzen Schiff zu hören.« Irgendwann, dachte Kirk, werde ich einmal die verschiedenen Arten zusammenzählen, mit denen meine Besatzungsmitglieder mir sagen: »Komm schon, Captain. Du hast doch die Kaninchen im Hut. Jetzt brauchen wir eins. Zieh es raus.« Und die Wahrheit war, er *hatte* schon viele rausgezogen. O ja, es hatte auch Niederlagen gegeben – zum Beispiel der fehlgeschlagene Versuch, freundschaftliche Bande zwischen ihnen und einer fremden Rasse zu knüpfen –, doch häufiger hatte er es geschafft, das Gefühl der Gemeinsamkeit zu erzeugen. Und diejenigen seiner Mannschaft, die ihn dabei nicht erlebt hatten, hatten davon gehört.

Jetzt war er also wieder an der Reihe. Doch das hier war ein harter Job. Wie findet man die richtigen Worte für Menschen, die nur noch zehn Minuten zu leben haben? Für junge gesunde Menschen, ohne die körperlichen Gebrechen, die ältere Menschen auf die ewige Ruhe vorbereiten – Blindheit, Taubheit, Gefühllosigkeit?

»Jim...«, fing McCoy noch einmal an.

Er nickte und schaltete den Intercom ein.

»Captain an die gesamte Besatzung.«

Als er sprach, sagte er einfach die Worte, die ihm eingefallen waren, vielleicht aus denselben Tiefen heraus, aus welchen auch sein Zorn hergerührt hatte.

»Diejenigen, die schon lange auf diesem Schiff gedient haben, sind vielen scheinbar feindlichen und fremden Lebensformen begegnet. So wissen sie, daß die größte Gefahr, der wir gegenüberstehen..., wir selbst sind. Und unsere irrationale Furcht vor dem Unbekannten...«

In seinen eigenen Ohren klang seine Stimme sicher und fest. Wie war das möglich? Er fuhr fort.

»Aber es gibt so etwas wie das Unbekannte nicht. Es gibt lediglich Dinge, die zeitweilig verborgen sind, zeitweilig nicht verstanden werden – und deshalb zeitweilig gefürchtet werden. In den meisten Fällen konnten wir feststellen, daß eine Intelligenz, die zur Zivilisation fähig ist, auch in der Lage ist, friedliche Gesten zu verstehen. Sicherlich ist eine Lebensform, die fortgeschritten genug ist, den Raumflug zu betreiben, auch fortgeschritten genug, schlußendlich unsere Motive zu erkennen. Alle Decks in Bereitschaft. Captain Ende.«

Als er sich umdrehte, sah er, daß Uhuras schwarze, glänzende Augen mit Tränen gefüllt waren. Wenn einer seiner Mannschaft ihn verstanden hatte, so war das genug.

»Stellen Sie eine Verbindung her, Lieutenant Uhura.«

»Verbindung hergestellt, Sir.«

Er griff nach dem Mikrofon und sagte: »Hier spricht der Captain der *Enterprise*. Wir kamen in Freundschaft hierher und haben nicht vor, widerrechtlich weiter in ihr Gebiet vorzudringen. Um unseren guten Willen zu demonstrieren, wird unser Schiff auf dem gleichen Weg zurückfliegen, auf dem es hergekommen ist. Sollten wir jedoch angegriffen werden...«

Wieder erstarb seine Stimme in der pfeifenden Rückkopplung; und wieder gab er Zeichen, die Verbindung abzubrechen.

»Mr. Bailey, geben Sie den Kurs für den Rückflug ein.«

»Was? ... Kurs?...«

Sulu beugte sich über den mitgenommenen Bailey, um einige Hebel an seiner Konsole zu bewegen.

»Kurs errechnet und eingegeben, Sir.«

»Starten, Mr. Sulu. Sol-Faktor Eins.«

»Sol-Faktor...«, begann Sulu. Hektisch bearbeitete er seine

Kontrollgeräte. Er drehte sich zu Kirk um.

»Keine Reaktion, Captain!«

»Schalten Sie auf Impuls!«

»Alle Systeme sind tot, Sir. Ebenso die Waffensysteme.«

Spock rief: »Schalten Sie auf den Bildschirm um, Sir! Ich glaube, ich kann darauf etwas sichtbar machen.«

Er schaffte es.

Der Sternenhintergrund auf dem Bildschirm begann zu verschwimmen. Es sah aus wie Meereswellen mit phosphoreszierendem Plankton. Dann tauchte, noch immer verschwommen, aber langsam Gestalt annehmend, das deformierte, aber doch bereits erkennbare Abbild dessen auf, was Balok sein mußte. Das lange, schlaff herunterhängende Gesicht dieses Geschöpfes war eine einzige groteske Grimasse. Die nach oben gebogenen Nasenflügel zeigten das blutrote Fleisch. Ein Weltraumclown, einem Alptraum entsprungen. Was seine Augen betraf, so erklärten sie das Katz-und-Maus-Spiel – aus schwarzen Augenschlitzen stachen grüne Augäpfel hervor.

Die dicken Lippen bewegten sich.

»Sie verschwenden Zeit und Mühe. Es gibt keine Fluchtmöglichkeit. Sie haben noch acht Minuten.«

Das Bild verwackelte, dann erlosch es.

»Ich war neugierig zu erfahren, wie sie aussehen, Sir.« Spocks Tonfall war der eines Astronomieprofessors, der einer Gruppe von Erstsemestern erklärt, was Schwarze Löcher sind.

Gott segne dich, Spock, dachte Kirk und lächelte beinahe. »In der Tat, Sie waren neugierig.«

Bailey taumelte auf die Füße und schrie.

»Ich verstehe das alles nicht! Spock verschwendet seine Zeit – alle anderen stehen bloß rum! *Irgend jemand muß doch etwas tun!«*

McCoy ging rasch auf ihn zu. »Ruhig, mein Junge, nur ruhig.«

»Was wollen die von uns, Doktor? Versuchen wir herauszufinden, was die von uns erwarten!«

»Sie wollen, daß wir den Kopf verlieren, Mr. Bailey. Machen Sie es ihnen nicht noch leichter.«

Kirks ruhiger Tonfall war überzeugend. Er schien unbeeindruckt.

»Wir haben nur noch acht Minuten!«

»Sieben Minuten, einundvierzig Sekunden«, sagte Sulu.

Bailey fuhr herum, seine Augen folgten denen Sulus zur Uhr am Schaltpult des Steuermanns. Sie war auf Minuten und Sekunden eingestellt. Der Minutenzeiger zeigte auf die »Sieben«, während der Sekundenzeiger von »39« über »38« auf »37« glitt.

Bailey wies auf die Anzeige und kreischte: *»Er macht einen Countdown!«*

McCoy ergriff den Arm des Navigators. »Praktisch das Ende Ihrer Wache. Warum nicht...«

Bailey riß sich los, wobei er McCoy beinahe zu Boden warf.

»Seid ihr alle verrückt geworden? Das Ende der Wache? Es ist das Ende von allem!«

»Mr. Bailey«, sagte Kirk.

Es war ein Tonfall, in dem er selten sprach, weil er ihm zuviel abverlangte – die Widersprüche von Mitleid und unpersönlicher Autorität... von Ignoranz hinter der Maske der Weisheit, von Selbstbeherrschung, die zur Zufälligkeit tendiert.

»Was seid ihr denn? *Roboter?* Überdrehte Spielzeugpuppen? Wird euch nicht bewußt, wenn ihr sterbt? Wachen, Dienstvorschriften, Befehle – was haben sie noch für eine Bedeutung, wenn...?«

»Sie sind Ihres Postens enthoben, Mr. Bailey«, sagte Kirk.

Bailey drehte sich zu Kirk um und setzte zu einer gebrüllten Entgegnung an, die aber zu einem Stöhnen erstarb, als er seinem Captain ins Gesicht blickte. Die Anstrengung, sich zu beherrschen, brachte ihn zum Zittern.

»Begleite ihn zu seinem Quartier, Pille«, sagte Kirk zu McCoy.

Bailey ging allein und mit langen Schritten zum Aufzug. McCoy rannte hinter ihm her. Kirk wandte seine Augen von den sich schließenden Türen ab und dem Bildschirm zu.

»Leutnant Uhura, Stellen Sie eine Verbindung her.«

»Verbindung hergestellt, Sir.«

»Hier spricht der Kapitän des Erdenschiffes *Enterprise*. Auf der

Erde ist es Sitte, daß die Menschen jeden Versuch unternehmen...« Erneut übertönte das Pfeifen der Rückkopplung seine Worte.

Doch diesmal gab Kirk kein Zeichen, die Verbindung abzubrechen. Jetzt reichte es ihm, herumgestoßen zu werden. Wenn man weiß, was man will – und wenn die eigenen Absichten friedlich sind –, dann sagt man es, ungeachtet einer Unterbrechung. Das gebot die Selbstachtung: zur eigenen Wahrheit zu stehen. Unerwartet hörte das Pfeifen auf, und Kirk fuhr mit seiner Ansprache an den Kommandanten der Fesarius fort. Seine Stimme war ruhig, trotz der Hoffnung, die plötzlich in ihm auftauchte.

»...Mißverständnisse mit anderen zu vermeiden. Wir zerstörten Ihre Raumboje in einem Akt klarer Selbsterhaltung. Als wir versuchten, von ihr fortzukommen, emittierte sie eine Strahlung, die für unsere Gattung lebensgefährlich ist.«

Keine Antwort.

Kirk fuhr fort. »Wenn Sie unser Schiff und unsere Aufzeichnungen untersucht haben, wissen Sie, daß das der Wahrheit entspricht.«

Das Pfeifen kreischte noch einmal auf und verebbte dann, wie ein Pausenfüller im Theater, der dem wiederauftretenden Star ehrerbietig Platz machte. Auf dem Bildschirm kam schwankend Baloks monströses Gesicht ins Bild. Sein Mund sagte:

»Sie haben jetzt noch sieben Minuten.«

In Kirk stieg erneut heiße Wut hoch.

Aber er konnte sich jetzt keine Wut leisten. Nicht bei dieser Verzweiflung, nicht bei dieser Hoffnung auf ein neues Kaninchen aus seinem Hut auf den Gesichtern rings um ihn. Ärger dieser Art war Schwäche, nicht schön, sondern lediglich ein starkes Anzeichen für Versagen bei der Ausübung von Macht und Kontrolle – und die daraus resultierende hilflose Wut. Widerstand zu leisten in einer Situation, in der man tatsächlich hilflos ist, führt zur Lähmung des Einfallsreichtums, den man braucht, um einen Ausweg aus dieser Situation zu finden. Es war allein das Vertrauen auf seinen Einfallsreichtum, das seinen Leuten im Angesicht des Todes Mut machte.

»Vier Minuten dreißig Sekunden«, sagte Sulu.

Scott ging in die Luft. »Ihre Minutenzählerei ist völlig unangebracht, Sulu!«

Sulu zuckte mit den Achseln. Kirk verließ seinen Kommandosessel und ging zu Spock. »Was ist nur mit ihnen los? Sie müssen doch längst wissen, daß wir ihnen keinen Schaden zufügen wollen.«

Die ruhigen, dunklen Augen gaben ihm Zuversicht. Halb lächelnd sagte sein bester Freund: »Sie wissen sicherlich längst, daß wir dazu auch gar nicht in der Lage sind, Sir.«

»Vier Minuten«, sagte Balok vom Bildschirm.

Kirk sah weg. »Es muß doch noch eine Lösung geben. Etwas, das ich übersehen habe!«

In Spocks ruhiger Stimme lagen Respekt und Anteilnahme – kein Verlangen nach Kaninchen. »Im Schach ist das Spiel aus, wenn einer schachmatt ist. Das Spiel ist aus.«

Bei Spock konnte man ohne Schwierigkeiten explodieren. »Ist das Ihr bester Ratschlag? Es akzeptieren?«

Spock war Realist und sein Freund. Er sagte: »Ich bedaure, daß ich keinen anderen logischen Ratschlag geben kann, Sir.«

McCoy erschien neben ihnen. »Angenommen, wir finden einen Ausweg...«

»Noch hat niemand aufgegeben!« fiel ihm Kirk ins Wort.

McCoys Tonfall änderte sich. »Was Bailey betrifft, so möchte ich, daß ich ihn in meinem medizinischen Bericht als ›einfach übermüdet‹ bezeichnen kann.«

»Das ist *meine* Entscheidung, Doktor!« sagte Kirk.

Er wandte sich um und ging zu seinem Kommandostand hinüber. Er hatte nachdenklich die Hand auf die Sessellehne gestützt und zermarterte sich das Hirn nach einer Lösung.

McCoy folgte ihm und sagte: »Und es war *dein* Fehler. Du hast zuviel erwartet, ihn gedrängt, ihn überfordert...«

Kirk ballte die Faust. »Ich befehle Ihnen, das Thema fallenzulassen, McCoy. Ich habe keine Zeit für Sie, Ihre möglichen Theorien oder Ihre Sentimentalität!«

Aber McCoy gab keine Ruhe.

»Sollten wir hier heil herauskommen, Captain, werde ich Ihre Handlungsweise in meinem Bericht kritisieren. Ich werde festhalten, daß ich Sie in bezug auf seine Verfassung gewarnt habe. Und das ist kein Bluff.«

»Sie können mich nicht bluffen, Doktor...«

Plötzlich wurde sich Kirk bewußt, daß er selbst unter der Anspannung und dem Streß gelitten hatte. Er bemerkte auch, daß seine erhobene Stimme auf Erstaunen und Bestürzung bei der Brückenbesatzung gestoßen war. Er hatte deren Angst verstärkt, anstatt sie von ihr zu nehmen. Aber dagegen konnte er jetzt auch nichts mehr tun. Er mußte einfach auf die Erfahrung, die sie mit ihm gemacht hatten, vertrauen.

»Drei Minuten«, sagte Balok mit rauher und kehliger Stimme. Kirk, der seine Selbstbeherrschung wiedergewonnen hatte, beachtete diese Warnung nicht und sagte zu McCoy: »In Ordnung, Doktor. Hoffen wir, daß wir das später ausdiskutieren können.«

McCoy nickte und ging weg. Kirk, der seine Hand über die geschlossenen Augen gelegt hatte, nahm sie plötzlich weg, erhob sich aus seinem Kommandosessel und ging zu Spock hinüber.

»Nicht Schach, Mr. Spock. *Poker!* Kennen Sie dieses Spiel?«

Ohne die Antwort des Vulkaniers abzuwarten, ging er zurück zu seinem Sessel. Eine Idee war ihm gekommen, die sich entwikkelte, Gestalt annahm und ihm Hoffnung und Zuversicht gab. Er fühlte sich nicht mehr gestört durch die auf ihn gerichteten Augen, die auf das Zauberkaninchen warteten.

»Leutnant Uhura, stellen Sie eine Verbindung her!«

»Verbindung hergestellt, Sir.«

Kirk saß aufrecht. »Hier spricht der Captain der *Enterprise*...«

Er machte eine Pause. Dann fuhr er mit sicherer Stimme fort: »Unser Respekt vor anderen Lebensformen gebietet es, daß wir Ihnen jetzt diese Warnung geben. Es gibt ein bemerkenswertes Detail, das in keiner Datenbank irgendeines Erdschiffes verzeichnet ist...«

Sulus erstauntes Gesicht war ihm halbwegs bewußt, als er fortfuhr: »Seit den frühen Tagen der Weltraumfahrt führen unsere Schiffe in ihren Hüllen eine Substanz mit sich, die als Korbomit bekannt ist. Aus diesem Material besteht eine Erfindung, die uns vor Angriffen schützt.« Er senkte seine Stimme, nicht um zu drohen, sondern um Eindruck zu machen. »Falls irgendeine Form zerstörerischer Energie unsere Schiffe berührt, so wird eine gegensätzliche Reaktion gleicher Stärke herbeigeführt, die...«

Balok unterbrach ihn: *»Jetzt haben Sie noch zwei Minuten.«*

Spock verließ seinen Platz und stellte sich still neben Kirk, der ungerührt fortfuhr, obwohl seine Handflächen auf den Sessellehnen naß von Schweiß waren.

»...den Angreifer vernichtet. Es wird Sie vielleicht interessieren, daß seit der ersten Anwendung von Korbomit vor mehr als zweihundert unserer Jahre kein angreifendes Schiff jemals den Angriff überlebt hat. Der Tod hat wenig Bedeutung für uns. Wenn er auch für Sie keine Bedeutung hat, dann greifen Sie uns jetzt an. Uns macht Ihre Narretei langsam ärgerlich.«

Auf sein Nicken hin brach Uhura die Verbindung ab.

»Gut gespielt, Sir«, sagte Spock. »Ich vermute, so etwas nannte man einen Bluff. Ich bedaure es, nicht mehr über diesen Balok gelernt zu haben...« Er wies auf den Bildschirm. »Einige Einzelheiten seines Gesichts erinnerten mich an meinen Vater.«

»Dann möge der Himmel Ihrer Mutter beigestanden haben«, meinte Scott.

»Sie betrachtete sich als überaus glückliche Erdenfrau«, beschied ihn Spock kühl.

McCoy kam auf sie zu, und Kirk sagte leise: »Entschuldige, Pille, ich...«

»Dafür, daß du andere Sachen im Kopf hattest?« Er lächelte. »Es war mein Fehler. Mein Timing war schlecht...«

»Noch eine Minute«, sagte Balok. Es war kein Echo, sondern exakter Gleichklang mit Sulu, der jede halbe Sekunde seine Instrumente geprüft hatte. Als Scott ihn anstarrte, zuckte der Steuermann mit den Achseln. Zu Kirk gewandt, sagte er: »Ich wußte, er würde es sagen, Sir.«

Kirk lachte. »Ist Ihnen eigentlich bewußt, daß Sie nicht gerade ein sehr unergründlicher Orientale sind, Mr. Sulu?«

Sulu drehte sich um und grinste. »Ich habe es mal versucht, als ich noch ein Junge war. Erinnern Sie sich an diese alten...« Er hielt inne und suchte nach dem Wort, »...Bilder auf Celluloid?«

»Kino«, sagte Kirk.

»Filme«, bot Scott an.

»Ja, Kino«, sagte Sulu. »Filme aus der Zeit des Chinesisch-Westlichen Konflikts...«

»Der fast zum 3. Weltkrieg eskaliert wäre«, sagte Uhura.

Kirk nickte und sagte: »Die Welt kann von Glück sagen, daß er rechtzeitig beendet wurde. Keiner von uns hier würde sonst das Leben genießen können...« Als er McCoys Grinsen bemerkte, gingen seine Worte in Schweigen über, das von Sulu unterbrochen wurde.

»Wie dem auch sei, die Schurken waren die Orientalen, erinnern Sie sich? Ich fand sie toll. Stundenlang saß ich früher vor dem Spiegel und übte Schlitzaugen und geheimnisvolles Aussehen. Ich wußte nicht, was damit eigentlich bezweckt wurde. Die Filme waren etwa zweihundert Jahre alt, aber ich wollte aussehen wie sie.«

Uhura drehte sich um und lächelte ihm zu: »Sie haben es nie geschafft.«

»Ich kann mir gar nicht erklären, warum ich so bin, wie ich bin. Dabei habe ich keinen einzigen Tropfen westliches Blut in mir.«

Tiefe Stille breitete sich auf der Brücke aus. Eine Stille, die durch den Gegensatz zu Sulus fröhlichen Kommentaren um so schwerer lastete. Aber die allgemeine Angst war viel zu gegenwärtig, um die unproduktive Konversation fortzusetzen. Sulu hatte sich wieder seinem Apparat zugewandt, als sich die Aufzugtüren öffneten und Bailey heraustrat. Sein Gesicht zeigte einen abweisenden und unsicheren Ausdruck.

»Falls es jemand interessiert«, sagte Sulu, »...noch *dreißig* Sekunden.«

McCoy hatte Bailey im Hintergrund erblickt, und Kirk, der sein verschlossenes Gesicht bemerkte, drehte sich um und sah den Navigator ebenfalls.

Bailey näherte sich munter dem Kommandosessel.

»Sir, ich bitte um die Erlaubnis, meinen Posten einnehmen zu dürfen.«

Als Kirk ihn ansah, sagte Sulu: »Zwanzig Sekunden, Captain.«

Nach kurzer Pause sagte Kirk: »Erlaubnis erteilt, Mr. Bailey.«

Er schaute weg, als Bailey seinen Platz neben Sulu wieder einnahm. Die Uhr auf seiner Konsole zeigte die letzten Sekunden an.

Sulu zählte: »Zehn... neun... acht... sieben...«

Spock, der ein fast zu ruhiges, unbeteiligtes Gesicht machte, hatte seinen Platz verlassen, um sich neben seinen Captain zu stellen.

»...sechs ...fünf ...vier ...drei ...zwei ...eins...«, sagte Sulu.

Die Nullansage ging vorüber. Als nichts passierte, sagte Spock: »Ein interessantes Spiel, dieses ›Poker‹.«

Kirk nickte. »Es scheint Vorteile gegenüber dem Schach zu haben.«

Baloks gefilterte Reibeisenstimme ertönte: *»Hier spricht der Kommandant der Fesarius.«* Doch als Uhura sich vorbeugte, um den Frequenzschalter zu betätigen, hielt Kirk sie mit einer Geste zurück.

»Warten Sie, Leutnant. Lassen wir ihn ausnahmsweise auch mal ins Schwitzen kommen.«

Eine Minute verging, dann sagte Balok: *»Die Vernichtung Ihres Schiffes ist aufgehoben worden.«*

»Man muß ihn bewundern«, sagte Sulu, »die neuesten Nachrichten jede Minute.«

Jemand lachte etwas zu laut, und dem erleichterten Gelächter folgte plötzlich Baloks Stimme.

»Wir brauchen einen Beweis für Ihre Korbomit-Erfindung.«

Spock ging mit langen Schritten zu seiner Station zurück und begann an seinen Kontrollgeräten zu arbeiten, als Balok fortfuhr: *»Wir werden uns von der Vernichtung nur abhalten lassen, wenn wir einen Beweis für Ihre Erfindung haben. Haben Sie verstanden?«*

Kirk wartete vier Minuten auf Sulus Uhr ab, bevor er den Befehl gab, eine Verbindung herzustellen.

»Antrag abgelehnt«, sagte er.

»Sie werden vernichtet, wenn Sie uns diese Information nicht ge ben.«

Spock wies auf den Bildschirm und sagte: »Captain...«

Das häßliche Bild Baloks nahm noch einmal seine schwankende Form an. Und die Stimme sagte: *»Jetzt, wo ich Ihren primitiven Versuchen, meine Gestalt zu Gesicht zu bekommen, zum Erfolg verholfen habe, bin ich sicher, daß Ihre Neugier befriedigt ist.«* Die Augäpfel bewegten sich ein wenig. *»Eine weitere Demonstration unserer Überlegenheit...«*

Es machte klick, und der Bildschirm der *Enterprise* wurde dunkel. Der Kommandant der Fesarius fügte hinzu: *»Wir werden Sie in Kürze über unseren Entschluß Ihr Schiff betreffend informieren.«*

Kirk saß zurückgelehnt, erschöpft und schwach von der übergroßen Anspannung, als Bootsmaat Janice Rand durch die geöffneten Aufzugtüren trat. Sie brachte ein Tablett mit Kaffee und Tassen mit. So lässig, als wäre die Brücke ihr persönlicher Ankleideraum, setzte sie ihr Tablett ab und war augenblicklich von einer Gruppe Männer umgeben, einschließlich McCoy.

»Ich dachte, in der Bordküche sei die Energiezufuhr unterbrochen«, sagte er.

»Ich habe einen Handphaser benutzt. Zack! Und schon war der Kaffee heiß«, sagte sie, während sie das dampfende Gebräu in Tassen goß.

Sie wollte Kirk eine volle Tasse bringen, da schrie Sulu: »Es tut sich etwas, Captain.«

Kirk machte eine kurze, ablehnende Geste in Richtung des Kaffees. Er blickte zusammen mit Spock konzentriert auf den Bildschirm.

Es tat sich tatsächlich etwas. Ein kleines zellenartiges Teilstück der Fesarius trennte sich selbst von seinem Mutterschiff ab, bewegte sich von ihm weg, blieb aber immer noch auf dem Bildschirm sichtbar. Spock hob den Kopf von seiner Computerkonsole und sagte: »Gewicht – etwa zweitausend Kubiktonnen, Sir.«

»Ja, es scheint ein kleines Schiff zu sein.«

Das kleine, kugelförmige fremde Schiff hatte sich näher auf die *Enterprise* zubewegt. Und während es sich noch weiter näherte, entfernte sich das Mutterschiff, dessen zellenähnliche Abteilungen sehr schnell kleiner wurden. Es beschleunigte stark, verlor rasch an Gestalt und wurde zu einem Lichtpünktchen, das in ein Nichts überging. Das kleine Schiff blieb vor der *Enterprise* hängen.

Baloks verzerrte Stimme sagte: *»Es wurde die Entscheidung gefällt, daß ich Sie zu einem Planeten der Ersten Föderation transportieren soll, auf dem für Ihre Gattung das Leben möglich ist.«*

Kirk, ein Mann der Tat, ließ der durch die vielen Stunden der Untätigkeit in ihm hervorgerufenen Frustration freien Lauf und schlug mit geballter Faust auf die Lehne seines Kommandosessels. Neben ihm lehnte Sulu sich in seinem Stuhl zurück, starrte zur Decke der Brücke und pfiff den ›Musettewalzer‹, der auf alten irdischen Tonbändern dieser Oper von Puccini immer noch zu hören war. Neben ihm starrte Bailey auf die Anzeigen auf seiner Konsole.

Balok sprach weiter: *»Dort werden Sie von Bord gehen und interniert werden. Ihr Schiff wird natürlich vernichtet.«* An niemand Bestimmten gewandt, murmelte Kirk: »Natürlich«, während auf den Brückenstationen rings um ihn die Lichter wieder aufblinkten. Von der anderen Seite des Raumes rief Spock: »Die Systeme beginnen wieder zu arbeiten, Captain.«

Doch Baloks Sinn für Komik war so grotesk wie sein schnauziges Gesicht. Mit seiner belegten Stimme sagte er: »Lassen Sie sich nicht durch die Größe dieses Lotsenschiffes täuschen, es hat Energiepotential genug, Ihr Schiff zu zerstören.« Wie um diese Kraft zu beweisen, wurde die *Enterprise* von einem Stoß erschüttert, der etliche Leute zu Boden warf.

»Wieder Traktorstrahlen, Sir«, sagte Spock.

Kirk wurde sehr still, als die Stimme fortfuhr und zum Schluß kam. *»Flucht ist unmöglich. Ihre Systeme wurden nur zu dem Zweck freigegeben, daß Ihre Schwerkraft und Ihre Atmosphäre wieder arbeiten können. Unsere Energie wird Sie an Ihren Bestimmungsort bringen. Jeder Versuch, mir zu entkommen oder mein Schiff zu zerstören, führt zur sofortigen Vernichtung der Enterprise und jeglichen Lebens an Bord.«*

Aus Gründen, die er nicht näher untersuchen wollte, war Kirk zum Lächeln zumute. Da, auf dem Bildschirm, war Baloks winziges Schiff, das die riesige *Enterprise* durch die dunklen Felder des sternenübersäten Weltraums mit sich schleppte. Es *war* absurd, und die unheimliche Prahlerei Baloks, seine hochtrabende Redeweise, die gigantischen Drohungen, die er ausstieß, machten die Situation noch absurder.

Zu seinen keineswegs belustigten Leuten sagte er: »Unser Plan lautet folgendermaßen: Wir tun so, als würden wir aufgeben. Der Traktorstrahl belastet sein Schiff sehr stark. Die Frage ist: Wird er unvorsichtig werden?«

Bailey wies auf seine Konsole und sagte: »Captain, er schert etwas aus.«

Spock, der den Bericht prüfte, kam hinter seinem abgedeckten Bildschirm hervor und meldete: »Er hat die Energie etwas zurückgenommen.«

Kirk drehte sich um und stand einem blassen, angespannten Bailey gegenüber, der hastig sagte: »Ich bin schon in Ordnung, Sir.«

Kirk nickte und sagte: »Wir werden einen neunziggradigen Kurs benötigen, um hinter ihm ausscheren zu können, egal wohin er sich wendet.«

»Ja, Sir.«

»Maximale Beschleunigung, sobald ich den Befehl dazu gebe.«

»Ja, Sir«, sagte Sulu, ohne den Blick vom Bildschirm abzuwenden. Träge verrannen die Minuten. Jeder überstand sie entsprechend seinem Temperament. Bailey leckte sich ständig mit der Zunge die trockenen Lippen. Sulu hielt die Augen auf seinen Captain gerichtet. Und Spock wartete ausdruckslos und gespannt wie eine Feder.

»Starten«, sagte Kirk, ohne sich umzudrehen, zu Sulu.

Die vorher eingestellten Schalter und Hebel bewirkten einen erheblichen Energieabfluß, der die Brückenbeleuchtung schwächer werden ließ. Die Erschütterung brachte die *Enterprise* zum Schlingern. Baloks Schiff auf dem Bildschirm kam ebenfalls ins Taumeln, sein Licht begann zu pulsieren. Als es versuchte, dem Rückzug der *Enterprise* entgegenzuwirken, begann es durch die Energieschwankungen zu flackern.

Es war nicht so einfach, wie es hätte sein sollen. Die Antriebsaggregate heulten immer stärker auf, bis Sulu unnötigerweise meldete: »Die Spannung ist zu hoch, Captain. Die Maschinen überladen sich.«

»Mehr Energie«, befahl Kirk.

Er bemerkte ein respektvolles Glitzern in Sulus Augen und fragte sich, wie wohl die Antwort gelautet hätte, wenn er befohlen hätte: »Abschalten, Junge.« Wenn ich ein Risiko eingegangen bin, so deswegen, weil ich lebe, dachte er. Das Leben an sich ist ein Risiko. Wenn du kein Risiko eingehen willst, dann nimm den Phaser und bring dich selbst um. Und weiter dachte er: Übermäßige Abhängigkeit geht mir ebenso auf die Nerven wie übermäßige Ehrfurcht.

Spock war Gott sei Dank weder abhängig noch ehrfürchtig. Jetzt sagte er ohne besondere Betonung: »Die Antriebsaggregate sind überhitzt, Captain. Mischungstemperatur bei siebentausendvierhundert Grad... sieben fünf... sieben sechs...«

Als die Alarmglocke schrillte, schaltete er sie ab. »Achttausend Grad, Sir.«

Auf dem Bildschirm strahlte Baloks Schiff wie eine Nova bei dem Versuch, den Zug der *Enterprise* abzuwehren. Es war ein gigantisches Tauziehen. Die Brücke schwankte unter der Erschütterung, als die Enterprise *versuchte,* sich von Baloks Schiff zu befreien. Das Heulen der Maschinen wurde zum Brüllen.

Kirk befahl mit harter Miene: »Ausscheren, Mr. Bailey!«

Mit Schweiß auf der Stirn schlug sich Bailey in diesem Kampf der Energien. Spock sagte von seiner Station aus: »Wir sind zweitausend über dem Maximum. Achttausendvier... fünf... sechs... die Aggregate werden bald explodieren.«

Noch während er sprach, ließen die Lichtimpulse von Baloks Schiff nach. Dann flackerte eines der Lichter und erlosch.

»Wir kommen frei, Sir«, meldete Bailey.

Alle Lichter auf dem fremden Schiff wurden schwächer. Als erst eines erlosch und dann wieder erschien, war das plötzliche Aufflackern eines hell strahlenden Lichts zu sehen, das von völliger Dunkelheit abgelöst wurde. Ihrer Fesseln ledig schoß die *Enter-*

prise davon.

Kirk lehnte sich entspannt in seinen Sessel zurück und befahl: »Alle Maschinen stop.«

»Alle Maschinen gestoppt, Sir«, sagte Sulu.

Kirk drehte sich um und betrachtete das junge Gesicht Baileys. Dessen blaue Augen blickten geradewegs in die seinen. Er nickte und sagte: »Gut. Sie haben alle gute Arbeit geleistet.«

Die Aufzugtüren hinter ihm öffneten sich, und Scott, dem die Angst ins Gesicht geschrieben stand, rannte fast zum Kommandostand. »Die Maschinen müssen gewartet werden, Captain. Sie sind erheblich überbeansprucht worden. Es sieht schlimm aus. Können wir hier ein paar Stunden Halt einlegen?«

Spock verließ seine Station, um seinen Platz neben dem Kommandostand einzunehmen. »Wenn Balok seinem Mutterschiff eine Meldung durchgeben konnte, Sir...«

Kirk nickte und sagte: »Richtig, Mr. Spock. Wir sind noch nicht außer Gefahr.«

Uhura drehte ihren Stuhl herum und beugte sich zu einem umgelegten Schalter auf ihrer Konsole. »Ein Signal, Captain... sehr schwach.« Einige Sekunden lang lauschte sie nur. Dann sagte sie: »Es ist Balok, Sir, ein Notsignal an die Fesarius. Seine Maschinen arbeiten nicht mehr... sein Lebenserhaltungssystem ebensowenig. Er wiederholt seine Botschaft an die Fesarius.«

»Irgendeine Antwort von dort, Leutnant?«

»Negativ, Sir. Sein Signal wird schwächer. Es ist so schwach, daß ich bezweifle, daß sein Mutterschiff es hören kann.«

Auf dem Bildschirm vor Kirk hing Baloks kleine Kugel. Einst so voll kriegerischer Vitalität und jetzt hilflos und träge – ein schwarzes Nichts in der sternenübersäten Weite des Weltraums. Es hatte etwas Pathetisches an sich. Wie eine Tragödie im Westentaschenformat, in der die mikroskopisch kleinen einzelligen Plankton-Lebewesen von einem Walfisch verschluckt werden.

»Errechnen Sie einen Kurs zu ihm hin, Mr. Bailey«, sagte Kirk.

Von seinen Offizieren zeigte nur Spock keinerlei Überraschung, er hob noch nicht einmal die Augenbrauen. Kirk drückte auf den Interkomknopf, griff nach seinem Mikrofon und sagte:

»Hier spricht der Captain. Das Schiff der Ersten Föderation ist in einer Notlage. Wir bereiten uns vor, an Bord zu gehen.«

Seine Mannschaft war von Balok verfolgt und bedroht, überbeansprucht und mit panischer Angst erfüllt worden. Deshalb mußten die richtigen Worte gefunden werden, um diesen Hinweis auf Gnade in seiner Ankündigung zu erklären. Er fand sie und sagte: »Hier stehen Leben auf dem Spiel. Nach unseren Begriffen ›fremdartiges Leben‹ – aber trotzdem Leben. Captain Ende.«

Navigator Bailey, der sein Bestes tat, um die respektvolle Ehrfurcht in seinen Augen zu verbergen, meldete: »Kurs errechnet und eingegeben, Sir.«

»Bereiten Sie den Transporterraum vor, Mr. Scott.«

Scott zögerte einen Augenblick, dann sagte er: »Aye, Sir« und ging zum Aufzug. Kirk wandte sich an Sulu und befahl: »Bringen Sie uns auf hundert Meter heran, Mr. Sulu. Langsam vorwärts.«

Sulu seufzte und wiederholte den Befehl. Kirk sah in die Runde. Die immer noch vorhandene Unzufriedenheit auf den Gesichtern seiner Leute zeigte ihm, daß weiter richtige Worte vonnöten waren. Er erhob sich von seinem Sessel und sagte: »Meine Herren, wie lautet die Mission unseres Schiffes? Sie lautet, fremde Lebensformen zu entdecken und Kontakt mit ihnen aufzunehmen, wo immer wir auf solche stoßen.« Er hielt inne, drehte sich herum und zeigte auf das kleine, dunkle Schiff auf dem Bildschirm. *»Leben«*, sagte er und kam nach einer langen Pause zum Punkt. »Eine Gelegenheit, zu demonstrieren, was unsere hochtrabenden Worte bedeuten. Noch Fragen?«

Als niemand sprach, fuhr er fort:

»Ich werde zwei Mann mitnehmen. Dr. McCoy, um die Fremden zu untersuchen und falls möglich zu behandeln.« Er war bereits an der Aufzugstür, als er sich umdrehte. »Und Sie, Mr. Bailey.«

Bailey brachte völlig verblüfft nur ein »Sir?« heraus.

»Das Gesicht des Unbekannten, Mr. Bailey. Ich denke, ich schulde Ihnen einen Blick darauf.«

Bailey sagte: »Ja, Sir«, während er sich langsam von seinem Sitz erhob.

Spock hatte seinen Platz ebenfalls verlassen. »Ich ersuche um die Erlaubnis, Sir...«

»Abgelehnt, Mr. Spock. Für den Fall, daß ich einen Fehler gemacht habe, daß Balok uns eine Falle gestellt hat, brauche ich Sie hier.«

Zusammen mit Bailey traf McCoy, der seine Bereitschaftstasche in der Hand trug, Kirk im Lift. Zu Kirks »Transporterraum« leuchteten Lampen auf, und das vertraute Klicken der Relais war zu hören. Nach einem kurzen Augenblick wandte sich Kirk, das bleiche Gesicht Baileys ignorierend, an McCoy. »Ich vermute, du bist auch gegen diese Aktion.«

McCoy zuckte die Schultern. »Ich bitte dich ja auch nicht um deine Zustimmung zu meinen Diagnosen.«

»Angst, Mr. Bailey?« fragte Kirk.

»Ja, Sir.«

»Wovor?«

»Wenn ich das genau wüßte...«

»Mir geht es genauso, Mr. Bailey.«

Als die drei den Transporterraum betraten, sahen Scott und der Assistent neben ihm von den Kontrollgeräten hoch. »Es wird riskant werden, Sir. Wir haben eine Art Hauptdeck angepeilt«, warnte Scott.

Kirk nickte und fragte: »Luftprobe?«

»Atembar, Captain. Der Sauerstoffgehalt ist etwas höher als der unsere.«

»Bereit, Doktor?« fragte Kirk, der sich McCoy zuwandte.

»Nein, aber das wird dich sicher nicht aufhalten.«

Bailey, der als letzter den Transporterraum betrat, ging gehorsam an den Platz, den Kirk ihm zuwies. Von seiner Konsole aus auf der gegenüberliegenden Seite des Raumes bedeutete Scott ihnen, sich zu bücken. »In die Hocke, Captain. Es scheint dort sehr eng zu sein«, rief er.

Kirk, der zufrieden war, daß er und seine Begleiter sicher plaziert waren, befahl: *»Energie.«*

Mit dem Summen der Energiezufuhr verwandelten sich die drei in unidentifizierbare Gestalten aus Lichtfunken. Als der Transporter-Effekt nachließ, verschwanden sie und materialisierten beinahe gleichzeitig in einem Raum, dessen Decke kaum einen Zentimeter über ihren Köpfen lag. Ein schwaches, gedämpftes, indirektes Licht umgab sie, aber es gab keinerlei Zeichen von Rauch oder sonstigen Schwierigkeiten. Immer noch gebeugt, blieben die drei ausdruckslos stehen, überwältigt vom Luxus des vor ihnen liegenden Raumes. Der Boden war mit einer Art tiefem, flauschigem Teppich bedeckt, dessen goldene Farbe gut zu dem tuchartigen, samtartigen Wandgehänge paßte. Auf einer silbern und jadegrün glänzenden Couch in der Mitte des Raumes lag ein Wesen. War es Balok? Der Kopf war noch größer als auf dem Bildschirm der *Enterprise*, und der Körper schien merkwürdig schlaff zu sein.

Es bewegte sich nicht, als sie sich näherten. Die glotzenden Augen des riesigen, aufgedunsenen Kopfes hatten keine Lider, sondern starrten glasig auf die gegenüberliegende Wand. Als McCoy das Ding mit den Knöcheln beklopfte, gab es einen hohlen Klang. McCoy nickte und sagte: »Jim, das ist eine Attrappe, eine Art Puppe.«

»Ich habe euch erwartet«, sagte die vertraute rauhe Stimme Baloks.

Bei ihrem Klang wirbelten alle herum.

Kirks erster Gedanke war: »Ich halluziniere.« Denn der echte Balok hatte beinahe die Größe eines Kindes; er war einen knappen Meter groß, pausbäckig und knuddelig. Er bot eine so nette Erscheinung, daß man sich nur wundern konnte, woher seine kleine Brust die Resonanz für diese Stimme nahm. Er lächelte wie ein Engelchen, und seine rosigen Wangen bekamen unter den zwinkernden Äuglein kleine Grübchen. Er saß lässig in einem kleinen Stuhl, gekleidet in eine Art türkis-schimmernden Morgenmantel.

»Ich bin Balok«, sagte er. »Willkommen an Bord.«

Kirk dachte über das Phänomen der Stimme nicht weiter nach, ging auf ihn zu und betrachtete die kindlich wirkende Hand, die auf drei kleine armlose Stühle wies.

»Ich bin Captain Kirk, ich...«

»Und das sind McCoy und Bailey«, unterbrach ihn sein Gastgeber. »Setzen Sie sich und machen Sie es sich bequem.«

Als die Männer von der *Enterprise* sich sacht auf den Rand dieser Kinderstühle niederließen, drückte Balok auf einen Knopf an der Wand neben ihm. Sie glitt zur Seite und gab den Weg für einen Servierwagen frei, auf dem eine Schale und vier Becher standen.

Balok nahm einen Schöpflöffel, tauchte ihn in die Schale und füllte gastfreundlich die Becher.

»Wir müssen trinken. Das ist Tranya. Ich hoffe, es schmeckt Ihnen genauso gut wie mir.«

»Commander Balok...«, begann Kirk, wurde aber durch einen Wink der kleinen Hand Baloks zum Schweigen gebracht.

»Ich weiß, ich weiß«, sagte die Reibeisenstimme. »Sie haben tausend Fragen. Aber zuerst kommt das Tranya.«

Dieser kleine Knirps hatte die *Enterprise* von ihrem Kurs abgebracht, ihre Besatzung mit fürchterlichen Drohungen demoralisiert und war zu einem allgemeinen Ärgernis geworden. Kirk nahm den Becher an, der ihm gereicht wurde, aber er trank nicht davon. Ebensowenig McCoy. Balok strahlte sie an. Er hob seinen Becher und nippte daraus. Nach einem Augenblick taten Kirk und McCoy es ihm gleich. Nur Bailey, der immer noch unsicher und mißtrauisch war, zog es vor, seinen Becher lediglich in der Hand zu halten.

Das Tranya war köstlich. Als Kirk seinen leeren Becher auf den Servierwagen zurückstellte, wanderten seine Augen zu der Couch, auf der der riesige, gräßliche Kopf halb auf, halb neben seinem Kissen herumlag.

Balok bemerkte es und sagte: »Mein zweites Ich, sozusagen, Captain. Bei Ihnen wäre er Mr. Hyde und ich Jekyll. Sie müssen zugeben, er ist sehr wirkungsvoll. Vor mir hätten Sie niemals Angst bekommen. Auch mein Notsignal hielt ich für ganz schön ausgefuchst.« Mit einem erneuten engelsgleichen Lächeln fügte er hinzu: »Es war ein Vergnügen, Sie auf die Probe zu stellen.«

Kirk warf einen Blick auf das Männchen und meinte: »Ich verstehe.«

Balok sagte wieder ernst: »Sehen Sie, ich mußte Ihre wirklichen Absichten herausfinden.«

»Aber Sie haben doch unsere Datenbanken angezapft...«

»Ihre Aufzeichnungen hätten eine Täuschung Ihrerseits sein können.« Während Balok sprach, goß er noch mal Tranya in seinen Becher und bot auch Kirk mehr davon an, der aber ablehnte. McCoy allerdings ließ sich nachschenken und fragte: »Und wo ist Ihre Mannschaft, Commander?«

Balok kicherte. »Mannschaft? Ich habe keine Mannschaft, Doktor. Es gibt nur Mr. Hyde und mich. Ich regle alles von diesem kleinen Schiff aus. Die schwere Stimme wurde unerwartet traurig, das pausbäckige Gesicht gedankenvoll. »Aber ich vermisse Gesellschaft, Unterhaltung. Selbst ein Fremder wäre ein willkommener Begleiter. Vielleicht könnte einer Ihrer Männer... für eine bestimmte Zeit... ein Austausch von Informationen, von Kulturen...«

Der Gegensatz zwischen der mächtigen Stimme und dem aufrichtigen Eingeständnis, einsam zu sein, weckte Mitgefühl. Kirk bemerkte viel, was ihm an Balok gefiel, und empfand beträchtliche Sympathie für ihn, wie er hier allein mit seiner gespenstischen Puppe auf der Couch im Weltraum umherirrte.

»Ja«, sagte er. »Glauben Sie, wir finden einen Freiwilligen, Mr. Bailey?«

Bailey sprang mit solcher Begeisterung von seinem Kinderstuhl, daß er sich den Kopf an der Decke anschlug.

»Mich, Sir!« rief er. »Ich möchte mich gerne freiwillig melden!«

Kirk wartete eine ganze Weile, dann nickte er und sagte: »Eine ausgezeichnete Idee, Mr. Bailey.«

Ungläubig starrte Balok auf den Navigator der *Enterprise*. »Sie wollen bei mir bleiben? Mein Freund werden? Sie repräsentieren also die Elite der Erde?«

Bailey rieb sich den Kopf und protestierte: »Nein, Sir. Das tue ich nicht. Ich mache jede Menge Fehler.«

»Und auf diese Weise werden Sie mehr über uns erfahren, Commander Balok«, sagte Kirk. »Was mich betrifft, so werde ich einen besseren Offizier zurückbekommen.«

Balok brach in offenes freudiges Lachen aus, das so ansteckend war, daß Kirk ebenfalls lachen mußte.

»Ich sehe, Captain«, sagte Balok, »wir beide denken ziemlich ähnlich, Sie und ich.«

Nachdem diese Entscheidung gefällt worden war, trank Bailey seinen Becher mit Tranya in einem Zug aus.

Nachdem er ihn geleert hatte, erhob sich Balok aus seinem Sessel. Er ging würdevoll zur Tür, blieb dort stehen und wartete, bis seine Gäste ihm gefolgt waren. Er schaute zu ihnen auf, und sein Gesicht strahlte wie das eines Kindes am Weihnachtsabend. Im nächsten Augenblick war er schon wieder ganz geschäftsmäßig.

»Lassen Sie mich Ihnen jetzt, bevor ich die Fesarius zurückhole, mein persönliches Schiff zeigen. Ich habe dieses Vergnügen nicht allzu oft.«

McCoy, der ihm durch die Tür folgte, schüttelte den Kopf vor Verwunderung über diesen Verlauf der Dinge. Kirk und Bailey lächelten einander zu, als sie sich bückten, um hinter dem kleinen Mann in der Robe durch den Eingang zu gehen.

An der nächsten kleinen Tür hielt Balok inne, drehte sich um und sagte: »Ja, Captain, wir sind uns wirklich sehr ähnlich. Beide sind wir stolz auf unsere Schiffe.«

Die Spieler von Triskelion

Gamma II war eine so kleine Welt, daß es schon fast hochtrabend klang, sie als Planeten zu bezeichnen. Den Unterlagen nach galt sie als unbewohnt, trotzdem verfügte sie über automatische Kommunikatoren und Astrogationseinrichtungen. Zu ihrer Routineüberprüfung beabsichtigte Kirk, sich mit Uhura und Chekov auf diese kleine Welt hinunterbeamen zu lassen.

Auf Chekovs Meldung hin, daß die *Enterprise* sich nun in der gewünschten Umlaufbahn um Gamma II befand, nickte Kirk.

»Sehr gut, Mr. Chekov. Leutnant Uhura?«

»Bereit, Sir.«

»Dann also los.« Kirk drehte sich noch einmal zu Spock um. »Commander, Sie halten die Stellung.«

Spock hob die rechte Braue, doch dann sagte er nur: »Jawohl, Sir.«

Sein Wissenschaftsoffizier ließ sich auf dem verlassenen Kommandantensessel nieder und sah ihnen zu, wie sie in den Lift traten. Von hier an, dachte er, war alles Routine – erst der Transporterraum, der Befehl »Energie!«, und dann das glitzernde Flimmern ihrer Entmaterialisierung.

Doch diesmal verlief es ein wenig anders. Obgleich Kirk, Uhura und Chekov sich wie üblich auf die Plattform stellten und obwohl Scott jetzt auch den zweiten Schalter einrasten ließ, verloren sie sich nicht im normalen Flimmern, dem Transporteffekt, sondern waren urplötzlich verschwunden – wo sie noch einen Augenblick zuvor gestanden hatten, war einfach nichts mehr.

Erschrocken zog Scott den ersten Schalter zurück, dann beschäftigte er sich hastig mit den Armaturen. Wenn er wirklich gehofft hatte, die drei würden wieder auf der Plattform erscheinen, hatte er sich getäuscht. Beunruhigt rief er in seinen Kommunikator: »Scott an Brücke.«

»Hier Spock, Mr. Scott.«

»Mr. Spock – der Captain, Leutnant Uhura und Mr. Chekov, sie haben sich nicht entmaterialisiert. Sie sind einfach verschwunden. Sie stellten sich auf die Plattform – und weg waren sie. Wo – wo sind sie jetzt?«

»Ich nehme an, Sie wollen damit sagen, der Transportvorgang verlief nicht auf die übliche Weise?«

Scott stieg das Blut in den Kopf. »Natürlich meine ich das. Glauben Sie, ich hätte Sie sonst belästigt, wenn alles mit rechten Dingen zugegangen wäre?«

Die ruhige Stimme des Vulkaniers fragte: »Haben Sie Ihre Instrumente überprüft, Mr. Scott?«

»Selbstverständlich! Sie sind absolut in Ordnung. Aber das ganze Transportsystem funktionierte nicht wie sonst. Kein Energieflimmern, nichts. Sie sind fort, Sir, und ich kann sie nicht zurückholen!«

»Irgendwelche Energieschwankungen?«

»Die Geräte zeigen nichts dergleichen an, und alle Instrumente funktionieren normal.«

»Überprüfen Sie noch einmal alles, Mr. Scott. Ich werde einstweilen den Planeten nach ihnen abtasten.«

Die Materialisierung des *Enterprise*-Trios auf der Oberfläche des Planeten Gamma II war genauso unorthodox verlaufen wie ihr Verschwinden vom Sternenschiff. Anstatt sich in derselben aufrechten Haltung wiederzufinden, die sie auf der Transporterplattform eingenommen hatten, fielen sie mit dem Gesicht voraus auf den Boden und rollten, ohne etwas dagegen unternehmen zu können, bis zum Fuß einer gewaltigen Felsformation, die sich in steilen Zacken in den rot-grünen Himmel hob. Kirk taumelte als erster auf die Füße. Er schüttelte sich, um das Schwindelgefühl abzustreifen, das ihn seltsamerweise erfaßt hatte. Jetzt erst wurde ihm bewußt, daß sie an einem äußerst ungewöhnlichen Ort gelandet waren – auf einem gepflasterten Platz mit einem Gewirr von Linien, die Dreiecke, Quadrate, Hexagone, Rhomboiden und jede nur mögliche geometrische Form bildeten.

Nun richtete Chekov sich auf und sah sich verwirrt um. »Was ist passiert, Sir?«

»Offenbar hat der Transporter nicht richtig funktioniert.«

»Eine ziemlich heftige Landung, Captain.«

Kirk trat zu der noch reglosen Uhura und versuchte, sie auf die Beine zu bekommen. Er war verwirrt.

»Das ist unmöglich Gamma II«, murmelte Kirk. »Sehen Sie sich nur die Farbe des Himmels an!«

Uhura klammerte sich haltsuchend an seinen Arm. »Das ist die verrückteste Landebahn, die mir je untergekommen ist.«

Sie untertrieb keinesfalls. Diese »verrückte Landebahn« hatte etwa die Größe eines Tennisplatzes, aber das war auch die einzige Ähnlichkeit damit. In dem Wirrwarr von geometrischen Figuren gab es kein wirkliches System. Sie schienen aufs Geratewohl ineinander zu verlaufen. Als sie den Platz jedoch länger betrachteten, ließ sich bei viel Phantasie vielleicht sagen, daß er den Eindruck eines verrückten Spielfelds für nicht weniger verrückte Spieler erweckte.

Kirk legte schützend die Hände über die Augen und blickte in den unheimlichen Himmel hoch.

»Das ist eine Trinärsonne«, murmelte er.

»Dann haben Sie recht, Sir. Wir befinden uns demnach nicht auf Gamma II«, sagte Chekov. »Aber wo sind wir dann?«

Kirk lächelte ein wenig verzerrt. »Das würde auch mich interessieren, Mr. Chekov.« Er nahm seinen Kommunikator vom Gürtel und ließ ihn aufschnappen. »Kirk an *Enterprise*«, rief er.

Aber im Grunde hatte er gar nicht damit gerechnet, daß er Antwort bekommen würde. Auch die Geräte der anderen zwei brachten nicht den gewünschten Erfolg.

»Keine Verbindung, Sir«, sagte Chekov überflüssigerweise.

Kirk befestigte seinen Kommunikator wieder am Gürtel, als Uhura am Fuß der Felsen entlangdeutete.

Kirk folgte ihrem ausgestreckten Finger. »Nein, Gamma II ist das zweifellos nicht. Der Planetoid ist unbewohnt. Hier dagegen sind wir offenbar nicht allein. Es sieht aus, als bekämen wir Gesellschaft.«

Im Schatten der Felswand standen vier Geschöpfe, offensichtlich erstaunt über die Anwesenheit der drei und möglicherweise auch über ihr Aussehen. Ihre Haltung war wachsam und feindselig. Der Auffallendste dieser vier war ein großer, breitschultriger blonder Mann, ein Wikinger-Typus, der aussah, als hätte man ihn geradewegs aus Walhall hierherversetzt. Neben ihm kauerte eine plumpe muskelstrotzende, affenähnliche Gestalt, wie man sich einen Neandertaler vorstellen mochte. Das dichte Haar wuchs ihm über die Stirn bis fast zur Nase. An seiner Seite stand – sprungbereit, wie es schien – eine Frau, die die Laune der Natur mit einer Mähne gelblichen Haares mit schwarzen Flecken, einem Leopardenfell ähnlich, ausgestattet hatte. Zwei spitze Zähne, den Reißzähnen von Raubtieren gleich, hingen ihr bis über die Unterlippe. Woran jedoch der Blick des *Enterprise*-Trios nun hängenblieb, war die vierte Gestalt. Es war ein Mädchen wie eine Amazone, von beeindruckender Schönheit mit langem, bronzefarbenem Haar, deren Saphiraugen unter den dichten schwarzen Wimpern wie die der anderen voll Feindseligkeit funkelten. Und ebenso wie die anderen drei trug sie um den Hals einen breiten Metallreif, in den unterhalb des rechten Ohres ein glitzernder Edelstein eingesetzt war.

Beide Frauen hatten in dem Lederharnisch, den sie über ihrem kittelartigen, groben Gewand trugen, einen scharfen Dolch stekken, dazu hielten sie wie die zwei männlichen Gestalten einen Stab in der Hand, der an einem Ende zu einer Klinge auslief und am anderen in einen spitzen Haken.

Schweigend kamen diese seltsamen vier auf das Trio zu und blieben in exaktem Abstand außerhalb des Dreiecks stehen, in dem die *Enterprise*-Leute sich befanden.

Der riesige Wikinger deutete auf sich. »Ich bin Lars«, sagte er. »Er ist Kloog. Sie mit dem Tierhaar ist Tamoon. Die andere ist Shahna.«

Tiefes Mißtrauen sprach aus seiner Baßstimme. Normalerweise hätte Kirk sich und seine Begleiter jetzt ebenfalls vorgestellt, aber er hatte das dumpfe Gefühl, daß dafür nicht die richtige Zeit war. So sagte er statt dessen mit ruhiger Stimme. »Phaser auf Lähmen einstellen. Nur für den Notfall«, fügte er hinzu.

Und dieser Notfall ließ nicht auf sich warten.

Lars schob das Kinn vor, machte einen Schritt auf Chekov zu und versuchte, ihm den Phaser aus der Hand zu reißen. Kirk schoß sofort auf den Angreifer. Aber nichts tat sich – nichts! Auch Uhuras und Chekovs Phaser funktionierten nicht. Hastig veränderte Kirk die Einstellung seiner Waffe und versuchte es erneut, wieder ohne Erfolg. Die Waffen streikten genau wie die Kommunikatoren. Der Wikinger hatte sich von Chekov abgewandt, als er, Kirk, auf ihn zu schießen versucht hatte, und kam nun auf ihn zu. Mit aller Wucht warf Kirk den nutzlosen Phaser auf den Giganten und duckte sich seitwärts, um von hinten an ihn heranzukommen. Jetzt sah er, daß die anderen drei der merkwürdigen Geschöpfe seine zwei Begleiter bereits überwältigt hatten. Er bemühte sich, jetzt nicht an sie und seine Verantwortung für sie zu denken, sondern konzentrierte sich auf den Riesen. Er sprang ihm auf den Rücken und versetzte ihm einen Handkantenschlag in den Nakken. Er legte ihn jedoch nicht flach, sondern betäubte ihn halb, daß er taumelte und nicht sofort zum Gegenangriff übergehen konnte.

Kirk nutzte seine Gelegenheit und versetzte dem Wikinger noch ein paar Nackenschläge. Der letzte fällte den mächtigen Siegfried endlich. Zufrieden richtete Kirk sich auf und sah sich nach seinen weniger glücklichen Schiffskameraden um.

Die schöne Shahna hatte mit Tamoons Hilfe Uhura niedergezwungen. Nun ließ sie das leopardenmähnige Geschöpf zu deren Bewachung zurück und wandte ihre gefährliche Aufmerksamkeit Kirk zu.

Der Augenblick seiner Selbstzufriedenheit kam ihm teuer zu stehen. Zu spät erkannte er, daß Shahna auf ihn zusprang. Obwohl er sich zur Seite warf, gelang es ihm nur um Haaresbreite, ihrem Klingenstab zu entgehen. Die Felswand verhinderte ein weiteres Ausweichen. Shahna griff nach ihrem Dolch im Gürtel und warf sich auf Kirk. Die Dolchspitze preßte schmerzhaft gegen seine Kehle. Ihre blauen Augen blickten ihn so voll triumphierenden Hasses an, daß er sich unwillkürlich fragte, ob das nun sein Ende war.

Vor ihnen schnappten sich Tamoon und Kloog seine beiden Gefährten am Kragen und stellten sie auf. Lars erhob sich taumelnd und noch halb betäubt von den Nackenschlägen. Kirk, der geduckt mit dem Rücken an der Felswand lehnte, hielt sich völlig still, damit Shahna in ihrer Wut ihm nicht die Dolchspitze in den Hals bohrte. Als er jedoch husten mußte, ließ der Druck ihrer Klinge erstaunlicherweise ein wenig nach. Sofort richtete er sich aus seiner unbequemen Haltung auf und entkam ihrem Griff und der Dolchspitze. Im gleichen Augenblick erschien in dem im Zentrum gelegenen Dreieck eine weitere Gestalt.

»Halt!« rief sie.

Sofort senkte Shahna den Dolch. Der Fremde ignorierte sie und wandte sich direkt an Kirk. »Ausgezeichnet, Captain Kirk«, lobte er.

Kirk fand nichts so besonders großartig an seiner Reaktion – er hatte lediglich instinktiv so gehandelt, wie man es ihm in der Raumakademie eingetrichtert hatte. Aber jetzt war wirklich nicht der richtige Moment, sich nostalgischen Erinnerungen an die harte Schule hinzugeben, die alle Raumkadetten absolvieren mußten. Der Macht und Würde ausstrahlende Fremde kam nämlich bereits näher auf die drei *Enterprise*-Leute zu. War es seine Kleidung, die ihm diesen Eindruck von unbeschränkter Gewalt verlieh? Er trug nicht wie die anderen einen Lederharnisch, sondern ein togaähnliches schwarzes Gewand, das an der Schulter ein in Gold gesticktes Wappen aufwies. Und im Gegensatz zu den anderen war er nicht bewaffnet. Aber genau wie sie hatte er einen Metallreif mit einem großen Edelstein um den Hals. Sein Gesicht war ausdruckslos. Kirk schätzte sein Alter auf etwa dreißig bis fünfunddreißig.

Wieder sprach er.

»Obgleich wir Stärke, Gewandtheit und Kampfgeist erwartet haben, Captain Kirk, sind wir beeindruckt und erfreut.«

Kirk biß sich auf die Zunge. Er war zu wütend, jetzt zu sprechen. Kloog zerrte den sich vergebens gegen seinen Griff wehrenden Chekov heran, gefolgt von Lars, der die wütend strampelnde Uhura über die Schulter geworfen hatte. Nachdem sie die beiden neben Kirk abgestellt hatten, bemächtigten sie sich ihrer Phaser, Trikorder und Kommunikatoren.

Kirk fragte seine beiden Gefährten: »Sind Sie verletzt?«

Uhura schüttelte noch ein wenig benommen den Kopf. »Ich – ich glaube nicht, Sir.« Chekov konnte seine Wut nicht unterdrükken. »Niemand ist verletzt, Captain – noch nicht!«

»Bewundernswert, Chekov«, bemerkte der Mann in Schwarz. »Bewundernswert! Auch Sie, Leutnant Uhura. Ich sehe schon, Sie werden sich hier als unschätzbar erweisen.«

»Wer ist der Kerl, Sir?« brüllte Chekov.

»Ich bin Galt«, machte der Fremde sich bekannt. »Der Meistersklave auf Triskelion, dieser Welt. Man hat mich geschickt, euch willkommen zu heißen.«

Ein äußerst unerwünschtes Willkommen, dachte Kirk. Noch während Galt sprach, spürte er unsichtbare Hände um seinen Hals, die ihm einen metallenen Kragen umlegten, sicher ähnlich dem der anderen. Vergebens versuchte er die Hände wegzuschieben, aber es gab sie überhaupt nicht. Trotzdem trug er bereits den Sklavenreifen um den Hals, der sich auch bei aller Anstrengung nicht von ihm öffnen ließ. Also fand Kirk sich einstweilen mit dem Unvermeidlichen ab und versuchte, sich ein wenig zu entspannen. Doch auch das gelang ihm nicht, als er sah, daß der Kragen durch eine Kette – ebenfalls von unsichtbaren Fingern – an der Felswand befestigt wurde. Rechts von ihm, und zwar mit durchaus sichtbaren Händen, ketteten Shahna, Lars und Tamoon seine Begleiter an die Wand.

»Jetzt«, erklärte Galt, »seid ihr bereit für eure Ausbildung.«

»Woher kennen Sie unsere Namen?« fragte ihn Kirk.

»Die Versorger erwarteten euch, Captain. Sie arrangierten eure Versetzung hierher.«

Also lag es gar nicht an einer Fehlfunktion ihres Transporters, daß sie auf dem falschen Planeten gelandet waren. Ihre Versetzung war die Folge einer Interferenz, die so ungeheuerlich wie unerklärlich war.

Kirk wartete einen Augenblick, ehe er sich weiter erkundigte: »Diese – Ihre Versorger, sind sie…«

Galt unterbrach ihn mit scharfer Stimme. »Korrektur, Captain. Die Versorger gehören nicht uns. *Wir gehören ihnen!«*

Kirk hatte es zwar ein wenig anders gemeint, aber die Antwort, die er bekommen hatte, war sehr interessant. Es handelte sich hier demnach um einen Sklavenstaat.

»Und was wollen die Versorger von uns?«

»Ihr sollt ausgebildet werden, was sonst? Wozu braucht man denn sonst Sklaven?«

»Sklaven? Es kann sich hier nur um einen Irrtum handeln. Wir sind Offiziere eines Sternenschiffs der Föderation und in deren Auftrag unterwegs.«

»Von Irrtum kann keine Rede sein. Eure früheren Titel und Ränge haben hier keine Bedeutung. Jetzt seid ihr Sklaven und werdet ins Ausbildungslager gebracht. Kommt, man hat bereits Unterkunft für euch bereitgestellt.«

»Wir werden absolut nichts tun, ehe wir keine zufriedenstellende Erklärung für diese Unverschämtheit erhalten haben. Wer sind Sie? Was ist das für ein Ort? Und was bilden Sie sich ein, das mit uns tun zu können!«

»Ich habe es euch bereits gesagt. Diese Welt heißt Triskelion. Ihr werdet ausgebildet und den Rest eures Lebens hier verbringen. Zerbrecht euch nicht den Kopf darüber, wie ihr von hier entkommen könntet – es ist absolut unmöglich! Kein Sklave verläßt Triskelion je wieder. Lars, löse die Ketten von der Wand.«

Als der Wikinger den Befehl befolgt hatte, wandte Galt sich wieder an Kirk. »Nun könnt ihr mit mir zu eurer Unterkunft kommen.« Er zögerte, dann fügte er eindringlich hinzu. »Captain, wir führen nichts Böses mit euch im Schilde.«

Kirk blickte auf die vier diensteifrigen Sklaven, die Chekov und Uhura vor sich herschoben. Dann folgte er schulterzuckend ihrem Meister.

McCoy war auf die Brücke der *Enterprise* gekommen und hatte sich neben Spock an die Sensoren gesetzt. Er bemerkte, daß Fähnrich Jana Haines Chekov an dessen Konsole vertrat und ein anderer junger Offizier, dessen Name ihm nicht einfiel, Leutnant Uhura. Scott trat gerade aus dem Lift und gesellte sich zu den beiden an den Peilsuchgeräten.

»Mr. Spock, ich habe den Transporter allergründlichst überprüft. Jede Schaltung arbeitet perfekt. Was immer auch diesen Energieschub verursachte, hatte nichts mit dem Transporter zu tun, er kam auch nicht aus einem anderen Teil des Schiffes!«

»Ich bin soweit, Ihnen zu glauben, Mr. Scott. Ich habe die Planetenoberfläche bereits zweimal abgetastet. Es gibt kein Leben auf Gamma II.«

McCoys Gesicht verdunkelte sich. »Was, zum Teufel, kann passiert sein? Soll das vielleicht heißen, daß ihre Atome noch irgendwo dort draußen herumschwirren?«

»Nein, Doktor. Selbst das würden die Sensoren aufzeichnen.«

»Aber wo sind sie dann?« brüllte Scott.

Ruhig wie bisher erwiderte Spock: »Wir haben nur negative Bescheide erhalten, Mr. Scott. Es sind keine Magnetstürme gemeldet, keine Ioneninterferenzen, und wie Sie selbst festgestellt haben, wiesen auch Ihre Maschinen keine Mängel auf.«

Jetzt gingen McCoys Nerven durch. »Eine negative Einstellung nutzt uns nichts, Spock! Wir können sie schließlich nicht einfach dort draußen...« Er unterbrach sich und fügte verzweifelt hinzu, »...wo immer sie auch sind, ihrem Schicksal überlassen.«

»Wir werden selbstverständlich weitersuchen und die Sensoren ständig überwachen, Doktor. Im Augenblick können wir nur auf eine logische Erklärung hoffen.«

»Hoffen!« brummte McCoy sarkastisch. »Ich dachte immer, Sie hielten die Hoffnung für eine typisch menschliche Unzulänglichkeit, mit der die Vulkanier sich nicht abgeben?«

»Menschliche Unzulänglichkeiten stecken an, wenn man ihnen eine längere Zeit ausgesetzt ist, Doktor.« Ohne ein weiteres Wort wandte Spock sich wieder seinen Anzeigen zu.

Man brachte Kirk, Uhura und Chekov in einen Korridor, an dem sich zu beiden Seiten Zellen befanden, mit Türen, deren obere Hälfte vergittert und deren untere, wie der Rest der Zelle, aus stabilem Holz war. Vor drei nebeneinanderliegenden Zellen mußten die Gefangenen anhalten. Ungläubig starrten sie auf die Namensschilder an den Türen: An der mittleren stand KIRK, links davon UHURA und rechts CHEKOV.

Kirk hatte nicht zum erstenmal mit einer so von sich überzeugten fremden Intelligenz auf seiner Mission, »dorthin, wo noch kein Mensch zuvor gewesen ist«, zu tun. Einen Augenblick lang setzte ihn diese triskelianische Variante in Erstaunen. Doch dann fand er sich schulterzuckend ab. Im Augenblick konnte er nichts gegen diese arroganten Wesenheiten unternehmen, die Galt »Versorger« nannte. Aber morgen war auch noch ein Tag. Spock auf der *Enterprise* würde seine nicht unerhebliche Intelligenz einsetzen, um sie mit seinen nicht weniger effizienten Instrumenten zu finden.

»Das sind eure Unterkünfte«, sagte Galt gerade. »Öffne die Türen, Shahna.«

Gehorsam nahm sie eine kleine Scheibe aus ihrem Lederharnisch und drückte sie gegen die Schlösser der drei Zellen. Während sie damit noch an der dritten beschäftigt war, warf Kirk Chekov einen bedeutungsvollen Blick zu, den der Navigator mit einem unmerklichen Nicken beantwortete.

Die drei Türen waren nun offen. »Geht hinein«, befahl Galt.

Kirk und Chekov machten scheinbar gehorsam zwei Schritte, doch dann wirbelten sie herum und warfen sich auf die nächstbefindlichen Gefangenenwärter. Kirk schlug Kloog mit den Schultern in die Magengegend, daß der Neandertaler in die Knie ging. Dann brüllte er im Kommandoton: »Leutnant Uhura!«

Uhura schüttelte ihre Benommenheit ab. Sie stieß Tamoon, die neben ihr gestanden hatte, mit aller Gewalt gegen Lars. Dann sah sie sich nach Kirk um und rannte mit ihm und Chekov den Korridor zurück zu der noch offenstehenden Tür.

Da sie am Hinterkopf keine Augen hatten, konnten sie nicht sehen, wie Galt die seinen schloß und seine Züge sich in tiefster Konzentration spannten. Aber das Ergebnis spürten sie nur zu gut. Plötzlich glühten die Steine in ihren Metallkragen giftig grün auf. Ihre Flucht endete, als die breiten Reifen sich immer enger um ihren Hals schlossen. Ihre Gesichter liefen blau an, sie keuchten nach Luft und versuchten verzweifelt, die Reifen zu lockern. Hilflos sanken sie zu Boden. Sie bemerkten nicht, daß Galt sie beobachtete. Im Augenblick beschäftigten sie nur ihre kaum noch erträglichen Schmerzen, deshalb sahen sie auch nicht, daß Galt erneut die Augen schloß und sich konzentrierte.

Immer stärker quollen die Adern an Kirks Hals. Er lag auf dem Boden, gerade als der Stein seines Metallreifens zu glühen aufhörte. Er hatte seinen Zweck erfüllt. Äonen schienen zu vergehen, ehe seine gequälten Lungen Luft bekamen. Weitere Zeit verstrich, bis er endlich auf die Knie kam und sich an der Wand abstützte, um sich aufzurichten. Chekov und Uhura machten es ihm nach.

»Das war sehr dumm von euch«, tadelte Galt. »Ich habe euch doch gewarnt, daß eine Flucht unmöglich sei. Nun habt ihr es am eigenen Leib zu spüren bekommen. Die Reifen des Gehorsams haben ihre Wirksamkeit noch immer bewiesen.«

Er deutete auf Kirks Zelle. Kirk zögerte nur kurz, dann trat er ein. Ein weiterer Widerstand war sinnlos. Als seine Begleiter seinem Beispiel gefolgt waren, wurden die Türen hinter ihnen zugeschlagen.

Spock hatte leider nichts Erfreuliches zu berichten. Er erhob sich von seiner Konsole. »Sie befinden sich nicht innerhalb dieses Sonnensystems«, erklärte er.

»Es ist schon eine ganze Stunde vergangen«, murmelte McCoy. »Kann ein zu Atomen aufgelöster Mensch überhaupt so lange in einem Transporterstrahl überleben?«

»Ich wüßte nicht, daß das je erforscht worden wäre. Aber es wäre faszinierend, es herauszufinden.«

»*Faszinierend!* Können Sie an nichts anderes denken? Das sind unsere Freunde dort draußen. Das heißt, wenn sie überhaupt noch am Leben sind!«

»Das ist die Frage.«

»Die Chancen stehen nicht gut, Spock.«

»Nein, ich würde sagen, sie sind…«

»Fangen Sie nicht an, sie zu berechnen! Außerdem habe ich genug von Ihrer nüchternen Logik. Suchen Sie weiter! Sie müssen sie finden!«

»Ich wäre für einen Vorschlag, wo ich weitersuchen soll, dankbar.«

»Es ist das erstemal, daß Sie mich um etwas bitten, und da muß es ausgerechnet zu einem solchen Anlaß sein!«

Chekov stützte sich an dem Gitter seiner Zelle und wandte sich an Kirk in der nächsten Box. »Captain, die *Enterprise*... Sie werden doch versuchen, uns zu finden, nicht wahr?«

Uhura erwiderte statt Kirk in hoffnungslosem Ton. »Versuchen sicher. Aber wie wollen sie uns finden? Wir wissen ja selbst nicht, wo wir hier sind.«

»Der Stern dieses Systems ist eine Trinärsonne«, sagte Kirk. »Wenn sie es wüßten, würde es ihre Suche erleichtern. Aber wir sind zweifellos sehr weit von der *Enterprise* entfernt – wenn wir uns überhaupt in der gleichen Dimension befinden.«

Ehe die anderen sich dazu äußern konnten, kam Lars den Gang entlang und blieb vor Uhuras Zelle stehen. »Ich bin dein Ausbilder«, erklärte er ihr. »Du darfst mich Lars nennen.«

Während er sprach, öffnete er die Tür.

»Was hast du mit ihr vor?« erkundigte sich Kirk.

»Das geht dich nichts an. Du bekommst deinen eigenen Ausbilder. Er wird sich bald melden.« Er trat mit einem zugedeckten Korb in Uhuras Zelle. »Das ist deine Stärkung. Beeile dich, iß schnell. Die Zeit ist knapp bemessen.«

Uhura, die seinen sehr eindeutigen Blick bemerkte, wich vor ihm zurück. »Was – was willst du?« stammelte sie erschrocken.

Er beäugte ihre braune Schönheit mit wachsender Bewunderung. »Ich wurde für dich ausgewählt.«

Er drehte sich um und schloß die Zellentür von innen. Während Uhura noch weiter zurückwich, näherte er sich ihr selbstsicher. Er verzog sein Gesicht zu einem unmißverständlichen Grinsen. Als er seine riesigen Pranken ausstreckte, um sie in die Arme zu schließen, trat sie nach ihm. Aber er packte ihr Bein und stieß sie sanft auf den Boden. »Hör auf, dich zu wehren«, murmelte er. »Ich hab' dir doch gesagt, daß du für mich bestimmt bist.«

Sie biß ihm in die Lippen.

Kirk und Chekov versuchten vergebens, durch ihre Gitter etwas zu sehen, als sie die Geräusche eines Getümmels vernahmen.

»Uhura! Uhura! Können Sie mich hören?« Aber die Kampfgeräusche verstummten nicht. *»Leutnant Uhura! Antworten Sie!«*

Die einzige Erwiderung war ein dumpfer Schlag. Zutiefst besorgt und wütend in seiner Hilflosigkeit brüllte Kirk weiter nach ihr, mit dem Gesicht gegen die Gitterstäbe gepreßt. Doch da öffnete sich seine eigene Zellentür, und Shahna, jetzt unbewaffnet, doch ebenfalls mit einem bedeckten Lebensmittelkorb, trat in seine Box. Kirk packte den Korb, schmetterte ihn auf den Boden und funkelte das Mädchen an.

»Was macht der Bursche mit Leutnant Uhura?« brüllte er Shahna an. Sie schwieg. Nach einer kurzen Stille klang ein heftiges Poltern aus Uhuras Box. Verzweifelt versuchte Kirk es aufs neue: »Uhura? Sind Sie in Ordnung?«

Lars' Anblick bot den Beweis, daß Uhura nicht den kürzeren gezogen haben konnte. Rückwärts torkelte er aus ihrer Box und wischte sich das Blut von seiner zerbissenen Lippe. »Es ist nicht gestattet, sich der Auswahl zu widersetzen«, brummte er kläglich. »Das ist verboten!«

Verwirrt über diese unerwartete und so wilde Gegenwehr zog er sich in den Korridor zurück. Uhuras Kopf tauchte mit ziemlich zerzaustem Haar an den Gitterstäben auf.

»Es ist alles in Ordnung, Sir«, versicherte sie Kirk noch ein wenig atemlos. »Er ist zwar groß und kräftig, aber dumm.«

Chekov, der sich ein wenig seiner Besorgnis um sie schämte, flüsterte: »Was ist passiert, Leutnant?«

Uhuras Gehör war so gut wie ihre Kondition. Sie warf ihm einen leicht gereizten Blick zu und fauchte: »*Nichts* ist passiert. Sie sind genauso dumm!«

Kirk konnte ein Lächeln nicht unterdrücken. Er drehte sich um und sah, daß Shahna, der die roten Locken jetzt ins Gesicht hingen, sich gebückt hatte, um die Sachen, die herausgefallen waren, wieder im Korb zu verstauen. Dann stellte sie ihn auf etwas Würfelförmiges, das vermutlich als Tisch fungieren sollte. »Komm«, forderte sie Kirk auf. »Es ist Stärkungspause.«

Auf der Brücke der *Enterprise* hatte sich Fähnrich Haines von Chekovs Armaturen erhoben und zu Spocks Konsole begeben. Sie studierte erst sorgfältig seine Instrumente, ehe sie sich an den Vulkanier auf dem Kommandantensessel wandte.

»Sir, ich bekomme fluktuierende Energiewerte aus dieser Wasserstoffwolke.«

Mit Scott und McCoy begab Spock sich zu den Sensoren, um sie abzulösen.

»Es ist sehr schwach, Sir«, sagte sie, »aber es bewegt sich ständig über dem Normalwert.«

Spock schaltete an verschiedenen Instrumenten, ehe er sich dazu äußerte. »Das sieht aus wie eine Ionisationsspur. Außerordentlich interessant.« Mit flinken Fingern drückte er ein paar Computertasten.

»Was kann die Ursache dafür sein?« fragte McCoy.

»Genau die Frage, die ich dem Computer stellte, Doktor.« Einen Augenblick später fügte er hinzu: »Aber er hat keine Antwort darauf.«

»Der Transporter kann es jedenfalls nicht sein«, verteidigte Scott seine Maschinen. »Dazu fehlt ihm die nötige Reichweite.«

»Berechnen Sie den Kurs, Fähnrich Haines.«

»Jawohl, Sir.« Sie kehrte an die Navigationskonsole zurück, drückte auf verschiedene Tasten. »Kurs berechnet, Mr. Spock. 310 Mark 241.«

»Geben Sie ihn ein, Fähnrich Haines.«

McCoy brauste erbost auf. »Sie wollen ohne Kirk und die anderen von hier weg und einfach durch die Galaxis jagen, nur weil eine Wasserstoffwolke ein bißchen seltsam reagiert? Spock, benutzen Sie doch Ihren Kopf! Die drei sind seit mehr als zwei Stunden verschwunden!«

»Ich jage nicht einfach durch die Galaxis«, erwiderte Spock ruhig und beobachtete seine Instrumente. »Ich verfolge den Captain, Leutnant Uhura und Fähnrich Chekov. Und diese seltsam reagierende Wasserstoffwolke ist die einzige Spur, die wir haben.«

»Kurs programmiert, Mr. Spock«, meldete Fähnrich Haines.

»Dann starten Sie. Sol-Faktor Zwei.«

Aller Augen, die seinen mit eingeschlossen, richteten sich auf den Hauptbildschirm.

Auch Chekov hatte seine Schwierigkeiten. Er war nervös zurückgewichen, als das Mädchen mit den langen Reißzähnen seine Tür aufgemacht hatte und ebenfalls mit einem zugedeckten Lebensmittelkorb hereingekommen war. Zu seinem Entsetzen las er verlangende Bewunderung in den gelben Katzenaugen der leopardenhaarigen Tamoon.

»Sie – Sie sind für mich ausgewählt worden?« stieß er stammelnd hervor.

Ihre Erwiderung war etwas, das wie ein betrübtes Winseln klang. »Nein, ich bin nur deine Ausbilderin. Ich bringe dir deine Stärkung.« Sie stellte den Korb auf die Bank an der Wand und versuchte ganz offensichtlich, mit ihm zu flirten. »Chi-ko! Das ist ein hübscher Name«, stellte sie fest.

»Chekov«, verbesserte er.

Obgleich ihre langen Zähne eine deutliche Aussprache verhinderten, probierte sie es noch einmal. »Es ist ein *sehr* schöner Name. Chi-koff.« Sie schenkte ihm ein strahlendes Lächeln. »Du darfst mich Tamoon nennen.«

Chekov wischte sich den kalten Schweiß von der Stirn. »Sehr – sehr erfreut – Sie kennenzulernen – Miß...«

»Du bist ein gutaussehendes Exemplar.« Sie musterte ihn bewundernd. »Du gefällst mir besser als die anderen.«

Chekov, der oft genug seinen Mut im Kampf mit galaktischen Feinden bewiesen hatte, war bei der plumpen Koketterie dieses fremdartigen Mädchens alles andere als wohl zumute. Als sie erklärte: »Ich werde dich so gut ausbilden, daß mein Versorger dich übernimmt«, wich er noch weiter zurück. »Das ist sehr freundlich von Ihnen, Miß, aber...«

Er hatte die Bank erreicht. Seine Kniekehlen schlugen so heftig dagegen, daß er darauf niedersank. Sofort setzte Tamoon sich neben ihn und lächelte ihn mit spitzen Reißzähnen noch verführerischer an.

»Wenn mein Versorger zufrieden ist, werden wir vielleicht sogar füreinander ausgewählt.«

Ein ungewolltes Stöhnen entschlüpfte ihm. Mitleidig blickte Tamoon ihn an. »Du bist bestimmt hungrig, Chi-koff.« Sie hob den Korbdeckel ab und deutete auf die Schüsseln. »Iß, Chi-koff.«

»Chekov«, korrigierte er. »Nein, danke. Ich habe keinen Hunger.«

Was man von Kirk nicht behaupten konnte. Mit sichtlichem Appetit verschlang er den Inhalt seiner Metallschüsseln. Shahna sah ihm erfreut dabei zu. Als er fertig war, seufzte er zufrieden.

»Ich wußte gar nicht, daß ich solchen Hunger gehabt hatte. Was immer diese Speisen waren, sie haben gut geschmeckt.«

»Das war Stärkung«, erklärte sie ihm. »So nennen wir es.« Sie stellte die leeren Schüsseln säuberlich in den Korb zurück. Kirk betrachtete sie nachdenklich. Er war sich ihrer großen Schönheit nur allzu bewußt.

»Stärkung«, echote er. »Sehr praktisch. Und wie nennt man diesen Kragen?«

Die Saphiraugen blickten ihn an. »Das ist das Zeichen unseres Versorgers. An der Farbe des Juwels erkennt man, welchem Versorger man gehört. Wenn du versteigert bist, wirst du auch einen farbigen Edelstein bekommen.«

»Versteigert? An den Höchstbietenden?«

Verwirrt erwiderte sie: »Wenn du ausgebildet bist, bekommst du den Reif des Versorgers, der die meisten Quatloos für dich geboten hat.«

Kirk nickte. »Ich werde also sein Leibeigener. So nennt man das bei uns.«

Ganz offensichtlich wußte sie mit dem Wort nichts anzufangen. Als sie den Deckel wieder auf den Korb gab, sagte Kirk: »Dieser Kragen des Gehorsams – ist Galt der einzige, der ihn manipulieren kann?«

»Du meinst, um damit zu warnen und zu bestrafen?«

»Ja. Wie macht er es?«

»Es ist nicht erlaubt, darüber zu sprechen«, sagte sie fest.

Er deutete auf den Korb. »Bist du – ich meine, wirst du mir immer meine Stärkung bringen?«

»Natürlich. Ich bin deine Ausbilderin. Ich werde dich gut anlernen.«

»Dessen bin ich mir sicher.« Er erhob sich. »Ich muß schon sagen, ein Ausbilder von deinem Aussehen ist mir noch nie untergekommen.«

»Ich verstehe nicht. Was meinst du damit?«

Er lehnte sich an die Wand. »Ich will damit sagen, daß du eine sehr schöne Frau bist.«

Sie richtete sich vom Korb auf und schüttelte verwirrt den Kopf. »Schön? Was ist das?«

»Hat dir das noch nie jemand gesagt?«

»Nein. Was bedeutet es?«

»Das ist sehr schwer zu erklären – es bedeutet vielerlei... Es...« Er nahm einen der flachen glänzenden Deckel der Metallschüsseln aus dem Korb und hielt ihn ihr vors Gesicht. »Schau hinein. Was du siehst, ist schön.«

Aber ihr Spiegelbild schien nur ihre Verwirrung zu erhöhen, und da Kirk sah, daß sie ihn wirklich nicht verstand, wechselte er das Thema. »Wo bist du geboren, Shahna?«

»Geboren? Ich war immer hier.«

»Wo sind deine Eltern? Dein Vater und deine Mutter?«

»Jene, die mich gebar, wurde in einem Freistilkampf getötet.«

»Freistil!«

»Nur Geduld. Du wirst alles lernen«, versicherte sie ihm.

»Und die anderen? Lars und die, die Chekovs Ausbilderin ist, sie wurden doch nicht hier geboren, oder? Wo kommen sie her?«

»Es ist nicht gestattet...« Sie unterbrach sich, als eine Glocke schrill läutete. Sofort hatte sie sich wieder völlig gefaßt. »Jetzt ist Trainingszeit«, erklärte sie. Sie drehte sich zu einem kleinen Schränkchen in einer Ecke um und drückte auf einen Knopf. Die Tür glitt seitlich auf. Sie griff in den Schrank und holte einen ledernen Harnisch heraus, ähnlich dem, den sie trug.

»Das ist dein Trainingsharnisch«, sagte sie. »Zieh ihn an.«

Spock und Fähnrich Haines saßen über die Sucher gebeugt, während alle anderen auf der Brücke mit angespannten Gesichtern auf den Hauptbildschirm starrten.

»Das ist doch Blödsinn!« brummte McCoy und scharrte ungeduldig mit den Füßen. »Da ist nichts – absolut nichts dort draußen!«

Scott nickte zustimmend. »Wir fliegen auf einen völlig leeren Sektor zu.«

Spock blickte auf. »Das nächste System auf der Ionisationsspur ist M24 Alpha.«

»Aber das muß ja noch zwei Dutzend Lichtjahre entfernt sein!« rief Scott.

»Elf Komma sechs drei null, Mr. Scott.«

»Spock, wollen Sie vielleicht damit andeuten, man hätte sie über eine solche Entfernung hin versetzt?« Vor Zorn begann er zu stottern. »Sie... Sie haben Ihren vulkanischen Verstand verloren, Spock!«

»Ich deute absolut nichts an, Doktor. Ich verfolge lediglich den einzigen logischen Kurs, der einen Hinweis bietet.«

Das beruhigte McCoy allerdings absolut nicht. Er begann nervös auf der Brücke hin und her zu laufen.

»Das ist der Stab. Man kann damit angreifen oder sich verteidigen«, erklärte Shahna.

So sah er auch aus. Ein Ende lief in eine scharfe, spitze Klinge aus, das andere in einen Haken. Kirk schwieg, genau wie Chekov und Uhura. Lars und Tamoon standen in der Nähe auf einer der geometrischen Figuren des Spielfelds.

»Ich zeige es euch«, sagte Shahna. »Lars!«

Als Lars, ebenfalls mit einem Stab in der Hand, näher kam, wandte sie sich wieder an die drei *Enterprise*-Leute. »Ich werde jetzt angreifen. Der Angreifer darf nur die dunklen Felder des Platzes benutzen, der Verteidiger nur die hellen.«

Lars und Shahna stellten sich einander gegenüber auf und gaben ein kurzes Beispiel von Angriff und Abwehr mit dem Stab. »Das genügt für den Anfang«, sagte Shahna. »Jetzt wird jeder von seinem eigenen Ausbilder unterwiesen.«

»Halt!« ertönte Galts kalte Stimme.

Urplötzlich, wie aus dem Nichts, stand der Meistersklave mit einem an den Handgelenken gefesselten Sklaven auf dem mittleren Dreieck.

Galt deutete mit dem Kopf auf den neben ihm Stehenden. »Er brauchte ein wenig zu lange, um zu gehorchen«, erklärte er. »Zur Strafe muß er jetzt als Zielsklave dienen.« Ohne auf die entsetzten Mienen der Rekruten zu achten, befahl er: »Ihr werdet von hier aus angreifen. Beim Parieren schlagt ihr auf den Zielsklaven ein. Uhura, beginne!«

Mit vor Schreck geweiteten Augen nahm Uhura benommen den Stab, den Lars ihr in die Hand drückte. Da erst wurde ihr klar, was man von ihr verlangte. »Nein!« schrie sie. »Nein!«

Galts Stimme war eisig. »Es ist nicht gestattet, eine Trainingsübung zu verweigern. Fang an!«

»Es ist mir ganz egal, ob es gestattet ist oder nicht! Ich tue es jedenfalls nicht!« brüllte Uhura zurück und warf wütend den Stab von sich.

Völlig ruhig sagte Kirk: »Keiner von uns wird es tun, Galt.«

Galts Augen funkelten. Sie erinnerten Kirk an das Glitzern von Schneekristallen in der Mittagssonne. »Es gehört zu eurer Ausbildung. Die Versorger wünschen es!«

»Zum Teufel mit den Versorgern!« brüllte jetzt Kirk, und Chekov neben ihm brummte etwas Unverständliches in seinen nichtvorhandenen Bart.

Eine unheilschwangere Stille setzte ein, ehe Galt die Augen schloß – und die Steine auf ihren Sklavenreifen aufleuchteten. Der furchtbare Schmerz zwang sie in die Knie. Das Glühen der Steine und der schreckliche würgende Druck schwanden erst, als Galt die Augen wieder öffnete. Es dauerte eine Weile, ehe es den drei *Enterprise*-Leuten gelang, taumelnd wieder auf die Füße zu kommen.

»Wir haben Geduld mit euch gezeigt, weil ihr Neuankömmlinge seid«, sagte Galt. »Aber jetzt sehe ich, daß man euch eine Lektion erteilen muß.« Er klatschte in die Hände. Sofort eilten zwei Sklaven von den Seiten herbei und lösten die Fesseln des Burschen neben Galt. Mit ihm verschwanden sie wieder, als Galt dröhnend rief:

»Kloog!«

Der Affenmensch kam mit einem Hakennetz, einem Dolch und einer kurzstieligen Peitsche herbei. Er stellte sich erwartungsvoll neben Galt in das Dreieck.

Die drei *Enterprise*-Leute wechselten erschrockene Blicke. Galt achtete nicht darauf. Mit kalter Stimme erklärte er: »Kloog wird jetzt Strafmaßnahmen ergreifen. Uhura, stell dich in das Rechteck. Lars, binde sie.«

Sie warf Kirk einen ängstlichen Blick zu und machte einen Schritt vorwärts, als Kirk schnell vor sie sprang.

»*Ich* bin für die Handlungen meiner Leute verantwortlich«, rief er. »Ich verlange, mit den Versorgern zu sprechen.«

»Das ist nicht gestattet!«

Kirk unterdrückte seine Wut und sagte: »Es ist mir klar, daß eure Versorger über große Macht verfügen. Aber ich versichere dir, daß die der Föderation größer ist. Bereits jetzt sucht eines der Sternenschiffe nach uns. Sollten wir getötet werden, droht euch die Vergeltung nicht nur dieses einen Schiffes, sondern der gesamten Sternenflotte.«

»Die Versorger wissen über eure Sternenflotte Bescheid, Captain. Und da du die Verantwortung für die Taten deiner Leute übernimmst, magst du auch ihre Strafe bekommen.« Galt lächelte mit schmalen Lippen. »Ich würde sagen, du bist etwas voreilig, Captain. Doch diese Strafe wird weniger schmerzhaft als der Halsreif sein. Dreh dich um!«

Einen Moment zögerte Kirk, dann gehorchte er. Galt, der immer noch lächelte, legte ihm die Handfesseln um.

»Jetzt bist du der Zielsklave, Captain.«

Er hatte es ja nicht anders haben wollen. Langsam und wachsam begab Kirk sich zu dem Rechteck und blieb ein paar Schritt vor Kloog in leicht geduckter Haltung stehen, ohne ein Auge von ihm zu lassen.

»Es ist bedauerlich, daß wir ausgerechnet dich verlieren werden, Captain«, sagte Galt. »Aber es wird eine gute Lehre für die anderen sein.«

Es war ein Beispiel von einer Brutalität, die nur einem wahnsinnigen Gehirn entspringen konnte. Kloog, ein Experte mit dem Hakennetz, sprang plötzlich damit auf den gefesselten Kirk zu, dem es durch einen Satz zur Seite im letzten Augenblick gelang, den Schlingen zu entkommen. Doch ehe er sich gefaßt hatte, hieb Kloog ihm die Peitsche über die Brust. Kirk torkelte rückwärts. Er hörte weder Uhuras Entsetzensschrei, noch sah er Lars den herbeistürmenden Chekov mit dem Stab zurückdrängen. Er wußte, daß er um sein Leben kämpfte, und konzentrierte sich allein darauf, dem gefährlichen Netz zu entkommen.

In einem wilden Schwung senkte es sich erneut auf ihn herab. Wieder duckte sich Kirk und sprang zur Seite, doch diesmal riß einer der Haken seinen Arm auf. Immer wieder schoß das Netz herab, immer aufs neue wich Kirk ihm aus. Schweiß strömte ihm über das Gesicht, seine Knie zitterten, denn Kloog gönnte ihm nicht die geringste Pause.

»Halt!« rief Galt. »Fünfzehn Trisek Pause«, hörte Kirk ihn hinzufügen.

Kloog senkte seine Waffe und ließ sich mit überkreuzten Beinen auf dem Boden nieder, während Kirk zu einer nahen Bank taumelte. Wie durch einen Schleier hindurch sah er Shahna auf sich zukommen. Sie drückte eine schmalhalsige Flasche an seine Lippen.

»Das wird dir neue Kraft geben. Trink!« forderte sie ihn auf.

Er schluckte durstig. Ein wenig der Flüssigkeit sickerte seine blutende Brust hinab. Als sein Atem sich allmählich wieder beruhigte, bedankte er sich. »Er ist ziemlich schnell mit seiner Peitsche«, kommentierte er.

»Nicht auf sie mußt du achten, sondern auf das Netz«, warnte Shahna ihn. »Wenn er dich erst darin gefangen hat, wird er den Dolch benutzen und dich töten!«

Er nickte. Shahna warf einen schnellen, verstohlenen Blick in Galts Richtung, dann flüsterte sie. »Kloog sieht mit dem linken Auge nicht gut. Nähere dich ihm von dieser Seite.«

Erstaunt über ihre unerwartete Anteilnahme, sah Kirk ihr nach, als sie an den Rand des Spielfelds zurückrannte. Aber er hatte keine Zeit, sich weiter darüber Gedanken zu machen, denn Galt rief:

»Nehmt eure Plätze wieder ein!«

Kirk war nun mit Kloogs Angriffsweise besser vertraut und wich geschickt aus. Als der Neandertaler Netz und Peitsche zu einem neuen Angriff zurückzog und sich dabei leicht seitlich drehte, sprang Kirk schnell nach rechts. Kloog holte mit der Peitsche aus und traf schmerzhaft Kirks Wange, doch Kirk gelang es, die Peitschenschnur mit dem Fuß festzuhalten und sie ihm zu entreißen, während Kloog das Netz zum Wurf hob. Darauf hatte Kirk gewartet. Er warf sich auf den Boden, rollte herum und stieß Kloog den Kopf in den Magen. Dann wich er hastig dem herabsausenden Netz aus, trat mit beiden Füßen nach Kloog und warf ihn zu Boden.

Eine neue Stimme rief laut und schrill: »Halt!«

Galt, die Sklaven und alle anderen Triskelianer sanken auf die Knie und neigten die Köpfe, der kahlen Rückwand zugedreht.

»Wir gehorchen, Versorger I«, sagte Galt.

Kirk kehrte zu Chekov und Uhura zurück. Die drei versuchten herauszubekommen, von woher die Stimme klang, die jetzt erneut erdröhnte.

»Versorger I bietet dreihundert Quatloos für die Neuen.«

Eine tiefere Stimme rief: »Versorger II bietet dreihundertfünfzig Quatloos!«

Da warf eine dritte ein: »Versorger III – vierhundert!«

Die körperlosen Stimmen klangen offenbar von den verschiedenen Wänden. Sosehr die *Enterprise*-Leute sich auch umsahen, genauer ließ es sich nicht bestimmen.

»Versorger II bietet tausend Quatloos!«

»Versorger III eintausendfünfzig!«

»Zweitausend!« schrillte Versorger I.

Die anderen Stimmen verstummten. Galt verneigte sich tief. »Zweitausend Quatloos sind geboten. Ist das das letzte Angebot?«

Die Wände blieben stumm. Nach kurzer Pause erklärte Galt laut: »Die Neuankömmlinge wurden an Versorger I verkauft.«

»Wir sind freie Menschen!« sagte Kirk scharf. »Wir gehören niemandem!«

»Welche Kühnheit!« rief Versorger II hörbar erfreut. »Ich wette fünfzehn Quatloos, daß er undressierbar ist.«

»Zwanzig Quatloos, daß alle drei undressierbar sind!« schrie Versorger III.

»Wette angenommen!« schrillte Versorger I.

Ein wildes Stimmengewirr erschallte nun von den drei Wänden. Jeder der Versorger versuchte den anderen zu überbieten. Die Höhe des Einsatzes stieg schier ins Uferlose, bis Versorger III laut brüllte: »Ich wette fünftausend Quatloos, daß die Neuankömmlinge getötet werden müssen!«

Die hohe Stimme von Versorger I schrillte: »Wette angenommen! Galt, kennzeichne die Sklaven!«

Die Steine am Halsreifen der drei *Enterprise*-Leute nahmen einen tiefen Orangeton an.

»Ihr tragt jetzt das Zeichen eines guten Stalles«, wandte Galt sich an sie. »Aber ich muß euch warnen. Nun, da ihr vollwertige Sklaven seid, habt ihr bei weiterem Ungehorsam mit dem Tod zu rechnen.«

Das ständig gleiche Bild auf dem Hauptbildschirm der Brücke hatte Scotts Besorgnis so in die Höhe schnellen lassen, daß er nicht länger an sich halten konnte.

Mit verbissener Miene marschierte er zu Spocks Konsole. »Mr. Spock, hören Sie zu«, sagte er wild. »Es ist Wahnsinn anzunehmen, daß sie so weit transportiert wurden! Wenn es überhaupt noch eine Chance für sie gibt, dann nur, wenn wir dort suchen, wo wir sie verloren haben.«

Mit ruhiger Stimme und völlig unbewegten Zügen erwiderte Spock: »Wir haben dort gesucht, Mr. Scott.«

»Es besteht immer die Möglichkeit, daß man etwas übersieht!«

»So wie einen Fehler im Transportermechanismus?«

»Nein, Sir. Der Transporter ist absolut in Ordnung.«

»Es gab auch nicht die geringste Spur von ihnen im Gebiet von Gamma II.«

McCoy warf ein: »Und wenn sie dort wären, ist es absurd zu glauben, daß sie noch leben – nach dieser langen Zeit!«

»In diesem Fall, Doktor, haben wir nichts zu verlieren, wenn wir unseren gegenwärtigen Kurs weiterverfolgen.«

Auf dem Spielfeld war mit der Kampfausbildung begonnen worden, Lars in Angriffs-, Uhura in Verteidigungsposition. Als sie sich auf ein Rhomboid zubewegten, kamen sie an Chekov vorbei, der Tamoons Angriff reichlich ungeschickt abwehrte.

»Du mußt dich flinker bewegen, Chi-koff. So, nochmal: Parade! Parade! Stoß!«

Wut flammte in ihm auf. Er schwang den Stab herum und zielte mit der Klingenspitze auf eine kleine Metallscheibe an ihrer Schulter. Sie drang in die Scheibe ein, und Tamoon sprang erfreut zurück.

»So ist es gut!« lobte sie ihn. »Bald wirst du für die Spiele bereit sein.« Sie blickte ihn an. »Du scheinst dich nicht darüber zu freuen, weshalb, Chi-koff?«

»Chekov! Das einzige, was mir Freude machen würde, wäre, auf mein Schiff zurückzukehren. Wie haben sie uns nur hierhergeholt? Wo haben sie die Energie dazu, Tamoon?«

»Es ist nicht gestattet, darüber zu sprechen.« Sie zögerte. Leiser fuhr sie fort. »Erzähle mir von diesem Schiff. Was gefällt dir dort denn so? Dein Versorger? Sorgt er besser für dich?«

»Ich habe keinen Versorger! Erdenmenschen kümmern sich um sich selbst.«

Sie starrte ihn an. »Sie kümmern sich um sich selbst? Aber das ist ja furchtbar gefährlich! Da kann ja so viel passieren! Du darfst nie dorthin zurückkehren, Chi-koff! Dir könnte etwas zustoßen!«

Shahna, die der Ansicht war, daß Kirks Beinmuskulatur gekräftigt werden müßte, machte mit ihm einen Dauerlauf durch ein Feld, und sie rannten immer noch Seite an Seite, als sie an einer Baumgruppe vorbeikamen.

Ein wenig atemlos rief Kirk: »Wir sind mehr als drei Kilometer gelaufen! Genügt das nicht? Wie wär's mit einer Verschnaufpause?«

»Na gut. Wenn du müde bist!«

Kirk ließ sich auf dem steinernen Treppenaufgang eines zerfallenen Gebäudes nieder. Nach einer Weile setzte Shahna sich neben ihn.

Kirk atmete tief. »Es ist gut, von dem Übungsfeld wegzukommen, wenn auch nur für eine kurze Weile. Was haben die Versorger eigentlich davon? Ich meine, weshalb macht es ihnen Spaß, zuzusehen, wie andere kämpfen und einander töten?«

Die dunklen Wimpern senkten sich über das Saphirblau der Augen. »Das ist der Lauf der Dinge.«

»Die Stimmen klangen mechanisch. Sind die Versorger Computer?«

Sie hob die Wimpern. »Computer?«

Er beantwortete seine Frage mit einer weiteren, die er sich selbst stellte: »Aber weshalb sollten Computer sich Sklaven halten? Shahna, hast du sie je gesehen? Haben sie Körper?«

»Nicht solche wie wir.«

Kirk blickte auf die Ruinenansammlung. »Was ist das für ein Ort, Shahna?«

»Er wird nicht benutzt.«

»Hat er denn keinen Namen? Er ist sehr alt. Vermutlich haben Humanoide ihn erbaut. Shahna, könnte das vielleicht einmal eine Stadt der Versorger gewesen sein?«

Ihre Stimme zitterte. »Ich glaube, es ist nicht gut, solche Fragen zu stellen.«

»Sie haben Körper«, murmelte er, »wie unsere – oder hatten sie zumindest.«

»Über solche Dinge spricht man nicht«, sagte sie fast ergrimmt.

»Ich verstehe.« Er bedauerte es, daß er sie mit diesem Thema offenbar in Gewissenskonflikte gebracht hatte, und wechselte es. »Eine hübsche Gegend hier. Das erinnert mich sehr an die Erde.«

Als sie ihn nur verständnislos ansah, erklärte er: »Mein Heimatplanet – wo ich geboren wurde.«

»Planet?«

Na gut, dachte er, warum sollte nicht zur Abwechslung ich den

Lehrer spielen? »Hast du des Nachts nie in den Himmel geschaut, Shahna? Auf die Lichter in der Dunkelheit?«

»Oh, die! Ja ich *habe* sie betrachtet.«

»Es sind Sterne. Und um sie herum gibt es Planeten – Orte –, viele wie dieser hier – und dort leben Menschen wie wir.«

Sie fragte ihn kopfschüttelnd: »Wie kann man auf einem flakkernden Lichtpunkt leben?«

Er lächelte sie an. »Von der Erde aus sehen auch Triskelions drei Sonnen nur wie Lichtpunkte aus.« Dann fügte er mit düsterer Stimme hinzu. »Im Grund genommen ist das hier der finsterste Planet, den ich kenne.«

»Finster? Wieso? Alles ist hell – hier und in unseren Unterkünften...«

»Finster!« widersprach er. »Sklaven haben keine Freiheit, Shahna. Du darfst nichts anderes denken oder tun, als dein Versorger dir befiehlt.«

»Was sollte man denn sonst tun?«

Sie war wirklich bezaubernd, und ihre Unwissenheit verlieh ihrer Schönheit einen Hauch von Pathos.

»Lieben, beispielsweise«, murmelte er.

»Lieben? Was ist das?«

Er hätte sie gern in die Arme geschlossen und geküßt, aber er wollte sie nicht erschrecken. »Auf der Erde ist die Liebe wichtiger als alles andere. Besonders die Liebe zwischen Mann und Frau.«

»Ich verstehe«, versicherte sie ihm. »Wir haben hier auch Gefährten. Wenn es an der Zeit ist, die Herde zu vergrößern, wird mein Versorger einen für mich auswählen.«

»Auf der Erde suchen wir unseren Gefährten selbst aus. Jemanden, für den wir sorgen möchten, den wir lieben. Bei uns verbringen Männer und Frauen ihr Leben miteinander – teilen Freud und Leid – machen sich gegenseitig glücklich.«

Errötend flüsterte sie. »Ich glaube, deine Worte sind nicht gestattet.«

»Na schön. Dann erzähle mir von den Versorgern. Wo leben sie? Wie sehen sie aus?«

»Ich habe sie nie selbst gesehen, aber ich habe gehört, daß sie nicht wie wir aussehen. Sie leben...«

Plötzlich glühte der Stein ihres Kragens auf. Erschrocken schnappte sie nach Luft. Kirk sprang hoch. Sie blickte zu ihm auf und flüsterte schmerzhaft. »Ich – ich habe – über Verbotenes gesprochen. Ich muß...«

Sie würgte. Ihr Gesicht lief blau an. Hilflos stand Kirk neben ihr. Es gab nichts, was er tun konnte. Er mußte zusehen, wie sie auf dem Boden zusammenbrach und sich vor Schmerzen wand.

Wütend starrte er um sich. »Aufhören!« brüllte er. »Aufhören! Es ist meine Schuld!« Seine Stimme überschlug sich fast. »Hört auf, sage ich! Ihr bringt sie um!«

Aber der Stein ihres Kragens glühte nur noch feuriger. Shahnas Gesicht war dunkel, ihr Mund weit aufgerissen, die Hände, die vergebens am Halsreif gezerrt hatten, sanken auf den Boden. Kirk wirbelte zu der Felswand oberhalb des Spielfelds herum und ballte die Hände. *»Aufhören!«* brüllte er erneut. »Sie hat keine Schuld. Es war meine! Ich fragte sie! Wenn ihr schon jemanden bestrafen müßt, dann mich! Bitte – bitte...«

Er wurde sich vage eines seltsamen Lautes bewußt, der wie elektronisches Lachen klang. Dann wurde der Stein in Shahnas Kragen stumpf. Als Kirk sich neben sie kniete, erklang die schrille Stimme von Versorger I.

»Ist dies das, was ihr Menschen Mitgefühl nennt? Es ist interessant, aber hier von keinem Wert. Du bietest überhaupt einige sehr interessante Aspekte, Captain. Doch du mußt erst Gehorsam lernen, dann erst wirst du ein unübertrefflicher Sklave sein.«

Shahna schnappte keuchend nach Luft. Nun, da der grauenvolle Schmerz nachgelassen hatte, begann sie zu schluchzen. Kirk nahm sie sanft in die Arme.

»Ist schon gut«, murmelte er tröstend. »In meinen Armen bist du sicher. Weine nicht mehr.«

Sie drückte den Kopf an seine Schulter, und allmählich verstummte ihr Schluchzen. Nach einer Weile blickte sie zu ihm hoch und musterte ihn verwundert. »Du hast dich meinetwegen in Gefahr gebracht und ihren Grimm auf dich gelenkt. Weshalb – weshalb hast du das getan?«

Kirk drückte sie fester an sich. »Es ist auf der Erde so üblich, daß einer für den anderen einsteht, wenn man sich in Schwierigkeiten befindet.«

Er wußte, daß er kommen würde – dieser wundersame Augenblick, da zwei Herzen einander entgegenflogen.

Er hob ihr Gesicht zu seinem empor und küßte sie.

Verwirrt zuckte sie zurück. Dann musterten die blauen Augen ihn erneut, und ein Finger berührte sanft seine Lippen. »Und das – war das auch – füreinander einstehen? Helfen?«

Lächelnd küßte er den Finger. »Ich nehme an, so könnte man es wohl nennen.«

Ihre Augen glänzten. »Bitte – hilf mir noch einmal.«

Diesmal gelang der Kuß vollkommen. Ihre Arme hoben sich wie von selbst, um sich um seinen Hals zu legen. Als er mit einer Wange dagegen streifte, zog sie sie schnell zurück.

»Ich – ich wußte nicht, daß es so zwischen den Menschen sein könnte. Ist es dort, wo du herkommst, immer so?«

»So sollte es immer für dich sein, Shahna«, murmelte er.

Das rasselnde Lachen erschallte erneut. Plötzlich stand Galt neben ihnen.

»Du hast wahrhaftig viele Überraschungen zu bieten, Captain. Aber da die Versorger sich darüber amüsierten, wirst du nicht bestraft. Kehr in deine Unterkunft zurück.«

Kirk nahm Shahna an der Hand. »Komm, wir gehen zusammen.«

Im Kommandantensessel der Brücke drehte Spock sich zu der Ecke um, in der Scott und McCoy miteinander flüsterten.

»Mr. Scott.«

Scott schrak zusammen. »Jawohl, Sir?«

»Sind Sie denn nicht in der Lage, mehr als Sol Sechs zustande zu bringen?«

Scott kam auf Spock zu. »Ich bin der Meinung, daß wir ohnehin bereits viel zu weit geflogen sind.«

McCoy kam ebenfalls herbei und unterstützte Scott. »Er hat recht, Spock. Wir haben Jim und die anderen bei Gamma II verloren. Sie haben uns jetzt über ein Dutzend Lichtjahre weitergeschleift, nur weil Sie sich einbilden...«

»Ich gebe mich keinen Einbildungen hin, Doktor. Das Verschwinden unserer Freunde lag nicht an einem Transportfehler, soviel steht fest. Sie befinden sich auch nicht im Gamma-System. Ein Strahl hochintensiver Energie wurde aus dem trinären System, dem wir uns jetzt nähern, auf das System Gamma gerichtet. Er ist keinesfalls natürlichen Ursprungs. Erklärt das die Situation nicht?«

»Nein, Spock, durchaus nicht. Sie umschreiben nur etwas umständlich, daß Sie einer Mutmaßung nachgehen. Meine Mutmaßung ist, daß sie sich noch auf Gamma II befinden – tot oder lebend. Und ich will dort noch einmal alles gründlich absuchen.«

»McCoy spricht auch für mich, Sir«, erklärte Scott.

»Meine Herren, ich habe das Kommando über dieses Schiff. Wir werden unseren gegenwärtigen Kurs weiterverfolgen – außer Sie beabsichtigen eine Meuterei.«

Spock ließ ihre wütenden Blicke unbewegt über sich ergehen. Einen Moment empfanden die beiden führenden Offiziere – wie schon oft zuvor – etwas für Spock, das Ehrfurcht sehr nahe kam. Er hatte unzählige Male seine Ergebenheit für Captain Kirk bewiesen – eine Freundschaft, für die er auch jetzt durch seine einsame Entscheidung eintrat, ohne Zeichen von innerem Zweifel oder Besorgnis.

Scott spürte, wie sein Respekt für Kirks besten Freund plötzlich noch wuchs. McCoy hingegen brauste verlegen auf.

»Wer sagt etwas von Meuterei? Sie eigensinniger, spitzohriger... Also gut, aber wenn wir sie hier nicht finden, kehren wir zu einer weiteren Suche nach Gamma II zurück, einverstanden?«

»Einverstanden, Doktor. Mr. Scott, können Sie mir jetzt Sol Sieben geben?«

»Aye, und vielleicht sogar noch ein wenig mehr.«

Spock wandte sich an den Navigator. »Sol Sieben, Fähnrich.«

Stärkungszeit. Shahna sperrte die Tür von Kirks Box auf und betrat sie, ohne ihn anzusehen. Als sie den Korb niederstellte, sagte Kirk: »Du kommst spät.«

Sie nickte unglücklich und wich immer noch seinem Blick aus. Er erhob sich von der Bank und nahm den Korb. »Machst du dir Gedanken über das, was heute vorgefallen ist?«

»Ja.«

»Meinetwegen?«

»Du – du hast etwas getan, daß ich mich so seltsam fühle. Wenn es erlaubt wäre, würde ich darum bitten, daß man dir einen anderen Ausbilder zuteilt.«

Kirk stellte den Korb auf das würfelförmige Tischchen. »Liebling, das wäre mir gar nicht recht.«

Er öffnete die Arme, und sie kam ganz dicht an ihn heran. Einen kurzen Moment wehrte sie sich gegen seine Lippen, doch dann erwiderte sie hungrig seinen Kuß. Er drückte sie ganz fest an sich und versetzte ihr abrupt einen Kinnhaken. Als sie in seinen Armen erschlaffte, hob er sie hoch und legte sie auf die Bank. Der Schlüssel zu seiner Box steckte in ihrem Harnisch. Er nahm ihn. Dann blickte er bedauernd auf sie hinab und küßte sie sanft auf die Stirn.

»Tut mir leid, Shahna, mein Liebling. Verzeih mir.«

Schnell wandte er sich zur Tür und drückte die Schlüsselscheibe gegen das Schloß. Zehn Sekunden später öffnete er auch Chekovs Tür. Auf seine geflüsterte Frage hin schüttelte Kirk den Kopf. »Nein, sie ist bewußtlos. Was ist mit Lars und Tamoon?«

Uhura, die er ebenfalls schnell befreit hatte, sagte: »Ich habe Lars erklärt, daß ich die Stärkung nicht mag. Er ist gegangen, um darüber Meldung zu erstatten.«

»Tamoon wird uns keine Schwierigkeiten bereiten«, versicherte Chekov Kirk. »Aber ich fürchte, ich habe unserer kleinen Romanze den Todesstoß versetzt.« Er deutete mit dem Kopf.

Das leopardenmähnige Mädchen saß gebunden am Boden. Eine der tiefen Metallschüsseln war über ihren Kopf gestülpt, um ihre wütenden Kommentare zu dämpfen.

Kirk und Chekov blickten sich grinsend an. Uhura rannte voraus und vergewisserte sich, daß sich niemand auf dem Gang befand. Er war leer. Die drei rannten durch den Eingang zum Spielfeld.

Mit gedämpfter Stimme sagte Kirk. »Ich glaube, Galt ist der einzige, der etwas mit unseren Halsbändern machen kann. Wenn es uns gelingt, unsere Phaser zu finden, können wir uns vielleicht davon befreien – gesetzt den Fall, natürlich, daß sie wieder funktionieren.«

Sie waren am mittleren Dreieck vorbeigekommen, als der Meistersklave eine seiner unerwarteten Vorstellungen gab.

»Bleibt, wo ihr seid!« befahl er.

Als Kirk zögerte, schloß Galt die Augen. Einen Moment glühten die Steine der Kragen, doch dann erloschen sie wieder.

Die schrille Stimme ihres Herrn klang aus einer der Wände. »Nur zur Erinnerung. Ihr Erdmenschen seid sehr ungewöhnlich – ungemein stimulierend.«

Im nächsten Augenblick waren sie von bewaffneten Sklaven mit stumpfen Gesichtern umringt.

Fähnrich Haines war das einzige Mitglied der Brückenbesatzung, dessen Augen an seiner Konsole hingen.

»Wir haben die Umlaufbahn erreicht, Mr. Spock.«

Spock blickte genau wie Scott und McCoy, die noch neben ihm standen, auf den Hauptbildschirm und betrachtete den gemächlich rotierenden Planeten, der ihn fast ganz ausfüllte.

»Die Sensoren zeigen auf dem gesamten Planeten nur eine Konzentration von Lebensformen auf, und zwar in der unteren Hemisphäre auf der größten Landmasse.« Spocks Stimme klang tonlos. »Es handelt sich zweifellos um humanoides Leben.«

»Dann wissen wir wenigstens, wohin wir unseren Landungstrupp schicken müssen«, meinte McCoy.

»Es wird keinen Landungstrupp geben, Doktor. Angenommen, der Captain und die anderen leben noch, wäre es sehr unklug, sie in Gefahr zu bringen, indem wir eine größere Einheit hinunterbeamen.«

»Wir können sie doch nicht ihrem Schicksal überlassen, während wir hier herumsitzen und Däumchen drehen!«

Spock erhob sich aus dem Kommandantensessel und ging zu seinem Bildschirm zurück. Er blickte über die Schulter. »Interessant. Die Sensoren zeigen keine Energiequelle an. Sie liegt vermutlich unter einem Schutzschild.«

Die Anspannung war zu groß für McCoy. »Oder wir sind ganz einfach einem Hirngespinst nachgejagt, genau wie ich sagte!«

»Ich werde mich hinunterbeamen«, erklärte Spock. »Falls ich nicht in der Lage sein sollte, mich zu melden, ist ein Landungstrupp vielleicht doch angebracht. Diese Entscheidung müssen dann Sie treffen, Mr. Scott.«

»Wenn Sie sich in die Löwengrube begeben, Mr. Spock, brauchen Sie einen Arzt.«

Spock erhob sich. »Wenn ich mich recht entsinne, hatte Daniel nichts weiter als seinen Glauben. Aber ich würde mich über Ihre Begleitung freuen, Doktor. Mr. Scott, Sie übernehmen das Kommando.«

»Jawohl, Sir.«

Ohne Vorwarnung dröhnte die schrille, metallische Stimme von Versorger I durch das gesamte Schiff. »Nein, Mr. Spock! Sie werden den Raumer nicht verlassen.«

Ein drückendes Schweigen senkte sich über die Brücke.

»Was, zum Teufel…«, begann Scott und brach dann ab.

Die Worte von Versorger I waren auch von Kirk, Chekov und Uhura gehört worden, die viele Meilen unterhalb von der *Enterprise* auf dem Spielfeld von Lars, Tamoon und Shahna bewacht wurden.

Wieder sprach Versorger I. »Keines Ihrer Kontrollsysteme wird funktionieren.«

Kirk benetzte seine trockenen Lippen, als plötzlich ganz deutlich die vertraute Stimme McCoys zu vernehmen war. »Spock, was bei allen Raumgeistern geht hier vor?«

Aber es gab keine Erklärungen. Wie, bei allen Göttern, hatten die Versorger nur diese simultane Verbindung zwischen dem Schiff und ihren Gefangenen hergestellt? Würden seine Leute ihn genauso deutlich hören, wie er McCoy gehört hatte? Es kam auf einen Versuch an.

»Willkommen auf Triskelion, meine Herren«, rief er.

Sie hörten ihn tatsächlich! »Jim!« brüllte McCoy. »Bist du es wirklich?«

»Allerdings, Pille. Und inzwischen dürfte es dir klar sein, daß man euch schon erwartet hat.«

Scott hatte in aller Eile die Kontrollen überprüft. »Es stimmt, was dieses – dieses Ding gesagt hat, Mr. Spock. Nichts funktioniert mehr.«

Aus der schrillen Stimme von Versorger I klang nun zweifellos eine Spur von Spott, als er sagte: »Meine Hochachtung. Es ist wahrhaft bewundernswert, daß Sie den Aufenthaltsort Ihrer Kameraden entdeckt haben.«

Sie werden versuchen, den Ursprung der Stimme zu orten, dachte Kirk, und es wird ihnen genausowenig gelingen wie uns. Nun, er würde ihnen berichten, was er wußte.

»Was Sie da hörten, Mr. Spock, ist ein Versorger.«

Versorger I warf ein: »Die Sklaven nennen uns Versorger, weil wir für ihre Bedürfnisse aufkommen. Dieser Begriff ist für ihre beschränkten Geistesfähigkeiten am leichtesten zu begreifen, Mr. Spock.«

»Für ihre Bedürfnisse aufkommen, heißt soviel, daß sie Sklaven benutzen – Humanoide von überall in der Galaxis zusammengestohlen –, die gegeneinander kämpfen müssen, damit ihre Besitzer Wetten abschließen können.«

Spock, der für die Eigenarten fremder Rassen immer aufgeschlossen war, sagte: »Tatsächlich? Faszinierend, Captain.«

»Nicht wirklich, Spock. Diesen Versorgern fehlt nämlich sogar der Mut, sich zu zeigen.«

»Eure Spezies ist sehr neugierig«, fühlte Versorger I sich bemüßigt zu sagen. »Aber das wußten wir. Ihr seid in mancher Beziehung recht interessant.«

Das Gespräch wurde nun zum Dialog zwischen Kirk und seinem Besitzer.

»Aber ihr *habt Angst!*« behauptete Kirk.

»Du stellst keine Gefahr für uns dar, Captain, solange du den Kragen trägst. Und du wirst ihn den Rest deines Lebens behalten.«

Ob sie das auf der *Enterprise* gehört hatten?

»Dann zeigt euch doch!« brüllte Kirk.

Seiner Herausforderung folgte ein hohes elektronisches Geflüster.

»Warum nicht?« erklang wieder die Stimme von Versorger I. Im nächsten Augenblick war Kirk verschwunden.

Er fand sich in einem kreisrunden Raum wieder. Links von ihm war ein konvexes Fenster und in der Mitte des Raumes ein sich nach oben verbreiterndes Podest mit einem durchsichtigen Behälter. Darin befanden sich drei Klumpen pulsierendes Protoplasma. Nein! Es waren Gehirne! Körperlose Intelligenzen, für alle Zeiten präserviert und stolz auf ihre Gefühllosigkeit und ihre satanische Macht.

Kirk trat ans Fenster und blickte hinaus auf einen ungeheuren subplanetarischen Komplex, dessen Einzelheiten nicht zu erkennen waren.

»Das also ist eure Energiequelle«, murmelte er. »Und völlig abgeschirmt durch die Gesteinsmassen.«

»Wir befinden uns tausend Meter unter der Planetenoberfläche«, erklärte Versorger I herablassend.

Kirk verließ das Fenster und stellte sich neben das Podest. »Primäre geistige Entwicklung – primitive Evolution«, brummte er.

Sofort berichtigte ihn Versorger II. »Falsch, Captain. Auch wir hatten einst humanoide Gestalt, aber wir entwickelten uns darüber hinaus.«

Versorger III schien offenbar das Gefühl zu haben, sich verteidigen zu müssen. »Durch Äonen rein intellektueller Beschäftigung entwickelten unsere Körper sich zurück, und wir entschieden uns schließlich dafür, ganz auf sie zu verzichten, und so sind wir jetzt die geistig überragenden Gehirne, die du vor dir siehst.«

Kirks Stimme klang abfällig, als er erwiderte: »Eine Spezies, die andere versklavt, kann man keineswegs als überragend bezeichnen – weder geistig noch sonst!«

Er schien damit in einer Wunde gerührt zu haben, denn schon brauste Versorger I auf. »Die Sklaven sind für unsere Spiele unentbehrlich, Captain. Sportliche Wettbewerbe sind unsere Unterhaltung – das einzige, das unserem Dasein Sinn verleiht.«

»Ein sehr unproduktives Dasein«, bemerkte Kirk verächtlich. »Und der größten Intellekte der Galaxis absolut unwürdig!«

Das saß. »Wir benutzen nur minderwertige Wesen«, verteidigte sich Versorger II.

»Minderwertig? Ihr, in eurem Glaskasten, kommt ja nicht in der Galaxis herum – im Gegensatz zu uns! Wir haben nämlich festgestellt, daß alle, auch die scheinbar minderwertigsten Lebensformen sich unter der richtigen Führung zu hoher Intelligenz entwikkeln können. Wahrscheinlich ist eure eigene Evolution gar nicht so großartig, wie ihr glaubt.«

Damit hatte er sie offenbar zum Nachdenken gezwungen. Erst nach einer geraumen Weile brach Versorger III das Schweigen. »Eine interessante Überlegung, Captain. Ihr Erdmenschen seid wirklich sehr anregend.«

»Ja, ungewöhnlich«, pflichtete Versorger II ihm bei. »Wir hatten gehofft, daß derartiges neues Blut sich als sehr günstig für unsere Sklavenherde erweisen würde. Wie bedauerlich, daß wir euch statt dessen nun vernichten müssen.«

»Unsere Vernichtung wird auch zu der euren führen. Ihr könnt zwar die *Enterprise* in Schach halten, aber gegen die Macht der gesamten Föderation kommt ihr nicht an.«

»Euer Schiff wird von einem Magnetsturm zerstört werden. Eine Verbindung mit euren Sternbasen ist unmöglich. Die Föderation wird nie Verdacht schöpfen, daß der Untergang der *Enterprise* anderen als natürlichen Einflüssen zuzuschreiben ist.«

Kirk ließ sich seinen Schrecken nicht anmerken. Sein Gehirn arbeitete schneller als je zuvor. Er lachte. »Und ihr nennt euch ›überragend‹! Dabei seid ihr nichts weiter als primitive Mörder. Ja, feige Mörder, die nicht den Mut haben zu einem echten Einsatz für die Leben, die sie meuchlerisch nehmen.«

Ein aufgeregtes elektronisches Gemurmel drang aus dem Glaskasten.

»Einsatz?« erkundigte sich Versorger I. »Erkläre das näher, Captain.«

Kirk richtete sich zur vollen Größe auf. »Meine Leute sind die unterhaltsamsten und erfolgreichsten Spieler des gesamten Universums. Wir haben Wettkämpfe für alles – Macht – Berühmtheit – Frauen –, was immer wir uns wünschen. Zu gewinnen liegt in unserer Natur. Nehmt als Beispiel dafür unsere Eroberung der Galaxis.«

»Wir sind uns eurer Fähigkeiten durchaus bewußt«, versicherte ihm Versorger III.

»Sehr gut. Ich bin bereit zu wetten, daß meine Leute – egal, welche Waffen ihr wählen mögt – eine faire Anzahl eurer Sklaven schlagen können.«

Er hatte sich nicht getäuscht. Sie waren echte Spieler. Aufgeregte Stimmen drangen aus dem Glaskasten. »Hundert Quatloos auf die Neuen – zweihundert dagegen – vierhundert dagegen – fünfhundert dafür...«

»Wartet! Wartet! So hört mich doch zu Ende an!« schrie Kirk, um das Stimmengewirr zu übertönen.

Die Versorger verstummten.

»Wir wetten nicht um etwas so Unwichtiges wie Quatloos. Die Einsätze müssen hoch sein!«

Eine Weile herrschte nachdenkliches Schweigen, dann rief Versorger I. »Was ist euer Einsatz, Captain?«

»Wenn meine Leute gewinnen, wird die *Enterprise* mit ihrer gesamten Besatzung dieses System ungehindert verlassen. Außerdem sollen alle Sklaven auf diesem Planeten ihre Freiheit erhalten.«

»Anarchie! Sie würden ja verhungern!«

Kirk ignorierte diese Bemerkung. »Ihr werdet ihnen eine gute Schulung und Erziehung geben, damit sie eine eigene Zivilisation mit selbständiger Verwaltung aufbauen können.«

»Sklaven, die sich selbst regieren? Lächerlich!« rief Versorger III.

»Wir haben das gleiche mit unzähligen Kulturen in der ganzen Galaxis fertiggebracht. Ihr gebt demnach zu, daß ihr nicht zu schaffen vermögt, wozu wir imstande sind?«

»Es gibt nichts, was wir nicht tun können!« erklärte Versorger

II von oben herab.

»Und was, wenn ihr verliert, Captain?« erkundigte sich jetzt Versorger I. Er wußte, daß die anderen beiden nicht weniger gespannt auf die Antwort warteten als er.

Es gab nur eines, das war Kirk klar. »Wenn wir verlieren, bleiben wir hier auf Triskelion – die gesamte *Enterprise*-Besatzung. Und laßt euch gesagt sein, daß wir die hartnäckigsten und einfallsreichsten Spieler überhaupt sind. Wir werden uns widerstandslos zu Sklaven machen lassen und ohne Auflehnung jegliche Befehle ausführen. Ihr werdet für Generationen die aufregendsten Kampfspiele erleben.«

Ein langes Schweigen setzte ein, ehe Versorger I sagte: »Euer Einsatz ist wahrhaftig hoch, Captain.«

»Nicht zu hoch für echte Spieler!«

Die Gehirne besprachen sich erneut mit elektronischem Gemurmel. Versorger II gab schließlich ihre Entscheidung bekannt. »Wir akzeptieren die Wette unter einer Bedingung, Captain.«

»Und die wäre?«

»Als Führer deiner Leute scheinst du uns am geeignetsten. Wir schlagen deshalb vor, daß du als ihr Vertreter allein gegen drei Sklaven unserer Wahl kämpfst.«

»Einer gegen drei? Sind die Chancen nicht sehr ungleich verteilt?«

Eine Ader pulsierte im Gehirn von Versorger III, als er spöttisch lachte. »Doch nicht für *echte* Spieler, Captain.«

Kirk schüttelte den Kopf. »Nein, Ihre Bedingung ist unfair.«

»Im Gegenteil«, versicherte ihm Versorger I. »Sie ist ausgesprochen fair, da eure Alternative der Tod wäre.«

Kirk nahm sich Zeit, sich alles durch den Kopf gehen zu lassen, sich zu überlegen, wie die Zukunft der *Enterprise*-Besatzung als Sklaven der Gehirne aussehen würde.

»Ich nehme die Bedingung an«, erklärte er.

»Galt wird dich vorbereiten.« Es war unglaublich, welchen Triumph das Gehirn von Versorger I in die dünne, schrille Stimme legen konnte.

So plötzlich, wie er verschwunden war, stand Kirk wieder auf dem Spielfeld, genau auf dem mittleren Dreieck – und ihm gegenüber Lars, Tamoon und Shahna.

Er nahm den Stab, den Galt ihm entgegenstreckte. Während er ihn in der Hand wog, sich der Schärfe der Klinge und des Hakens vergewisserte, klang die Stimme von Versorger I aus einer der Wände.

»Da du die Wette für alle deine Leute angenommen hast, soll es ihnen auch gestattet sein, den Kampf auf den Schiffsbildschirmen mitzuerleben.«

Im gleichen Augenblick hörte Kirk Scotts erstaunten Schrei: »Mr. Spock! Sehen Sie!«

Auch gut. Sie wußten, was er für sie empfand. Die Tatsache, daß er bereit war, für sie zu sterben, würde sie deshalb nicht allzusehr überraschen. Er selbst war jedoch nicht auf die schreckerfüllte Stimme McCoys vorbereitet. »Ihr Götter, was soll das...«

»Die Götter dürften wenig damit zu tun haben, Pille«, brummte Scott.

Spock hob schweigenheischend die Hand. Alle hörten jetzt Versorger I.

»Captain, du bist Verteidiger.«

»Jim! Jim!« flüsterte McCoy.

Aber Versorger I hatte noch mehr zu sagen.

»Die Sklaven dürfen die blauen Felder nicht verlassen, und du hast in den gelben zu bleiben, Captain. Eine Überschreitung zieht den Verlust einer Waffe nach sich. Ein Gegner muß getötet werden, um aus dem Spiel genommen zu werden. Wenn er nur verwundet wird, wird er durch einen neuen Sklaven ersetzt. Ist das klar?«

»Klar.«

»Also gut. Dann fangt an.«

Galt hatte Kirk einen Dolch in den Gürtel geschoben. Dann warf er ihm ein Hakennetz über die rechte Schulter und drückte ihm eine Peitsche in die Hand. Damit hatte Kirk mit dem Stab vier Waffen, während jeder seiner Gegner zusätzlich zum Dolch nur eine hatte.

Kloog, Lars und ein Kirk unbekannter Sklave stellten sich ihm gegenüber in blaue Felder. Der fremde Sklave sah selbst für Kirk sehr ungewöhnlich aus. Er hatte purpurfarbige Haut, war kahlköpfig und hatte als Nase zwei Fleischlappen, die bei jedem Atemzug über den Atemlöchern flatterten.

Kirk nahm den Stab in die Rechte.

Seine drei Gegner kamen gleichzeitig auf ihn zu und zwangen ihn, weit zur Seite zu hüpfen, um des Kahlköpfigen Stab parieren zu können. Dann sprang er aus dem Dreieck in einen gelben Kreis und drängte Kloog in ein blaues Hexagon zurück. Er war nicht nur physisch agiler als seine Gegner, sondern auch geistig.

Doch jetzt stürmte Lars mit dem Netz auf ihn ein, und gleichzeitig hieb der Purpurfarbige, der um ein gelbes Quadrat herumgelaufen war, mit der Stabklinge nach ihm. Nun, da alles von seinem Sieg abhing, war Kirk völlig kühl und ruhig. Er schob das Hakenende seines Stabes um Lars' Fußgelenk und stieß den Wikinger direkt in den Weg des herbeistürzenden Kloog, gerade als der kahlköpfige Fremde erneut mit der Stabklinge auf ihn losging. Er entzog sich ihr durch einen schnellen Sprung aus dem Kreis, zurück auf das gelbe Dreieck.

Lars war inzwischen wieder auf die Beine gekommen und warf sein Netz über Kirk. Kloog streckte sein Gorillakinn vor und trat einen Schritt zurück, um wirkungsvoller mit der Peitsche ausholen zu können. Kirk zog den Dolch und zerschnitt das Netz. Lars stolperte zurück und starrte nur ungläubig auf seine beschädigte Waffe. Der schnelle Kampf strengte den Purpurfarbigen offenbar an. Seine Nasenlappen flatterten wild. Er versuchte, von hinten an Kirk heranzukommen, und grunzte dabei wie ein Schwein. Kirk wirbelte herum. Er entdeckte ein gelbes Fünfeck zu seiner Linken und sprang. Dann hieb er mit dem Stab auf den Kahlkopf ein, doch der parierte geschickt mit seinem eigenen.

Kloog sah seine Chance, als Kirk seinen Stab hob. Er schlug mit der Peitsche nach ihm, und die Schnur wickelte sich um Kirk, dessen Stab in der Mitte brach. Kirk wirbelte herum, befreite sich dabei aus der Schnur, und während er aus dem Pentagon sprang, warf er die Hälfte seines Stabes als Speer und durchbohrte Kloogs dichtbehaarte Brust.

Lars mit dem zerschnittenen Netz nahm sofort Kloogs Platz ein. Der noch unbeschädigte Teil des Netzes fiel über Kirk, und Lars hob den Dolch zum Todesstoß. Das ist also das Ende, dachte er. Aber schließlich muß jeder einmal sterben.

Vielleicht gab gerade diese Resignation ihm die Gelöstheit, die er jetzt brauchte? Wie aus den Augen eines unbeteiligten Fremden sah er den Kahlkopf den Stab heben und auf ihn schleudern. Er duckte sich. Die spitze Klinge drang geradewegs in Lars' Bauch.

Kirk schöpfte neuen Mut. Er befreite sich aus dem Netz. Das Purpurwesen packte es und zog den Dolch aus dem Gürtel. Es war jetzt mit Netz, Dolch und Stab bewaffnet.

Es täuschte einen Angriff mit dem Stab vor und riß Kirk die Peitsche aus der Hand. Aber Kirk holte sie sich sofort mit einem Ruck zurück und schleuderte sie vom Spielfeld.

Nun war es ein Zweikampf zwischen Kirk und dem Purpurnen, dessen Nasenlappen Kirk ins Gesicht schlugen. Kirk schüttelte sich vor Ekel, befreite sich aus der Umarmung des anderen und sprang in den gelben Kreis.

Erneut sauste das Netz auf ihn herab. Der Kahlkopf sprang ihn an. Irgendwie gelang es Kirk, den Dolch zu ziehen und ihn dem Purpurnen in die Brust zu stoßen. Er brach vor Kirks Füßen zusammen. Zwar war er nicht tot, aber so stark verwundet, daß er sich nicht mehr erheben konnte. Genau wie zuvor Lars wurde auch er von stumpfgesichtigen Sklaven vom Spielfeld gezogen.

Eine Lache purpurfarbigen Blutes blieb von ihm zurück. Kirk schloß unwillkürlich die Augen. Welch ein Planet! Wenn dieses wahnsinnige Gemetzel das Ergebnis überragender Intelligenz war, täten die Humanoiden der Galaxis besser daran, sich zurückzuentwickeln und als Protozoen in die Urmeere zurückzukehren.

Er hob die Lider. Hastig sprang er über einen blauen Kreis hinweg und landete im gelben Dreieck. Sein erster Blick hatte ihm Shahna gezeigt, die mit erhobenem Stab vom Rand des Spielfeldes auf ihn zustürmte. Seine Knie zitterten, er war kaum fähig, die ihm noch verbliebene Stabhälfte zu halten.

»Du hast gelogen!« fauchte sie. »Alles, was du gesagt hast...« Sie sprang ihn an. Er sank auf ein Knie. Dann nahm er alle seine

Kraft und Geschicklichkeit zusammen, um ihre Abwehr zu durchdringen und ihr die Klinge ins Herz zu stoßen.

Nein, er konnte eine Frau nicht kaltblütig töten! Er brachte es nicht fertig. Aber Shahna holte zum Todesstoß aus. Sie versuchte, ihm die Klinge aus der Hand zu stoßen, um ihre eigene in seine Brust zu stechen. Ihre beiden Klingen überkreuzten sich, und ihre Gesichter waren sich dicht gegenüber.

Plötzlich zitterte ihre Unterlippe. »Du – du *hast* gelogen!«

Ihr Atem war wie der Duft einer Rose. Und wieder sprang der Funke zwischen ihnen über. Doch sie hatte ihr ganzes Leben nur den Kampf gekannt, von der Liebe nur das wenige, das er sie hatte lehren können. Würde das genügen?

Die blauen Augen hingen fragend an seinen. Tränen stiegen in ihnen auf. Shahna ließ die Klinge fallen. Sie drehte sich einer der Wände zu. »Die Sklaven ergeben sich!« rief sie.

Er hatte keine Wahl. Er mußte sie verlassen. Aber durch ihn war sie zur Frau geworden. Wer würde sich ihrer Schönheit erfreuen dürfen? Der Kommandant eines Sternenschiffs zu sein und endlos durch die Galaxis zu ziehen, hatte auch seine Nachteile.

Er wollte Shahna gerade in die Arme schließen, als Versorger I sich mit schriller Stimme meldete. »Du hast gewonnen, Captain Kirk. Bedauerlicherweise! Aber wir halten die Abmachung ein. Sklaven, hört mich an! Ihr seid alle frei. Nehmt eure Halsreifen ab!«

Kirk legte seine Hand an Shahnas Metallkragen. Er öffnete sich von selbst. Als er seinen eigenen abstreifte, hörte er das metallische Klirren, als Reif um Reif auf den Boden fiel. Shahna starrte ungläubig auf das zerbrochene Symbol der Sklaverei in ihrer Hand. Dann wandten die saphirblauen Augen sich ihm zu. Nach dem, was ihr Blick besagte, war es vielleicht wirklich besser, daß Galt gerade in diesem Augenblick mit den Phasern und Kommunikatoren der ehemaligen Gefangenen zu ihnen trat.

Kirk wandte sich an eine Wand. »Die Sklaven werden eine Erziehung und Ausbildung erhalten?«

»Das werden sie, Captain Kirk. Unser Versprechen gilt.«

»Das wird sich vielleicht als viel aufregenderes Spiel für euch erweisen als eure bisherigen Wettkämpfe. Ein Körper taugt nicht viel ohne Geist.« Und leiser fügte er hinzu: »Und das gilt auch für ein körperloses Gehirn.«

»Liebling«, flüsterte Shahna.

Er blickte sie an. Nein, es konnte keine gemeinsame Zukunft für sie geben. Wenn nur... Er nahm sich zusammen. »Ich habe dich nicht belogen, Shahna. Ich habe nur getan, was notwendig war. Eines Tages wirst du mich verstehen.«

»Ich – ich verstehe schon jetzt – ein wenig. Du wirst uns jetzt verlassen?«

Er nickte. Es war ihm unmöglich, auch nur ein weiteres Wort herauszubringen.

»Du – kehrst zu den Lichtern im Himmel zurück? Ich möchte auch zu diesen Lichtern – mit dir. Nimm mich mit.«

»Das kann ich nicht.«

»Dann lehre mich, wie ich dir folgen kann.«

Gleichgültig, wer alles dabei zusah, nahm er sie in die Arme. »Es gibt vieles, das du zuvor lernen mußt – die Versorger werden eure Lehrer sein. Gebt euch Mühe – ihr alle, die ihr bisher Sklaven wart. Dann werdet auch ihr eines Tages die Sterne erreichen.«

Er drückte sie an sich. »Leb wohl, Liebling. Mein Liebling.«

Er riß sich los und rannte über das Spielfeld zu Uhura und Chekov, die ihm fast ehrfürchtig entgegenblickten. Er drehte sich auch nicht mehr um, als er den Kommunikator einschaltete.

»Beamen Sie uns hoch, Mr. Scott.«

»Jawohl, Sir«, erwiderte die vertraute Stimme.

Shahna stand allein auf dem Spielfeld und sah zu, wie der Schimmer des Transporterstrahls ihn einhüllte und sein Körper sich in funkelndem Flimmern auflöste – und mit seinen beiden Begleitern verschwunden war.

Sie senkte den Kopf, um ihre Tränen zu verbergen. »Leb wohl, mein Kirk. Ich werde lernen. Und die Lichter am Himmel beobachten – und immer, immer an dich denken.«

Das würde auch er tun. Aber langsam würde – gnädigerweise – die Erinnerung an das wunderschöne Mädchen von Triskelion verblassen, zusammen mit der Erinnerung an die Süße ihres Atems in seinem Gesicht.

Das Böse von Triacus

Aus der Umlaufbahn betrachtet, sah der Planet Triacus völlig normal, ja regelrecht friedlich aus. Aber das Hauptquartier der Sternenflotte hatte einen Notruf von dort bekommen – ohne Einzelheiten.

»Hält sich nicht Professor Starnes' Expedition hier auf Triacus auf?« fragte Captain Kirk.

Mr. Spock nickte. »Es ist der einzige Planet vom M-Typ im System. Den Berichten nach stellte er sich als eine so angenehme Welt heraus, daß Dr. Starnes und seine Kollegen sogar ihre Familien mit hierherbrachten.«

»Starnes hat Vorlesungen auf der Raumakademie gehalten. Ich erinnere mich an ihn, ein netter alter Bursche. Und er war großartig in seinem Fach.«

»Er ist ein ungemein fähiger Wissenschaftler, Captain.«

»Lassen Sie den Transporter warmlaufen. Sie, Dr. McCoy und ich werden in zehn Minuten hinunterbeamen.«

»Natürlich, Captain.«

Für ein Lager schien der ausgewählte Ort ziemlich trocken und staubig zu sein. Bizarre Felsformationen erhoben sich aus dem sonst flachen Boden, und die Sonne warf deutlich begrenzte Schatten. Die paar armseligen Büsche waren von eintönigem Grau. Nur hier und dort brachten ein paar hellrote Blutlachen etwas Farbe in die Monotonie.

Spitzhacken und Wasserflaschen lagen verstreut zwischen den Leichen der Männer und Frauen. Entsetzt kniete McCoy sich neben eine der stillen Gestalten, deren Pistole noch auf den blutüberströmten Kopf gerichtet war.

»Dr. Starnes!« Kirks Schrei brach die schreckliche Stille. Ein Mann mittleren Alters mit wildzerzaustem Haar stolperte über den Felsen. Er fiel auf die Knie und zielte mit dem Phaser in der zitternden Hand auf den Captain.

»Dr. Starnes! Ich bin es, Kirk!« Völlig unvorbereitet griff er nach seiner eigenen Waffe. Doch noch ehe er sie aus dem Halfter gezogen hatte, krümmte der Professor sich wie in furchtbaren Schmerzen und wand sich auf dem Boden, bis er reglos liegenblieb. Kirk rannte auf ihn zu, aber McCoy hatte ihn bereits vor ihm erreicht.

»Er ist tot, Captain.«

»Er schien mich nicht erkannt zu haben«, murmelte Kirk nachdenklich. »Er wollte mich erschießen.« Er hob den Phaser auf und wäre dabei fast über die Leiche einer Frau gestolpert, die ebenfalls in völlig verkrümmter Haltung und mit bläulichem Gesicht auf dem Boden lag. Er beugte sich über sie und löste eine Gelatinekapsel aus ihrer zur Faust geballten Hand. Er roch daran.

»Cyalodin!« erklärte er.

McCoy untersuchte die Kapsel und danach die Frau. »Selbstmord«, sagte er kurz. »Ich möchte wissen, was sich hier abgespielt hat.«

Spock hatte sich inzwischen die Leiche des Professors angesehen. Jetzt schaltete er den Trikorder ein, den der Tote um die Schulter gehängt hatte.

...mich ...müssen uns töten... der Fremde... uns erreicht... der Feind... in uns... der Feind... All das kam in stoßweisem Keuchen. Spock schaltete den Trikorder wieder aus. Kirk warf einen Blick über die grauenvolle Szene.

»Jeder hat sich selbst das Leben genommen?«

McCoy nickte. »Ein Massenselbstmord.«

Während Spock die Kassette aus des Professors Trikorder nahm, erklang hinter den Büschen ein Kichern und gleich darauf das übermütige Lachen mehrerer Kinder.

Ein Mädchen und vier Jungen kletterten über die Felsbrocken. Als sie die Leute von der *Enterprise* sahen, blieben sie stehen.

»Hallo. Wer sind Sie?« erkundigte sich der größte der Jungen mit absolutem Selbstbewußtsein.

»Ich bin Captain Kirk vom Sternenschiff *Enterprise*.«

»Ich bin Tommy Starnes. Das sind Mary, Steve, Ray und Don.«

»Kommen Sie, spielen Sie mit uns!« rief Mary vergnügt und tanzte um Kirk herum. Während der Captain und die beiden anderen noch voll Grauen auf das schreckliche Schlachtfeld starrten, faßten die Kinder sie an den Händen und rissen sie zum Ringelreihen mitten zwischen den Toten mit sich.

Sie begruben die Toten im Schatten der Felsen. Die Grabinschrift brannten sie mit den Phasern in den Stein:

IN MEMORIAM
DIE EXPEDITION STARNES
STERNZEIT 5039,5
O'CONNEL
TSIKU
LINDEN
JAWORSKI
STARNES
WILKINS

Kirk hißte die grün-rote Flagge der Föderation der Planeten auf dem Grab. Die Männer von der *Enterprise* blickten stumm zu Boden. Der kleine Trupp, der für die Bestattungsmaßnahmen abkommandiert worden war, war noch zutiefst erschüttert.

Die Kinder, die in einer geraden Reihe vor dem Grab standen, versuchten ernst auszusehen, wirkten jedoch lediglich gelangweilt. Steve stupste ständig Mary. Mary flüsterte etwas in Dons Ohr. Sie blickten Kirk an.

Schließlich sagte Mary ungeduldig und nicht gerade leise: »Wir wollen spielen!« Und mit wildem Geschrei verschwanden die fünf hinter den Felsen.

»Was ist nur mit ihnen los?« murmelte Kirk. »Keine Spur von Trauer, ja nicht einmal Bedauern über den Tod ihrer Eltern.«

»Nein, Jim. Nicht die geringste Spur«, echote McCoy.

»Und auch nicht von Angst.«

»Nein. Jedenfalls *sieht* es so aus, als fühlten sie sich völlig sicher.

Aber das ist gewiß die Nachwirkung des traumatischen Schocks.«

»Es ist unvorstellbar, daß ein Kind die Tatsache des Todes beider Elternteile einfach nicht zur Kenntnis nehmen will...«

Spock bemerkte trocken: »Die Menschen haben eine erstaunliche Fähigkeit, das zu glauben, was sie glauben wollen – und zu ignorieren, was ihnen unangenehm ist.«

»Aber doch nicht Kinder, Spock. Jedenfalls nicht in diesem Ausmaß. Nein, das ist unvorstellbar.«

»Was diese Kinder sahen, ist unvorstellbar, Jim«, warf McCoy mit ruhiger Stimme ein. »Bei der Art und Weise, wie diese Selbstmorde verübt wurden, ist jede Reaktion möglich, sogar totale Amnesie. Das jedenfalls ist meine Diagnose, bis exakte Tests gemacht werden können.«

Kirk schüttelte den Kopf. »Damit werde ich mich wohl einstweilen zufriedengeben müssen. Aber ich kann die Kinder doch befragen, oder?«

»Nein. Keinesfalls, ehe dieses Trauma sich nicht gelegt hat. Sie jetzt in die Wirklichkeit zurückzurufen, könnte ihnen einen nie wiedergutzumachenden seelischen Schaden zufügen. Eine derartige Amnesie ist ein Schutz gegen das Unerträgliche.«

Damit mußte Kirk sich abfinden, trotzdem warf er ein: »Aber Pille, die Kinder sind die einzigen, durch die wir erfahren können, wie es zu dieser Katastrophe kam.«

Das vergnügte Gebrüll der Kinder war die ganze Zeit ringsum zu hören gewesen. Jetzt band Tommy ein Tuch vor die Augen Steves, des Kleinsten der fünf, und während er ihn im Kreis drehte, versteckten die anderen sich hinter den Felsen. Als Tommy Steve losließ, streckte der Kleine die Hände aus. Tommy zog sich auf Zehenspitzen eilig zurück und stolperte. Steve ließ sich juchzend auf ihn fallen und schrie: »Ich hab' dich! Ich hab' dich!« Die anderen kamen aus ihren Verstecken hervor und brüllten mit.

Kirk hob Steve von Tommys Rücken und half dem großen Jungen auf die Füße.

»Hast du dir weh getan?«

»Nein. Nichts passiert.«

Die anderen bemühten sich bereits, ihm das Tuch um den Kopf

zu binden.

»Tommy ist dran! Tommy muß suchen!«

Kirk mußte brüllen, um sich Gehör zu verschaffen. »Kinder! Es ist Zeit, daß wir aufbrechen. Wir müssen uns ins Schiff beamen lassen.«

»Nein, noch nicht, bitte, wo wir endlich ein bißchen Spaß haben! Noch nicht!« protestierten die Kinder wild durcheinanderschreiend.

Kirk suchte in ihren Gesichtern nach einer anderen Reaktion. »Tut mir leid. Es ist schon spät. Ihr geht jetzt mit Dr. McCoy.«

Sie flehten schließlich fast herzzerbrechend. »Nur noch fünf Minuten? Ja, bitte? Tommy ist an der Reihe... Und ich war noch gar nicht dran...«

McCoy nahm sich schließlich ihrer an. Sie warfen nicht einen Blick auf das Lager zurück.

Kirk und Spock blieben noch eine Weile am Grab stehen. Die Fahne flatterte friedlich in der leichten Brise.

»Wenn es nicht totale Amnesie ist, wie McCoy jetzt annimmt, muß irgend etwas auf dem Planeten an ihrem völligen Gedächtnisverlust schuld sein«, murmelte Kirk.

»Der Angriff auf Professor Starnes' Gruppe muß unerwartet gekommen sein«, sagte Spock nachdenklich.

»Angriff? Es scheint doch Massenselbstmord gewesen zu sein.«

»Ich muß mich berichtigen, Captain. ›Ausgelöst‹ wäre korrekter gewesen. Die Selbstmorde wurden durch irgend etwas von außerhalb ausgelöst, nehme ich an.«

Kirk horchte auf. »Wodurch?«

»Durch Bakterien vielleicht. Oder ein chemischer Auslöser, der zu Depressionen oder zum Selbstmordzwang führt.«

»Und was könnte die Kinder dagegen immun gemacht haben?«

»Ich weiß es nicht. Aber meine Vermutung ist eine Beachtung wert, Captain. Eine schwere Form von Schizophrenie, die zu unüberwindbaren Depressionen führt, läßt sich erwiesenermaßen durch chemische Mittel herbeiführen.«

»Und die Kinder wurden mit voller Absicht davon ausgenommen?«

Spock nickte. »Eine ernst zu nehmende Hypothese.«

»Wir müssen uns hier noch gründlicher umsehen. Aber für heute ist es genug. Wir kehren jetzt an Bord zurück.«

Kinder und Tiere gewöhnen sich schneller in einer neuen Umgebung ein, wenn sie gleich etwas vorgesetzt bekommen, das sie besonders gern mögen. Schwester Christines erster Gang nach Ankunft der Kinder war eine kleine Expedition in die Cafeteria. Und wenn es an die Zusammenstellung von Eiscremesorten geht, kann ein Computer eine Märchenfee noch bei weitem übertreffen.

»Hört zu, Kinder«, rief Christine und streckte ihnen eine Handvoll verschiedenfarbiger Karten entgegen. »Jede Farbe bedeutet eine andere Eissorte. Sucht euch die aus, die ihr am liebsten eßt, der Computer wird sie dann für euch zusammenstellen.«

Die fünf Stimmen riefen eifrig durcheinander. »Apfelsinen-Vanille-Kirsch-Aprikosen-Lakritze-Schokolade!« Christine gab jedem der Kinder zwei Karten. Sie stürmten damit zur Eiscrememaschine und schoben die Karten in die Schlitze. Nur Steve war stehengeblieben. Sein kleines Gesicht war vor Unentschlossenheit qualvoll verzogen.

»Möchtest du dich vielleicht lieber überraschen lassen, Stevie?« fragte Schwester Christine sanft.

Er nickte sichtlich erleichtert. Aufs Geratewohl steckte sie zwei Karten ein. Der Computer summte, und Steve öffnete erwartungsvoll die Klappe, über der das Licht aufgeleuchtet hatte.

Mit Tränen in den Augen blickte er enttäuscht zu Christine auf. »Kokosnuß und Vanille. Es ist ganz *weiß!*«

Sie strich ihm tröstend über das Haar. »Weißt du, Stevie, es gibt angenehme, aber auch unangenehme Überraschungen. Das eben war eine unangenehme für dich. Und was möchtest du jetzt gern als angenehme?«

Für eine Entscheidung hilft nichts so sehr, als zu wissen, was man nicht will. Laut und deutlich erklärte Steve jetzt: »Ich möchte Schokoladensofteis mit Pistazien.«

»Sofort, junger Mann.« Die Krise war überstanden.

»Und Pfirsich!«

Christine steckte die erforderlichen Karten in die Maschine. »Das wird jetzt eine wundervolle Überraschung«, sagte sie.

Steve nahm jedoch gar nicht so überrascht die farbige Riesenportion und trottete damit zufrieden zu den anderen an den Tisch. Das Klirren der Löffel und das Stimmengewirr der Kinder übertönten die Unterhaltung von Kirk und McCoy, die die kleine Gruppe von der Tür aus beobachteten.

»Die Tests zeigten keinerlei nervliche Belastung beim Lügentest«, sagte McCoy düster. »Sie benehmen sich, als wäre alles in bester Ordnung. Physisch sind sie völlig gesund. Und ich fand auch keine Anzeichen von biochemischen Substanzen, die für ihren gegenwärtigen Zustand verantwortlich sein könnten. Ich bin mit meiner Weisheit am Ende, Jim.«

»Es muß aber eine Erklärung geben, Pille.« Kirk blickte auf die begeistert Eiscreme löffelnden Kinder.

»Weshalb kann es denn nicht warten, bis wir zur Sternbasis kommen? Im dortigen Krankenhaus haben sie auch Spezialisten für Kinder. Ich bin schließlich kein Kinderarzt.«

»Wir werden so lange hierbleiben, bis ich herausgefunden habe, was dort unten vorgefallen ist und was hier vor sich geht.«

McCoy zuckte die Schultern. »Nun, ich kann dir nicht *verbieten*, sie zu befragen. Aber, wie gesagt, es könnte ihnen schaden.«

»Wenn ich es nicht tue, könnte es noch viel schlimmer werden für sie – und für uns ebenfalls.«

McCoy blickte ihn unsicher an. »Geh bitte behutsam vor, Jim.«

Kirk nickte und schritt hinüber zum Tisch, wo die Löffel bereits am Grund der Gläser scharrten.

»Und danach machen wir ein paar Spiele«, sagte Christine Chapel gerade lächelnd zu den Kindern.

»Mmmm« – »das war gut« – »noch ein *bißchen* mehr«, hörte Kirk aus dem Stimmengewirr.

»Ihr scheint so viel Spaß hier zu haben, daß es direkt ansteckend wirkt«, wandte er sich an sie. »Habt ihr etwas dagegen, wenn ich mich zu euch setze?«

»Nein. Bitte nehmen Sie doch Platz«, erwiderte Mary förmlich.

»Ich möchte auch gern eine kleine Nachspeise – aber bitte nur eine sehr kleine«, bat er Christine.

»Gern.«

»Sehr wenig«, wiederholte er betont. Dann drehte er sich zu den Kindern um. »Hier ist es doch schöner als auf Triacus, nicht wahr?«

Fünf Gesichter blickten ihn mit einem Ausdruck enttäuschter Resignation an, mit dem Kinder hoffungslose Erwachsene bedenken.

»Dieser schmutzige alte Planet!« brummte Don abfällig.

Ray runzelte die Stupsnase, daß sie fast nicht mehr zu sehen war. »Was hätte einem an diesem Ort schon gefallen können?«

Mary erklärte. »Sie waren nicht sehr lange dort, Captain. Deshalb wissen Sie es nicht.«

»Ich glaube, euren Eltern gefiel er auch nicht besonders.«

»O doch!« versicherte ihm Tommy schnell. Die anderen fielen ein: »Meinen schon!« – »Meinen auch.«

»Eltern mögen die blödesten Dinge«, gab Don seine zusammenfassende Meinung kund.

Christine Chapel sah ihre Chance gekommen. »Ich weiß nicht. Eltern mögen doch ihre Kinder...«

»Ha!« rief Mary. »Das glauben Sie!«

»Ich bin mir sicher, daß eure Eltern euch liebten«, sagte Kirk. »Deshalb haben sie euch ja auch nach Triacus mitgenommen, damit ihr zusammensein konntet und nicht so lange getrennt bleiben mußtet, denn das hätte sie traurig gemacht. Ihr hättet ihnen gefehlt. Hätten sie euch denn nicht auch gefehlt?«

Die Kinder blickten einander an und dann zur Seite. Sie rutschten unruhig auf ihren Stühlen hin und her. Tommy blickte einen kurzen Augenblick nachdenklich drein, dann grinste er und machte »BssBssst«.

Die anderen brachen in Gelächter aus und folgten seinem Beispiel. »BssBssBsst...« Sie sprangen auf und schwirrten mit ihrem »BssBssBsst« im Raum herum. »Ratet, was wir sind«, rief Don.

»Ein Schwarm Bienen«, meinte Christine.

Sie schüttelten die Köpfe und überschlugen sich fast vor Lachen. Marys Stimme erhob sich über die der anderen. »Paßt auf, daß ich euch nicht steche!«

»Dann seid ihr wohl ein Schwarm Erwachsener«, sagte Kirk sanft. Das Lachen stockte kurz, dann wurde es schrill. Kirk faßte Mary an den Armen, als sie sich mit wutverzerrtem Gesicht auf ihn stürzte – »Na, na...«, versuchte er sie zu beruhigen.

»Können wir noch ein wenig Eiscreme haben?« rief Tommy hastig.

»Lieber nicht. Es würde euch den Appetit fürs Abendessen verderben.« Kirk ließ das kleine Mädchen langsam los.

»Na, was habe ich euch gesagt? Sie sind doch *alle* gleich!« Die Kinder hatten sich hinter Tommy gestellt, der sich als ihr großer Beschützer aufspielte. Der Junge ist der geborene Führer, dachte Kirk. Aber weshalb diese Opposition?

»Ich glaube, Kinder, ihr habt einen schweren Tag gehabt. Ein bißchen Ruhe wird euch guttun. Schwester Christine bringt euch jetzt in eure Kabinen.«

»Eine gute Idee, Captain.« Christine Chapel atmete sichtlich erleichtert auf, denn die angestaute Spannung im Raum war allzu spürbar geworden. Sie schob die Kinder, die lautstark protestierten, zur Tür.

Kirk rief Tommy zurück. »Einen Augenblick. Ich möchte dich gern etwas fragen.« McCoy hatte inzwischen auch am Tisch Platz genommen. Widerstrebend setzte Tommy sich Kirk gegenüber.

»Tommy, verrätst du uns, was du gesehen hast?«

»Gesehen? Was? Wo?«

»Bei den Felsen. Auf Triacus.«

Tommy zuckte die Schultern. »Sie waren doch auch dort«, erwiderte er gleichgültig.

»Hast du deinen Vater heute gesehen?«

»Sicher.«

»Kam er dir aufgeregt vor?«

»Und wie aufgeregt er war!«

»Weißt du, weshalb?«

»Ich hab' ihn nicht gefragt.«

Wie konnte er nur diesen inneren Widerstand überwinden und zu dem Jungen vordringen?

»Was war denn los, daß er so aufgeregt war?«

Tommy blickte durch Kirk hindurch. »Woher sollte ich das wissen? Er war immer aufgeregt. Genau wie Sie, Captain Kirk.«

»Ich rege mich weder über dich noch über deine Freunde auf, Tommy. Wir haben euch als unsere Gäste an Bord der *Enterprise* gebracht. Würden wir das tun, wenn wir euch nicht mögen?«

»Sie hatten Ihre Gründe.« Der Junge wirkte plötzlich viel älter.

Kirk versuchte es von einer anderen Seite. »Seid ihr traurig, daß ihr Triacus verlassen müßt?«

»Den langweiligen Steinhaufen? Der ist für Erwachsene!«

»Und ihr seid auch nicht traurig, daß ihr... eure Eltern dort zurücklassen müßt?«

»Unsere Eltern?« fragte Tommy erstaunt. »Es gefällt ihnen doch dort unten! Sie sind immer beschäftigt und deshalb glücklich.« Er rutschte vom Stuhl. »Darf ich jetzt gehen? Ich bin nämlich auch müde.«

Kirk seufzte. »Ja, natürlich. Ich bringe dich zu deiner Kabine.«

»Ich finde den Weg schon allein.«

Sie ließen ihn gehen. »Die erste Runde ging an den Jungen«, stellte McCoy fest.

»Und fast mit k. o.«, pflichtete Kirk ihm bei. »Man konnte den Anschein gewinnen, als wären ihre Eltern ihnen völlig fremd. Aber...« Er schaltete den Kommunikator ein. »Kirk an Sicherheitsdienst. Lassen Sie Posten vor der Kabine der Kinder aufstellen. Sie sollen ständig überwacht werden.«

Aber weder Offiziere noch Wachen, noch Mannschaft hörten den Reim, den die fünf in leisem Singsang in Tommys Kabine wie ein Abendgebet herunterleierten:

Hagel, Regen, Feuer, Schnee,
Ruf den Engel und dann geh
Fort von hier, fern von hier,
Engel, Engel, komm zu mir.

Kirk verbrachte eine unruhige Nacht. Die Erinnerung an die kleine Mary, die vergnügt auf dem Grab ihrer Mutter herumgehopst war, verfolgte ihn als Alptraum. Wenn er die Tragödie nicht mit eigenen Augen gesehen hätte, wäre er gar nicht auf die Idee gekommen, aus dem Benehmen der Kinder etwas herauszulesen. Von totaler Amnesie zu sprechen, mochte gut und schön sein, aber seiner Meinung nach war es mehr. Er spürte, daß etwas Grauenvolles von den Kindern ausging, ohne es definieren zu können.

Und McCoy hatte keine Spuren eines chemischen Mittels gefunden, das den seltsamen Wahnsinn herbeigerufen haben mochte.

Triacus zeichnete sich auf dem Hauptbildschirm der Brücke ab. Die Einzelheiten waren der großen Entfernung wegen ein wenig verschwommen.

»Mr. Sulu?«

»Wir befinden uns in Standard-Umlaufbahn.« Sulu freute sich, dem so müde aussehenden Captain berichten zu können, daß alles in Ordnung war.

»Leutnant Uhura, ist bereits ein Bericht vom Sicherheitstrupp auf dem Planeten eingegangen?«

»Nein, Sir. Es ist alles ruhig.«

Alles in Ordnung, alles ruhig und normal! Weshalb dann aber dieses Gefühl der Spannung und Unruhe?

Mr. Spock trat auf ihn zu. »Captain, ich habe die wichtigsten Ausschnitte von Professor Starnes' Aufzeichnungen herausgesucht.«

»Gut.« Kirk ging mit dem Vulkanier zu dessen Konsole.

»Zwischen den technischen Fakten, die er aufzeichnete, äußerte Starnes ein paar sehr unwissenschaftliche Hypothesen.«

»Lassen Sie es ablaufen, Mr. Spock.«

... *Log Datum 5025.3. Seit unserer Ankunft auf Triacus verspüre ich eine wachsende Unruhe.* Der bekannte Wissenschaftler auf dem Schirm blickte sich um. *Zuerst schrieb ich es der üblichen Aufregung zu, die ich bei jedem neuen Projekt empfinde. Ich stellte jedoch fest, daß meine Kollegen von einer ähnlichen undefinierbaren Besorgnis gequält wurden.*

Kirk und Spock wechselten einen bedeutungsvollen Blick. Dr. Starnes auf dem Bildschirm benetzte die Lippen und fuhr fort. *Die einzigen, die nicht betroffen sind, sind glücklicherweise die Kinder, die alles auf dem Planeten als aufregendes Abenteuer betrachten.* Einen kurzen Moment glätteten sich die Sorgenfalten, und er lächelte. *Noch einmal ein Kind sein zu dürfen!*

Kirk blickte Spock fragend an. »Gibt es noch mehr dieser unwissenschaftlichen Hypothesen, Mr. Spock?«

Spock nickte und drückte auf die Videotaste.

... 5032.4 Dieses seltsame Gefühl der Unruhe, das wir alle empfinden, wird immer stärker. Im Lager selbst ist es am schlimmsten. In den Felsen gibt es eine Höhle, die wir eine Zeitlang als Unterschlupf benutzten. Ich bat Professor Wilkins, in dieser Gegend mit den Ausgrabungen zu beginnen. Es gibt Anzeichen, daß sie früher einmal bewohnt war. Vielleicht finden wir hier eine Erklärung.

Wieder schaltete Spock am Trikorder. »Da gibt es noch einen weiteren Teil, Captain, den Sie sicher genauso interessant finden werden wie ich.«

... 5038.3. Professor Wilkins beendete heute seine Ausgrabungen. Welche Zivilisation es auch gewesen sein mochte, sie wurde jedenfalls von einer Naturkatastrophe vernichtet. Einzelheiten sind unseren Berichten sieben bis zwölf zu entnehmen. Es sieht aus, als... Zuflucht in die Höhle... Alle unsere Anstrengungen... Die Unruhe, ja Angst, die uns alle beherrscht, ist noch stärker geworden... als ob eine unsichtbare Macht beeinflußt...

Die Aufnahme war allmählich immer schwächer geworden und von Störgeräuschen begleitet. Jetzt sah man zwar, daß des Professors Lippen sich bewegten, aber aus den Lautsprechern drang nur ein schriller Pfeifton. Als Kirk versuchte, das Bild schärfer einzustellen, verschwamm es ganz.

»Was ist passiert?« fragte Kirk.

»Ich weiß es nicht.« Spock betrachtete stirnrunzelnd den Trikorder. Kirk hörte leichte Schritte hinter sich und drehte sich um.

»Ich habe dich gar nicht auf die Brücke kommen sehen, Tommy«, wunderte er sich.

»Ich muß Sie etwas fragen, Captain. Wenn wir hier abfliegen, können Sie uns dann auf Marcos XII bringen?«

»Nein, Tommy. Wir werden euch wahrscheinlich auf einer Sternbasis der Föderation absetzen.«

»Aber ich habe doch Verwandte auf Marcos XII.«

»Tut mir leid, aber Marcos XII gehört nicht zu unserem Patrouillengebiet. Mr. Spock, wir machen in meiner Kabine weiter.«

Der Vulkanier überprüfte immer noch den Trikorder. Er nahm jetzt die Kassette heraus.

»Captain«, sagte Tommy und blickte sich mit großen Augen auf der Brücke um. Er bewunderte sichtlich die aufblitzenden und erlöschenden Lämpchen der Konsolen und die komplexen Geräte. »Bitte, darf ich hierbleiben und zusehen?«

Einen Augenblick vergaß Kirk das Problem, das der Junge darstellte, und erinnerte sich an seine eigene Begeisterung, als er zum erstenmal ein Sternenschiff besichtigen durfte. »Ich werde ganz still sein«, fügte der Junge schnell hinzu.

»Also gut, Tommy. Sieh dich ruhig ein bißchen um. Leutnant Uhura, bitten Sie Dr. McCoy, zu einer Besprechung in meine Kabine zu kommen.«

Als Kirk die Brücke verließ, sah er als letztes, daß Tommy auf den Kommandantensessel zuging – sicher um Captain zu spielen. Kirk lächelte Mary zu, die ihm und Spock an der Tür begegnete.

»Wo wohl die anderen sind?«

»Sie spielen sicher irgendwo«, murmelte Spock abwesend und betrachtete nach wie vor nachdenklich den Trikorder. »Das tun sie offenbar am liebsten. Völlig unlogisch.«

»Natürlich, Mr. Spock.«

Mr. Scott wachte um zehn Minten zu spät auf, und darüber ärgerte er sich. Gereizt rannte er zum Maschinenraum, packte sein Notizbrett und funkelte die beiden diensttuenden Techniker an. Plötzlich hielt er mit offenem Mund vor den Armaturen an.

»Wann, zum Teufel, haben wir den Kurs geändert?«

Einer der Techniker drehte sich zu ihm um und bemühte sich, nicht so auszusehen, als zweifle er am Verstand seines Vorgesetzten. »Wir haben den Kurs nicht geändert«, erklärte er.

»Was heißt, wir haben ihn nicht geändert. Schauen Sie doch auf den Brückenmonitor!«

Verwirrt versicherte ihm der Techniker: »Wir befinden uns nach wie vor im Orbit, Sir!«

»Ja, sind Sie denn völlig blind? Das ist doch keine Umlaufbahn!« Scott griff nach den Kontrollen.

Der Techniker schob seine Hand zur Seite. »Sie dürfen keine Veränderungen vornehmen«, sagte er ruhig.

»Verdammt, was bilden Sie sich eigentlich ein?« brüllte Scott.

»Wir müssen die Umlaufbahn einhalten, bis die Brücke anderweitige Befehle erteilt, Sir.«

»Sie blinder Narr! Sehen Sie denn nicht, was sich vor Ihren Augen tut? Wir befinden uns *nicht* im Orbit!« Er wollte wieder nach den Kontrollen greifen.

»Ich werde die Befehle der Brücke nicht mißachten«, erklärte der Techniker fest. Er stellte sich vor die Konsole und versperrte damit Scott den Weg zu den Armaturen.

»Genau das tun Sie aber jetzt! Gehen Sie zur Seite!« Was war mit dem Kerl nur los? Triacus war überhaupt nicht mehr in Sicht. Die Instrumente zeigten an, daß die *Enterprise* sich mit Sol Zwei durch den Raum bewegte.

»Bitte beherrschen Sie sich, Sir«, sagte der zweite Techniker fast sanft.

»Genau das tue ich – noch!« Scotts Stimme klang wie ein Knurren, als er die Hand zurückzog und zur Faust ballte. Er wich dem Schlag aus, der seinem Kinn gegolten hatte, und stieß seine Faust in die Magengrube des ersten Technikers, der mit schmerzverzerrtem Gesicht rückwärts taumelte. Sofort sprang der zweite Scott an und wurde von ihm mit einem Kinnhaken zu Boden geschickt.

Dummerweise hatte der erste sich inzwischen wieder gefangen und schlug Scott von hinten nieder. Die beiden Techniker warfen nur einen flüchtigen Blick auf den Bewußtlosen, ehe sie sich wieder ihren Instrumenten zuwandten.

Der kleine Don schaute auf den großen Mann, der auf dem Boden lag. Das stolze Grinsen ließ seine weißen Zähne aufblitzen.

In Kirks Kabine funktionierte der Trikorder erstaunlicherweise wieder normal.

... werde beeinflußt, Dinge zu tun, die mir sinnlos erscheinen. Ich bin bereits so weit gegangen, das Hauptquartier der Sternenflotte um einen Raumer zu ersuchen, der als Transportschiff verwendet werden kann. Von Professor Starnes selbstbewußter Haltung war nichts geblieben. Mit hängenden Schultern war er am Bildschirm zu sehen. Seine Augen, jetzt tief in den Höhlen, wirkten stumpf. *Erst als ich die Frage nicht beantworten konnte, wozu ich den Transporter brauche, wurde mir klar, daß mein Geist irgendwie – gelenkt wurde. Ich beschloß, der Sternenflotte eine Warnung zu schicken... Gott vergib uns! Wir müssen uns vernichten. Wir sind besessen! Der Feind in uns, der Feind...* Die zittrige Stimme verstummte.

»Er hat seine Eintragung nicht beendet. Und statt einer verständlichen Warnung kam im Hauptquartier lediglich ein Notsignal von Triacus an. Ansonsten schickte Starnes nur Kassetten vom friedlichen Familienleben der Wissenschaftler auf dem Planeten ab, von Spielen mit den Kindern, Picknicks... Das waren die gesamten Aufzeichnungen.« Spock ließ mit ernstem Gesicht die Kassetten zurücklaufen. »Was immer auch Besitz von ihnen ergriff, es muß sehr schnell vorgegangen sein, sonst hätte der Professor Einzelheiten darüber berichtet. Er war ein ausgezeichneter Analytiker, dem die Wahrheit über alles ging.«

»Ein großes Lob aus Ihrem Mund, Spock. Aber vielleicht war gerade das an seinem Tod schuld.«

Spock starrte Kirk an. »Seine Wahrheitsliebe? Ich verstehe nicht, Captain. Gibt es Edleres als die Suche nach der Wahrheit?«

»Natürlich nicht. Aber die Aufdeckung der Wahrheit wurde oft bekämpft. Und mit großem Einsatz.«

»Ich fürchte, unser Captain hat nur zu recht, Mr. Spock«, äußerte McCoy.

»Ich muß ihm bedauerlicherweise ebenfalls recht geben. Durch die Unterdrückung der Wahrheit versucht das Böse, Macht zu gewinnen und sie zu festigen.« Und fast leise fügte Spock hinzu: »Oder durch die Irreführung der Unschuldigen.«

Kirk hatte das Gefühl, der Wahrheit nun selbst ziemlich nahe zu sein. »Ich frage mich...«

»Denken Sie dabei an die Kinder?« kam McCoy ihm zuvor.

»Genau, Doktor.«

Eine kurze Weile herrschte Schweigen, das Kirk zuerst brach: »Was wissen wir über die Rasse, die hier lebte?«

»Nur Legenden, Captain. Triacus soll der Stützpunkt einer Bande von Plünderern gewesen sein, die das gesamte Epsilon-Indi-System unsicher machte. Erst nach vielen Jahrhunderten wurden diese Zerstörer von denen vernichtet, die sie so lange heimgesucht hatten.«

»Und das war ihr Ende?«

»Nicht unbedingt. Wie so viele Legenden hat auch diese ein schreckliches Ende. Das Böse von Triacus soll nicht ganz ausgerottet worden sein. Es zog sich nur zurück, um auf einen Katalysator zu warten, der ihm die Macht zurückbringt, die Galaxis erneut in Angst und Schrecken zu versetzen.«

Kirk und McCoy blickten ihn an. »Wäre es möglich, daß dieses – dieses Böse seinen Katalysator gefunden hat?« murmelte Kirk.

»Ich sprach von einer Legende, Captain«, erwiderte Spock hart.

»Aber die meisten Legenden beruhen auf einem Körnchen Wahrheit, Mr. Spock.«

»Ich glaube, ich weiß, worauf du hinauswillst, Jim«, murmelte McCoy. »Aber als Arzt muß ich dich warnen. Wenn die Kinder nicht erst zu sich gekommen sind und den Tod ihrer Eltern bewußt akzeptieren, bewegst du dich auf gefährlichem Boden.«

»Ich respektiere deine Diagnose, Pille. Doch nicht um den Preis der Sicherheit der *Enterprise*. Mr. Spock, welche Expeditionen haben Triacus sonst noch besucht?«

»Nach den Unterlagen der Föderation war dies die erste.«

»Was war das für eine ›unsichtbare Macht‹, die Starnes beeinflußte und die er offenbar zu bekämpfen suchte...«

»Er nahm auch seine Bitte um ein Schiff zurück«, erinnerte ihn Spock.

»Richtig! Das Schiff! Transport wozu? Wer brauchte ihn?«

Entschlossen gab Kirk seine Befehle in den Kommunikator. »Sicherheitsabteilung. Bereitstellen für Ablösung des Trupps auf Triacus. Sofortige Meldung im Transporterraum.« Mehr zu sich selbst als zu den anderen murmelte er: »Ich habe ein paar Fragen an den ersten Trupp, sobald er hochgebeamt hat. Es wird Zeit, daß wir herausfinden, ob Starnes' ›innerer Feind‹ auf dem Planeten unten ist – oder schon hier an Bord.«

Zwei Soldaten standen im Transporterraum bereits auf der Plattform. Spock trat an die Kontrollen. Als Captain Kirk den Wartenden erklärte, daß sie in einer Stunde wieder abgelöst würden, blickten sie einander überrascht – und dann unsicher an. »Laßt eure Kommunikatoren ständig eingeschaltet«, befahl Kirk, »und berichtet alles Ungewöhnliche. Achtet auf Zeichen von fremden Wesenheiten und führt sofort eigene Untersuchungen durch. Ist das klar?« Die Männer nickten. »Beamen Sie die beiden hinunter, Mr. Spock.«

Der Vulkanier zog an einem Hebel. Die Soldaten begannen zu flimmern, verblaßten und waren verschwunden. »Holen Sie jetzt den Sicherheitstrupp von Triacus herauf.«

Die flimmernden Gestalten auf der Plattform lösten sich auf, kehrten wieder, lösten sich erneut auf. Wo jetzt eigentlich zwei voll materialisierte Männer stehen sollten, war nur schillerndes Licht zu sehen.

»Was ist schiefgelaufen?« fragte Kirk scharf.

»Die Koordinaten lassen sich nicht fixieren, Captain.«

»Das ist doch... Wieso nicht?«

»Es sieht ganz so aus, als befänden wir uns nicht länger in einer Umlaufbahn um Triacus.«

»Aber das ist unmöglich!« Als Kirk die ganze Tragweite bewußt wurde, sagte er entsetzt: »Wenn wir nicht mehr im Orbit sind, dann habe ich die beiden Männer gerade in den Tod geschickt!«

»Captain, wir befinden uns tatsächlich nicht mehr in der Umlaufbahn!«

»Stellen Sie die Verbindung zur Brücke her, Mr. Spock.«

Sulu saß ruhig an seiner Konsole, Tommy auf dem Kommandantensessel, Uhura lächelte der kleinen Mary zu, die neben ihr stand. »Captain an Brücke, Mr. Sulu, wir befinden uns nicht mehr im Orbit um Triacus.«

»Bei allem Respekt, Captain, Sir«, antwortete Sulu überrascht, »Sie täuschen sich. Ich habe Triacus auf meinem Schirm.«

»Sie sind vom Kurs abgewichen. Ich komme sofort hoch.«

Er warf den Kindern nur einen kurzen Blick zu, als er, gefolgt von Spock, zu Sulus Konsole eilte.

»Mr. Sulu, Ihre Instrumente sind nicht auf Umlaufposition eingestellt.«

»Aber wir *sind* im Orbit. Sehen Sie doch selbst!« Der Schirm zeigte zweifellos den Planeten.

»Den Anschein hat es«, murmelte Spock.

Hinter ihnen hatten die Kinder ein Spiel begonnen. Mary begann zu singen: *Hagel, Regen, Feuer, Schnee, ruf den Engel und dann geh – fort von hier, fern von hier, Engel, Engel, komm zu mir,* als die drei anderen plötzlich an der Tür auftauchten. Sie traten auf die Brücke, und die fünf bildeten einen Reigen, in dem sie sich nach einem komplizierten Muster die Hände reichten und wieder voneinander lösten. Kirk war sich ihrer nur als Hintergrundgeräusch bewußt.

»Mr. Scott! Hier spricht Kirk. Sehen Sie sich mal Ihre Instrumente an! Wohin führt der eingeschlagene Kurs?«

»Nach Marcos XII, Captain«, klang die Stimme stumpf aus dem Lautsprecher.

Marcos XII! Kirk starrte auf die Kinder. Sie sangen jetzt den Reim ein zweitesmal: … *fort von hier, fern von hier…*

»Weshalb haben Sie den Kurs geändert, Mr. Scott?«

»Weil Sie es befohlen haben, Sir.« Scott schaltete ab.

… *Engel, Engel, komm zu mir!*

»Mr. Scott! Scotty!«

Die Lichter auf der Brücke wurden dunkler und nahmen einen grünlichen Ton an. In der Mitte des Kreises, den die Kinder gebildet hatten, begann sich etwas in der Luft zu materialisieren. Nicht mit dem vertrauten Flimmern des Transporterstrahls, sondern ohne jegliche Begleiterscheinung formte sich die Gestalt eines silberhaarigen Mannes in glitzerndem Gewand und mit dem Gesicht eines Engels, wie man sie in den Kirchen abgebildet findet. Die ungewöhnliche Erscheinung sprach zu den Kindern:

»Ihr habt eure Sache gut gemacht, meine kleinen Freunde. Ich, Gorgan, bin sehr stolz auf euch. Ihr habt getan, was ihr tun mußtet. Wie euer Glaube es befiehlt, so müßt ihr handeln.«

Mit leiernden Stimmen wiederholten die Kinder im Chor: »Wie unser Glaube es befiehlt, so müssen wir handeln.«

»Marcos XII ist von Millionen von Menschen bewohnt. Wenigstens eine Million davon sind unsere Freunde.« Die Gestalt lächelte gütig. »Der Rest wird sich uns entgegenstellen. Gemeinsam mit unseren Freunden werden wir sie vernichten, wie wir unsere Feinde auf Triacus vernichtet haben.« Zufrieden lächelnd fuhr die Gestalt fort: »Eine Million Freunde auf Marcos XII wird uns unschlagbar machen. Wir können alles tun, was uns beliebt – im ganzen Universum. Es wird ganz uns gehören, und wir werden nach Belieben spielen können. Niemand wird uns mehr stören können. Der Kosmos wird *unser* allein sein, meine kleinen Freunde!«

Die engelähnliche Erscheinung breitete die Hände aus. »Wir haben jetzt den Krisenpunkt erreicht. Der Feind hat unsere Mission erkannt. Aber zu spät! Das Schiff gehorcht ihm nicht länger. Wir haben nun das Kommando darüber. Es wird uns überallhin bringen, wo wir nur wollen.

Wie euer Glaube es befiehlt, so müßt ihr handeln!«

Die Kinder, die mit glänzenden Augen auf die Erscheinung blickten, echoten:

»Wie unser Glaube es befiehlt, so müssen wir handeln!«

»Jeder von euch begibt sich jetzt auf seinen Posten, haltet sie unter Kontrolle. Wenn ihr Widerstand spürt, wißt ihr, was ihr zu tun habt. Ruft ihren inneren Feind, die Bestie in ihnen! Sie wird uns am besten dienen. Jeder unserer Feinde trägt eine Bestie in sich, die ihn verschlingen wird.

Erinnert ihr euch, wie es auf Triacus war? So wird es auch auf der *Enterprise* sein, falls sie Widerstand leisten. Wenn ihr mich braucht, dann ruft mich, und ich, Gorgan, werde erscheinen. Wir bereiten uns auf unseren Neubeginn auf Marcos XII vor. Wir dürfen nicht zaudern...

Wie euer Glaube es befiehlt, so müßt ihr handeln...« Die Erscheinung lächelte die Kinder gütig an und verblaßte allmählich.

Mr. Spock hob erstaunt eine Braue. Kirk fühlte sich einen entsetzlichen Augenblick lang wie gelähmt, und in diesem Moment flüsterte Tommy den anderen Befehle zu.

»Jeder begibt sich auf seinen Posten. Mary, du bleibst hier bei mir.« Don, Steve und Ray huschten durch die Tür, als Mary sich neben Uhura setzte.

Kirk sprach mit bemüht sanfter Stimme zu Sulu. »Navigator, achten Sie nicht auf das, was Sie auf dem Schirm sehen – was immer Sie zu sehen glauben. Programmieren Sie den Kurs zur Sternbasis Vier.« Sulus Hände zuckten. Er erstarrte. Sein Gesicht wirkte blutleer, als er auf den Schirm starrte.

»Navigator, hören Sie mich?«

»Jawohl, Sir«, flüsterte Sulu mühsam. Erleichtert ignorierte Kirk Tommys Murmeln.

»... sehen, sehen, was er sehen soll...« Tommys Gesicht war angespannt, seine Augen glitzerten konzentriert.

»Leutnant Uhura, setzen Sie sich mit Sternbasis Vier in Verbindung. Melden Sie, daß wir die Kinder zurückbringen. Melden Sie dem Hauptquartier, daß ich befürchte, daß sie von einer fremden Wesenheit beherrscht werden.«

»Jawohl, Sir«, bestätigte Uhura mit fester Stimme und drehte sich ihrer Konsole zu. Sie hielt inne. Plötzlich zitterte sie am ganzen Leib. Ihre Finger tasteten nach ihrem Gesicht, während ihre Augen starr auf die Konsole gerichtet waren.

»Leutnant!« rief Kirk scharf. Dann sanfter: »Was haben Sie denn?«

Uhura stöhnte. »Ich sehe meinen Tod«, flüsterte die schöne Farbige. »Einen schrecklichen, langen Tod voll gräßlicher Schmerzen. Krankheit und Schmerzen!« Ihre Stimme hob sich zu einem durchdringenden Schrei: »Ich sehe meinen Tod!«

Kirk warf einen Blick auf ihre Konsole. Einen flüchtigen Moment glaubte er Uhuras Gesicht, grauenvoll entstellt, voll Runzeln und Geschwüren unter einem fast kahlen Schädel zu sehen. Aber als er verwirrt blinzelte, sahen die Instrumente auf der Konsole wie gewohnt aus.

»Es ist alles in Ordnung«, versicherte er ihr. »Außer Ihren Geräten ist nichts zu sehen.«

»Lieber Gott, bitte hilf mir!« schluchzte sie. »Lassen Sie es nicht zu, Captain! Bitte, lassen Sie es nicht zu!«

Kirks Blick fiel auf Mary, die zusammengekauert, völlig konzentriert sang: »... *und sie wird sein alt mit Geschwüren, alt mit Pein...*«

Uhura wimmerte. Wieder betastete sie ihr glattes jugendliches Gesicht und starrte wie gelähmt vor Schrecken auf die Konsole.

»Spock, setzen Sie sich mit der Sternenflotte in Verbindung«, bat Kirk und wandte sich hilflos von Uhura ab. Jetzt bemerkte er, daß Sulus Augen nicht weniger grauenverzerrt als Uhuras waren.

»Sulu, ich befahl Ihnen, den Kurs zu ändern!« Kirk trat neben ihn und griff nach den Kontrollen.

Der Navigator schob seine Hand weg. »Captain! Sir!« rief er, ohne seinen Blick vom Schirm zu nehmen. »Bleiben Sie weg von den Kontrollen – oder wir werden vernichtet!«

»Aber Mr. Sulu, wovon reden Sie eigentlich?«

»Ja sehen Sie es denn nicht? Die Geschosse – Tausende und Abertausende!«

»Es gibt keine Geschosse, Mr. Sulu.« Kirk streckte erneut den Arm zur Konsole aus. Sulu stieß ihn heftig zur Seite.

»Sehen Sie es doch ein, Captain!« brüllte er. »Bei der geringsten Änderung werden wir getroffen! Wollen Sie uns denn alle töten?«

Spocks Stimme kam kühl von hinter Kirk. »Captain, weshalb wollen Sie sich überhaupt mit der Sternenflotte in Verbindung setzen?«

Was war nur mit seiner Mannschaft los? Gehorchte denn kein einziger von ihnen mehr seinen Befehlen? Nicht einmal Spock? Die Augen des Ersten Offiziers wichen seinen nicht aus, als er sich umdrehte.

»Die Brücke ist völlig unter Kontrolle«, erklärte Spock. »Es ist wirklich nicht notwendig, die Sternenflotte zu alarmieren.«

»Sehen Sie sich doch um!« knurrte Kirk. Sulu starrte auf seinen Bildschirm und sah nur, was seine Phantasie ihm vorgaukelte. Uhura kauerte, vor Grauen zusammengekrümmt, vor ihrer Konsole. Und Tommys sommersprossiges Jungengesicht verriet unbarmherzige Härte. Spock schloß die Augen. Kirk beobachtete ihn besorgt, als er sich zitternd bemühte, die Herrschaft über sich zurückzugewinnen.

Jetzt begann auch Tommy zu zittern. Spock öffnete die Augen und kehrte zur Nachrichtenstation zurück. Er griff nach den Schaltern. Seine Hand erstarrte.

»Ich kann Ihren Befehl nicht ausführen, Captain«, erklärte er.

Kirk tastete das Sprechgerät ein. »Schicken Sie zwei Wachen herauf!« Als die beiden an der Tür auftauchten, befahl er ihnen: »Bringen Sie Mr. Sulu in seine Kabine.«

Die beiden Männer blickten ihn verständnislos an.

»Sie ließen uns holen, Sir?«

»Bringen Sie Mr. Sulu in seine Kabine«, wiederholte Kirk. »Sofort!« Die beiden blieben reglos stehen und starrten ihn nur verwirrt an.

In Kirk quoll Wut auf. »Ich habe Ihnen einen Befehl erteilt! Schaffen Sie endlich Mr. Sulu in seine Kabine, und stehen Sie nicht herum wie – wie... Was, zum Teufel, ist eigentlich los mit Ihnen?«

Die zwei Soldaten blickten einander an und zuckten die Schultern. »Da will sich wohl jemand einen Spaß mit uns machen«, brummte einer.

Kirk konnte sich nicht mehr beherrschen. »Seid ihr vielleicht taub?« brüllte er jetzt. »Ich verlange, daß meine Befehle *sofort* ausgeführt werden! Hört ihr nicht?« Er warf sich auf die beiden Männer. Einer schob ihn ungerührt zur Seite, dann verließen beide im Gleichschritt die Brücke. Außer sich vor Wut wollte er ihnen nachlaufen, doch Spock hielt ihn zurück. Einen Moment blieb er unentschlossen stehen. Sein Blick fiel auf Tommy.

Kirk wußte jetzt mit Sicherheit, wer an all dieser Insubordination schuld war. Mit zum Schlag erhobener Hand schritt er auf den Jungen zu. Wenn je ein Bürschchen eine Tracht Prügel gebraucht hatte...

Aber er brachte es nicht fertig. Er konnte doch nicht einen hilflosen kleinen Jungen schlagen.

Der hilflose kleine Junge lächelte befriedigt.

Kirk drehte sich wieder zu Spock um. Nach dieser Welle von Adrenalin, die seinen Körper durchflutet hatte, waren seine Knie weich. Er mußte sich an Spocks Arm festhalten.

»Captain, wir ziehen uns besser von der Brücke zurück.« Spock führte ihn in den Lift.

Kalter Schweiß perlte auf Kirks Stirn. Nicht einmal Spock gehorchte mehr seinen Befehlen. Das Schiff war außer Kontrolle. Seine Besatzung war entweder dem Wahnsinn verfallen oder zur Meuterei aufgewiegelt worden. Er hatte nicht nur die Kontrolle über das Schiff verloren, sondern, wie es schien, nun auch über seine Beine. Sein Herz verkrampfte sich. Er taumelte und klammerte sich an Spock. Aber er konnte Spock ja nicht mehr vertrauen. Niemandem konnte er noch vertrauen, keinem einzigen an Bord. Die Mannschaft der *Enterprise* gehorchte ihm nicht mehr. Er hatte die *Enterprise* verloren.

»Ich verliere die Kommandogewalt«, murmelte er. Der kalte Schweiß rann nun über seinen Rücken. Seine Beine waren kräftig, das wußte er doch, aber sie wollten ihn nicht tragen. Er starrte auf das teuflische Verrätergesicht seines Ersten Offiziers. »Ich bin ganz allein. Dieses Schiff – fliegt immer weiter und weiter – ohne mich…« Er lehnte sich gegen die Wand des Fahrstuhls, versuchte sich daran zu stützen. »Ich habe keine Befehlsgewalt mehr über das Schiff. Mein Schiff – mein Schiff…«

»Captain!« sagte Spock scharf.

»Ich habe die *Enterprise* verloren. Nein – nein…«, schluchzte er. Als seine Beine völlig nachgaben und er zusammensackte, legte Spock die Arme unter seine Schultern und hielt ihn.

»Jim!«

Der Schock, daß diese Stimme ihn beim Namen rief, war wie eine kalte Dusche. Langsam ließ die Hysterie nach.

»Ich habe noch Befehlsgewalt über das Schiff?« flüsterte er und blickte den Vulkanier Bestätigung heischend an. Spock nickte beruhigend.

»Ich habe also die Befehlsgewalt noch.« Kraft kehrte in Kirks Stimme zurück.

»Stimmt, *Captain*«, bestätigte Spock fest und wischte alle weiteren Zweifel zur Seite. »Ich erwarte Ihre Befehle, *Captain*. Was nun?«

Kirk probierte seine Beine aus. Sie waren nicht länger weich wie Butter. Er befreite sich sanft aus Spocks Halt und richtete sich zu voller Höhe auf. »… in jedem – steckt eine Bestie, die ihn verschlingt…«, zitierte er. Er war seiner jetzt begegnet, genau wie Spock. Sie hatten den inneren Feind besiegt – den Feind in ihrem Innern. Doch der Feind innerhalb der *Enterprise* war noch übrig und mächtig.

»Zu den Notkontrollen, mein vulkanischer Freund. Das Schiff steuert einen falschen Kurs!«

Sie betraten den Maschinenraum. Scotty schaute auf. Er lächelte stumpf und nickte.

»Mr. Scott, ich möchte, daß Sie das Navigationssystem der Brücke ausschalten und den Kurs zur Sternbasis Vier programmieren.«

»Aber das ist unmöglich, Sir!« erklärte Scott mit sichtlicher Entrüstung.

»Und weshalb ist das unmöglich?«

»Das hier sind sehr empfindliche Instrumente. Ich darf nicht zulassen, daß sie auch nur berührt werden.« Seine Stimme klang eigenartig schleppend. »Nein, am Navigationssystem dieses Schiffes darf nicht herumgespielt werden, Captain.«

»Ich verlange nicht, daß Sie damit herumspielen, Mr. Scott! Ich befehle Ihnen, Kurs auf Sternbasis Vier zu nehmen!«

»Was Sie befehlen, ist Selbstmord! Wir würden für immer und ewig zwischen den Sternen herumirren.« Wütend griff Scott hinter sich in den Werkzeugschrank nach einer schweren Zange. Die beiden Techniker stellten sich schützend neben ihn.

Spock entdeckte Steve aufmerksam beobachtend in einer Ecke des Raumes.

»Ich habe Ihnen einen Befehl gegeben!« sagte Kirk hart.

Scott stellte sich mit dem Rücken gegen seine Konsole und hob die Zange.

»Gehen Sie jetzt! Verschwinden Sie, oder ich bringe Sie um!«

Kirk konnte kaum glauben, daß diese Worte aus den Lippen seines Chefingenieurs kamen, der mehr einem Höhlenmenschen mit erhobener Keule glich.

»Scotty, hören Sie mir zu«, bat Kirk jetzt drängend. »Eine fremde Wesenheit hat sich an Bord eingeschlichen und die *Enterprise* übernommen. Sie will unbedingt nach Marcos XII. Wenn wir es zulassen, werden Millionen sterben – auf ähnliche Weise wie die Wissenschaftler auf Triacus.«

Scott fletschte die Zähne und sprang nach vorn, während die beiden Techniker sich auf Spock warfen. Weder Spock noch Kirk wollten ihre Kameraden ernsthaft verletzen. Die drei vom Maschinenraum hatten aber diese Skrupel nicht. Doch glücklicherweise konnten Kirk und Spock sich ihnen durch größere Behendigkeit und Anwendung des Vulkanischen Nervengriffs entziehen.

Als sie den Lift erreicht hatten, musterte Spock besorgt den noch heftig keuchenden Kirk. Kirk beantwortete die unausgesprochene Frage.

»Ich bin in Ordnung, Spock. Ich habe die Bestie in mir überwältigt. Sie wird keine Macht mehr über mich erlangen.«

Spock nickte. »Gut, Captain. Aber solange wir die Kinder um uns haben, besteht Gefahr. Sie sind die Träger.«

Zu manchen Zeiten zeigte Spock menschlichere Züge als bei anderen Gelegenheiten, dachte Kirk.

»Aber sie sind schließlich Kinder, Spock. Nicht irgendwelche fremdartigen Lebewesen! Nur verführte Kinder!«

»Sie sind dem Bösen hörig! Ohne Anhänger kann das Böse sich nicht verbreiten.«

»Trotzdem sind sie nur *Kinder!*« wiederholte Kirk hilflos.

»Captain! Die vierhundertdreißig Männer und Frauen an Bord der *Enterprise* und das Schiff selbst sind in Gefahr durch diese… *Kinder.*« Spocks Stimme klang grimmig.

»Aber Sie verstehen doch gar nicht, daß sie Böses tun.«

»Das mag stimmen. Doch das Böse in ihnen verbreitet sich schnell, und wenn es uns nicht bald gelingt, ihm zu begegnen…«

»Müssen wir die Kinder töten«, führte Kirk den Satz für ihn zu Ende. Ihm war natürlich klar, daß Spock recht hatte. Sie bogen um eine Ecke und mußten feststellen, daß ihnen der Weg versperrt war.

Fähnrich Chekov, mit einem Phaser bewaffnet, und drei Mannschaftsmitglieder hielten sie auf.

»Captain Kirk«, sagte Chekov nervös.

»Was gibt es Fähnrich?«

»Ich habe den Befehl, Sie und Mr. Spock festzunehmen.«

»Befehl? Wessen Befehl?«

»Vom Hauptquartier der Sternenflotte, Sir.« Mit seiner freien Hand streckte er dem Captain ein bedrucktes Blatt entgegen.

Kirk warf einen Blick darauf, dann gab er es dem jungen Offizier zurück. »Wer hat Ihnen diesen Befehl übermittelt?«

Chekovs Züge verrieten seinen inneren Kampf. Am Ende des Korridors stand Tommy und wartete.

»Hören Sie mir zu«, sagte Kirk. »Dieser Befehl ist eine Fälschung. Kehren Sie auf Ihren Posten zurück.«

»Ich bedaure, Captain, aber ich muß darauf bestehen, daß Sie und Mr. Spock mich zum Zellenblock begleiten.«

»Hören Sie doch!« Kirk trat einen Schritt auf ihn zu. Der Lauf der Phasers wurde angehoben und war nun auf sein Herz gerichtet.

»Zwingen Sie mich nicht, Sie zu töten, Sir. Wenn es sein muß, tue ich es«, erklärte Chekov verzweifelt. Schweiß rann über seine Stirn. »Kommen Sie friedlich mit?«

»Mr. Chekov, *hören Sie mir zu?* Der Befehl ist eine Fälschung!«

»Ich habe mich nie einem Befehl widersetzt, Captain!« rief Chekov mit sich überschlagender Stimme. »Nie! Nie!«

»Das weiß ich, Fähnrich, aber jetzt befindet sich eine uns feindlich gesinnte Wesenheit an Bord...«

»Ich muß gehorchen, Sir! Ich muß!« wimmerte Chekov. Der Phaser in seiner Hand zitterte. Spock war näher getreten und entriß ihm die Waffe. Jetzt warfen die drei anderen sich auf ihn und Kirk, und wieder fanden die beiden sich in einen heftigen Faustkampf verwickelt.

Tommy sah mit konzentriertem Gesichtsausdruck zu, als der Phaser von Hand zu Hand wechselte.

Endlich tauchte Spock mit der Waffe aus dem Handgemenge auf. Tommy war nirgends mehr zu sehen.

Kirk betastete seine blauen Flecken. »Mr. Spock, schaffen Sie die Männer in den Zellenblock und kommen Sie danach zu mir auf die Brücke.«

Spock trieb die vier, die benommen vor sich hin starrten, mit dem Phaser den Gang entlang.

Auf der Brücke war alles noch so, wie sie es verlassen hatten. Uhura saß wie ein Häufchen Elend vor ihrer Konsole. Sulu starrte auf den Bildschirm.

»Marcos XII ist in Sichtweite, Sir«, meldete er stumpf.

»Mr. Sulu, wir fliegen *nicht* nach Marcos XII. Ändern Sie den Kurs!«

»Nein, Captain! Nein!« Als Kirk sich seiner Konsole näherte, zog Sulu die Pistole.

»Sulu! Machen Sie die Augen auf! Es gibt keinen Beschuß und keinen Zusammenstoß! Was Sie auf dem Schirm zu sehen glauben, existiert nur in Ihrem Gehirn.«

Sulu knurrte wie ein Tiger. Kirk blieb erschrocken stehen. Spock und McCoy traten gerade aus dem Lift.

»Die Gefangenen sind im Zellen...« Spock verstummte, als er den auf Kirk gerichteten Phaser sah. Er trat neben den Captain. Sulu schwenkte die Waffe, um beide gleichzeitig in Schach zu halten.

»Treten Sie zurück, Mr. Spock!« sagte er drohend.

Kirk nickte. Dann schaute er Tommy und Mary an.

»Die *Enterprise* wird Marcos XII niemals erreichen und euch dort absetzen!« sagte er hart.

»Die Mannschaft wird uns hinbringen«, erklärte Tommy abfällig. »Sie glaubt uns.«

»Die Mannschaft! Sie weiß nicht Bescheid. Sobald sie die Wahrheit kennt wie ich, wird sie euch nicht nach Marcos bringen.«

»Doch!« rief Mary trotzig. »Doch! Doch!«

Tommy rümpfte die Nase. »Wir werden auf Marcos landen. Wir werden alle Marcos erreichen. Die Besatzung wird unserem Freund folgen.«

»Ah«, sagte Kirk betont mitleidig. »Ja euer Freund. Wo ist denn dieser blinde Passagier? Warum hat er sich verkrochen?«

»Er kommt, wenn wir ihn rufen«, erklärte Mary stolz.

»Aber das tun wir nicht«, warf Tommy schnell ein. »Wir brauchen seine Hilfe nicht. Wir haben keine Angst vor Ihnen.«

»Sehr gut. Es freut mich, daß ihr keine Angst vor mir habt. Aber euer – Führer fürchtet sich. Wovor hat er denn solche Angst?«

»Er fürchtet sich vor niemandem!« sagte Tommy von oben herab.

»Er fürchtet sich vor gar nichts!« echote Mary.

»Er hat Angst, sich blicken zu lassen. Wenn die Mannschaft ihn sehen und hören würde, wüßte sie, daß er nicht ihr Freund ist, und sie würde ihm nicht länger folgen.«

»Er *ist* aber unser Freund!« brüllte Tommy.

»Dann soll er sich doch zeigen. Wenn er beweist, daß er auch *mein* Freund ist, werde ich ihm nach Marcos XII folgen und bis zum Ende des Universums.«

»Nein!« schrie Tommy. Erste Zweifel wurden in ihm wach.

Da kam Kirk eine Idee. »Mr. Spock, spielen Sie das Band mit dem Lied ab, das die Kinder zuvor gesungen haben, als der Fremde erschienen ist.« Ganz offensichtlich hielt auch der Vulkanier das für eine gute Idee. Nur McCoy schüttelte zweifelnd den Kopf.

Der Gesang begann:

Hagel, Regen, Feuer, Schnee,
Ruf den Engel und dann geh
Fort von hier, fern von hier,
Engel, Engel, komm mit mir.

Als das Lied wiederholt wurde, kamen Steve, Don und Ray langsam auf die Brücke und stellten sich zu Mary und Tommy. Aber diesmal drehten sie sich nicht im Reigen.

»Es ist an der Zeit, daß ihr die Welt seht, wie sie ist«, sagte Kirk.

Die schimmernde Gestalt des Fremden bildete sich.

»Wer hat mich gerufen?« Die dröhnende Stimme riß sogar Uhura aus ihrem Alptraum.

»Ich habe dich gerufen, Gorgan. Meine Bestie ist besiegt. Sie verlor ihre Kraft, als sie mit der Wirklichkeit konfrontiert wurde. Ich bin wieder Herr meiner selbst – und des Schiffes. Und ich befahl dich hierher!« Es ist höchste Zeit, dachte Kirk, daß wir diesem Gegner von Angesicht zu Angesicht gegenüberstehen.

Der Fremde lächelte voll engelhafter Lieblichkeit. »Nein, Captain. *Ich* befehle hier. Meine Anhänger sind stark und gläubig – und gehorsam!« Er schenkte den Kindern, die sich eng aneinanderdrückten, ein strahlendes Lächeln. »Darum nehmen wir, was unser ist, wohin wir auch gehen.«

»Du kannst nur jene beeinflussen, die dich nicht durchschaut haben«, sagte Spock hart.

»Und wir haben dich durchschaut!« erklärte Kirk.

»Dann wißt ihr auch, daß ich siegen werde.«

»Nicht, wenn wir uns gemeinsam gegen dich stellen.«

Der Fremde schüttelte sein Silberhaar. »Wie dumm! Wie unüberlegt! Ihr werdet vernichtet. Ich könnte euch natürlich einladen, euch mir anzuschließen, aber ihr seid zu weichherzig. Das ist eine große Schwäche.«

»Wir sind sehr stark.«

»Aber eure Weichherzigkeit neutralisiert eure Stärke. Ihr seid schwach und voll Güte.« Dem Fremden fiel es nicht schwer, seine Abscheu kundzutun. »Ihr seid wie die Eltern. Ihr müßt eliminiert werden.«

Die Kinder lauschten schweigend dieser Konfrontation. Kirk fragte sich, ob sie bereits das hohle Knirschen gebrochener Versprechen hörten. Ohne Zweifel machten sie den Eindruck, als wären die Worte ihres »Engels« nicht gerade das, was sie erwartet hatten.

»Kinder«, sagte Kirk plötzlich, ohne seinen Blick von dem Fremden zu nehmen. »Ich habe Aufnahmen von einigen von euch auf Triacus. Ich möchte sie euch gern zeigen.«

Tommy zögerte. Es schien ihm ein seltsamer Zeitpunkt für eine Filmvorführung zu sein. Aber alles ging zu schnell für ihn. Die anderen Kinder waren sichtlich verwirrt.

»Mr. Spock. Die Aufnahmen!«

»Ich verbiete es!« donnerte Gorgan.

»Fürchtest du dich davor?«

»Ich fürchte nichts!«

»Das habe ich bereits gehört. Mr. Spock, die Kinder warten.«

Der Film auf dem großen Schirm zeigte Tommy und seinen Vater mit den anderen Handball spielen. Die Reste eines Picknicks lagen noch auf dem Boden. Tommy stolperte und fiel, und noch ehe er sich entscheiden konnte, ob er weinen sollte oder nicht, war sein Vater zu ihm gelaufen und hatte ihm liebevoll aufgeholfen.

»Dort bin ich!« rief Mary. Die Kinder murmelten aufgeregt durcheinander, als sie sich selbst auf dem Schirm entdeckten.

Dann wechselte das Bild zu einer furchtbaren Schlachtfeldszene über, die die *Enterprise*-Offiziere bei ihrer Ankunft vorgefunden hatten. Alle sogen hörbar erschrocken die Luft ein. Danach folgte eine Aufnahme des Gemeinschaftsgrabs und der Inschrift auf dem Stein. Tommy rieb sich die Augen. Die jüngeren waren ganz still.

»Sie weigerten sich, uns zu transportieren. Sie waren gegen uns.« Klang die Stimme nicht ein wenig weinerlich? »Sie mußten eliminiert werden.«

»Tommys Vater hätte dich vernichtet, aber er hat dich zu spät erkannt«, sagte Spock hart.

Gorgan rief höhnisch. »Auch für euch ist es zu spät! Die Gütigen, Sanftmütigen haben keine Chance.«

»Du täuschst dich.« Kirk blickte die Kinder an. Waren das endlich Tränen, die ihre Augen glänzen ließen? »Du kannst sie nicht mehr täuschen. Sie sehen dich jetzt, wie du bist. Kinder lernen schnell.«

Gorgan strahlte plötzlich ein grelleres, aber unregelmäßig flakkerndes Licht aus. Er rief den Kindern zu: »Ihr seid meine künftigen Generale. Gemeinsam werden wir eine Armee von Anhängern um uns scharen. Begebt euch auf eure Posten! Unsere großen Siege sind nicht mehr fern. Ihr werdet sehen, daß uns Millionen von Gläubigen auf Marcos XII folgen werden!«

Die Kinder starrten mit tränenblinden Augen auf die flackernde Gestalt. Gorgan begann zu schreien:

»Wir werden alle vernichten, die sich uns entgegenstellen! Euer Glaube gibt euch die Kraft!«

Doch ihr Glaube schwand. Zweifel breitete sich in ihren kindlichen Herzen aus. Sie begannen ihren »Engel« in einem anderen Licht zu sehen.

Das süße, falsche Engelsgesicht verzerrte sich vor Wut.

»Fürchtet euch nicht«, wandte Kirk sich an die Kinder. »Seht ihn euch an!« McCoy beugte sich über die Gruppe der jetzt schluchzenden Kinder. Am Bildschirm war immer noch die Grabszene zu sehen. Tommy blickte von dort auf den wutverzerrten Fremden und dann zurück. Seine Zähne verbissen sich in die Unterlippe.

»Wir müssen sie ausrotten! Folgt mir!« Häßliche Geschwüre bildeten sich auf dem vorher so reinen Engelsgesicht.

»Ohne euch ist er nichts, Kinder«, sagte Kirk. »Er ist nur das, was ihr in ihm seht. Und nun kann er die schlimme Bestie in sich nicht mehr länger verbergen.«

»Ich befehle euch...« Die bisher so honigsüße Stimme wurde drohend. »Begebt euch auf eure Posten! Erfüllt eure Pflicht, oder ich werde euch vernichten wie alle anderen...« Die Stimme des jetzt grauenvoll aussehenden Wesens in dem flackernden Lichtumhang krächzte.

»Wie häßlich er doch in Wirklichkeit ist. Seht ihn euch gut an, Kinder, und habt keine Angst. Er kann euch nichts anhaben.« Kirk legte die Hand auf Tommys bebende Schulter.

»Tod! Tod euch allen...« In einem schrillen, immer schwächer werdenden Wutschrei erstarb die Stimme.

McCoy blickte auf. »Sie weinen, Jim. Endlich weinen sie. Das ist ein gutes Zeichen.«

Tommy klammerte sich an Kirk. Schluchzen schüttelte ihn. »Mein – mein Va-vater...«

»Ist schon gut, Tommy. Alles ist wieder gut. Nicht wahr, Pille?«

»Ja«, versicherte ihm McCoy und nahm eines der Kinder auf den Arm. »Jetzt können wir ihnen helfen.«

Zitternd hob Uhura den Kopf und blickte unsicher auf die Konsole. Sie berührte sie mit zaghaften Fingern. Doch jetzt wurde ihre Aufmerksamkeit abgelenkt, denn eines der Kinder benutzte schluchzend ihren Rock als Taschentuch.

Sulu meldete mit normaler, aber hörbar verwunderter Stimme: »Marcos XII liegt unmittelbar vor uns, Sir.«

»Wenden Sie, Mr. Sulu.«

»Jawohl, Sir.« Vorsichtig griff er nach den Tasten, während sein Blick mißtrauisch am Schirm seiner Konsole hing.

»Befehl ausgeführt, Sir!« erklärte er triumphierend.

»Programmieren Sie den Kurs zur Sternbasis Vier.« Kirk fragte sich, wie oft er diesen Befehl heute bereits erteilt hatte. Es war ungemein beruhigend zu sehen, daß er endlich ausgeführt wurde.

Ja, er hatte die Befehlsgewalt über sein Schiff zurück.

Landurlaub

Captain Kirk saß zusammengesunken in seinem Sessel und blickte auf den Bildschirm. Wenigstens schickte dieser Planet keine Raketen auf sie ab oder sendete mysteriöse Signale. Er hoffte sehr, er würde nicht doch noch unangenehme Überraschungen ausspukken, denn er war sich gar nicht sicher, daß er in seinem gegenwärtigen Zustand neuer Probleme Herr werden könnte. Er fühlte sich müde wie selten zuvor, selbst seine Gedanken waren schwerfällig.

Vage wurde er sich nähernder Schritte bewußt. Er durfte sich nicht erlauben, sich so gehenzulassen. Mühsam richtete er sich in seinem Sessel auf und spürte einen schmerzhaften Stich im Rükken.

»Schon eine Meldung vom Landungstrupp, Mr. Spock?« fragte er.

»Sie dürfte jeden Augenblick kommen, Captain.« Spock blickte ihn forschend an. »Fehlt Ihnen etwas?«

»Mein Rücken schmerzt. Ja, genau dort.«

Eine starke Hand betastete die verkrampften Muskeln und begann sie zu massieren. Auf Spock konnte er sich immer verlassen.

»Ein wenig höher noch. So ist's gut, Spock. Noch ein bißchen fester – fester...« Aber Spock stand ja vor ihm!

»Wer, zum...« Mit geschickten Händen bearbeitete Bootsmaat Tonia Barrows seine Muskeln und lächelte, als er sich umdrehte. Er konnte doch nicht seine weibliche Mannschaft als Privatmasseusen verwenden! »Danke, Bootsmaat«, sagte er hastig. »Das genügt schon.« Es hatte wirklich geholfen.

»Sie brauchen Schlaf, Captain«, sagte das Mädchen zögernd. »Wenn Sie gestatten, ich würde Ihnen raten...«

»Danke. Mit guten Ratschlägen versorgt mich McCoy im Übermaß.«

Spock kreuzte die Arme. »Dr. McCoy hat völlig recht, Captain.

Nach allem, was die Besatzung in den letzten Monaten durchgestanden hat, gibt es niemanden an Bord, der nicht eine Erholung benötigt. Ich natürlich ausgenommen.«

Also manchmal war Spock wirklich unerträglich! Aber eigentlich konnte er die Logeintragungen in seiner Kabine machen und dort auf die Meldung des Landungstrupps warten.

Müde drückte er den Aufnahmeschalter. »Captains Log«, begann er. »Sternzeit drei-null-zwei-fünf Komma – uh – drei. Wir befinden uns in Umlaufbahn um einen beun... unbe... nicht besiedelten Planeten im Gebiet Omikron Delta, der der Erde sehr ähnelt – beziehungsweise, wie wir die Erde in Erinnerung haben. Erste Untersuchungen ergeben ein Bild, das zu schön ist, um wahr zu sein: Bäume und Blumen – alles so friedlich und erholsam.« Er gähnte herzhaft. »Ich erwawarte den Bericht des Ladungs... Landungstrupps. Wenn er ebenfalls so positiv ausfällt, werde ich Schlaf... Landurlaub genehmigen...«

Auf dem Planeten atmete der kleine Landungstrupp dankbar und genießerisch die frische Luft mit dem herrlich würzigen Kräuter- und Blumenduft ein. Hohe Bäume raschelten sanft in der milden Brise. Der Himmel war kornblumenblau. McCoy fragte sich, wie lange es schon her war, daß einer von der *Enterprise* auch nur die Gelegenheit gehabt hatte, sorglos die Schönheit freier Natur zu bewundern.

Es gab hier keine Gebäude, nur die Bäume. Außer ihnen gab es keine anderen Lebewesen, und die Blumen wiegten sich vor ihnen. Es herrschte eine absolute Ruhe.

»Es ist wundervoll hier«, murmelte Sulu ergriffen, während sein Blick über die Wälder und grünen Wiesen wanderte. »Keine Tiere, keine Menschen, keine Sorgen. Genau, was der Arzt verordnet, nicht wahr, Doktor?«

»Stimmt«, erwiderte McCoy begeistert. »Der Planet ist das, was unsere müden Krieger auf dem Schiff brauchen.«

»Glauben Sie, der Captain wird uns Landurlaub hier genehmigen?«

»Das hängt wohl von meinem Bericht und dem der anderen Kundschafter ab«, meine McCoy. »Oh!«

Sulu folgte seinem Blick. Vor ihnen lag ein kleiner See wie ein in Smaragdblätter gefaßter Aquamarin. Blühende Büsche wuchsen an den Ufern, und eine Trauerweide tauchte ihre tiefhängenden Zweige in das stille Wasser.

»Man muß es selbst sehen, um glauben zu können, daß es so etwas Idyllisches überhaupt gibt«, murmelte McCoy mit einem zufriedenen Seufzer. »Es ist wie im Märchen, wie – wie ein Bild aus *Alice im Wunderland!* Der Captain muß herunterkommen und sich das ansehen!«

Sulu nickte überzeugt. »Es würde ihm gefallen.«

»Er *braucht* die Ruhe. Sie haben Ihre Probleme, ich habe meine. Er aber hat nicht nur seine, sondern auch die von vierhundertdreißig anderen.« McCoy spazierte gemächlich zum See und genoß den Sonnenschein und die angenehm warme Luft. Er ging so in seinem Wunderland auf, daß er sich kaum noch an Sulu erinnerte. Als er sich doch endlich nach ihm umsah, fragte er erstaunt: »Was machen Sie denn da?«

Sulu hatte sich tief über eine Pflanze gebückt und stellte seinen Trikorder ein. »Eine Aufnahme der Zellstruktur – von einem Grashalm, dem Buschgrün, einem Blütenblatt. Damit läßt sich die gesamte Planetenbiologie analysieren.«

McCoy drehte sich wieder um. Ihm war absolut nicht nach Arbeit zumute. Gemächlich stapfte er weiter durch die friedliche Landschaft.

»Oh! Meine Pfoten! Meine Barthaare! Ich komme zu spät!«

McCoy blieb wie angewurzelt stehen. Gehörhalluzinationen, diagnostizierte er verwirrt. Er mußte erschöpfter sein, als er selbst gedacht hatte. Pfoten und Schnurrbarthaare! Also wirklich! Ganz langsam drehte er sich auf dem Absatz um.

Dort war er! Er rannte aufrecht auf den Hinterbeinen. Etwa einsdreißig war er groß, hatte weißes Fell und lange Ohren. Mit einer Pfote holte er gerade eine altmodische Taschenuhr aus seiner Weste.

»Schrecklich!« Eilig verschwand der weiße Hase durch eine

Lücke in dem dichten Gebüsch.

McCoy schüttelte den Kopf. »Ich habe ihn nicht gesehen! Ich bin mir ganz sicher, daß ich ihn nicht gesehen habe«, sagte er sich beschwörend. Die Sträucher hinter ihm raschelten.

»Verzeihen Sie, mein Herr«, sagte ein kleines Mädchen in weitem Rock mit gestärkter weißer Rüschenschürze höflich. »Haben Sie zufällig einen ziemlich großen weißen Hasen mit gelber Weste und weißen Handschuhen gesehen?«

McCoy traute auch jetzt weder seinen Augen noch Ohren. Aber er deutete stumm in die Richtung, in die der Hase verschwunden war.

Das kleine Mädchen machte einen Knicks, bedankte sich und rannte dem Hasen nach.

McCoy kniff die Augen zusammen. »Sulu!« brüllte er. Er hatte nicht die Absicht, die Lider zu öffnen. Sollte dieser die Halluzinationen haben! Er, McCoy, war nicht verpflichtet, *nach* dem Frühstück Unmögliches für real zu halten.

»Was ist los? Weshalb die Lautstärke?«

»Haben Sie – haben Sie sie gesehen?«

»Was gesehen? Ich sehe nichts Ungewöhnliches, Doktor.« Sulu blickte sich um.

McCoy schluckte. »Ich – uh...« Was sollte er denn sagen? Stumm folgte er Sulu.

»Captain?«

Es steht jemand an der Tür. Komm zu dir! Wach auf! Reiß dich zusammen. »Ja?«

»Ich bin es, Spock. Ich habe den medizinischen Befund von der Mannschaft, Captain.«

»Kommen Sie herein, Spock.« Kirk richtete sich schwerfällig auf.

»Alle Systeme sind auf Automatik, Captain. Eine Mindestbesatzung für Brücke, Nachrichtenabteilung und Maschinendeck steht in Bereitschaft.«

»Dann werden wir die Mannschaft von Steuerbord als erste hinunterbeamen. Mit welcher Gruppe möchten Sie auf den Planeten, Mr. Spock?«

»Das ist in meinem Fall unnötig, Captain. Auf meiner Welt bedeutet Erholung, sich auszuruhen – keine Energie zu verbrauchen. Ich finde es unlogisch, auf grünem Gras hin und her zu laufen und Kraft zu vergeuden, anstatt sie zu sparen.«

Unerträglich, dieser Spock!

Der Tischkommunikator summte. »Hier Kirk«, meldete sich der Captain.

»Dr. McCoy ruft Sie vom Planeten, Sir.«

»Gut, stellen Sie die Verbindung her, Leutnant Uhura.«

»Captain, beamst du herunter?« erkundigte sich McCoy.

»Ich hatte nicht die Absicht, Pille. Weshalb fragst du?«

»Na ja«, murmelte McCoy ein wenig verlegen. »Entweder funktionieren unsere Sonden und Detektoren nicht einwandfrei, und wir vom Landungstrupp sind so von der Schönheit des Planeten berauscht, daß wir blind und taub sind – oder irgend etwas stimmt mit mir nicht, und ich muß mich für dienstunfähig erklären.«

»Was ist passiert?« Kirk unterdrückte ein Stöhnen. Schon wieder ein Problem! Entweder funktionierten die Geräte nicht, oder sein Personal lag schief. Großartig.

»Auf diesem angeblich unbewohnten Planeten«, erklärte Dr. McCoy mit sorgfältig betonter Stimme, »sah ich einen großen weißen Hasen eine goldene Taschenuhr aus der Weste ziehen und laut erklären, er habe sich verspätet.«

Kirk lachte erleichtert auf. Also doch kein Problem. »Das ist gut, Pille. Und dem Hasen folgte ein kleines blondes Mädchen. Richtig?«

»Uh...«, murmelte McCoy. »Um ehrlich zu sein, ja – und sie verschwanden beide durch ein Loch in der Hecke.«

Immer noch grinsend sagte Kirk: »Ich werde über deinen Bericht nachdenken, Doktor. Captain Ende.« Er drehte sich zu dem verblüfften Spock um. »Das war eine McCoy-Tablette in Märchenzucker getaucht. Er versucht, mich hinunterzulocken. Aber ich werde die Tablette nicht schlucken.«

»Wie Sie meinen, Captain«, murmelte Spock. »Ich kam, etwas

mit Ihnen zu besprechen.« Kirk blickte zu ihm hoch. »Ich habe mir Dr. McCoys Logbuch angesehen und einen Auszug gemacht.«

Jetzt erst bemerkte Kirk, daß Spock ein Blatt Papier in der Hand hielt.

»Wir haben ein Besatzungsmitglied, bei dem sehr starke Anzeichen von Streß und Übermüdung festgestellt wurden. Seine Reaktionszeit ist um neun bis zwölf Prozent gesunken. Sein Assoziierungsgrad liegt drei Punkte unter der Norm.«

Das drang trotz Kirks Erschöpfung durch. »Das ist viel zu niedrig«, sagte er scharf.

»Weiter steht hier, daß er ständig gereizt, aufbrausend und streitsüchtig geworden ist. Trotzdem weigert er sich, sich auszuruhen und zu erholen.« Spock blickte von dem Blatt auf. »Man kann ihn natürlich nicht zwingen, er hat das Recht…«

»Die Rechte eines Besatzungsangehörigen enden dort, wo die Sicherheit des Schiffes dadurch gefährdet wird. Dieser Mann wird auf meinen ausdrücklichen Befehl sofort zur Erholung an Land gehen«, bestimmte Kirk verärgert. »Wie heißt er?«

»James Kirk!«

Kirks Kopf zuckte hoch. Das kommt davon, wenn man Befehle erteilt, ohne vorher alle Einzelheiten durchgegangen zu sein! Stark gesunkene Leistungen! Aufbrausend! Gereizt! Er hatte sich selbst festgenagelt.

Spock drückte ihm das Papier in die Hand. »Viel Spaß und gute Erholung, Captain. Es ist ein ungemein interessanter Planet. Er wird Ihnen gefallen, er gleicht Ihrer Erde sehr. Weder die Sonden noch der Landungstrupp haben andere als pflanzliche Lebensformen festgestellt, auch keine Artefakte oder Energiefelder irgendwelcher Art. Nichts als Stille und Sonnenschein und gute Luft – und keine Probleme.«

Kirk zuckte die Schultern. Schließlich lächelte er. »Sie haben gewonnen, Spock. Ich lasse mich hinunterbeamen.«

Bootsmaat Barrows begleitete ihn auf den Planeten. Sie materialisierten neben zwei der Scouts auf einer Lichtung.

»Rodriguez, Teller«, Kirk nickte ihnen zu. »Ist alles in Ordnung?«

»Bestens, Sir«, versicherte ihm der dunkelhaarige junge Mann, der Proben in einer Metallkiste verstaute. »Wir sind mit unserer Arbeit fertig.« Der weibliche Fähnrich neben ihm sah ihm nur mit verträumten Augen zu. Vielleicht war sie zu müde, um etwas zu tun.

»Freut mich, Mr. Rodriguez. Beamen Sie die Proben und Ihren Bericht zu Mr. Spock hoch, dann haben Sie dienstfrei.«

Das Mädchen strahlte. »Danke, Sir«, sagte Rodriguez. Er gab Teller den Trikorder. »Oh, übrigens, Sir, Dr. McCoy finden Sie gleich dort drüben.«

Kirk blickte nach »dort drüben« und sah sich auch sonst um. »Friedlich ist es hier«, stellte er fest. »Nach allem, was wir erlebt haben, fällt es einem schwer zu glauben, daß es einen solch schönen Planeten überhaupt noch gibt.«

»Es ist wundervoll hier«, rief der Fähnrich im kurzen Rock begeistert. »So idyllisch und friedlich und...« Sie unterbrach sich erschrocken. »Verzeihen Sie, Sir.«

Kirk lächelte über ihre jugendliche Begeisterung und machte sich mit Maat Barrows in die Richtung auf, die ihm Rodriguez gewiesen hatte. »McCoy? Wo bist du?«

Das Gebüsch um die Wiese war dicht. »Hier herüben!«

McCoy stand immer noch dort, wo er seine merkwürdige Begegnung gehabt hatte.

»Na, Pille, hast du in der letzten Zeit noch einen guten Häschenwitz gehört?« Damit würde er den Doktor noch längere Zeit aufziehen.

»So etwas Ähnliches«, brummt McCoy. Sein Gesicht war sehr ernst. »Ich fürchte nur, es wird dir nicht gefallen. Sieh dir das an!«

Kirks Grinsen schwand, als sein Blick McCoys deutendem Finger folgte. Eine Fährte! Und das auf einem Planeten, auf dem es angeblich keine Tiere gab! Paarweise Abdrücke – ein hüpfendes Wesen.

»Ich habe ihn wirklich gesehen, Jim, auch wenn ich zuerst selbst an eine Halluzination glaubte. Aber die Spuren sind nicht wegzuleugnen.«

»Sind sie nicht ein bißchen groß für einen Hasen?«

»Ha – wie ich schon berichtet habe, Captain«, McCoys Gesicht war ein wenig rot angelaufen, und er blickte Kirk nicht an, »es war ein sehr – ungewöhnlicher Hase.«

Kirk bückte sich, um die Abdrücke zu studieren. »Ich muß zugeben, ich hielt es wirklich für einen Witz. Aber diese Fährte ist nur allzu echt.« Zwischen den einzelnen Abdrücken war ein großer Abstand. Das Tier hatte demnach lange Beine und hoppelte auf den Hinterpfoten. »Was ist mit Sulu? Kann er bestätigen, was du gesehen hast?«

McCoy schüttelte den Kopf. »Er untersuchte gerade ein paar Pflanzen.«

»Es gefällt mir nicht, Pille«, murmelte Kirk. Er schaltete seinen Kommunikator ein. »Brücke! Hier spricht der Captain. Wurde die erste Urlaubergruppe schon heruntergebeamt?«

»Negativ, Captain. Sie macht sich soeben dazu bereit.«

»Ihr Urlaub muß eine Weile verschoben werden. Sie sollen sich jedoch bereithalten. Niemand darf das Schiff verlassen, ehe Sie von mir hören.«

Erst nach einer kurzen Pause erklang Uhuras hörbar enttäuschte Stimme: »Jawohl, Sir.«

McCoy protestierte. »Willst du den Landurlaub vielleicht streichen, Jim?«

»Jedenfalls so lange, bis wir eine Erklärung *dafür* haben.« Er deutete auf die rätselhaften Spuren.

»Aber die Mannschaft braucht dringend Erholung!«

»Das ist mir durchaus klar, Pille.« Die Verantwortung drückte schwer auf Kirk. »Was du gesehen hast, scheint recht harmlos gewesen zu sein. Das ist es vermutlich auch. Doch ehe ich unsere Leute herunterbeamen lasse, muß ich dessen sicher sein.«

McCoy wollte gerade einwerfen, daß das Schlimmste, was ihnen passieren könnte, möglicherweise eine Begegnung mit einer Pakkung Spielkarten war, als er unterbrochen wurde.

Revolverschüsse!

So also sahen der Frieden und die Ruhe hier aus! Kirk zog seinen Phaser und rannte in die Richtung, aus der die Schüsse kamen. Abrupt blieb er stehen, als er Sulu mit glücklichem Grinsen in einer Lichtung stehen und auf ein unschuldiges Blatt ballern sah.

McCoy holte Kirk ein, als er gerade müde fragte: »Mr. Sulu, was machen Sie da?«

»Schießübungen, Sir.« Sulu blickte den Captain an. »Ist er nicht großartig? Gerade so einer fehlte in meiner Sammlung.«

»Wo haben Sie den Revolver her?«

»*Gefunden!* Ich weiß, daß es ein verrückter Zufall ist, aber einen wie ihn habe ich mir immer gewünscht. Ich habe ihn dort hinten gefunden.« Er streckte Kirk stolz die Waffe zum Bewundern entgegen. »Ein uralter Polizeirevolver, und in einmaligem Zustand. Seit mindestens zweihundert Jahren werden solche Waffen nicht mehr hergestellt. Sehen Sie doch, er verfeuert Bleikugeln mit Hilfe der bei einer chemischen Explosion expandierenden Gase.«

Sulu und seine Hobbys! Nicht zum erstenmal, daß ihm, Kirk, ähnliche Waffen unterkamen. Er erinnerte sich nur zu gut an einige Abenteuer, als er mit der Vergangenheit der Erde in Berührung gekommen war. Er nahm den Revolver und lächelte Sulu an. Er konnte ihm seine Begeisterung nicht verübeln, aber... »Ich nehme ihn einstweilen in Verwahrung für Sie. Die frische Luft hat Sie offenbar ein bißchen zu schießfreudig gemacht.«

Sulu machte ein enttäuschtes Gesicht, aber er murmelte nur: »Jawohl, Sir.«

Bootsmaat Tonia Barrows interessierte sich nicht für Schußwaffen. Sobald sie festgestellt hatte, daß keine Gefahr bestand, war sie weiterspaziert. Jetzt drehte sie sich um und rief: »Sir! Dr. McCoys Hase! Er muß hier entlanggekommen sein.«

Sie deutete auf eine Fährte mit identischen Spuren, die quer über die Lichtung aus dem Wald auf der anderen Seite führten.

Kirk studierte auch diese Abdrücke. »Pille, bist du ganz sicher, daß deine Instrumente keinerlei Fauna auf dieser Welt anzeigten?«

»Ganz sicher – keine Säugetiere, keine Vögel, keine Insekten, nichts, absolut nichts! Die Instrumente funktionierten einwandfrei, und doch...« Er starrte kopfschüttelnd auf die rätselhaften Spuren.

Kirk seufzte. »Ich möchte so gern glauben, daß sich einer unserer Leute nur einen Spaß mit uns machen will. Aber...« Er richtete sich auf und deutete auf den Waldrand. »Bootsmaat Barrows, begleiten Sie Mr. Sulu. Stellen Sie fest, woher diese Spuren kommen.« Die beiden machten sich auf den Weg. »Und wir sehen uns das Gebüsch noch einmal an, in dem dein Hase verschwunden ist, Pille.«

Als sie zu dem stillen See zurückmarschierten, murmelte Kirk verbittert: »Das verspricht mir ein recht ungewöhnlicher Landurlaub zu werden.«

»Könnte schlimmer sein«, murmelte McCoy leichthin.

»Wieso?«

»Nun, wenn du den Hasen gesehen hättest.«

Trotz seiner Besorgnis mußte Kirk lachen. »Was ist los, Pille? Ein kleiner Anflug von Verfolgungswahn?«

»Ich habe das Gefühl, als ritten alle auf mir herum, wenn du verstehst, was ich meine«, brummte McCoy leicht verärgert.

»Das Gefühl kenne ich sehr wohl«, gestand Kirk, »von der Akademie her.« Sie spazierten weiter. McCoy bemerkte zufrieden, daß Kirk sich offensichtlich ein wenig entspannt hatte. »Ein Kadett dort, ein paar Klassen höher, spielte mir einen Streich nach dem anderen. Ich weiß nicht, weshalb er es ausgerechnet immer auf mich abgesehen hatte. Finnegan hieß er.«

»Und du, als ernsthafter junger Kadett...«

»Ernsthaft? Pille, ich war *wütend* damals! Ich hätte aus der Haut fahren können! Das gab Finnegan natürlich erst recht Auftrieb. Er schob mir einen Teller mit kalter Suppe unter das Bettuch, stellte einen vollen Wassereimer auf meine halbgeöffnete Tür. Ich wußte nie, was er sich als nächstes einfallen lassen und wann er wieder zuschlagen würde.«

»Und du bist immer noch wütend auf ihn, so lange es auch her ist«, brummte McCoy, aber so leise, daß der andere es nicht hörte.

»Weitere Spuren, Pille. Sieht ganz so aus, als wäre dein Hase von dort gekommen.« McCoy blieb stehen und blickte auf den Boden.

»Und auch die Fußabdrücke eines Kindes, Jim. Des kleinen blonden Mädchens, das den Hasen suchte.«

»Pille, du folgst dem Hasen, ich schaue, woher das Mädchen kam. Wir treffen uns dann auf der anderen Seite des Hügels dort.« McCoy nickte. Kirk schritt an den winzigen Stiefelabdrücken entlang. Kleine Mädchen, Hasen, altmodische Revolver – was kam als nächstes?

Seit Jahren hatte er nicht mehr an Finnegan gedacht. Der Bursche hatte ihn bis zur Weißglut gereizt! Er erinnerte sich, als er...

Unter dem Baum vor ihm stand eine breitschultrige Gestalt mit einem herausfordernden Grinsen. Kirk blinzelte. *»Finnegan!«*

Der Jüngling in Kadettenuniform kam ihm entgegen.

»Na, Jimmyboy, du weißt nie, wann ich als nächstes zuschlage, eh?« Der gleiche Akzent, derselbe unverkennbare Hohn in seiner Stimme. Als Kirk ihn noch ungläubig anstarrte, zwang ihn ein plötzlicher Kinnhaken, der ihn zu Boden warf, die Wirklichkeit seiner Gegenwart anzuerkennen. Vorsichtig stand er auf und starrte auf seinen alten Feind, der, geduckt wie ein Ringkämpfer, vor ihm herumtänzelte. »Komm schon, Jimmyboy, komm, verpaß mir endlich eine. Das wolltest du doch schon immer, oder etwa nicht?« Doch, das hatte er sich damals sehnlichst gewünscht. Kirk schüttelte seine Benommenheit ab und duckte sich. Er würde sich diese Chance, endlich mit seinem Quälgeist abzurechnen, nicht entgehen lassen! Die alte glühende Wut stieg in ihm auf, als er sich erinnerte, was der größere, kräftigere Junge ihm alles angetan hatte.

»Komm! Komm schon!« höhnte Finnegan. Kirk holte aus.

Eine Frau schrie schrill. Verdammt! Das konnte nur Bootsmaat Barrows sein. Sie schien sich in Gefahr zu befinden. Und er war der Captain! Er ließ die Faust sinken und rannte in die Richtung, aus der der anhaltende Schrei gellte. Finnegan rief ihm voll Hohn nach: »Du hast wohl die Hosen voll, Jimmyboy? Lauf nur, lauf!«

McCoy kam aus dem Unterholz gerannt.

»Was war das?«

»Barrows. Komm mit.«

Sie fanden das Mädchen gegen einen Baum gekauert. Ihre Bluse war zerrissen, und ihr Haar hing wirr in die Stirn. Sie war allein und weinte hysterisch.

»Was ist passiert?«

»Ich – weiß nicht. Ich – ich meine, ich weiß es schon«, stammelte sie. »Ich – ich bin diesen Spuren nach und – ohhh! Dort war er!«

»Dort war wer?« fragte Kirk streng. Auch eine weibliche Angehörige der Raumflotte mußte sich zumindest so weit zusammennehmen, um vernünftige Auskunft zu geben.

»Er!« wimmerte das Mädchen.

»Barrows! Ich verlange, daß Sie jetzt einen vernünftigen Bericht erstatten!«

Sie nahm sich sichtlich zusammen, obwohl sie noch am ganzen Leib zitterte. »Er hatte einen weiten Umhang an, Sir. Und einen – einen Dolch mit Steinen am Griff.«

McCoy untersuchte sie. »Bootsmaat Barrows, sind Sie sicher, daß Sie sich das nicht alles eingebildet haben?«

Sie zog die zerrissene Bluse über die Schulter hoch und sah plötzlich verlegen aus. »Ich weiß, daß es nicht sehr glaubhaft klingt.« Die Männer nickten. »Doch ich habe es mir genausowenig eingebildet wie das.« Sie deutete auf die zerrissene Bluse.

»Also gut«, sagte McCoy beruhigend. »Wir glauben Ihnen. Aber wer war Ihr Don Juan?«

»Woher wissen Sie das?« Sie riß unwillkürlich den Mund auf.

»Woher weiß ich was?«

»Es – es war so wundervoll hier, wie in einem alten Roman...« Sie holte ein Taschentuch aus ihrem Rock, dann fuhr sie fort, ihr Gesicht tief gerötet: »Ich dachte mir, das einzige, was einem Mädchen hier fehlt, ist Don Juan. Wissen Sie, nur so, wie man halt vor sich hin träumt.« Sie blickte die beiden Offiziere zögernd an. »Wie Sie vielleicht an ein Mädchen denken, dem Sie gern begegnen möchten.«

Kirk war nicht darauf vorbereitet, sich über dergleichen zu unterhalten. Er blickte sich um. »Wo ist Mr. Sulu? Sie sollten doch gemeinsam der Spur nachgehen.«

»Oh. Er hat ihn verfolgt. Er...« Aber Sulu war nirgends zu sehen.

»Bleib bei ihr, Pille.« Kirk rannte durch das Unterholz. »Mr. Sulu?« rief er. »Sulu! Wo stecken Sie?« Er erhielt keine Antwort. Er bahnte sich einen Weg durch das dichte Gebüsch und kam auf eine Lichtung. Sie war ein Miniaturwüstengarten, in dem Kakteen blühten.

Endlich stieß er auf Fußspuren. »Sulu?«

Es war nicht Sulu. Es war ein junges Mädchen mit echten Rosen am Kleid. Mit einem verträumten Lächeln kam sie auf ihn zu.

»Ruth!« Die Erinnerung brannte in Captain Kirk. »Du! Wie – ich verstehe nicht…«

»Jim, Liebling. Ich bin es! Ich, Ruth!«

Er hatte diese Wunde für immer geschlossen geglaubt. Damals, unter dem Druck der Abschlußprüfungen und Vorbereitungen auf seine erste Fahrt hatte er sie verloren – und versucht, nie mehr an sie zu denken.

»Du glaubst nicht, daß ich real bin.« Er hatte sogar vergessen, wie sanft ihre Stimme war. Jetzt kam alles wie eine Springflut zurück – all der Schmerz über ihre Trennung, seine große Sehnsucht. »Aber ich bin es wirklich, Jim, Liebling!«

James Kirks Ruth konnte unmöglich hier sein. Doch als sie zärtlich die Arme um seinen Hals legte, zweifelte er nicht an ihrer Echtheit. Er drückte sie an sich.

Aber dann ließ er sie los und machte einen Schritt zurück. Er holte seinen Kommunikator heraus. »Dr. McCoy! Bitte melden.« Seine Augen hingen an Ruth. »McCoy, hörst du mich?«

Sie schob den Kommunikator zur Seite. »Denk an nichts anderes, Liebling, als daß wir wieder beisammen sind.« Ihr weiches Haar streifte sein Gesicht.

»Ruth! Wie ist das möglich? Du kannst doch gar nicht hier sein!«

Sie schmiegte sich an ihn und blickte zu ihm hoch. Die Sonne schmeichelte ihrer Pfirsichhaut. »Weshalb machst du dir darüber Gedanken? Genügt es nicht, daß wir uns wiedergefunden haben?«

Fünfzehn Jahre war es her. Sie sah noch genauso aus wie damals das sanfte junge Mädchen, das bei ihrem letzten Lebewohl so bitterlich geweint hatte. »Vergiß, was vergangen ist, Jimmy.«

Das Summen seines Kommunikators drang durch seine Benommenheit.

»Hier Kirk«, meldete er sich.

McCoy wollte wissen, ob er Sulu gefunden hatte.

»Was?« Sie trug ihr Haar noch immer zur Krone geflochten.

»Hast du Sulu gefunden?«

»Oh – nein«, erwiderte Kirk abwesend. »Aber mit ihm ist sicher alles in Ordnung.« Sie strahlte ihn an. »Ich meine, weshalb auch nicht?«

»Captain, ist mit dir alles in Ordnung?«

»Oh – sicher – natürlich.« Der Kommunikator schien wie von selbst zu dem Felsblock neben ihm zu schweben. Er summte schon wieder.

Kirk seufzte und meldete sich. »Ja, Mr. Rodriguez.«

»Captain, vor einer Weile sah ich – nun, ich sah Vögel. Ganze Schwärme von ihnen.«

»Mögen Sie denn Vögel nicht, Mr. Rodriguez?« Sie hielt seine Hand und drückte sie, wie nur sie es konnte.

»O doch, natürlich, Sir. Aber alle unsere Untersuchungen ergaben doch...«

Kirk war bisher das Vogelgezwitscher aus dem Wald gar nicht aufgefallen. Es schien ganz einfach dazuzugehören.

»Ich würde sagen, Mr. Rodriguez, daß unsere Instrumente nicht richtig anzeigten.« Es schien wirklich nicht wichtig zu sein. »Es gibt durchaus Lebensformen auf diesem Planeten.« Sie drückte ihren Kopf fest an seine Brust.

Rodriguez war hartnäckig. »Sir, es ist unmöglich, daß wir bei unseren Untersuchungen das übersehen hätten.«

Ruth machte ein paar Schritte und blickte ihn auffordernd und sehnsuchtsvoll an.

»Rodriguez, rufen Sie alle Kundschafter auf die Lichtung zusammen, auf der wir gelandet sind. Wir müssen eine Antwort zu diesem Rätsel finden.«

»Jawohl, Sir.«

Er durfte es nicht noch einmal zulassen, sie zu verlieren. Doch genausowenig konnte er seine Leute einfach den Gefahren aussetzen, die dieser rätselhafte Planet möglicherweise bot. Liebe und Pflichtbewußtsein kämpften in ihm.

Ruth streckte ihm die Hand entgegen und lächelte verständnisvoll. »Du mußt gehen.«

»Ich möchte nicht.« Wie sehr alles in ihm drängte, bei ihr zu bleiben!

Diesmal weinte sie nicht. »Du wirst mich wiedersehen – wenn du es wirklich möchtest.« Sie küßte ihn sanft auf die Wange und ging langsam in den Wald.

Er rannte ihr nach. »Aber – ich hab' dich noch gar nicht gefragt... Du hast mir nicht gesagt...«

»Tu, was du tun mußt. Dann werde ich auf dich warten, Jim.«

Würde sie das diesmal wirklich? Er blickte ihr nach, als sie zwischen den Bäumen verschwand. Wieder summte der Kommunikator.

»Hier Captain Kirk«, brummte er unwirsch, während er immer noch auf den Wald starrte.

»Captain, ich bekomme plötzlich merkwürdige Werte von der Oberfläche des Planeten«, sagte Spock. »Es scheint mit einemmal etwas wie ein Kraftfeld dort unten zu geben.«

»Erklären Sie das näher.«

»Es ist eine absolut ungewöhnliche Art von Energie, Captain, die erst in Erscheinung trat, nachdem wir unsere Untersuchungen abgeschlossen hatten. Sie zehrt an unserer Schiffsenergie und macht die Verbindung zunehmend schwieriger.«

»Können Sie ihre Herkunft orten?« Kirks Aufmerksamkeit galt nun, wenn auch innerlich noch widerwillig, der Meldung Spocks.

»Nicht genau. Sie befindet sich vermutlich unter der Planetenoberfläche und deutet auf eine Art von industrieller Aktivität hin.«

Eine Industrie? Hier zwischen Wiesen und Wäldern? »Halten Sie mich auf dem laufenden, Mr. Spock. Wir werden von hier aus unsere Untersuchungen neu aufnehmen.«

Die Untersuchungen verliefen allerdings sehr langsam. Dr. McCoy saß mit Bootsmaat Barrows unter der Birke, wo das Mädchen überfallen worden war. Sie hielt mit einer Hand ihre

Bluse zur Schulter hoch.
»Fühlen Sie sich jetzt besser?«
Sie lächelte. »Ein wenig. Aber ich möchte nicht allein hier sein.«
»Weshalb nicht?« McCoy seufzte zufrieden. »Es ist ein zauberhafter Ort. Ein bißchen merkwürdig vielleicht, aber...«
»Das ist es ja eben. Fast zu zauberhaft. Ich dachte mir, noch ehe meine Bluse – zerrissen wurde, daß ein Mädchen an einem Ort wie diesem passend gekleidet sein sollte.« Bootsmaat Barrows bewies einen unerwarteten Zug von Romantik. »Wissen Sie, so wie eine Märchenprinzessin, mit wallendem Seidengewand und einem hohen spitzen Hut mit Schleier.«
McCoy sah sie verständnisvoll an. Dann widmete er ihr einen längeren Blick. Sie war wirklich eine bildhübsche junge Frau. Komisch, daß ihm das nie zuvor aufgefallen war. Aber seine Patientinnen sah er ja auch aus anderen Augen.
Ja, sie war tatsächlich von bezaubernder Schönheit.
»Ich weiß, was Sie meinen. Aber dann müßten Sie sich gegen eine ganze Armee von Don Juans wehren.« Sie kicherte geschmeichelt. »Und gegen mich ebenfalls«, fuhr McCoy über sich selbst erstaunt fort.
Sie blickte ihn unter halbgesenkten Lidern an. »Ist das ein Versprechen, Doktor?«
Sie erhoben sich und machten einen Spaziergang um den See. Vogelgezwitscher erfüllte die Luft, und der Glanz der grünen Blätter, die die Sonne umschmeichelte, spiegelte sich in ihren Augen.
»Oh!« Glänzende Seide war achtlos über einen Busch geworfen. Ein weißer Schleier flatterte. »O Doktor! Das ist ja wunderschön!« Bootsmaat Barrows strich über den weichen Stoff.
»Wunderschön!« echote McCoy, aber er blickte dabei das Mädchen an.
Sie zog sich den Schleier über die untere Gesichtshälfte und strahlte McCoy an. Dann wiegte sie sich im Tanzschritt und sagte mit unverkennbar sehnsüchtigem Spott: »Die Dame des Herzens, die man galant beschützt – eine Prinzessin von königlichem Blut.«
Wieso hatte er nur so lange gebraucht? »All das sind Sie und

noch viel mehr!« Er mußte tatsächlich verlernt haben zu flirten bei all seiner Arbeit. Sie konnte es glücklicherweise noch. Sie war vergnügt und empfindsam und bezaubernd.

Er nahm das Gewand vom Busch und drückte es ihr in die Arme. »An Ihnen wird es noch viel hübscher aussehen.«

Ihre so liebenswerte Verspieltheit schwand, und sie blickte voll Furcht auf das Gebüsch. »Doktor, ich habe solche Angst!«

»Ruhig, Mädchen, ruhig.« Er strich ihr übers Haar, als sie ihren Kopf an seiner Schulter barg. Er spürte, wie sie zitterte. Er bemühte sich zu übersehen, daß ihre Bluse hinuntergerutscht war. Einen kurzen Moment empfand er eine stechende Eifersucht auf diesen – Don Juan, der sie zuerst so gesehen hatte. »Ich weiß nicht, wieso dieses Kleid plötzlich hier ist oder woher es kommt, aber es würde Ihnen zweifellos gut stehen. Probieren Sie's doch an.«

Sie betrachtete es ein wenig zweifelnd, dann hielt sie es an sich. Trotz ihrer Ängste war die Verlockung offensichtlich groß. McCoy nickte ihr ermutigend zu. »Also gut«, murmelte sie und verschwand hinter dem Busch. »Aber Sie dürfen nicht herschauen.«

»Meine Liebe«, sagte McCoy würdevoll, »ich bin Arzt. Wenn ich hinschaue, dann tue ich nur meine Pflicht.«

Leonard McCoy, Arzt und Gentleman, fand es schwer, die Bewegungen über dem Busch zu ignorieren, auch wenn außer den Armen und der abgelegten Bluse nicht viel zu sehen war. Doch das Summen des Kommunikators lenkte ihn ab.

»Dr. McCoy! Ich rufe Dr. McCoy! Bitte melden Sie sich.«

Er hob das Instrument an die Ohren. »Hier McCoy.« Mußte er ausgerechnet jetzt gestört werden! Und die Stimme klang noch dazu furchtbar schwach. »Ich kann Sie kaum hören. Sind Sie es, Rodriguez?«

»Ich habe das Ding auf höchster Lautstärke, Sir. Ich höre Sie auch nur ganz undeutlich. Der Captain will, daß wir alle zu der Lichtung kommen, wo Sie beide sich getroffen haben.«

»Verstanden. Rodriguez? Was, zum Teufel, ist mit den Kommunikatoren los? Esteban?«

McCoy schüttelte das Gerät, als wäre es ein Fieberthermometer, wie man sie früher benutzt hatte, dann zuckte er die Schultern. Als er sich wieder umdrehte, um sich um Bootsmaat Barrows zu kümmern, war sie verschwunden. Statt ihrer stand eine Erscheinung aus dem romantischen Mittelalter vor ihm, im Spitzhut, von dem ein Schleier bis über das wallende lange Gewand flatterte. Sie war berauschend schön.

Wieso hatte er das zuvor nie bemerkt?

Der Captain konsultierte seinen Wissenschaftsoffizier. Er konnte ihn allerdings kaum hören.

»Ich möchte eine Erklärung, Spock. Als erstes taucht Alice im Wunderland auf, wo es doch überhaupt keine Lebewesen auf dem Planeten geben sollte. Dann Sulus Revolver, wo es hier doch kein bearbeitetes Metall gibt, dann die Vögel und meine – die zwei Personen, die ich sah.«

»Besteht die Möglichkeit, daß es sich um Halluzinationen handeln könnte, Captain?«

»Eine der ›Halluzinationen‹ schickte mich mit einem recht unsanften Kinnhaken zu Boden, die andere...«

»Das hört sich wie schmerzhafte Wirklichkeit an, Captain.«

»Und dann sind auch die Fußspuren...«

»Es muß eine logische Erklärung geben, Captain. Ich höre Sie übrigens nur sehr schlecht. Können Sie die Lautstärke erhöhen?«

»Ich habe bereits auf Maximum eingestellt.«

Spock schwieg einen Moment, dann fragte er: »Captain, soll ich einen bewaffneten Trupp hinunterschicken?«

»Nein. Unsere Leute hier haben alle Phaser bei sich. Außerdem hat sich bisher noch keine wirkliche Gefahr ergeben. Es ist nur... Captain Ende.« Er blieb stehen und blickte zu dem Vogelschwarm hoch, der über den Himmel flog. Er war immer noch schrecklich müde. Wenn dieser Landurlaub nur wirklich einer wäre und kein Rätsel, das sie lösen mußten. Warum waren diese Vögel überhaupt in der Luft? Irgend etwas mußte sie aufgescheucht haben. Sulu! Er war immer noch nicht zurückgekommen. Kirk rieb sich die Augen und starrte in den Wald.

Er hörte einen fernen Schrei, dann Gebrüll und hastende

Schritte. Im Laufen rief Kirk nach McCoy. Sulu stürzte keuchend aus dem Wald.

»Gehen Sie in Deckung, Captain! Ein Samurai ist hinter mir her!«

»Ein was?«

Niemand, nichts folgte Sulu, der jetzt stehenblieb und verwirrt über die Schulter zurückblickte. »Ein Samurai«, sagte er heftig schnaufend. »Mit einem Schwert, wissen Sie. Ein – ein japanischer Krieger! Captain, Sie müssen mir glauben!«

»Ich glaube Ihnen ja«, versicherte ihm Kirk. Wie könnte er an Sulus Worten zweifeln? »Mir sind selbst ein paar – alte Bekannte begegnet. Haben Sie den Rest des Landungstrupps gesehen?«

»Rodriguez rief mich vor ein paar Minuten. Kurz bevor der Samurai auf mich losging. Er sagte, wir sollen uns alle auf der Lichtung sammeln.«

Nebeneinander schritten sie nun darauf zu. Immer wieder blickte Sulu nervös über die Schulter.

»Ich hoffe, Rodriguez konnte zu allen durchkommen. Die Verbindung wird immer schlechter.«

»Das ist nicht alles«, sagte Sulu schwer. »Ich habe auf den Samurai geschossen, aber der Phaser funktionierte nicht mehr.« Er schob die nutzlose Waffe in den Gürtel zurück.

Kirk hielt seinen Phaser noch in der Hand. Er hatte ihn gezogen, als er das Gebrüll gehört hatte. Jetzt richtete er ihn auf den Boden und drückte ab. Nichts tat sich. Er überprüfte die Einstellung und versuchte es erneut. Langsam steckte er ihn in den Halfter zurück.

»Sehen wir zu, daß wir zur Lichtung kommen«, murmelte er grimmig.

»Jawohl, Sir. Da – sehen Sie!«

Die Luft flimmerte. Es war ein vertrautes, aber sehr unregelmäßiges Flimmern. »Jemand versucht, vom Schiff herunterzubeamen.«

Das wurde offenbar versucht, aber irgendwie wollte es nicht richtig funktionieren.

Kirk hielt den Atem an und wartete. Das Flimmern schwand, bildete sich erneut, schwand. Noch einmal erschien das Flimmern, eine Funkenkaskade entstand – und Spock materialisierte vor ihnen.

»Mr. Spock, meine Anweisung lautete, daß niemand das Schiff verlassen dürfe.«

»Es war notwendig, Captain. Ich konnte mich nicht mehr über den Kommunikator mit Ihnen in Verbindung setzen, und der Transporter ist jetzt auch schon fast nutzlos. Wie ich Ihnen sagte, befindet sich ein äußerst ungewöhnliches Kraftfeld auf dem Planeten, das offenbar alle Energie aufsaugt. Ich berechnete die Geschwindigkeit seines Wachstums und zog den Schluß, daß es möglich wäre, noch eine weitere Person herunterzubeamen.« Spock hob eine Braue und drückte damit aus, daß zwar unerwartet auftauchende weiße Hasen und dergleichen für ihn unerklärlich waren, er aber nicht beabsichtigte, ebensowenig erklärliche Kraftfelder zu dulden. »Wir haben es jedenfalls gerade noch geschafft.«

Kirk fand sich damit ab. »Gut. Ich kann Ihre Hilfe hier brauchen.«

»Sind wir hier gestrandet, Captain?« fragte Sulu besorgt.

»Bis wir herausfinden, was das alles hier soll.«

Ein Tiger brüllte in der Ferne.

»Ausfächern!« befahl Kirk. »Wir müssen ihn finden.« Er bemühte sich, nicht an die nutzlosen Phaser zu denken.

Auf der Lichtung sahen sich Tonia Barrows und McCoy ein wenig zögernd nach den anderen um.

»Es ist niemand hier.«

»Aber das ist der Sammelpunkt«, betonte McCoy. Das Mädchen spazierte unruhig über die Lichtung. Der Doktor folgte ihr langsam. »Was war das? Ich glaubte – ich könnte schwören, daß ich etwas gehört habe.«

»Bitte, sagen Sie so etwas nicht!« Trotz ihres prunkvollen Gewandes und der verliebten Augen McCoys war sie nervös.

»Eine Prinzessin sollte keine Angst haben, wenn ihr tapferer Ritter sie beschützt.«

Tonia bemühte sich um ein Lächeln und stellte sich unter eine sonnenbeschienene Eiche. Plötzlich stieß sie einen Schrei aus, und

McCoy sah ein ineinanderverschlungenes Weiß, Schwarz und Hellgrün – Tonia rang mit jemandem. McCoy rannte ihr zu Hilfe.

Der Mann, gegen den sie kämpfte, trug einen verwegenen Hut mit Federbusch, hatte einen gepflegten Spitzbart, ein juwelenbesetztes Wams und darüber einen weiten, schwingenden Umhang. Die Faust zum Schlag erhoben, wollte McCoy sich auf ihn werfen, aber der Mädchenverführer war ein Feigling. Don Juan rannte, so schnell wie ihn die Beine trugen.

McCoy hielt Tonia einen Augenblick in den Armen, bis sie ihr Gewand ordnete und den Spitzhut wieder festband. Er fühlte sich als wahrer Kavalier. Er hatte für seine Dame gekämpft, und er würde es jederzeit wieder tun.

In der Ferne erdröhnte Hufschlag. Sie wirbelten herum. Aus dem Wald, auf der anderen Seite der Lichtung, war ein gewaltiges Streitroß aufgetaucht. Es bäumte sich wiehernd auf, als sein Reiter die beiden entdeckt hatte und das Tier abrupt anhielt.

McCoy konnte nur blinzelnd den Kopf schütteln. Der Schwarze Ritter legte seine Lanze ein und galoppierte heran.

McCoy hatte jetzt endgültig genug von diesen Märchengestalten, sie störten ständig im unrechten Augenblick. Er würde nun auf die einzig richtige Weise gegen sie vorgehen. Eine Phantasiegestalt war nicht wirklich und konnte einem deshalb auch keinen wirklichen Schaden zufügen. Unbewaffnet stellte er sich dem bedrohlich näher kommenden Reiter in den Weg. Er konzentrierte sich darauf, seinen Sinnen zu versichern, daß sie sich diese Gestalt nur einbildeten.

Das mächtige Streitroß donnerte über die Wiese. Der Schwarze Ritter hielt die Lanze stichbereit.

»Vorsicht, Pille!« McCoy ignorierte Kirks Warnschrei. Ohne mit der Wimper zu zucken, schritt er weiter.

Kirks Phaser versagte. Er holte den altmodischen Revolver heraus, den er Sulu abgenommen hatte, gerade als die Lanze durch McCoys Brust drang.

Das Pferd bäumte sich bei Tonia Barrows gellendem Schrei auf, und der Schwarze Ritter bückte sich, um seine Waffe zurückzuholen. Kirk feuerte mehrere Schuß hintereinander ab, und der Reiter in der Eisenrüstung krachte nur ein paar Meter entfernt auf den Boden. Tonias Schreie wurden immer hysterischer. Sie warf sich über den reglosen McCoy. »Er ist tot! Es ist alles meine Schuld. Es wäre nie passiert, wenn ich nicht... Ohhh!«

»Nein, Tonia«, versuchte Kirk sie zu beruhigen.

»Es ist aber meine Schuld!« Die Tränen strömten ihr übers Gesicht. »Ich habe ihn getötet! Ich habe Leonard umgebracht!« Kirk griff nach ihrem Arm, aber sie riß sich von ihm los und schlug mit den Fäusten auf den Boden.

»Bootsmaat!« sagte Kirk mit seiner strengsten Stimme. »Wir befinden uns in Schwierigkeiten. Ich brauche jedes Mannschaftsmitglied alarmbereit und bei klarem Verstand!«

Sie überwand die Hysterie. »Jawohl, Sir.« Mühsam um ihre Beherrschung ringend, erhob sie sich.

Spock bedeckte McCoys Leiche und verbarg die klaffende Wunde. Kirk drehte sich um. Sein Gesicht zuckte. Sein Freund war tot. Aber man erwartete Haltung von ihm und daß er Herr der Situation war. Sein Gesicht wurde zur unbewegten Maske, als er, ohne sich noch einmal umzudrehen, auf Sulu zuschritt, der über den Schwarzen Ritter gebeugt stand.

»Captain«, murmelte er beunruhigt. »Ich verstehe das nicht.«

»Mir geht es nicht besser, Mr. Sulu.« Mit unverhohlenem Haß starrte Kirk auf den Schwarzgepanzerten hinab. »Aber bevor wir diesen Planeten verlassen, werde ich alles verstehen.«

»Dann sehen Sie sich am besten als erstes das an, Sir.« Sulu klappte das Visier hoch und gab so das Gesicht von McCoys Mörder frei.

»Was, zum...« Perfekt geformte Züge, eine schmale Nase, ein Gesicht von der Regelmäßigkeit einer Wachsfigur starrten ihnen entgegen.

»Er ist wie eine Puppe, Captain. Er kann nicht gelebt haben.«

»Trikorder?«

»Spricht kaum an, Sir.«

»Spock!« Kirk streckte seinem Ersten Offizier das Gerät entgegen. »Was halten Sie davon?«

Spock justierte das Instrument, aber auch er hatte Schwierigkeiten, Anzeigen zu bekommen. »Das ist kein menschliches Zellgewebe, Captain. Es ähnelt eher dem Zellularverband, den wir zur Wundheilung verwenden. Nur, daß das hier viel feiner ist.«

»Mr. Spock!« Kirk richtete sich auf. »Ich möchte eine genaue Analyse.«

»Zweifellos ein künstlicher Körper. Sein Gewebe gleicht der Zellenstruktur der hiesigen Pflanzen – der Bäume, ja selbst des Grases.«

Kirk studierte das Gesicht. »Wollen Sie damit sagen, daß das eine *Pflanze* ist, Spock?«

Spock verriet seine eigene Verwirrung durch das Heben einer Braue. »Ich will damit sagen, daß alle diese – diese Dinge hier von multizellularer Beschaffenheit sind. Die Pflanzen, die Menschen, die Tiere – sie sind alle künstlich geschaffen.«

»Aber von wem? Und weshalb?« murmelte Kirk ungläubig. »Und weshalb gerade diese Dinge?«

Spock schüttelte den Kopf. »Das einzige, das wir mit Sicherheit wissen, ist, daß sie sich genauso wie die Originale verhalten – daß sie genauso gefährlich oder liebenswert sind.«

Esteban Rodriguez hatte noch keine Gelegenheit gehabt, seine Begegnung mit dem bengalischen Tiger zu melden, der von den Felsen herabgesprungen und brüllend auf ihn losgegangen war. Es war ihm geglückt, dem Tier zu entkommen. Davon und auch von anderen Dingen erzählte er Fähnrich Angela Teller, als sie gemeinsam zur Lichtung gingen.

Plötzlich hörten sie ein dröhnendes Geräusch. Sie blickten sich um und sahen schließlich auch zum Himmel auf. Hoch über ihnen kurvte eine *Sopwith Camel* und tauchte in die Tiefe.

»Was ist denn das?«

»Das ist ja total verrückt!« rief Rodriguez. »Ich hab' dir doch vorhin von den ersten Luftkriegen erzählt und den komischen kleinen Flugzeugen, die sie benutzten.« Angela nickte und blickte in den Himmel. »Das dort ist eines davon.«

Der Doppeldecker drehte eine Schleife über ihren Köpfen. Angela verfolgte ihn mit den Augen. »Kann er uns etwas anhaben?«

fragte sie ein wenig ängstlich.

»Nein, außer er kommt im Tiefflug.« Rodriguez war über sein Auftauchen nicht traurig. Es gab ihm die einmalige Gelegenheit, mit seinem Hobby ein wenig anzugeben. Er hätte sich nie träumen lassen, eines dieser Flugzeuge tatsächlich einmal fliegen zu sehen.

»Tiefflug?« Sie war offenbar beeindruckt.

»Ja, das gehörte damals zur Kriegsführung. Die Flugzeuge flogen so dicht wie möglich über dem Boden und beschossen feindliche Stellungen, aber auch Zivilisten«, erklärte er stolz über sein Wissen.

Die Motoren heulten, als der Doppeldecker kurvte und zu ihnen herabtauchte. Ein Maschinengewehr ratterte und riß die Luft in Fetzen.

»Heilige Maria!« Rodriguez zerrte das Mädchen in den Schutz eines nahen Felsblocks. Als die *Sopwith* wieder davonschoß, sank sie zusammen.

»Angela!« Er hob sie hoch. Ihr Kopf hing unnatürlich schlaff nach unten, und sie lag schwer in seinen Armen.

Kirk und Spock starrten auf das Flugzeug, als Sulu sie erschrocken rief.

Die Leichen von McCoy und dem Schwarzen Ritter waren verschwunden.

»Sehen Sie!« Sulu deutete auf die Schleifspuren. »Man hat sie weggezerrt.«

»Mr. Spock«, murmelte Kirk verzweifelt. Sie waren in einem Alptraum gelandet.

Der Vulkanier fühlte sich sichtlich nicht wohl. »Ich fürchte, Captain, meine Analyse klingt diesmal nicht sehr wissenschaftlich.«

»McCoys Tod ist bedauerlicherweise eine feststehende Tatsache.« Die einzige leider unbestreitbare Wirklichkeit.

»Es wäre vielleicht eine Möglichkeit. Sehr unwahrscheinlich, aber trotzdem... Captain, woran dachten Sie, ehe Sie auf diese – Personen hier stießen?«

Kirk versuchte sich zu erinnern. »Ich dachte – an die Akademie...«

»Heh, Jimmyboy!«

Da war er wieder! Finnegan! Er lümmelte sich auf der anderen Seite der Lichtung gegen einen Baum.

»Du hast dir also erst Verstärkung holen müssen!« höhnte er. »Nun, Jimmyboy, traust du dich jetzt? Ich warte!«

Hm. Es war einen Versuch wert. »Finnegan!« rief Kirk. »Was ist mit meinen Leuten geschehen?«

Der Kadett kicherte spöttisch und tauchte zwischen den Bäumen unter. Sein höhnisches Gelächter drang über die Lichtung.

Kirk knirschte mit den Zähnen. »Mr. Spock, nehmen Sie Mr. Sulu mit und suchen Sie nach McCoys Leiche. Der Bursche dort ist mein Problem.« Er drehte sich um.

»Captain...«, begann Spock.

»Das ist ein Befehl, Mr. Spock!« Kirk rannte über die Lichtung und folgte Finnegan in den Wald.

Das Gelächter wies ihm den Weg. Doch plötzlich schien es einmal von rechts, dann links, dann geradeaus zu kommen.

»Hierher, Jimmyboy. So ist's richtig, Junge.«

Er lief um eine Gruppe dicht zusammenstehender Bäume und kam zu einer kahlen steinigen Erhebung, auf die sich nicht ein einziger Grashalm verirrt hatte. Es war ein ödes Fleckchen.

»Na, machen deine Beine nicht mehr mit, Jimmyboy? Ha-ha-ha-ha!«

Die Stimme kam von hinter ihm. Kirk wirbelte herum. Da erklang die Stimme von oben.

»Ganz so, wie es früher war, eh, Jimmy? Erinnerst du dich? Du wußtest nicht einmal, wo du deinen Kopf hattest.«

Kirk ballte die Fäuste. Er würde mit Finnegan abrechnen, koste es, was es wolle.

Knapp rechts von ihm rief Finnegan: »Hier bin ich, Jimmyboy!«

»Finnegan! Ich erwarte einige Antworten von dir!«

»Sollst du bekommen! Ha-ha-ha-ha!« Kirk verfolgte die sich ihm ständig entziehende Stimme kochend vor Wut. Endlich blieb

Finnegan lange genug auf einem Felsblock des Hügels stehen, daß Kirk eine Chance sah, zu ihm hochklettern zu können.

Mit großer Geschicklichkeit warf sich Finnegan auf ihn, und ineinander verschlungen rollten sie die Erhebung hinab. Kirk war sich einer ungeheuren Genugtuung bewußt – endlich kam es zum erhofften Kampf. Finnegan war bisher noch aus jedem Kampf als Sieger hervorgegangen. Das spürte man schon aus seinem Selbstvertrauen und seiner Geschicklichkeit. Kirk mußte Schlag um Schlag einstecken, ohne selbst einen wirklich guten anbringen zu können. Und die Verfolgung hatte ihn Kraft gekostet.

Finnegan erhob sich und blickte auf ihn hinab. »Steh auf! Du kämpfst immer nur fair, eh? Du Offizier und Gentleman! Du bist ja bescheuert! Siehst du denn nicht, wie überlegen ich dir bin?« Höhnischer Triumph klang aus seiner Stimme. »Ich bin immer noch zwanzig, du dagegen – sieh dich an! Du bist ein Tattergreis!«

Kirk rollte sich auf die Füße und holte aus. Finnegan duckte sich, glitt aus und landete hart auf dem Rücken. Kirk gestattete sich einen Moment der Schadenfreude.

»Au! Au!« wimmerte der Kadett. »Jim! Ich kann meine Beine nicht bewegen! Ohhh! Mein Rücken! Du hast mir den Rücken gebrochen! Ohhh!«

Offizier und Gentleman! Kirk kniete sich neben ihn und streckte vorsichtig Finnegans Beine aus, dann betastete er sie behutsam. Finnegan stöhnte und schüttelte benommen den Kopf. »Spürst du etwas?« fragte ihn Kirk.

Finnegan faltete die Hände und hieb sie in einem mächtigen Schlag auf Kirks Nacken. Dann sprang er leichtfüßig hoch und schüttelte sich vor Lachen.

»Spürst du etwas?« höhnte er. »Schlaf süß, Jimmyboy. Schlaf, solange du Lust hast. Schlaf für immer, Jimmyboy, für immer und ewig...«

Kirk war nicht in der Verfassung, dieses ironische Schlaflied zu würdigen. Schattenbilder schwammen vor seinen Augen. Seine Nase, auf die er gefallen war, schmerzte nicht viel weniger als sein Nacken. Es gelang ihm, sich auf den Rücken zu wälzen.

Finnegan stand über ihm. Es sah aus, als hebe er sich wie ein schattenhafter Riese bis in den Himmel. Die Hände hatte er gegen die Hüften gestützt. Er schüttelte traurig den Kopf.

»Wirst du es denn nie lernen, Jimmyboy? Du hast mich noch nie besiegen können!«

Kirks Gesicht verzog sich vor Schmerz, als er sich auf einen Ellbogen stützte und Blut ausspuckte. »Finnegan, ich will nur eines...«

Großzügig brummte der Kadett: »Du brauchst es nur zu sagen.«

»Antworten!«

Er hätte es wissen sollen.

»Verdien sie dir!«

Als Kirk sich taumelnd auf die Füße hob, streckte Finnegan ihn erneut zu Boden.

Eine Minute blieb Kirk reglos liegen. Das war jetzt wirklich zuviel. Fair hin oder unfair her, dieser arrogante Schurke sollte nicht leer ausgehen. Er rollte sich herum und, wie er es in der waffenlosen Kampfausbildung gelernt hatte, in der gleichen Bewegung hoch. Finnegan wartete geduckt auf seinen Angriff und höhnte: »Na komm schon! Komm!« Ich werde ihm sein Grinsen noch vertreiben, dachte Kirk, als er sprang. Sein Haken landete so scharf und genau, daß Finnegans Kinn knirschte und er zurücktaumelte. Aber er erholte sich sofort und stürzte sich auf Kirk.

Kirk schien es wie Stunden schmerzender Schläge und Gegenschläge auf Rippen, Kinn, Arm. Immer mühsamer wurde es, die Hand zu heben und durch die Luft zu schwingen, nach der er schwerer und schwerer schnappte. Endlich gelang es ihm, alles, was er noch an Kraft hatte, in Finnegans Solarplexus zu hämmern. Der Kadett sackte zusammen und blieb reglos liegen. Kirk lehnte sich haltsuchend an einen Felsblock und schnaufte heftig nach Luft. Wenn er schon vorher geglaubt hatte, er sei völlig erschöpft, was war er dann jetzt? Aber er wagte es nicht einmal, auch nur einen Moment die Augen zu schließen, um sich den brennenden Schweiß herauszublinzeln, denn möglicherweise spielte ihm Finnegan nur wieder etwas vor.

Finnegan kam allmählich wieder zu sich. »Nicht schlecht«,

brummte er widerwillig.

»Mhm.«

»Macht so manches wieder wett, eh, Jim?«

Kirk fuhr mit der Zunge über die blutenden Lippen. »Allerdings. Und jetzt sag mir, was mit meinen Leuten geschehen ist.«

Mit einer Spur seiner alten Arroganz erwiderte Finnegan grinsend: »Ich lasse mich doch nicht von einem Grünschnabel ausfragen.«

»Ich bin kein Grünschnabel mehr. Das liegt fünfzehn Jahre zurück. Was machst du hier?«

Einen langen Moment blickten sie sich schweigend an.

»Genau das, was du von mir erwartest, Jimmyboy!« rief Finnegan und warf Kirk eine Handvoll Sand und Steinchen in die Augen, während er gleichzeitig hochtorkelte. Kirk verlor das Gleichgewicht, aber er warf sich sofort auf den noch taumelnden Kadetten.

Sie schwankten beide vor Erschöpfung wie Betrunkene, aber keiner wollte nachgeben. Finnegan grinste nicht mehr. Er hatte begonnen, Kirks Fäusten auszuweichen. Kirk dachte, er ist erst zwanzig und schnauft schwerer als ich, der Tattergreis, wie er sagte. Er wich einem Schwinger aus, packte Finnegan am Hemd und schlug ihm mit aller Kraft, die noch in ihm steckte, die Faust ins Gesicht.

Finnegan ging zu Boden und rührte sich nicht mehr. Kirk hätte, so erschlagen und blutig und erschöpft er war, am liebsten laut gejubelt. Nach all den Jahren...

Als seine aufgerissenen Lippen sich zu einem triumphierenden Grinsen verzogen, hörte er Spocks Stimme: »Hat es Ihnen gutgetan, Captain?«

»Ja«, keuchte Kirk, seine Augen leuchteten. »Fast die Hälfte meines Lebens habe ich mir nichts sehnlicher gewünscht, als diesen eingebildeten Burschen zu verdreschen.«

Spock hob die rechte Braue. »Das bestätigt meine Theorie...«

»Daß wir alle auf Menschen, Tiere und Dinge stoßen, an die wir gerade denken.«

Spock nickte. »Irgendwie werden unsere Gedanken gelesen und

unmittelbar die Dinge, mit denen wir uns beschäftigen, verwirklicht.«

»Hm. Es kann deshalb ziemlich gefährlich werden, wenn wir an...« Kirk unterbrach sich hastig.

»Wir müssen unsere Gedanken sorgfältig im Zaum halten.« Spock würde das natürlich nicht schwerfallen.

Kirk versuchte nicht... Nein, auf keinen Fall durfte er *daran* denken.

»Das Kraftfeld, das unsere Instrumente anzeigten, befindet sich zweifellos unter der Planetenoberfläche. Irgendwie fertigt es die gedachten Dinge an und schickt sie durch Schächte oder Gänge an die Oberfläche. Als beispielsweise Rodriguez an einen Tiger dachte...« Selbst Spock machte Fehler. Ein donnerndes Brüllen erschallte, und der Kopf eines Paradeexemplars von bengalischem Tiger tauchte hoch auf dem Felsen über ihnen auf. Er rannte auf leisen Pfoten den Kamm entlang und verschwand hinter den auf dem Schräghang wachsenden Büschen, von wo aus er sich ihnen zweifellos zu nähern beabsichtigte.

Kirk richtete den Blick darauf, ohne sich zu bewegen. »Wir müssen zu den anderen zurück und sie warnen.«

»Richtig«, murmelte Spock, ebenfalls reglos.

»Wir müssen von hier verschwinden.«

»Und zwar sofort, Captain.«

Sie blickten einander von der Seite an. »Sie gehen zuerst, Spock. Ich werde versuchen, ihn abzulenken.«

»Das kann ich nicht zulassen, Sir. Ich lenke ihn ab.« Der Tiger wartete geduldig, bis sie den ersten Schritt taten. Als sie keine Anstalten dazu machten, streckte er sich aus und leckte seine Pfoten ab.

»Wir könnten versuchen, uns ganz langsam zurückzuziehen.«

Wie im Zeitlupentempo machte Kirk einen Schritt zurück, ohne den Tiger aus den Augen zu lassen. Das Tier sah interessiert zu. Spock folgte Kirks Beispiel, bis sie hinter dem Felsblock waren. Dann drehten sie sich um und rannten, was sie konnten.

Der Tiger folgte ihnen nicht.

Rodriguez stürmte aus dem Dickicht auf ihren Weg. »Angela –

das Flugzeug...« Sofort erschien direkt über ihnen der Doppeldecker und setzte zum Tiefflug an. Kirk stieß die beiden anderen durch das Gebüsch und warf sich hastig neben sie, gerade als die 7-mm-Geschosse des Maschinengewehrs den Weg neben ihnen aufpflügten.

»Nicht daran denken!« mahnte Kirk. »Und jetzt schnell zur Lichtung.«

»Hai!« Der Samurai in seiner schweren Eisenrüstung hieb mit seinem scharfen Schwert nach ihnen. »Ahh-hau!« brüllte er. Aber sein Panzer machte ihn schwerfällig, und sie hatten keine Schwierigkeiten, ihm auszuweichen und zu entkommen.

Auf der Lichtung stellten sie fest, daß Bootsmaat Barrows offenbar wieder einmal von Don Juan überfallen worden war. Jedenfalls trug Sulu soeben einen Ringkampf mit dem Frauenhelden im schwarzen Umhang aus, während Tonia ihre zerrissene Bluse an sich preßte. Anscheinend hatte sie gerade ihr Gewand gewechselt, als der Mädchenverführer aufgetaucht war.

Aber Don Juan verschwand, als Kirk und Spock auf das Trio zuliefen.

»Sulu, Rodriguez, Barrows – Linie zu einem Glied bilden!« donnerte Kirk.

»Sir...«

»Keine Fragen! Das ist ein Befehl!« Sie reihten sich vor ihm auf, mit dem Gesicht zu ihm. Tonia zog noch den Reißverschluß ihres Uniformrocks hoch.

»Stillgestanden! Augen geradeaus! Und kein Wort! Keine abschweifenden Gedanken! Sie befinden sich in ›Habt acht‹-Stellung und haben sich nur darauf zu konzentrieren! Konzentriert euch!«

Die drei Besatzungsangehörigen bemühten sich zu tun, was er verlangte.

Spock machte eine verstohlene Bewegung. Kirk drehte sich halb um. Ein gütig lächelnder Greis in wallendem Gewand stand neben ihm.

»Wer sind Sie?« Wessen undisziplinierten Gedanken war er wohl entsprungen?

»Ich bin der Hüter dieses Planeten, Captain Kirk.«

»Sie kennen mich?«

»Aber natürlich.« Er deutete mit einem Kopfnicken auf die verwirrten Mannschaftsmitglieder. »Ebenso Leutnant Rodriguez, Leutnant Sulu, Bootsmaat Barrows – und Mr. Spock.«

Die Gefahren auf dem Planeten hatten sich bisher nicht im Schafspelz getarnt, sie waren immer offensichtlich gewesen. Vielleicht...

»Ich bin gekommen, um nach unseren Energiereserven zu sehen, und habe festgestellt, daß wir Besuch bekommen haben, der nicht versteht, was hier vorgeht. Diese Erlebnisse, Abenteuer, wie Sie es nennen wollen, sollten Sie vor allem amüsieren!«

Kirk blickte ihn ungläubig an. »Amüsieren! Wissen Sie überhaupt, was wir alles durchgemacht haben?«

Der Alte lachte gutmütig. »Oh, nichts von allem ist von Dauer.« Er deutete weit ausholend auf die Lichtung, die Wälder und Wiesen. »Sie brauchen hier nur an Ihre sehnsüchtigsten Wünsche zu denken – an alte Erinnerungen, die Sie gern auffrischen möchten, neue Träume, die sich Ihnen erfüllen sollen –, Nervenkitzel, Liebe, Triumph. Alles, woran Sie Ihre Freude haben, können Sie hier wahrmachen.«

»Die Bezeichnung dafür«, murmelte Spock, »wäre demnach ›Vergnügungspark‹.«

»Ja, natürlich«, erwiderte der Hüter, als wäre das das selbstverständlichste überhaupt.

»So bezeichnete man früher auf der Erde einen Ort, wo man alles mögliche Phantastische und Aufregende tun und erleben konnte«, erklärte Spock näher.

»Ja«, pflichtete der Hüter ihm bei. »Dieser Planet wurde für unsere Rasse geschaffen. Wir kommen hierher, um hier zu spielen.«

Sulu starrte ihn verwirrt an. »Spielen? Eine so hochentwickelte Rasse – und Sie spielen noch?«

Der Hüter blickte ihn voll gütigen Mitleids an. Kirk warf ein: »Mr. Sulu, je komplexer der Geist, desto größer das Bedürfnis, sich durch Spiel zu entspannen.«

Der Greis stimmte strahlend zu. »Sehr richtig, Captain. Genauso ist es.« Nach einer Pause sagte er ein wenig verlegen: »Es ist mir sehr unangenehm, daß Ihre Instrumente versehentlich in Mitleidenschaft gezogen wurden. Unsere eigenen benötigten eine kleine Justierung – sie holten sich die Energie aus der nächsten Energiequelle. Aber ich habe das inzwischen in Ordnung gebracht. Sie werden feststellen, daß alle Ihre Instrumente wieder normal funktionieren.«

Aber es war nicht alles nur Spiel gewesen. Der Kampf mit Finnegan war ungemein befriedigend gewesen. Der Tiger hatte schließlich niemandem etwas getan, und Don Juan war bei Tonia nicht ans Ziel gelangt. Aber...

»Das erklärt jedoch den Tod meines Schiffsarztes nicht«, gab Kirk zu bedenken. Der »Vergnügungspark« einer hochentwickelten Rasse hatte sich als tödlich für die Menschen herausgestellt. Der Hüter schien ihm zwar durchaus gütig zu sein, und seine Worte waren beruhigend, aber höchstwahrscheinlich waren die Spielzeuge seiner Rasse zu gefährlich für andere.

»Vielleicht deshalb, weil ich gar nicht gestorben bin, Jim«, erklang McCoys Stimme hinter ihm. Bootsmaat Barrows wurde erst kreidebleich, dann tiefrot vor Freude.

McCoy kam in strahlendster Gesundheit auf die Lichtung und hielt in jedem Arm ein bildschönes, lediglich mit ein paar Federn bekleidetes weibliches Wesen.

»Ich wurde in die Tiefe gebracht«, erklärte er, »und man nahm ein paar beachtenswerte – Reparaturen an mir vor.« Er blickte auf seine Brust. »Es ist unvorstellbar! Dort unten gibt es einen Fabrikkomplex, wie es bestimmt keinen zweiten seiner Art gibt. Sie können dort einfach alles herstellen – und zwar in Sekundenschnelle!«

Tonia war auf ihn zugelaufen und blickte ihn an, als könne sie ihren Augen nicht trauen. Sie berührte seine Brust, wo sich eine klaffende Wunde befunden hatte. Erst jetzt wurde ihr bewußt, daß McCoy nicht allein war.

»Und wie – wie erklären Sie die Anwesenheit – *dieser beiden*?«

»Oh!« McCoy drückte die beiden wohlgeformten und anschmiegsamen Schönen noch enger an sich. »Nun, ich dachte an ein kleines Cabaret, das ich auf Rigel II besucht hatte. Da waren diese beiden Mädchen von der Tanztruppe, und ich – ich...« Nun wurde er doch ein wenig verlegen. »Hier sind sie jedenfalls.«

Tonia blickte ihn nur an. Er schaute zu Boden. »Schließlich habe ich Landurlaub«, murmelte er.

»Genau wie ich«, sagte Tonia gefährlich leise.

»Die Entscheidung war schwer. »Ja, natürlich«, murmelte er.

Bootsmaat Barrows wartete.

McCoy fand sich mit dem gar nicht so unattraktiven Unvermeidlichen ab und gab seine beiden Tanzmädchen frei. »Ihr werdet sicher etwas finden«, meinte er mit einem bedauernden Blick.

Die zwei lächelten dem Doktor zum Abschied noch einmal kokett zu und sahen sich um. Sulu warf sich voll Stolz in die Brust, als die Rothaarige sich ihn auserkor. Schnell legte er die Arme um sie. Spock schien jedoch alles andere denn erfreut, als die blonde Schönheit auf ihn zukam. So höflich er konnte, wich er zur Seite. Aber es half ihm nichts. Sie hatte sich für ihn entschieden.

»Und Angela?« fragte Rodriguez leise.

»Esteban!« Sie stürmte aus dem Gebüsch. »Ich habe dich überall gesucht!« Er griff nach ihrer Hand und starrte sie noch ein wenig ungläubig, aber überglücklich an.

Der Hüter lächelte all diesen Pärchen zu, auch dem widerstrebenden Spock. »Ich bedauere es ungemein, daß Sie Unannehmlichkeiten ausgesetzt waren.«

Kirk hatte sich wieder ganz gefaßt. »Sie erwähnten, Ihre Leute hätten das hier geschaffen? Wer sind Sie? Von welchem Planeten stammen Sie?«

Der Hüter schüttelte den weißhaarigen Kopf. »Ihre Rasse ist noch nicht weit genug, uns verstehen zu können, Captain Kirk.«

»Da möchte ich Ihnen beipflichten«, warf Spock ein, der immer noch auf möglichst taktvolle Weise versuchte, sich aus der Umarmung des blonden Cabaret-Girls zu befreien.

Kirks Kommunikator summte. »Brücke an Captain. Unsere Energieversorgung funktioniert wieder normal. Brauchen Sie Unterstützung?«

»Alles in Ordnung, Leutnant Uhura. Bleiben Sie auf Empfang.« Es schien wirklich alles in bester Ordnung zu sein. Aber...

»Mit der nötigen Vorsicht könnte unser Vergnügungspark genau das Richtige für einen Urlaub Ihrer Leute sein, Captain. Sie können sich hier erholen. Wir gestatten Ihnen gern, ihn zu benutzen, wenn Sie es möchten.«

McCoy, der die Arme um Tonias Schultern hatte, rief begeistert: »Es ist genau das, was der Arzt verordnet hat, Jim.«

»Also gut... Brücke! Ich werde einen kurzen Bericht hochsenden. Sobald das gesamte Personal ihn gehört hat, können Sie anfangen, die Besatzung gruppenweise herunterzubeamen. Und sagen Sie den Leuten, sie sollen sich auf den großartigsten Landurlaub ihres Lebens vorbereiten.«

Als Kirk seinen Kommunikator abschaltete, kam Mr. Spock, immer noch von rosigen Federn, blondem Haar und nackten Beinen bedrängt, auf ihn zu. »Ich möchte an Bord zurückkehren, Captain. Trotz aller Achtung vor dieser reizenden jungen Dame habe ich schon genug Landurlaub auf diesem Planeten genossen.«

Die blonde Schöne nahm ihre Niederlage zur Kenntnis. Sie schloß sich wieder ihrer Freundin an. Und Sulu schien absolut nichts dagegen zu haben.

»Nein, Mr. Spock, ich kehre ins Schiff zurück. Sie...«

Ruth trat aus dem Wald. Mit einem sehnsüchtigen Lächeln streckte sie Kirk die Arme entgegen.

»Andererseits sollte ich vielleicht doch noch einen Tag bleiben, oder zwei...«, murmelte Kirk und drehte Spock den Rücken zu.

Als sie an Bord zurückkehrten, begrüßte Spock sie so ungerührt wie immer. »Zufrieden mit Ihrem Landurlaub?« erkundigte er sich.

McCoy blinzelte Kirk verschwörerisch zu. »Und wie, Mr. Spock, und wie!«

Spock starrte sie verwirrt an. Sie sahen tatsächlich ungemein zufrieden aus. Er zuckte die Schultern.

»Völlig unlogisch!« stellte er laut fest.

Unter dem schallenden Gelächter des Captains und des Schiffsarzts verließ die *Enterprise* mit Sol Eins das System dieses ungewöhnlichen Planeten.

Das geschichtliche Vorbild

Ihr offizieller Auftrag lautete, nach einem vermißten Kulturbeobachter, dessen Arbeitsbezirk Ekos, die Schwesterwelt Zeons, in einem Doppelplanetensystem war, zu suchen. Aber sowohl Kirk wie Spock hatten auch ein persönliches Interesse daran, John Gill zu finden. Der Vermißte war Kirks Professor auf der Raumakademie gewesen. Und Spock hatte bei seinem Studium der Erdgeschichte John Gills Lehrbuch benutzt. Während die *Enterprise* in eine Umlaufbahn um Ekos, den inneren Planeten, ging, betrachteten die beiden Männer das Gesicht des distinguierten Mannes, das auf den Schirm der Brücke projiziert worden war.

Kirk war es so vertraut, als hätte er es erst gestern zuletzt gesehen. »Leutnant Uhura«, bat er. »Versuchen Sie, Verbindung mit John Gill auf den Flottenfrequenzen aufzunehmen.«

»Jawohl, Sir.«

»Jim, das hat die Sternenflotte sechs Monate lang vergeblich versucht«, warf McCoy ein. »Hältst du es nicht für unwahrscheinlich, daß er auf unseren Funkspruch jetzt reagiert, wenn er überhaupt noch lebt?«

»Ich weiß es nicht, Pille. Wir sind hier, um herauszufinden, was geschehen ist, *weil* ich es nicht weiß.«

»Keine Antwort, Captain, auf keinem der Sternenflotten-Kanäle«, meldete Uhura.

Spock, dessen Blick immer noch auf dem Gesicht am Schirm hing, murmelte: »Was mich am meisten beeindruckte, war Gills Betrachtung der Geschichte mehr in Kausalitäten als in Jahreszahlen und Ereignissen. Sein Buch war...«

Chekov unterbrach ihn. »Ein Raumfahrzeug nähert sich uns vom inneren Planeten, Captain.«

»Von Ekos?«

Die Frage veranlaßte Spock, zu seiner Konsole zurückzukehren. Er schaute auf seinen eigenen Monitor und sagte: »Stimmt, Captain, aber es muß ein Schiff von Zeon sein. Die Zeonisten haben eine primitive interplanetare Raumfahrt.« Er beugte sich tiefer über seinen Schirm. »Reaktorantrieb. Eine kleine Rakete. Und sie befindet sich auf Kollisionskurs.« Er hob den Kopf und blickte über die Schulter auf Kirk. »Das bedeutet exaktere Ortungsgeräte, als Zeon und Ekos eigentlich haben dürften.«

Kirk nickte und drehte sich im Kommandantensessel zu Uhura um. »Versuchen Sie Schiff-zu-Schiff-Frequenzen, Leutnant.«

»Kein Zeichen von Leben an Bord, Captain«, sagte Spock. »Es ist eine unbemannte Rakete, offenbar mit Sprengkopf.«

»Phaser in Bereitschaft, Mr. Chekov«, rief Kirk.

»Phaser bereit, Sir.«

»Entfernung, Mr. Chekov?«

»Zweihundert Kilometer, Sir. Nähert sich schnell.«

»Feuer!« befahl Kirk.

John Gills Gesicht verschwand vom Schirm. Statt dessen schoß ein weißblauer Blitz darüber. Die Brücke erzitterte unter den Schockwellen.

»Ein thermonuklearer Sprengkopf«, erklärte Spock.

McCoy starrte ihn ungläubig an. »Aber das ist um Generationen weiter, als diese Leute dort unten technologisch sein dürften! Wie konnten sie so schnell die Nuklearphysik meistern?«

Kirk, der an die klugen Augen John Gills dachte, murmelte: »Vielleicht hatten sie Hilfe.«

Das war natürlich undenkbar. Aber ein Sternenschiffkapitän mußte eben auch das Undenkbare in seine Überlegungen mit einbeziehen. Die unerfreuliche Tatsache blieb bestehen, daß John Gills Ekos einen Angriff auf die *Enterprise* gestartet hatte. »Mr. Chekov, berechnen Sie einen Maximalorbit. Wir müssen aus der Reichweite ihrer Ortungsgeräte kommen.«

»Umlaufbahn berechnet und eingegeben, Sir.«

»Durchführung.«

Als die Impulsmaschinen zu arbeiten begannen, trat Scott aus dem Lift, und Uhura meldete: »Immer noch auf keiner Frequenz eine Antwort von John Gill, Sir.«

»Er muß tot sein«, brummte McCoy. »Aber was geht dort unten auf Ekos überhaupt vor?«

Spock blickte hoch. »Nach unseren Unterlagen sind die Ekosier ein kriegerisches, primitives Volk, das in Anarchie lebt. Zeon, der andere Planet, hat dagegen eine verhältnismäßig hohe Technologie, und seine Menschen sind friedliebend.«

Kirk stand auf, um zur Computerstation zu gehen. »Sie sagen also, Mr. Spock, daß das Volk mit dem Kriegspotential friedliebend ist. Wer hat uns dann die Rakete entgegengeschickt?«

»Unsere Computerdaten scheinen nicht mehr auf dem aktuellen Stand zu sein, Captain. Offensichtlich ist die Entwicklung auf Ekos rapid vorangeschritten.«

Kirk marschierte überlegend auf und ab. »Mr. Spock, wir sind hier auf etwas gestoßen, was noch beunruhigender als John Gills Verschwinden ist. Sie und ich werden auf Ekos hinunterbeamen.«

»Auf die freundliche Begrüßung hin würde ich einen bewaffneten Landungstrupp vorschlagen, Sir«, empfahl Scott.

»Nein. Wir halten uns an die Nichteinmischungs-Direktive, Scotty.«

»Jim«, warf McCoy ein. »Ich glaube aber, er hat nicht unrecht.«

»Also gut. Wir werden eine Vorsichtsmaßnahme ergreifen. Pille, bereiten Sie subkutane Transponder vor, für den Fall, daß wir aus irgendeinem Grund nicht in der Lage sind, unsere Kommunikatoren zu benutzen.«

»Captain, darf ich vorschlagen, daß die Bordschneiderei kulturspezifische Kleidung für uns anfertigt?»

»Das können Sie veranlassen, Mr. Spock.«

McCoy nahm den einfachen Eingriff gleich im Transporterraum vor. Seine Patienten trugen Overalls aus festem Baumwollstoff, Spock dazu noch eine Strickmütze, um seine Spitzohren darunter zu verbergen. Kirk rollte einen Ärmel hoch. »Fang an, Pille, setz die Transponder ein.« McCoy benutzte eine Spritze, die die winzigen Instrumente in ihr linkes Handgelenk schoß. Sie rollten die Ärmel wieder hinunter, um die kaum merklichen Beulen zu bedecken. Dann wandte sich Kirk an Scott.

»Nehmen Sie in drei Stunden mit geringster Intensität Verbindung mit uns auf. Sollten wir nicht antworten, dann lesen Sie die Koordinaten von den Transpondern ab – und beamen Sie uns an Bord, ohne Rücksicht auf unsere Lage.«

Düster wiederholte Scott: »Ohne Rücksicht auf Ihre Lage... Jawohl, Sir.«

Kirk und Spock traten auf die Plattform.

»Energie«, befahl Kirk.

Scott drehte an den Kontrollen. Der Transporterschimmer begann zu flimmern.

»Viel Glück!« rief McCoy.

Aber die beiden waren schon verschwunden.

Es war Tag auf Ekos, und der Ort, an dem sie ankamen, war eine Straße wie im zwanzigsten Jahrhundert auf der Erde. Spock blickte sich um und murmelte: »Die Ekosier sind Humanoide, also dürfte der Körperbau sich nicht allzusehr von unserem unterscheiden. Es ist interessant, wie die Körperform sich gewöhnlich auch auf die Struktur der Städte...«

»Mr. Spock, wir sind nicht hier, um die hiesige Architektur zu studieren. Wir sind...«

Kirk unterbrach sich, als plötzlich Schreie und laufende Schritte zu hören waren. Ein sichtlich erschöpfter, von Angst gezeichneter junger Mann raste um die Ecke zu ihrer Linken. Er kannte offenbar keinen anderen Gedanken, als seinen Verfolgern zu entkommen, so daß er die beiden Männer von der *Enterprise* erst bemerkte, als er schon fast mit ihnen zusammenstieß. »Versteckt euch!« keuchte er. »Sie sind schon direkt hinter mir! Schnell! Verschwindet!«

Er ließ sich, heftig nach Luft schnappend, auf die Knie sinken. Das Brüllen wurde lauter. Spock zerrte Kirk in den Schatten eines Hauseingangs, als drei Bewaffnete um die Ecke hasteten. Sie trugen die braunen Hemden der SA und die rote Armbinde mit einem schwarzen Hakenkreuz im weißen Kreis.

»Dort ist das Zeonistenschwein!«

Sie umstellten den Knienden. »Steh auf!« Einer der Uniformierten trat den Mann. Die anderen folgten seinem Beispiel.

Unwillkürlich fuhr Kirks Hand an den Phaser. Spock hielt ihn zurück. »Denken Sie an die Nichteinmischungs-Direktive, Captain!«

»Hände hoch, Zeonist!«

Der junge Mann, den ein Absatz am Mund getroffen hatte, blutete. Der größte der SA-Männer brüllte: »Laß deine Hände oben! Und berühre nichts Ekosisches! Du Schwein hast schon genug besudelt! Los, beweg dich!« Er versetzte dem Gefangenen einen Tritt in den Rücken, daß der junge Bursche vornüber auf die Straße fiel. Dann zerrte er ihn am Kragen hoch und schob ihn vor sich her.

Kirk war zutiefst erschüttert. »Das ist ja schlimmer als ein Alptraum!« murmelte er. »Haben Sie diese Uniformen erkannt, Mr. Spock? Diese Armbänder?«

»Mitte des zwanzigsten Erdjahrhunderts, Captain. Ein Nationalstaat namens Nazi-Deutschland.«

»Achtung! Achtung! Achtung!«

Die Stimme klang dröhnend aus einem Lautsprecher auf einem Mast, nur ein paar Meter entfernt. Der Bildschirm leuchtete auf. *Eine Meldung aus dem Führerhauptquartier...* erscholl die Stimme nun.

Ein Ansager, ebenfalls in braunem Uniformhemd, erschien auf dem Schirm. Hinter ihm war eine Fahne mit dem Nazi-Emblem zu sehen. *Heute befahl der Führer, daß unsere glorreiche Hauptstadt von allen Zeonisten gesäubert wird. Im Morgengrauen begannen unsere heldenhaften Truppen, die zeonistischen Ungeheuer, die unseren Planeten verpesten, aus ihren Schlupfwinkeln zu holen...*

Das Gesicht des Ansagers machte einer eingeschobenen Szene mit stämmigen SS-Leuten Platz, die eine Gruppe verängstigter Männer, Frauen und Kinder zusammentrieben.

»Wie konnte das nur geschehen?« murmelte Kirk, der zum Bildschirm hochstarrte. »Die Möglichkeit, daß ein Planet eine Nazi-Kultur entwickelt, die noch dazu die gleichen Uniformen und Hoheitsabzeichen benutzt, wie es sie auf der Erde im 20. Jahrhundert gab, ist so gering, daß...«

Spock unterbrach ihn. »Nicht nur gering, sondern so gut wie unmöglich, Captain. Trotzdem sind die Tatsachen nicht zu übersehen.«

Über den Bildschirm rollten jetzt Panzer, gefolgt von Soldaten im Paradeschritt, und über sie hinweg brausten Sturzkampfbomber. Nach einem dramatischen Trommelwirbel fuhr der gleiche Ansager fort: *Eine Sondermeldung aus dem Führerhauptquartier. Unsere wachsame Raumabwehr schlug einen Angriff zeonistischer Raumschiffe zurück. Der Feind wurde durch unsere Raketen völlig vernichtet.*

Kirk sagte leise zu Spock: »Der ›Feind‹ dürfte die *Enterprise* gewesen sein. Sie sehen übrigens recht lebendig dafür aus, daß Sie völlig vernichtet wurden, Mr. Spock.« Er blickte wieder zum Schirm hoch. Ein riesiges Stadion war zu sehen, in dem sich Tausende und Abertausende begeistert jubelnder Menschen drängten. Über das Jubelgeschrei hinweg rief der Ansager: *Während dieser patriotischen Veranstaltung zeichnete der Stellvertreter des Führers, Generalfeldmarschall Melakon, Daras, die Heldin des Vaterlands, mit dem Eisernen Kreuz zweiter Klasse aus.*

Die Kamera holte einen Ausschnitt näher heran. Ein uniformierter Mann mittleren Alters mit kaltem Gesicht, neben dem links und rechts SS-Wachen standen, war nun zu sehen. Ein Mädchen, das ihre Uniform voll Anmut trug, stieg zu dem Podium hoch. Blondes, wie Gold schimmerndes Haar lugte unter der schwarzen Mütze hervor. Ihr Gesicht leuchtete in ernstem Stolz, als Melakon ihr die Auszeichnung an den Jackenaufschlag steckte.

Jetzt war der Ansager wieder auf dem Schirm zu sehen. Er nahm steife Haltung an, als er erklärte: *Überall werden die Vorbereitungen für die endgültige Entscheidung getroffen. Tod den Zeonisten! Es lebe das Vaterland!*

Die Kamera schwenkte von seinem Gesicht zu dem Riesenplakat hinter ihm. Es stellte ein Porträt dar, das in Schwarz-Weiß-Rot eingerahmt war und in den Ecken mit Hakenkreuzen dekoriert war.

Lang lebe der Führer! schrie der Ansager fanatisch. Er drehte sich um und grüßte mit steif ausgestreckter Rechten.

Das Porträt stellte John Gill dar.

Er war älter darauf, als Kirk ihn gekannt hatte, aber er war es ohne allen Zweifel.

»Der Führer«, preßte Kirk zwischen den Zähnen hervor, »ist John Gill!«

»Faszinierend!« murmelte Spock.

»He, ihr dort!«

Sie wirbelten herum. Ein Offizier in schwarzer Uniform mit zwei weißen Siegrunen auf dem linken Ärmel und dem Kragenspiegel eines Sturmbannführers stand vor ihnen. Seine Luger war auf Kirks Bauch gerichtet. »Zeonisten!« brüllte er. Seine Augen verengten sich, als er Spock genauer musterte. Mit einem Triumphschrei riß er ihm die Strickmütze vom Kopf. »Was soll das sein? Ohren? Welche Art von Ungeheuer schicken die Zeonisten jetzt gegen uns?«

Kirk fing Spocks Blick auf. Er trat einen Schritt zur Seite und zwang so den SS-Mann zu einer leichten Drehung. »Sie haben recht, Sturmbannführer«, sagte er. »Er ist keiner der Unsrigen.«

»Was soll das heißen: der ›Unsrigen‹?«

»Vorsicht, Sturmbannführer!«

Gleichzeitig mit seiner Warnung sprang Spock seitwärts. Der Blick des Offiziers folgte ihm lange genug, um Kirk die Gelegenheit zum Handeln zu geben. Er versetzte ihm einen Handkantenschlag. Der Getroffene ging bewußtlos zu Boden.

Kirk nickte Spock zu. Als sie den Offizier seiner Uniform entledigten, grinste Kirk. »Sein Helm wird Ihre ›Ungeheuer‹-Ohren verbergen, Mr. Spock.«

»Sie schlagen also vor, daß wir uns als Nazis ausgeben, Sir?«

»Wenn John Gill der Führer ist, scheint mir das die logischste Weise, an ihn heranzukommen.«

Spock schlüpfte in die Uniformjacke. »Reiflich überlegt, Captain.«

Kirk musterte ihn von oben bis unten. »Ich würde sagen, die Uniform paßt großartig zu Ihnen.«

Spock warf ihm einen bösen Blick zu, aber er schwieg. Vorsichtig traten sie aus dem Hausgang, in den sie den Sturmbannführer gezerrt und wo Spock sich umgezogen hatte, wieder hinaus auf die Straße. Aber ihre ganze Vorsicht war umsonst. Diesmal war es ein SA-Offizier, der ihnen Schwierigkeiten machen wollte. Er packte Kirk an der Schulter, aber als er Spocks Uniform erkannte, ließ er sie wieder los. »Ein Zeonist?« fragte er.

Spock nickte. »Ich habe ihn festgenommen, so, wie es mit allen Feinden des Vaterlands geschehen muß!«

»Mit allen Zeonistenschweinen, Sturmbannführer«, bestätigte der SA-Offizier.

»Bitte übernehmen Sie ihn«, forderte Spock ihn auf.

»Mit Vergnügen.« Wieder griff er nach Kirk. »Wir haben heute eine Überraschung für dich, Zeonist. Wir...«

Seine Worte erstarben, als Spock ihn mit dem vulkanischen Nackengriff ausschaltete. Kirk blickte auf den Bewußtlosen. »Tut mir leid, Spock, daß Ihre Uniform nicht so prächtig wie meine aussieht.«

»Dann beeilen Sie sich hineinzuschlüpfen, Captain. Sie werden einen überzeugenden Nazi abgeben.«

Kirk sah ihn nicht weniger böse an als Spock zuvor ihn.

Sie ließen sich Zeit, ehe sie den Treppenaufgang zur Reichskanzlei hochstiegen. Wohin sie auch blickten, überall waren Hakenkreuze – auf den Fahnen, die von dem Gebäude flatterten, auf den Armbändern der SS-Männer, die vor massiven Türen mit Maschinenpistolen Wache standen. Als ein SS-Obergruppenführer die Treppe hochstieg, nahmen sie Haltung an und salutierten hackenschlagend. Kirk und Spock folgten ihm kaltblütig. Ein SS-Standartenführer trat aus der Tür, als der Obergruppenführer ins Gebäude ging.

Der Standartenführer funkelte Spock an. »Sturmbannführer! Haben Sie zu grüßen verlernt?«

Spock streckte den Arm zackig im Nazigruß aus.

»Ihre Papiere!« befahl der Standartenführer.

Kirk drehte sich halb zu Spock um. »Ihre Order, Sturmbannführer! Der Herr Standartenführer möchte sie sehen. Dort, in Ihrer Jacke...«

Der SS-Offizier musterte ihn mißtrauisch, als Spock schnell in seine Uniformjacke griff und eine Brieftasche zum Vorschein brachte.

Kirk trat ein wenig näher an den Offizier heran und sagte in vertraulichem Ton. »Der Sturmbannführer ist noch ein wenig benommen, Herr Standartenführer. Er hat ohne Unterstützung heute bereits mehrere Zeonisten festgenommen. Aber eines dieser Schweine versetzte ihm einen Hieb auf den Kopf. Ich versichere Ihnen, daß er es nie wieder tun wird.«

»Gute Arbeit, Sturmbannführer. Heil dem Führer!«

Er gab Spock die Brieftasche zurück. Schnell streckte Kirk den Arm im Nazigruß aus. »Heil dem Führer!«

Spock tat es ihm gleich. »Heil dem Führer!«

»Heute ist ein unvergeßlicher Tag, Herr Standartenführer«, sagte Kirk noch zum Abschied.

Als sie in die Reichskanzlei hineingingen, hielt der Standartenführer Spock noch einmal an. Er wirkte besorgt. »Lassen Sie sich lieber möglichst schnell von einem Arzt untersuchen, Sturmbannführer. Sie sehen nicht gut aus. Ihre Gesichtsfarbe... Nehmen Sie Ihren Helm ab.«

»Wir haben keine Zeit zu verlieren«, brummte Spock.

Kirks Herz klopfte wie verrückt. »Herr Standartenführer, wir werden vom Führer erwartet. Wir dürfen uns keine Unpünktlichkeit erlauben.«

Doch der Standartenführer blieb hartnäckig. »Nehmen Sie den Helm ab, Sturmbannführer! Das ist ein Befehl!«

Der Maschinenpistolenlauf einer der Wachen stieß Spock brutal in den Nacken. Ein anderer hob den Helm hoch – und die spitzen Ohren des Vulkaniers kamen zum Vorschein.

In der Zelle hatten sie Kirk das Hemd vom Leib gerissen. Das hatte seinen Grund gehabt. Sie taten nichts grundlos. Sie hatten es getan, damit die Peitsche besser wirkte. Ähnlich Spock, dem man wie ihm Handschellen angelegt hatte, gab er keinen Laut von sich, als die Lederschnüre blutige Furchen in seinen Rücken gruben. Der Zeonist, der ihnen als erster auf dieser Welt begegnet war, lag hinter ihnen bäuchlings in der Zelle.

»Wollt ihr jetzt reden?« fragte der Standartenführer. »Raus mit der Sprache! Was war euer Auftrag? Man hat euch geschickt, um den Führer zu töten? Gesteht! Braucht ihr noch ein wenig mehr Überredung?«

Kirk verbiß die Schmerzen. Es gelang ihm, ein paar Worte herauszuwürgen. »Sie führen ein ziemlich einseitiges Gespräch, Standartenführer.«

»Versuch keine Witze zu reißen, Zeonistenschwein.« Er warf einen Blick auf den SS-Mann, der die Peitsche in der Hand hielt. Mit gesenkter Stimme fragte er Kirk: »Wer ist dieser spitzohrige Fremde? Ich kann die Sache ein wenig leichter für dich machen, wenn du mir alles über ihn erzählst.«

Kirk schloß kurz schmerzerfüllt die Augen. »Lassen Sie uns mit dem Führer sprechen. Wir werden ihm alles sagen, was er wissen möchte.«

»Du wirst noch froh sein, wenn du mit *mir* sprechen darfst, ehe ich mit dir fertig bin...«

Die Zellentür sprang auf. Ein Mann in einfacher Parteiuniform, der Selbstbewußtsein und Macht ausstrahlte, trat ein. Der Standartenführer erstarrte fast vor Ehrfurcht und nahm sofort Haltung an. »Herr Reichsparteileiter Eneg! Es ist mir eine hohe Ehre! Ich habe diese beiden Spione vernommen, Euer Exzellenz, die wir gerade noch rechtzeitig festnehmen konnten, ehe sie...«

»Ich habe den Bericht bereits erhalten.«

Der hohe Würdenträger ignorierte den Standartenführer und wandte sich an Spock. »Sie sind nicht von Zeon. Woher kommen Sie?«

»Wir werden alles erklären, wenn Sie uns zum Führer bringen.«

»Und was wollen Sie von unserem Führer?«

»Das können wir nur ihm sagen.«

Wütend riß der Standartenführer dem SS-Mann die Peitsche aus der Hand und hieb auf Spock ein. »Schwein! Du sprichst mit dem Herrn Reichsparteileiter!«

»Das genügt!« sagte Eneg scharf zu dem Standartenführer. Er drehte sich jetzt zu Kirk um. »Was sind das für Waffen, die wir Ihnen abgenommen haben?«

Kirk schwieg. Eneg blickte den Standartenführer an. »Unsere angeblich so tüchtigen SS-Techniker waren nicht imstande herauszufinden, wie diese Waffen funktionieren.«

Des Standartenführers Gesicht lief rot an. »Exzellenz, geben Sie mir ein paar Minuten mit ihnen, dann kann ich Ihnen versprechen, daß ich...«

»Sie hatten bereits mehr als ein paar Minuten mit ihnen – ohne Erfolg.« Eneg blickte vielsagend auf Kirks blutigen Rücken. »Der Jammer mit euch SS-Leuten ist, daß ihr nicht begreift, daß körperliche Bestrafung nach einer gewissen Zeit wirkungslos ist.«

Nach unmerklichem Zögern sagte der Standartenführer: »Jawohl, Exzellenz.«

»Sperren Sie sie ein. Sollen ihre Schmerzen sie gefügig machen. Dann werde ich sie in die Zange nehmen.«

»Exzellenz, der Führerbefehl lautet: ›Vernehmen und erschießen!‹ Die Vernehmung ist beendet. Deshalb...«

»Beendet, Standartenführer? Was haben Sie denn von ihnen erfahren? Doch nichts, oder? Wir geben ihnen eine Stunde, um nachzudenken.«

»Exzellenz, der Befehl...«

Enegs bisher so ruhige Augen blitzten plötzlich vor Grimm. »Das ist *mein* Befehl, Standartenführer. Ich würde Ihnen raten, ihn nicht zu mißachten.«

»Jawohl, Exzellenz.«

Eneg wandte sich zur Tür. Die Wache sprang schnell vor, um sie für ihn zu öffnen. Als der Reichsparteileiter die Zelle verlassen hatte, drehte sich der Standartenführer wieder den *Enterprise*-Leuten zu. »Also gut, ich behalte die Uhr im Auge. Wenn die Stunde vorbei ist, werdet ihr sterben. Und auf ausgesprochen unangenehme Weise, kann ich euch versichern.« Er warf die Tür knallend hinter sich ins Schloß. Die Wachen folgten ihm.

Der Zeonist erhob sich langsam. Er lauschte gespannt, als Spock fragte: »Was sollen wir jetzt tun, Captain?«

»Ich weiß nicht. Aber was immer auch, es muß schnell geschehen, viel Zeit bleibt uns nicht. Ohne unsere Phaser – ohne Kommunikatoren...« Er blickte sich in der Zelle um. »John Gill ist die einzige Chance, die uns noch bleibt.«

»Captain, haben Sie bedacht, wie sehr er sich verändert haben muß, wenn er für all diese Greuel verantwortlich ist?«

»Professor Gill war der gütigste und integerste Mann, den ich je gekannt habe. Daß er ein Nazi sein soll – ich kann es mir einfach nicht vorstellen.«

»Weshalb hat man Sie festgenommen?« fragte der Zeonist. »Sie sind doch nicht von Zeon.« Er deutete mit einem Kopfnicken auf Spock. »Und er schon gar nicht. Wer sind Sie?«

Statt einer Antwort fragte Spock: »Weshalb hassen die Nazis die Zeonisten?«

»Gäbe es den Haß auf uns nicht«, erwiderte der junge Mann bitter, »hätten sie nichts, das sie zusammenhält. Also bezeichnete die Partei uns als Gefahr für ihre Nation – als eine Seuche, die ausgerottet werden muß.«

»Und wie sieht es aus? Ist Zeon tatsächlich eine Bedrohung für sie?«

»Wo kommen Sie denn her? Auf unserem Planeten gibt es schon seit Generationen keine Kriege mehr. Wir sind ein friedliebendes Volk. Als wir hierherkamen, hofften wir, die Ekosier zu zivilisieren.«

»Waren sie schon so, wie sie jetzt sind, als ihr Zeonisten diesen Planeten zum ersten Mal besucht habt?«

»Sie waren zwar kriegerisch, aber nicht bösartig. Zu Sadisten wurden sie erst, nachdem die Nazibewegung begonnen hatte – vor ein paar Jahren.«

Spock blickte Kirk an. »Das würde mit Gills Ankunft hier übereinstimmen, Captain.«

Der Zeonist konnte in seiner Verbitterung nun nicht mehr schweigen. »Wenn sie uns hier erledigt haben, werden sie unseren Planeten angreifen – mit der Technologie, die wir ihnen brachten! Und das schlimmste ist, daß wir uns vielleicht nicht einmal wehren werden, weil wir das Töten verabscheuen.« Er ballte die Hände. »Nach dem, was ich heute alles auf den Straßen erlebte. bin ich mir nicht sicher, ob ich diese – diese Nazis nicht doch umbringen könnte!«

Kirk studierte das leidenschaftliche Gesicht des Zeonisten. »Kennen Sie den Plan dieses Gebäudes?«

Sofort gewann der junge Mann seine Beherrschung zurück. »Weshalb fragen Sie?« erkundigte er sich vorsichtig.

»Wenn wir an das Waffenlabor der SS herankämen – unsere Waffen zurückholen könnten, ließe sich dieses Gemetzel beenden.«

»Welches Interesse hätten Sie daran, die Zeonisten zu retten?« fragte der junge Mann.

Kirk drehte sich zu Spock um. »Wir müssen unsere Kommunikatoren wiederbekommen und uns mit dem Schiff in Verbindung setzen.«

»Sie haben in Ihrem Plan etwas übersehen, Captain, die versperrte Zellentür nämlich. Und davor stehen Wachen!«

»Die Transponder!« rief Kirk.

»Verzeihung, Sir?«

Aber Kirk hörte ihn nicht. Er starrte auf die Deckenlampe der Zelle. »Eine Möglichkeit, ein bißchen Licht in unsere Düsternis zu werfen, Mr. Spock!«

Spock blickte nachdenklich auf sein Handgelenk. »Die Rubidiumkristalle in den Transpondern! Natürlich! Es würde vielleicht funktionieren. Aber wie bekommen wir sie heraus?«

Sie unterhielten sich jetzt leiser. Der Zeonist hatte ihre letzten Überlegungen nicht verstanden, aber er beobachtete sie sichtlich verwirrt.

»Hier!« brummte Kirk.

Er riß eine der verschlissenen Matratzen auf und holte eine Sprungfeder heraus. Er drehte an ihr, bis sie brach. Mit der scharfen Bruchstelle schnitt er die fast unmerkliche Beule an seinem Handgelenk auf, daß er den roten Kristall herausholen konnte. Natürlich quoll Blut aus der Wunde. Dann reichte er Spock den Federdraht. Als auch er den Kristall herauslöste, rief der Zeonist: »Ihr wollt Selbstmord begehen? Ja, viele tun es, um den Folterqualen zu entgehen.«

»Das ist nicht gerade unsere Absicht«, versicherte ihm Kirk.

»Haben Sie die Berechnungen fertig, Mr. Spock?«

»Ja, Captain. Wir müssen die Kristalle aus einer bestimmten Entfernung benutzen, und zwar aus zwei Komma sieben Millimeter. Ich werde den ersten Kristall...«

Während er noch sprach, legte er einen der Kristalle auf ein Loch am Rand des Federdrahts und schob ihn fest hinein. »... hier hineingeben. Den zweiten am anderen Ende.« Er bog den Draht jetzt in Form eines Hufeisens, daß die beiden Enden in genau gleicher Höhe waren. »Zwei Komma sieben Millimeter müßten etwa hier sein. Das ist natürlich grob geschätzt.«

Der Zeonist sah ihm mit großen Augen zu. »Was soll das werden – eine Art von Sender?«

»Nein, das Licht hat nur sehr wenige Watt, Mr. Spock.«

»Es müßte genügen, die Rubidiumkristalle anzuheizen. Wenn ich mich recht an die Geschichte der Physik erinnere, funktionierten die alten Laser sogar mit gröberen natürlichen Kristallen. Ah, fertig! Aber um an die Lichtquelle heranzukommen, müßte ich mich auf etwas stellen können.«

»Es ist mir eine Ehre, Mr. Spock«, sagte Kirk trocken, obwohl er sich seines schmerzenden Rückens nur allzu bewußt war. Er bückte sich unter der Glühbirne, und der Vulkanier kletterte auf seine Schulter. »Ich würde es begrüßen, wenn Sie sich beeilten, Mr. Spock.«

Spock hob sein selbstgefertigtes Instrument zur Glühbirne hoch. »Die Zielsicherheit ist verständlicherweise nicht sehr groß.«

Die Striemen auf Kirks Schultern bluteten. »Ich bin schon zufrieden, wenn Sie damit ein Scheunentor treffen«, brummte er.

Spock runzelte die Stirn. »Weshalb sollte ich auf ein derartiges Gebilde zielen, Sir?«

»Vergessen Sie es, Spock. Bitte machen Sie weiter.«

Die winzigen Rubidiumkristalle glühten tiefrot. Plötzlich schoß ein roter Strahl aus Spocks improvisiertem Gerät und schnitt durch die Stahlgitter der Tür wie durch Butter. Das nächste Ziel war das Schloß. Kirk sah, wie es sich löste.

»Gut, Mr. Spock. Übertreiben Sie nicht.«

Spock sprang von Kirks Schulter hinunter. Kirk betastete sie.

Als er das Blut an seinen Händen bemerkte, wischte er es an der aufgerissenen Matratze ab. Der Zeonist flüsterte ehrfürchtig. »Was war das? Zeon hat nichts, das dem auch nur nahe käme. Mit einer solchen Waffe hätten wir eine Chance gegen die Nazis.«

»Es ist keine Waffe. Dazu hat es eine viel zu geringe Reichweite«, erklärte ihm Kirk. »Stellen Sie sich in die Ecke dort, Mr. Spock, und lassen Sie sich nicht sehen. Ich werde die Aufmerksamkeit auf mich lenken.«

Er stellte sich an die Zellentür und schrie: »Bitte! Ich werde reden! Ich will nicht sterben! Wache! Ich will reden! Rufen Sie den Standartenführer!«

Er rüttelte an den Gitterstäben und brüllte weiter, der Posten kam herbei. Spock sprang aus der Ecke, streckte die Hand durch das Gitter und wandte seinen vulkanischen Nackengriff an. Der Posten sackte zu Boden. Spock öffnete die Tür, zog ihn in die Zelle und warf Kirk die Uniformjacke des Burschen zu. Als Kirk hineinschlüpfte, schien der Zeonist sich von seiner Verwirrung ein wenig zu erholen.

»Nehmt mich mit. Bitte gebt mir eine Chance, gegen sie zu kämpfen«, flehte er sie an. »Nehmt mich mit – ohne mich würdet ihr das Labor nie finden.«

»Ein gutes Argument, Mr. Spock. Wir nehmen ihn mit. Er zeigt uns den Weg.«

Aber auf dem Gang befand sich ein weiterer Wachposten. Kirk zog die Pistole aus der Halfter und drückte den Lauf in den Rükken des Zeonisten. Spock deutete er an, vor ihm herzugehen. »Welche Tür ist es?« fragte er leise.

»Die zweite rechts«, wisperte der Zeonist.

»Bewegung! Zeonistenschwein!« brüllte Kirk.

Der Posten starrte gelangweilt über sie hinweg. Als sie an ihm vorbeikamen, öffnete sich die Tür des Labors. Ein SS-Offizier trat heraus und schloß ab. Er schritt auf sie zu. Kirk gab dem Zeonisten einen heimlichen Stoß, daß er gegen den Sturmbannführer prallte und sie alle gegen die Wand fielen. Kirk schlug den Zeonisten ins Gesicht.

»Verdammt! Kannst du nicht aufpassen!« Er wandte sich an den

SS-Offizier. »Verzeihen Sie, aber diese Zeonisten können nicht einmal gerade gehen. Ich bringe sie ins Labor für Versuche.« Der Sturmbannführer nickte nur und marschierte den Gang weiter.

Grinsend spielte Kirk mit seinen Schlüsseln.

Niemand war im Labor. Auf einem Tisch entdeckte Kirk ihre auseinandergenommenen Kommunikatoren. Er sammelte die Teile ein.

»Wer seid ihr?« fragte der Zeonist wieder.

»Die Phaser?« Kirk sah sich um.

»Ich sehe sie nicht, Captain.«

»Woher kommt ihr?« versuchte der Zeonist erneut.

Kirk kramte in der Ablage. Eines der Formulare verriet ihm, daß man ihre Phaser zur Analyse ins Gestapo-Hauptquartier gebracht hatte. »Unsere Phaser können wir vergessen«, wandte er sich an Spock, als die Tür aufgerissen wurde. Der Sturmbannführer hatte festgestellt, daß seine Schlüssel verschwunden waren. Er starrte Kirk und Spock ungläubig an und riß seine Pistole hoch. Der Zeonist außerhalb seines Blickwinkels schlug ihm die Faust auf den Kopf, aber erst der zweite Schlag schaltete den SS-Offizier aus.

Kirk blickte auf den Bewußtlosen. »Für friedvolle Menschen seid ihr Zeonisten ziemlich gründlich.«

Sie lernten auch schnell, wie er feststellte. Der Zeonist deutete nämlich auf die Uniform des Mannes auf dem Boden. »Mit ihr könnten wir vielleicht einen Wagen stehlen und aus der Stadt hinausgelangen.«

»Wir sind hierhergekommen, um John Gill zu finden«, sagte Kirk.

»Captain, ohne Phaser und ehe wir uns nicht mit dem Schiff in Verbindung setzen konnten, wäre es unlogisch, anzunehmen, daß wir gegen die gesamte Militärmacht des Planeten bestehen könnten.«

Kirk sah es ein. »Also gut, Mr. Spock. Schlüpfen Sie in die Uniform und bedecken Sie Ihre Ohren.«

Schon Sekunden später trug der Vulkanier die Uniform des Sturmbannführers, und seine verräterischen Ohren waren unter dem Stahlhelm verborgen. Kirk in der Uniform des Wachpostens fand in einer Ecke des Labors eine Tragbahre. Als sie aus dem Labor hinaustraten, lag der Zeonist darauf. Sie hatten ein Bettuch über seinen Kopf gezogen, um vorzutäuschen, daß ihr Opfer die Versuche nicht überlebt hatte.

Der Posten am Hintereingang kam gar nicht auf die Idee, sie aufzuhalten. Im Schatten einer Häuserwand stellten sie die Bahre ab. »Ich fürchte, die Wachen werden unser Verschwinden bald bemerken, Captain«, sagte Spock.

»Man wird planetenweiten Alarm geben«, warnte der Zeonist.

»Wir müssen irgendwo ein Versteck finden, wo wir in Ruhe unsere Kommunikatoren wieder zusammensetzen und Hilfe von der *Enterprise* anfordern können.«

Kirks Bemerkung schien den Zeonisten in Gewissenskonflikte zu bringen.

»Sie könnten Agenten sein«, murmelte er, »die unsere Untergrundverstecke finden sollen.« Doch dann klärten sich seine Züge. »Aber das ist ein Risiko, das ich eingehen muß. Ich lege mein Leben in Ihre Hände, meine Herren, mehr noch – das Leben meiner Freunde.«

Sie folgten ihm die Straße entlang und hielten sich in den Schatten der Häusermauern, bis sie zu einer dunklen Gasse kamen. Abfall lag herum, sie stolperten über leere Dosen. Der Zeonist blieb über einem Kanaldeckel stehen, beugte sich hinab und klopfte viermal auf das schwere Metall. Aus der Tiefe klang ein gleiches Signal als Antwort. Nun klopfte der Zeonist nochmals, zweimal jetzt, auf den Deckel und winkte den beiden *Enterprise*-Leuten zu, sich an die Wand zu drücken, da ein Patrouillenwagen, dicht mit Uniformierten besetzt, am Gasseneingang vorüberbrauste. Als der Motorenlärm verstummt war, klopfte der Zeonist erneut auf den Kanaldeckel. Er wurde von innen hochgehoben und gab einen schmalen Schacht in die Tiefe frei.

»Kommt«, forderte der Zeonist sie auf.

Sie stiegen eine Metalleiter in die Dunkelheit hinunter. Als sie auf der letzten Sprosse angekommen waren, kletterte jemand an ihnen vorbei in die Höhe, schloß den Kanaldeckel und kam wieder herunter. Ihr Führer fragte ihn: »Davod, wie geht es dir?

Wie viele sind hier?«

Er erhielt keine Antwort. Davod starrte nur mißtrauisch Kirk und Spock an.

»Sie halfen mir, aus der Todeszelle zu entkommen. Ich verdanke ihnen mein Leben, Davod!«

»Isak!«

Ein älterer Mann mit festen Zügen hatte den schwachbeleuchteten Raum neben dem Schacht betreten. Er kam auf ihren Führer zu und schloß ihn in die Arme. »Gott sei gedankt, daß du lebst, Abrom«, murmelte der junge Zeonist erleichtert. »Das ist mein Bruder«, wandte er sich nun an Kirk und Spock, und dann wieder an den Älteren. »Abrom, sie waren Gefangene und wurden ausgepeitscht, genau wie ich – und erwarteten ihren Tod, genau wie ich.«

Abrom musterte ihre Gesichter. »Weshalb wurdet ihr ins Gefängnis geworfen?«

»Wir wollten zum Führer«, erklärte Kirk.

»Zum Führer?«

»Wenn wir an ihn herankommen, läßt sich vielleicht ein Weg finden, diesem Wahnsinn ein Ende zu machen.«

Isak blickte seinen Bruder fest an. »Ich verdanke ihnen mein Leben, Abrom.«

Davod verließ sichtlich verärgert den Raum, und Abrom sagte: »Isak, Uletta ist tot.« Nach einem Augenblick fügte er hinzu: »Man hat sie auf der Straße niedergeschossen.«

»Ihre Schwester?« fragte Kirk, als er bemerkte, wie sehr diese Nachricht ihren Begleiter traf.

»Wir wollten heiraten«, murmelte Isak tonlos.

Abroms Stimme zitterte. »Sie lebte noch fünf Stunden lang. In dieser Zeit sind die anderen zu ihr getreten und haben sie angespuckt. Unsere eigenen Leute konnten nichts für sie tun. Und da verlangst du, daß ich Fremden helfe?«

Isak senkte die Hände, die er vors Gesicht geschlagen hatte. »Wenn wir die Methoden der Nazis annehmen, sind wir nicht besser als sie.«

Spock, der sich nicht in diese private Tragödie mischen wollte, zog Kirk zur Seite. »Captain, dürfte ich vorschlagen, die Zeit zu nutzen und unsere Kommunikatoren zusammenzubauen?« Mit sanfter Stimme wandte er sich an Abrom. »Gestatten Sir mir, ein paar Minuten ungestört dort in der Ecke zu arbeiten?«

Abrom antwortete nicht. Isak nickte Spock zu. Er legte die Hand auf die Schulter seines Bruders und ging mit ihm zum anderen Ende des düsteren Raumes. Kirk setzte sich zu Spock an den Tisch. Sie breiteten die einzelnen Stücke der Kommunikatoren aus. Spock nahm Teile von beiden und baute ein Gerät zusammen, dann gab er es Kirk. »Ich kann natürlich nicht mit Sicherheit sagen, daß die Schaltkreise in Ordnung sind. Das läßt sich nur durch Benutzung feststellen.«

Kirk wollte ihn gerade daran erinnern, daß die *Enterprise* noch eine Stunde außer Reichweite war, als Schreie und ein Schuß zu hören waren. Die Tür schwang heftig auf, und zwei SA-Männer stürmten mit Maschinenpistolen in den Raum. Sie wurden von dem bildschönen Mädchen begleitet, das sie auf dem Bildschirm gesehen hatten.

Kirk erinnerte sich nicht nur an ihre Schönheit, sondern auch an ihren Namen. »Es ist Daras«, sagte er zu Spock.

»Mund halten!« rief das Mädchen. »An die Wand – alle! Hände hoch, Zeonistenschweine!«

Als sich alle aufgestellt hatten, marschierte sie die Reihe ab und betrachtete die Gesichter. Vor Kirk, Spock und Isak blieb sie stehen. »Ihr seid die drei, die aus der Reichskanzlei entkommen sind. Was habt ihr dort gewollt?«

Ein Lauf war auf Kirk gerichtet. »Sprich!« befahl sie. »Es ist deine letzte Chance!«

»Ich muß den Führer sehen! Es ist äußerst dringend.«

Sie riß einem der SA-Männer die Pistole aus dem Halfter. »Dringend, hm? Ja, das kann ich mir vorstellen!«

Abrom versuchte, ihre Aufmerksamkeit von Kirk auf sich zu lenken. »Ich bin allein verantwortlich für alles, was hier geschieht.«

»Dir ist wohl nicht klar, was wir mit verantwortlichen Zeonisten tun?«

Ihr Finger betätigte den Abzug. Ein Schuß knallte, und Abrom sackte zusammen.

Ein SA-Mann hielt Isak, Spock und Kirk mit seiner Maschinenpistole in Schach. »Jetzt machen wir Schluß mit ihnen«, sagte sie.

Isak explodierte vor Wut. »Wo setzt ihr einen Schlußpunkt, ihr Nazis? Was werdet ihr tun, wenn ihr auch den letzten von uns umgebracht habt? Bringt ihr euch dann gegenseitig um?«

Kirk und Spock warfen sich einen verstohlenen Blick zu. Sie duckten sich und warfen sich nach vorne. Spock tauchte unter der Waffe eines SA-Mannes hoch, und Kirk entrang Daras die Pistole. Er wirbelte damit herum und richtete sie auf die drei Nazis.

»Warten Sie!« brüllte Isak. »Nicht schießen!«

Der nur scheinbar tote Abrom erhob sich. »Es genügt«, sagte er. »Sie haben bewiesen, daß Sie auf unserer Seite sind.«

Verwirrt starrte Kirk Isak an, der seinem Blick tapfer standhielt. »Verzeihen Sie uns«, bat er. »Wir mußten sichergehen.«

Abrom legte seine Hand auf Kirks Arm. »Ja, wir mußten es tun. Denn wärt ihr Nazi-Spione gewesen, hätte es leicht den Tod aller unserer Leute bedeuten können.«

Isak beeilte sich, seine eigene Erklärung abzugeben. »Die Methoden der Gestapo sind leider ungemein wirkungsvoll. Wenn wir überleben wollen, können wir nicht vorsichtig genug sein. Wir hier im Untergrund wissen nicht einmal, wer unsere Führer sind. Falls unsere Widerstandskraft unter Folterqualen gebrochen würde, könnten wir im Höchstfall eine Handvoll unserer Leute verraten. Bitte vergeben Sie mir. Sie verstehen sicher, daß es notwendig war.«

Spock betrachtete Daras. »Ich verstehe es nicht«, murmelte er kopfschüttelnd. »Sie sind doch eine ›Heldin des Vaterlands‹. Wir haben gesehen, wie Sie ausgezeichnet wurden.«

»Ich bin Ekosierin – und kämpfe gegen den Wahnsinn, der mein armes Volk erfaßt hat. Die Auszeichnung erhielt ich, weil ich meinen Vater an die Partei verriet.«

Als sie Kirks Ausdruck des Abscheus bemerkte, fügte sie hastig hinzu: »Das war meines Vaters eigener Plan. Er und der Führer standen einander sehr nahe. Aber als ihm dessen Veränderung bewußt wurde und wohin diese führte, stellte er sich gegen die Partei. Man nahm ihn fest. Melakon verurteilte ihn zum Tode.«

»Melakon?« fragte Kirk.

Abrom erklärte: »Der Stellvertreter des Führers. Er hat die Macht an sich gerissen.«

Daras sagte zu Kirk: »Mein Vater stellte es so hin, als hätte ich ihn verraten, um mir die Möglichkeit zu geben, den Kampf weiterzuführen.«

Spock versuchte, ihre Geschichte mit den Tatsachen, wie sie ihm bekannt waren, zu vereinbaren. »Aber wie konnte John Gill das nur zulassen?« fragte er.

»Wer?« Abrom blickte ihn erstaunt an.

»Der Führer«, erklärte Kirk. »Er ist von meinem Volk.«

»Was ist das für ein Volk?« erkundigte sich der Zeonist.

Kirk zögerte einen Augenblick. »Ich bin Captain James Kirk von der *Enterprise*, einem Sternenschiff der Föderation der Planeten. Und das ist mein Erster Offizier, Mr. Spock. John Gill, Ihr Führer, wurde von der Föderation als Kulturbeobachter hierhergeschickt.«

Daras blinzelte überrascht. »Der Führer ist – ist nicht von hier?«

»Richtig«, bestätigte Spock.

Ungläubig schüttelte das Mädchen den Kopf. »Ich bewunderte ihn anfangs, dann haßte ich ihn und alles, was mit ihm zusammenhängt. Aber ich zweifelte nie daran, daß er einer der Unsrigen ist. Und jetzt stellt sich heraus, er ist ein Fremder, den man schickte, um uns in den Untergang zu führen...«

»Das war nicht seine Aufgabe«, versicherte Kirk ihr. »Er sollte nur beobachten und Bericht erstatten, ohne sich einzumischen. Irgend etwas ging schief. Um das herauszufinden und wiedergutzumachen, sind wir hier. Wir müssen ihn unbedingt sprechen.«

»Unmöglich!« rief Isak. »Selbst wenn Sie zu einem günstigeren Zeitpunkt gekommen wären, ließe es sich nicht machen. Es darf niemand zu ihm außer Melakon. Es wimmelt vor Wachen bei ihm.«

Kirk und Spock warfen sich einen Blick zu. »Hat er solche

Angst um sein Leben?« fragte der Captain.

Isaks Hände ballten sich zu Fäusten. »Es gibt viele – Ekosier und jüngere Zeonisten –, die gern ihr Leben opfern würden, um ihn zu töten!«

»Ich kann mir nicht erklären, was geschehen ist«, wandte Kirk sich an ihn. »Es widerspricht allen Prinzipien, an die John Gill glaubte. Aber unsere einzige Chance ist jedenfalls, ihn so schnell wie möglich zu sprechen.«

»Das ist gerade jetzt völlig ausgeschlossen«, sagte nun auch Daras. »Er hält heute abend in der Reichskanzlei eine Rede. Die ganzen Parteibonzen werden dort sein.«

»Sie ebenfalls?« fragte Kirk.

»Natürlich.« Bitter fügte sie hinzu. »Als Symbol der rechten Einstellung gegenüber dem Vaterland.«

Spock sah Kirk an. »Als Ehrengast der Partei müßte es Miß Daras doch möglich sein, uns an den Wachen vorbeizubringen.«

Daras protestierte. »Nur ein paar der höchsten und vertrauenswürdigsten Parteigenossen dürfen die Reichskanzlei betreten. Der Rest der Nation kann die Rede nur über das Fernsehen verfolgen.«

»Sie müssen uns dort hineinschmuggeln«, verlangte Kirk.

»In die Kanzlei? Das wäre Selbstmord, Captain Kirk.«

Isak drehte sich zu ihr um. »So, wie die Dinge stehen, ist das Leben als solches schon ein Risiko. Wenn der Captain glaubt, eine Chance zu haben, bin ich gern bereit, mit ihm zusammen Selbstmord zu begehen.«

Daras wirbelte herum. »Du? Ein Zeonist? Du willst auch in die Reichskanzlei?«

»Es ist unser Kampf noch mehr als eurer!«

»Wenn Sie das Risiko auf sich nehmen wollen, Daras«, murmelte Kirk, »hätte ich eine Idee, wie wir es schaffen könnten.«

Es war eine Herausforderung, der sie sich nicht entziehen konnte.

Sie hatten sich einen Kommandowagen organisiert und Uniformen. Spock und Isak trugen Helme und die Kragenspiegel von SS-Männern, Kirk die SA-Uniform eines Hauptsturmführers, außerdem schleppte er eine Kamera mit sich. Die beiden anderen hielten die Aufnahmelampen für ihn.

Vor den Wachen am Eingang der Reichskanzlei hob Kirk die Kamera hoch, um sein Gesicht dahinter zu verbergen, und sagte mit Befehlsstimme: »Lichter an!«

Die Wachen blinzelten verärgert in die plötzliche blendende Helle. Einer fluchte und fragte: »Was haben Sie hier zu suchen?«

Als der zweite Wagen vorfuhr und Daras ausstieg, sammelten sich Kirk, Spock und Isak um sie, und Kirk machte Aufnahmen. Sie lächelte, winkte in die Kamera, dann stieg sie die Treppe hoch. Die drei folgten ihr, weiter fotografierend und die Scheinwerfer haltend. Die Wachen hatten Daras sofort erkannt. Als sie an ihnen vorbeiging, sagte sie: »Die Sonderberichterstatter des Führers. Öffnen Sie die Tür und lächeln Sie mich an, während ich eintrete.«

Verwirrt, aber lächelnd riß der angesprochene Posten einen Flügel auf.

Die kleine Gruppe schritt ungehindert den Korridor entlang. Daras zitterte. Spock senkte die Stimme. »Wissen Sie, Captain, ich verstehe allmählich, weshalb ihr Erdenleute so gern Risiken eingeht. So sorgfältig man auch die Gewinnchancen berechnet, ein gewisser Nervenkitzel bleibt doch.«

»Vielleicht gelingt es uns gar noch, einen Menschen aus Ihnen zu machen, Mr. Spock – wenn wir lange genug leben!«

Die offene Flügeltür zum Audienzsaal, in dem sich bereits eine Anzahl von Parteigrößen eingefunden hatte, lag nun direkt vor ihnen.

»Durch welche Tür betritt der Führer den Saal?« fragte Kirk Daras.

»Er kommt gar nicht in den Saal«, flüsterte das Mädchen. »Sie hören und sehen ihm nur auf dem großen Schirm dort zu. Die Aufnahmen werden in einem Nebenraum hinter dem Saal gemacht, wo die zwei Posten stehen. Aus Sicherheitsgründen!«

»Wo ist die Tür?« fragte Kirk.

»Sie wird schwer bewacht, Captain.«

»Wo?« wiederholte er.

»Geradeaus, den Gang entlang.«

Kirk erkannte die Tür jetzt sofort. Die Wachen dort waren mit Maschinenpistolen bewaffnet und standen zu beiden Seiten der Tür. Einer blickte durch das Türfenster ins Innere.

»Sie werden doch nicht versuchen wollen, in den Aufnahmeraum zu gelangen?« fragte Daras entsetzt.

»Wir sehen uns auf jeden Fall mal um«, erklärte Kirk.

»Lenke die Posten lange genug ab, daß ich mir von einem die Maschinenpistole borgen kann«, forderte Isak Daras auf. »Der Aufnahmeraum ist winzig. Ich könnte durch die Tür schießen.«

Kirk drehte sich zu ihm um. Seine Stimme klang hart. »Wir sind nicht hier, um Ihre persönlichen Rachegelüste zu befriedigen. Wir brauchen Gill, und zwar lebend. Haben Sie das verstanden?«

Isak nickte resigniert. Wortlos ging er mit den beiden anderen weiter. Einer der Posten trat ihnen mit der erhobenen Maschinenpistole entgegen. Kirk tat sofort schrecklich geschäftig.

»Bleiben Sie genauso stehen!« befahl er dem Posten. »Ich mache Aufnahmen, die mit des Führers Endlösungsrede gesendet werden sollen – Aufnahmen hinter der Szene, sozusagen als Rahmen.«

»Ja, wir möchten die Männer zeigen, die für die Sicherheit des Führers verantwortlich sind und ihm so ermöglichen, seine Entscheidungen in Ruhe zu treffen«, warf Isak ein.

Da Daras das Trio begleitete, hatte der Mann keine Bedenken. Er kehrte an die Tür zurück, nahm Haltung an und zeigte sich der Kamera von seiner besten Seite. Kirk wandte sich an den zweiten Posten. »Sie! Stellen Sie sich neben Ihren Kameraden. Ich möchte Sie nebeneinander aufnehmen, mit den Pistolen im Anschlag.«

Kirk winkte beide noch ein wenig zur Seite und gab Spock so die Gelegenheit, durch das winzige Fenster zu blicken. Er sah Gill an einem Tischchen sitzen, das Gesicht der Fernsehkamera zugewandt. Spock nickte Kirk zu. Die Wachen kehrten zur Tür zurück, und Kirk bedankte sich bei ihnen. »Wir werden später noch einmal zurückkommen.«

Die drei schritten den Gang zurück. »Es ist wirklich John Gill«, erklärte Spock. »Aber er saß starr wie eine Puppe. Er blickte nicht ein einziges Mal auf, Captain.«

»Das gehört möglicherweise zu seiner Rolle – eine gottgleiche Erhabenheit.«

»Vielleicht ist es aber eine tiefe Psychose.«

»Möglicherweise müssen wir gar nicht so weit gehen, Mr. Spock. Er könnte unter Drogeneinfluß stehen. Wir brauchen unbedingt McCoy.« Er wandte sich an Daras. »Ist hier irgendwo ein Ort, an dem wir ein paar Minuten ungestört sind? Ich möchte mich mit meinem Schiff in Verbindung setzen. Ein Wandschrank würde genügen.«

»Die Garderobe«, schlug Isak vor.

Als er mit Kirk allein war, nahm Spock die letzten Justierungen am Kommunikator vor, dann rief er: »Spock an *Enterprise. Enterprise*, bitte kommen!«

Der Empfang auf dem Sternenschiff war schlecht.

Uhura versuchte, genauer einzustellen. »Hier *Enterprise*, Leutnant Uhura«, meldete sie sich.

Kirk griff nach dem Kommunikator. »Hier spricht Captain Kirk. Geben Sie mir bitte McCoy, Uhura.«

»Jawohl, Sir. Aber wir können Sie kaum verstehen. Ihre Frequenz ist um neun Strich abweichend.«

»Wir hatten einige Schwierigkeiten, Leutnant. Stellen Sie den Schiffscomputer auf historische Uniformen, Nazi-Deutschland, Erdzeit 1944, und verbinden Sie ihn mit der Bordschneiderei. Sie sollen McCoy als SS-Arzt im Rang eines Oberführers ausstatten.«

»Jawohl, Sir. Dr. McCoy kommt.«

»Hier McCoy, Captain.«

»Pille, wir brauchen dich. Laß den Transporter auf diese Koordinaten einstellen.«

»Was gibt's, Jim?«

»Wir haben John Gill gefunden. Das heißt, wir haben ihn zumindest gesehen. Er steht entweder unter Drogen oder Hypnose, oder er ist geisteskrank. Das mußt du feststellen. Sieh zu, daß du die Uniform umgehend bekommst.«

Daras öffnete die Garderobentür. Ihr Gesicht war grau. »Isak hat gerade zwei Sicherheitsbeamte miteinander sprechen hören. Sie haben Ihre Sendung aufgefangen und wissen, daß sie aus der

Kanzlei ausgestrahlt wurde. Sie fangen bereits mit der Durchsuchung an.«

Spock schloß die Tür hinter ihr. »Wenn sich der Transport von Dr. McCoy verzögert, schlage ich vor, daß wir den Plan aufgeben.«

Kirk sprach hastig in den Kommunikator. »Kirk an *Enterprise*. Was ist los?«

»Der Doktor ist im Transporter, Sir. Er hat Schwierigkeiten mit der Uniform.«

»Beamen Sie ihn nackt herunter, wenn es sein muß. Kirk Ende.«

Der Transporter glühte in einer Ecke auf. Daras wich erschrokken zurück, als aus dem Flimmern McCoy materialisierte. Er hielt die Uniformjacke in einer Hand, und mit der anderen zog er an einem Stiefel.

»Es ist – es ist wahr!« flüsterte das Mädchen ehrfürchtig. »Es fiel mir schwer, Ihnen zu glauben. Aber das – das ist ja großartig!«

McCoy setzte sich und quälte sich verzweifelt damit, den Stiefel hochzuziehen. »Der verdammte Computer hat meine Maße nicht richtig genommen«, brummte er. »Der rechte Stiefel ist zu eng.« Noch wütender zerrte er daran.

»Doktor, Sie brauchen nur auf logische Weise vorzugehen«, riet ihm Spock. »Strecken Sie Ihre Zehen aus und ziehen Sie an beiden Seiten des Stiefelschafts. Wir haben keine Zeit an Emotionen zu verschwenden.«

McCoy warf ihm einen bösen Blick zu, aber er folgte seinem Ratschlag. Der Stiefel ließ sich jetzt ohne größere Schwierigkeiten hochziehen.

»Das ist Dr. McCoy, unser Bordarzt«, machte Spock ihn bekannt. »Und das, Doktor, ist Daras, eine Sekretärin der Nationalsozialistischen Partei.«

»Sehr erfreut«, versicherte ihr McCoy und schlüpfte in die Uniformjacke. »Was ist mit John Gill, Jim?«

Die Tür wurde aufgerissen. Eneg, mit grimmigem Gesicht und von zwei SS-Leuten mit Maschinenpistolen begleitet, trat ein.

Die kleine Gruppe war wie erstarrt und rechnete damit, sofort erschossen zu werden. Als nichts dergleichen geschah, stammelte

Daras: »Herr Reichsparteileiter, der – der Herr Oberführer hat ein wenig zu tief ins Glas geschaut.« Sie deutete mit dem Kopf auf McCoy.

»Ich verstehe«, sagte Eneg.

Kirk und Spock hatten ihr Gesicht abgewandt, damit der Hoheitsträger sie nicht sofort wiedererkennen würde. Kirk, immer noch mit dem Gesicht verborgen, murmelte: »Wir befürchteten, er würde sich und dadurch den Führer blamieren.«

»Ein Arzt sollte sich wirklich nicht so gehenlassen!« flüsterte Daras.

Eneg nickte. »Es war völlig richtig, daß Sie ihn hierherbrachten. Irgendwo im Gebäude hält sich ein Spion mit einem Sender auf. Wir sind auf der Suche nach ihm. Heil dem Führer!«

Nach einem fast unmerklichen Überraschungszögern erwiderten Kirk, Spock und Daras den Gruß. Eneg trat auf den Gang hinaus, und einer seiner Begleiter schloß die Tür hinter ihm. Kirk holte tief Luft. Und Spock sagte nachdenklich: »Ich verstehe nicht, daß er uns nicht wiedererkannt hat.«

»Heute ist das Glück uns eben hold, Mr. Spock. Auch wenn Glück etwas ist, das Sie nicht anzuerkennen bereit sind.«

»Ich werde es in Zukunft vielleicht in Betracht ziehen, Captain.«

Auf dem Korridor erklang ein Summer. »Die Rede des Führers beginnt«, sagte Daras.

»Gehen wir«, bestimmte Kirk.

Sie folgten ihr aus der Garderobe, den Gang entlang und in den Saal. Isak sah sie kommen. Er nickte erleichtert. Auf dem Bildschirm war eine riesige Hakenkreuzfahne zu sehen und dann gleich darauf in Nahaufnahme der Führer.

»Heil dem Führer!« schrien alle, Kirk, Spock und McCoy nicht ausgeschlossen. Der Aufnahmewinkel war so gehalten, daß Gills Gesicht halb im Schatten lag. Die Stimme, die aus dem Lautsprecher drang, klang ruhig und vernünftig.

Ekosier, die vor uns liegende Aufgabe ist schwierig. Um sie zu bewältigen, benötigen wir Mut, unseren persönlichen Einsatz – und Vertrauen.

Ein stürmischer Applaus setzte ein. Die Stimme fuhr fort. *Die Zeonisten-Kolonie existierte fast ein halbes Jahrhundert…*

»Passen Sie auf die Lippen auf«, flüsterte Kirk McCoy zu.

Aber die Kamera war inzwischen ein wenig geschwenkt, und die untere Hälfte von des Führers Gesicht lag hinter dem Tischmikrofon verborgen.

Wenn wir über uns selbst hinausgewachsen sind, wird das alles sein Ende finden. Aufgeregtes Klatschen übertönte die Stimme. Als es endete, sagte sie gerade: *Wenn wir Hand in Hand arbeiten, finden wir eine Lösung.*

Spock lehnte sich dicht an Kirk. »Die Rede folgt keinem logischem Konzept, Captain.«

»Unzusammenhängende Sätze aneinandergereiht!«

»Er sieht aus, als stünde er unter Drogeneinfluß, Jim, und zwar in einem schon fast kataleptischen Stadium«, flüsterte McCoy.

Die Stimme war zurück. *Was wir tun, mag manchmal schwierig sein. Aber es ist notwendig, wenn wir unser Ziel erreichen wollen. Und wir werden es erreichen!*

McCoy hatte sich auf seinem Platz aufgerichtet. »Wir müssen zu ihm.«

Daras starrte ihn an. Dann erhob sie sich wortlos und bahnte sich durch die Menge einen Weg zur Tür. Isak half ihr dabei. Ein paar Parteigenossen drehten verärgert den Kopf. Beim Anblick Daras' lächelten sie, doch als sie die anderen sahen, die ihr folgten, kehrte der Ärger zurück. Erst McCoys Uniform flößte ihnen wieder Respekt ein. Jedenfalls erreichten sie den Korridor.

Hinter sich hörten sie die Stimme in ihrer Rede fortfahren.

Jede unserer Handlungen muß durchschlagend, jeder Gedanke auf ein Ziel gerichtet sein. Dieser Planet kann zu einem Paradies werden, wenn wir bereit sind, den Preis dafür zu bezahlen…

An der Tür mit dem kleinen Fenster lauschten die beiden Wachen der Führerrede, aber ihre Maschinenpistolen hielten sie schußbereit. Isak hob die Blitzleuchte, als Kirk die Kamera einstellte. »Ich möchte ein Bild von euch beiden zusammen mit der Heldin des Vaterlands schießen, während Sie mit begeisterten Gesichtern der Rede des Führers lauschen.« Er drehte sich Daras zu.

»Bitte stellen Sie sich zwischen die beiden netten Jungs.«

Die zwei Wachen machten geschmeichelt für sie Platz, während die Stimme fortfuhr: *So wie jede Zelle des Körpers zu dessen Wohlergehen in absoluter Harmonie...*

Kirk, der durch sein Objektiv blickte, nickte. McCoy versetzte dem einen der Posten einen Handkantenschlag, während Spock den zweiten mit seinem Betäubungsgriff ausschaltete. Beide sanken auf den Boden. Spock drückte an der Klinke, aber die Tür war verschlossen.

...muß jeder einzelne sein Bestes geben, um unseren Traum zu verwirklichen – um eine Dauerlösung zu finden. Lang lebe Ekos! Lang lebe unsere Partei!

Ein noch stürmischerer Applaus als bisher beantwortete John Gills Schlußworte. Kirk und McCoy, die die Taschen der beiden Wachen durchsucht hatten, entdeckten endlich einen Schlüssel. Er paßte ins Schloß der Tür zum Aufnahmeraum. Als die kleine Gruppe eintrat, bewegte sich der Führer nicht einmal. Kirk und Isak zogen die beiden bewußtlosen Wachen herein. Über ihren Köpfen zeigte ein Wandmonitor Melakon im Audienzsaal am Rednerpult. Er gebot zu schweigen.

Der Führer hat uns den Befehl erteilt. Wir weihen unser Leben der hehren Aufgabe. Tod den Zeonisten!

»Tod den Zeonisten!« brüllte die Menge.

McCoy richtete sich auf. Er hatte Gill in aller Eile untersucht. »Zweifellos unter Drogeneinfluß, schon fast komatös.«

»Welche Droge?« erkundigte sich Spock.

»Ohne einen Medicomputer kann ich es nicht feststellen. Und aufs Geratewohl ein Gegenmittel zu geben wäre zu gefährlich.«

»Gibt es denn nichts, was du tun könntest, Pille?«

»Ich könnte ihm ein Stimulans injizieren, aber auch das ist riskant.«

»Gehe das Risiko ein«, bestimmte Kirk.

Melakon sprach aus dem Monitor: *Seit Jahren wurde unser Planet durch die Anwesenheit der Zeonisten geschändet. Wir haben alle möglichen Lösungen dieses Problems versucht – die Zeonisten in Gettos verbannt, ihre Bewegungsfreiheit eingeschränkt. Aber trotz unserer Bemühungen stellen sie sich als eine Krebsgeschwulst heraus, die unser Staatsgefüge von innen her zu überwuchern droht.*

McCoy gab Gill eine Injektion. Isak sah aufmerksam zu. »Keinerlei Reaktion«, kommentierte er. »Was immer Sie ihm gaben, es wirkt nicht.«

Während McCoy seinen Scanner benutzte, klang Melakons Stimme weiter aus dem Monitor: *Wie die Pest verbreiten die Zeonisten sich von jeder Seite. Erledigt man einen, tauchen weitere für ihn auf. Vor zehn Minuten, auf Befehl des Führers, begannen unsere Truppen mit ihrem historischen Einsatz. Die Eliminierung der Zeonisten hat in allen Städten begonnen. Innerhalb einer Stunde wird diese Seuche für immer vom Angesicht von Ekos entfernt sein.*

Kirk beugte sich über Gill. »Pille, kannst du die Dosierung nicht erhöhen?«

»Ich tappe im dunkeln, Jim. Es könnte sein Tod sein.«

»Wenn sie uns hier entdecken, ist es unser aller Tod«, warf Daras ein.

Als Kirk nickte, setzte McCoy Gill erneut die Spritze an.

Daras wandte sich an Isak. »Sie haben schon begonnen.« Sie barg ihr Gesicht in den Händen, als McCoy zu Kirk hochblickte. »Jetzt wirkt es. Er ist schon fast bei Bewußtsein.« Er hob eines von Gills Lidern. »Als schlafe er nur ganz leicht. Mehr traue ich mich nicht, Jim.«

»Spock, versuchen Sie, ob Sie durch Gehirnsondierung zu ihm durchdringen können. Wenn nicht, muß Dr. McCoy ihm ohne Rücksicht auf die Folgen eine stärkere Dosis spritzen.«

Ein dröhnendes Donnern klang aus dem Monitor. Altmodische Raketen hoben sich von den Startrampen, und Melakons Stimme erklärte: *Unsere Raumflotte – sowohl bemannt als auch unbemannt – ist nun auf dem Weg nach Zeon. Der große Tag ist gekommen! Heil dem Führer!* Und nach einer kurzen Pause: *Sieg Heil, Ekosier!*

Daras stellte sich neben Kirk. »Es gibt noch eine Hoffnung. Mit Ihren Waffen könnten Sie die Flotte vernichten.«

Der Captain schüttelte den Kopf. »Das würde den Tod Tausender ekosischer Raumsoldaten zur Folge haben.«

Die begeisterte Menge brüllte nun: »Sieg Heil! Sieg Heil!«

»Aber dafür werden Millionen und Abermillionen unschuldiger Zeonisten gerettet, Captain. Wir müssen das kleinere von zwei Übeln wählen!«

»Damit wäre Zeon gerettet, Daras – aber nicht Ekos.«

Spock hatte seine Gehirnsondierung beendet. »Captain, in seinem Zustand kann er keinesfalls aus eigenem Willen reden, aber er könnte auf direkte Fragen antworten.«

Kirk betrachtete seinen ehemaligen Lehrer. »Sie haben das, was von ihm übriggeblieben ist, als Aushängeschild benutzt.«

»Genau, Captain. Die wirklich treibende Kraft war in den letzten Jahren Melakon.«

»Stellen Sie den Ton des Monitors ab«, bat Kirk Daras. Als Stille eingesetzt hatte, stellte er sich Gill gegenüber und beugte sich über den Tisch. »Gill, weshalb haben Sie nicht auftragsgemäß gehandelt? Warum haben Sie sich in die inneren Angelegenheiten dieses Planeten eingemischt?«

Das Gesicht des Befragten blieb ausdruckslos, seine Stimme war kaum vernehmbar. »Bevölkerung gespalten – verfeindet. Dachte an Erdgeschichte...«

»Aber weshalb ausgerechnet Nazi-Deutschland?« fragte Kirk. »Ich habe diesen Geschichtskurs bei Ihnen belegt. Sie wußten doch, wie die Nazis waren!«

»Funktionstüchtigster Staat – Erde je hatte...«

Spock warf ein. »Stimmt, Captain. Dieses winzige Land, geteilt, besiegt, bankrott, wuchs in wenigen Jahren zu einer Macht heran, die nur einen Schritt von der Weltherrschaft entfernt war.«

»Es war ein brutales, pervertiertes System, das nur mit ungeheurem Aufwand und größten Opfern vernichtet werden konnte! Weshalb hat er sich ausgerechnet dieses Beispiel ausgesucht?«

»Weil Gill vermutlich der Ansicht war, ein ähnlich aufgebauter Staat könnte, wenn mit Güte regiert, die gleiche einigende Effizienz besitzen, ohne zu sadistischen Exzessen zu führen.«

»Funktionierte«, murmelte Gill. »Anfangs – funktionierte es.

Dann begann – Melakon heimlich – Macht zu übernehmen. Setzte mich – unter Drogen...«

Er schwieg.

»Gill! Gill! Können Sie mich hören? Sie müssen diesen Menschen erklären, was geschehen ist. Sie sind der einzige, der das Gemetzel beenden kann!«

Gills Kopf fiel auf den Tisch. McCoy untersuchte ihn durch den Indizierer. Er schüttelte den Kopf. »Er lebt noch, aber die Drogen, die man ihm eingegeben hat, sind zu stark.«

»Gib ihm noch eine Spritze«, befahl Kirk.

Daras, die an der Tür stand, rief: »Wachen!«

»Pille, wir haben keine Zeit mehr...«

SS-Männer rannten den Gang entlang in Richtung des Aufnahmeraums. Eneg folgte ihnen gesetzten Schrittes.

Kirk stieß eilig Befehle hervor. »Spock, nehmen Sie den Helm ab! Daras, legen Sie Ihre Pistole auf ihn an! Sie ebenfalls, McCoy und Isak! Schnell!«

Die Wachen drangen in den Aufnahmeraum. Eneg blickte auf die drei Waffen, die auf Spocks Kopf gerichtet waren, Kirk deutete auf Daras. »Sie hat soeben einen Spion der Zeonisten gestellt, der ein Attentat auf den Führer verüben wollte. Wir werden ihn Herrn Generalfeldmarschall Melakon zum Geschenk machen.«

Die Wachen packten Spock. Isak wandte sich hastig an Eneg. »Herr Reichsleiter, wir *müssen* diesen Spion zum Herrn Generalfeldmarschall bringen.«

Eneg blickte von einem Gesicht zum anderen. Schließlich wandte er sich an die SS-Leute. »Bringen Sie sie zum Stellvertreter des Führers – auf meine Verantwortung.« Dann verließ er den kleinen Raum. Isak flüsterte Daras zu. »Jetzt darf ich es vielleicht sagen. Eneg ist einer der Unsrigen.« Laut wandte er sich an die Wachen. »Sie haben den Herrn Reichsparteileiter gehört. Führen Sie uns zum Herrn Generalfeldmarschall.« Die beiden SS-Männer traten respektvoll zur Seite, als Isak, Daras und McCoy Spock auf den Korridor hinausbrachten. Kirk zögerte. Er blickte auf die Spritze, die noch auf dem Tisch lag.

Melakon war von begeisterten Bewunderern umgeben, die ihm

lautstark gratulierten. Die Wachen bahnten sich einen Weg, um Spock hindurchzuschieben.

»Was soll das?« fragte Melakon aufgebracht.

»Ein Spion, Euer Exzellenz«, erwiderte Isak.

»Und kein alltäglicher!« rief Daras, die nun vortrat. »Der Stellvertreter der Führers kann selbst sehen, daß es kein einfacher Zeonist ist.«

Im Aufnahmeraum injizierte Kirk Gill noch mehr des Stimulans. »Professor Gill«, sagte er drängend. »Können Sie mich hören? Sie *müssen* sprechen! Das ist unsere letzte Chance. Bitte, bemühen Sie sich!«

Melakon zeigte nun deutliches Interesse an dem Spion. Er hob Spocks Kinn und musterte sein Profil. »Zweifellos kein Zeonist!« stellte er fest.

»Der Stellvertreter des Führers ist eine Autorität, was die Genetik betrifft«, strich Daras ihm um den Bart. »Wie würden Sie dieses Exemplar einstufen?«

»Schwierig. Eine sehr schwer zu beantwortende Frage.« Er wandte sich wieder dem Studium Spocks zu und machte großtuerisch seine Bemerkungen. »Beachten Sie diese finsteren Augen, die verformten Ohren! Zweifellos eine minderwertige Rasse.«

Kirk versuchte Gill aufzurichten. »Sie sind der einzige, der sie aufhalten kann! Sie *müssen* reden!«

Gills Augen wirkten glasig. Er öffnete den Mund, doch dann sackte sein Oberkörper wieder auf den Tisch.

Melakon entdeckte inzwischen weitere Zeichen rassischer Minderwertigkeit an Spock. »Sehen Sie diese niedrige Stirn, die auf Idiotie hinweist. Dieser stumpfe Ausdruck eines in die Falle gegangenen Tieres...«

Spocks rechte Braue hob sich. Melakon wandte sich an die Wachen. »Führen Sie ihn zur Vernehmung ab. Aber ich brauche den Körper möglichst unbeschädigt für das Völkerkundemuseum.«

Ein überraschtes Murmeln war in der Menge zu hören. Es wurde lebhafter. Melakon wandte sich zur Rednertribüne um. Der riesige Bildschirm war aufgeflammt. Gills Oberkörper zeichnete sich ab. Er schwankte, und die Augen starrten benommen in die

Leere. Nach einem erschrockenen Blick wandte Melakon sich an einen von Spocks Bewachern.

»Laufen Sie in den Aufnahmeraum. Kümmern Sie sich sofort um den Führer. Er ist krank. Schalten Sie die Kamera aus!«

Gill öffnete die Lippen. *Bürger von Ekos! Hört mich an…*

Melakon wirbelte zu den gebannt starrenden Zuschauern herum. »Der Führer ist krank. Die Anstrengungen des Tages waren zuviel für ihn.«

Gill, mit Kirk im Schatten hinter ihm, plagte sich weiterzusprechen. Melakons Stimme drang nun aus den Lautsprechern im Aufnahmeraum. »Ich schlage vor, wir verlassen alle den Saal und lassen unseren Führer ausruhen.«

Kirk sah, daß die Klinke sich bewegte. Die Tür war verschlossen, aber der SS-Mann davor begann dagegen zu hämmern. Gills Stimme wurde kräftiger. *Ekosier! Wir wurden von einem selbstsüchtigen Abenteurer betrogen, der uns alle an den Rand des Abgrunds geführt hat. Ich versichere den Zeonisten, daß die Aggression auf sie nicht vom ekosischen Volk ausging…*

Der SS-Mann rannte in den Saal zurück und flüsterte in Melakons Ohr.

Gill sagte: *…von einem einzigen größenwahnsinnigen Mann! Melakon ist der Verräter seines eigenen Volkes und all dessen, wofür wir stehen…*

Melakon packte die Maschinenpistole des SS-Mannes und richtete sie auf den Vorhang zum Aufnahmeraum.

Ich verspreche den Zeonisten Wiedergutmachung, sagte Gill am Schirm, *und die Freundschaft des ekosischen Volkes.*

Melakon feuerte einen tödlichen Bleihagel auf den Vorhang. Die Menge erstarrte. Die Glasscheibe hinter dem Vorhang zersplitterte. Kirk zog Gill auf den Boden.

Melakon schoß weiter in den Aufnahmeraum. Isak zog seine Pistole und drückte ab. Der Einschlag des Schusses ließ Melakon nach vorn taumeln. Er richtete die Maschinenpistole auf Isak – und brach zusammen. Ein Hauptsturmbannführer griff nach seiner Waffe und legte sie auf Isak an.

»Einen Moment, Hauptsturmbannführer!«

Es war Eneg. »Es hat bereits zuviel Blutvergießen gegeben.« Der SS-Offizier zögerte. Eneg sagte: »Jetzt werden wir so handeln, wie der Führer es gewollt hatte!«

Der Hauptsturmbannführer senkte die Waffe.

Gills Augen waren nun klar, aber aus seiner Uniformjacke quoll Blut, und als Kirk seinen Kopf auf seinen Schoß hob, sickerte es auch aus seinem Mund. Gill blickte Kirk an. Er erkannte ihn. »Ich hatte unrecht«, wisperte er. »Nichteinmischung ist das einzig Richtige. Wir müssen dem Gemetzel ein Ende setzen...«

»Das haben Sie bereits, Professor. Durch Ihre Worte im letzten Augenblick.«

»Selbst Historiker lernen nicht aus der Geschichte – machen die gleichen Fehler. Kirk, bitte sorgen Sie dafür, daß das Blutvergießen ein Ende findet. Kümmern...«

Er würgte an einem Blutschwall und erschlaffte in Kirks Armen.

»Professor?«

»Captain, ist alles in Ordnung?« Kirk blickte bei Spocks besorgter Frage, die durch die Tür klang, auf.

»Ja, Mr. Spock.«

Er legte Gill sanft auf den Boden, erhob sich, und drehte den Schlüssel im Schloß.

Eneg stand neben Spock, hinter ihnen McCoy, Daras und Isak, alle mit ernsten Gesichtern, als wüßten sie bereits, was Kirk ihnen zu sagen hatte.

»Er ist tot«, murmelte Kirk.

Eine Weile herrschte Schweigen, dann murmelte Isak. »So lange habe ich darum gebetet, das zu hören. Jetzt tut es mir leid.«

»Genau wie es ihm leid getan hat«, versicherte ihm Kirk.

Isak blickte ihn an. »Sie haben uns allen eine neue Chance gegeben.«

»Auch ich danke Ihnen.« Eneg verneigte sich. »Aber ich möchte Sie bitten, uns jetzt zu verlassen. Von nun an müssen wir uns selbst helfen.«

»Eneg und ich werden jetzt eine Ansprache halten, um unserem Volk, sowohl den Ekosiern als auch den Zeonisten, einen neuen Weg zu weisen«, sagte Daras.

Als Eneg ihr in den Aufnahmeraum folgte, sah er Kirk fest an. »Es ist höchste Zeit, daß wir dem Blutbad ein Ende machen – und unsere Toten begraben.«

»Mr. Spock«, wandte Kirk sich an seinen Begleiter. »Ich glaube, der Planet ist in guten Händen.«

»Ganz meine Meinung, Captain. Nach der Integration der beiden Kulturen wird dieses System einen guten Neuzugang für die Föderation abgeben.«

Kirk schaltete seinen Kommunikator ein. »Kirk an *Enterprise*.«

»Hier *Enterprise*, Captain.«

»Beamen Sie uns an Bord, Leutnant Uhura.«

Ihr ekosisches Erlebnis beschäftigte Spock immer noch. Er erhob sich von seinen Instrumenten und schritt nachdenklich zu Kirk, der es sich im Kommandantensessel bequem gemacht hatte. »Ich fürchte, ich werde die Menschen nie verstehen, Captain. Wie konnte ein Mann von solch logischer und überragender Intelligenz wie John Gill einen solch verhängnisvollen Fehler machen?«

»Er zog die falsche Folgerung aus der Geschichte. Das Problem mit den Nazis war nicht allein, daß ihre Verantwortlichen größenwahnsinnig und pervers waren – und daran besteht kein Zweifel. Das Hauptproblem war das Führerprinzip.«

McCoy hatte ihnen interessiert zugehört. »Ein Mann, der soviel Macht in Händen hält«, warf er jetzt ein, »kann selbst mit den besten Absichten dem Verlangen nicht widerstehen, Gott zu spielen, Spock.«

»Ich hatte bereits verstanden, Doktor«, erklärte Spock.

»Bei uns auf der Erde gibt es ein Sprichwort, Spock«, murmelte Kirk. »Ende gut – alles gut! Gill fand ein gespaltenes, uneiniges Ekos vor. Er verließ es als geeinigten Staat.«

»Es gibt noch ein weiteres irdisches Sprichwort, das hier paßt, Spock: Absolute Macht korrumpiert absolut. Verdammt schlau, diese Erdmenschen, würden Sie nicht auch sagen?«

Spock drehte sich zu McCoy um. »Erdmenschen, auf die dieses so kluge Sprichwort zutrifft: Ramses, Alexander, Cäsar, Napoleon, Hitler, Lee Kuan... Eure ganze Geschichte lang strebte der Mensch nach absoluter Macht.«

»Sie gehen zu weit, Mr. Spock!« brauste McCoy auf.

Kirk blickte sie kopfschüttelnd an. »Meine Herren!« sagte er tadelnd. »Wir haben gerade erst einen Bürgerkrieg miterlebt. Wir wollen doch nicht einen neuen anfangen.«

Sandra Marshak / Myrna Culbreath

Klingonen-Gambit

Star Trek® 14

Bearbeitet von Hermann Urbanek

INHALT

RAUMSCHIFF ENTERPRISE – DIE NEUEN REISEN

Vorwort

VON GENE RODDENBERRY

Wir, die wir an der Produktion von *Raumschiff Enterprise* beteiligt waren, sind stolz auf unsere Schöpfung. Manches hätten wir anders, manches besser machen können. Aber unter den gegebenen Umständen einer Fernsehproduktion, die das Budget, den Zeitrahmen und das schauspielerische Talent naturgemäß beschränkt, haben wir versucht, das Beste daraus zu machen.

Raumschiff Enterprise war kein Ein-Mann-Job, obwohl es für mich etwas ganz Persönliches war – meine eigene Meinung dazu, wer und was unsere Gattung Mensch ist, wo wir gegenwärtig stehen und wohin wir vielleicht gehen. Es hat mich immer besonders gefreut, daß *Raumschiff Enterprise* von vielen Menschen als für sie persönlich ebenso bedeutungsvoll empfunden wurde. Das bezieht sich vor allem auch auf diejenigen, die ihren eigenen, unschätzbaren Beitrag zu dieser Serie geleistet haben – die Schauspieler, die Techniker, Regisseur und Kameramänner und nicht zuletzt die Autoren, die die Episoden geschrieben haben. Es war eine anstrengende Knochenarbeit, die unsere letzten Reserven kostete und uns oft an den Rand der Erschöpfung brachte. Aber um nichts in der Welt hätten wir sie missen wollen.

Während der Drehtage herrschte im Studio eine Atmosphäre, die wie verzaubert schien. Die Enterprise, ihre Besatzung und ihr Universum wurden für uns mehr und mehr zur Wirklichkeit; sie wurden für uns zum Beweis dafür, daß das menschliche Dasein weit davon entfernt ist, zu Ende zu gehen, sondern vielleicht erst in den Anfängen steckt.

Sicherlich das Schönste für uns war die Tatsache, daß so viele andere Menschen ebenso fühlten. Millionen von Fernsehzuschauern faßten *Raumschiff Enterprise* als ihren eigenen, persönlichen Ausblick auf die Zukunft der menschlichen Rasse auf. Sie kämpften für die Serie, sie bejubelten sie, sie schrieben über sie – und sie tun weiterhin ihr Möglichstes, damit *Raumschiff Enterprise* am Leben bleibt.

Es wird am Leben bleiben!

Sie müssen wissen, daß wir, im Gegensatz zu vielen Verantwortlichen der Fernsehbranche, immer behauptet haben, es müsse auch jenseits der Fernsehröhre intelligente Lebensformen geben. Was wir aber nie und nimmer erwartet hatten, war eine solche Flut zustimmender und interessierter Kommentare.

Besonders erstaunt waren wir, als erst Tausende, dann Zehntausende von Menschen anfingen, ihre eigenen *Raumschiff Enterprise*-Abenteuer zu erfinden. Dazu kamen Zeichnungen, Skulpturen und Kochbücher, Lieder, Gedichte und Kleidungsstücke. Und die Liste wächst immer noch. Es brauchte eine Weile, bis wir verstanden und auch schätzen lernten, was diese Menschen damit sagen wollten. Aber plötzlich wurde uns klar, daß es für sie keine bessere Art und Weise gab, auszudrücken, was *Raumschiff Enterprise* ihnen bedeutete.

Dabei interessierten mich die *Enterprise*-Geschichten am meisten, da ich selbst Schriftsteller bin. Ich habe solche Geschichten schon in eselsohrigen Notizbüchern von Fans gelesen, die aussahen, als könnten sie noch nicht einmal das Wort »Haus« buchstabieren. Ich habe andere in sorgfältig gemachten Fan-Magazinen gelesen, die mit exzellenten Bildern illustriert waren. Einige von ihnen sind von professionellen Autoren geschrieben worden, und viele von Leuten, die auf dem besten Wege sind, solche zu werden. Am schönsten aber war, daß alle Geschichten mit Liebe geschrieben wurden.

Es freut mich ganz besonders, daß ihre Vorstellungen von *Raumschiff Enterprise* ihre neuen *Enterprise*-Geschichten hier eine professionelle Veröffentlichung erleben. Ich möchte diesen

Schriftstellern danken, ihnen gratulieren und ihnen Glück wünschen auf dieser und auf zukünftigen Reisen in andere Zeiten und Dimensionen. Schreiben ist immer eine sehr persönliche Angelegenheit, die die innersten Gefühle eines Autors ans Licht bringt. So jedenfalls erging es mir mit *Raumschiff Enterprise*, und es bewegt mich tief, daß es auch von so vielen anderen Menschen als Teil ihres eigenen Lebens empfunden wurde.

Diese Zuschauer haben bewiesen, daß es eine gütige und intelligente Lebensform gibt – und daß es vielleicht sogar die dominierende Lebensform auf diesem Planeten ist.

Dies ist das größte Kompliment und die höchste Belohnung, die sie uns machen konnten.

Einleitung
Von vergangenen und künftigen Reisen

Die berühmtesten Heldengeschichten scheinen häufig die Erwartung in sich zu bergen, die Helden der Geschichte würden wiederkehren. König Artus – der einstige und zukünftige König – wird wiederauferstehen. Camelot wird weiterleben, und das tat es auch, zumindest in den Köpfen der Menschen.

Raumschiff Enterprise war für einen kurzen Augenblick, für einige kurze Jahre eine solche strahlende Legende von Helden und großen Taten, von Mut, Ruhm und Liebe.

Es war die strahlendste Legende überhaupt – nicht die Legende von einem verlorenen goldenen Zeitalter, sondern von einem, das erst noch gefunden werden muß.

Ein goldenes Zeitalter, das noch gefunden werden muß, das nicht mehr vergessen werden kann, das ewig weiterleben wird. Diejenigen, die *Raumschiff Enterprise* so gesehen haben, konnten es nicht untergehen lassen… und sie haben es nicht getan.

Mit der Erinnerung daran haben sie sich nicht begnügt.

Sie wollten, daß die Legende weiterlebt, wirklich und anschaulich, in ihrer Zeit und über Jahre hinweg – mit neuen Reisen, neuen Aufgaben, neuer Liebe und neuen Ausblicken in die goldene Zukunft.

Sie kämpften dafür.

Und sie gewannen den Kampf.

Dank der Bemühungen der Menschen, die *Raumschiff Enterprise* liebten, ist »Star Trek« wiederauferstanden und scheut als lebensnahe Geschichte keinen Vergleich mit einer Legende über die Suche nach dem Gral.

Es wird auch als Fernsehserie weiterleben.

Und es feiert hier seine Auferstehung.

Dies sind die Neuen Reisen.

Hier leben zum ersten Mal die alten Helden in neuen Geschichten wieder auf, die bisher weder auf dem Bildschirm gesehen noch in einem Buch publiziert wurden. Sieben Jahre lang sind keine neuen Abenteuer von *Raumschiff Enterprise* mehr veröffentlicht worden. Die einzige Ausnahme war der Roman »Spock muß sterben!«[1] von James Blish.

Die Veröffentlichungen von *Enterprise*-Geschichten beschränkten sich auf Adaptionen der ausgestrahlten Episoden, später kamen die Zeichentrickfilm-Episoden hinzu.

Das Interesse daran war so groß, daß die Geschichten der alten Reisen in millionenfacher Auflage verkauft wurden. Aber es gab keine neuen Reisen.

Das heißt, es gab keine, die der Öffentlichkeit zugänglich gewesen wären.

Aber es wurden immer wieder Abenteuer ersonnen. *Raumschiff Enterprise* wurde von Menschen, die es liebten, am Leben erhalten. Davon berichtet das Sachbuch »Star Trek lives!«[2], das die Ursachen für diese Liebe aufführt und die erste ernsthafte Analyse von *Raumschiff Enterprise* enthält.

Man kann dieses Erfinden neuer Abenteuer als »Fan-Dichtung« bezeichnen. Es ist aber mehr als das: Es sind wirkliche Abenteuer der *Enterprise*.

Fan-Dichtung ist es insofern, daß die Menschen aus einem einzigen, einfachen Grunde schreiben: Sie können nicht anders.

Diese Geschichten sind nicht geschrieben worden, um Geld damit zu verdienen. Es war die ganzen Jahre lang aus rechtlichen Gründen nicht möglich gewesen, professionell neue Episoden zu veröffentlichen, und es schien sicher, daß es auch in Zukunft keine Möglichkeit geben würde.

Und doch schrieben viele professionelle Autoren und solche, die im Begriff standen, es zu werden, neue Geschichten mit ebensolcher Begeisterung und Leidenschaft wie jene, die noch nie zuvor etwas geschrieben hatten, obwohl sie genau wußten, sie würden nie veröffentlicht werden, außer in Fan-Magazinen, die in geringer Auflage von Fans für Fans herausgegeben werden.

Diese Annahme war auch richtig, doch es gab eine weitere bemerkenswerte »Premiere« des bemerkenswerten *Raumschiff Enterprise*.

Unseres Wissens nach ist dies das erste Mal überhaupt, daß Fan-Dichtung das Stadium der professionellen Veröffentlichung erreicht hat.

Doch es scheint das besondere Schicksal der Enterprise zu sein, das Unmögliche möglich zu machen.

Viele dieser Geschichten wiesen hohes Niveau auf, und der Wunsch nach neuen Episoden von *Raumschiff Enterprise* war weitverbreitet. Was also lag näher, als die vielen, in den Fan-Magazinen erschienenen Geschichten den Millionen von Interessenten zugänglich zu machen?

Wir baten dazu um Erlaubnis und legten zum Beweis ihrer Qualität einige der Geschichten vor.

Glücklicherweise haben wir Frederik Pohl die Idee vorgetragen, der selbst schon unzählige Science-fiction-Geschichten geschrieben hat und schon einige Hugos gewonnen hat. Pohl ist ein vielseitiger Herausgeber und ein wunderbarer Mann, über den man selbst Geschichten schreiben sollte. (Und wir sind drauf und dran, es zu versuchen, Fred. Du hast uns von Anfang an weit über das Maß deiner Pflichten geholfen.)

Es gibt solche und solche Herausgeber. Er ist eine Klasse für sich. Ein Wort von ihm ist Gold wert. Weder »Star Trek lives«[2] noch dieses Buch wären ohne seinen Einsatz und seine Beurteilung möglich gewesen.

Hier liegen nun einige der Geschichten vor, die uns am besten gefallen haben. Sie bilden nicht einmal die Spitze des Eisbergs an dem zur Verfügung gestandenen Material, aber es ist immerhin ein Anfang.

Es sind echte *Raumschiff Enterprise*-Geschichten, sorgfältig und mit Liebe geschrieben und im Vertrauen auf das sonnenerleuchtete Universum, in dem die *Enterprise* immer noch neuen Abenteuern entgegenfliegt.

Was zunächst ebenfalls unmöglich schien, ist nun eigentlich unumgänglich geworden: Die Schauspieler von *Raumschiff Enterprise* haben diese Gelegenheit benutzt, den Menschen, deren Begeisterung *Raumschiff Enterprise* am Leben erhielt und weiterhin am Leben halten wird, ihren Dank auszusprechen.

Sie haben sich in großzügiger Weise die Zeit genommen, um diese Begeisterung dankbar zu erwidern.

In ihren Einleitungen zu den präsentierten Geschichten finden sich die Gedanken der Männer und Frauen, die eine lebende Legende geschaffen haben, ihre Freude über die begeisterte Aufnahme, ihre Hoffnungen für die Zukunft und ihr herzlicher Dank an Fans, Schriftsteller und Leser, die ihr eine Zukunft eröffnet haben.

Aber nicht nur das, was die Schauspieler über *Raumschiff Enterprise* und seine Zukunft denken, findet sich hier, sondern auch ihre Meinung über die Zukunft der Menschheit, über die Zukunft intelligenter Lebensformen auf diesem und anderen Planeten.

Das ist es auch, worum es in *Raumschiff Enterprise* vor allem ging; seine vergangenen und zukünftigen Reisen tauchten in ein Meer leuchtender Sterne, aber auch in das Innere der Menschen, wohin zuvor noch nie ein Mensch vorgedrungen ist, wohin er aber vordringen muß.

In diesen neuen Reisen können wir mehr von diesen äußeren und inneren Bereichen sehen. Wir sehen auch die wiederauferstandenen Helden, die nicht einer alten Legende entspringen, sondern in einer Zukunft leben, die vielleicht die unsere sein wird, einer Zukunft in einem rauhen, aber dennoch leuchtenden Universum.

Es sind nicht kühne Ritter und schöne Jungfrauen, sondern Männer und Frauen aus Fleisch und Blut, tatkräftig und mutig. Sie kennen den Wert von Liebe, von Lachen. Sie kennen aber auch Furcht und Schrecken, Zweifel und Unsicherheit, Furcht und Schwäche, doch sie beklagen ihr Schicksal nicht. Sie ertragen es nicht nur, sondern nehmen es selbst in die Hand.

Wenn Camelot und Don Quichotte von der ruhmreichen Suche nach dem Unerreichbaren erzählen, dann ist *Raumschiff Enter-*

prise unser neuer Traum, der Traum, der Wirklichkeit werden kann – nach den Sternen zu greifen.

Nein, wir haben Camelot nicht vergessen.

Und wenn dies unser neues, noch strahlenderes Camelot ist – dann laßt uns das Beste daraus machen!

Sandra Marshak &
Myrna Culbreath

1 James Blish, Spock muß sterben! Goldmann Verlag, 1988

2 Jacqueline Lichtenberg, Sandra Marshak, Joan Winston, »Star Trek lives!« Bantam Books, New York, 1975

Kommentar des Bearbeiters zur Einleitung von Marshak & Culbreath

Seit die Herausgeber der ersten »Neuen Reisen« des *Raumschiffs Enterprise*, Sandra Marshak und Myrna Culbreath, ihre einleitenden Worte schrieben – das war 1976 –, sind mehr als ein Dutzend Jahre vergangen, und »Star Trek« ist seither wie der Phönix aus der Asche gestiegen und hat seinen neuen Siegeszug angetreten. So ist die Aussage natürlich nur für damals richtig, die hier vorliegende erste Sammlung von neuen Reisen sei ein Novum, denn sie präsentiere zum ersten Mal nach James Blishs Roman »Spock muß sterben!« Geschichten um Kirk und Co., die nicht zuvor vom TV ausgestrahlt worden sind. Tatsächlich sind mittlerweile sowohl die reguläre TV-Serie (durch J. A. Lawrence) als auch die Zeichentrick-Serie (von Alan Dean Foster in zehn Bänden) komplett adaptiert worden, und namhafte Autoren wie Newcomer gleichermaßen haben den Traum weitergesponnen; über fünfzig Romane und Storysammlungen liegen bislang schon vor, und ein Ende der »Star Trek«-Euphorie ist nicht abzusehen. Im Gegenteil, im Gefolge der neuen Romane und der vier mittlerweile produzierten Kinofilme wurde eine neue »Star Trek«-Fernsehserie gestartet, »Star Trek – The Next Generation«, mit neuen Charakteren, einer neuen *Enterprise*, aber in vertrauter Umgebung. Auch dazu gibt es schon einige Romane.

»Star Trek Lives!« – »Enterprise lebt!« – war der Schlachtruf der begeisterten Fans, die ihre Helden nicht sterben lassen wollten. Das gilt heute fast noch mehr als damals, vor fast zwei Jahrzehnten.

Hermann Urbanek

Einleitung zu »Ni Var«

VON LEONARD NIMOY

Aus zuverlässiger Quelle weiß ich, daß Ni Var ein vulkanischer Ausdruck für Dualität ist: Zwei Hälften bilden zusammen eine Einheit.

Vielleicht ist Dualität der einzig angemessene Ausdruck für meine Situation.

Ich habe ein Buch geschrieben mit dem Titel »Ich bin nicht Spock« – und ich bin wirklich nicht Spock.

Doch ich weiß, daß ich es in gewisser Weise, in den Augen von Millionen Menschen, eben doch bin.

Mit Sicherheit ist Spock ein Teil von mir und ich ein Teil von ihm.

Ich habe bereits an anderer Stelle davon berichtet, wie das Denken als Spock mein eigenes Denken, mein eigenes Leben beeinflußt hat.

Spock wäre nicht derselbe gewesen, wenn ich als er anders gedacht hätte, und schon gar nicht, wenn es jemand anderer gewesen wäre, der ihm Stimme und Gestalt verliehen hätte.

In diesem Sinne bilden wir eine Einheit, obwohl wir zwei Personen sind.

Ich lebe mein Leben und er das seinige, und in gewissen Bereichen überschneidet es sich.

Andererseits stellt Spock selbst eine merkwürdige Dualität dar, wie die Geschichte von Claire Gabriel anschaulich zeigt. Er steht zwischen zwei Welten, zwei Kulturen, sogar zwischen zwei Rassen – der vulkanischen und der menschlichen.

Er ist, wie viele andere heutzutage auch, eine gespaltene Persönlichkeit. Und doch zieht er aus dieser Gespaltenheit eine gewisse Stärke. Er fühlt die Anspannung, die von zwei Seiten an ihm zerrt, aber er läßt sich nicht auseinanderreißen und verwandelt die Spannung in schöpferische Kraft.

Für manche von uns, die mit innerem Zwiespalt leben müssen, steht er vielleicht als Symbol dafür, daß Gespaltenheit nicht Zerstörung bedeuten muß. Spock ist der lebende Beweis dafür, daß Vielfältigkeit interessant ist. Vor noch nicht einmal zehn Jahren schien dieser Gedanke noch völlig absurd. In einer Welt, in der allein die Hautfarbe schon ausreichte, die Menschen bis aufs Äußerste zu entzweien, war es für mich eine angenehme Überraschung, daß ich mit dem Aussehen eines völlig Fremdartigen überall auftreten konnte und doch freundlich aufgenommen wurde.

Wir könnten durchaus noch mehr Freundlichkeit anderen gegenüber in unserer Nachbarschaft gebrauchen, aber wir haben immerhin einen Anfang gemacht.

Ich würde sagen, Spock und die Vision der Welt von *Raumschiff Enterprise*, in der er fern von zu Hause eine neue Heimat und Freunde gefunden hat, haben einen Beitrag hierzu geleistet, und sie werden es auch in Zukunft tun.

Daß so viele Menschen diesen Beitrag erkennen – und so herzlich darauf reagieren –, berührt mich immer noch.

Keiner von uns, der diese Flut von Zustimmung, Wärme, Liebe und Verehrung erlebt hat, kann ihr gegenüber gleichgültig bleiben. Sie ist bisweilen geradezu überschäumend.

Ich bin nicht Spock, und ich sage das mit einer gewissen – entschuldigen Sie den Ausdruck – Emotion.

Manche Menschen haben mir erklärt, daß ihre Reaktion auf Spock und *Raumschiff Enterprise* nur »logisch« sei.

Der Vulkanier in Spock würde sagen: »Für Logik braucht man sich nicht zu bedanken.« Aber seiner menschlichen Hälfte – und Leonard Nimoy – sei es gestattet, »Danke« zu sagen.

Aber ich wäre nicht erstaunt, wenn der Vulkanier es auch sagen würde. Selbst einem Vulkanier würde es schwerfallen, nicht davon bewegt zu werden, daß es die ganzen Jahre über Menschen gab, die zu Tausenden Cons besucht, sich die alten Abenteuer immer wieder angesehen haben und die in Zehntausenden von Briefen für das

Wiederausstrahlen der Abenteuer des *Raumschiffs Enterprise* kämpften … und die in aller Stille diese neuen Abenteuer geschrieben haben.

Das Einfühlungsvermögen und die Gedankenschärfe, die in diese neuen Geschichten eingeflossen sind, sind bemerkenswert.

Hier zeigt sich eine weitere Dualität: Spock und die *Enterprise* wurden uns, so wie sie von anderen gesehen wurden, wie ein Spiegel vor Augen gehalten.

Es ist ein seltenes Geschenk, sich so erleben zu können, wie andere einen sehen. Aber die Menschen, die auf *Raumschiff Enterprise* reagiert haben, haben uns dieses Geschenk gemacht.

Wenn sie uns tatsächlich so sehen, dann ist die Reaktion wirklich »logisch«.

Doch es ist ebenso ein Beweis dafür, daß sie Dinge bemerken, die wir nicht sehen, und dafür können wir ihnen nicht dankbar genug sein.

Ni Var

Captain's-Log, Sternzeit 6834.5. Unterwegs zur Erholung auf Sternbasis Zehn erhielt die Enterprise den Befehl, eine kurze Reise nach Fornax II zu machen, um dort ein versiegeltes Band abzuholen und zur Sternbasis Zehn zu bringen. Dieses Band enthält einen Teilbericht über die genetischen Forschungen von Albar Exar, einem Eingeborenen von Fornax I. Dr. Exar, einer der berühmtesten Genetiker der Galaxis, hatte sich freiwillig bereit erklärt, sich für sechs Standardjahre auf Fornax II zu isolieren. Er und seine Frau Shona, eine andorianische Biologin, haben unter einer Druckkuppel gelebt und gearbeitet, und dort wurde auch ihr Sohn geboren. Dr. Exar hat berichtet, daß seine Arbeit noch nicht abgeschlossen ist, doch er wollte aus Gründen, die nur ihm selbst bekannt sind, ein versiegeltes Band seiner unvollständigen Daten in den Archiven der Föderation hinterlegen, und dieses Band sollte erst bei seinem Tod geöffnet werden. Er verlangte auch, daß ich mit dem Ersten Offizier Spock hinuntergebracht werde, um das Band abzuholen, daß aber keine weiteren Besatzungsmitglieder mitkommen dürften.

Albar Exar war fast sieben Fuß groß und hatte einen nahezu rechteckigen Kopf, der direkt auf den Schultern saß. Seine Haut war rot, sein Gesicht sehr ausgeprägt und fein gemeißelt. Blauschwarzes Haar fiel ihm auf die Schultern, und eine gewisse Ähnlichkeit mit den Ureinwohnern Amerikas, den Indianern, wurde von seiner Kleidung unterstrichen, einer hemdähnlichen Jacke aus einem weichen, mittelbraunen Material, das kunstvoll bearbeitetem Leder glich.

Exars andorianische Frau war, wie Kirk meinte, eine noch auffallendere Erscheinung. Shona war ebenso groß wie Kirk, und ihre

Fühler verliehen ihr eine andersweltliche Aura. Fühler oder nicht – Shona war in jeder Beziehung eine außergewöhnlich attraktive Frau. Ihre Haut war so blau wie der irdische Himmel, und das weiße, seidige Haar unterstrich nicht nur ihre Fremdheit, sondern auch ihre Schönheit. Als aber Kirk sie höflich begrüßte, bevor er sich an ihren Mann wandte, lehnte sie eine Antwort ab, nickte nur kurz und bedachte ihn und Spock mit einem leichten Stirnrunzeln.

»Captain, Mr. Spock.« Exar hatte sich nicht von seinem Stuhl erhoben, als sie in dem materialisierten, was offensichtlich seine Wohnung war. »Shona, vielleicht möchten die beiden Herren gern einen Drink.«

Spock schien, wie üblich, besonders daran interessiert zu sein, sich das Terrain genau anzusehen, und so antwortete Kirk für beide. »Vielen Dank, Dr. Exar, aber ich erwarte eine Mitteilung vom Oberkommando der Sternenflotte, und mein Erster Offizier...«

»Ist ein Vulkanier«, vollendete Exar ruhig den Satz. »Aber nur zur Hälfte. Ist das richtig, Mr. Spock?«

Spock drehte sich um, diesmal offensichtlich überrascht. »Jawohl, Doktor. Ist das sehr wichtig?«

»Interessant«, antwortete Exar und setzte sich mühsam auf seinem Stuhl zurecht. Kirk stellte fest, daß er sehr krank sein mußte. »Zusammen mit einigen Ihrer wissenschaftlichen Veröffentlichungen, die einiges zu meiner Arbeit an einem privaten Forschungsprojekt beigetragen haben.«

»Wirklich?« fragte Spock, doch seine Aufmerksamkeit wurde plötzlich von etwas außerhalb des Fensters abgelenkt.

»Ist es... Gehört es zu diesem versiegelten Band?« fragte Kirk und näherte sich unauffällig Spock.

»Das ist meine größte Hoffnung«, sagte Exar leise, doch offensichtlich mit großer Leidenschaft, »daß ich in der Lage sein werde, diese Forschung selbst abzuschließen.«

»Ich hörte, Doktor«, bemerkte Spock, ohne sich umzudrehen, »daß Sie nur ein Kind hatten.«

Kirk konnte nun Spocks fasziniertem Blick in den Kuppelgarten folgen. Und da sah er sie.

Die beiden Kinder hatten eine fast purpurne Haut, einen rechteckigen Kopf mit seidigem, schwarzem Haar, durch das die andorianischen Fühler ragten. Eines der Kinder saß rittlings auf dem untersten Ast eines Baumes und untersuchte die Rinde auf eine Art, die ungeheuer an die konzentrierte Forscherart der väterlichen Rasse erinnerte. Der andere Junge hängte sich an einen Fuß des Bruders und wollte damit wahrscheinlich einen Streit vom Zaun brechen, und auf diese Tätigkeit konzentrierte er sich ebenso wie der andere Junge auf die Rinde.

In Größe und Erscheinung waren die beiden absolut identisch.

»Wir hatten nur *ein* Kind«, sagte Exar hinter ihnen. »Kurz nach seiner Geburt entwickelte sich ein ernsthaftes physiologisches Trauma, das von seiner Hybridenerscheinung herrührte. Ich rechnete auch mit Problemen der Persönlichkeitsintegration. Zwei Jahre lang arbeitete ich an der Vervollkommnung mechanischer Mittel für – laienhaft ausgedrückt – eine ›Hybriden-Verdoppelung‹. Einer dieser ›Zwillinge‹ hat die innere Physiologie und die Persönlichkeit der Andorianer, der andere die der Eingeborenen meines Planeten. Dies, meine Herren, ist eine Kurzfassung des versiegelten Bandes. Das Forschungsprojekt ist noch nicht abgeschlossen, aber wenn mich vor dem Abschluß ein Unglück ereilen sollte, werden Sie selbst sehen, wie ungeheuer wichtig meine Entdeckung für die Genetiker der Föderation sein wird. Nicht alle Hybriden sind so gesund wie Mr. Spock, und das wissen Sie selbst. Wenn ich persönlich diese Arbeit nicht abschließen kann, muß ein anderer sie weiterführen.«

»Moment bitte«, unterbrach ihn Kirk leise. »Wollen Sie mir erzählen, daß Sie *eine Maschine* erfunden haben, die ein Lebewesen in zwei gleiche funktionsfähige Teile trennen kann, die genau gleich aussehen, aber...« Dann schwieg er unvermittelt.

»Captain, fühlen Sie sich nicht wohl?« fragte Exar besorgt.

Kirk straffte die Schultern. Als er vom Transporter »gedoppelt« und in zwei identische Persönlichkeiten, eine »gute« und eine

»böse«‹ aufgeteilt worden war... »O doch«, antwortete er. »Wir sind einmal einem ähnlichen Phänomen begegnet; es war auf Alfa 177, und diese Erfahrung war unangenehm.«

»Captain...« Spock berührte ihn nicht, und doch hatte er das Gefühl, als habe er eine Hand auf Kirks Schulter gelegt.

»Für jeden unangenehm«, fuhr Kirk fort. Er drehte sich zu seinem Freund um und lächelte ihn beruhigend – wie er glaubte – an. Das war ja vorüber. »Aber ich nehme an, daß es nicht dasselbe war«, sagte er, an Exar gewandt.

»Oh, es gibt Ähnlichkeiten. Mr. Spock, der Artikel, den Sie über die Wirkungen von Alfaziterz auf den Materie-Energie-Transporter schrieben, war der Ausgangspunkt meiner Forschungen. Ich und meine Söhne schulden Ihnen in mehrfacher Beziehung sehr viel.«

Spock schickte dem Wissenschaftler einen ausdruckslosen Blick zu, der irgendwie besagte, daß er nicht den Wunsch hatte, an Exars Arbeit in irgendeiner Form Anteil zu haben. Doch Exar war dadurch nicht entmutigt.

»Es ist Ihnen vielleicht nicht bekannt, Captain«, fuhr er fort, »daß Ihr Erster Offizier ein Wissenschaftler von galaktischem Ruf ist. Der erwähnte Artikel ist nur einer aus einer ganzen Reihe. Vor einigen Jahren hätte es kein Wissenschaftler für möglich gehalten, daß eine in reine Energie umgewandelte Masse dupliziert und physikalisch intakt rematerialisiert werden könnte. Keiner hätte auch geglaubt, daß eine Persönlichkeit mit mechanischen Mitteln übertragen werden kann. Aber Mr. Spocks Artikel über Alfazitenenergie und die dazugehörenden Phänomene sind wundervoll klar und von der gleichen Gelehrsamkeit wie die Übertragung von Reizspuren auf Androidenduplikate. Sie als Erdenleute würden sagen, daß ich nur seinen Ideen zu folgen hatte.«

Das Gesicht des Ersten Offiziers blieb völlig ausdruckslos, und Kirk schloß daraus, daß Spock diese Ausführungen zutiefst mißbilligte.

In diesem Moment meldete sich Kirks Kommunikator. Vom

Oberkommando der Sternenflotte kam eine Mitteilung herein, die ausschließlich vom Captain empfangen werden durfte.

Kirk verabschiedete sich von Exar und seiner Frau und nahm Spock zur Seite. »Holen Sie dieses Band, und machen Sie sich fertig. Wir gehen in zwanzig Minuten nach oben. Verzichten Sie diesmal aber besser auf Ihre wissenschaftliche Neugier.« Wahrlich kein Grund zum Unbehagen, dachte Kirk, aber...

»Verstanden, Sir.«

Kirk nickte und ging.

»Ich möchte gern wissen«, sagte Spock zu Exar, als sie sich zum Labor begaben, in dem das Band aufbewahrt wurde, »wie es möglich ist, eine Persönlichkeit entlang der genetischen Linien zu verdoppeln. Mein Artikel über das Alfazitenenergie-Phänomen hat keine Erklärung für die verdoppelte Persönlichkeit des Mannschaftsangehörigen X enthalten. Die Daten waren viel zu mager.«

»Selektive Reizspuren«, erwiderte Exar ein wenig atemlos. »Der Prozeß ist unglaublich schwierig, wie Sie sich vorstellen können. Sie könnten vielleicht in wenigen Tagen die nötigen Gleichungen aufstellen. Ich bin aber kein Mathematiker, und so brauchte ich viele Monate.«

»Wirklich...« Schweigend gingen sie ein ganzes Stück weiter, und Shona folgte ihnen wie ein weiblicher Leibwächter. »Ist die Prozedur umkehrbar?«

»Theoretisch. Warum?«

»Die Lösung eines Persönlichkeitskonflikts in einer Persönlichkeit ist Integration, nicht Desintegration«, antwortete Spock. Er hielt sich meisterhaft unter Kontrolle. »Da Sie Ihres Sohnes Probleme erwarteten, Doktor, machten Sie ihm deren Lösung unmöglich.«

»Er lag im Sterben, Mr. Spock. Meine Frau ist Ärztin, aber auch sie konnte ihm nicht helfen. Wir taten, was wir konnten.« Exars Stimme wurde immer leiser. Der kurze Weg zum Labor schien ihn erschöpft zu haben. »Hier ist mein Labor, Sir.«

Keine Lichter brannten an den Computerkonsolen, und kein Geräusch ging von dem riesigen Dreikammernzentrum aus. Aber auch in der Stille schien die Maschine Ungeheuerlichkeit auszustrahlen – ein Omen für Hoffnung oder Zerstörung, abhängig vom Standpunkt des Betrachters.

»Faszinierend.«

Spock wurde von der Maschine unwiderstehlich angezogen, und sein Verlangen, sie genau zu studieren, war überwältigend.

»Dieses Labor war ursprünglich für die Analyse von Gewebsmustern errichtet worden«, erklärte Exar. »Ich baute und programmierte den genetischen Duplikator selbst.« Spock antwortete nicht, da er noch immer die Maschine bewunderte. »Ich bin im Sterben begriffen, Mr. Spock«, fuhr der Wissenschaftler fort, als sie zum Safe gingen, in dem das Band aufbewahrt war. »Meine Arbeit ist aber noch nicht fertig. Die Forschung, für die ich hergeschickt wurde, hat mein Leben aufgefressen, ehe ich das tun konnte, wofür ich geboren wurde. Es wird nicht lange dauern, dann ist das in diesem Band niedergelegte Wissen Eigentum der Föderation. Aber es ist ja nicht vollständig. Ich hatte mir so sehr gewünscht, das Projekt fortführen zu können, ehe ich sterbe. Verstehen Sie das?« Seine Stimme brach fast vor Bewegung.

»Albar!« schrie die Frau, und im gleichen Moment verstand Spock, der gerade den Computer untersuchte, der schon für die physiologische und psychische Verdopplung eines Vulkan-Menschen-Hybriden programmiert war.

Er wirbelte herum. Aber in Exars zitternder Hand lag ein auf Lähmung eingestellter Standard-Phaser.

»Bitte, verstehen Sie«, flehte er. Der Phaser gab einen Strahl ab, als Spock einen Sprung vorwärts tat, der plötzlich unterbrochen wurde. Die letzten Worte, die er als Einheit hörte, waren: »Shona, bleib zurück! Ich will doch niemanden verletzen … Shona!« Der Phaser summte erneut, doch Spock hörte nichts mehr.

Die Mitteilung, die der Captain als nur für ihn bestimmt vom Oberkommando der Sternenflotte erhielt, erwies sich als das, was man ein »Rotes Band« nannte. Kirk kochte, als er den Transporterraum informierte, er wolle sofort verständigt werden, wenn Mr.

Spock an Bord komme. Bis vor der Wachablösung erhielt er jedoch keine Nachricht.

»Mr. Spock befindet sich an Bord, Sir«, wurde ihm endlich gemeldet.

»Gut.« Kirk atmete erleichtert auf. »Sagen Sie Mr. Spock, er möge mich in meinem Quartier aufsuchen.« Er war kaum dort angekommen, als das Wandinterkomgerät surrte.

»Kirk hier.«

»Transporterraum. Mr. Spock ist an Bord, Sir. Wir bekamen Weisung, Sie zu...«

»Ja, vielen Dank.« Das war sicher die Ablösung, die ein Stück hinter den Dingen herhinkte. »Man hat es mir schon gesagt.«

Verblüfftes Schweigen. Dann: »...Sir?«

»Ich wurde schon unterrichtet«, wiederholte Kirk geduldig, »daß Mr. Spock an Bord ist. Danke, Leutnant.«

Wieder Schweigen. »Ja, Sir. Sehr gut, Sir«, kam es nach einer Weile.

Kirk streckte sich auf seinem Bett aus und nahm sich vor, dem Chefingenieur ans Herz zu legen, daß die Wachablösungen seiner Abteilung von dem abzulösenden Offizier auch über solche Dinge auf dem laufenden gehalten werden sollten. Eigentlich komisch. Scottys Abteilung lief doch sonst absolut fehlerlos.

Dann ging der Türsummer. »Ja, herein«, sagte Kirk

Die Tür ging auf und schloß sich wieder. Und der Captain sah dort einen Fremden stehen.

Worin der Unterschied lag, war nicht festzustellen, denn Spock sah genauso aus wie sonst auch. Und doch war der Freund, der noch vor so kurzer Zeit so verständnisvoll genickt hatte, spurlos verschwunden. Es war so, als sei zwischen ihnen ein Kraftfeld errichtet worden, eine Barriere, wie Spock sie errichten konnte. Und dahinter war der Vulkanier – spannungsgeladener denn je.

»Das Band, Captain.« Spock hielt ihm die Patrone entgegen; Gesicht und Stimme waren völlig ausdruckslos. Und doch hatte Kirk den flüchtigen Eindruck, er gebe sie nur ungern her. »Ich bitte um die Erlaubnis, mich in mein Quartier zurückziehen zu dürfen, Sir.«

»Erlaubnis versagt.« Kirk setzte sich langsam auf und musterte seinen Ersten Offizier eindringlich. »Ist alles in Ordnung mit Ihnen?«

»Jawohl, Sir.« Aber das war nur ein Flüstern.

»Zum Teufel, nichts ist in Ordnung.« Kirk stand auf und ging langsam auf seinen Freund zu, ließ ihn dabei aber nicht aus den Augen. »Was ist da unten passiert?«

»Dr. Exar wurde kurz nach Ihrem Weggang krank«, erklärte ihm Spock unbewegten Gesichts. »Ich meine, er wird bald sterben. Die Krankheit, an der er leidet, ist unheilbar und, wie ich glaube, die Folge der Arbeit, die er auf Fornax II zu leisten hatte. Das heißt, die Arbeit, für die er hergeschickt wurde.«

»Sie wollen damit sagen, daß Sie die Frau mit einem sterbenden Ehemann und zwei kleinen Jungen allein ließen?«

»Für mich wäre es unlogisch gewesen, zu bleiben, Sir. Die andorianischen Frauen sind bekannt für ihre Widerstandskraft und Entschlossenheit. Dr. Exars Frau versicherte mir, sie sei durchaus fähig, damit fertig zu werden – auch ohne Hilfe der *Enterprise*. Sie ist eine ungewöhnliche Frau. Sie brauchte meine Hilfe nicht, und ich hatte Pflichten zu erfüllen!«

»Ja, sind Sie denn total verrückt?« rief Kirk. »Spock, das sieht Ihnen aber absolut nicht ähnlich!«

Spock starrte leeren Blickes vor sich hin. »Ein Teil von mir wünschte zu bleiben«, erklärte er leise. »Aber so war es doch immer gewesen. Ich habe gelernt, mich... damit abzufinden.«

»Ein Teil von Ihnen?« explodierte Kirk. »Jetzt schauen Sie mal her, Mister. Daß Sie diese Frau allein lassen, war nicht nur unmenschlich, es war auch unvulkanisch. Was ist denn in Sie gefahren? Haben Sie plötzlich jeden Kontakt mit der Wirklichkeit verloren? Selbst ein Vulkanier...«

Er schwieg entsetzt, denn der Vulkanier war offensichtlich zutiefst getroffen. Spock, der nicht einmal einen Vorwurf hinnehmen konnte?

»Etwas... muß Ihnen zugestoßen sein«, fuhr Kirk viel ruhiger fort. »Um Himmels willen, so reden Sie doch! Vielleicht kann ich Ihnen helfen.«

Der Vulkanier senkte den Blick und schwieg sehr lange. Kirk fühlte, daß Spock mit etwas kämpfte. Aber irgendwie war die Barriere, die Kirk vorher gespürt hatte, als Spock zu ihm gekommen war, nicht mehr vorhanden. Als Spock wieder aufschaute, war sein Körper nicht mehr so starr, und die Augen schienen in Kirks Seele zu schauen, als suchten sie dort Trost.

»Noch nicht, Captain«, sagte er. »Ich bitte Sie, sich im Moment damit zufriedenzugeben.«

Kirk kniff die Lippen zusammen. Was ging Spock so nahe? Der sterbende Wissenschaftler oder die mißliche Lage der Frau? Oder war es die Idee der Hybridzwillinge, nachdem er selbst so lange um die Einheit des Wesens gekämpft hatte?

»Na, gut, Spock – für jetzt wenigstens«, sagte der Captain. Spock nickte dankbar und ging.

Es war eine lange Reise zur Sternbasis Zehn. Kirk hatte sich mit Shona in Verbindung gesetzt, aber sie hatte jede Hilfe abgelehnt, obwohl sie berichten mußte, daß ihr Mann in ein Koma gefallen war. Am folgenden Tag meldete sie seinen Tod, und sein letzter Wunsch war der, daß Spock sein versiegeltes Band erhalten sollte. Nein, Hilfe brauche sie nicht, erklärte sie, denn ein Schiff von ihres Mannes naher Heimatwelt würde sie abholen. Spock nahm das Band wortlos in Empfang. Kirk blieb zurückhaltend und versuchte, zur gewohnten Routine zurückzukehren.

Spock blieb in sich gekehrt und schweigsam.

»Was ist los, Pille?« fragte er müde, als er ins Revier kam und sich auf einen Stuhl fallen ließ.

»Spock. Er ist der einzige auf dem ganzen Schiff, der sich nicht zur Routineuntersuchung hat sehen lassen, und er schleicht so um mich herum, wie ich es an ihm überhaupt nicht kenne.«

»Aber die Routineuntersuchungen der Mannschaft gehen doch erst in etwa einem Monat zu Ende, nicht wahr?«

»Das ist richtig. Aber alle anderen sind drangekommen, und ich möchte das ganze Projekt hinter mir haben, bevor die Erholung an der Reihe ist.«

»Also die Arbeit vor dem Vergnügen, was?« Beide lachten, doch dann wurde Kirk wieder ernst. »Vielleicht übe ich doch ein wenig Druck auf ihn aus. Körperlich scheint er ja in ausgezeichneter...«

»Das ist nur seine Jugend«, unterbrach ihn McCoy trocken, und Kirk nickte ungeduldig.

»Pille, ich mache mir ehrlich Sorgen um ihn. Die ganze vergangene Woche war er so... so...« Kirk zögerte.

»Vulkanisch, nicht wahr? Jim, das ist eine Phase. Wir haben ein solches Benehmen doch schon öfter erlebt.«

»Nicht ganz so.«

»Nun, dann ist es eben eine Frage des Grades. Schau mal, er ist doch halb menschlich. Niemand, der halb Mensch ist, kann ohne Marotten dann und wann durchkommen. Ich meine, es ist das, was der alte Freud als Reaktionsformation bezeichnet hätte.«

»Hast du keine bessere Bezeichnung dafür?« fragte Kirk lachend.

»Ich ziehe die Beschreibungen vor, die auf den Etiketten stehen«, brummte McCoy. »Seine menschliche Hälfte macht sich eben bemerkbar, und er muß doppelt vulkanisch sein, um das wieder auszugleichen. Wenn es nicht um diese Routineuntersuchungen ginge, ließe ich ihn eine ganze Weile schmoren.«

»Dann laß ihn doch schmoren, Doktor. Mein Rat wäre der...«

Die Tür ging auf, und Spock betrat den Raum.

»Vergessen Sie's«, sagte McCoy, ehe Spock noch den Mund aufmachen konnte. »Der Captain ist auf Ihrer Seite. Sie haben noch einen Standardmonat Zeit, sich zur Routineuntersuchung zu melden. Also benützen Sie die Erholungzeit zu einem ordentlichen Umtrieb, soweit ein Vulkanier dazu überhaupt fähig ist.«

Spock starrte ihn an und hob langsam die Augenbrauen. Kirk rechnete mit einem der gewohnten Geplänkel und beugte sich resignierend vorwärts. Aber als Spock zu sprechen begann, riß es Kirks Kopf in die Höhe.

»Captain«, begann der Vulkanier frostig, »ich schlage respektvoll vor, daß Sie von Ihren Offizieren die Beachtung der militärischen Anstandsformen fordern, wie es ihrem Rang entspricht.«

McCoy starrte ihn sprachlos an, und auch Kirk war ziemlich verblüfft.

»W-w-waaas?« fragte er.

»Wünschen Sie, daß ich wiederhole?«

»Mister«, explodierte Kirk, »hat Ihnen vielleicht jemand einen Feuerhaken eingezogen?«

»Nein, Sir. Ist das eine Forderung nach Inform...«

»Nein, verdammt noch mal!«

»Dann bitte ich respektvoll, gehen zu dürfen, Sir.«

»Erlaubnis erteilt«, brüllte Kirk, und Spock drehte sich auf dem Absatz um.

»Das ist eine ganz neue Dose mit ganz neuen Würmern«, bemerkte McCoy nach einer Pause nachdenklich. »In letzter Zeit hatte ich eigentlich gar keine Möglichkeit, ihn aus der Nähe zu beobachten, denn er hat sich zu sehr in sich selbst zurückgezogen. Hat er in den letzten paar Tagen mit dir Schach gespielt?«

»Einmal. Und da hat er mich überlegen geschlagen«, erwiderte Kirk brummig. »Wie ein frisch überholter Computer hat er gespielt. Pille, er ist ein Fremder. Ich kenne ihn nicht mehr.« Kirk stand auf. »Ich glaube, ich entschuldige mich besser bei ihm.«

»Laß ihn in Ruhe, Jim. Folge deinem eigenen Rat. Entweder es gibt sich von selbst wieder, oder es wird schlimmer. Nun, übel kannst du's ihm wirklich nicht nehmen, wenn er sich wie ein Vulkanier benimmt.«

»Ich will aber mit ihm reden.«

»Jim...!«

Die Tür hatte sich jedoch schon hinter dem Captain geschlossen, bevor der Doktor mehr sagen konnte.

Doch als er sich Spocks Kabine näherte, war sich Kirk gar nicht mehr so sicher, daß er mit ihm sprechen wollte. Konnte er wirklich in die Wohnung seines Ersten Offiziers hineinmarschieren und ihn zur Rede stellen: ›Wie können Sie es wagen, sich auf meinem

Schiff wie ein Vulkanier zu benehmen?‹ Der Spock, den er in der vergangenen Woche kennengelernt hatte, würde keinen gegen ihn persönlich gerichteten Vorwurf akzeptieren, den Kirk ihm sowieso nicht machen wollte.

Vor der Tür zu Spocks Kabine blieb er stehen. Der Korridor war leer, und in einem Moment äußerster Müdigkeit legte der Captain beide Hände gegen das Schott und ließ, ein Gefühl der Verzweiflung im Herzen, sein Gewicht auf den Armen ruhen. *Mein Freund, laß mich dir helfen...* Bonners Worte fielen ihm unwillkürlich ein; und Bonner war der berühmteste Romanautor des Orion.

Dieser Gedanke war so übermächtig, daß er für einen Moment glaubte, Spock lesend an seinem Tisch sitzen zu sehen. Dann schien er seine Augen vom Lesegerät zu heben, da er in unmittelbarer Nähe etwas gehört zu haben schien. Sein Gesicht lag im Schatten, und er sagte kein Wort. Aber die Worte waren so klar, als habe er sie gesprochen:

Jetzt noch nicht, mein Freund. Noch nicht.

Langsam richtete sich Kirk auf und ging den Korridor entlang. Zwei Mannschaftsangehörige kamen ihm plaudernd entgegen, und er nickte ihnen zu. Später, als er allein in seinem Zimmer saß, wunderte er sich darüber, daß sie ihn nicht neugierig gemustert hatten, denn der Aufruhr, der in seinem Innern tobte, mußte doch deutlich genug auf seinem Gesicht ausgeprägt gewesen sein.

Aber: *Noch nicht.*

Als am folgenden Tag ihre Wache begann, versuchte der Captain seine Gedanken von Spock möglichst fernzuhalten. Er verstand noch nichts von dem, was vorging, aber die Bitte war so klar und so dringend gewesen, daß er sie nicht ignorieren konnte.

Doch es gab noch etwas anderes, das nicht zu übersehen war.

Ein paar Minuten, nachdem er seinen Kommandosessel eingenommen hatte, gab er Uhura einen Befehl. Die Brückenbesatzung sammelte sich erst noch, denn zum Wachebeginn waren noch ein paar Minuten Zeit. Als Spock sich seiner Station näherte, beobachtete ihn Kirk unwillkürlich. Der Erste Offizier ging langsam zu seiner Konsole, fast so, als habe er nicht erst gestern eine volle Schicht daran gearbeitet. Der abzulösende Techniker hatte den Stuhl schon verlassen, so daß die Konsole voll sichtbar war. Spock zögerte, und Kirk, der ihn von rückwärts her beobachtete, versuchte, seine Aufmerksamkeit auf das zu konzentrieren, was er dem Kommunikationsoffizier sagen wollte. Aber das war sehr schwierig und wurde von Minute zu Minute noch schwieriger. Spock stand da und hatte die Hände an den Seiten herabhängen, aber das war nicht seine gewohnte Haltung starrer Aufmerksamkeit, die ihn in den letzten paar Tagen charakterisiert hatte; er wirkte ziemlich entspannt, aber äußerst aufmerksam. Dann trat er vor die Konsole, legte die Hände darauf, blieb bewegungslos stehen und schien ganz in seine Gedanken versunken zu sein. Seine Haltung drückte eine gewisse Ehrerbietung aus und eine Art stiller Freude; fast die stille Freude eines Mannes, der sein Haus betrachtet, das wiederzusehen er nicht mehr erwartet hatte.

Einen Moment später war dieser Eindruck wie weggewischt, und Spock rief mit ausdrucksloser Miene all das ab, was sich an Informationen zu seinem Aufgabenkreis inzwischen angesammelt hatte.

Es war eine recht langweilige Wache. Genau wie ein Regensonntag auf der Erde, überlegte Kirk. Auch die kleinste Abwechslung wäre willkommen gewesen.

Sulu und Chekov übten sich im Fachsimpeln.

Kirk fing das Wort »Mädchen« auf und schaute unwillkürlich über die Schulter zu Uhura zurück. Aber der schöne Kommunikationsoffizier hatte sich viel nachdrücklicher mit der Arbeit beschäftigt als Navigator und Rudergänger zusammengenommen. Und Spock war völlig in seine Aufgaben versunken. Wie ein Kind mit einem neuen Spielzeug, überlegte Kirk. Aber das war doch Unsinn! Für den Vulkanier stellte der Bibliothekscomputer des Schiffes ganz sicher ein großartiges Spielzeug dar, aber neu war es gewiß nicht. Aber es war besser, er war in seine Tätigkeit versunken, als daß er Chekov über militärische Anstandsformen belehrte.

»... des Zwiespaltes bewußt«, hörte Kirk Sulu sagen, und nun spitzte er interessiert die Ohren.

»Da gibt es keinen Zwiespalt«, erklärte Chekov. »Du glaubst vielleicht, daß du eine Frau willst, Sulu. Was du aber wirklich willst, ist eine üppige, sehr willige Geisha. In jedem Hafen«, fügte er, stolz auf sich selbst und seinen slawischen Akzent übermäßig betonend, hinzu.

Sulu murmelte etwas, und Kirk fing die Worte auf: »... Definition... Nicht üppig, Pavel... Und willig... hm, das ist eine Sache des Standpunkts.«

»Bitte, erkläre mir das«, verlangte Chekov voll schlitzohriger Unschuld.

Sulu holte tief Atem, um loszulegen, überlegte sich dann anscheinend noch einmal, worauf er sich da einließ. In diesem Moment hörte Kirk Spocks Stimme. Sie war nicht laut genug, um Uhuras Aufmerksamkeit zu erregen, aber die beiden jungen Männer mußten sie deutlich verstehen.

»*Aufpassen*, Mr. Sulu.«

Kirk erstarrte. Sicher, es war ein Regensonntag, aber durch die grauen Wolken war eben ein Sonnenstrahl geschossen, und der bedeutete Wärme, leichtes Amüsement – und Zuneigung.

Ehe er sich umdrehen konnte, schaute Sulu zurück. Kirk hatte den jungen Mann schon oft lächeln gesehen, aber so noch nie. In Sulus Gesicht schien die ganze Sonne aufzugehen, eine herrliche, köstliche Sonne, die etwas erwiderte. Aber was?

Schon wurde Kirks Aufmerksamkeit von etwas anderem gefesselt. So schnell es begonnen hatte, verschwand Sulus Lächeln wieder, und er wandte sich, offenbar zutiefst verwirrt, wieder seiner Konsole zu. Chekov, der im fraglichen Moment von seinen Instrumenten in Anspruch genommen wurde, hatte sich nicht umgewandt.

Als Kirk sich endlich umdrehte, sah er genau das, was zu sehen er erwartet hatte: Commander Spock, Erster Offizier des Sternenschiffs *Enterprise*, völlig in seine Arbeit vertieft. Aber ein paar Minuten später ging er weg, um etwas zu holen, und bei seiner Rückkehr hatte er ein völlig steinernes Gesicht. Kirk dachte sich schnell einen Auftrag für Sulu aus und ging zusammen mit ihm zum Lift.

»Ah, Mr. Sulu«, sagte er so beiläufig wie möglich, »worum ging es da ganz zu Beginn der Wache?«

Er wußte genau, daß Sulu bekannt war, was er meinte. »Eigentlich um nichts, Sir. Mr. Spock hat... gelächelt, und ich überlegte, ob es außer mir noch jemand gesehen hatte. Nun, das ist alles, Sir.«

»Ah, ich verstehe. Haben Sie denn früher nie gesehen, daß Mr. Spock auch lächeln kann?«

»Natürlich, Sir. Aber das war jetzt doch ganz anders. Sie wissen doch, wie er ist, Captain.«

»Was hat er denn getan, Mr. Sulu? Sie angelacht?«

»Nein, Sir. Mr. Spock hat... sich gefreut. Das konnte man ganz klar sehen.«

»Hm. Ich verstehe. Nun, machen Sie weiter, Mr. Sulu.«

»Ja, Sir. Danke, Sir.« Sulu schlüpfte durch die sich öffnende Lifttür, die sich sofort wieder schloß.

Kirk versuchte, das alles von sich wegzuschieben, doch das ging nicht. Er selbst hatte einen völlig natürlichen und normalen Spock nur einmal beim Lächeln ertappt, und das war damals gewesen, als Kirk sozusagen von den Toten auferstanden war. Wenn der Vulkanier lächelte... Nein, es war das Lächeln und das steinerne Gesicht, und beides zusammen war unmöglich. Das andere war nur... Er fühlte, wie sich ihm der Magen umdrehte, und ließ den Lift in unmittelbarer Nähe von Spocks Kabine anhalten.

Wie sollte er hineingelangen? Er wußte doch, daß Spock Dienst hatte, und der Summer würde also umsonst summen, da niemand da war, der ihn zum Eintreten aufforderte.

Aber der *Mensch* Spock hatte ihn schon einmal durch ein Schott gehört.

Spock?

Er stand im leeren Korridor, hatte die Hände an der Tür liegen und wartete.

Spock!

Die Tür schob sich auf, und er tat vor Überraschung einen

Schritt nach rückwärts. Aber jemand kam nun den Korridor entlang, und so schlüpfte er durch die Tür, die sich sofort hinter ihm schloß.

»Sie haben mich also gehört«, platzte er heraus.

»Man kann einiges lernen, Captain.« Spock saß auf der Kante seines Bettes, auf dem er anscheinend gelegen hatte, als Kirk sich der Tür näherte. Er trug Uniform, aber keine Stiefel, und ein blaues Hemd – eine große, schwarze Gestalt, die auf der Bettkante saß. Hinter Spock brannte über dem Bett die Leselampe. Kirk konnte seine Augen noch nicht sehen, da weiter kein Licht im Raum brannte. »Selbst von Menschen«, fuhr der Vulkanier fort. »Als Sie das letztemal da waren, hörten Sie mich ja auch.«

»Ja... Ich... Ja, das ist richtig.« Kirk kniff die Augen zusammen. »Spock, was ist denn mit Ihnen los?«

»Das wissen Sie doch, Captain. Sonst wären Sie ja nicht hier. Ich habe jetzt doch schließlich Wache.« Die Stimme klang sehr sanft, aber ohne viel Ausdruck. Vielleicht war sie eine Spur höher als die Stimme des Vulkaniers. »Darf ich fragen, wie Sie zu Ihrer Information kamen, Sir?«

»Ich... habe es vermutet, Mr. Spock. Aber das spielt jetzt keine Rolle.«

»O doch, Captain. Es ist nicht logisch, nun nach all dieser Zeit anzunehmen, daß Sie ›vermuteten‹, zwei Erste Offiziere zu haben.«

»Logisch?« wiederholte Kirk verblüfft. »Nun, warten Sie mal...«

»Ich bin, was ich bin«, erwiderte Spock ernst. »Ich sagte ja schon, einige Dinge lassen sich lernen. Eine Lebensart...« Seine Stimme klang leise und weich. »Auch andere Dinge, die einer Spezies angeboren sind. Meine Neugier war, und das ist buchstäblich so zu verstehen, mein Unheil.« Diese letzten Worte flüsterte er nur noch.

Kirks erster Impuls war der, ihm die Hand auf die Schulter zu legen. Aber plötzlich wurde ihm irgendwie klar, daß dieser Spock noch viel schwerer zu erreichen war als der andere.

»Ich habe es vermutet«, erklärte Kirk vorsichtig. »Sie waren heute so anders... Und Ihre... der andere... der Vulkanier *ist anders.*«

»Ja, das weiß ich.«

Kirk setzte sich auf einen Stuhl. »Spock...«

»Leider... Es war aber reiner Zufall, daß der Vulkanier so sehr in seine Forschung vertieft war. Ich mußte also die Wache übernehmen.«

»Warum?«

»Nachdem er einmal befreit war, erschien es ihm sehr schwierig, sich eine Wiedervereinigung vorzustellen. Ich sehe mich nun einem sehr schwierigen Problem gegenüber, das taktische Manöver von mir fordert.«

Hätte Spock in diesem Moment nicht gelächelt, so wäre es für Kirk fast unmöglich gewesen, das Gewicht seiner eigenen Erinnerungen an eine viel zu ähnliche Situation und den Schmerz seines Freundes ertragen zu müssen. Das Lächeln war aber nur ein Schatten jenes Lächelns, auf das Sulu reagiert hatte, jenes sehnsüchtige, flüchtige, ein wenig schiefe Lächeln, bei dem sich langsam eine Braue hob, das aber so unbewußt und hinreißend war, daß Kirk den Atem anhielt, um Spock nicht auf den Gedanken zu bringen, es zu bedauern.

»Können Sie ihn nicht dazu überreden?« fragte er.

»Das dürfte jetzt nicht nötig sein. Verstehen Sie, Captain, jeder von... uns hat sich immer in gewisser Beziehung auf den anderen verlassen. Der Mensch brauchte den Vulkanier zur emotionellen Kontrolle, sogar in dem geringen Ausmaß, das Menschen gewöhnlich auf sich selbst anwenden.« Das war keine Bewertung, sondern die reine Feststellung einer Tatsache.

»Deshalb blieben Sie also bis gestern hier.« Kirk schien wieder zu hören: *Sperren Sie mich ein, Captain. Ich will nicht gesehen werden*... Hat er... sind Sie hier Gefangener gewesen?«

»Nein, nein. Ich hatte die Wahl.« Spock senkte den Kopf. »Aber wir haben auch entdeckt, daß der Vulkanier sich auf den Menschen verließ, um...« Er schaute auf, und ein mattes, kaum angedeutetes

Lächeln huschte über sein Gesicht. »Ich glaube, der Ausdruck heißt: um mit ihm in Verbindung zu bleiben.«

»Aber die Vulkanier... Die Verbindung mit Ihrem Vater besteht doch.«

Spocks Gesicht erstarrte. Kirk schaute weg und fluchte in sich hinein, weil er dieses Thema angeschnitten hatte, das besser unerwähnt geblieben wäre. »Es tut mir leid, ich hätte nicht...«

Spock erhob sich; es war die rasche, unwillkürliche Bewegung eines Menschen, der unter allen Umständen aufspringen mußte, wenn er nicht aus der Haut fahren wollte. Aber dann hatte er sich wieder einigermaßen unter Kontrolle und ging langsam an Kirk vorbei zur anderen Seite des Raumes. Als er sich umdrehte, sah Kirk etwas, das er vielleicht niemals wieder zu sehen bekommen würde: Spock, der Vulkanier, hatte die Hände im Nacken verschränkt und streckte sich, um die Spannung in den Schultern zu mildern.

»Man kann es auch lernen, sich auf jemanden zu verlassen«, sagte er grimmig. »Mein Vater ist reiner Vulkanier, kein Hybride. Er hat es nie lernen müssen, sich auf ein menschliches Element in ihm selbst zu verlassen, aber er hat so, wie jeder Vulkanier – oder jeder Mensch – es tut, echte Bindungen zur Realität entwickelt, rein aus seiner Persönlichkeitsstruktur heraus. Meine Vulkanier-Hälfte lernte also, sich zu verlassen. Wir beide taten es.« Er legte eine Hand an die Wand und lehnte seinen Kopf auf seinen Arm. »Meine... Der Vulkanier hat immer mehr Zeit für Forschung und Meditation verwendet. Er war in tiefer Konzentration. Ich dachte, es sei besser, ihn nicht herauszureißen. Für mich war es ein Risiko, die Wache zu beginnen, und das wußte ich. Aber ich glaube, er wird dann verstehen, wie... unlogisch es ist, gegen unsere... Natur zu protestieren.«

»Wollen Sie ihn zurückhaben?« fragte Kirk leise.

»Mir bleibt nicht mehr Wahl, als Ihnen damals blieb. Und er hat auch keine.«

»Spock...« Es war nur ein Flüstern.

»Jim, kommen Sie nicht wieder hierher«, bat Spock leise, aber mit großem Nachdruck. »Logischerweise sind Sie derjenige, der mir am besten helfen kann. Aber die Situation, in der wir uns befinden, ist auf tragische Weise unlogisch.«

Kirk hob den Kopf. »Warum? Jawohl, verdammt noch mal, ich muß zugeben, daß ich emotionell tief in der Sache stecke. Sie sind mein Freund. Wie könnte ich etwas anderes...«

»Ihre Gefühle gelten nicht nur mir, Jim. Sie haben sich nicht völlig mit Ihrem zweiten Ich, Ihrer anderen Persönlichkeit auseinandergesetzt, so wie ich mich nicht auseinandersetzte mit meinem Vulkanier-Ich. Deshalb konnten wir es Ihnen auch nicht sagen.«

Kirk konnte nicht ableugnen, daß Spock damit recht hatte. Nur zu genau hatte er seine eigenen Worte in Erinnerung: »Dieses andere Ich ist dort, wohin es gehört...« Aus den Augen, aus dem Sinn... »Es tut mir leid, Spock, aber egal, was ich fühle, ich habe das mit Ihnen durchzustehen, so wie Sie es bei mir getan haben.«

Spock schüttelte den Kopf. »Es ist nicht dasselbe. Ich war vorher nie dort gewesen. Aber etwas können Sie für mich tun, da Sie nun wissen, was geschehen ist.«

»Dann sagen Sie es.«

»Halten Sie McCoy fern. Von uns beiden.«

Kirk verstand nun endlich, weshalb der Vulkanier Spock so geschickt einer Routineuntersuchung ausgewichen war. »Ihr Blut. Es ist rot, nicht wahr? Und seines... Im Moment gibt es darin keine menschlichen Elemente.«

»Das ist richtig. Und... unbekannt, aber sehr wahrscheinlich.«

Kirk kehrte wie ein Schlafwandler zur Brücke zurück. Als er dort ankam, wurde ihm bewußt, daß er sich sofort einem neuen Problem gegenübersah.

Der Vulkanier blickte ihm entgegen, als sich die Lifttüren aufschoben, dann wandte er sofort den Blick ab. Aber der kurze Moment hatte genügt; Kirk sah die Angst in seinen Augen.

Las er seine Gedanken oder nur seine Miene? Aber selbst die vulkanische Logik mußte damit rechnen, daß Kirk etwas vermutete, nachdem er so lange abwesend gewesen war.

»Ich habe kein Wort von ihm gehört«, sagte er leise, denn er wußte, Spock würde sich der anderen Gelegenheit erinnern, da er dieses Versprechen gegeben hatte. »Sie haben mein Wort, Mr. Spock.«

»Captain, ich habe Sie damals nicht um Ihr Wort gebeten, und ich werde es auch jetzt nicht brauchen.«

Kirk kehrte zu seinem Kommandosessel zurück. Er schämte sich dessen, geglaubt zu haben, daß nur der menschliche Spock sein Freund sei.

Ein paar Stunden später wurde Kirk aufgerufen, den beiden Spocks jene Hilfe zu leisten, die sie von ihm erbeten hatten, und er fühlte sich nicht in der Lage dazu.

»Jim, er sieht gar nicht gut aus«, sagte McCoy, als sie zusammen bei Tisch saßen und Spock zuschauten, der sein Tablett an einen abseits stehenden Tisch trug. Für einen Sekundenbruchteil schien Spock unschlüssig zu sein, ob er sich zu ihnen an den Tisch setzen sollte. Kirk zog daraus seine Schlüsse, welcher Spock es war, als McCoy fortfuhr: »Seine Farbe stimmt einfach nicht. Wenn ich es nicht besser wüßte, würde ich sagen, er ist kränklich.«

»Eine sehr wissenschaftliche Beobachtung ist das nicht«, antwortete Kirk leichthin: »Pille, mach dir keine Gedanken. Wir sind alle müde. Wenn wir erst auf der Sternbasis Zehn sind...«

»He, Spock!« rief McCoy. »Kommen Sie. Setzen Sie sich zur Familie. Klingeln Ihnen nicht die Ohren?«

Spock schaute ernst auf. »Meine Ohren, Doktor?« In seinen Augen spielte aber der Schimmer eines Lächelns, und Kirk überlegte: *Aufpassen!*

»Kommen Sie doch rüber!« McCoy lachte. Welcher Impuls Spock veranlaßte, aufzustehen und sein Tablett an ihren Tisch zu tragen, vermochte Kirk nicht auszuloten. Er wußte nur, daß Spock sich mit der gewohnten Anmut bewegte, aber auf gar keinen Fall widerstrebend.

»Hier bin ich, Doktor«, sagte er, setzte sich und begann zu essen.

McCoys Blick fiel auf Spocks Tablett, und Kirk hielt vor Schreck den Atem an. Aber auf dem Teller lagen keine tierischen Lebensmittel. »Ah, Youbash«, stellte McCoy anerkennend fest. »Viel Protein, wenig Kohlehydrate, kein nennenswertes Cholesterin...«

»Doktor«, unterbrach ihn Spock freundlich, »wenn Sie mir einen Vortrag über den Nährwert meiner Mahlzeit halten wollen, sehe ich mich gezwungen, an meinen Tisch zurückzukehren. Sie verderben mir nämlich den Appetit.« Er zog eine Braue hoch in der Erwartung einer Herausforderung, und Kirks Spannung ließ ein wenig nach.

»Das ist schon besser«, meinte McCoy unverständlicherweise, aber dann wurde sich Kirk darüber klar, daß diese Bemerkung an ihn gerichtet war. »Jim, nur die Ruhe bewahren. Ich werde Spock nicht drängen. Er soll erst essen, und dann schleppe ich ihn ins Revier zu einer Kurzuntersuchung. Nichts Formelles, nur eine Blutprobe. Ich kann mich nicht erinnern, wie Anämie auf vulkanisch heißt, aber das kann ich schnell herausfinden. Und ich verwette meinen Tricorder, daß er daran leidet. Spock, haben Sie kürzlich etwa bemerkt, daß Sie...«

»Nein, Doktor«, unterbrach ihn Spock ruhig. »Ich habe nichts dergleichen bemerkt, und ich werde mich auch nicht zur Routineuntersuchung melden, ehe wir auf Sternbasis Zehn waren. Ich dachte doch, wir hätten diese Sache vor einigen Tagen besprochen.«

»Pille...«

»Captain, das ist mein Ressort«, wehrte McCoy ab. »Du läßt mich meinen Job tun. Spock...«

»Lassen Sie mich in Ruhe«, erwiderte Spock sichtlich zornig, doch äußerlich einigermaßen ruhig, und bevor nun McCoy reagieren konnte, schaltete sich Kirk ein.

»Dr. McCoy, ich glaube, es ist nicht dein Job, einen Patienten zu quälen.«

»Na, jetzt aber mal einen Moment!« fuhr McCoy auf. »Was soll das sein? Eine Verschwörung? Spock, hören Sie zu! Als leitender ärztlicher Offizier kann ich jedem Mitglied der Crew, sogar dem Captain, befehlen, sich zu einer Untersuchung bei mir einzufinden, falls ich den Eindruck habe, daß er ärztliche oder psychiatrische Behandlung braucht. Und wenn es mir nötig erscheint, werde ich das auch tun. Sie sind höllisch nervös, und im Moment sehen Sie aus wie ... wie ein Mensch, der im nächsten Moment ohnmächtig umfällt. Ich werde nicht ...«

»Das genügt jetzt schon, Doktor.« Kirk hatte nicht die Absicht gehabt, soviel Schärfe in seine Stimme zu legen, doch seine innere Spannung behielt die Oberhand. *Noch nicht*, hatte Spock gesagt, aber dieses *Noch nicht* war inzwischen zum *Jetzt sofort* geworden. »Du versuchst, auf Spocks Kosten einen Punkt für dich zu gewinnen, aber die Vorschriften der Sternenflotte sind nicht dazu geschaffen worden, damit einer immer eine Nasenlänge vor dem anderen voraus sein kann. So wie du es versuchst, Doktor! Und *das* ist ein Befehl.«

McCoy wandte dem Captain langsam das Gesicht zu, doch Kirk wollte oder konnte ihn nicht anschauen. »Dann sage mir doch, *Captain*«, begann er ruhig, »ob du bereit bist, die Verantwortung für die körperliche Leistungsfähigkeit deines Ersten Offiziers zu übernehmen?«

»Falls nötig, ja.«

»Gut, *Captain*. Aber in diesem Punkt bin ich maßgebend. Mr. Spock, als Chefmediziner dieses Schiffes befehle ich Ihnen, sich um neunzehn Uhr zu einer Generaluntersuchung nach den Vorschriften der Sternenflotte im Revier zu melden ... Spock, Sie glauben doch nicht, daß ich Sie nur schikanieren will? Mein Gott, Sie sehen wie ein aufgewärmter Tod aus, und nur weil der Captain darauf besteht, seinen Rang auszuspielen ...«

»Pille!«

»Was ist denn los, Jim? Läuft der Laden in letzter Zeit zu ruhig für dich?« Jetzt erst wurde klar, wie verletzt McCoy war, wie verletzt und wütend; so sehr, daß er nicht mehr kühl zu überlegen vermochte, was er sagte. »Keine Chance, Gott zu spielen, mein Lieber. Also gib's ruhig eine Nummer kleiner.«

»Als Psychiater«, gelang es Kirk zu antworten, »spielst du einen verdammt schmutzigen Trick aus, *Doktor.*«

»Hört doch endlich damit auf«, bat Spock leise. »Jim, bitte. Ihr reißt euch ja gegenseitig in Stücke.«

Kirk bemerkte ein außergewöhnliches Staunen in den blauen Augen, als McCoy Spock voll anschaute.

»Ich möchte Ihnen etwas erklären, Doktor«, fuhr Spock fast heiser vor Erregung fort. »Der Captain versucht nur, mich vor einer Bloßstellung zu schützen...«

»Spock!«

»Captain, ich kenne den Geist des Vulkaniers, so wie er den meinen kennt. Ich weiß, daß er, wenn auch aus ganz anderen Gründen, mit meinem Urteil konkurriert.«

»Welcher Vulkanier?« platzte McCoy heraus. »Auf der *Enterprise* gibt es keinen anderen Vulkanier.«

»Dr. McCoy, ich schlage vor, wir verlegen diese Diskussion in das Revier und führen sie dort weiter, wenn ich mich melde.« Spock schob sein Tablett von sich. Sein Gesicht war aschgrau. »Ich habe Ihnen eine ziemlich lange Geschichte zu erzählen, und vieles davon hat selbst der Captain noch nicht gehört. Aber ich würde es vorziehen, sie in privater Atmosphäre zu erzählen.«

Sehr viel später, etwa um Schiffszeit-Mitternacht, saßen der Captain und der Arzt in des Captains Kabine und versuchten sich zu betrinken. Sie hatten innerhalb einer Stunde schon fast eine halbe Flasche Whisky geleert, und trotzdem waren sie enttäuschend nüchtern geblieben.

»Pigmentierung«, sagte McCoy leise. »Seine Pigmentierung hat sich ebensowenig verändert wie die der Exar-Kinder... Oder des Exar-Kindes. Deshalb war die Veränderung in der Hautfärbung und im Tonus für keinen anderen sichtbar als für mich, den Arzt, der ihn seit langem genau beobachtet. Jim, er hat die Blutgruppe AB positiv.«

Kirk tat einen tiefen Zug. »Ist er anämisch?«

»Nein. Er ist absolut gesund. Sein Blutdruck liegt etwas über der für sein Alter und sein Gewicht geltenden Norm, aber wenn man bedenkt, unter welchem Druck er steht... Du lieber Gott, das ist ja unglaublich!«

»Dann haben wir also eine gute Aussicht, daß die... Wiedervereinigung möglich ist?«

»Im Prinzip, ja. Oh, die Möglichkeiten kann ich aber gar nicht alle aufzählen.«

»Ich wette, er kann es.«

McCoy seufzte. »Ja.« Er schwieg eine Weile nachdenklich. »Durch welche Hölle er doch gehen muß, selbst wenn es nur wir beide wissen... Noch schlimmer wäre es aber, wenn die Besatzung davon etwas ahnte, schlimmer auch für dich. Ich weiß nicht, ob einer von den beiden das ertragen könnte.« McCoy seufzte wieder. »Ich würde ein volles Jahresgehalt dafür opfern, die beiden zusammen sehen zu können. Nur einmal.« Und dann leerte er sein Glas mit der Gründlichkeit eines gewissenhaften Gelehrten.

»Mir geht es ähnlich. Aber ich möchte sie *auf die Dauer* zusammen sehen.«

Vor Stunden hatten sie sich gründlich entschuldigt, einer beim anderen, wie es in dieser langen und ereignisreichen Freundschaft schon so oft vorgekommen war. Jetzt drückte sich in McCoys Blick nur noch seine übergroße Sorge aus. »Verdammt noch mal, warum muß Spock denn immer recht behalten?« fragte er leise.

»In welcher Sache denn diesmal?« fragte Kirk und lächelte müde in sein Glas.

»Es geht dich an. Du siehst aus, als seist du in einer viel schlechteren Verfassung als er.« McCoy stand auf. »Schlaf jetzt. Du brauchst es. Und ich hoffe, ich kann auch ein Auge zutun. Und er. Gute Nacht, Jim.«

»Gute Nacht, Pille. Schlaf gut.«

Aber Kirk schlief in jener Nacht nicht gut. Er mußte ja Spock davon überzeugen, daß er helfen mußte und durfte. Konnte er überhaupt helfen? Stimmte es denn, daß er selbst so ungeheuer verwirrt war, daß er seinem Freund hier keine Hilfe bieten konnte? Nein, das wollte und konnte er nicht glauben. Er hatte, bei Gott, damals das Böse in ihm selbst akzeptiert, ob ihm die dunklere Seite seines Wesens nun paßte oder nicht. Damit mußte er fertig werden.

Für den Vulkanier, für beide, würde das sehr viel schwieriger sein.

»Ja, natürlich gehe ich mit dem Landetrupp nach unten«, erklärte der Captain. »Ich war ja als einziger vom ganzen Schiff schon einmal auf diesem Planeten.«

Am letzten Tag vor dem Ziel, der Sternbasis Zehn, hatte die *Enterprise* vom Oberkommando der Sternflotte eine dringliche Nachricht erhalten mit dem Befehl, kurz nach Iota Ceti VI weiterzureisen. Der Auftrag war, eine Gruppe gestrandeter Inspektoren der Föderation zu retten, da sonst die Gefahr bestand, daß sie von den intelligenten, aber bärenähnlichen Kreaturen, den Eingeborenen des Planeten, gefangengenommen wurden, von denen man wußte, daß sie Menschenfleisch als größte Delikatesse schätzten.

Der menschliche Spock reagierte darauf ziemlich unspockisch: Enttäuschung, Ungeduld, fast Ärger zeichneten sich auf seinem Gesicht ab.

»Captain«, sagte er, »ich möchte Sie nur daran erinnern, daß diese Kreaturen Nichtmenschen nicht angreifen, sondern nur Menschen.«

Sie waren im Besprechungsraum: der Captain, der Erste Offizier, der Chefingenieur, der sie zurückholen mußte, und fünf nichtmenschliche Crewmitglieder. Sechs Augenpaare wandten sich erstaunt Spock zu; keiner hatte ihn je vorher in einem solchen Ton gehört, schon gar nicht dem Captain gegenüber. Kirk wußte, daß die anderen eine gewisse Unverschämtheit heraushörten. Er selbst hörte jedoch nur Angst heraus – die um den Captain, dessen Freund er ja war. Spocks Sorge um seine Sicherheit rührte ihn tief, denn sonst hielt er sie immer unter sorgfältigster Kontrolle. Und die Spannung in ihm hatte sich immer mehr verstärkt. War Spock jetzt nicht vorsichtig, würde er allen Anwesenden sein Geheimnis verraten.

»Mr. Spock, und ich möchte Sie daran erinnern«, entgegnete er leichthin, »daß ich zur ersten Gruppe gehörte, die je auf diesem Planeten gelandet ist. Ich habe Erfahrung mit diesen…«

»Die Erfahrung wird Sie nicht am Leben erhalten«, unterbrach ihn Spock.

»Das steht jetzt gar nicht zur Debatte. Ich kenne den Planeten.«

»Der Landetrupp wurde gründlich unterrichtet. Es sind alles tüchtige Offiziere.«

Ruhig bleiben, sagte sich Kirk, ganz ruhig bleiben. »Mr. Spock, ich will es Ihnen noch einmal erklären. Diese Offiziere sind absolut…«

»Ich will es Ihnen anders erklären, Captain«, antwortete Spock ein wenig rascher als sonst, auch mit etwas mehr Gefühl. Aber dieser winzige Unterschied war wie ferner Donner vor einem Sommergewitter. »Sie würden selbst lieber Ihren eigenen Tod riskieren, als für den auch nur eines Untergebenen verantwortlich zu sein.«

»Das reicht jetzt.« Es war auch mehr als genug. Kirk war so wütend, daß er über das, was er sagte, nicht mehr nachdachte. »Wenn Sie sich nicht in der Hand haben, schlage ich vor, Sie gehen und holen…« Entsetzt schwieg er, weil ihm bewußt wurde, was er um ein Haar verraten hätte.

Spock hatte die Augen abgewandt. »Ein sehr… passender Vorschlag.« Das war kaum mehr als ein Flüstern. Spock stand auf. Seine Augen waren völlig ausdruckslos. Aber jetzt stellte er eine Kontrolle zur Schau, die trotz Kirks Zorn dessen Mitfühlen bewirkte. »Ich glaube, ich kann Ihnen nichts nützen, und das ist offensichtlich. Ich erbitte deshalb Erlaubnis, die Einsatzbesprechung verlassen zu dürfen, Sir.«

Ein paar Augenblicke später standen sich die beiden Spocks in ihrer Wohnung gegenüber.

»Ich kann ihm nicht helfen«, sagte der Mensch. »Allein kann ich ihn nicht vor sich selbst schützen. Wir müssen allein schon aus diesem Grund wiedervereinigt werden.«

»Richtig.« Aber der Vulkanier war viel mehr an der Gegenwart interessiert als an der Zukunft. Er war vom Tisch aufgestanden, vergaß jedoch, das Bandgerät auszuschalten. Er ging entschlossen zur Tür. »Ich schlage vor, gegen ihn einen Fünf-sechs-sieben einzureichen.«

»Vernachlässigung der Pflicht? Aber das Schiff ist doch gar nicht in Gefahr. Nur Jim.«

Er beobachtete den Vulkanier, der seinen wachsenden Zorn unter Kontrolle zu bringen versuchte. Sie waren ja beide Spock, und logischerweise mußte Spocks Entschluß von beiden getroffen werden. »Der Captain ist keine entbehrliche Persönlichkeit. Nach den Vorschriften der Sternenflotte...«

»Ich weiß, ich weiß. Aber...« Der Mensch schwieg nachdenklich, ehe er fortfuhr. »Die Einreichung eines Fünf-sechs-sieben würde ihn veranlassen, von einem Transport nach unten Abstand zu nehmen. Die Mission wäre etwa zur gleichen Zeit ausgeführt wie diese Sache hier erledigt.«

»Genau.« Der Vulkanier ging weiter zur Tür. Doch dann zögerte er unvermittelt.

Der Kontakt zwischen den beiden Spocks war eher emphatischer als telepathischer Natur. Und doch brauchte der Mensch keine Telepathie; er wußte auch so, daß seine Gedanken als Echo im Geist seines anderen Ich ankamen: *Das Schiff ist nicht in Gefahr, nur Jim.*

»Es wäre unlogisch«, begann der Vulkanier, »einem bekannten Sternflottenkapitän zu erlauben, sein Leben zu riskieren...«

Der Mensch unterbrach ihn. »Jim wird wissen, daß wir dies als sein Freund tun«, sagte er, »wie er auch weiß, wie sehr ich dagegen war, daß er selbst nach unten ging. Unsere... Die logische Erklärung seines Ersten Offiziers, ein gefühlsmäßiger Grund, konnte ihn nicht täuschen, von Anfang an nicht.«

Der Vulkanier drehte sich, zu einem Einspruch bereit, um. Aber die Augen, denen er begegnete, waren seine eigenen. Hier, zwischen ihnen, konnte nichts verborgen bleiben.

»Du warst es«, sagte der Vulkanier, »der einen gefühlsmäßigen Grund brauchte.«

»Nein, es war Spock.«

»Ich bin Vulkanier.«

»Du bist Spock ebenso wie ich. Und es ist auch Spock, der … gezweifelt hat.«

Im trüben Licht sah der Mensch, wie sich das Gesicht des anderen Spock veränderte. *Wie eindeutig sich doch die Gefühle zeigen, das darf ich nicht vergessen,* dachte er.

Aber nun fielen ihm auch andere Dinge ein, und er wußte, bei seinem anderen Ich war es ebenso. Denn ihre Erinnerungen waren ja dieselben.

Momentaufnahmen; Bruchstücke von Einblicken, die den ganzen Spock von jeher bekümmert hatten, seit er unter den Menschen lebte. Faszinierende Kreaturen, auf mitleiderregende Weise von ihren Leidenschaften versklavt. Und doch immer wieder eine kurze Einsicht, die sich nicht vergessen ließ. Kann dieses Gefühl denn wirklich ganz falsch sein? überlegte Spock kurz.

Hier war ein Mann, den Spock über alles bewunderte, ein Mann, für den er Freundschaft empfand und der sein Freund war, und diese Freundschaft war vielleicht sogar das, was die Menschen »Liebe« nannten. Warum? Das hatte er sich insgeheim viele tausend Male gefragt. Warum? Hier war ein Mann, der sich seiner Gefühle nicht zu schämen brauchte und sich ihrer auch nicht schämte. Und doch vertraute Spock ihm mit seinem Leben und mit dem Leben seiner Crew. Er hatte oft an seiner Seite gekämpft, und das würde er immer wieder tun; hätte er die Wahl zwischen ihm und einem vulkanischen Kommandanten, er würde ihn wählen. Warum? *Vertraue ich ihm deshalb so grenzenlos, weil er Gefühle besitzt?*

Beide Spocks hatten diese Gedanken geteilt, die doch nirgendwohin führten oder nur zu einer Erschütterung der vulkanischen Überzeugung der Nicht-Gefühle. Der menschliche Spock konnte nun niemals mehr mit Sicherheit wissen, was der vulkanische Spock dachte. Aber er fühlte, daß jeder seine eigenen Zweifel im anderen gespiegelt sah, so daß beide zu einem neuen Selbstwissen kamen, das wenigstens Fragen aufwarf, wenn es schon keine Antworten gab. Und es war Spocks vulkanischer Vater gewesen, der ihn gelehrt hatte, daß der Pfad zur Wahrheit nicht mit Antworten, sondern mit Fragen beginne.

»Die Zeit wird allmählich knapp«, stellte der Vulkanier ruhig fest. »Ich muß zu ihm gehen.«

»Nun, dann geh«, antwortete der Mensch im gleichen Ton, »solange du weißt, weshalb du gehst, Spock.«

Es war das erstemal, daß einer den anderen mit Namen genannt hatte.

In diesem Moment summte der Interkom.

»Mr. Spock?« Es war der Captain.

»Ja, hier Spock«, antwortete der Mensch, denn er war im Dienst.

»Ich bin unterwegs zum Transporterraum«, kündigte Kirk unzeremoniell an. »Sie haben also das Kommando.«

»Captain...« begann der Vulkanier, doch die Verbindung war unterbrochen.

Die beiden Spocks starrten einander an. Diesmal bestand kein Zweifel über das, was sie dachten.

Der Mensch Spock hatte Dienst, und er war auf die Brücke befohlen worden. Wenn der Vulkanier den Captain erreichen wollte, ehe er nach unten ging, mußten beide gleichzeitig das Quartier verlassen. Und wenn man sie entdeckte...

Gerüchte, Klatsch, neugierige Augen, neugierige Fragen.

Mitleid.

Eine Qual für einen Vulkanier.

»Ich werde dreißig Sekunden warten«, sagte der Vulkanier. »Geh jetzt.«

Der Mensch nickte, ohne zu zögern und ging.

Als Kirk seinen Ersten Offizier am Eingang zum Transporterraum sah, wurde sein Schuldbewußtsein stärker als seine Gereiztheit. Er bedeutete den anderen, sie sollten warten, und näherte sich Spock, um sich für sein Verhalten im Besprechungsraum zu entschuldigen.

»Spock, ich...« begann er, dann prüfte er scharf das Gesicht des anderen. War es der Vulkanier?

»Captain, ich möchte mit Ihnen ein paar Worte unter vier Augen sprechen.«

Kirk zögerte. Aber der Transport nach unten konnte gut und gern noch fünf Minuten warten. »Na, schön. Aber nur ein paar Minuten.«

»Selbstverständlich, Sir.« Sie verließen den Transporterraum und gingen in den verlassenen Korridor hinaus.

»Nun, was soll das alles? Ich sagte doch Ihrem... dem anderen...«

»Sir, der Inhalt der Vorschriften der Sternenflotte ist Ihnen ja bekannt; Buch fünf, Abschnitt sechs, Paragraph sieben.«

Die Stille knisterte zwischen ihnen. »Sie bluffen«, sagte Kirk leise. »Sie wollen eine Fünf-sechs-sieben gegen mich einreichen? Deswegen?«

»Ich bin Offizier der Sternenflotte, Sir«, antwortete der Vulkanier. »Sie sind mein unmittelbarer Vorgesetzter. Die Vorschriften sind ziemlich klar umrissen. Wenn ich den Beweis einer Pflichtverletzung bei mehreren Gelegenheiten habe...«

»Welche Beweise gedenken Sie vorzulegen?« fragte Kirk mit tödlicher Ruhe.

»Die gegenwärtige Situation ist ein solcher Fall. Bei einer anderen Gelegenheit gingen Sie auf den vierten Planeten des Tycho-Sternsystems hinunter und riskierten Ihr Leben, das Leben des Schiffskapitäns, um eine Antimateriebombe zu deponieren für eine Kreatur, die sich von menschlichem Blut ernährte. Damals wies ich Sie darauf hin, daß ich als Vulkanier immun sei gegen...«

»Die Geschichte kenne ich«, sagte Kirk. »Sie glauben also, mich erwischt zu haben? Wenn Sie diese verdammte Anschuldigung zu Protokoll geben, muß ich auf dem Schiff bleiben. Und bis ich die ganze Geschichte in Ordnung bringe, ist die Mission erledigt. Mr. Spock, ich muß es natürlich Ihnen überlassen«, fügte er voll Bitterkeit hinzu. »Sie sind überaus genau. Aber warum haben Sie sich eigentlich die Mühe gemacht, mich zu warnen? *Er* hätte von der

Brücke aus Ihren Fünf-sechs-siebener einreichen können, dann wäre ich, bevor ich es noch geahnt hätte, geleimt gewesen. Sie hätten in Ihrer Wohnung bleiben und mich zwingen können, auf den Transport nach unten zu verzichten, ohne daß Sie Angst vor einer Entdeckung zu haben brauchten.«

Aber da wurde sich Kirk darüber klar, daß der Vulkanier nur aus Freundschaft gehandelt haben konnte. Und jetzt schaute der Mann weg.

»Ich habe das getan, was getan werden mußte«, sagte er leise.

»War das seine Idee oder die Ihre?«

»Wir stimmen hier vollkommen überein.«

»Ich verstehe.« Kirk seufzte tief. »Man sollte Sie wirklich nicht allein nach unten gehen lassen«, bemerkte er scheinbar zusammenhanglos, doch dann schnitt er eine Grimasse, als der Vulkanier ihn nachdrücklich musterte. »Ich weiß. Ihre menschliche Hälfte ist sehr einfallsreich, Mr. Spock. Warum haben Sie nie vorher so etwas getan?«

»Ein Teil von mir war unentschlossen, und es gab Konflikte. Aber in diesem besonderen Fall gab es keinen Konflikt mehr.«

»Sieht ganz so aus.« Kirk zuckte ein wenig zusammen. »Ich... fühle mich also gewarnt.«

Kirk löste den menschlichen Spock auf der Brücke mit einem »Danke sehr, Mr. Spock« ab. Das hätte formell klingen können, doch beide wußten, daß es anders gemeint war.

Der Mensch nickte ernst und ging. Vielleicht wußte er, daß er nun die ganze Mission allein durchzustehen hatte; jetzt mußte er sich um eine neue Einstellung bemühen, ehe er sich wieder mit einem der beiden Spocks zu befassen hatte.

Es war nicht einfach. Die Mission war unterwegs. Hilflos rang er die Hände und fluchte auf sich selbst und die beiden Spocks, weil sie ihn in diese scheußliche Lage gebracht und ihn von den tatsächlichen Ereignissen abgeschnitten hatten. Es war einfach nicht möglich, ausschließlich von der Brücke aus zu kommandieren, und ein Erster Offizier, der da...

Aber eine innere Logik sagte ihm, daß seine Anwesenheit tatsächlich ein Risiko von zweifelhaftem Wert war und vielleicht die Gefahr für die anderen erhöht hätte.

Er sortierte die ganze Sache so gut wie möglich aus, führte das Schiff zur Routine zurück und ging zu ihnen. Interkom oder Türsignal wollte er nicht benützen. So legte er vor ihrer Kabine die Hände an die Wand. *Darf ich hereinkommen? Zu beiden?*

Sie konnten vorgeben, dieses Signal existiere nicht, doch er schien eine Antwort zu empfangen: *Zu beiden.* Die Tür öffnete sich.

Es war seltsam, die beiden nebeneinander vor sich zu sehen, doch es gelang ihm sogar ein kleines Lächeln, als sich die Tür wieder hinter ihm geschlossen hatte.

»Wenn es etwas nützt«, meinte er verlegen, »dann erkenne ich euren Standpunkt an. Ob er mir gefällt ist da unwichtig. Und wenn ihr es noch einmal versucht, kann es leicht sein, daß ich euch die Köpfe einschlage.«

Zwillingsbrauen hoben sich, und der Mensch tauschte einen Blick mit dem Vulkanier. »Wir... fühlen uns gewarnt«, antwortete Spock, der Mensch, mit dem leisen Anflug von Humor, den der Vulkanier sich gestattet hätte.

»Wir sind uns jedoch noch immer in dieser Sache einig«, fügte der Vulkanier hinzu.

Kirk nickte. »Das mache ich später mit euch aus.« Sein Gesicht zog er absichtlich in strenge Falten. »Aber ihr versteht doch, was ich meine? Heute habt ihr gemeinsam etwas getan, das keiner von euch allein hätte tun können.«

»Nicht einmal gemeinsam«, erwiderte der Vulkanier.

»Ja«, meinte Kirk. »Aber das könnten Sie jetzt, da Sie aus Ihrer Trennung einiges gelernt haben, wie ich es aus der meinen lernte und jetzt noch aus der Ihren. Ich brauchte die Kraft meines anderen Ichs, auch wenn es eine dunkle Kraft war, eine hungrige Kraft. Und ich mußte einen Weg finden, auch sie... zu lieben. Ich weiß, bei euch beiden ist es etwas anderes, aber ich denke, es besteht das Bedürfnis danach. Für euch ist es härter. Und ich weiß auch, daß ich meinen Freund brauche; euch beide und – zusammen.«

Der Vulkanier trat näher zu ihm, blieb aber ein paar Schritte entfernt stehen. »Wir verstehen das auch – logisch, sogar ich.« Auch er gestattete sich nun einen Anflug von Humor, der trotzdem von einem tiefen Weh sprach. »Es ist nur so, daß das, was zuerst auf Sie zukam, auch… uns treffen wird.« Er holte tief Atem. »Besonders mich, sobald es kommt.«

»Wir kennen die Notwendigkeit«, fügte der Mensch im Ton des Vulkaniers hinzu. »Intellektuell, logisch und unausweichlich. Er hat die mathematische Seite gelöst, und das Gerät werden wir aus den Mitteln der Sternbasis bauen. Aber die emotionelle Seite… Sie akzeptieren sie schnell, aber wir sind nicht sicher, daß wir sie beherrschen. Wir sind ja schließlich beide… Vulkanier.«

»Und beide seid ihr Spock«, ergänzte Kirk. »Ihr werdet es schaffen. Ich weiß nicht einmal, ob ich euch vom Verstand her begreifen kann, ich zweifle sogar sehr daran. Vielleicht ist das die Schwierigkeit. Aber ich denke, der Grund für den letzten Schritt ist so etwas wie… schiere Bosheit.« Und jetzt lachte Kirk jungenhaft. »Und davon, fürchte ich, habt ihr eine ganze Menge.«

Schnell wandte er sich der Tür zu. Verschwinde, sagte er zu sich selbst, ehe einer von beiden zu unvulkanisch wird. Trotzdem drehte er sich noch einmal um. »Versteht ihr, ich halte zu euch.«

Das wissen wir. Aber keiner hatte gesprochen.

Zehn Tage später, es war mitten in der Nacht, suchte sich Kirk seinen Weg durch das Lazarett der Sternbasis zum neu angelegten Operationssaal, in dem nun das riesige Instrument untergebracht war, das Spocks Wiedervereinigung bewirken sollte. Es war die letzte Nacht vor dem beabsichtigten Versuch, und noch immer wurde das Gerät überprüft. Kirk vermutete, daß niemand von den Beteiligten seit der Landung ausreichend geschlafen hatte.

Beide waren sehr in sich versunken. Sie sprachen kaum miteinander oder nur dann, wenn die Arbeit am Gerät dies erforderte.

Kirk vermutete, daß sie auch, wenn sie allein waren, so schweigsam blieben, und den Grund dafür glaubte er zu kennen. Ihre Trennung dauerte nun schon zehn Tage länger, und in diesen zehn endlosen Tagen schienen sie sich zu fragen: Bin das wirklich ich? Kein Wunder, daß dieses Warten ihre Nerven über Gebühr beanspruchte.

Er fand sie so, wie er sicher war, sie zu finden: Der Vulkanier machte sich an den Computern zu schaffen, der Mensch stand im Schatten des riesigen Raumes, hatte die Hände hinter dem Rücken verschränkt und starrte die Maschine an, die er mit seinem zweiten Ich und mit der Hilfe von drei sorgfältig ausgesuchten Technikern gebaut hatte. Die Techniker waren natürlich längst zu Bett gegangen.

Langsam ging Kirk auf die Maschine zu. Er fand, daß er nicht unempfindlich war für eine zwingende Faszination. Er konnte sich ja selbst noch an das Trauma des Getrenntseins erinnern, und jetzt war es, als er die schimmernde Konstruktion musterte, fast so, als sehe er sein dunkleres Ich auf sich zukommen.

Kann das ich sein? Er ging am menschlichen Spock vorbei und war sich dessen kaum bewußt. Das Spiegelbild, ein wenig verwischt, etwas verzerrt und vor allem irgendwie drohend, kam ihm weiter entgegen. Kirk blieb stehen, und er und sein Spiegelbild musterten einander schweigend.

Seine Geste kam ohne Absicht, ehe er sich dessen bewußt war, daß seine Hand sich bewegte; es war eine rasche Aufwärtsbewegung des Mittelfingers, ein einfaches Symbol eines einfachen Begriffs, beide von der Erde stammend und beide uralt.

Gleichzeitig bemerkte er, daß er und sein Spiegelbild grinsten. Und daß der menschliche Spock einen kleinen Laut von sich gab, der zwischen einem Stöhnen und einem Kichern lag. Kirk drehte sich um und sah die Miene seines Freundes, die eine außerordentliche Mischung von Amüsement und Mißbilligung darstellte.

»Jim, das ist nicht die Antwort.« Fast klang es wie ein Seufzer. Aber Spocks Menschlichkeit konnte eine objektive Nüchternheit einfach nicht durchhalten.

»Für den Anfang wird es genügen.« Spock schüttelte müde den Kopf, und Kirk machte eine Kopfbewegung zu dem selbstvergessenen Vulkanier, der ein paar Schritte von ihnen entfernt in den Computer vertieft war. Er ging zum Menschen und legte ihm eine Hand auf die Schulter, um ihn so von der Maschine und allem, was damit verbunden war, wegzuschieben. »Na, jetzt komm, mein Freund. Genug ist genug.«

Als er sich jedoch dem Vulkanier näherte, überkam ihn eine plötzliche Hemmung. *Das ist ein Vulkanier, und Vulkanier lieben keine Berührung.* Seine halb erhobene Hand fiel herab.

In diesem Moment drehte sich der Vulkanier um und sah sich seinem Captain gegenüber. Kirk war sich dessen sicher, daß er Spock – den geteilten oder ganzen – niemals so deprimiert gesehen hatte. Er schien überhaupt nicht geschlafen zu haben, und Kirk kannte auch sofort den Grund: Der menschliche Spock konnte sich vielleicht für einen Moment entspannen, er konnte sogar am Abend seiner Wiedervereinigung mit einem Freund lachen. Der Vulkanier hatte kein solches Ventil. Seine eigene private Hölle der Ahnungen und Erwartungen war in einem unbewachten Moment in seinen Augen zu erkennen, und Kirk reagierte auf die einzige ihm mögliche Art. Er legte sanft eine Hand auf die vor Spannung starre Schulter und drückte sie kurz.

»Mein Freund, höchste Zeit, ein wenig zu schlafen. Morgen ist ein ganz neuer Tag.«

Die Muskeln im Gesicht des Vulkaniers zuckten nicht einmal. Kirk wußte, dieser Spock konnte niemals so lächeln, wie der menschliche Spock auf der Brücke gelächelt hatte. Und doch spürte er, wie die magere Schulter unter seiner Hand sich entspannte und wie die dunklen, ausdruckslosen Augen doch einen Funken neuen, schimmernden Lebens zeigten.

Der Blick des Vulkaniers schweifte zu seinem anderen Ich, fast als suche er dort einen Ausdruck, dessen er selbst nicht fähig war.

Kirk sah von einem zum anderen, und die beiden schauten einander unverwandt an. Ihre emotionelle Einheit war mit Händen zu greifen, und er dachte kurz daran, ob die Tatsache, daß er in körperlichem Kontakt mit beiden stand, ihn zum telepathischen Leiter machte. Nun, jedenfalls war die Einheit da, vielleicht zum erstenmal Wirklichkeit. Es erschien ihm möglich, die beiden bis zum folgenden Tag gut durchzubringen.

»Na, kommen Sie schon, Sie beide«, sagte er. »Und das ist ein Befehl, Mr. Spock«, fügte er scherzend hinzu.

Zwei rechte Brauen hoben sich. »Jawohl, Sir«, folgte die gleichzeitige Antwort. Der Vulkanier schaltete den Computer ab, und dann verließen die beiden, Kirk zwischen ihnen, den Saal. Und beiden hatte Kirk je eine Hand auf eine Schulter gelegt.

Was immer es auch war, vielleicht war es dasselbe – oder reine Bosheit –, das sie am nächsten Tag den endgültigen Schritt tun ließ, während er und Pille ernst zuschauten.

Captain's Log, Sternzeit 5763.7. Die Crew genießt die Erholungsanlagen auf Sternbasis Zehn seit zehn Solartagen. Die Enterprise hat Befehl erhalten, zum Sektor Fünf aufzubrechen, um dort Forschungstätigkeiten und kartographische Arbeiten durchzuführen. Die Crew scheint sich ausgeruht zu haben und in guter Stimmung zu sein. Alle sind vollzählig anwesend.

Kirk schaltete, wie so oft vorher, das Band ab. Aber diesmal fügte er für sich hinzu: *Gott sei Dank...*

»Mr. Sulu, treffen Sie alle Vorbereitungen zum Verlassen der Umlaufbahn«, befahl er.

»Jawohl, Sir.«

»Mr. Spock?« Hinter Kirk war die Stimme des ärztlichen Chefoffiziers zu vernehmen. »Meine Instrumente wurden für Sie neu geeicht, und diese Wache ist fast vorüber. Jederzeit, wenn Sie wollen, Sir.«

»Das, Doktor«, antwortete Spock von seiner Station aus, »ist eine sehr interessante Redeform, mit der es den Menschen gelingt, mit fünf Worten das zu sagen, was sich mit dreien ausdrücken ließ. ›Ich bin bereit.‹«

»Ich bin bereit«, wiederholte McCoy gutmütig.

»Aber ich bin es nicht, Doktor.«

Nach einem Moment des Schweigens begann McCoy düster: »Spock...«

»Ich«, unterbrach ihn Spock, »bin noch zwei Komma einundsechzig Minuten im Dienst. Wenn Sie die Vorschriften der Sternenflotte, Buch drei, Abschnitt...«

»SPOCK!«

»Pille...« Kirk drehte sich in seinem Stuhl herum und grinste McCoy an. »Gib's doch auf, Pille«, riet er ihm.

»Vielen Dank, Captain«, sagte Spock leichthin, schaute aber nicht auf.

Dann drehte er sich langsam und voll Kirk zu. Als er wieder sprach, diesmal in einem völlig veränderten Ton, wurde die Brücke für beide das Spiegelbild einer lange vergessenen Zeit, als Kirk derjenige gewesen war, der erst vor kurzem wieder zu einer Einheit geformt werden konnte.

»Von uns beiden«, fügte Spock noch hinzu.

»Sprechen Sie für sich selbst«, sagte McCoy, doch dann schwieg er, weil ihm dämmerte, daß diese letzten Worte nichts mit ihm oder ihrem Disput zu tun hatten.

Der Captain und sein Erster Offizier schauten einander noch immer an. Dann schwand langsam das Lächeln aus Kirks Gesicht, wenn auch ein Rest blieb. Im Geist sah er die Worte von Rudyard Kipling, die er in der Schiffsbibliothek gefunden hatte:

Ein Mann unter tausend, sagte Salomon,
Wird dir näher sein als ein Bruder...
Aber der Tausendste steht an deiner Seite.
Am Fuß des Galgens – und später...

Die einzige Antwort auf Kirks Lachen war die Andeutung eines Lächelns des Menschen Spock, ehe sich der Erste Offizier der *Enterprise* wieder seinen Pflichten zuwandte.

Einleitung zu »Schnittpunkt im All«

VON JAMES DOOHAN

In den Anfangstagen von *Raumschiff Enterprise* dachte man, daß mit der Person des Chefingenieurs nicht viel anzufangen wäre, vor allem deshalb, weil er »unten im Maschinenraum« war. Aber die Autoren ließen Scotty immer wieder auftauchen, und natürlich konnte er alles reparieren. In dieser spannenden Episode von Juanita Coulson taucht Scotty, unterstützt von Mr. Spock und anderen, natürlich auch auf.

Wie Scott das Erschüttern, das Aufreißen und das Durchbohren seiner geliebten *Enterprise* ertragen konnte, werden wir niemals wirklich wissen. Wir wissen aber, daß er an Impulsmaschinen gewöhnt war und mit Dilithiumkristallen spielte, bevor er die »Theorie von den parallelen Realitäten« las, die ihm einen Intensivkurs vermittelte, den er bis heute nicht vergessen hat.

Schnittpunkt im All

Jim Kirk knabberte an seinem Daumennagel und funkelte den Bildschirm an. Mit jedem Moment wurde der Captain gereizter. Im Mittelpunkt des Bildschirms und ihn beherrschend schwamm ein milchiger Schleier, und die Sterne dahinter waren unklar zu sehen und halb verborgen. Drei Stunden, und sie hatten fast das Phänomen umkreist, und was konnten sie nun vorweisen?

»Mr. Spock.« Der Wissenschafts-Offizier wandte sich zu ihm um, als Jim Kirk den Kommandosessel zu ihm schwenkte.

»Nichts Schlüssiges. Die Orter zeigen noch immer eine Interferenz an, die das totale Spektrum beeinflußt. Das Phänomen scheint kugelförmig zu sein, etwa dreihunderttausend Kilometer im Durchmesser. Aber ohne weitere Annäherung wird es vielleicht unmöglich sein, mehr zu erfahren.«

»Das haben Sie schon früher vorgeschlagen. Aber bevor wir die *Enterprise* näher heranführen, brauche ich...«

»Captain«, unterbrach ihn Sulu, »es hat die Richtung geändert.«

Spock beugte sich über seine Sensoren. »Bestätigt. Das Feld dehnt sich sehr schnell aus, und zwar in unsere Richtung. Verlust der Feldgröße des Sternes schreitet geometrisch fort.«

»Antrieb auf Rückstoß, Mr. Sulu. Sol zwei.«

»Felddurchmesser ist jetzt achthunderttausend Kilometer«, warnte Spock, »und Kontakt steht unmittelbar bevor.«

Plötzlich flogen Sulus Hände vom Ruder, und die ganze Brücke schien unter der Mannschaft wegzugleiten. Sie rutschten von Stühlen und klammerten sich an Geräte und Geländer. Jim hing dankbar in seinem soliden Kommandosessel; aus den Augenwinkeln heraus sah er Sulu, der sich an seinen Instrumenten festhielt, um die letzte, noch offene Anweisung auszuführen.

Kirks Ohren schmerzten, und er hörte ein Signal, das es auf der

Enterprise, solange er denken konnte, noch nie gegeben hatte – das Signal einer am nächsten Moment drohenden Kollision.

Und was stimmte mit den Lichtern nicht? Für einen Sekundenbruchteil gingen sie völlig aus, und als Scotty von der Maschinenstation auf Handbetrieb überging, leuchteten sie zwar wieder auf, aber nur halb so hell wie vorher.

Die von ihren Plätzen geschleuderte Crew kroch auf ihre Stationen zurück. Uhura überwachte die Rückmeldungen der einzelnen Abteilungen; Spock beschäftigte sich intensiv mit seinen Sensoren, und Sulu legte schließlich wieder die Hände fest an das Ruder. »Diese Deflektoren sollten ja wirklich …«, murmelte er. »Captain, wir haben keine Kontrolle mehr. Und keine Energie.«

»Alles scheint wie eingefroren«, berichtete Chekov und schimpfte mit seiner Konsole.

Scotty hing schon am Interkom. »Jerry, alle nicht lebenswichtigen Systeme sofort abschalten. Alle verfügbare Antriebsenergie auf Ruder umleiten. Und gib uns alles, was drinnensteckt.«

»Sir, wir können nicht …«

»Wenn wir Antriebsenergie haben, können wir vielleicht von diesem … diesem …, egal, was es ist, abscheren«, meinte Kirk. »Maschinenstation, wo liegt das Problem?«

»Auf Ebene drei ernsthafte Beschädigungen. Deshalb können wir euch keine Energie liefern. Dort erfolgte auch der Aufprall.«

»Schadenskontrolle unterwegs«, meldete Uhura.

»Ich würde äußerste Geschwindigkeit empfehlen.«

Kirk warf einen Blick über die Schulter zu Spock. Dieser Ton gefiel ihm ganz und gar nicht.

»Um genau zu sein, Maschinenstation Sektion 68-C ist der Aufprallpunkt. Sensoren zeigen an, daß beide Rumpfschichten durchschlagen wurden.«

Einen Augenblick lang war Kirk wie vor den Kopf geschlagen, so daß er nicht einmal antworten konnte. Sofort dachte er an eine offene, möglicherweise tödliche Wunde im Leib der *Enterprise*. »Was … Womit sind wir denn zusammengestoßen, Spock?« fragte er schließlich.

»Mit nichts, wie es scheint«, bekam er zur Antwort.

Der Captain sprang auf, beugte sich über das Geländer der oberen Brücke und funkelte den Vulkanier an. »Beide Rumpfschichten durchschlagen, und Sie sagen, wir seien mit nichts zusammengestoßen?«

Spock blinzelte, weil der Ton so vorwurfsvoll war. »Wir haben in der Tat einen Zusammenprall zu verzeichnen, aber im Moment ist die Natur des anderen Objekts noch unbekannt. Wenn wir den Sensoren glauben, so ist dort gar nichts. Deshalb versagten ja auch die Deflektoren.«

»Mr. Scott«, kam es aus dem Interkom. Die Stimme klang angestrengt. »Risse beschränkt auf Abschnitt fünf und sechs im unteren Abschnitt J. Seltsam, unser Lebenserhaltungssystem scheint intakt zu sein. Kein Verlust von Luft oder Wärme, auch der Druck ist normal. Nur kleine Verletzungen.«

Kirk lehnte sich über Spocks Arm und drückte den Interkomknopf an der Station des Wissenschafts-Offiziers. »Können Sie von Ihrem Platz aus den Riß sehen? Und können Sie feststellen, was uns getroffen hat?«

»Ich... Ja, Sir. Aber ich denke, Sie sollen es sich besser selbst ansehen, Captain.«

»Schön. Scotty, kommen Sie mit.«

Als Kirk und Scott den Maschinenraum erreichten, herrschte im Korridor ein füchterliches Durcheinander an Kabeln und Geräten der Schadenskontrolle, und aus beschädigten Leitungen sickerte Flüssigkeit. Die beiden Männer mußten sich zwischen Technikern und Hilfspersonal hindurchzwängen, und der junge, rothaarige Leutnant, der hier das Kommando hatte, war offensichtlich erleichtert, sie zu sehen. »Ich habe einen Monitor auf das Lebenserhaltungssystem und diesen merkwürdigen Energieverlust angesetzt, Sir.«

»Sehr gut. Dubois, nicht wahr?« fragte Kirk. Ihm fiel ein, wie Scotty während der sechs Monate, die Dubois beim Anschnitt Maschinen eingesetzt war, immer lauter sein Lob sang.

»Aye!« Scotty strahlte und klopfte Dubois auf die Schulter.

Im Rumpf der *Enterprise* klaffte ein langer, unregelmäßiger, gezackter Riß. Er reichte über zwei Schiffsebenen, und Metallzacken ragten in das Schiffsinnere. Es sah aus, als habe ein riesiges unsichtbares Geschoß beide Hüllen aufgerissen. Durch diesen Riß sah man nichts als einen wirbelnden, vielfarbigen Nebel, der in ständiger Bewegung schillerte und sich ineinander verwob. Jims Magen zog sich zusammen, als er das sah.

»Du meine Güte«, rief Scott, als ihm Dubois ein Stück von einem Gerät entgegenhielt. »Doch nicht der ganze Schaltkreis!«

»Ich fürchte schon«, antwortete Dubois. »Deshalb gibt es ja auch keine Antriebsenergie. Lissa, ist etwas auf dem Monitor zu sehen?« Eine hübsche, dunkelhaarige Technikerin schaute von dem Instrument auf, das unmittelbar vor dem Riß installiert worden war. Sie schüttelte den Kopf.

Spocks Stimme war über Interkom zu vernehmen, und Kirk drückte den Knopf. »Erster Überblick: In allen Abschnitten des Schiffes ist ein dauernder ernsthafter Energieverlust festzustellen, Captain.«

Captain Kirk blinzelte zu den schwachen Lichtern hinauf.

»Unser Energieausstoß beträgt höchstens noch die Hälfte.«

Mit dem anderen Ohr hörte er Scotty, der Dubois beauftragte, eine RG-Einheit zusammenzustellen, und auch Dubois' Protest, der Zusammenbau könne Stunden dauern. Und dann beanspruchte Spock wieder Kirks volle Aufmerksamkeit.

»Wir haben sehr wichtige Daten. In unserer unmittelbaren Nähe treiben metallische Trümmer.«

»Von der *Enterprise*?« fragte Kirk.

»Nein. Aber sie müssen von einem Schiff der Föderation stammen, vermutlich einem Erkundungsschiff der Avenger-Klasse. Ein solches Schiff ist vor einem Sonnenmonat, etwa zwei Parsek von unseren Koordinaten entfernt, verschwunden, als es auf Patrouille war. Jim...« Spocks Stimme zog Kirks Magen noch mehr zusammen.

»Ich verstehe. Scotty, können Sie uns wenigstens soviel Antriebsenergie liefern, daß wir manövrierfähig sind?«

Der Chefingenieur schaute ihn groß an und schüttelte den Kopf. Er und Dubois hielten noch immer fast zärtlich das Geräteteil in der Hand, als sei es ein verletzter Kamerad. »Wir können nicht, Sir. Es ist noch schlimmer, als ich gedacht habe. Den Riß können wir behelfsmäßig abdecken, aber Manövrierung liegt nicht im Bereich der Möglichkeit.«

»Als dieses... Ding uns traf, verloren wir unsere Stromkreis-Hauptkupplung, Sir. Und das Feedback nimmt uns jede Alternative. Daher kommt der Energieverlust. Das ganze Ding ist unnütz, wenn wir diese Hauptkupplung nicht haben.«

»Und wo ist die? Was heißt, wir haben sie ›verloren‹?«

Scotty hielt ihm ein abgerissenes Kabel entgegen. »Das haben sie gefunden. Es reichte in... das... dort hinein, Captain.« Er deutete in den bunten, wirbelnden Nebel hinaus.

Der Besprechungsraum war unter diesen Bedingungen ein Luxus, den man sich eigentlich nicht leisten konnte, aber Kirk meinte, sie könnten alle klarer denken, wenn sie nicht ständig diesen Riß vor sich sähen. Scotty, Dubois und Technikerin Hart mußten allerdings ununterbrochen am Interkom hängen, um die Szene unten zu beobachten, und da meinte Kirk, die Idee des Konferenzraums sei schließlich doch nicht so gut gewesen. McCoy trommelte mit den Fingern dauernd auf den Tisch und wartete auf den Moment, daß er seinen Zorn an Spock auslassen konnte, und da kam er auch schon an.

»Diese Trümmer stammen tatsächlich von der USS *Halcyon*«, berichtete Spock.

»Und wer hat sie vernichtet?« fragte Kirk.

»Logik und die spärlichen Daten, die wir haben, lassen vermuten, daß sie in Kontakt kam mit diesem Feld oder was immer das ist, mit dem wir zusammengestoßen sind.«

»Und was genau ist dieses Feld oder was immer es ist?« forderte Kirk.

Spock setzte sich und legte bedächtig die Fingerspitzen aneinander. »Ich spekuliere nicht gern, aber Zeitfaktor und Gefahrenelement zwingen mich dazu. Nach dem, was wir bis jetzt entdeckt haben, könnten wir theoretisieren, daß dieses Feld ein interdimensionaler Kontaktpunkt ist oder, genauer ausgedrückt, ein Schnittpunkt.«

»Interdimensional…«, flüsterte Kirk.

»Sie meinen so etwas wie die Welt, in der jeder ein Double hat, die wir schon kennengelernt haben?« fragte Scott verblüfft.

»Nein, das nicht, Mr. Scott. Das ist hier etwas ganz anderes und unendlich gefährlicher. Eines wissen wir sicher: Das Feld bleibt nicht konstant. Es kann sich sehr rasch ausdehnen, so etwa wie zu dem Zeitpunkt, an dem es sich uns entgegenbewegte und mit uns kollidierte. Oder es kann sich ebensogut zusammenziehen.«

»Um wieviel?« wollte Dubois wissen, und Lissa Hart sah verängstigt drein.

»Leutnant, wir haben keine Möglichkeit, das zu errechnen. Ich schlage vor, wir lassen uns auf keine Experimente ein. Also sollten wir hier nicht den Zeitpunkt seines Verschwindens abwarten. Im Moment erhält dieser Kontakt die Arbeitsfähigkeit unseres Lebenserhaltungssystems, aber als Grund ist diese Überlegung nicht ausreichend, um die ständige Gefährdung der *Enterprise* damit zu rechtfertigen.«

»Aber wir sind doch bewegungsunfähig!« rief Scotty verzweifelt.

»In drei Stunden haben wir die RG-Einheit betriebsbereit«, meinte Dubois.

Kirk sah Spock an. »Gegenwärtiger Zustand des Feldes?«

»Sehr schwierig, dies genau festzustellen, aber ich schätze, es sind runde 750000 Kilometer.« Spock sah ernst drein und sprach sehr langsam und nachdenklich. »Das Feld beginnt sich zusammenzuziehen. Wenn es sich verdichtet, stellt es eine eindeutige und unmittelbare Gefahr für die *Enterprise* dar. Wenn es sich zusammenzieht und gleichzeitig schließt, solange wir es noch berühren, werden wir wohl alle das Schicksal der *Halcyon* teilen und als Trümmersammlung enden.«

Kirk holte tief Atem. »Dann müssen wir schnellstens von hier weg.«

»Wir müssen aber den ständigen Energieverlust berücksichtigen. Er ist unseren Bemühungen sehr hinderlich.«

»Natürlich. Selbst wenn wir diese RG-Einheit rechtzeitig einbauen könnten, funktioniert sie vielleicht nicht voll«, erklärte Scotty bedrückt. »Die einzige Möglichkeit, die erforderliche Minimalleistung herauszuholen, ist diese Kupplung.«

»Und die ist da drüben. Wie wäre es mit Waldos, Scotty?« schlug Kirk vor. »Können wir nicht damit... in diese andere Dimension hinübergreifen und die Kupplung zurückholen?«

»Daran hatten wir sofort gedacht, Captain«, erklärte Scotty. »Aber mit diesem Energieverlust arbeiten Waldos auch nur mit halber Leistung. Sie können dann nicht so sicher greifen und vor allem nicht festhalten. Und... selbst wenn wir einem Gegenstand sehr nahe sein sollten, wissen wir ja nicht, ob es gerade die Kupplung ist.«

»Das ist richtig«, pflichtete ihm Spock nüchtern bei. »Wir könnten blindlings etwas greifen, das für uns eine weitere große Gefahr bedeutet.«

Kirk wandte sich an McCoy. »Was befindet sich da drüben, Pille? Hat dein Biolabor schon etwas vorliegen?«

McCoy runzelte die Stirn. »So komisch es auch klingt, Jim, da drüben gibt es eine offensichtlich solide Bodenoberfläche und eine Stickstoff-Sauerstoff-Atmosphäre. Ein Mensch könnte zumindest das Zeug atmen.«

»Dann gehen wir dort hinein und suchen das Ding«, schlug Dubois vor.

»Junger Mann, jetzt machen Sie aber ein bißchen langsamer«, brummte McCoy. »Ich sagte, man könnte das Zeug atmen, aber ich haben nichts davon gesagt, daß man dort auch leben könnte.«

»Es könnte drüben uns noch unbekannte Faktoren geben«, räumte Spock ein und erntete dafür einen anerkennenden Blick des Doktors.

»Temperatur, Pille?«

»Etwa vierzig Grad, also erträglich.«

»Der Nebel?«

McCoy breitete hilflos die Hände aus. »Nichts, was unsere Labors analysieren könnten. Wir haben weiß Gott wie viele Muster von diesem Zeug untersucht. Unsere Biocomputer geben nur dummes Zeug von sich.«

»Verständlich«, meinte Spock. »Unsere physikalischen Gesetze lassen sich darauf nicht anwenden. Tatsächlich ist die Wahrscheinlichkeit, daß es eine derartige Übereinstimmung in der atmosphärischen Zusammensetzung gibt, verschwindend gering.«

Kirk wandte sich wieder an McCoy: »Sage bitte deine Meinung: Könnte ein Mensch dort drüben lange genug überleben, um diese Kupplung zurückzuholen?«

Der Doktor sah gequält drein. »Das kann ich nicht sagen, Jim. Möglich wäre es. Aber es könnte dort, wie Spock auch andeutet, Dinge geben, die wir uns gar nicht vorzustellen vermögen.«

»Aber wenn wir's nicht schnellstens versuchen, könnten wir sehr bald schon sehr tot sein.«

»Das ist ein Spiel mit einem Menschenleben.«

»Pille, was bleibt uns sonst übrig?«

»Captain, ich erkenne die Kupplung auf den ersten Blick«, sagte Dubois eifrig. Lissa Hart legte ihre schmale Hand auf seinen Unterarm, und er schüttelte sie beruhigend.

»Wenn jemand geht…«, begann Scotty.

»Mr. Scott, aber ich kann den Einbau nicht vornehmen. Das können ausschließlich Sie zeitgerecht schaffen.«

Kirk unterbrach die beiden. »Meine Herren, wir können mit Debatten keine Zeit verschwenden. Wir wissen ziemlich sicher, daß die Crew der *Halcyon* zu lange gezögert hat. Miß Hart, besorgen Sie eine Sicherheitsleine, die Ausrüstung und was sonst noch dazugehört. Scotty, wie groß ist eigentlich diese Kupplung?«

Scott überlegte. »Drei Kilogramm, vielleicht ein wenig mehr.«

»Das kann man tragen. Gut. Und wenn wir das Ding zurückbekommen, wie lange dauert es dann, bis es dort eingebaut ist, wohin es gehört?«

»Eine Minute oder zwei, sobald die Anschlüsse vorbereitet sind.«

»Und bis das Ruder mit Energie versorgt ist?«

Scotty schnitt eine Grimasse. »Noch mal zwei oder drei Minuten.«

»Mr. Dubois, nehmen wir an, Scotty könnte es nicht mehr tun, wie lange würden Sie zu diesem Einbau brauchen?« fragte der Captain.

»Mindestens fünf Minuten, Captain«, kam die Antwort.

»Er könnte es in...«

»Nein, ich kann nicht *garantieren*, daß es schneller ginge. Ich habe ja nicht die Erfahrung von Mr. Scott.«

Kirk wußte, daß Scott das Risiko lieber auf sich genommen hätte, aber nun mußte er doch die Frage stellen, die der Chefingenieur am meisten zu fürchten schien: »Ich brauche eine ganz ehrliche Antwort... Wenn etwas schiefgeht, brauche ich Sie, Scotty, um uns hier alle rauszuholen. Kann Leutnant Dubois die Kupplung ebensogut finden wie Sie?« Widerstrebend nickte Scott. »Dann werde ich...«

Der Interkom summte, und Spock erhielt einen Lagebericht. Alle hörten, daß das Feld dahintrieb und mit ihm die *Enterprise*, und daß es begann, sich zusammenzuziehen.

Erst als Dubois die Sicherheitsausrüstung anlegte, empfand Kirk richtige Sorge, da auch Scotty besorgt dreinschaute, gleichzeitig aber auch enttäuscht war, weil Jerry und nicht er in den Nebel hinausgehen sollte. Die Schadenskontrolle hatte den größten Teil des Risses inzwischen abgedeckt und versiegelt, und nur noch ein schmaler Durchgang führte in die wirbelnden Farben hinaus.

»Alles fertig, Captain«, meldete Jerry Dubois zuversichtlich. Lissa Hart winkte zu ihm hinauf und kehrte dann an ihr Monitorgerät zurück. Scotty nickte ihm ermutigend zu und lachte. »Viel Glück, Junge!« rief er.

Jim Kirk sah sich um. Inzwischen hatten sich viele Menschen an dem Riß versammelt. Scotty schuf sich einen Gang direkt zu jener Stelle, wo die Kupplung eingebaut werden mußte, sobald Jerry sie zurückbrachte. Die Schadenskontrolle stand bereit, um den restlichen Riß im Schiffsrumpf abzudichten. Uhura hatte einen Platz neben der nebelgefüllten Spalte bezogen und ein nichtmechanisches Hörgerät aufgesetzt, das die Schiffswand direkt mit ihren Ohren verband.

Kirk holte tief Atem und gab den Befehl. Die Sicherheitsgruppe fuhr die Leine aus, und Leutnant Dubois trat, ohne zu zögern, durch den Riß.

»Wenn wir ihm nur ein Sprechgerät mitgeben könnten...«, meinte Scott.

»Mr. Scott«, antwortete Spock mit müder Stimme, »Sie sind sich doch dessen bewußt, daß dieses seltsame Feld auf alle Geräusche dämpfend wirkt und der Energieverlust jedes elektronische Gerät jenseits der dimensionalen Barriere nutzlos macht. Unsere Tests...«

»Ich weiß, ich *weiß*!«

Uhura begann laufend Meldungen über den unsichtbaren Dubois abzugeben.

Jeder lauschte mit Hingabe dem, was Uhura berichtete. Ihre Miene drückte aus, wie intensiv sie nach draußen hörte. »Zwölf Meter jetzt. Er glaubt, er sieht... Vielleicht ist... es... ein Einbruch... in das Fe... Fe...«

»Was?« fragte Kirk leise und versteifte sich ahnungsvoll.

»Farben. Zu viele. Zu viele Dinge. Jerry sagt...« Ihr schönes Gesicht verzerrte sich. »Nein!« Ihre Hände flogen an die Ohren. Unglauben und Entsetzen prägten sich auf ihrem Gesicht aus. »Er kann nicht... Er kann nicht! Nein! Diese Frequenz dürfte ich gar nicht hören können. ICH KANN DIESE FREQUENZ NICHT HÖREN! ICH KANN NICHT!« Ihr Mund öffnete sich zu einem tonlosen Schrei.

Kirk, Spock und McCoy liefen gleichzeitig auf sie zu, aber McCoy und der Vulkanier standen ihr am nächsten und hoben sie vom Rand der Öffnung weg. Spock löste vorsichtig das Hörgerät aus ihren zitternden Händen und warf es mit ungewohnter Heftigkeit weg. McCoy winkte mit der freien Hand, und Schwester Chapel kam mit einer Beruhigungsspritze angerannt, als Uhura zusammenbrach und herzzerreißend weinte.

»Die Leine!« schrie Scott. »Sie ist schlaff!«

»Einholen«, befahl Kirk. Der Mann an der Leine zog sie Hand über Hand herein, aber er mußte sich so anstrengen dabei, als hänge das Leinenende irgendwie fest. Kirk half ihm beim Einholen und rechnete schon damit, einen bewußtlosen Dubois aus den wirbelnden Farben nach innen zu ziehen.

Aber als der junge Leutnant erschien, war er auf den Füßen. Die Augen hatte er weit offen, die Hände preßte er gegen den Leib. Aber sie waren leer. Kirk war unbeschreiblich enttäuscht. Die Kupplung befand sich also noch irgendwo da draußen.

Lissa Hart drängte sich zwischen den Mann an der Leine und Jerry. Ihre Hände legten sich um sein schwitzendes Gesicht, aber nichts ließ darauf schließen, daß er sie erkannte. Seine Augen waren leer. Das Mädchen schüttelte ihn, flehte ihn an. Erst als sie schrie, zog Kirk sie von Dubois weg.

Lissa schluchzte, Schwester Chapel murmelte Trostworte, aber sonst war es im Revier sehr still. Kirk hätte zu gerne vom Untersuchungstisch weggeschaut, wo McCoy über Dubois, der starr und mit offenen Augen dalag, gebeugt stand. Als sich der Arzt endlich aufrichtete, war Jim auf ein vernichtendes Urteil gefaßt. »Nun ja, genaugenommen ist er nicht wahnsinnig«, stellte McCoy müde fest; er hielt Kirk ein medizinisches Personalblatt entgegen, das der Captain aufmerksam studierte. Schließlich nahm es Spock in die Hand.

»Pille...«

»Er erkennt uns nicht. Auch sonst nichts. Was er in jener Dimension sah oder erlebte, hat seine Mentalität zerrüttet. Sie ausgelöscht. *Zerstört*. Ich habe keine Ahnung, was ihm dort begegnet ist, aber den kannst du für den Rest seines Lebens abschreiben.«

»Und das wird nicht mehr lange dauern. Für keinen von uns«, stellte Kirk grimmig fest. »Pille, es war meine Verantwortung. Daran läßt sich nichts ändern. Wenn wir hier nicht bald herauskommen...«

»Aye, Captain.« Scotty kam herein, warf einen bekümmerten Blick zum Untersuchungstisch und straffte die Schultern. »Der Computer gibt uns nur mehr sehr wenig Zeit. Eine Stunde. Maximal.«

»Was ist mit diesem RG-Gerät?«

Scotty seufzte und schüttelte den Kopf. »Dauert noch eineinhalb Stunden.«

»Jim, du hast getan, was du konntest«, sagte McCoy leise. »Dubois versuchte die einzige Chance wahrzunehmen, die wir hatten. Und ich glaube, er hätte es fast geschafft. Wir wußten ja gar nichts.«

»Doktor, diese medizinischen Daten des Leutnants...«

»Spock, muß das denn sein?«

Der Vulkanier blinzelte, weil McCoy so gereizt antwortete, fuhr aber fort: »Mir scheint, einige der hyperenzephalographischen Daten sind unverändert.«

»Aber nicht die *wichtigen*«, knurrte McCoy.

»Worauf wollen Sie hinaus, Spock?« fragte Kirk.

»Die Gehirnzonen, die bei Leutnant Dubois so unheilbar geschädigt sind, gehören doch zu jenen, die sich von den vulkanischen Hyperenzephalographien grundlegend unterscheiden.«

McCoy fand als erster seine Stimme wieder. »Wir haben das Gehirn eines Mannes zerstört, Spock. Wollen Sie jetzt darauf bestehen, daß wir noch eines zerstören?«

»Die vulkanischen Hyperenzephalographenmuster *sind* aber doch anders bei den kritischen Faktoren, oder nicht, Doktor?«

Plötzlich war Lissa Hart da und griff nach Spock. Der Vulkanier hielt ihre Handgelenke fest und hielt somit ihre Nägel von seinem Gesicht fern. Doch ihren Tritten gegen seine Schienbeine konnte er nicht ausweichen. Jim versuchte, sie von seinem Wissenschafts-Offizier wegzuzerren. Unter Tränen schrie sie: »*Sie* hätten an Jerrys Stelle gehen können! Er hat es völlig vergeblich gemacht! Für nichts! Sie hätten an seiner Stelle gehen müssen!«

McCoy drückte ihr eine Spritze in den Arm. Als er sie zu einem Sessel führte, sprach er mit ernster Stimme auf sie ein. »Jetzt hören

Sie einmal zu, junge Frau, und hören Sie damit auf, vorschnell zu urteilen. Jerry wußte genau, was er tat. Es war ein kalkuliertes Risiko. Bei unserem damaligen Wissensstand wäre ein Versuch von Spock noch gefährlicher gewesen. Und das ist er vielleicht immer noch.«

Er warf Spock einen warnenden Blick zu.

»Die Tatsache bleibt aber bestehen, Doktor, daß wir keine andere Wahl haben«, sagte Spock.

»Ich fürchte, Sie haben recht«, stimmte Kirk bekümmert zu.

»Na, schön, Spock«, erwiderte McCoy eisig. »Nehmen wir an, ein Wunder geschieht – daß Sie dort hinübergehen, die Kupplung finden, sie zurückbringen und wir sie einbauen können. Und dann enden Sie *trotzdem* so, wie der arme Teufel hier.«

Kirk bemerkte die Andeutung eines ungeheuer gequälten Ausdrucks in Spocks Augen. Nach dem schrecklichen Erlebnis mit Dubois und trotz der kurzen, drängenden Zeit sagte er nichts. Er sah nur ärgerlich McCoy an und hoffte, Pille möge seine Gedanken lesen können: Mußtest du ihn unbedingt daran erinnern? Wir wissen beide, daß für ihn ein Leben ohne Mentalität noch viel entsetzlicher ist als der Tod. Aber er soll sich darüber wenigstens ein paar Gedanken machen dürfen... McCoy schien sich wegen seiner Bemerkung nun doch ziemlich unbehaglich zu fühlen.

Spock räusperte sich. »Captain, habe ich Ihre Erlaubnis, es zu versuchen?«

Kirk machte eine hilflose Handbewegung, dann nickte er. Scotty und Spock eilten hinaus, um die nötigen Vorbereitungen zu treffen.

Nun sind wir also wieder soweit, überlegte Kirk, als Spock die Rüstung anlegte. Diesmal war es nicht so still wie vorher, denn alle waren ungeheuer nervös. Techniker ließen Instrumente fallen, die Männer von der Sicherheitsleine beschimpften einander, und zudem kam über Interkom regelmäßig der Countdown. Kirk drehte sich um, denn er wollte das Ding abschalten lassen, aber da sah er, das Uhura diese Aufgabe übernommen hatte, und überlegte es sich wieder. Ihre Augen waren jetzt trocken, aber sie sah noch sehr erschüttert drein.

»Wirklich alles in Ordnung mit Ihnen?« fragte Kirk und berührte sanft ihren Arm.

»Ja, es geht mir gut.«

»Dann wollen wir das für uns alle hoffen«, murmelte Scotty. Kirk gelang ein schiefes Lächeln.

»Ich glaube, ich bin bereit, Captain.«

Kirk wollte einerseits selbstverständlich keine Zeit verlieren, andererseits den Moment möglichst lange hinausschieben, der Dubois zum Verderben geworden war. »Glauben Sie, daß Sie die Einflüsse dort draußen mit mentalen Techniken oder dergleichen blockieren können?« fragte er.

Spocks Gesicht ließ keine Deutung zu. Sein Ich steckte ganz und gar hinter seiner Erscheinung als Vulkanier – innerlich und äußerlich –, und Kirk wußte, daß er nicht, am wenigsten jetzt, versuchen durfte, ihn da herauszuschälen. Endlich nickte er, und Spock ging langsam, aber festen Schrittes den wirbelnden Farben entgegen. Die Männer an der Sicherheitsleine legten sorgfältig das Kabel aus.

Alle starrten zur Öffnung, in die wirbelnden Farben; immer wieder waren sie gezwungen, wegzuschauen.

Wie lange warteten sie schon? Uhura schien Kirks Gedanken zu erraten, denn sie sagte leise: »Dreizehn Minuten bis Null, Felddurchmesser fünfhundert Kilometer.«

»Und das Feld schließt sich«, fügte Kirk hinzu.

Da bewegte sich plötzlich die Sicherheitsleine ruckhaft dort, wo sie in den Farbnebel tauchte. »Das ist das Signal!« rief einer der Techniker erleichtert. »Er will, daß die Leine gespannt wird.«

Sie begannen zu ziehen.

Sie spürten einen heftigen Widerstand, doch sie hängten sich mit ihrem ganzen Gewicht an das Kabel; endlich kam es herein...

»Schadenskontrolle, bereitmachen, um den Riß zu schließen, sobald Mr. Spock klar im Schiff ist. Keine Sekunde verlieren! Wir müssen schnellstens unser Lebenserhaltungssystem in Ordnung bringen.«

Und dann war Spock durch die Barriere zurück. Seine Augen waren, anders als bei Dubois, geschlossen, seine Lippen ein harter, dünner Strich. Sein Körper war steif wie ein Stück Holz.

»Er hat die Kupplung!« rief Scotty erleichtert. Spock hielt tatsächlich fest an sich gedrückt ein röhrenförmiges Metallgerät.

Kirk ließ die Leine los, nahm Spocks Hände und zog daran, aber Spock wurde, wenn dies überhaupt möglich war, noch starrer. Kirks Bemühungen und seine Rufe machten nicht den geringsten Eindruck.

»Nicht, Captain«, warnte Scotty. »Vorsicht! Wir wissen, wozu er in der Lage ist. Wenn er heftig dagegen stößt, kann er es beschädigen!«

»Acht-Komma-dreißig Minuten bis Null«, sagte Uhura mit zitternder Stimme.

»Pille!«

McCoy war schon da, musterte Spock einen Augenblick, hielt seinen Autoinjektor hoch und nahm eine Einstellung vor.

»Schnell!« drängte Kirk.

»Soll ich ihn vielleicht umbringen?«

»Oder willst du uns alle umbringen? Wir brauchen diese Kupplung!«

McCoy traf seine Wahl, und dann zischte die Spritze in Spocks Arm. Die Augen des Vulkaniers öffneten sich, und darüber war Kirk unendlich froh. Sein Blick war nicht leer, nur unbeschreiblich erstaunt. Und dann fiel Spock zusammen. Scott fing die Kupplung auf, und Kirk und McCoy fingen Spock auf.

Im Hintergrund rief Scott seinen Technikern Befehle zu. McCoy schrie nach einer Trage. Spocks Gesicht war aschgrau, die Augen hatte er geschlossen, aber jetzt wirkten sie entspannt.

»Was hast du ihm gegeben?« fragte Kirk den Arzt.

»Etwas ziemlich Scheußliches. Du wolltest doch, daß er das Ding sofort losläßt, oder? Da blieb mir keine große Wahl.«

Die Schadenskontrolle machte einen Höllenspektakel, aber von der Gruppe um Scotty, der verbissen an der Kupplung arbeitete, kam kaum ein Laut. Endlich erschienen McCoys Sanitätsgehilfen mit einer Fahrtrage. Kirk half ihnen, Spock hinaufzuheben.

»Kupplung angeschlossen, los!« schrie Scotty.

»Navigation...«

»Wir bekommen die erste Energie herein«, meldete Sulus Stimme. »Natürlich dauert es ein wenig, bis das Ruder...«

»Impuls genügt, Mr. Sulu. Sobald Sie das Gefühl haben, daß Sie sich in Bewegung setzen können, bringen Sie uns von hier weg.«

Sulu bestätigte, doch seine Worte gingen in den glücklichen Rufen der Männer von der Schadenskontrolle unter. »Captain!« Kirk drehte sich um und schaute dorthin, wo die wirbelnden Farben gewesen waren. Neue, glänzende Platten, die nicht ganz zu ihrer Umgebung paßten, deckten nun den Riß zu, und einer der Techniker sammelte gerade die Werkzeuge zum Versiegeln ein. Es war sicher keine so schöne, glatte Fläche wie vorher, sondern ein häßlicher Buckel, aber der Gruppenleiter meinte, der Buckel mache überhaupt nichts aus.

Das Summen der Antriebsmaschinen klang beruhigend. Scotty lief von Maschine zu Maschine, um deren Funktionen zu überwachen. Dann kam Sulus Stimme triumphierend über den Interkom: »Das Ruder spricht wieder an! Wir gehen auf Rückstoß!«

Kirk fühlte, wie sich das Schiff langsam bewegte und wegglitt von den nun unsichtbaren, wirbelnden Farben; dann setzte die Beschleunigung ein und nahm schnell zu.

»Vorsicht, Mr. Sulu, bis wir weit genug weg sind!«

»Fünfunddreißig Kilometer... vierzig... fünfzig...«, rief Chekov.

Er wurde von einer anderen Stimme unterbrochen, der Mr. Leslies, der Spocks Station übernommen hatte. »Felddurchmesser eins-Komma-drei Kilometer und schnell schließend.«

»Sulu, aufpassen, daß wir nicht noch eingesaugt werden.«

Der Navigator war zuversichtlich. »Captain, sie reagiert großartig. Fünfundsiebzig Kilometer...«

Leslie rief: »Zehn Meter und... Ah, es ist weg!« Eine winzige Pause folgte, dann kamen die Freudenrufe der anderen Leute von der Brücke. »Die Sensoren registrierten im Augenblick des Verschwindens eine Art von Implosionskraft – aber es war nichts da, was hätte implodieren können.«

Kirk seufzte erleichtert. »Mr. Chekov, nehmen Sie Kurs zur nächsten Sternbasis. Wir müssen einige Reparaturen durchführen lassen. Ich bin im Revier.«

Lissa Hart hielt ihn auf, als er das Revier betrat. Sie war die ganze Zeit hindurch bei Jerry Dubois geblieben, der noch immer bewegungslos dalag und leeren Blickes zur Decke starrte.

»Captain«, begann sie verlegen, »ich möchte mich für mein vorheriges Verhalten entschuldigen. Ich habe gehört, was geschehen ist.«

»Ist schon gut«, sagte Kirk sanft und ging weiter. Sie zupfte an seiner Uniformjacke. »Ich hoffe, es ist Mr. Spock nicht auch das gleiche zugestoßen.«

Kirk mußte die Zähne zusammenbeißen, als er McCoy bekümmert den medizinischen Scanner betrachten sah, der über dem Untersuchungstisch hing, auf dem Spock lag.

»Pille?«

»Ich weiß noch nicht, Jim. Ich weiß nicht einmal, wonach ich zu suchen habe, weil seine Physiologie so verdammt anders ist als die unsere.«

»Diese Droge... Was hast du ihm gegeben?«

McCoy schaute wieder auf den Orter, dann musterte er Spock. »Die Wirkung läßt allmählich nach. Ja, jetzt...« Spocks Augen öffneten sich, doch der Vulkanier schien nichts zu sehen. »Spock, können Sie mich hören? Hier ist McCoy.«

»Ich höre Sie«, antwortete Spock mit ausdrucksloser Stimme.

Kirk war unendlich froh darüber, doch McCoy runzelte die Stirn und studierte die Daten. »Intakt ist es, aber funktioniert es auch?«

»Was?«

»Ich meine, es ist möglich, daß sein Gehirn auf eine direkte Frage reagieren könnte, aber das... Nun, es wäre möglich, daß seine Fähigkeit zu initiativen Gedanken nicht mehr...« McCoy biß sich auf die Lippen. »Nicht leergefegt. Eher wie eine Lobotomie. Oder eine Form einer Geisteskrankheit. Was hat er nur da drüben gesehen? Was geschah mit ihm? Mit beiden? Warum wurde Dubois' Geist zerstört und Spock...«

Der Vulkanier starrte an die Decke. »Vielleicht«, meinte Jim hoffnungsvoll, »ist das nur eine vorübergehende Sache. Wäre das möglich, Pille? Etwa so wie bei einem Schock?«

»Ich weiß nicht...«

»Einen Test! Wir müssen seine Aufmerksamkeit auf einen bestimmten Punkt lenken, um ihn herauszuholen.« Jim lief unruhig hin und her. »Etwas Wissenschaftliches. Oder Mathematisches.«

McCoy sah zweifelnd drein. »Einer von uns soll sich für Spock ein mathematisches Problem ausdenken?«

»Kein Problem. Etwa die Erinnerung an ein Gerät, das er bei der Arbeit benützt, aber etwas, worüber er nachdenken muß. Etwas, das ihn zurückbringt zur...« Er beugte sich über Spock. »He, Spock, hier ist der Captain. Ich brauche Daten... Geben Sie mir den Pi-Wert.«

Spock begann tonlos zu sprechen. »Drei-Komma-eins-vier-eins-fünf-neun-zwei-sechs...«

Kirks anfängliches Lachen schwand langsam. McCoy schaute verständnislos drein. »Hör ihn doch an, Jim. Überhaupt kein Ausdruck in der Stimme. Wie ein Automat.«

Kirk umfaßte Spocks Schulter. Noch immer sagte er Ziffern auf. Besorgt sagte Kirk: »Spock...«

Nun blinzelten die tiefliegenden Augen, und dann sah Spock den Captain direkt an. Kirk hätte schwören können, daß hinter diesem ernsten Blick ein verschmitztes Zwinkern lag. »Wie viele Dezimalstellen soll ich noch aufsagen?«

»Spock!« röhrte McCoy, hin- und hergerissen zwischen Wut und Freude.

»Muß das sein, Doktor? Ich versichere Ihnen, daß mein Gehör absolut nicht gelitten hat.«

Kirk schüttelte ihn vor Erleichterung, und die Knie wurden

ihm weich. »Wenn Sie jetzt nicht gerade unser Schiff gerettet hätten, dann...«

Die leichte Belustigung verschwand aus Spocks Blick. Er setzte sich auf. »Aber ich habe das Schiff ja gar nicht gerettet, wie Sie sagen.«

»Die Kupplung? Sie gingen in diesen Nebel hinaus, fanden die Kupplung und brachten sie zurück.«

Spock schüttelte den Kopf. »Vielleicht brachte ich das Gerät über die Schwelle. Ich kann mich nicht daran erinnern. Aber gefunden habe ich es nicht. Ich war gar nicht fähig dazu.«

»Was war denn dort draußen?« fragte McCoy interessiert. »Was ist mit Ihnen und Jerry geschehen?«

»Ich bezweifle, daß ich je in der Lage sein werde, das genau zu beschreiben. Es gibt keine Worte für das, was ich sah, hörte und fühlte. Einiges konnte ich mit mentaler Disziplin blockieren, aber nicht alles. Es waren... Wesen dort. Ich kann nicht... Der Geist wurde von unverständlichen Eindrücken und Gefühlen bestürmt. Farben, die man schmecken, Töne, die man riechen konnte. Runde Objekte mit scharfen Ecken...«

Der Captain und der Arzt lauschten und beobachteten fasziniert den Mann, der dies berichtete. Spock war noch immer von der Erinnerung an dieses Erlebnis verstört, obwohl er wieder ganz er selbst zu sein schien.

»Schließlich wurde es unmöglich, den Eindrücken zu widerstehen. Und da fühlte ich, wie ich in... einen Wahnsinn glitt. Nein, das ist nicht der richtige Ausdruck, Doktor. Aber mein Geist weigerte sich, das zu akzeptieren, was von ihm aufgenommen wurde und...«

»Da hörte er zu funktionieren auf. Ja, so muß es auch bei Jerry gewesen sein. Nur hatte er nicht Ihre Widerstandskraft. Ihnen gelang es, für kurze Zeit die andere Dimension auszuschalten.«

»Die Kontrolle verlieren war etwa so, wie das Bewußtsein verlieren«, antwortete Spock leise. »Aber nur teilweise. Ich erinnere mich nur noch daran, *daß mir die Kupplung in die Hände gedrückt wurde*. Dann holte mich die Sicherheitsleine ein.«

»Aber Sie...«, begann Kirk verwirrt. »Sie zogen doch ein paarmal als Signal an der Leine.«

»Nein, Captain. Das taten *sie, die anderen.*«

»Sie?«

»Ich sah sie eigentlich gar nie richtig, doch ich spürte ihre Anwesenheit. Und ich fühlte... ein Drängen. Es war ein fast verzweifeltes Gefühl, so etwa, als gefährde sie unser Kontakt mit ihrer Welt.«

»So etwa, als hätten auch sie mit der Zeit zu kämpfen?« fragte Kirk. »Vielleicht konnten *sie* sich nicht *von uns* losreißen. Und sie mußten sich darauf verlassen, daß wir uns von ihnen lösen konnten.«

»Und da bekamen sie Spock zu sehen«, warf McCoy ein, »drückten ihm die Kupplung in die Hände und schickten ihn mit einem kräftigen Fußtritt so schnell sie konnten zurück. Sehr vernünftige Leute.«

Spocks Brauen funktionierten ausgezeichnet, und er benützte sie auch, um eine eisige Meinung zu McCoys Bemerkung auszudrücken.

Kirk drehte sich um und schaltete den Minischirm ein, um einen Blick auf die Brücke zu tun. Dort auf dem Schirm sah er die friedlichen, unverschleierten Sterne, die sich seitlich wegzuschieben schienen, als die *Enterprise* der Reparaturbasis entgegenjagte.

»Ja, sehr vernünftige Leute«, sagte er. »Und großzügig. Ich hoffe, sie sind gut nach Hause gekommen.«

Einleitung zu »Der verzauberte Teich«

VON NICHELLE NICHOLS

Nicht nur in den »Gag-Fotos« ist Uhura manchmal versucht, »Mr. Spock, mein Süßer« zu sagen. Es ist bekannt, daß sie ihn gerne neckt, sogar im Lied, und sie ist wohl kaum die einzige, die, jetzt oder in Zukunft, liebend gern ein Zaubermittel fände, um den kühlen Vulkanier aus der Fassung zu bringen.

Aber im Ernst, Uhura wird heute oft als Symbol für die Frauen und ihre Rolle im *Raumschiff-Enterprise*-Universum betrachtet, und als ihr zweites Ich bin ich oft gebeten worden, diesen Symbolcharakter stärker herauszuarbeiten.

Es war tatsächlich die Absicht des Schöpfers der Raumschiff Enterprise-Serie, nicht nur den Reiz des kleinen Unterschieds, sondern auch die Verschiedenartigkeit wie auch die Ähnlichkeit der Frauen zu zeigen. Er wollte sie als verantwortungsbewußte, mutige, anregende und leidenschaftliche Menschen darstellen – Kameraden, die nach Höherem streben und ihren Auftrag gewissenhaft ausführen.

Die Geschichte der »Nummer Eins« beispielsweise, der stellvertretenden Kommandantin im ersten Pilotfilm – wunderbar gespielt von Majel Barrett –, hat mich stets inspiriert. »Schwester« Chapel war tatsächlich auch Ärztin und selbständige Forscherin.

Uhura war ebenso außerordentlich qualifiziert auf ihrem Gebiet. Sie war ein erstklassiger Offizier, sogar nach den Wertmaßstäben von Mr. Spock. Sie war aufgrund ihrer Erfahrung ohne weiteres fähig, das ganze Raumschiff zu retten. Im Notfall war sie in der Lage, sich als »Gladiator« zu behaupten. Die *Enterprise* hatte Sicherheitsmänner, die Frauen waren, und sie traf auf Ärzte, Rechtsanwälte und Indianerhäuptlinge, die Frauen waren, auf weibliche Kommandanten und so weiter.

Falls die Abenteuer der *Enterprise* je von diesem Standard abgewichen sind, so sollten wir uns doch erinnern, daß erst *Raumschiff Enterprise* diesen Standard gesetzt hat, lange bevor er in unserer wirklichen Welt Geltung hatte. (Ich gebe zu, daß selbst Uhura sich einmal beschwerte, als sie zum x-ten Mal »Alle Frequenzen offen, Sir« sagen mußte.)

Ich bin mir sicher, daß *Raumschiff Enterprise* ein Wegbereiter für die wirkliche Welt war, was die Emanzipationsbewegung aller, die sich diskriminiert fühlten, betraf.

Seit den frühen Reisen sind wir ein gutes Stück vorangekommen, und ich glaube, wir wären ohne sie noch nicht so weit.

Doch wir haben immer noch ein beachtliches Stück Weges vor uns. Aber es gibt Menschen, die daran arbeiten. (Es ist bezeichnend, daß viele davon Frauen sind; zum Beispiel die Autoren und Lektoren dieser Geschichte.) Solange wir weiterarbeiten, schreiben, denken, reden, lieben, solange sind wir mit Solkraft unterwegs in eine Welt und eine Zukunft, wie wir sie uns wünschen.

Das sind die neuen Reisen...

Sie sind vielleicht ein bißchen anders.

Logisch, Mr. Spock, mein Süßer.

P. S. Alle Frequenzen sind noch immer offen, Captain Schätzchen.

Der verzauberte Teich

Vor zwei Stunden waren die drei Monde von Mevinna aufgegangen und hatten die Lichtung in kaltes, grünliches Licht getaucht. Er sah gut genug, um seine Instrumente ablesen zu können, die in den entmutigenden Stunden des letzten Tages nichts Nützliches angezeigt hatten. Jetzt schloß Spock sorgfältig die Behälter und ließ sich am Rande des Teiches nieder, der die Mitte des Gebietes bezeichnete, das im wesentlichen sein Gefängnis darstellte.

Zwei Zeitkontrollen waren vorübergegangen, ohne daß von der *Enterprise* etwas zu sehen oder zu hören gewesen war. Sein letzter Positionsbericht schien nicht empfangen worden zu sein, und sie hatten keine Ahnung, wo er sich befand. Noch weniger vermuteten sie, daß er in Schwierigkeiten war. Pflichtbewußt, weil es wieder Zeit für einen neuen Kontrollruf war, aber ohne jede Hoffnung auf Antwort öffnete er seinen Kommunikator und versuchte, die *Enterprise* zu erreichen.

Schweigen... Nur die leisen Nachtgeräusche der Insekten und das sanfte Rauschen der langen, graziösen und hauchdünnen Pandellablätter waren zu hören. Die Lichtung hätte ein friedlicher Himmel sein können, so schön und ruhig war sie, wäre er nicht ein Gefangener gewesen, der nicht in der Lage war, seinen Auftrag auszuführen.

Die ersten Anzeichen dafür, daß es Schwierigkeiten geben würden, zeigten sich, als Uhuras Stimme über den Intercom ertönte: »Captain, für Sie kommt eine Meldung der Sicherheitsklasse A von Admiral Benthoven von Sternbasis Sechs herein.«

Zwanzig Minuten später hatte Kirk seine höheren Offiziere im Konferenzraum versammelt. »Meine Herren«, fragte er, »hat einer von Ihnen etwas von einer neuen, äußerst geheimen Waffe gehört, die von der Sternflotte entwickelt wurde? Der Kodename ist Excalibur.«

Die Excalibur war eine Geheimwaffe, die von der USS *Yorktown* von einem Forschungslabor der Erdkolonie Sieben zur Sternbasis Sechs transportiert werden sollte; dort sollten Schlußtests und Bewertung vorgenommen werden. Unterwegs war die *Yorktown* durch ein falsches Notsignal auf- und festgehalten und von einer Gruppe andorianischer Renegaten beschädigt worden. Dem Captain war es jedoch gelungen, ein Beiboot mit der Excalibur an Bord loszuschicken und, wenn auch kaum manövrierfähig, die Andorianer zwölf Stunden lang an dessen Verfolgung zu hindern. Aufgabe der *Enterprise* war es nun, dieses Beiboot zu finden und die Excalibur sicherzustellen.

In den Tagen danach hatte die *Enterprise* Spuren von Antimaterierückständen gefunden und verfolgt, aber die Spuren hatten sich im Nichts verlaufen. Die *Enterprise* beschrieb immer weitere Kreise, und ihre sehr empfindlichen Orter waren rund um die Uhr besetzt. Allmählich wurde die Hoffnung, das Beiboot zu finden, immer geringer.

Es war dann Chekov, der schließlich eine Nachrichtenboje des Beiboots auf den Ortern feststellte. Aus der Botschaft ging hervor, daß es in ein Asteroidenbombardement geraten und beschädigt worden war und nun versuchte, auf dem nächsten Planeten der Klasse M, Mevinna, zu landen.

Sofort holte Spock alle verfügbaren Daten über Mevinna aus seinen Computern, um sie für die Einsatzbesprechung bereit zu haben. Die Landmasse des Planeten betrug etwa ein Sechstel seiner Oberfläche. Das meiste Land war mit dichten Wäldern bedeckt. Der Planet war eine geologische Merkwürdigkeit; es gab dort viele seltene, wenn auch nicht besonders wertvolle Mineralien und war besonders reich an Pyretimit. Als Spock diese Daten zur Kenntnis gab, begegnete er Kirks Blick. Der Captain fluchte leise in sich hinein. Pyretimit mußte bei der Kommunikation ein heilloses Durcheinander anrichten.

Humanoides Leben hatte sich auf Mevinna nicht entwickelt; es gab jedoch weit verstreute Siedlungen der unterschiedlichsten rassischen Gruppierungen. Mit seiner wilden Schönheit und dem Fehlen jeglicher Zivilisation war dieser Planet ein Himmelreich für alle Fanatiker der Zurück-zur-Natur-Bewegung und für jene, für die gesellschaftlicher und industrieller Fortschritt ein Greuel darstellten.

»Ich fürchte, unsere Orter sind uns keine Hilfe beim Auffinden der Mannschaft oder des Beiboots oder der Andorianer, falls sie das Boot bis nach Mevinna hatten verfolgen können«, sagte Spock.

Die *Enterprise* machte zwei volle Umläufe um den Planeten, ohne auf die Funkrufe eine Antwort zu erhalten. »Na, schön«, meinte Kirk. »Das Gebiet ist so groß, daß es kaum Sinn haben wird, jemanden nach unten zu beamen. Ich werde die Beiboote rausschicken, sie sollen das Gebiet aus der Luft erkunden. Spock, teilen Sie die Landgebiete in Abschnitte auf. Sie werden ein Beiboot befehligen. Bemis und Latrobe bekommen Sie als Crew mit.«

Neun Stunden und vierzig Minuten lang hatten sie gesucht, als Latrobe meldete: »Ich sehe eine frische Schneise im Untergehölz, Sir. Dort könnte ein Fahrzeug eine Bruchlandung gemacht haben. Aber ich bekomme keine Daten über Duranium, und die müßten wir kriegen, wenn das Boot dort wäre.«

»Wir werden landen und uns umsehen«, antwortete Spock und versuchte, die *Enterprise* zu einem Lagebericht zu erreichen. Er bekam keine Antwort. Nur ein einziges Mal während der bisherigen Suche war es ihnen gelungen, die Interferenzen zu durchdringen, die durch das Pyretimit verursacht wurden, und das Schiff zu erreichen.

»Ich glaube, hier sind wir richtig, Sir«, sagte Bemis eine Viertelstunde später.

»Ja«, erwiderte Spock, der an seinem Tricorder arbeitete. »Hier gibt es noch immer schwache Spuren von Antimaterie-Abgasen.«

Sie schwärmten aus, um das ganze Gebiet systematisch abzusuchen, und Bemis rief nach Latrobe, um diesem etwas zu zeigen, das er gefunden hatte. Latrobe näherte sich ihm, und Spock ging ebenfalls auf sie zu, als sie ein sonderbares Summen vernahmen. Er rief beide Männer mit Namen, wußte jedoch nicht, wovor er sie warnte, doch da waren sie, direkt vor seinen Augen, plötzlich verschwunden.

Vorsichtig näherte er sich dem Platz, auf dem sie gestanden hatten, doch ehe er ihn erreichte, wurde er unvermittelt festgehalten.

Da wurde ihm klar, daß an jener Stelle, wo seine Männer gestanden hatten, ein Kraftfeld errichtet worden war, und sie waren in diesem Feld aufgelöst worden. Ob sie von diesem Feld absichtlich oder zufällig getötet worden waren, wußte er nicht.

Die nächsten Stunden verbrachte er damit, die Grenzen des Kraftfeldes festzustellen. Es war rund und umfaßte etwa eine Quadratmeile. Er versuchte, den Platz mit dem Beiboot zu überfliegen, doch er kam nur am Rand bis in Baumhöhe. Er war also gefangen. Trotzdem hatte er eine Arbeit zu erledigen, und so machte er sich daran, sorgfältigst nach der Excalibur oder der Spur einer sonstigen Anomalität zu suchen.

Gefunden hatte er nichts. Müde und entmutigt setzte er sich also an den Teichrand. Jetzt konnte er nichts mehr tun; also würde er ausruhen und sogar zu schlafen versuchen, aber in der Sicherheit des Beiboots, nicht hier auf dem weichen, verführerischen Waldboden mit den zahlreichen Glühwürmchen, die ihn da umtanzten. Wenn er morgen erneut das Problem anging, würden seine Sinne vielleicht schärfer sein und er eine Spur finden, die er bislang übersehen hatte.

Schon vorher hatte er die Güte des Wassers überprüft. Nun kniete er am Teichrand, holte mit den gewölbten Händen Wasser heraus und trank. Es war kalt, frisch und schmeckte nach Moos und Mondlicht. Halt, dieser Gedanke war unwissenschaftlich. Die winzigen Wellen, die er verursacht hatte, verliefen sich; das Wasser war klar wie ein Spiegel, und er sah darin sein Gesicht und das Spiegelbild der drei Monde.

Dann, als er müde und nachdenklich hineinschaute, spielte ihm sein Geist einen Trick, und in den Tiefen des Teiches sah er das zarte Gesicht einer Nymphe. Es war blaß und substanzlos wie das

Spiegelbild der drei Monde. Spock blinzelte und beugte sich weiter über das Wasser, doch das Gesicht verschwand nicht.

Als etwas neben ihm leise raschelte, sprang er auf, wirbelte herum und stellte verdrossen fest, daß das Gesicht im Wasser nur ein Spiegelbild war. Er wußte jedoch nicht, ob ihm seine Phantasie nicht doch einen Streich spielte, denn das Wesen neben ihm wirkte durchaus unreal. Es war klein und zweifellos weiblich und trug ein seltsames Gewand aus Pandellablättern. Silberfarbene Haare, die so seidig waren wie Distelflaum, rahmten das fremde Gesicht ein. Die Haut wirkte nahezu transparent.

Als Spock sich von seiner Überraschung erholt hatte, fragte er: »Wer bist du?«

»Weißt du das nicht? Ich bin deine wahre Liebe.« Die melodische Stimme war wie Kräuselwellen auf dem Wasser.

Er glaubte, nicht richtig gehört zu haben. »Was hast du da gesagt?«

»Deine wahre Liebe. Warum sonst schaut jemand des Nachts in den verzauberten Teich? Ausgerechnet in der Nacht der Dreiheit? Doch nur, um das Gesicht seiner wahren Liebe zu sehen.«

Er beschloß, dies alles Punkt für Punkt zu klären. »Die Dreiheit. Kannst du mir das erklären?«

»Das ist nicht zu erklären, nur zu beobachten«, erwiderte die Nymphe und deutete in eine Lichtung zwischen den Bäumen. »Wenn die drei Monde ein Dreieck bilden, das in das Herz des Himmels weist.«

Sobald es um Astronomie ging, fühlte Spock festeren Boden unter den Füßen, wenn auch die Sprache dieser Nymphe alles andere als wissenschaftlich war. »In dieser Nacht siehst du im verzauberten Teich das Gesicht deiner wahren Liebe. Das hast du eben getan.«

»Ich habe so etwas keineswegs getan«, widersprach er scharf.

Sie lächelte ihn an und begann am Wasserrand zu tanzen.

»Wer bist du?« wiederholte er.

Sie blieb stehen und wandte ihm glänzende, grüne Augen zu. »Ich bin deine wahre…«

»Hast du einen Namen?« unterbrach er sie.

Sie schaute ihn erstaunt an. »Natürlich. Ich heiße Phyllida. Hast du einen Namen?«

»Ich heiße Spock.«

Ihr Gesicht leuchtete auf. »Oh, Spock und Phyllida. Das ist Wohllaut und Rhythmus. Das müssen wir den Sternenfliegern erzählen, damit sie es leuchtend an den Nachthimmel schreiben können: ›Spock und Phyllida sind eins!‹«

»Wir sind nicht eins«, erwiderte er unfreundlich.

Sie sah ihn gekränkt an. »Deine Augen sehen nicht so tief, wie man meinen sollte«, stellte sie fest. »Sie sehen mich nur als Waldnymphe, aber nicht als Transformation. Ich war eine mächtige Prinzessin, bis mich ein verrückter und böser Zauberer in eine einfache Nymphe verwandelte und mich auf der Lichtung gefangensetzte.«

»Wenn du eine so mächtige Prinzessin warst, wie konnte dich dann ein Zauberer verhexen?« fragte er ein wenig spöttisch. Kaum hatte er das gesagt, war er verlegen, eine solch alberne Frage überhaupt gestellt zu haben.

»Aber der Zauber kann gebrochen werden.« Sie trat ganz nahe vor ihn und hob ihr Gesicht zu dem seinen auf. »Willst du denn nicht wissen, wie?« Er antwortete nicht. »Mit einem Liebeskuß«, erklärte sie ihm.

Hastig zog er sich einen Schritt zurück.

Sie war sehr bestürzt. »Willst du mich nicht von diesem Zauber erlösen?« fragte sie. »Vielleicht magst du mich aber als einfache Waldnymphe lieber... Nein? Dann komm mit mir zu meiner Höhle.« Sie fing seine Hand und versuchte, ihn tanzend mit sich zu ziehen.

»Nein!« Er entriß ihr seine Hand.

»Aber du *mußt* mit zu meiner Höhle kommen«, erklärte sie dickköpfig. »Ich bin dein Schicksal.«

»Das bist du *nicht*«, erklärte er bestimmt. »Ich bin ein Vulkanier und begleite keine verzauberte Prinzessin zu ihrer Höhle.«

»Ach, so nennen sich eure Leute?«

»Kennst du sie denn?«

»Natürlich. Du bist einer von den Faunen, die aus dem Wald kommen, um in den verzauberten Teich zu blicken, damit sie ihr Schicksal finden. Das ist ein mutiges Unternehmen.«

Er sah sie scharf an.

»Und du hast dein Schicksal gefunden. Komm zu meiner Höhle«, bat sie und zog ihn bei der Hand. Als er sich noch immer wehrte, sagte sie hoheitsvoll: »Ich befehle es dir.«

»Von dir nehme ich keine Befehle an.«

»Ah, vielleicht willst du befehlen, Spock.«

Er blinzelte. »Sind hier noch andere?« fragte er.

»Andere als ich?« Sie schüttelte den Kopf: »Ich bin die einzige. Warum willst du das wissen?«

»Ich hatte zuvor das Gefühl, beobachtet zu werden.«

»Die Geister beobachten alles«, erklärte sie ihm. »Sie haben Augen und Ohren. Sie sehen jede Wimper, die auf deiner Wange liegt. Sie hören jeden Seufzer.« Sie musterte ihn eindringlich. War das eine Warnung?

»Kannst du mir helfen, einen Pfad aus dieser Lichtung zu finden?« fragte er.

»Es gibt keinen Pfad. Der Zauberer fing einen Wirbelwind ein, beschrieb mit ihm einen Kreis, setzte ihn um die Lichtung herum und zog ihn als Baldachin darüber.«

Ein Wirbelwind wie eine Kuppel, dachte er. Vielleicht beschrieb sie damit auf ihre phantasievolle Art das Kraftfeld. »Hat er diesen Wirbelwind eingefangen, um dich hier festzuhalten?« fragte er.

»O nein. Ich bin an diesen Ort gebunden, bis der Zauber gebrochen wird. Aber ich wachte eines Morgens auf, und da war der Wirbelwind. Ich denke, er hat ihn mitgebracht, weil er fürchtet, jemand könne den Zauber brechen.«

»Jetzt aber genug mit diesen Märchen, Phyllida«, sagte Spock.

»Du siehst so grimmig drein«, stellte sie fest.

»Das hat hier nichts zu sagen«, erwiderte er, aber ihre Worte blieben als Echo in seinen Ohren.

»Vielleicht hast du Angst, den Zauber zu brechen. Vielleicht hast du Angst vor meiner Macht, die größer sein wird als die deine, ist sie mir erst wieder zurückgegeben. Vielleicht hast du erkannt, daß ich die dritte Tochter einer dritten Tochter bin und fürchtest die Macht der dritten Tochter einer dritten Tochter.«

»Ich dachte, es sei der siebente Sohn eines siebenten Sohnes«, äffte er sie nach.

»Wie kann es der siebente Sohn, der neunte oder zehnte sein, wenn ich eine Tochter bin?« erwiderte sie zornig. »Nein, der Zauber ist es doch, die dritte Tochter einer dritten Tochter zu sein. Meine Mutter ist eine von neun Töchtern, aber all ihre Schwestern sind unfruchtbar. Von ihr habe ich nämlich meine Macht geerbt, und du tust gut daran, sie zu fürchten. Gegen meine wahre Liebe würde ich sie allerdings nie gebrauchen.«

»Deine Macht fürchte ich nicht«, erwiderte er trocken.

»Ich denke eher, du glaubst nicht daran«, meinte sie nachdenklich. Sie richtete sich hoch auf, und ihre Augen blitzten. »Du, mache mich ja nicht zornig. Ehe der Zauberer seinen Zauber über mich warf, hatte ich sogar die Macht, einen Blitz zu bändigen und ihn wie ein Juwel über meinem Herzen zu tragen. Ich konnte dunkle Sterne zu feurigem Glühen bringen. Ich hielt mir einen ganzen Schwarm Silberfische, die am Nachthimmel schwammen und ihn zehnmal heller erleuchteten, als der Tag war. Aber jetzt muß ich, weil der böse Zauberer es will, in einer dunklen Höhle hausen. Es ist aber eine sehr hübsche Höhle. Spock, sie würde dir gefallen. Sie ist dicht mit Ranken behangen und hat einen herrlichen, gläsernen Wasserfall. Und ich halte mir zwölf Jadespinnen, die für mich spinnen. Das Garn webe ich dann zwischen die Pandellablätter und presse sie in eine Form, die mir gerade gefällt, und wenn sie in der Sonne getrocknet sind, ergeben sie eine dauerhafte Verbindung.«

Ihre seltsamen Worte beunruhigten ihn irgendwie.

Sie drehte sich um und breitete ihr Gewand aus. »Magst du mein Kleid? Ich denke, es ist hübsch, obwohl ich an die grüne Farbe gar nicht gewöhnt bin.«

»Wie lange bist du schon hier, Phyllida?«

»Seit der Zauberer mich verzaubert hat.«

»Ja, ja, das weiß ich«, erwiderte er ungeduldig. »Wie viele Tage?«

»Ist das wichtig? Die Zeit ist doch relativ. Vielleicht ein Jahr. Oder fünfzig Jahre. Unter diesem Zauber werde ich nicht älter.«

»Waren andere hier? Leute, die so gekleidet waren wie ich?«

»Ich habe keinen wie dich gesehen.«

»Überhaupt keine Leute?«

»Nein, nur Insekten.«

Er war sehr enttäuscht.

»Insekten von der Farbe des Himmels«, fuhr sie fort und dachte dann scharf nach. »Von der Farbe des Himmels an einem Tag, wenn die Sonne ein wenig verschleiert ist. Insekten, die auf zwei Beinen liefen und mit mir sprachen. Nicht so, wie meine Insekten, die für mich spinnen. Vielleicht eine höhere Insektenart.«

Hm. Höhere Insektenart. Wählte sie diese Worte rein aus Zufall, oder war sie raffinierter, als sie erscheinen wollte? Was wußte sie von zoologischer Klassifizierung? Was beschrieb sie? Blaßblaue Insekten, die auf zwei Beinen gingen. Warum Insekten? Wegen der Fühler? Erregung packte ihn. Waren es Andorianer?

»Erzähle mir von diesen Insekten. Was sagten sie?«

»Sie stellten ganz dumme Fragen. Ob jemand aus dem Himmel gekommen sei. Ob ich eine große Kiste mit Flügeln gesehen hätte. An mehr kann ich mich nicht erinnern.«

»Konntest du darauf antworten?«

»Wie denn? Ich hatte doch geschlafen... oh, bevor der Suvis Knospen bekam. Manchmal ist mir so langweilig, daß ich ganze Jahreszeiten verschlafe. Aber jetzt ist mir nicht langweilig, weil du hier bist.« Sie lächelte ihn vertrauensvoll an.

»Haben sie dich bedroht?«

»Wie bedroht? Warum sollten sie das? Ich erklärte ihnen, wenn ich stürbe, würde die ganze Lichtung mit mir sterben und verpuffen wie Blütenstaub im Wind. Das gehörte mit zum Zauber, den der Zauberer über mich verhängt hat. Ich denke, sie wollten nicht wie Blütenstaub vom Wind verblasen werden. Würdest du das wollen?«

»Ich fände das nicht wünschenswert.«

»Es ist schon spät«, meinte sie unvermittelt. »Wir haben genug geredet. Laß uns jetzt den Zauber brechen.«

»Ja, es ist spät. Ich will schlafen.«

»Ich mache dir ein Bett im weichsten Moos«, versprach sie. »In meiner Höhle.«

»Ich werde in meinem Boot schlafen«, erklärte er bestimmt, drehte sich um und ging darauf zu.

»Gute Nacht, Spock.« Ihre Silberstimme war wie ein Vogelzwitschern. »Träume von den Worten deiner wahren Liebe.«

Er schaute nicht zurück.

Die Sonne schien strahlend hell, als er am nächsten Morgen die Luke öffnete, und er konnte kaum daran glauben, daß in der Nacht vorher Phyllida hiergewesen war. Aber als er auf den Boden sprang, saß sie unter einem Baum, die Beine manierlich untergeschlagen. »Guten Morgen, meine wahre Liebe«, begrüßte sie ihn. »Dein Frühstück wartet in meiner Höhle.«

»Ich habe schon gefrühstückt«, erwiderte er. »Ich habe meine Rationen bei mir.«

»Es ist möglich, daß ich gleich zu weinen beginne«, sagte sie.

»Das glaube ich nicht«, meinte er freundlich. »Das würde dir überhaupt nichts bringen.«

Er machte sich mit seinem Tricorder an die Arbeit. Nach einer Weile verschwand sie, und nun war die Stille unheimlich. Dann erschien aus einem Busch über ihm wieder ihr Gesicht. »Du suchst wohl einen ganz bestimmten Grashalm unter Millionen Halmen?« fragte sie. »Was suchst du eigentlich?«

Fast hätte er gesagt: ›Die Excalibur‹, aber das verkniff er sich gerade noch. »Ich suche eine Möglichkeit, diesen Platz hier zu verlassen.«

»Dafür brauchst du doch nicht dieses komische Spielzeug«, erklärte sie. »Es ist doch nur ein Kuß nötig. Wenn ich meine Macht wiederhabe, kann ich dich überallhin zaubern.«

»Ach nein. Ich will ja nicht unhöflich sein, aber mir ist mein komisches Spielzeug lieber.«

»Du bist aber unhöflich. Den ganzen Morgen über hast du mich noch nicht einmal angeschaut. Komm doch und tanz mit mir.« Sie faßte seine Hand und versuchte ihn herumzuwirbeln.

Er riß sich los, ging zum Teich und stellte dort seinen Tricorder auf.

»Welch eine herrliche Idee! Wir werden schwimmen.«

»Das werden wir nicht tun«, erwiderte er.

»Aber *ich* will.« Er vernahm ein Rascheln und sah, daß sie ihr Gewand auszog. Hastig schaute er weg.

»Zieh dich sofort wieder an«, befahl er ihr.

Sie lachte schallend, dann hörte er einen Platsch, und ihr Gesicht tauchte aus der Teichoberfläche direkt unter ihm. In goldenen Kringeln lag ihr das nasse Haar um Kopf und Stirn. Sie hob die Arme. »Ich kann dich schwimmen lehren, Spock. Ich kann dir viele Dinge zeigen.«

Sie kletterte aus dem Teich, aber als ihre milchweißen Schultern erschienen, nahm er Reißaus. Sie lachte schallend hinter ihm drein.

Um die Mitte des Nachmittags erschien sie mit einem gewebten Blattkörbchen, das mit Beeren und zwei großen Früchten gefüllt war. »Was soll's sein, Spock? Willst du den Zauber brechen oder etwas essen?«

»Essen«, antwortete er.

»Ich zeige dir, wie du die Lormos aufmachen mußt«, bot sie ihm an und reichte ihm eine der großen Früchte. »In das Stengelende mußt du ein Stöckchen bohren und dann die Schale auseinanderziehen. Den Saft schüttest du über die Tannibeeren, das Fruchtfleisch ißt du.«

Die Lormosfrucht war kühl und köstlich, die Tannibeeren schmeckten warm, süß und klebrig. Die Früchte, die Sonnenhitze, das schläfrige Summen der Insekten wirkten ermüdend auf ihn, und seine Lider wurden schwer.

»Du bist müde«, stellte sie fest. »Warum schläfst du nicht ein wenig?«

»Vielleicht werde ich das auch tun«, antwortete er und lehnte sich an einen Baumstamm.

Als er aufwachte, lag sie neben ihm und musterte ihn. Ein leichter Luftzug blies sanft in ihr seidiges Haar. Ihre Haut wirkte so zart und schimmernd wie das Gewebe ihres Kleides. Und ihr Gesicht... Es war so bezaubernd schön wie das einer eben aufgeblühten Blume. Sie sah wirklich wie eine Märchenfigur aus – aber er glaubte nicht an Magie. Sie hatte gelogen, immer und immer wieder, aber er konnte keine Bosheit in ihr entdecken. Glaubte sie vielleicht selbst ihre Verrücktheiten? Oder wollte sie ihn nur täuschen?

»Wer bist du wirklich?« fragte er mit heiserer Stimme.

»Du brauchst nur den Zauber zu brechen, dann findest du es heraus«, antwortete sie.

Verblüfft, verwirrt, von ihrem Zauber eingesponnen, neigte er sich ihr entgegen. Ihre Lippen berührten einander, und sie legte ihre Arme um seinen Hals. Er fühlte sich wie benommen, und Zeit und Raum schienen sich aufzulösen.

Ist das der Bruch des Zauberbanns? fragte etwas in ihm, und dann folgte der unvermeidliche vulkanische Gedanke: Ich bin genauso verrückt wie sie...

Er schaute sie an. Ah, er triumphierte, weil die Logik sich behauptet hatte, und sie hatte sich überhaupt nicht verändert. Trotzdem war es ein Sieg mit einem Stich der Enttäuschung. »So«, sagte er, und seine Stimme klang rauh, weil er sich um Gleichmut bemühen mußte. »So. Und der Zauber ist nun doch nicht gebrochen.«

Sie zitterte so heftig, daß es ihn rührte, und schließlich beruhigte sie sich wieder, so daß sie klar zu sprechen vermochte. »Ein Kuß ist nur ein Teil dessen, was nötig ist, um den Zauber zu brechen. Ich muß diesen Kuß empfangen, wenn ich unter dem kristallenen Wasserfall in meiner Höhle stehe.«

»Warum hast du mir das nicht gleich gesagt?«

»Ich habe dich doch immer wieder gebeten, mit in meine Höhle zu kommen, aber du hattest Angst und hast immer wieder abgelehnt.«

»Warum wolltest du dann, daß ich dich hier küsse, obwohl du wußtest, daß ein Kuß hier den Zauberbann nicht brechen kann?«

Sie schaute ihn an und seufzte. »Ich dachte, der Kuß würde dir so sehr gefallen, daß du gern mit zu meiner Höhle kommst. Ich dachte, er würde dir so sehr gefallen, daß du weniger vorsichtig wärst. Komm jetzt mit, Spock. Bist du denn gar nicht neugierig darauf, was ich in Wirklichkeit bin?«

»Na, schön«, sagte er schließlich. Er nahm seinen Tricorder und brach zum Eingang der Höhle auf.

Innen war es kühl, und Ranken hingen von der Decke herab, wie sie es gesagt hatte. Der Tricorder zeigte kein größeres Lebewesen als nur Insekten an. Ein kleiner Wasserfall war an der einen Seite. Er war ein Beweis für Phyllidas blühende Phantasie, daß sie dieses müde Rinnsal einen großartigen kristallenen Wasserfall nennen konnte. »Nicht sehr überzeugend«, meinte er dazu.

»Sollen wir versuchen, seinen Zauber wirken zu lassen?« Sie zog Spock mit sich, aber nicht zum Wasserfall, sondern zu einer der Wände, die mit Pandellaranken bedeckt waren. Sie zog die Ranken weg. Eine schmale Spalte zeigte sich im Fels, und Phyllida bedeutete ihm, er solle ihr folgen. Es war ein Pfad, der steil in die Tiefe führte.

Schließlich hörte Spock ein Röhren, das immer lauter wurde, und plötzlich traten sie durch einen neuen Felsspalt in eine riesige Höhle, die von leuchtenden Pilzen in grünes Licht getaucht war. Und ganz am anderen Ende der Höhle war nun Phyllidas kristallener Wasserfall, der über einen hohen, fast senkrechten Felsen stürzte. Farbiger Regen sprühte von ihm hoch, und dort, wo er zu einem schnellfließenden Bach in einem Felskanal wurde, kochte und brodelte das weißschäumende Wasser.

Dort war noch einmal eine Felsspalte, von der hinter dem Wasserfall ein weiterer Gang wegführte. Dorthin wurde Spock von Phyllida nun geführt. Als sie durch den schimmernden Wasservorhang schritten, hielt Spock den Atem an. Das Wasser war sehr kalt, aber köstlich berauschend.

Sie drehte sich zu ihm um und öffnete den Mund, um etwas zu

sagen, aber da sah er nun ihr unter den Wassertropfen schimmerndes Gesicht, das so zauberhaft war wie eine vom Tau benetzte Blüte. Da zog er sie an sich.

Als er sie endlich losließ, tat es ihm irgendwie leid, daß sich noch immer nichts verändert hatte. »Ich hoffe, wir sind jetzt mit solchen Torheiten fertig«, sagte er. Es klang ein bißchen hart. »Ich habe nun das getan, was du wolltest, aber nichts ist anders als vorher.«

»Mr. Spock, da haben Sie nicht recht. Ich bin verändert.« Nichts mehr von dem verspielten Kind war an ihr. Die Stimme hatte einen Ton großer Autorität angenommen. »Leutnant Phyllida Gaines von der USS *Yorktown*. Wir sind unter dem Bannkreis des Kraftfelds durchgekommen. Wenn meine Berechnungen stimmen, dann liegt dessen Rand genau an der anderen Seite des Wasserfalls. Die andorianischen Sensoren können uns nicht mehr hören und beobachten.«

Jetzt war er unbeschreiblich verblüfft. Dann sagte er: »Erklären Sie, Leutnant.«

»Ich gehörte zur Besatzung des Beiboots, das mit der Excalibur an Bord von der *Yorktown* entkam. Wir machten eine Bruchlandung in der Lichtung, und da wir wußten, daß die Andorianer uns möglicherweise aufspüren konnten, versteckten wir die Waffe und versuchten, das Boot zu reparieren. Das war einige Tage, ehe sie uns einholten. Inzwischen hatten wir das ganze Gebiet durchforscht und diese Höhle gefunden, die äußere Höhle. Den kleinen Wasserfall benützten wir als Dusche. Dort war ich auch, als die Andorianer ankamen.

Ich wollte gerade zum Beiboot zurückkehren, als ich ihre Stimmen hörte. Sie waren so damit beschäftigt, das Versteck der Excalibur von den anderen Crewmitgliedern zu erfahren, daß sie mich nicht sahen.«

Sie schaute weg. Sie schien von alten, bösen Geistern gejagt zu werden. »Einige meiner Kameraden waren schon tot. Die anderen folgten bald. Die Andorianer sind keine sehr feinen Leute.« Ihre Stimme war bitter. »Ich hatte keine Waffe bei mir, konnte also nichts tun. Deshalb kehrte ich zur Höhle zurück. Ich nahm an, daß sie mich doch bald finden würden. Deshalb verbrannte ich meine Uniform und flocht mir ein Gewand aus Blättern. Sie fanden mich schließlich. Ich erzählte ihnen die gleiche Geschichte wie Ihnen.«

»Ich verstehe nicht, weshalb man Sie am Leben ließ.«

»Ob ich nun verrückt spielte oder nur eine Maskerade aufführte – von mir konnten sie, wenn ich tot wäre, ja nichts erfahren. Sie wußten nun, wie leicht wir unter ihrer Befragung sterben. Für die Andorianer ist die Zivilisation neuer als für Ihre und meine Rasse. Ich denke, sie hatten so etwas wie eine abergläubische Angst davor, daß es die Wahrheit sein könnte, daß, wenn ich sterbe, die ganze Lichtung mit mir zerstört wird.

Sie begannen zu suchen, aber die Excalibur fanden sie nicht. Dann errichteten sie das Kraftfeld, um zufällige Wanderer fernzuhalten. Als Ihr Beiboot in Sicht kam, beschlossen sie, Sie hereinzulassen, das Feld dann wieder zu aktivieren und Sie zu behalten. Sie ahnten ja, daß Ihre Ausrüstung und Ihre Methoden viel besser und raffinierter seien als die ihren, und hofften, Sie würden die Excalibur für sie entdecken. Innerhalb dieses Kraftfelds können sie mit Bild und Ton alles überwachen, jedenfalls alles, was außerhalb der Höhle vorgeht. Sie können zwar hören, was in der Höhle gesprochen wird, aber hineinschauen können sie nicht. Ich hatte mittlerweile den Pfad hinter den Ranken entdeckt und mit Steinen zugebaut, bevor sie die Höhle untersuchten.«

»Hätten Sie mir das nicht schon früher sagen können?«

Sie stemmte die Hände in die Hüften und maß ihn erbittert. »Habe ich Ihnen das nicht von Anfang an gesagt? Versuchte ich nicht, Sie sofort in die Höhle zu bringen?«

»Ich hatte doch gar keinen Grund, Ihnen zu vertrauen.«

»Sie konnten doch jedes Wort hören, das ich sagte, aber ich erklärte Ihnen doch so deutlich wie möglich, daß ich wisse, wer Sie sind, daß ich von der Erde komme, daß ich auf einem Sternenschiff gedient habe. Wären Sie nur nicht gar so stur gewesen... Mr. Spock, Sie sind als Mann wirklich nicht leicht zu verführen.«

»Und wo ist die Excalibur versteckt?« fragte er hastig.

»Am Grund des verzauberten Teiches.«

Er musterte sie ungläubig. »Unmöglich. Ich habe den Teich abgesucht.«

»Das Wasser enthält winzige Verilium-Partikel, oder nicht?«

»Ja. Es ist ein sehr seltsames Element. Was hat das zu tun mit...«

»Und Obsitrat«, fügte sie hinzu. »Sie kennen die Wirkung dieser Kombination nicht?«

Er runzelte die Stirn. »Verilium und Obsitrat kommen fast nie gemeinsam vor.« Er durchsuchte sein Gedächtnis, und da ging ihm ein Licht auf. »Aber wenn sie's tun...«

»Genau. Sie polarisieren negativ und bilden einen undurchdringlichen Schirm, der durch nichts erkennen läßt, daß ein Schirm existiert.«

»War ich ein Narr!« rief er aus.

»Ja«, meinte sie dazu sehr trocken. »Unser Wissenschafts-Offizier hat das entdeckt, und deshalb versenkten wir die Excalibur im Teich. *Deshalb* mußte ich ja ständig versuchen, Sie mit Ihrem Tricorder von dort fernzuhalten, wissen Sie. Ich fürchtete, Sie würden es doch herausfinden und meine Show platzen lassen.«

»Aber eines verstehe ich noch immer nicht. Als wir durch den Wasserfall gingen, waren wir jenseits der Reichweite ihrer Orter. Warum...?«

»Was warum?« fragte sie in aller Unschuld.

»Warum bestanden Sie noch immer darauf...? Sie ließen mich noch immer in dem Glauben... Sie sagten mir nicht, daß ein Kuß unnötig sei«, endete er, und sein Unbehagen war unverkennbar.

»Meinen Sie nicht auch, daß es gar nicht klug ist, hier zu stehen und vom Küssen zu reden?« meinte sie.

Er schrak zusammen.

»Dieser Gang führt später zur Oberfläche, außerhalb des Kraftfelds. Wir können unseren Kommunikator benützen.«

»Nein«, sagte er. »das Pyretimit auf diesem Planeten erzeugt unheimliche Interferenzen. Wir müssen im Beiboot weg.«

»Wie können wir das?«

»Ich habe nachgedacht... M-Strahlen vernichten das Feld.«

»Und wie sollen wir die M-Strahlen erzeugen?«

»Darüber habe ich gründlich nachgedacht. Es geht nur nicht innerhalb des Feldes. Aber Sie haben ja einen Weg nach draußen gefunden, und da kann ich, denke ich, ein Gerät basteln, indem ich einiges aus dem Kommunikations- und dem Schwerkraftsystem des Beiboots ausbaue. Es wird kein weitreichendes Gerät sein, aber in unmittelbarer Feldnähe müßte es genügen. Sie müßten allerdings zurückbleiben, um das Beiboot in die Luft zu bringen. Die Excalibur könnten Sie mit dem Traktorstrahl heraufholen und mich dann, falls möglich, abholen. Leicht zu fliegen ist das Boot dann sicher nicht, weil ja das halbe Schwerkraftsystem fehlt.«

»Damit werde ich schon fertig«, erwiderte sie. »Aber, Mr. Spock, Sie können nicht einfach hinausgehen und elektronisches Gerät in die Höhle schaffen. Sie würden wissen, daß etwas im Anzug ist.«

Er schaute sie nachdenklich an. »Ich könnte durchaus die paar Sachen so ausbauen, als sei ich dabei, das Boot zu überholen. Dann... Ich fürchte, Leutnant, Sie werden mich dann noch einmal in die Höhle zurücklocken müssen.«

»Mr. Spock, ehrlich, ich habe keine Lust, Sie nochmals verlokken zu müssen.«

»Mir gefällt die Vorstellung ebenfalls nicht«, sagte er kurz. »Aber persönliche Wünsche haben in diesem Fall leider keine Bedeutung.«

Er saß auf dem Boden und hatte eine Menge Teile um sich ausgebreitet, als sie sich näherte.

»Was machst du da, Spock?«

»Das, was sich vermuten läßt. Ich versuche, mein Kommunikationsgerät zu reparieren.«

»So sieht es aber gar nicht aus. Eher so, als machtest du ein Gesellschaftsspiel.«

»Ich kenne keine Gesellschaftsspiele, und ich will auch keine kennen.«

»Bist du böse auf mich?«

Er warf die Teile in einen Kasten und stand auf. »Ich kenne keinen Zorn, sehe aber auch keinen Grund, mich mit Leuten zu unterhalten, die mich ständig anlügen«, sagte er und ging zum Beiboot.

»Ich habe doch gar nicht gelogen!« schrie sie ihm nach.

Er drehte sich um und hob die Brauen. »Nein? Ich habe doch das getan, was du mir sagtest. Du hast behauptet, innerhalb einer Stunde käme bei dir diese wunderbare Verwandlung. Ich habe diese Stunde abgewartet, aber nichts geschah. Jedes deiner Worte ist eine Lüge.«

»Hast du dir noch nie überlegt, daß es nicht an meinen Worten lag, sondern vielleicht an deiner... Darbietung?«

Die Brauen hoben sich noch höher.

»Jawohl, ich sagte dir doch, eines Liebenden Kuß sei nötig, um den Zauber zu brechen, nicht der Kuß eines Skeptikers. Dein sogenannter Kuß war ein fauler Zauber, Spock, und der kann natürlich einen richtigen Zauber nicht brechen. Sag mal, Spock, hast du eigentlich noch nie vorher eine Frau geküßt?«

»Das geht dich überhaupt nichts an«, erwiderte er steif.

»Aber es ist doch so: Ich bin deine wahre Liebe. Wenn du nur aufhören würdest, daran zu zweifeln... Ein Teil von dir wollte mich haben. Ich spürte das doch. Aber deine ungläubige Seite wollte höchstens einen Versuchskuß zulassen. Der wirkte natürlich nicht, Spock. Aber wir könnten es noch einmal versuchen. Komm mit. Lege ein bißchen Gefühl in deinen Kuß. Gib der Liebe eine Chance.«

Sie legte eine Hand auf seinen Arm, und er folgte ihr wie hypnotisiert. Das Kästchen mit den Teilen aus dem Beiboot hatte er unter den Arm geklemmt.

Die *Enterprise* war in der Umlaufbahn um die Sternbasis Sechs, und die Excalibur hatte man in einer Sicherheitsstation der Basis abgeliefert. Spock war mit Phyllida im Transporterraum, wo sie darauf wartete, von Bord gebeamt zu werden.

In ihrer roten Uniform sah sie sehr schlank und zierlich aus, jeder Zoll ein fähiger Offizier. Es war kaum zu glauben, daß sie im

Mondlicht getanzt und dabei ein hauchdünnes Blätterkleidchen angehabt hatte. Ah, und ihr silbriges Lachen! An ihrer Uniform trug sie die Insignien der Technischen Abteilung, den Spiralblitz. Sie trug ihn über dem Herzen wie ein Juwel.

»Und so ist nun unsere Mission zu Ende«, sagte Spock ernst.

»Ich kenne keinen anderen Offizier in der ganzen Sternflotte, der mit einer so unzulänglichen Ausrüstung M-Strahlen hätte erzeugen können«, sagte sie.

Überraschenderweise wurde Spock menschlich locker. »Ohne deine Hilfe, und das weißt du genau, Phyllida, hätte ich das auch nicht tun können.«

»Ich auch nicht – ohne die deine.«

»Zum Glück erstreckt sich meine Unfähigkeit nicht auf wissenschaftliche Angelegenheiten«, meinte er trocken.

Sie warf ihm einen erstaunten Blick zu, tat aber nicht, als habe sie nicht verstanden. »Ich sprach zuvor von den Andorianern. Mein Vertrauen auf deine Tüchtigkeit auf allen Gebieten ist unbegrenzt. Wenn es wirklich einen Zauberbann gegeben hätte – du hättest ihn mit Sicherheit gebrochen.«

Das Signal kam vom Planeten, daß sie jetzt bereit seien, sie hinunterzubeamen. Sie trat auf die Transporterplattform.

»Dann also lebe wohl, Spock – für kurze Zeit.«

»Für kurze Zeit?« Er hob die Brauen.

Sie lächelte. »Irgendwo, irgendwann werden wir einander wieder treffen, Spock. Das ist Schicksal. Du hast ja wirklich in diesen verzauberten Teich geschaut.«

Und dann lachte sie. Es war das ein wenig wilde, süße Lachen, das er kannte. Der Transporter summte lauter, und bis sie verschwand, hatte er nur noch das entzückende Koboldgesicht der Waldnymphe vor seinen Augen.

Einleitung zu »Das Gesicht auf dem Barboden«

VON GEORGE TAKEI

Ich bin besonders froh darüber, daß ich gebeten wurde, eine Einleitung zu einer Geschichte zu schreiben, die zweierlei enthält, was mir bei *Raumschiff Enterprise* sehr wichtig war – eine Prise Humor und Abwechslungsreichtum.

Sulu konnte unverfroren von D'Artagnan träumen oder Alpträume von einem Samurai haben. Dazu gehörte aber, daß der würdige Captain Kirk Sinn für die Kostümierung eines Samurai und den Mut hatte, seine Würde zeitweise ein wenig aufzugeben.

In gewisser Hinsicht sind das Symbole für all das, was an *Raumschiff Enterprise* so gut war. Es behandelte Witze, Träume, sogar Alpträume und Traditionen.

Sulu ist als »Orientale, aber nicht skrupellos« beschrieben worden. Er konnte sich für die klirrenden Schwertkämpfe von Musketieren ebenso interessieren wie für seltene Pflanzen. Er konnte mit Chekov herumblödeln oder die Kommandogewalt auf der *Enterprise* innehaben, wie zum Beispiel, als der Krieg mit den Klingonen ausbrach.

Die Abenteuer von *Raumschiff Enterprise* vermittelten – und dies nicht nur in Worten –, daß Menschen auf ihre kulturellen Wurzeln stolz sein können, ohne an sie gebunden zu sein. Sie sollen durch ihre Kultur weder beschränkt noch voneinander getrennt werden, Menschen können aus jeder Kultur das Beste auswählen – in Liebe und gegenseitigem Respekt unabhängiger Individuen.

Ich bin stolz darauf, einen Teil dieser Aussage verkörpert zu haben und ebenso stolz auf all die verschiedenen Menschen, die darauf reagiert haben. Ich habe mich gefreut, sie zu treffen und zu sehen, was sie als Schriftsteller, als Künstler und überhaupt im Leben machen.

Es ist meine größte Hoffnung, daß sie immer weiter daran arbeiten, diese Ideale, die sie durch die *Star-Trek*-Geschichten erfahren haben, in diesem Leben, dieser Welt, dieser Zeit zu verwirklichen.

Ich habe diesem Ziel viele Jahre lang große Anstrengung gewidmet, und dasselbe gilt für viele der anderen Mitspieler und Helfer, die auf diesem Raumschiff Erde das gleiche Gefühl haben wie an Bord der guten alten *Enterprise*.

Meine Hoffnung ist es, daß diejenigen, die diesen Traum sehen, es nicht dabei bewenden lassen, sondern ihn zur Realität machen.

Bei alledem sollten wir aber immer noch die Zeit finden, über das, was wir tun, zu lächeln und nicht auf unsere Würde zu pochen. Sulu würde über den Verlauf dieser Geschichte ganz schön kichern, und Kirk ebenso. Ich glaube sogar, sie würden einander lachend in die Arme fallen und lachen, bis ihnen die Tränen in den Augen stünden.

Daß wir dies alles tun, ohne Zweifel oder Uneinigkeit, das ist mein Traum.

Das Gesicht auf dem Barboden

Spock wandte sich von seiner Sensorenkonsole ab und beobachtete den Captain. Kirk war mit einigen Aufgaben gleichzeitig beschäftigt: Er überflog die Liste derer, die Landurlaub hatten, und die Berichte über den Energieverbrauch, den ein Bootsmaat zum Abzeichnen brachte, er tauschte formelle Grüße aus mit dem Captain der *Deneb Queen*, einem Frachter, der sich ebenfalls in einer Umlaufbahn um Krasni befand, und diskutierte die Möglichkeit, Ingenieur Scott zu bitten, dem Frachter behilflich zu sein, der Schwierigkeiten mit der Antriebszündung hatte; und bei Scott vergewisserte er sich, daß er nichts dagegen hatte; und nebenbei sprach er auch noch den Logbericht auf Band.

Wäre Spock kein Vulkanier gewesen, hätte ihn das nervös gemacht. McCoy, der kein Vulkanier war, tat sich keinen Zwang an. »Beeilst du dich endlich?«

»Nur noch einen Augenblick, Pille«, antwortete Kirk.

McCoy runzelte die Stirn. »Soll ich dir jetzt eine ärztliche Anordnung geben? Selbst ein Captain muß mal Landurlaub machen.«

Kirk hörte es gar nicht.

McCoy seufzte. Die ganze Mannschaft war, nachdem sie einen rauhen Flug durch Ionenstürme hinter sich hatte, an der Grenze ihrer Leistungsfähigkeit angelangt, und Kirk war offensichtlich noch immer viel zu nervös, um sich über den Besuch von Krasni freuen zu können. Krasni war der am dichtesten bewohnte Planet der ganzen Sternengruppe. Die äußeren Sonnen des Nebels waren sehr aktiv und machten es schwierig, zu den inneren Sternen zu gelangen. Die *Enterprise* hatte gerade eine schwierige Begleitmission hinter sich gebracht, auf der sie eine Schiffsladung von künftigen Kolonisten durch die weniger aktiven äußeren Segmente zu einem der bewohnbaren Planeten des Centers gelotst hatte. Nachdem sie die Kolonisten verladen hatten, nahm die *Enterprise* zu einem Höflichkeitsbesuch Kurs auf Krasni, um dort Informationen auszutauschen, Reparaturarbeiten durchzuführen und einen Landurlaub zu machen.

Spock stand auf und ging zu Kirks Stuhl. Unwillkürlich stand auch Kirk auf. »Mr. Spock, Sie haben das Kommando«, sagte er, und Spock setzte sich in den Kommandosessel.

Ein Bootsmaat kam mit einem neuen Bericht. Spock nahm ihn entgegen und sagte: »Ich habe das Kommando, Captain.«

Kirk lachte, trat zu McCoy und wartete dann nicht sehr geduldig auf den Lift. Zu ihnen stieß Rudergänger Sulu, der ebenfalls Landurlaub hatte.

Die Türen schlossen sich hinter ihnen, und Spock lehnte sich zurück. Er war mit Chekov an der Navigationskonsole und Uhura am Nachrichtenbord allein auf der Brücke. Spock brauchte, wie jeder Mensch, ab und zu einmal eine Pause, obwohl er das höchst ungern zugab. Der größte Teil der Crew war nun auf Krasni unten, und so hatte Spock das Schiff fast für sich allein. Er freute sich schon auf einen ruhigen Tag.

Unten auf Krasni verließ Kirk die Transporterkammer des Ankunftshafens mit McCoy und Sulu. Da der Planet nur über ziemlich primitive Einrichtungen verfügte, mußten sie erst an einer Bank Geld einwechseln.

Schließlich blieben sie vor einer großen Bar stehen. Sie hieß Krasni-Xanadu und schwebte mitten in der Luft über einem künstlichen See. In dessen Mitte schickte eine Fontäne einen dikken Wasserstrahl so in die Höhe, daß es schien, als werde das ganze Gebäude vom Wasserstrahl in der Luft gehalten.

Sulu pfiff. »Das ist vielleicht eine Anti-Grav-Einheit, die sie hier haben«, bemerkte er.

»Wollen wir?« fragte McCoy.

Kirk zögerte. »Schaut ziemlich protzig aus«, meinte er.

»Entspricht aber deinem Rang«, erwiderte McCoy. »Außerdem habe ich einen kostspieligen Geschmack.«

Sie gingen also die Rampe hinauf. Etwa auf halber Höhe blieb Kirk jedoch stehen.

»Was ist los?« fragte McCoy und blieb ebenfalls stehen.

»Nichts. Geht nur voran, ich komme dann gleich nach. Mir ist etwas eingefallen, das ich Spock noch sagen muß.«

McCoy warf ihm einen mißmutigen Blick zu, ging aber dann mit Sulu weiter.

Kirk nahm seinen Kommunikator heraus. »*Enterprise*, Kirk hier.«

»Spock hier, Captain«, meldete sich Spocks Stimme.

»Mir ist eben eingefallen, daß sich Scotty gar nicht aufs Schiff zurückzumelden braucht, wenn er mit der *Deneb Queen* fertig ist. Er könnte gleich von dort aus Landurlaub machen.«

»Sehr gut, Captain«, antwortete Spock.

Kirk hatte das Gefühl, daß Spock auch schon diese Idee gehabt und alles diesbezüglich in die Wege geleitet hatte.

»Kirk, Ende.« Der Captain ließ den Kommunikator zuschnappen und blieb einen Augenblick unschlüssig stehen. Er freute sich, weil das Licht so hübsch auf dem Wasser spielte.

Als er hineinging, entdeckte er, daß der Fußboden von innen her durchsichtig war, so daß man die Fontäne sehen konnte. Gleichzeitig entdeckte er, daß Sulu und McCoy zusammen mit drei Mädchen an einem Tisch saßen.

»...Ja, aber die Uniformen sind wirklich eintönig«, sagte die eine. Sie schwieg, als McCoy aufschaute und winkte.

»Renee, das ist Jim«, erklärte McCoy der einen, die gesprochen hatte. »Lenke ihn ein bißchen von seiner Arbeit ab.« Er schaute Kirk ein wenig besorgt an.

»Hallo, Renee«, sagte Kirk freundlich.

»Willkommen auf Torheit«, erwiderte sie im gleichen Ton.

»Auf Krasni's. Der Planet Torheit«, erklärte sie. »Von offizieller Seite mag man aber solche Witze nicht.«

»Man hat ihn in den Karten ja auch nur als Krasni eingetragen«, warf eines der beiden anderen Mädchen ein.

»Und was war an Mr. Krasni so töricht?« fragte Sulu.

»Na, ja...«, meinte Renee. »Ah, gut.« Aber sie schwieg, weil sich gerade der Tisch öffnete und die Getränke erschienen.

»Pille!« protestierte Kirk.

Der Doktor hatte eine Runde Pfefferminzlikör bestellt.

McCoy zuckte die Achseln. »Dann bestelle dir doch etwas, das dir besser zusagt.« Er zog den sechsten Stuhl unter dem Tisch heraus.

Kirk schnitt eine Grimasse. »Bewachte Töpfe kochen ständig.«

Das wollte aber McCoy nicht als Witz gelten lassen. »Na, dafür gibt es ja eine Kur.«

»Und die wäre?« wollte Kirk wissen.

»Weggehen.« McCoy nickte, nahm einen Schluck Pfefferminzlikör und genoß dessen angenehme Kühle. »Aber geh nur ja nicht zum Schiff zurück!«

Kirk schaute zur Tür und klatschte mit der Hand auf die Stuhllehne.

»Aber mache dir keine Gedanken darüber, ob ich rechtzeitig zu meiner Schicht auf dem Schiff zurück bin. Das ist Spocks Problem«, sagte McCoy.

Kirk lachte breit. »Schön, Pille. Tut mir leid, Renee.«

McCoy schaute mißmutig drein, als Kirk durch die Tür verschwand.

Draußen ging der Captain ein Stück die Straße entlang und blieb vor einem Schaufenster stehen, in dem ein knalliges Samurai-Gewand ausgestellt war. Er sah sich selbst im Halbspiegel des Schaufensters, die eine Hälfte gelb, die andere schwarz, ein bißchen geflochtenes Gold, ein kleines Emblem. Nein, eintönig war die Uniform nicht; sie war bequem und zweckmäßig und gestattete vor allem Bewegungsfreiheit.

Er kaufte das Gewand. Kirk verließ den Laden, fühlte sich ziemlich töricht, aber frei und schaute sich wieder im Schaufenster an. Ihm gefiel das Spiel des Lichtes auf seinen neuen Kleidern. Seine Uniform war ein ordentliches braunes Päckchen unter einem Arm. Eigentlich war es lästig, das Päckchen mit herumzutragen. Er eilte also zum Ankunftshafen, ließ einen Viertelcredit in ein

Schließfach mit Stimmverschluß fallen und stopfte dort seine Uniform hinein. »James T. Kirk«, sagte er zu dem Schloß und marschierte davon. Uniform und Namen ließ er zurück.

Er schlenderte weiter zu einem rauheren Stadtviertel. An der ersten Bar hielt er an und ging hinein. Sein knalliges Samurai-Gewand brachte in einem Umkreis von drei Metern jede Unterhaltung zum Erliegen. Fast hatte er jetzt Sehnsucht nach der *Enterprise*. Die Unterhaltung ging weiter. (»Es sind nicht die blauen Augen, die mir nicht gefallen, sondern die rosafarbenen Tentakel«, hörte Kirk, ehe der allgemeine Wortlärm zu einem Brei zusammenschmolz.) Er suchte sich zwischen den Tischen einen Weg zur Bar.

Kirk schenkte dem Mädchen an der Bar sein bezauberndstes Lächeln, aber sie lächelte nur berufsmäßig zurück und musterte ihn mißtrauisch.

»Ich möchte ein Bier«, sagte Kirk.

»In Ordnung«, antwortete sie und griff nach einem Glas. »Neu hier?«

»Ja. Ich heiße Harry Leroy und bin Ersatzrudergänger auf der *Deneb Queen*.« Das ging ihm sehr glatt von der Zunge.

Die Frau schien nicht besonders begeistert zu sein. »Die *Deneb Queen*«, murmelte sie. »Da ist Ihr Bier. Ein Credit.«

»Warum heißt dieser Planet eigentlich Krasni's Torheit?« fragte er, als er sein Bier bezahlte.

Die Frau wurde eine Spur weniger abweisend. »Das ist eine ziemliche Geschichte...«

Da kam gerade der, dem die rosafarbenen Tentakel nicht gefielen, heran und bestellte eine neue Runde für seinen Tisch. Er war ein Bulle von einem Mann.

»Aber damit müssen Sie noch warten«, sagte die Barmaid zu Kirk.

An Bord der *Enterprise* beschäftigte sich Chekov mit der andorianischen Geschichte. Er hatte am Ende der Bandaufzeichnung begonnen, mit dem interessanten Teil (der Begegnung der Terraner und Andorianer), und bedauerte dies, als er sich jetzt langsam durch ihr Zeitalter der Forschungsreisen hindurcharbeitete. Er schaute sich um. Uhura döste an ihrer Konsole, Spock meditierte offenbar. Er spielte mit dem Gedanken, es ihnen nachzumachen.

Plötzlich begann etwas an Uhuras Konsole zu schnurren. Sie wachte erschreckt auf, und Chekov legte sein Lesegerät weg. Vielleicht gab es jetzt etwas Interessantes.

Kirk schoß einen Pfeil ab. Er traf das Brett ganz am äußersten Rand.

»Nicht schlecht«, meinte sein Gegner ermutigend.

Der zweite Pfeil blieb in der Wand stecken.

Kirk warf den dritten Pfeil und traf wieder die Wand. Er sammelte die Pfeile ein und reichte sie seinem Gegner.

Der erste Pfeil traf in den mittleren Ring.

»Übrigens, warum nennt man diesen Planeten ›Krasni's Torheit‹?« fragte Kirk.

»Ah, das ist eine ziemlich lange Geschichte. Warten Sie, bis das Spiel vorbei ist.«

Der zweite Pfeil traf den Außenrand des mittleren Ringes.

»Sternenschiff *Enterprise* bestätigt Verbindung«, sagte Uhura. »Aber Ihr Signal ist sehr schwach.«

»Ja, das weiß ich«, antwortete eine winzige Stimme. »Ich kann's aber nicht ändern.«

Uhura drehte ihr Empfangsgerät auf volle Lautstärke und programmierte den Computer zur Ausschaltung des statischen Prasselns.

»Können Sie mich hören?« brüllte die Stimme aus dem Lautsprecher.

Uhura zuckte zusammen. »Jawohl. Sie brauchen aber nicht so zu plärren.«

Spock kam und lehnte sich über die Konsole. »Commander Spock von der *Enterprise* hier. Bitte, identifizieren Sie sich.«

»Antonio Pérez, an Bord des Passagierschiffs *Starfarer*. Wo ist Jim?«

»Der Captain ist im Moment auf Landurlaub«, antwortete Spock. »Kann ich Ihnen helfen?«

Pérez schniefte. »Die *Starfarer* hat eine Panne. Genau kann ich das nicht sagen, weil die Brücke betroffen ist und die Hilfskontrollen nicht mehr in Ordnung sind. Und die Schotte sind versiegelt, um die Luft innen zu halten. Ungefähr dreihundert Personen sind noch am Leben, glaube ich. Wir sind mit dem Zählen noch nicht durch. Wenn wir alle weiteratmen wollen, und bisher hat sich keiner freiwillig bereit erklärt, damit aufzuhören, dann müßten wir in fünf Tagen unsere ganze Luft verbraucht haben. Wo seid ihr?«

»Im Orbit um den Planeten Krasni, Krasni's Stern.«

»Krasni... Ah, jetzt weiß ich!« Sie hörten im Hintergrund eine rasche Beratung, und ein Offizier des Passagierschiffs diskutierte mit Pérez Position und Energieverbrauch. »Wir können zwar volle Geschwindigkeit rauskriegen, aber wir sind trotzdem noch acht Tage von euch entfernt.«

»Das genügt schon. Wir werden uns mit der *Starfarer* treffen«, versprach Spock. »Wie ist eure augenblickliche Position?«

Perez gab ihm die Koordinaten.

»Mr. Chekov, geben Sie dem Computer Route und Zeit des Treffens ein«, bat Spock. »Uhura, benachrichtigen Sie den Hafen Krasni, daß wir in zehn Stunden die Umlaufbahn verlassen.«

»Das ist aber nicht besonders plötzlich«, beschwerte sich Pérez.

»Wir müssen erst die Mannschaft zurückholen, Commander. Eine Notbesatzung kann das Schiff zwar steuern, sollte sich aber ein weiterer Notfall ereignen...«

»Verzichten Sie bitte darauf, die gültigen Vorschriften zu zitieren«, sagte Pérez. Spock schloß den Mund, überlegte kurz und fragte: »Was ist denn die Ursache für die Panne auf der *Starfarer*?«

Der Offizier, dessen Stimme im Hintergrund zu vernehmen gewesen war, übernahm von Pérez den Kommunikator. »Zweiter Navigator Lo Chah hier«, meldete sie sich. »Sir, das wissen wir nicht. Wir begannen Luft zu verlieren, aber die inneren Schotte schlossen sich nicht sofort. Der vordere Abschnitt hat seine ganze Luft eingebüßt...« Die Stimme der Frau klang sehr angestrengt. »Verzeihung, Sir«, sagte sie.

Dann hörten sie wieder Pérez' Stimme. »Geh, du Schwachkopf, und lege dich hin... Entschuldigen Sie, Mr. Spock; unsere zweite Navigatorin ist verletzt, aber wir brauchen sie, für technische Angelegenheiten. Wer weiß schon, was passiert ist? Es ist ein neues Schiff. Mein Vater hat immer gesagt: Versuche nie was Neues. Warte erst ab, ob einer daran stirbt. Und da stehe ich jetzt und wundere mich, wie ein so gescheiter Vater einen so dämlichen Sohn haben kann.« Er seufzte. »Pérez Ende.«

Spock kehrte zum Kommandosessel zurück und sah von Uhura zu Chekov. Uhura hatte schon den Hafen Krasni verständigt und Alarm für die Mannschaft der *Enterprise* gegeben; die Kameraden der Nachrichtenübermittlung und der Transporterabteilung wurden namentlich aufgerufen. Sie hatten eine harte Arbeit vor sich, da sie zwei Drittel der gesamten Mannschaft finden und zurückholen mußten.

In der zweiten Runde zielte Kirk und warf den Pfeil, der mitten im Glas des Mannes landete, der keine rosafarbenen Tentakel mochte.

»He, kannst du nicht aufpassen, du Trottel?« rief der Mann. »Willst du einen umbringen?«

Kirk griff mit einer Hand nach dem Pfeil, mit der anderen versuchte er, etwas von der grünen Flüssigkeit wegzuwischen. Er war sich dann nicht darüber klar, welcher von seinen Ellbogen den Rest des Drinks umschüttete.

Der Mann, der etwas gegen rosafarbene Tentakel hatte, sprang mit einem Schrei auf und holte zu einem Haken nach Kirk aus, der sich aber duckte.

Einer von den Kameraden des Zornigen redete ihm zu: »Laß doch den Kleinen in Ruhe.«

Kirk starrte erstaunt den noch sitzenden Mann an. Der war klein, sah mager aus und hatte nicht den geringsten Grund, Kirk einen »Kleinen« zu nennen. Der andere...

»Ja? Willst du mich vielleicht aufhalten?« fragte der, dessen Glas Kirk erst getroffen und dann umgeschüttet hatte.

»Warum nicht?« meinte der andere, stand auf und nahm kein Ende mehr. Der mit dem umgeschütteten Glas war eine gute Handbreit größer als Kirk, aber der mit dem mageren Gesicht war groß und bullig.

Kirk strich seinen Einwand gegen die ihm zugedachte Bezeichnung »Kleiner« und versuchte, die gespannte Atmosphäre wieder zu entspannen. »Ja, schaut mal...« begann er.

»Du versuch's erst gar nicht«, sagte der, der keine rosafarbenen Tentakel mochte, zum anderen, und die beiden Giganten fielen übereinander über die zwei nächsten Tische und deren Gäste her. Diese protestierten zwar schreiend, mischten aber im Gewühl kräftig mit.

Kirk hielt noch einen Pfeil in der Hand und musterte ihn mit dem Gefühl, daß auch aus dieser Mücke ein Elefant geworden war.

»Ihr von der *Deneb Queen* zettelt immer Raufereien an«, sagte neben ihm eine angewiderte Frauenstimme, »und dann steht ihr nur dabei und schaut gemütlich zu. Überhaupt keine Verantwortung.« Die Barmaid schnalzte mit der Zunge.

Kirk zuckte zusammen und betrachtete das Durcheinander. Nach einer Weile entdeckte er die Giganten direkt in dessen Zentrum, und ihre ausgreifenden Arme zogen noch mehr Tische, Stühle und Leute in dieses Chaos. Kirk tat einen Satz und sprang die beiden an; mit Vergnügen vernahm er laute Atemzüge der Zuschauer, als er die beiden Riesen trennte, den einen zu Boden warf und sich umdrehte, um auch den anderen zu versorgen.

Aber dann richtete sich die ganze Keilerei gegen ihn. Sie war schon zu weit fortgeschritten, als daß sie durch die Ausschaltung der beiden Anstifter hätte beendet werden können. Kirk hatte den Eindruck eines letzten, recht lebhaften Bildes, das jedoch eher einem Delirium glich; der »kleine« Bursche vom Tisch der Riesen kroch auf dem Boden herum, und von da an konnte Kirk wegen des Kampfgetümmels nichts mehr erkennen. Er mußte sich auf seine eigene Atmung und möglicherweise auf seine Flucht konzentrieren. Von ganz weit weg hörte er die Stimme des Barmädchens: »Hafenpolizei? Da ist eine Schlägerei im Gang... Ja... Vielen Dank.«

Uhura hatte inzwischen das gesamte Personal von der Nachrichtenabteilung und der Transporterstation aufgespürt. Das war nicht leicht gewesen. Jetzt rief sie:

»Captain Kirk, bitte melden« und drückte die Signaltaste für seinen Kommunikator. »Captain Kirk, bitte melden. Bitte melden...«

In der Bar arbeitete sich ein schmalgesichtiger Mann aus dem Gewirr von Armen, Beinen und Körpern heraus und verzog sich in eine dunkle Ecke, um seine Beute an Geldtaschen zu zählen. Eine davon begann zu piepsen, und es war ihm klar, daß er einen Kommunikator erbeutet hatte. Er hielt ihn aber geschlossen und huschte durch die Schatten zu einem Müllschlucker. Dort hinein warf er das piepsende Ding und entnahm den Geldtaschen das Geld. Die nicht verwertbaren Inhalte und die leeren Taschen warf er hinter dem Kommunikator her. Er glaubte genug Zeit zu haben, noch vor der Ankunft der Polizeitruppe zu entwischen.

Seine Schätzung war jedoch nicht ganz richtig.

Jemand an der Tür brüllte »Vorsicht!«, und die Raufbolde wälzten sich wie ein Mann auf die Straße hinaus und tauchten dann einzeln in den Straßen unter. Der Mann am Müllschlucker war am weitesten von der Tür entfernt und erreichte sie als letzter, so daß er direkt gegen eine breite, rote Brust prallte.

»'tschuldigung«, murmelte er und versuchte sich vorbeizuschlängeln. Ein langer, dicker, roter Arm versperrte ihm den Weg. Er schaute auf. »Oh. He, Bud! Wie geht's dir?«

»Fein, vielen Dank«, antwortete Bud. »Und wie geht's dir, Morrie?« Bud nahm vorsorglich Morries Geldtasche in Verwahrung.

»Aber schau doch, ich hab' mit keinem gerauft. Das wird sie dir auch bestätigen«, beklagte sich Morrie und wandte sich vertrauensvoll zur Barmaid um. Aber an der Bar hatte sich die Lage verändert. Der Boden lag friedlich und freundlich da, und nur die Fragmente zerschlagener Möbel und ein friedlicher Schläfer in grellbuntem Neo-Samurai-Gewand waren noch Zeugen der verflossenen Schlägerei.

»Morrie, du hast zuviel Geld bei dir«, sagte Bud traurig und reichte ihn an einen anderen Polizisten weiter. Bud drang weiter in die Bar vor. »Sie haben aber lange gebraucht«, stellte die Frau fest.

»Sind alle weg?«

»Alle, bis auf dieses Dornröschen hier.«

Uhura war ratlos und berichtete Mr. Spock von der Unmöglichkeit, den Captain aufzufinden, und fuhr dann aber fort, nach Dr. McCoy und Mr. Scott zu suchen.

Kirk schluckte und würgte, als ein Kübel kalten Wassers in sein Gesicht geschüttet wurde. »Wa... wa... Was ist denn?« fragte er und versuchte sich aufzusetzen.

Bud zog ihn in die Höhe. »Na, kommen Sie schon, Mister.«

»Moment mal«, hielt ihn die Barmaid auf. »Der kann wenigstens noch seine Drinks bezahlen.«

»Na klar«, antwortete Kirk. »Wieviel?«

»Zwei zehn.«

Er griff nach seiner Geldtasche. »Man hat mich ausgeplündert.«

Bud seufzte. »Aha, das kann ich mir denken... Morries Beute wird schon reichen, die ganzen Scherben und die Zechen zu bezahlen«, sagte er zur Barmaid und sah dann Kirk an. »Und vielleicht bleibt auch noch was übrig, um Ihre Strafe zu bezahlen. Wissen Sie, Mister, auf unserem Planeten gibt's nämlich ein Gesetz gegen öffentliche Schlägereien und so. Wie heißen Sie?«

»James T. Kirk, von der...«

»Leroy, den Namen haben Sie aber vorher nicht gesagt. Er heißt Harry Leroy«, erklärte sie Bud.

»Hat er mitgerauft?«

»Ja, natürlich.«

»Dann sind Sie verhaftet, Mr. Leroy. Mitkommen.«

McCoy schnitt eine Grimasse, als sein Kommunikator anschlug. »Wissen Sie«, sagte er zu Sulu, »man könnte es sogar lernen, diesen *Sake* da zu mögen, wenn man je die Möglichkeit hätte, ihn ordentlich auszuprobieren. Ja, McCoy hier. Nehmen Sie zwei Aspirin…«

»Tut mir leid, Doktor, aber alle Landurlaube sind mit sofortiger Wirkung aufgehoben«, erklärte ihm Uhura.

Bud lochte Kirk für die Nacht ein. »Schlafen Sie Ihren Rausch aus, und rufen Sie morgen früh Ihren Captain an«, riet ihm Bud, und der Beamte, der ihn vereinnahmte, nickte väterlich dazu.

»Ich bin doch der Captain«, sagte Kirk. »Ich meine, ich bin Captain James T. Kirk vom Sternenschiff *Enterprise*.«

»Und ich bin die Marie von Romanien«, murmelte Bud grinsend.

»Lassen Sie mich doch im Xanadu anrufen. Dort sind ein paar Schiffskollegen von mir.«

»Im Xanadu? Na, na!« Der Beamte zuckte die Schultern und stellte die Verbindung für Kirk her, aber kein Dr. McCoy und kein Mr. Sulu meldeten sich.

»Ist doch nicht das Ende der Welt, Junge, wohl die erste Nacht im Kittchen, wie?«

»Schau mal, du ersparst dir damit das Geld für ein Hotelzimmer. Sind hier ziemlich teuer. Und dein Captain wird dich am Morgen schon loseisen. Eine Nacht im Kittchen verdirbt dir deine Personalakte nicht besonders, und außerdem lernst du was fürs nächste Mal.« Er wandte sich an Bud. »Na, dann sperre ihn mal ein, Bud.«

»Aber…«, versuchte Kirk einzuwenden, ergab sich dann aber doch in sein Schicksal.

»Und Sie wissen nicht, wohin der Captain dann gegangen ist?« fragte Spock.

»Nein«, erwiderte McCoy kurz. »Spock, was soll das Theater eigentlich?«

»Wir haben einen Notruf erhalten«, begann Spock.

»Da ist er wieder, Sir«, rief Uhura.

Spock drückte auf den Knopf. »Ja, Commander?«

»Wir haben jetzt die genauen Zahlen für unsere Leute und unsere Lebenserwartung«, sagte Pérez. »Haben Sie Jim gefunden?«

»Noch nicht, Commander«, erwiderte Spock.

»Sie haben ihn verloren? Sie haben ihn aus seiner Schale rausgenommen, und jetzt hat ihn einer aufgegessen, was?«

McCoy mußte unwillkürlich lachen.

»Sie sagten etwas von genaueren Daten«, lenkte Spock auf ein anderes Thema über.

»Ah, ja. Wir haben 311 Überlebende und genug Luft für vier Tage und zehn Stunden, plus oder minus drei. Wenn Sie, wie vorgesehen, abfliegen, bleibt uns eine Spanne von zwei bis acht Stunden.«

»Vielen Dank«, antwortete Spock.

»Oh, bitte sehr, Mr. Spock. Darf ich etwas vorarbeiten, indem Sie früher abfliegen?«

»Das werden wir natürlich versuchen«, erwiderte Spock, unterbrach die Verbindung und fragte Uhura: »Geschätzte Zeit für Rückruf?«

»Wir haben soviel von der Mannschaft hier, daß wir sofort abfliegen können, Sir.«

»Spock, Sie sind ein Weichling«, sagte McCoy leise.

»Doktor?«

»Sie möchten doch Jim gar nicht zurücklassen. Schließlich ist unser Fahrplan so voll, daß wir erst in drei Monaten zurückkommen könnten, und dann kann er den Besuch bei seinem Neffen nicht machen, den er auf der Sternbasis vorhat.«

»Doktor, Sie übersehen die Tatsache, daß der Zweck unseres Aufenthalts auf der Sternbasis der ist, an unserem Schiff die nötigen Reparaturen vornehmen zu lassen und die Vorräte aufzufrischen. Der Captain kennt das Schiff besser als jeder andere Offizier, und in seiner Abwesenheit kann die Arbeit nicht angemessen ausgeführt werden. Die *Enterprise* ist für die Überholung längst überfällig, und eine weitere Verzögerung beeinträchtigt die Sicherheit.«

»Trotzdem sind Sie ein Weichling«, wiederholte McCoy, trat aber den Rückzug an, ehe Spock ihm erklären konnte, er sei unlogisch.

Kirk marschierte in der kleinen Zelle, die er mit dem Mann teilte, den er zuletzt am Boden der Bar im Kampfgetümmel gesehen hatte, unruhig auf und ab. Bud hatte ihn als Morrie Singh vorgestellt.

Morrie lag auf der rechten Pritsche und beobachtete ihn; er zählte fünfzig Touren hin und her, und nun meinte er, es sei genug dieser lästigen Herumrennerei. »He, Leroy, willst du nicht endlich mit dem Quatsch aufhören?« fragte er. »Ich kann doch nicht schlafen, wenn du da wie eine Tigerimitation herumrennst.«

»Warum? Ah... Entschuldigung«, sagte Kirk, setzte sich und stützte den Kopf in die Hände. »Ich mache mir Sorgen um mein Schiff.«

»Warum? Bist du der Captain oder so was?«

»Ja, so was«, erwiderte Kirk grimmig.

»Beruhige dich nur. Morgen nachmittag oder übermorgen kommst du vor den Richter.«

»Aber mein Schiff soll morgen nachmittag ablegen.«

»Die *Deneb Queen*? Die ist doch noch nicht fällig.«

Kirk zog den Kopf ein. Da hatte er sich mit seiner unschuldigen Lüge etwas Schönes eingebrockt! »Doch nicht die *Queen*; die *Enterprise*.«

Morrie musterte das mitgenommene Gesicht und die an der Schulter aufgerissenen Kleider. »Na, wenn du meinst... Dann mußt du eben morgen früh genug Lärm schlagen. Vielleicht kommst du dann gleich vor den Schnellrichter. Da wirst du für Trunkenheit und ungebührliches Benehmen eine Geldstrafe aufgebrummt kriegen, du rufst dein Schiff an, dein Captain zahlt die Strafe und zieht dir's von der Heuer ab. Na, und?«

»Ich glaube nicht, daß der Captain dort ist, wenn sie anrufen.«

»Dann ist doch der Erste da«, meinte Morrie und nickte weise.

»Ach, lassen wir's«, meinte Kirk.

»Das habe ich dir doch gleich gesagt... Aber ich habe ein richtiges Problem.«

»Oh?« meinte Kirk und zeigte wenig Begeisterung.

»Bud, diese Ratte.«

»Ah? Wer ist das?« Allmählich erwachte doch Kirks Interesse.

»Der Kerl, der mich verhaftet hat. Er hätte ja auch bis morgen warten können. Ich meinte, bis dahin hätte ich das Geld vielleicht ausgegeben, aber es könnte ja sein, daß ich dann noch was übrig gehabt hätte. Es geht darum, daß ich morgen frei sein will, und das weiß er. Ich hab's ihm vergangene Woche erzählt, als ich Charlies Einladung bekam. Charlie heiratet nämlich morgen. Er ist mein einziger Bruder.«

»Warum brechen wir nicht aus?« schlug Kirk sardonisch vor.

»Gute Idee«, meinte Morrie. »hast du ein Werkzeug bei dir? Bud nimmt mir meines immer ab.«

»Einen Dietrich?« fragte Kirk. »Für ein elektronisches Schloß?«

»Klar. Geht doch für alles.«

Kirk musterte den anderen zweifelnd, doch der schien es ernst zu meinen. »Einer von uns könnte ja so tun, als sei er krank, und wenn der Posten kommt, springen wir ihn an.«

Morrie zuckte zusammen. »Du lieber Himmel, von allen Zellen dieser Welt habe ich die einzige mit einem Vollidioten erwischt!« stöhnte er.

»Versuchen kann man's doch«, meinte Kirk. »Kannst du nicht ein bißchen Delirium simulieren?« Er stand auf und rüttelte an den Gittern. Sie waren sehr solid. »Ich wollte, wir hätten Spock hier«, sagte er laut.

»Oh? Ist er ein guter Ausbrecher?« fragte Morrie.

»Hm. Na, ja, er... Ja, das ist er.« Kirk grinste, denn ihm fiel ein, daß er und Spock tatsächlich ein ausgezeichnetes Ausbrecherpaar waren; die eine oder andere feindliche Gesellschaft hatte ihnen genug Gelegenheit dazu gegeben. Aber auch ohne Spock müßte ihm doch etwas gelingen. »Willst du krank spielen, oder soll ich's tun?« fragte er.

»Nein.« Morrie musterte Kirk, dann sprang er auf. »Wenn du's so bringen willst, dann tun wir's eben. Aber krank stellen? Nein. Wir kämpfen.«

»Kämpfen?« Kirk verstand nicht sofort.

»Leroy, du bist ein purpurroter Blutwurm! Sag das noch mal!« brüllte Morrie und schwang die Fäuste.

Kirk schaute verstört drein, als Morrie auf ihn losging und ihm mit den Fäusten vor der Nase herumwedelte.

»Du Idiot, sage doch endlich ›dreckiger Erdkriecher‹ zu mir«, flüsterte Morrie.

»Nein«, erklärte Kirk, der nun begriffen hatte, »du bist ein kompletter, säufernasiger Spitzbube, und ich werde mit deinem Kopf den Fußboden aufputzen!« Er legte seine Hände locker um Morries Hals.

»Hilfe! Hilfe! Er bringt mich um!« Morrie schlug ein bißchen um sich. »Nimm deine Hände von mir, du Dreikäsehoch!« Kirks Hände schlossen sich unwillkürlich ein wenig fester um den feindlichen Hals, und Morries nächster Hilferuf klang überzeugend erstickt.

Ein Posten kam an die Tür und zielte mit einem Phaser durch die Gitterstäbe. »Na, hört auf, Jungens, ist doch ein Unsinn«, meinte er begütigend.

»Na, schön«, sagte Kirk, ließ Morrie fallen und griff nach dem Arm des Postens. Morrie packte gleichzeitig dessen Füße, und der Lähmungschuß ging in die Decke und löste ein hübsches, rotes Feuerwerk aus.

Kirk entriß ihm den Phaser und lähmte den Posten. Morrie fing den Mann gerade noch auf, so daß er so fiel, daß er leicht nach den Schlüsseln greifen konnte.

Als sie die Tür aufschlossen, jaulte ein Alarm los.

Sie rannten die Halle entlang. Morrie riß die Tür auf. Der Beamte am Tisch schoß. Kirk schoß zurück. Der Beamte sank auf seinem Stuhl zusammen, und die beiden zogen ordentlich die Tür hinter sich zu und schnitten so die zwei Phaserstrahlen ab, die ihnen von etwas zu spät alarmierten Posten nachgeschickt wurden.

Draußen folgte Kirk dem voranrennenden Morrie, der einen Block weiter in ein dunkles Seitengäßchen einbog und ungefähr eine Meile in ständigen Zickzacklinien lief. In einem dunklen Torbogen suchten sie Schutz vor einem hellerleuchteten Verkehrsmittel. »Brauchst du ein Versteck?« fragte Morrie hilfsbereit.

»Nein, danke. Sag mir nur, wie ich zum Büro des Hafenmeisters komme.«

»Nimm die dritte Tür vom Ende der Gasse rechts, dann schleichst du in den Keller hinab. Dort gehst du durch die Tür, wo draufsteht ›Eintritt verboten‹. Doch, halt, nicht durch die, sondern die, auf der ›Türe geschlossen halten‹ steht. Dann kommt ein Tunnel in ein Lagerhaus, du gehst zur Hintertür hinaus, biegst nach...« Sein Körper machte sämtliche beschriebenen Kurven mit. »Nein, an der Ecke ist ein ganz gemeiner Verkehrsposten. Steige lieber durchs Fenster, an dem ein Riegel lose ist, dann gehst du über den Platz und... Hast du das auch richtig begriffen?« fragte er besorgt.

»Ja«, behauptete Kirk ein wenig unsicher.

»Okay. Also links zwei Straßen weit, dann gehst du durch den Schuhladen, der die ganze Nacht offen ist, und zur Hintergasse. Nein, die wird versperrt sein. Du gehst also... Nein, das geht nicht... Leroy, weißt du was?«

Kirk schüttelte den Kopf.

»Von hier aus kannst du nicht hinkommen. Also kommst du mit zur Hochzeit. Charlie sucht dir einen Führer.«

»Aber... wo ist die nächste öffentliche Kommunikationszelle? Ich könnte ja den Hafenmeister anrufen.«

»Müßte an der Ecke sein. Hast du Kleingeld bei dir?«

Kirk seufzte und schüttelte den Kopf.

»Na, komm schon. Und zieh den Kopf ein.« Morrie schlüpfte in das dunkle Gäßchen hinaus, und Kirk folgte.

Uhura rieb sich die Augen und streckte sich, dann schwang sie sich zu Spock herum. »Das war jetzt die allerletzte Bar, Sir. In keiner ist er zu finden. Auch in keinem der Nachtclubs, Restaurants oder Bordelle. Der Hafenmeister hat die Polizei, die Krankenhäuser und alle einschlägigen Einrichtungen für uns abgesucht. Niemand weiß etwas von einem James T. Kirk.«

McCoy setzte sich in Spocks Sessel und lehnte sich zurück. »Wissen Sie, Uhura«, sagte er vorsichtig, »ich überlege schon, ob James T. Kirk nicht vielleicht eine Massenhalluzination der Crew der *Enterprise* ist.«

Uhura rümpfte die Nase. »Doktor, Sie haben eine sehr morbide Phantasie.«

»Na, ich weiß nicht recht«, meinte McCoy. »Spock, können Sie beweisen, daß Sie nicht der wirkliche Captain sind?«

»Jawohl«, antwortete Spock, ohne aufzusehen, und hob einen blaugekleideten Arm in die Höhe. Die doppelte Goldzopfreihe schimmerte im Licht und wies den Rang eines Commanders.

McCoy blinzelte, versuchte herauszubekommen, ob Spock versuchte, ihn zum Narren zu halten, und schwieg.

Die zwei Flüchtlinge rannten aus einem Schatten in einen düsteren Torweg, dessen Wände ebenso violett und aus Plastik waren wie die Hausfassade, so daß der Eingang kaum zu erkennen war. Kirk blickte nervös zum Himmel hinauf und die Straße entlang.

»Laß mich rein«, sagte Morrie zur Tür.

Sie ächzte ein wenig und rührte sich nicht mehr.

»Aufmachen!« plärrte Morrie.

Kreischend schob sich die Tür auf, und eine Lärmflut schlug ihnen entgegen.

Morrie strahlte.

»Die feiern schon«, erklärte er, obwohl das deutlich sichtbar war. Die Tür knallte hinter ihnen zu. Der letzte Mann der Reihe fiel Morrie um den Hals und schrie: »Morrie!«

»Charlie! Meine Glückwünsche!«

»Drinks gibt's da, zu essen dort, Badezimmer dort drüben.«

Charlie machte großzügige Handbewegungen. »Die Zeremonie findet hier gegen Mittag statt. Verstanden?«

»Ja. Verstanden.« Charlie umarmte seinen Bruder noch einmal, schwang Kirks Hand wie einen Pumpenschwengel und rief: »Ein Freund von Morrie…« und rannte den Tanzenden nach.

Bud ließ das Korridorfenster herunterrasseln, daß die Scheiben klirrten. Sein Assistent ging in die Knie und hob seinen Phaser auf, vergaß aber nicht, Bud vorwurfsvolle Blicke zuzuwerfen, die dieser nicht bemerkte.

Bud setzte sich auf das Fensterbrett. »Was, zum Teufel, hast du denn getan?« fragte er im Ton höflichen Interesses.

»Ich habe doch versucht, sie beide zu lähmen, bevor sie türmen konnten, Sir.«

»Unsinn. Keiner geht zu Charlies Hochzeit und türmt einfach so.« Er schnippte mit den Fingern.

»Woher weißt du das?«

»Außenweltler!« Bud schüttelte den Kopf über so viel Unwissenheit. »Hab' doch auch gewußt, daß Morrie herkommen wird. Wenn er sich schon die Mühe macht, aus dem Kittchen auszubrechen, dann können wir ihn wenigstens die Hochzeit mitmachen lassen.« Er schaute nachdenklich zum Fenster hinaus und ging dann die Halle entlang zum Lift.

»Und was tun wir jetzt?« fragte sein Assistent.

»Von hier aus können wir sie doch nicht im Auge behalten. Also gehen wir und platzen unangemeldet in die Party.«

Kirk wollte sich auf einen Eingeborenenführer nicht recht verlassen, denn Morrie war in dieser Beziehung ein schwaches Rohr im Wind. Er ließ davon ab, den kleinen Mann daran zu erinnern, kehrte dem Tanz den Rücken und ging die Wand entlang, um eine Kommunikationsmöglichkeit zu finden.

Buds Assistent räusperte sich so leise, wie er konnte, aber doch so laut, daß er die Aufmerksamkeit seines Partners erregte.

»In Ordnung. Du behältst Morrie im Auge.« Bud tauchte in der Menge unter und schob sich zur anderen Raumseite, wo der Flüchtling die Wand untersuchte.

»Jim«, sagte eine hohe, klare Stimme. »Jim?«

Kirk zuckte zusammen, als er hörte, daß ihn jemand bei seinem richtigen Namen rief. Er drehte sich um. »Hallo, Renee«, sagte er leise.

»Ich wußte gar nicht, daß du Charlie kennst.«

»Kenn' ich nicht. Ich kam mit Morrie.«

»Ah, wirklich!« Sie schaute ziemlich amüsiert drein. »Suchst du einen versteckten Safe?« fragte sie, weil er weiter die Wand musterte.

»Nein. Einen Kommunikator.«

»Hier findest du keinen. Er ist nebenan.« Sie ging voran.

Der nächste Raum war ein kleines Büro mit dicken Teppichen und schweren Wandbehängen vom Rigel. Kirk ließ sich in den Schreibtischsessel fallen und sagte zum Kommunikator: »Das Büro des Hafenmeisters. Hier spricht James Kirk. Bitte eine Verbindung mit der *Enterprise*.«

Die Tür schob sich auf, und Bud erschien, als Kirk sagte: »Beamt mich...«

»He, Bud Krasni, was ist los?« fragte Renee.

»Renee, geh mir aus dem Weg«, sagte Bud. Hinter ihm schloß sich die Tür, und da schoß er.

Das Sirren des Phaserstrahls und das Summen des Transporterstrahls klangen zusammen. Kirk fiel mit ausgestreckten Armen über den Schreibtisch, wurde golden und verschwand.

Bud riß seinen Kommunikator heraus. »Ich rufe die *Deneb Queen*.«

»*Deneb Queen*?« fragte Renee und schaute von Bud zum Tisch und wieder zurück. »Ich glaube, jetzt brauche ich eine Tasse Kaffee.« Sie spitzte die Lippen. »Und du auch«, fügte sie hinzu und marschierte durch die Tür zu den Erfrischungen.

Leutnant Kyle signalisierte der Brücke. »Der Captain ist an Bord, Sir.« Dann schaute er noch einmal. »Ich glaube wenigstens.«

»Mr. Kyle, ich brauche eine Bestätigung«, erklärte Spock.

»Jawohl, Sir. Es ist der Captain. Er scheint aber bewußtlos zu sein«, meldete Kyle, da er nicht wagte, den Zustand, in dem sich der Captain zu befinden schien, überzeugend zu beschreiben.

Spock beauftragte McCoy, den Captain zu untersuchen, und befahl Sulu, das Schiff aus dem Orbit zu bringen.

Die *Enterprise* schnurrte vor Vergnügen, als sie beschleunigte. Sie waren schon an der Sonne Krasni vorüber und näherten sich den äußeren Sternen des Haufens, als McCoy zu Kyle sagte: »Sieht ganz so aus, als wäre der Captain phasergelähmt.« McCoy fuhr fort, Kirks Gesicht mit leichten Schlägen zu bearbeiten.

Kirk packte seinen Angreifer an der Kehle, rollte ihn zu Boden und hob eine Hand zum Zuschlagen, wachte aber zum Glück auf, ehe sein Instinkt die Reaktion vollenden konnte. »Pille«, sagte er und musterte seinen erstaunten Chefarzt.

»Ja, und ich möchte gern, daß meine Knochen noch eine Weile am richtigen Platz bleiben«, knurrte McCoy und nahm die Hand seines Gegenübers von der Kehle.

»Ah Entschuldigung.« Kirk hockte sich auf die Fersen, damit McCoy aufstehen konnte. Dann legte er eine Hand an die Stirn.

»Kopfschmerzen?«

»Ja.«

McCoy griff nach dem Instrumentenkoffer, den er hatte fallen lassen. Er nahm eine Injektionspistole heraus und verpaßte Kirk eine Dosis Masiform-D. Das Stimulans wirkte sehr rasch. Kirk stand auf und zuckte zusammen, als er sich bewußt wurde, daß seine Hände glättend über den Samurai-Anzug und nicht über seine Uniform fuhren.

»Wie lange dauert es, bis wir die Umlaufbahn verlassen«, fragte er. »Ich müßte den Hafenmeister anrufen und dafür sorgen... Ich muß ein paar Dinge ausbügeln.«

McCoy zuckte die Schultern. »Den Hafenmeister kannst du schon anrufen, aber den Orbit haben wir längst verlassen.«

»Waaas?«

»Wir haben einen Notruf von der *Starfarer* erhalten, Sir«, erklärte Kyle. »Schon vor einigen Stunden.«

»Von Antonio Pérez«, fügte McCoy hinzu.

»Tonio?« Kirk eilte zur Brücke, McCoy folgte ihm.

Sie erreichten die Brücke. Spock erklärte gerade der *Starfarer*, die *Enterprise* sei jetzt unterwegs zum vereinbarten Treffpunkt.

»Dann habt ihr also Jim gefunden«, folgerte Pérez.

»Ja«, antwortete Kirk und beugte sich über Uhuras Konsole, um in den Kommunikator zu sprechen. »Hast du Schwierigkeiten, Tonio?«

»Schwierigkeiten? Der Zweite Navigator hält das Schiff mit Packdraht und einem Rosenkranz zusammen, wenn das deine Auffassung von Schwierigkeiten ist. Wo hast du denn gesteckt?«

Kirk seufzte und beschloß, die Wahrheit zu sagen. »Im Kittchen.«

»James T. Kirk hat ein Strafregister?« staunte Pérez.

»Nein. Außerdem war ich völlig unschuldig.«

»Das hast du auch damals gesagt, als in Onkel Garcias Bett plötzlich der Ziegenbock auftauchte.«

»Wenn du ihn siehst, dann grüße ihn schön von mir.«

»Onkel Garcia oder den Ziegenbock?«

»Beide. Kirk, Ende.« Er inspizierte die Brücke mit einem Blick, der jedem verbot, auch nur ein Wörtchen zu sagen. Nach angemessener Zeit kündigte er an: »Mr. Spock, Sie haben das Kommando.« Er drehte sich um, schaute aber dann noch einmal zurück. »Oh, und... Spock, vielen Dank.«

»Captain?« Spock sah bestürzt drein.

»Fürs Warten.«

Spock öffnete den Mund.

»Machen Sie sich keine Mühe«, riet ihm Kirk. »Ich bin überzeugt, Sie hatten einen guten Grund. Trotzdem vielen Dank. Ich... weiß das zu schätzen.« Er gähnte viel nachdrücklicher, als es nötig gewesen wäre, lächelte allen fröhlich zu und verließ die Brücke.

»Mr. Spock«, sagte McCoy und schaute die geschlossene Lifttür an, »das nächste Mal... nehmen aber Sie Landurlaub, was?« Er drehte sich zu Spock um.

Spock legte die Finger aneinander und schaute für einen Moment in die Höhlung, die seine Hände bildeten. Dann sah er McCoy an. »Ihr Vorschlag, Doktor, ist äußerst... logisch.«

Einleitung zu »Die Jagd«

VON SONDRA MARSHAK UND MYRNA CULBREATH

Unsere eigene Jagd war erfolgreich – sowohl nach neuen phantastischen Geschichten von *Raumschiff Enterprise* als auch nach Einleitungen, die die Stars und Mitarbeiter von *Enterprise* dankenswerterweise schrieben. Doch auf manches mußten wir verzichten. Die Beiträge der vielen Gast-Stars einschließlich derjenigen Besatzungsmitglieder, die erst im Laufe der Serie an Bedeutung gewannen, hätte eine Sammlung von über hundert Geschichten ergeben.

Doch sie alle sind ein wichtiger Teil des *Raumschiff Enterprise*-Phänomens und sollten erwähnt werden. Auf jedem Con kann man Fans beim Aufspüren von Bildern und Andenken ihrer Lieblingsschauspieler beobachten. Selbst wenn ein Gaststar nur ein einziges Mal vor Jahren aufgetreten ist, wird er doch wiedererkannt, wenn er zu einem Star-Trek-Con kommt oder in einer anderen Fernsehrolle auftritt. Er oder sie wird sich der Rolle wahrscheinlich mit Freude erinnern – vielleicht sogar als einer der Höhepunkte seiner Laufbahn.

Beinahe jedem Gast-Star ist solche Aufmerksamkeit zuteil geworden: sei er ein klingonischer Schuft, ein romulanischer Kommandant oder auch ein Monster gewesen. Manche sind sogar zur Legende geworden – weil sie als Gäste zu Cons eingeladen und mit großer Begeisterung empfangen worden sind, oder durch Dutzende von Geschichten, die über sie geschrieben worden sind.

Vor allem das, was man das vulkanische Element nennen könnte, also Spock und die ganze vulkanische Kultur, die er repräsentiert, hat die Phantasie der Fans gefangengenommen. Lediglich in drei der 79 Episoden tauchen noch andere Vulkanier auf, doch diese haben sich unserem Gedächtnis fest eingeprägt: T'Pring,

(Arlene Martel), Spocks Verlobte; T'Pau, die unbezwingliche Herrscherin des Vulkan (Celia Lovsky); Botschafter Sarek (Mark Lenard), Spocks vulkanischer Vater; Amanda, Spocks menschliche Mutter (Jane Wyatt); Surak, der ehrwürdige vulkanische Friedensphilosoph (Barry Atwater); und auch Stonn (Lawrence Montaigne), der T'Pring schließlich bekommen – und dies möglicherweise bedauert hat.

Arlene Martel besucht häufig Star-Trek-Cons und beantwortet äußerst geistreich Fragen zu T'Pring wie auch zu ihrer eigenen Person. Mark Lenard, der ernste, mächtige Sarek, ist alle Jahre wieder ein ebenso gern gesehener Gast. Er ist einer der wenigen, die zwei Rollen gespielt haben; er ist nicht nur Spocks Vater, sondern spielte auch den Raumschiffkommandanten der Romulaner in »Gleichgewicht des Schreckens«.

Das Interesse, das diese und andere Stars immer noch an *Raumschiff Enterprise* zeigen, und die Ernsthaftigkeit, mit der sie ihre Rollen, damals wie heute, spielten, ehrt sie. Wir sind sicher, daß auch sie den Fans für ihr fortdauerndes Interesse danken wollen. Wir möchten daher dem Publikum in ihrem Namen Dank sagen und gleichzeitig ihnen selbst danken.

Es ist sicherlich nicht unpassend, daß wir dies in der Einleitung zu einer Kurzgeschichte tun, in der es um einen vulkanischen Brauch geht.

In gewissem Sinne ist die vulkanische Kultur selbst ein »Star« im Universum der *Enterprise*. Ihre Anziehungskraft auf die Fans ist jedenfalls einzigartig. Sie ist Gegenstand von Trilogien, Gedichten, Oden, sogar Sonetten.

Das ist nicht weiter verwunderlich. Es ist wirklich eine »faszinierende« Kultur und kann in gewisser Weise stellvertretend für alle fremden Lebensformen stehen, die uns in *Raumschiff Enterprise* begegnen. Für unser Interesse an ihnen und unsere »unendliche Freude an unendlicher Vielfalt« – ein vulkanischer Standpunkt, den manche von uns teilen.

Hier also die Geschichte eines Vertreters der menschlichen Rasse, der diese Vielfalt nicht zu schätzen weiß. Weidmanns Heil!

Die Jagd

Rhinegelt, ein Frontplanet mit ein paar hundert Kilometer Siedlungen, die von einer kaum erforschten *terra incognita* eingerahmt sind. Landurlaube sind begrenzt auf Wandern, Jagen und Zelten in den primitiven Gebieten oder auf Trink- und Zechstreifzüge in Hafenstädten, die an den amerikanischen Westen vor über drei Jahrhunderten erinnern.

»Mein Lieber, du wirst alt«, sagte sich der Chefarzt der *Enterprise*. Das rauhe Leben in den Wäldern gefiel ihm ebensowenig wie der Aufenthalt in den Hafenstädten. Vielleicht verzichtete er diesmal sogar auf jeglichen Landgang.

Die Reviertüren schoben sich zischend auf. »Pille, mit welcher Gruppe willst du an Land gehen?« fragte Captain Kirk. Für den Captain war nichts entspannender als ein stabiler Orbit um einen sicheren Planeten und etwas weniger Verantwortung für die 430 Mannschaftsmitglieder, die er befehligte. Er ging deshalb die Vorbereitungen zum Landurlaub immer mit besonderer Energie an.

»Ich will überhaupt nicht«, sagte McCoy. »Teile einen anderen ein, der ihn dringender braucht.«

»Dir wird auch ein bißchen Ruhe guttun, Doktor«, erwiderte Kirk. »Das sagst du doch immer den Leuten. Sogar Spock geht diesmal.«

»Tatsächlich!« McCoy schüttelte den Kopf. Das war eine Überraschung!

Der Captain schien sich besonders zu freuen. »Spock ist in letzter Zeit selbst für einen Vulkanier in ungewöhnlich großem Streß gewesen. Er ist körperlich und geistig ausgepumpt, wenn er es auch nicht zugeben will.«

»Aber du weißt doch, wie stur Spock ist, wenn es um Landurlaub geht. Er sagt, das sei unlogisch.«

»Auf seinen eigenen Antrag hin habe ich ihn zur Gruppe drei eingeteilt. Und Leutnant Uhura erzählte mir, er habe bereits mit der Hafenkontrolle Rhinegelt Kontakt aufgenommen und eine Jagderlaubnis für eine primitive Zone beantragt.«

Dr. McCoy dachte an vier Jahre unablässigen Beobachtens und psychologischer Vivisektion des vulkanischen Wissenschafts-Offiziers der *Enterprise*. »Jim, da stimmt was nicht«, sagte er. »Spock kann nicht einmal eine Fliege umbringen. Eine Jagderlaubnis, sagtest du?«

»Warum läßt du dir's nicht von ihm selbst erklären?« antwortete ihm Kirk ungerührt. »Weißt du bestimmt, daß du keinen Landgang machen willst?«

»Ja...«, meinte McCoy zögernd. »So gesehen will ich doch. Teile mich für Gruppe drei ein.«

Kirk sah ein neues Geplänkel zwischen McCoy und Spock voraus, doch er entsprach der Bitte des Arztes.

Gleichmütig besah sich der Vulkanier McCoys Sammlung von Campingutensilien, die achtlos in der Halle aufgetürmt waren. McCoy war entschlossen, gut vorbereitet zu sein, und so hatte er vom Instrumentenkoffer über Insektenmittel bis zu einem kleinen Zelt alles eingepackt, was irgendwie einmal von Nutzen sein konnte.

»Spock, ich gehe mit Ihnen«, verkündete McCoy; er war stolz auf diesen Entschluß. »Ich habe alles gepackt und bin abmarschbereit.«

Spock zog die Brauen hoch und besah sich fragend den Haufen Ausrüstung, den der angehende Waldläufer zusammengetragen hatte. »Ich sehe keinen logischen Grund...«, begann er.

»Verdammt noch mal, ich habe aber eine Ahnung, eine menschliche und vielleicht unvernünftige Ahnung, daß Sie meine Hilfe brauchen werden«, fiel ihm McCoy ins Wort. »Gehe ich jetzt mit Ihnen oder nicht?«

Spock überlegte sorgfältig. »Sie haben das Recht dazu«, erwiderte er. »Und ich sollte natürlich einen Kameraden haben. Vorzuziehen wäre ein Vulkanier, aber Sie werden auch genügen.«

McCoy war nicht recht sicher, ob er sich nun beleidigt fühlen sollte oder nicht. Mr. Spock nahm seinen kleinen, grünen Rucksack und schlang sich einen großen Teil von McCoys Ausrüstung über die Schulter. »Kommen Sie, Doktor«, befahl er und ging voran.

»Ja, und was ist mit Lebensmitteln und so?« fragte McCoy verblüfft. »Müssen Sie denn da gar nichts vorbereiten?«

Spock schüttelte den Kopf und ging weiter. McCoy nahm den Rest seiner Sachen und folgte Spock zur Transporterkammer. Noch einmal überzeugte er sich davon, daß sein Ärztekoffer auch wirklich sicher verpackt war.

Drei Tage später wunderte sich McCoy noch immer, obwohl er mehr über Spocks Charakter erfuhr als je vorher. Er hatte entdeckt, daß Spock, ließe man es zu, ewig den Mund halten konnte. Über die Jagdexpedition hatte er keine weiteren Informationen erhalten.

»Dr. McCoy, Sie haben Ihren sonischen Schirm so hoch eingestellt, daß er für mich hörbar ist.« Der Doktor und Spock hatten am Rande des Feuers Lager bezogen. McCoy, um vor einheimischen Tieren besser geschützt zu sein, und Spock, weil er die Nächte auf der Savanne von Rhinegelt als frostig empfand.

Mißmutig schaltete McCoy das Schutzgerät herunter. »Wenn es niedrig genug ist für Sie, bemerken es die wilden Tiere, die wir damit abwehren wollen, überhaupt nicht mehr«, beklagte er sich.

»Ich zweifle an der Wirkung eines supersonischen Senders als Schutzvorrichtung. Wäre ich ein wildes Tier, würde es mich wahrscheinlich eher zum Angriff reizen als mich abschrecken«, meinte Spock höflich, aber mit einer Spur von Verachtung für die Maschine. Seit Beginn des Jagdausflugs hatte er keinerlei Geräte benutzt, aß verschiedene Knollengewächse, die er gesammelt hatte, und machte sich nicht einmal die Mühe, sie im Lagerfeuer zu rösten.

Hat überhaupt außer einheimischen Pflanzen nichts gegessen, seit wir hier sind, überlegte McCoy. Das ist mir ein schöner Jäger…

Über ihnen hing der Riesenplanet Fafnir grün leuchtend am Himmel. Er gab soviel Licht wie der irdische Vollmond, tauchte aber die Landschaft in unwirkliches Licht und verzerrte so das Bild. Düster spähte McCoy in die Savanne hinaus. »Welche jagdbaren Tiere gibt es denn auf Rhinegelt, Spock?« fragte er unvermittelt.

»Scherenbock, weißes Mammut und Eulentiger. Wir jagen einen Eulentiger«, erwiderte Spock und beantwortete damit die Frage, die McCoy schon seit einiger Zeit stark beschäftigt hatte.

Scherenböcke, das wußte McCoy, waren die braunen Antilopen mit dem weißen Gabelgeweih, und Mammuts gab es weiter nördlich. Aber... »Wie groß sind denn diese Eulentiger, Spock?«

»Ungefähr so groß wie die irdischen bengalischen Tiger.«

»Und warum jagen wir dieses Tier dann ohne jede Waffe?« explodierte McCoy. »Was werden wir tun? Ihm den Todeskuß geben?«

»Ich kann es mit einer Nervenzange so lange lähmen, bis mein Vorhaben erfüllt ist.«

»Welches Vorhaben, Spock?« fragte McCoy. »Das müssen Sie mir schon erklären, weil ich andernfalls, ist es erst soweit, eher ein Hindernis als eine Hilfe bin.«

Spock setzte sich zurück und erklärte: »Ich führe eine rituelle Jagd durch, und die Jagd ist ein sehr wichtiges Ritual bei meinem Volk. Da ich ein Mann mit Kraft und Zähigkeit bin, suche ich mir das gefährlichste Tier überhaupt aus. Es ist nämlich *mok farr*, die Zeit der Erinnerungen.«

Ah, schon wieder ein vulkanisches Ritual, und ich habe nur meinen Arztkoffer bei mir, überlegte McCoy besorgt.

»Die Jagd endet nicht mit dem Erlegen der Beute. Ich werde dagegen meinen Geist mit dem des Tieres verschmelzen, wie Sie es schon früher gesehen haben. Der Zweck dieser Tradition ist es, in der Wildheit des Tieres die Wildheit der vulkanischen Natur zu sehen und zu verstehen; wir verbergen und kontrollieren sie sonst ja so sorgfältig.«

»Und was dann?« fragte McCoy skeptisch.

»Dann bin ich offiziell ein Erwachsener«, sagte Spock.

»Soll das heißen, daß Sie's jetzt noch nicht sind?« fragte McCoy verblüfft.

Spock schüttelte verlegen den Kopf. »Meine menschliche Erbmasse behindert meine telepathische Fähigkeit, und ich war noch ziemlich jung, als ich Vulkan verließ. Ich konnte damals das Ritual noch nicht erfolgreich zu Ende geführt haben. Seitdem hatte ich geistigen Kontakt mit vielen Fremden, mit Menschen, mit den Horta, auch einem Medusen. Jetzt bin ich bereit. Ich habe nicht den Wunsch, das Ritual weiter hinauszuschieben.«

»Wäre es nicht sicherer, es doch noch hinauszuschieben, bis Sie auf Vulkan sein können?« meinte McCoy vorsichtig.

»Doktor, *mok farr* ist der vulkanische Ritus des Erwachsenwerdens. Würden Sie es, wären Sie an meiner Stelle, verschieben?«

»Ich glaube, da haben Sie den richtigen Standpunkt.«

Spock rollte sich wie eine Katze auf einem Laubhaufen zusammen und richtete sich zum Schlafen ein. »Gute Nacht, Doktor, wäre wohl der richtige Ausdruck, nicht wahr?« meinte er schläfrig. McCoy kroch in seinen Schlafsack und lauschte lange dem leisen Singen des warmen Windes.

Spock war, wie üblich, bei Beginn der Morgendämmerung auf. McCoy schlief eine halbe Stunde länger und genoß jede Minute Schlaf mit einer Intensität, die ihm von früher her nicht bekannt war. Als McCoy endlich wach wurde, hatte Spock alles in kürzester Zeit abmarschbereit.

In drei Tagen hatte der Vulkaner dem Doktor die Grundzüge des Anschleichens beigebracht. Er konnte jetzt lautlos und auf Zehenspitzen einem Wildpfad folgen. Spock hatte sich inzwischen daran gewöhnt, fast die gesamte Ausrüstung von McCoy zu tragen und bewegte sich unhörbar. Und er schwieg.

»Wie lange wird es dauern, bis wir Ihren Eulentiger finden?« keuchte McCoy.

»Wir folgen jetzt seit zwei Tagen einer Herde Scherenböcke«, erwiderte Spock. »Schließlich wird sicher einer auftauchen.«

»Hmm. Vielleicht.«

»Dr. McCoy, was wissen Sie von der Jagd?« Spock beobachtete die braunen Gestalten der Scherenböcke, die sich langsam in einiger Entfernung bewegten.

»Ich habe ein bißchen Fischfang betrieben.«

»Ich habe die terranische Meinung niemals verstehen können, daß Fischen eine Sportart ist. Wenn man die Größenverhältnisse betrachtet, so kann man wohl kaum von einem ebenbürtigen Kampf sprechen. Wie dem auch sei, Sie können sich auf mich verlassen. Ich weiß, was ich tue.«

In diesem Moment entdeckte er, daß der Leitbock der Herde nervös witterte. »Warten Sie hier«, befahl er McCoy, legte das unförmige Gepäck ab und bewegte sich lautlos der Herde entgegen. Nach ein paar Minuten folgte ihm McCoy vorsichtig, hielt aber fest seinen Arztkoffer umklammert.

Von einer niederen Anhöhe aus beobachtete der Vulkanier die nun ziemlich unruhige Herde.

McCoy strengte seine Augen an und hielt nach einem Eulentiger Ausschau; er öffnete schließlich seine Arzttasche und überprüfte seinen Lebensform-Sensor. Er wollte auf einen privaten Jagdausflug keinen schiffseigenen Tricorder mitnehmen, da seine Arzttasche mit Inhalt den gleichen Zweck erfüllte.

Ja. Spock näherte sich behutsam einem großen Tier, das einige hundert Meter von der Hecke entfernt sein mußte. Dann sah McCoy den Eulentiger.

Er war riesig, sandfarbig gefleckt und hatte eine kleine, weiße Halskrause. Der Eulenohren wegen hatte das Tier seinen Namen, das wußte McCoy, und die beiden riesigen Fänge lagen so nahe zusammen, daß sie fast einen Schnabel bildeten.

Hatte das Tier Spock gesehen? Die Scherenböcke zerstreuten sich langsam. Dann sah McCoy, daß Spock dem riesigen Tier entgegensprang. Die Katze brüllte und näherte sich ihrerseits Spock mit weiten Sprüngen.

Als die beiden einander unmittelbar gegenüberstanden, fluchte McCoy erbittert über die Vorschriften, die Phaserwaffen in primitiven Gebieten verboten. Hilflos sah er zu, wie das Tier angriff.

Spock verschwand nahezu unter seinen Tatzen, aber dann stand er plötzlich über dem Raubtier, das sich krampfhaft wand. »Er ist in Sicherheit!« rief McCoy dankbar, fügte dann aber vorsichtshalber hinzu: »Dreimal auf Holz geklopft.«

Die kurzen, wilden Gedanken des Eulentigers fluteten in Spocks Geist. Spock kämpfte mit dem Problem, seine tierischen Gefühle in den Griff zu bekommen, ohne sie zu unterdrücken, und versuchte, das Tier damit zu beruhigen, indem er dachte: Wir sind ein Geist. Unsere Gedanken bewegen sich aufeinander zu... *Schmerz, Angriff, Sprung, Biß, Wunde*... Das Zucken in den Füßen wird aufhören... *Fleisch zerreißt... Jagd*... Faszinierend, die Gedanken decken sich... Monomanie... Mono... Mo... *Zähne, Klauen, töten, töten, tötentötentöten... töten... töten... töten*...

Der Eulentiger schüttelte sich und rannte davon. McCoy sah ihm nach und war sehr erleichtert. »Das wär's also«, sagte er laut zu sich selbst und war verblüfft, als er ein furchtbares Röhren vernahm.

Oder war es ein Schrei? Das ist Spock, wußte McCoy plötzlich. »Ich komme schon!« schrie er und rannte den Hang hinab, seinem Kameraden entgegen.

Spock kroch auf allen vieren; er spannte und krümmte seine Hände und musterte die merkwürdigen, stumpfen Klauen. Er fühlte sich unbeholfen und aus dem Gleichgewicht. Die ganze Landschaft war angefüllt mit verwirrenden Farben, Geräuschen und Gerüchen. Aus den Augenwinkeln heraus sah er die Herde der Scherenböcke, die aufgeschreckt flüchtete, und er knurrte gereizt.

Irgendeine Kreatur stürmte ihm hügelabwärts entgegen. Mißtrauisch duckte er sich zum Sprung. Aber ganz im Hintergrund seines Geistes erinnerte er sich nebelhaft, daß diese Kreatur etwas mit Krankheit zu tun hatte und mit surrenden Dingern, die schmerzten, mit seinem eigenen Blut. Keuchend sprang er auf die Beine und floh.

»Warten Sie, Spock, so warten Sie doch!« schrie McCoy. Er wußte, daß es unmöglich war, Spock einzuholen, hatte der erst einmal zu rennen begonnen, aber er selbst lief weiter, bis der letzte Schimmer des blauen Hemdes in der Ferne verschwunden war.

Zutiefst besorgt griff er nach seinem Kommunikator, um Hilfe zu holen.

Aber das Gerät war nicht da. Zusammen mit dem größten Teil der Ausrüstung hatte Spock es getragen. Der Doktor stolperte durch das staubige Gras dorthin, wo Spock seinen Pack gelegt hatte, öffnete ihn und suchte das Gerät. Nein, Spock hatte beide Kommunikatoren sicher an seinem Gürtel befestigt. Er hatte sie also beide, und für ihn, den Arzt, waren sie nicht greifbar. Sie waren mit Spock verschwunden.

Düster dachte McCoy über seine mißliche Lage nach. Die nächste Station in der Wildnis lag etwa zwanzig Meilen zurück am Fluß. Bis er dort ankam, um die *Enterprise* zu rufen, konnte Spock so weit entfernt sein, daß eine Suchaktion vielleicht Monate dauerte. Und der Himmel allein mochte wissen, was Spock inzwischen körperlich und geistig zustieß.

McCoy knirschte mit den Zähnen. Er beschloß, der Herde zu folgen. Vielleicht kam Spock zurück. Er mußte einfach!

Mittag. Die Wärme der Sonne tröstete Spock, und gleichzeitig störte sie ihn, weil sie Farben enthüllte, deren Namen er vergessen hatte. Die Nacht war viel besser, denn da erhellten die funkelnden Sterne eine graue Landschaft, und er konnte herumschleichen, in den Wind schnuppern und scharfe, lebende Gerüche wahrnehmen. Zum Jagen war es dann aber zu kalt.

Er versuchte ein wenig zu schlafen, gut im hohen Gras versteckt.

Spocks Augen glühten wild, und seine Ohren legten sich flach an den Kopf, als er ein kleines, verdächtiges Geräusch wahrnahm. Er wurde gejagt. Etwas folgte seiner Spur. Etwas... Was? Er konnte sich nicht erinnern, wollte es aber auch gar nicht erfahren.

Er seufzte. Jagen und gleichzeitig davonrennen – nein, das ging nicht. Und er war so müde. Trotz seiner Müdigkeit war er wachsam, traute jedoch seinen Ohren mehr als seinen Augen, die sich immer wieder schlossen. Plötzlich riß er sie weit auf. Im Gras raschelte etwas, und ein kleines, dummes Nagetier lief ihm gerade vor die Füße. Es war sehr klein, aber er war sehr *hungrig*. Spock hob eine Tatze...

McCoy beobachtete die Sonne, die sich hinter den Berghorizont senkte. Sein Rücken schmerzte, als er das schwere Gerät absetzte. Bald würde das Licht ganz verschwunden sein. Morgen würde er es weiter versuchen.

Warum bin ich nicht zurückgekehrt und habe einen Suchtrupp alarmiert? fragte er sich zum tausendsten Mal. Neun Tage... Noch zwei, dann haben wir den Ladeurlaub überzogen. Dort draußen kann ihm wirklich alles zustoßen...

Er rieb sich über die müden Augen und versuchte, in der Abenddämmerung einen blauen Schimmer erkennen zu können. Spocks Konstitution könnte ihm wahrscheinlich für ewig einen Vorsprung vor McCoy sichern. Er durchsuchte sein Gepäck nach einem Nahrungswürfel. Als er einen gefunden hatte, setzte sich McCoy auf einen Felsen und biß in das Nahrungsmittelkonzentrat.

Es wurde schnell finster, und die Nacht würde wieder recht kalt werden. Sein Schlafsack lag irgendwo fünfzig Meilen hinter ihm, und er wagte kein Feuer zu machen, weil er Angst hatte, Spock könne es sehen und weiterrennen. Der sonische Schirm war von Spocks scharfen Ohren viel zu leicht wahrzunehmen.

»Moment...«, sagte McCoy und lächelte flüchtig. Dann wählte er aus seiner Arzttasche den Schirmprojektor. Er war so klein und leicht, daß es gar nicht wert war, ihn zurückzulassen, und so hatte er ihn eben noch bei sich. Sorgfältig studierte er die eingeprägten Daten und stellte fest, daß die Funkreichweite viel größer war als die angegebene Schutzreichweite.

»Ob das diese feinen vulkanischen Ohren wohl hören?« fragte McCoy laut und lachte grimmig. »Und dieser kätzische Teufel in ihm wird verrückter als eine doofe Henne, wenn er das hört. Vielleicht sogar so verrückt, daß er kommt, um das Ding abzustellen.«

McCoy wußte, daß sein Plan riskant war. Die supersonare Wirkung konnte Spock so ängstigen, daß er wieder davonrannte. »Welche Wahl bleibt mir schon? Er kann ja bis zum Sankt-Nimmerleins-Tag rennen«, sagte sich McCoy laut und schaltete das Gerät auf höchste Leistung.

Die Vibrationen ließen McCoys Zähne klappern. Den Ton hörte er nicht, aber er zerrte rücksichtslos an jedem Nerv. Von den Bergen her hörte der Arzt einen Schrei, der ihm das Blut in den Adern gerinnen ließ. Dann noch einen und das Echo darauf, das aber aus größerer Nähe kam.

Natürlich überlegte sich McCoy auch, daß sein Trick sich als tödlich erweisen konnte. Wenn ihn ein verrückt spielender Eulentiger ansprang... Oder sogar Spock. McCoy sah sich schon von einem Mann zerfleischt, der sich selbst für einen Löwen hielt.

Dann fiel ihm aber Spock ein, wie er steif dagestanden und mit dünner, scharfer Stimme gesagt hatte: »Nichts kann das Verbrechen entschuldigen, dessen ich schuldig bin. Ich verteidige mich nicht. Ich muß mich selbst den Behörden stellen...«

Und das würde er auch tun, dachte McCoy grimmig. Er griff nach seiner allgegenwärtigen Arzttasche, drückte den Sprechknopf seines Recorders und sagte: »Wer immer das auch hört, ich hoffe, es ist Jim. Es geht um das, was Mr. Spock und mir auf Rhinegelt zugestoßen ist.« Er machte eine Pause und fügte fast lässig hinzu: »Verdammt noch mal, Spock, versuchen Sie nur ja nicht, jemandem einzureden, daß ich das nicht selbst über mich heraufbeschworen habe.«

Auf einer Anhöhe stand eine Scherenantilope und ließ nervös die Ohren spielen. Dann rannte sie den Bergen entgegen, als röche sie Grasfeuer, und auf ihrer überstürzten Flucht überrannte sie Spock nahezu.

Der Schrei des Tieres tat Spocks empfindlichen Ohren weh, aber dieses andere Geräusch war noch viel schlimmer. Er überlegte. Nein, wie ein Feuer war es nicht, auch nicht wie eine Flut... etwas Natürliches, vor dem man sich verstecken konnte... Es war – Spock durchsuchte sein Gedächtnis – *er*, der ihm folgte. Spock fielen andere Zeiten des Schmerzes ein, wenn er festgebunden war, so daß er sich nicht rühren und nicht rennen konnte, und das Gesicht dessen, der ihm folgte, hing über ihm. Ein Gesicht, das zu oft lächelte.

Ich werde ihn stoppen... Spock nahm seinen ganzen Willen zusammen und watete mühsam durch das hohe Gras in die Richtung, aus der dieser Schmerz kam.

McCoy spähte die Hügel hinab und hatte tödliche Angst. Hypnospray... Sedative... Lähmungsdrogen... Alles überlegte er sich, aber dann murmelte er: »Körperlich und organisch ist alles in Ordnung bei ihm... Aber sein fremdartiger vulkanischer Geist... Was kann ich für ihn tun? Mein Gott, und was werde ich tun, wenn meine Vermutung falsch ist?«

Über der absoluten Stille des Hypertons hörte McCoy ein Geräusch – einen brechenden Zweig. Dann vernahm er heiseres, schweres Atmen, fast so, als sei jeder Atemzug ein Schluchzen. Ehe McCoy noch seine Skala ablesen konnte, erschien Spock, glitt ihm schnell entgegen, sah schmutzig und zerlumpt – und mörderisch aus.

McCoy hatte mit Verwirrung und Kampflust gerechnet, und er fand all diese Gefühle auch klar auf Spocks Gesicht ausgeprägt, aber nicht mit seiner unglaublichen Geschwindigkeit. Ehe der Doktor noch richtig Zeit fand, »Spock« zu schreien, war Spock schon gesprungen. Beide landeten auf dem Boden. Spock grub seine Finger grausam in McCoys Hals und vergrößerte langsam den Druck.

»S-s-s-spock, aufhören...«, zischte McCoy atemlos, aber der tödliche Griff des Vulkaniers lockerte sich nicht. McCoy stieß ihm sein Knie in den Magen. Spock keuchte und ließ ihn los. McCoy kroch eiligst weg und fühlte sich ein wenig sicherer, bis er den Vulkanier lächeln sah. Und er erinnerte sich mit schrecklicher Sicherheit daran, daß eine Katze mit ihrer Beute spielt.

Der Schirmprojektor stand auf einem großen Stein. McCoy versuchte verzweifelt, ihn zu erreichen, ehe Spock seine Absicht erriet, und griff nach ihm, weil er wirklich sein einziger Schutz war. Das Gerät, auf Spock gerichtet, vibrierte heftig in McCoys Hand. Das diabolische Lächeln verschwand. Spock drückte zitternde Hände auf die Ohren und tat ängstlich ein paar Schritte zurück.

Nur einen Augenblick lang kostete McCoy seinen Triumph aus, doch dann sah er, daß Spock erneut zum Sprung bereit war. Er schluckte heftig, schaltete den Schirmprojektor aus und setzte auf Spocks geistige Kontrolle.

Er war ja noch immer Spock, und nichts konnte das ändern. Der Vulkanier schien verwirrt zu sein, als brächen alte Erinnerungen wieder auf; vielleicht war er aber auch in den Jagdtagen auf der Savanne in ein völlig anderes Verhaltensmuster geschoben worden. Jetzt mußte Spock nachdenken und seine Wahl treffen. McCoy wartete.

Er schaute in Augen, die weder bestialisch noch logisch waren, die weder einem Offizier der Sternflotte noch einem Eulentiger gehörten. Spock stand unbeweglich da. Stummer Zweifel und Entsetzen lagen in seinem Blick.

Und dann trat er plötzlich einen Schritt vorwärts und fragte mit seltsam klagender Stimme: *»Alab hwallir k'len?«* McCoy wäre ihm am liebsten für jede dieser merkwürdigen, zungenverrenkenden vulkanischen Silben um den Hals gefallen. Spock handelte wieder menschlich!

Der Doktor hatte schließlich einen Kommunikator von Spocks Gürtel genommen, und sie lösten sich in einem golden funkelnden Nebel auf, um sich auf der tröstlichen Transportplattform wiederzufinden.

Es war eigentlich recht gut, die Autorität zu haben, sich medizinisch für arbeitsfähig zu erklären, überlegte McCoy. Der Captain hatte versucht, mit ihm darüber zu debattieren, nachdem er den Ernst der Lage, vielleicht sogar ihre Natur, begriffen hatte. Der Doktor erinnerte sich daran, wie Kirks breites Grinsen wegen der zerfledderten Erscheinung seines Freundes schnell vergangen war, als Spock recht unzeremoniell zu Boden sackte. Der Captain machte sich um beide große Sorgen.

McCoy war sehr froh, als er ein sauberes Hemd überstreifen und ins Revier eilen konnte. Ob er Spock im medizinischen Sinn für gesund erklären konnte, war noch fraglich. Sein Mediscanner hatte zwar angezeigt, daß Spock sich in tadelloser körperlicher Verfassung befand, und Dr. M'benga hatte dazu gemeint, der Vulkanier leide nur unter einem Schock; man konnte aber nicht vorhersagen, wie schnell Spock diesen überwinden würde.

Als Dr. McCoy das Krankenzimmer betrat, kam ihm M'benga entgegen und flüsterte: »Mr. Spock hat einen unverwüstlichen Geist – für einen Menschen wie für einen Vulkanier. Er müßte sich jetzt eigentlich schnell erholen...« Und dann fragte er nach einer nachdenklichen Pause: »Das ist jetzt keine medizinische Frage, Doktor, aber das kommt doch nicht von etwas, das Sie ihm angetan haben?« McCoy schaute finster, als er zu seinem Patienten trat.

Aber er seufzte vor Erleichterung, als er sah, wie widerwillig Spock das Schwammbad musterte, das M'benga wegtrug. Der Vulkanier steckte bereits in seiner Thermalunterwäsche und zog sich schnell an.

»Ich glaube, ich verstehe jetzt den Sinn des Rituals, Doktor«, sagte er.

»Um zu verstehen, wie man Emotionen unter Kontrolle hält?« fragte McCoy.

»Nein, um zu demonstrieren, daß die Alternative attraktiv ist. Von Zeit zu Zeit habe ich mir überlegt, warum wir auf Vulkan so kostspielige Wildgehege haben. Mir schien damals, daß dieses Spurensuchen und Anschleichen wenig logischen Sinn habe, da ja die Beute nicht getötet wurde. Jetzt weiß ich, daß es viele geben muß, die die Erfahrung des *mok farr* nacherschaffen wollen.«

Wie üblich, so war sich auch jetzt McCoy nicht ganz klar darüber, was Spock damit meinte und worauf er zielte. »Moment mal. Sie wollen mir doch nicht erzählen, daß Ihnen das Herumrennen im Busch Spaß machte, weil es Sie zum Tier zurückführte?«

»Sie müßten doch wissen, daß nicht alles, was geschah, im Ritual vorgesehen ist.« Das Gesicht des Vulkaniers war ungewöhnlich düster. »Sie waren doch immer für ein Leben, das von den Nervenenden regiert wird. In mancher Beziehung ist es sicher vergnüglicher als das meine. Aber ich werde es nicht wählen.«

»Warum?« fragte McCoy.

»Doktor, das Leben eines wilden Tieres wählen?«

»Nein, nicht das«, antwortete McCoy. »Aber Sie könnten trotzdem ein wenig mehr nach ihren Nervenenden leben, Spock.«

»Das Endergebnis wäre im Grund dasselbe.«

Die Tür schob sich zischend auf, und der Captain der *Enterprise* kam herein, weil er sich um das Befinden seiner Freunde sorgte. Er fand, daß die Kampfhaltung seines Wissenschafts-Offiziers und seines Chefarztes höflicher Natur war und meinte: »Sie müssen sich wieder ganz gut fühlen, Spock. Pille streitet niemals mit Patienten, die ernstlich krank sind.«

»Dann soll er dir mal erzählen, Jim, wie er einmal mitten in einer Operation davonlief und an seine Arbeit zurückkehrte«, sagte McCoy.

»Na schön. Warum habt ihr eigentlich meinen Rat nicht befolgt, euch während des Landurlaubs ein wenig auszuruhen? Und was war überhaupt los?« forderte Kirk.

Dr. McCoy öffnete den Mund zu einer langen, kummervollen Erklärung über Spocks vulkanische Riten, die unbequemen Pfadfindernächte und einen Kameraden, der ihn abwechselnd nicht erkannte und dann auf ihn eindrosch, aber Spocks Miene hinderte ihn daran, und er klappte den Mund zu. Schließlich sagte er: »Spock wollte unbedingt einen vulkanischen Ritus vollziehen. Wie hieß er doch, Spock?«

»*Mok farr*«, antwortete Spock dankbar.

»Oh«, meinte Kirk und verstand gar nichts. »Ich hoffe, es ist gut gelungen.«

»Es gab... ein paar Schwierigkeiten«, bemerkte Spock ernsthaft. »Aber Dr. McCoy löste das Problem.«

»Wie?«

McCoy grinste breit. »Ich habe ihm einen Dorn aus der Pfote gezogen.«

Einleitung zu »Die geflügelten Träumer«

von DeForest Kelley

Es ist ein ungeheures Vergnügen für mich, diese Geschichte einleiten zu dürfen.

Wenn ich mich selbst einmal ein bißchen loben möchte, dann erinnere ich mich daran, daß ich bereits vor Jahren, vielleicht sogar als erster überhaupt, prophezeit habe, *Raumschiff Enterprise* würde wiederkommen.

Wenn ich die enorme Reaktion auf die erneuten Ausstrahlungen der Serie betrachte, die begeisterte Zustimmung der Fans, dann wußte ich, daß *Raumschiff Enterprise* niemals verschwinden wird.

Jetzt, wo es neue Geschichten gibt und sogar die Idee, einen Kinofilm zu machen, fühle ich allmählich, daß der echte McCoy nicht nur die Gegenwartsprobleme lösen kann, sondern auch in der Lage ist, eine gute Prognose für die Zukunft zu geben.

Der Patient ist munter und wohlauf und wird wohl ewig am Leben bleiben.

Es macht uns alle stolz, die wir an *Raumschiff Enterprise* beteiligt waren, wenn wir uns an die Mühe und Anteilnahme, die wir darauf verwendet haben, erinnern und sehen, daß diese Mühe weitaus mehr belohnt wurde, als wir es jemals erwartet hatten, und die Liebe tausendfach, ja millionenfach erwidert wurde.

Ist das nicht der Traum eines Schauspielers – der Traum eines jeden –, etwas zu tun, das die Menschen tief bewegt, etwas, das sie von allen anderen unterscheidet?

Raumschiff Enterprise hat das getan.

Und wird es wieder tun.

Das, was *Raumschiff Enterprise* so besonders hervorhob, fand in den Köpfen und Herzen der Menschen statt. Es hat eine Zeit gegeben, in der die Zukunft nicht so rosig aussah, als Kinder – und

Erwachsene – Hoffnung für die Zukunft brauchten. Einige, viele von ihnen fanden diese Hoffnung bei *Raumschiff Enterprise* (Star-Trek).

Und es gibt immer noch Zeiten, in denen die Schlagzeilen der Zeitungen nur Düsteres verheißen.

Es wäre unser größter Wunsch, daß *Raumschiff Enterprise* noch einmal Hoffnung bringen kann.

Wenn ich mir vor Augen halte, daß es Menschen gibt, die über die *Enterprise* nachdenken, die über sie schreiben, die Freude daraus ziehen, sie nach all diesen Jahren als eine lebende Welt ansehen, dann bin ich überrascht, aber nicht verwundert.

Und wenn ich daran denke, daß diese Geschichte beispielsweise in England geschrieben wurde, von einer Frau, die ich nie getroffen habe, die ich aber durch diese phantastische Welt des *Star-Trek-Fondoms* treffen könnte und die, selbst wenn ich sie nie treffen würde, Kirk und Spock doch genau kennt und einen gewissen McCoy ebensogut, wie ich ihn kenne – dann finde ich das schon fast atemberaubend.

Aber ich werde gerne, falls nötig, eine kleine Dosis Tri-O_x verschreiben und weiterlesen. Das hat der Doktor verordnet. Betrachtet es als ein Rezept für einen verregneten Tag – oder als Auftakt für einen sonnigen. Ich werde den Leuten weiterhin erzählen, ich sei ein Doktor, und nicht ein... was auch immer. Aber ein Leser bin ich. Und ein Leser dieser neuen Geschichten vom Sternenschiff *Enterprise* bin ich erst recht. Ich hoffe, Sie genießen sie genauso wie ich.

Die geflügelten Träumer

Spock beugte den Kopf über seinen Tricorder und zog die Brauen hoch. »Faszinierend«, sagte er, »eine Welt dieser Zusammensetzung und mit diesen klimatischen Bedingungen ist einfach ideal, und doch hat sich kein intelligentes Leben hier entwickelt.«

»McCoy sagte heute früh fast wörtlich genau dasselbe«, berichtete ihm Kirk. »Er versteht es auch nicht. Pflanzen und Tiere sind in einer riesigen Vielfalt vorhanden, der Planet ist stabil, sicher, warm und behaglich. Wie soll man dann verstehen, daß die Wiege noch immer leer ist?«

»Ein außerordentlich poetisches Konzept, Captain«, bemerkte Spock und hob eine Augenbraue.

Seite an Seite folgten die beiden Männer einem grasigen Ufer. Das Wasser des Sees war dunkel und kristallklar; eine leichte Brise kräuselte die Oberfläche. In Ufernähe stand Schilf; das Rohr hatte silbrig glänzende Tuffs, und grazile, zitronenfarbene Bäume tauchten die Spitzen ihrer zierlichen Zweige in ihre Spiegelbilder. Dahinter lag ein Land der Hügel und waldigen Täler. In der Ferne reichten dunkelpurpurne Hochwälder von den Vorbergen bis zur Baumgrenze, und sonnenglänzende, schneebedeckte Gipfel ragten bis in die dünnen, hohen Wolken.

Die Sonne war heiß, die Brise würzig und erfrischend, und die Blumen dufteten herrlich und einschläfernd. Ein Büschel kornblumenblauer Blüten nickte in der Brise mit den Köpfen. Kirk und Spock blieben stehen und beobachteten zwei pelzige Wesen, die aus dem makellos blauen Himmel herabschwebten. Sie hingen ein paar Augenblicke in der Luft, hatten ihre irisierenden grüngoldenen Schwingen bis zur Durchsichtigkeit ausgebreitet und ließen sich von der Brise treiben. Dann ließen sie sich so leicht auf ein paar der blauen Blütenköpfe nieder, daß sie nicht einmal zu nicken aufhörten. Pelzige Fühler rollten sich aus, und zierliche Schuppenrüssel versenkten sich in das Herz der Blüten, um den köstlichen Nektar zu trinken.

»Schön, nicht wahr?« stellte Kirk fest und ging weiter. Eine Antwort erwartete er nicht, und sie blieb auch aus. Spocks Gefühl für Schönheit war eine sehr persönliche Angelegenheit, die er kaum jemals mit jemand anderem erörterte. Auch nicht mit Jim Kirk, der wohl – soweit möglich – am engsten mit ihm befreundet war. »Diese Welt wird ideal für eine Kolonisation sein, wenn die Welle erst einmal bis hierher schwappt«, fuhr Kirk fort. »Hier könnten herrliche Ernten heranwachsen, wundervolle Herden gezüchtet werden. Es gibt keine Krankheiten, die wir nicht beherrschen, und keine wilden Tiere, die angreifen, wenn man sie in Ruhe läßt...«

»Sie sind offensichtlich dabei, diesen Planeten ein Paradies zu nennen, Captain«, stellte Spock nüchtern fest.

»Sind Sie etwa nicht meiner Meinung?«

»Ich glaube nicht an Perfektion oder Idealismus. Hier ist offensichtlich doch... ein Haar in der Suppe, wie Sie sagen würden.«

Kirk lachte. »Mr. Spock, Sie sind ein Zyniker.«

»Zugegeben, Captain. Ich finde, man erspart sich damit Enttäuschungen.«

»Das ist ein menschlicher Zug, dem Sie nicht sehr oft folgen«, bemerkte Kirk lachend.

Spock blieb stehen und warf ihm einen vorsichtigen Blick zu. Dann drehte er sich um und betrachtete die Landschaft, da er das Thema wechseln wollte. »Eine Schande, all dies mit Pflug und Säge zu vernichten«, bemerkte er.

Kirk musterte ihn erstaunt. »Oh, plötzlich diese Sentimentalität, Mr. Spock?« fragte er.

Spock schaute zu den fernen Bergen hinüber. »Philosophie, Captain«, berichtigte er.

»Na schön, dann eben Philosophie.« Kirk ging weiter, und der Vulkanier folgte ihm.

Die Bäume waren hoch und reichten mindestens zwanzig Meter

in den Himmel. Die Stämme waren bis zu den Wipfeln silbrig, glatt und vollkommen gerade. Die Krone eines jeden Baumes bildete einen flachen Tisch aus Ästen und großen, runden, blauen Blättern. Eigentlich war es ein richtiger Wald, denn er bestand aus einigen hundert Bäumen. Unter ihnen bedeckten kleine, gelbe, fünfblättrige Blüten den Boden, und dazwischen wuchs kurzes, gleichmäßig gelbgrünes Gras; jeder Halm hatte eine rote Spitze. Nichts fehlte mehr zu einem Märchenwald, dachte Kirk, als eine Fee und eine Kröte.

Er setzte sich auf den Boden. »Kommen Sie, Mr. Spock«, lud er den Vulkanier ein. »Setzen Sie sich zu mir. Der Stamm ist eine sehr behagliche Lehne.«

Aber Spock blieb stehen.

Kirk schaute zu ihm auf. »Der Mannschaft gefällt es hier«, sagte er.

»Das stimmt.«

»Und Sie? Gefällt es Ihnen hier nicht?«

»Ein angenehmer Platz«, meinte Spock zögernd.

Kirk lachte leise. »Sie sind ein merkwürdiger Mann, Mr. Spock.«

»Captain?«

»Immer sind Sie zufrieden mit dem, was Sie haben, und doch vermitteln Sie mir immer den Eindruck, daß Sie nach ganz anderen Dingen streben.«

In Spocks Augen kam ein Ausdruck, der verdächtig nach Zärtlichkeit aussah. »Es ist das Los des Mannes, nach etwas zu streben, wie sehr er sich auch nach Zufriedenheit sehnt.«

»Vulkanische Philosophie? Oder menschliche?«

Spock hob eine Braue. »Ein wenig von beidem.«

Donna Michelli flocht die Stengel von roten, silberlippigen Glokkenblumen in ihr Haar. Sie nannte sie nach einer alten Sage, die ihre Eltern von der Erde mitgebracht hatten, »Kannengießerblumen«. Ein Segler schwebte ihr entgegen.

Donna beschattete mit der Hand die Augen und beobachtete

das Tierchen. Es war ein Wesen, das für diese Welt charakteristisch zu sein schien. Jemand vom Schiff hatte es mit einem langen Namen versehen, aber für alle anderen hießen sie »Segler«, da sie sich mit dem einzigen, schimmernden Flügel vom Wind treiben ließen. Sie gähnte. Es war ein warmer Tag, und sie fühlte sich schläfrig. Sie setzte sich ins Gras und flocht eine Kette aus den Kannengießerblumen, dachte an den Planeten Erde, die Heimat ihrer Eltern – eine lebende Legende, die sie nie gesehen hatte.

Sie seufzte, und dann schaute sie betroffen die Blumen an, die sie flocht; sie waren nicht mehr rot, sondern grellgelb und viel kleiner. Sie stand auf und schaute sich besorgt um. Nun befand sie sich nicht mehr in einem schattenfleckigen Wald, sondern auf grünen Hügeln. Der Himmel war strahlend blau und mit weißen Federwölkchen betupft. Die Sonne stand rund, gelb und klar am Himmel. Sie hörte etwas pfeifen und sah hoch im Himmel richtige Vögel, die in der Sonne Kapriolen schlugen. Die gelben Blumen entfielen ihren Händen. In der Ferne standen purpurne Berge, deren Spitzen in weißen Nebel gehüllt waren. Eine endlose grüne Fläche erstreckte sich vor ihr, und ein silberstrangiger Drahtzaun reichte, so weit sie sehen konnte, in beide Richtungen. Vor dem grünen Teppich machte sie zwei Punkte aus, die sich rasch näherten. Ein Mann und eine Frau ritten auf Pferden heran. Auf der anderen Zaunseite zügelten sie die Pferde und winkten ihr zu. Sie erkannte sie: ihr Vater, der schon sechs Jahre tot war, und ihre Mutter, die sie grauhaarig und leidend eine halbe Galaxis weiter zurückgelassen hatte. Aber hier waren beide jung, und ihre Gesichter lächelten glücklich. Donna hob ihre Blumenkette auf und rannte ihnen hügelabwärts entgegen, winkte und rief. Sie lächelten und winkten zurück. Dann schwankte das Bild, und sie, die purpurnen Berge und die kapriolenschlagenden Vögel waren verschwunden. Sie war allein, lief durch eine schattige Mulde und hatte in der Hand eine Kette aus zerdrückten Blumen.

Langely schaute sich verblüfft um. Vor ein paar Augenblicken war er noch durch ein kühles Wäldchen gegangen, um zum stationären

Transporterpunkt am See zurückzukehren. Plötzlich bemerkte er hoch über seinem Kopf einen ganzen Schwarm Segler. Jungfräuliche Planeten, wie schön sie auch sein mochten, langweilten ihn. Langely war ein Mann überzüchteten Geschmacks, und er hatte an ganz andere Dinge gedacht. Nun befand er sich mit einemmal in einem prächtigen Vergnügungspalast auf Diad II. Hier gab es goldfarbene Vorhänge und blaßblaue, schwellende Kissen mit reichen, goldenen Stickereien. Drei einander völlig gleichende Mädchen tanzten so synchron, daß sie Bildern von ein und derselben Frau glichen. Zwei weitere Frauen saßen hinter und rechts von ihm, mit schwellenden Brüsten und weißer Haut. Eine der Frauen zog sanft an seinem Ohrläppchen. Langely lächelte. Er hielt ein Glas Wein in der Hand und begann sich zu amüsieren. Er legte einen Arm um die Frau und ließ sich mit ihr in die luxuriösen Kissen sinken.

Kirk sah erstaunt über den Bericht, den er vor sich hatte, zu Spock hinüber. »Was?« fragte er. »Sagen Sie das noch einmal.«

Spock schüttelte den Kopf; er war ebenso bestürzt wie Kirk. »Dreiundvierzig Mann der letzten Wache sind von ihrem Landurlaub nicht zurückgekehrt«, wiederholte er.

»Ja, nun... Wo sind sie denn? Und was ist mit ihnen geschehen?«

»Sie sind noch auf der Planetenoberfläche, Captain. Und sie scheinen... nichts zu tun.«

»Haben Sie versucht, sie zurückzurufen?«

»Jawohl. Keiner von denen, die Kommunikatoren haben, hat geantwortet.«

Die Türen schoben sich auf, und Sulu sprang buchstäblich die Stufen herab, um den Mann am Ruder abzulösen. Kirk und Spock tauschten Blicke und gingen zu ihm hinüber.

»Sie scheinen heute recht zufrieden mit sich selbst zu sein, Mr. Sulu«, bemerkte Kirk. »Ich nehme an, Sie hatten gestern eine angenehme Zeit an Land?«

Sulu strahlte. »Oh, sicher, Sir. Auf einem so wundervollen Planeten war ich noch nie. Es war so, als sei eine ganze große Stadt dort gewesen, und alle Türme waren golden. Es gab einen Marktplatz, wo sie Seiden und Gewürze verkauften. Und die schönsten Frauen gab es, die ich je gesehen habe.«

Spock und Kirk schauten einander wieder an, und Spock blinzelte.

»Ich hatte ein ähnliches Erlebnis, Sir«, sagte Uhura an ihrer Konsole. »Es war, als sei ich zu Hause, mit den Palmen, mit Mondlicht und der See. Und alle meine Freunde waren da. Es war alles sehr wirklich.«

»Das ist aber merkwürdig«, meinte Kirk. »Mr. Spock, haben Sie eine Erklärung?«

Spock hob eine Augenbraue und schüttelte den Kopf. »Keine, Captain.«

»Mr. Sulu...« Kirk wandte sich zum Rudergänger um, »wissen Sie, ob noch andere Mitglieder der Crew solche Erlebnisse hatten? Daß sie das Gefühl hatten, sie wären nicht auf diesem Planeten, sondern anderswo?«

»Fast alle hatten solche Erlebnisse, Sir. Sie können sein, wo immer Sie sein wollen. Sie können tun, was immer Sie wollen. Sie müssen nur daran denken.«

Kirk sah wieder Spock an. »Ich glaube, wir sprechen am besten mit McCoy darüber...«

Carlos Durban sah sich zufrieden im Labor um. Er war Biologe und immer sehr stolz auf seine Arbeit. Seinen eigenen Bemühungen war es zu verdanken, daß der Bericht über die Fauna des Planeten vollständig war, und die ausgefallensten Formen von Kleinlebewesen waren in den Weltbehältern untergebracht.

Durban war fest davon überzeugt, daß er eines Tages Expeditionen zu den entferntest gelegenen Regionen der Galaxis leiten und dort die fremdartigsten Lebensformen entdecken würde. Bizarre Lebensformen faszinierten Durban; er war diesbezüglich ein richtiger Fanatiker.

Die Laborlichter wurden schwächer. Durban schaute sich um,

konnte aber nicht feststellen, was diesen Energieverlust verursacht haben könnte. Um ihn herum war nicht mehr das Labor, sondern er befand sich in einer tiefen Grube; über sich sah er unendlich weit entfernt die Sterne. Am Boden der Grube glühte etwas Rötliches, und im tiefsten Schatten bewegte sich etwas pulsierend. Durban hatte Angst vor dem Unbekannten, aber gleichzeitig war die Neugier des Wissenschaftlers hellwach.

Das Ding streckte lange, tastende Tentakel nach ihm aus, doch er wich nicht zurück. Es berührte seinen Fuß, sein Bein, reichte weiter nach oben und fand sein Gesicht. Die Masse dieses Wesens zitterte. Durban hörte eine Mitteilung, die irgendwie von der Spitze des Tentakels ausging. »Komm, komm näher...« Das Wesen war also intelligent. Durban war aufgeregt. Er tat einen Schritt vorwärts, kniff die Augen zusammen, um die Kreatur besser sehen zu können, und gleichzeitig griffen kürzere und dickere Tentakel nach ihm. Jetzt hatte Durban keine Angst, nur Aufregung und Verwunderung beherrschten ihn. Die Tentakel griffen nach oben. Einer wand sich immer enger um seinen Hals. Durban sah die offenen Kiefer der Kreatur...

McCoy bedeckte das Gesicht des Toten und wusch sich die Hände. Kirk, gefolgt von Spock, kam ihm nach. »Nun, Pille?« fragte der Captain.

»Ich weiß nicht, weshalb er starb, Jim«, antwortete McCoy. »Er hörte ganz einfach zu leben auf, aber einen Grund dafür kann ich nicht finden.«

»Es muß aber doch einen Grund dafür geben, Doktor.«

»Das weiß ich selber«, schnappte McCoy. »Ich sage doch nur, daß ich ihn nicht finden kann.« Die beiden starrten einander an, dann wandte McCoy den Blick ab. »Tut mir leid.«

Kirk wandte sich an Spock. »Haben Sie eine Möglichkeit, den Tod dieses Mannes zu erklären?«

»Nein, Captain, obwohl ich mit denen gesprochen habe, die ihn sterben sahen. Es scheint, er habe sich an die Kehle gegriffen, als kämpfe er mit etwas, das ihn würgte. Aber da war ja nichts.«

»Eine Strangulierung ist ganz ausgeschlossen, Jim«, sagte McCoy. »Es gibt keinerlei Quetschungen und Markierungen an seinem Hals.«

»Und Gas?«

»Ebenfalls nicht feststellbar. Weder bei ihm noch im Labor.«

»Könnte es etwa eine Herzattacke gewesen sein?« fragte Kirk.

»Sein Herz ist, abgesehen davon, daß es nicht mehr schlägt, absolut gesund, genauso gesund wie deines.«

Kirk schüttelte den Kopf. »Könnte das irgendwie mit der anderen Sache zusammenhängen?«

»Mit der von den verschwundenen Mannschaftsmitgliedern?« fragte McCoy.

»Sie leben ja noch, Captain«, versicherte ihm Spock. »Sie weigern sich nur, sich im Schiff zurückzumelden.«

Kirk trommelte mit den Fingern auf den Tisch und sah den Vulkanier an. »Dann muß etwas geschehen. Alle Landurlaube sind von jetzt an gestrichen. Wir werden etliche Sicherheitsposten nach unten bringen, um die Männer einzusammeln und sie nach oben zu transportieren, ob es ihnen nun paßt oder nicht.«

»Jawohl, Sir.« Spock verließ sofort und schweigend den Raum.

Kirk schaute McCoy an. »Pille, wenn sie wieder da sind, will ich über jeden Mann einen vollständigen körperlichen und geistigen Bericht. Und ich will außerdem einen außerordentlich genauen Biopsiebericht über Durban.«

»Ja, Captain«, erwiderte McCoy.

Kirk traf Spock und sein vierköpfiges Sicherheitsteam im Transporterraum. »Ich erwarte ja keinen Ärger«, sagte er und nahm seinen Platz auf der Plattform ein, »aber wenn einer Widerstand leistet, dann werden Phaser auf Lähmung eingesetzt. Ich will diese Männer hier zurückhaben, egal, wie sie kommen.«

»In Ordnung, Captain«, antwortete Spock.

»Scotty, Energie!« befahl Kirk.

Die Hand des Ingenieurs drückte den Hebel nach oben. Die Generatoren glühten rötlich, als die sechs Gestalten sich in einem goldenen Schimmer auflösten und verschwanden.

Das Summen der Transporterstrahlen hörte auf, als die Männer auf der Planetenoberfläche erschienen. Alles schien ganz friedlich zu sein. Von der Mannschaft der *Enterprise* war nichts zu sehen.

»Phaser auf Lähmung«, befahl Spock und wiederholte damit Kirks früheren Befehl. Er beschrieb einen Halbkreis, studierte die Landschaft und seinen Tricorder. »Diese Richtung«, sagte er dann und deutete zu dem Wald hinüber, in dem er am Tag vorher mit Kirk gewesen war. »Dort scheinen sich einige von ihnen versammelt zu haben.«

»Was tun sie denn?« wollte Kirk wissen.

»Nichts.« Spock schüttelte den Kopf. »Sie sitzen nur da.«

»Nehmen Sie zwei Männer mit, und schließen Sie sie ein. Dann beamen Sie alle hinauf zu McCoy. Wir gehen in eine andere Richtung und treffen uns hier später wieder.«

Spock nickte, und die beiden Gruppen machten sich in entgegengesetzten Richtungen auf den Weg. Spock ging ein Stück um den See herum, und seine Männer folgten ihm.

Einer der Sicherheitsmänner tat plötzlich einen wilden Schrei. Spock wandte sich erschreckt um und wäre um ein Haar ins Wasser gefallen, weil der betreffende Mann rücksichtslos an ihm vorbeirannte, aus voller Kehle schrie und seinen Phaser über dem Kopf schwenkte, als sei er ein Krummsäbel.

Spock schaute ihm nach und hielt den zweiten Mann mit erhobener Hand zurück. Der Ausreißer war bald nicht mehr zu sehen, und wenig später waren auch seine Schreie nicht mehr zu hören. Der Leutnant sah seinen Offizier zweifelnd an.

»Sir, was kann der Grund dafür sein?« fragte er. »Porter war doch immer ein sehr ausgeglichener, ruhiger Bursche. Ich hätte nie gedacht...«

»Hier auf diesem Planeten gibt es etwas, Leutnant, das wir nicht verstehen«, erwiderte Spock. »Wir müssen ungeheuer wachsam sein.« Er ging weiter zu den Bäumen mit den blaublättrigen Wipfeln.

Unter ihnen sah er etliche Gestalten, die es sich gemütlich gemacht hatten. Sie trugen die rot-gold-blauen Uniformhemden der

Sternenschiff-Crew. Sie saßen oder lagen auf dem Boden und schauten in den Himmel hinauf. Einige von ihnen schienen zu schlafen.

Als Spock mit dem Posten herankam, standen die Männer auf und bildeten eine Gruppe. Spock blieb drei Meter vor ihnen stehen. Sein eisiger Blick erfaßte einen nach dem anderen. »Sie werden sofort aufs Schiff zurückkehren«, erklärte er bestimmt.

Langely, offensichtlich der Sprecher der Gruppe, schüttelte den Kopf. »Das werden wir nicht tun, Sir.« In seiner Stimme lag keine Beleidigung, keine Aufsässigkeit. Er stellte nur etwas fest.

»Captain Kirk hat befohlen, daß Sie zur ärztlichen Untersuchung sofort auf die *Enterprise* zurückkommen müssen«, wiederholte Spock, und seine Augen verengten sich. »Falls Sie sich weigern sollten, habe ich meine besonderen Anweisungen.«

Langely zuckte nur mit den Schultern. »Nein, Sir. Wir kommen nicht zurück auf das Schiff. Nie mehr. Wir haben keinen Grund dazu. Alles, worauf wir Wert legen, gibt es hier.« Er machte eine Geste, die die Bäume und die umgebende Landschaft umschloß.

Spock blickte sich sorgfältig um. Wie zuvor fand er den Platz angenehm, gemütlich... aber ebenso unverdorben und reizlos. Er konnte nicht verstehen, was Langely ausdrücken wollte. Er richtete erneut seinen Blick auf die Besatzungsmitglieder. »Ihre Worte stellen eine Gehorsamsverweigerung und Ihre Vorhaben eine Meuterei dar«, sagte er ruhig. »Ich rate Ihnen dringendst, sofort auf das Schiff zurückzukehren und sich in Gewahrsam der Schiffswache zu begeben.«

»Wir gehen nicht mehr zurück auf das Schiff, Mr. Spock«, wiederholte Langely mit etwas mehr Nachdruck als zuvor. »Und Sie können uns nicht dazu zwingen.«

Spock musterte ihn, und Langely erwiderte seinen Blick. Zum ersten Mal in seinem Leben fand sich Spock auf der Verliererseite. Zwischen den Bäumen erschienen weitere Mannschaftsangehörige. Die zahlenmäßige Stärke verschob sich immer mehr zu Spocks Nachteil. Er hatte das bestimmte Gefühl, es sei vielleicht besser, sich zurückzuziehen, aber er fand, daß dies inzwischen unmöglich geworden war. Also hob er das Kinn und musterte Langely.

»Was haben Sie vor?« fragte er ihn.

Langely wechselte Blicke mit den Männern, die neben ihm standen. »Wir... wollen Ihnen bestimmt nichts antun, Sir. Wir hätten auch nicht darauf bestanden, daß Sie vom Schiff herunterkommen. Aber jetzt sind Sie hier, und da glauben wir, daß Sie wohl besser bleiben.«

Plötzlich war der Phaser in Spocks Hand und zielte auf Langelys Brust. Der Sicherheitsposten neben ihm rührte sich nicht. Spock warf ihm einen scharfen Blick zu.

»Leutnant?«

»Sehen Sie denn nicht, Sir«, antwortete der Mann. »Er ist so groß... und so schön.«

Spock schaute in den Himmel hinauf und sah nichts. Andere schienen jedoch etwas zu sehen.

»Sehen Sie es denn nicht, Mr. Spock?« fragte Langely.

»Was?«

»Was immer Sie sehen wollen. Hier gibt es keine Regeln, keine Vorschriften. Sie können alles haben, was und wann Sie es wollen. Sie brauchen nur davon zu träumen.«

»Träumen?«

»Vielleicht ist es für Sie anders«, meinte Langely. »Aber ich bin sicher, es wird Ihnen ähnlich ergehen, wenn Sie eine Weile hier sind. Ein paar von uns brauchten auch einige Zeit, um sich anzupassen, bis ihnen klar wurde, was mit uns geschah.«

Spocks Hand schloß sich fester um den Phaser. »Wenn Sie versuchen, einen Offizier gegen seinen Willen festzuhalten, begehen Sie einen sehr schweren Verstoß gegen die Vorschriften«, warnte er.

Sein Finger griff nach dem weißen Auslöseknopf. Eine starke Hand legte sich auf die seine. Der Leutnant schaute ihm ins Gesicht und schüttelte den Kopf.

»Das Ding sollten Sie hier nicht abschießen, Sir. Sie könnten es beschädigen.«

Er schaute hinauf in den Himmel, wo er etwas zu sehen schien. Spock legte den Kopf zurück und folgte seinem Blick. Er spürte, wie sich Hände von rückwärts her um seine Arme legten und sie nach hinten bogen. Er wehrte sich mit seiner vulkanischen Kraft dagegen, und die Hände fielen ab. Er hörte Körper auf den Boden schlagen und machte sich kampfbereit. Etwas traf ihn kräftig im Nacken. Er spürte, wie er fiel, und sah einen ganzen Sternenhimmel vor seinen Augen. Dann war nichts mehr als bodenlose Schwärze.

Später als vorgesehen kehrte Kirk zum See zurück. Er hatte mit seinen beiden Männern das ganze Gebiet bis zum Fluß abgesucht. Der Tricorder hatte zwei Mitglieder der fehlenden Mannschaft aufgespürt; es waren Frauen, die kaum Widerstand leisteten und nun gehorsam neben den Männern dahintrotteten. Aber sie bewegten sich wie in Trance.

Kirk sah sich um. Es war Abend, die Sonne stand tief über dem Horizont. Spock war nirgends zu sehen.

»Vielleicht hat er mehr gefunden, als er allein bewältigen kann«, sagte Kirk. »Bringen Sie die beiden Frauen zum Schiff. Liefern Sie sie sofort bei Dr. McCoy ab. Ich werde sehen, ob ich Spock helfen kann.«

Im Wald war es sehr dunkel, und kräftiger Blumenduft hing in der Luft. Niemand war zu sehen. An einigen Stellen war das Gras jedoch so zerdrückt, als hätten erst vor kurzem dort mehrere Leute gelagert. Kirk schloß daraus, daß Spock die Männer eingesammelt hatte und sich mit ihnen nach oben hatte beamen lassen. Er ließ seinen Kommunikator aufschnappen.

»Kirk an *Enterprise*. Transporterraum. Beamt uns nach oben.«

An Bord angekommen, begab er sich sofort zum Revier. McCoy war da und hatte eine Tasse Kaffee vor sich. Er wartete, bis die Schwestern die beiden Frauen zur Untersuchung entkleidet hatten.

»Kaffee, Jim?« lud ihn McCoy ein.

»Später, Pille. Vielen Dank. Was ist mit den Männern, die Spock mitgebracht hat?«

»Welche Männer?« McCoy runzelte die Stirn. »Ich habe nicht einen gesehen, aber Spock auch nicht. Ich dachte, er sei mit dir gegangen?«

»Wir haben uns getrennt... Er kann doch jetzt nicht mehr unten sein. Es ist fast dunkel.« Er lehnte sich über McCoys Tisch und drückte auf die Sprechtaste der Bordanlage. »Kirk an Nachrichtenoffizier. Leutnant Uhura, stellen Sie Kontakt mit Mr. Spock auf der Planetenoberfläche her.«

»Jawohl, Sir.«

Kirk wartete ungeduldig.

»Captain, er antwortet nicht.«

Kirk sah McCoy an. »Dann versuchen Sie, die Sicherheitsleute zu erreichen.«

»Habe ich schon, Sir. Auch sie antworten nicht.«

»Danke sehr, Leutnant.« Kirk richtete sich auf. »Da ist etwas passiert, und zwar so ziemlich allen, die ich hinuntergeschickt habe. Etwas holt sie weg.«

»Es muß etwas sehr Mächtiges sein, das Spock überwältigen konnte«, bemerkte McCoy.

»Könnte es irgendeine Krankheit sein, die...«

»Das kannst du vergessen. Der Planet ist sauber. Ich habe die Testergebnisse doppelt überprüft.«

»Was dann?«

»Ich weiß es nicht. Ebensowenig, wie ich weiß, was Durban umgebracht hat. Ich habe das sichere Gefühl, daß diese beiden Sachen zusammenhängen.«

Kirk blickte ihn scharf an. »Sie könnten in Gefahr schweben.«

»Das könnten sie.«

»Pille, hole deinen Arztkoffer. Ich gehe inzwischen zu Scotty.«

Kirk bemerkte zu seinem Schrecken, daß das Schiff sich zu leeren begann. Das Verhalten der Mannschaft erinnerte ihn an Lemminge oder, weniger schmeichelhaft, an Ratten, die ein sinkendes Schiff verlassen. Die *Enterprise* war aber weit davon entfernt, zu

»sinken«. Sie befand sich nach wie vor in einer stabilen Umlaufbahn. Kirk bemerkte, daß die Offiziere seiner Mannschaft, also diejenigen, die ihm persönlich Loyalität zollten, keinerlei Anzeichen zeigten, ihre Posten zu verlassen. Sulu und Uhura befanden sich auf der Brücke und hielten Wache. Scott traf fast zugleich mit Kirk im Transporterraum ein, und natürlich folgte McCoy, ausgerüstet mit Arztkoffer und Tricorder, kurz danach. Das ließ Spocks Verschwinden noch seltsamer erscheinen.

»Scotty«, sagte der Captain, »es gibt nur eine einzige vulkanische Lebensform auf diesem Planeten. Ich will, daß Sie uns ganz in dessen Nähe absetzen, aber außer Sicht. Wir lassen unsere Kommunikatorfrequenzen offen. Falls Sie in einer Stunde nichts von uns hören, holen Sie uns unter allen Umständen nach oben.«

»Jawohl, Sir.«

Kirk und McCoy stiegen die Stufen zur Plattform hinauf.

»Energie«, befahl Kirk.

Scotts Hände bewegten sich über die Kontrollen. Der Transportermechanismus kreischte, die Generatoren glühten unnatürlich weiß, und die Grundplatten unter ihren Füßen spuckten weiße Funken. Kirk und McCoy verließen fluchtartig die Plattform, und Scotty kämpfte mannhaft mit der Konsole.

Als sich der Rauch wieder verzogen hatte, untersuchte Scott den Schaden.

»Was, zum Teufel, war da los?« fragte McCoy.

»Das war ein Spannungsstoß, Doktor. Hat das Innerste nach außen gedreht.«

Kirk runzelte die Stirn. »Wie lange wird die Reparatur dauern, Scotty?«

»Wenn wir die ganze Nacht arbeiten, sind wir vielleicht morgen vormittag fertig.«

»Geht es denn nicht schneller?«

»Nein, Sir«, erwiderte Scotty steif. »Und ich würde auch nicht versuchen, die anderen Transporter zu benutzen, wenn ich Sie wäre. Sie werden alle über ein und dasselbe Reglerventil gesteuert, und wenn Sie sich irgendwohin transportieren, könnte es sein, daß Sie in Einzelteilen dort ankommen.«

Kirk schluckte.

»Trotzdem müssen wir uns nach diesen Leuten unten umschauen.«

»Was wollen Sie denn tun, Sir?« fragte Scotty.

»Wir nehmen ein Beiboot, der Doktor und ich, und versuchen, Mr. Spock zu finden. Ich überlasse Ihnen das Kommando. Sehen Sie zu, daß die Transporter bald wieder einsatzbereit sind.«

Das Beiboot begann langsam, aber kontrolliert auf den Planeten zuzufallen, und Kirk landete es sanft zwischen See und Wald.

Er öffnete die Luke, und die beiden Männer schauten in silbernes Sternenlicht hinaus.

Diese Welt hatte keinen Mond. Da sie aber zur galaktischen Ebene gehörte, stand eine ungeheure Vielfalt von Sternen am Himmel.

Das leise Pfeifen von McCoys Tricorder brach in die nächtliche Stille. Der Arzt stellte die Richtung fest. »Dort. Etwa einen Kilometer entfernt«, sagte er und deutete zu den Bäumen.

»Vulkanisch oder menschlich?«

»Spock.«

Kirk nickte und ging voran. McCoy folgte.

Es war eine stille, seltsame Nacht. Die Bäume standen dunkel und stattlich da. Ab und zu leuchtete ein Baumstamm silbern im Sternenlicht. Die weißen Trompeten der lilienähnlichen Blumen, die sich erst bei Sonnenuntergang öffneten, schauten den beiden Männern mit untertassengroßen Augen nach.

Kirk blieb plötzlich stehen. Vor ihm lag der ganze silberbetupfte Wald. Der Captain runzelte die Stirn. War es ein Trick der Perspektive, oder lehnten sich ihm wirklich die Baumwipfel entgegen? Und wieso hörte er das Rascheln der Blätter als verschwörerisches Wispern?

McCoy ging hinter ihm, und beide Männer stolperten plötzlich. Kirk bedeutete dem Doktor, der leise in sich hineinfluchte, er solle schweigen, denn er glaubte, McCoy würde das sehen, was er selbst sah: die Abnormität der Landschaft, die sie jetzt durchqueren sollten.

McCoy fiel nichts auf. Für ihn war alles so, wie es sein sollte – die Bäume waren hoch, gerade und hatten einen Blättertuff als Wipfel; die Sterne leuchteten hell; kaum sichtbar lief ein Pfad hügelabwärts und verlor sich zwischen den Bäumen. Verblüfft sah der Arzt Kirk an.

Für Kirk war die Sache ganz anders. Die Bäume bewegten sich, steckten die Köpfe zusammen, sahen dunkel und drohend aus. Er hörte ihr zorniges Murmeln, spürte ihre Wut auf die Eindringlinge. Dann begannen sie zu laufen. Sie hoben ihre dikken Wurzeln aus dem Boden, schoben sie bedächtig weiter und drängten sie an den Pfad heran, den Kirk und McCoy benutzen mußten. Kirk hatte plötzlich eine schreckliche Vision. Spock war irgendwo hinter diesen Bäumen, und Kirk sah ihn blutend und von ihnen zertrampelt daliegen, unfähig zu fliehen oder sich zu verteidigen. Kirk tat einen lauten Schrei. »Spock!« Und dann rannte er den Pfad zwischen den drohenden Bäumen entlang.

Sie beugten sich ihm entgegen, bis die Silberzweige über den Boden fegten. Er fühlte, wie die Zweige an seinen Kleidern und seinem Körper rissen. Er spürte das scharfe Brennen der Blätter, die sein Gesicht peitschten. Er warf die Arme in die Höhe, um sein Gesicht zu schützen, rannte weiter und sah nichts als die Vision des in seinem Blut daliegenden, sterbenden Vulkaniers.

»Jim, was ist?« rief McCoy weit hinter ihm. Er rannte nun auch und folgte Kirk durch den friedlichen, nachtdunklen Wald. Für ihn gab es hier keine Angst, nur Sorge.

Die Zweige der Bäume waren wie Stahlbänder, die sich um Kirk zu schlingen versuchten, um ihm den Atem abzuwürgen. Kirk kämpfte erbittert gegen sie. Er mußte Spock finden, ehe es zu spät war! Er stolperte über einen Ast, ging in die Knie, versuchte aufzuspringen, doch die Blätter blendeten seine Augen. Ein großer Ast fiel auf seinen Rücken. Sein Rückgrat knackte.

Von hinten griffen Hände nach ihm. »Jim, Jim!« Die Stimme schrie seinen Namen. Es war McCoy. »Jim, was ist los?«

Kirk öffnete die Augen. McCoys Gesicht war dem seinen sehr nahe. Die eisblauen Augen funkelten und bohrten sich in die seinen. Die Hände des Doktors umklammerten schmerzhaft seine Arme.

Kirk holte tief Atem. Er schaute an McCoy vorbei zu den Bäumen hinüber. Sie standen still und schweigend da, genau dort, wo sie seit mehr als hundert Jahren gestanden hatten. Der Boden war eben. Allmählich beruhigte sich sein keuchender Atem, und als er aufstand, trugen ihn seine Beine wieder. Aber McCoy hielt ihn vorsorglich fest.

»Jim, was war das?«

Kirk schüttelte den Kopf. »Ich weiß nicht… Irgendein alptraumartiger Tagtraum. Die Bäume bewegten sich… versuchten mich zu töten…«

»Die Bäume?« McCoy schaute sich ungläubig um. Da fiel sein Blick auf einen dunklen Fleck am Boden, direkt am Waldrand.

»Jim!« Er deutete und lief darauf zu. Kirk folgte etwas langsamer.

Es war Spock. McCoy kniete neben ihm nieder und berührte vorsichtig seinen Hals. Die Haut war warm; als habe er die Berührung gespürt, bewegte sich der Vulkanier, und schließlich hob er den Kopf.

»Liegen bleiben«, mahnte McCoy und zog etwas aus seiner Tasche.

Spock gehorchte nur allzugern. Der Schmerz im Hinterkopf war grauenhaft, und jede Bewegung verursachte Übelkeit. Nun stand auch Kirk neben McCoy.

»Ist alles in Ordnung mit ihm?« fragte Kirk.

»Hm…«, brummte McCoy und zog eine Spritze auf. »Etwas hat ihn sehr hart getroffen. Eine ganze Weile wird er scheußliche Kopfschmerzen haben.«

»Haben Sie's gesehen?« fragte Kirk Spock. »Was für ein Wesen war es?«

»Menschlich, Captain«, antwortete Spock mit einem Anflug seiner alten Trockenheit. »Unsere eigene Crew.«

Kirk und McCoy tauschten Blicke aus. McCoy injizierte den Inhalt der Spritze in Spocks Schulter.

»Sie können sich jetzt aufrichten«, sagte er.

Spock tat das, aber zu ruckartig, und das verursachte ein Drehen in seinem Kopf.

»Wissen Sie das ganz bestimmt?« fragte Kirk. »Unsere eigene Crew hat Sie angegriffen? Ihren kommandierenden Offizier?«

Spock sah ihn aus vor Schmerz zusammengekniffenen Augen an. »Das weiß ich sicher, Captain. Sie wollten, daß ich bei ihnen bleibe. Und sie wollten nicht zum Schiff zurückkehren.«

Spock konzentrierte sich darauf, McCoy nicht allzusehr zur Last zu fallen. Sie hatten etwa die Hälfte des Weges zum See zurückgelegt, als McCoy vorschlug, Spock solle rasten. Kirk wollte nicht recht, gab aber schließlich nach. Spock setzte sich und lehnte den Rücken an einen sehr stabilen, unbeweglichen Baum und ließ den Kopf auf die Knie sinken. McCoy ließ seinen Orter über den Vulkanier gleiten und sah Kirk finster an.

»Ein schwerer Schock, Jim. Verlangt zuviel von sich selbst. Je eher wir ihn zum Boot zurückbringen... Ah, da ist es ja! Kommen Sie, Spock.« Er schob seine Hand unter den Arm des Vulkaniers.

Kirk schaute sich um, sah aber nichts als die Schatten unter den Bäumen. »Es ist nicht da, Pille«, sagte er leise. »Du kannst es nur deshalb sehen, weil du's sehen willst.«

»Wenn ich hinübergehe und es berühre, ist es wirklich, das weiß ich«, protestierte McCoy.

»Ja, natürlich, weil du wünschst und erwartest, daß es wirklich ist.«

McCoy blinzelte und schaute weg vom Boot, das er zu sehen glaubte. »Woher wollen wir wissen, was wirklich ist?« fragte er zornig. »Wenn wir uns so in etwas hineintäuschen können, daß wir Dinge sehen, hören und fühlen, die es gar nicht gibt, wenn wir den Beweisen unserer eigenen Sinne nicht mehr trauen können, wie, in Gottes Namen, sollen wir dann je wieder zurückfinden?«

»Das weiß ich auch nicht«, erwiderte Kirk ehrlich.

»Wir könnten für den Rest unseres Lebens herumwandern, und nie wüßten wir, was wir eigentlich tun. Wir könnten uns vorstellen, daß wir essen und trinken, und in Wirklichkeit würden wir verhungern. Kein Wunder, daß die Männer nicht zurückkehren wollen. Warum auch? Sie haben hier alles, was das Universum ihnen bieten kann.«

»Das geht aber nicht immer«, gab Kirk zu. »Sulu und Uhura und einige andere kamen zurück. Sie gaben das ›Paradies‹ auf, um zu ihrer Pflicht und zum Schiff zurückzukehren.«

»Das löst aber unser Problem nicht. Ich sehe das Boot noch immer, und wenn ich hinkomme und einsteige, dann weiß ich, daß es mich zur *Enterprise* zurückbringt.«

Kirk sah in die gleiche Richtung wie McCoy. Für einen Augenblick sah er auch den geisterhaften Umriß eines silberschimmernden Rechtecks vor den Bäumen. Wütend wies er das Bild von sich und weigerte sich, daran zu glauben. Es verschwand. Aber wie lange konnte er seinen eigenen Illusionen standhalten? Verzweifelt sah er McCoy an.

»Ich habe, soviel ich mich erinnern kann, nichts Unwirkliches gesehen, seit ich kam«, sagte Spock leise. »Und ich war länger auf diesem Planeten als sonst einer, der unbeeinflußt blieb.«

Kirk und McCoy schauten ihn an. »Aber Sie waren die meiste Zeit nicht bei Bewußtsein«, stellte McCoy fest.

»Das ist richtig, Doktor.«

»Pille«, sagte Kirk und kauerte neben dem Vulkanier nieder, »könnte es sein, daß sein Geist nicht beeinflußt wird, weil er anders ist als der unsere?«

»Möglich wäre es schon«, gab McCoy zu und musterte den Vulkanier besorgt. »Es könnte auch sein, daß es bei ihm länger dauert, bis eine Wirkung sichtbar wird, weil seine Widerstandskraft größer ist als die unsere. Oder er hatte die ganze Zeit über Illusionen, wußte es aber nicht.«

Spock stellte seine Stacheln auf. »Doktor, es ist nicht meine Gewohnheit, mir einzubilden...«

»Woher wollen Sie das wissen?« fragte McCoy. »Wie wissen Sie, daß Jim und ich real sind? Daß wir nicht nur Vorstellungen Ihrer überhitzten Phantasie sind? Sie wollten gerettet werden. Und das, was all dies tut, könnte Ihnen Jim und mich zur Rettung geschickt haben.«

»Sie sind echt, Doktor«, sagte Spock.

»Ich weiß es. Aber woher wissen Sie's?«

»Ich kann Sie sehen und berühren...« Spock unterbrach sich, denn wie sollte er beweisen, was richtig und falsch war, wenn er seinen Sinnen doch nicht trauen konnte? Er schaute von McCoy zu Kirk.

»Was tun wir jetzt?« fragte er.

»Wir alle müssen etwas riskieren«, erklärte der Captain. »McCoy und ich müssen glauben, daß Sie davon nicht berührt sind und daß das, was Sie sehen, real ist. Und Sie haben zu glauben, daß wir nicht Ausgeburten Ihrer Phantasie sind.«

»Ich weiß aber nicht, ob er kräftig genug ist«, bemerkte McCoy und musterte des Vulkaniers blasses Gesicht.

Kirk stand auf. »Er wird es sein müssen«, erklärte er kurz und bündig. »Wir müssen hier weg, ehe wir den Willen zur Rückkehr auf unser Schiff verlieren, oder bevor wir denken, wir seien schon dort.«

»Moment noch.« McCoy zog eine Spritze auf und schoß den Inhalt in Spocks Arm. »Das wird helfen«, meinte er.

Spock nickte. Er spürte sofort, daß die Droge in seinen Adern die inneren Reservekräfte mobilisierte. Verflog die Wirkung, dann war er ausgepumpt, aber das spielte im Moment keine Rolle. Kirk half ihm aufzustehen. Spock schaute in die Richtung, die sie vorher eingeschlagen hatten, und begann zu gehen. Kirk und McCoy folgten eng aufgeschlossen. Sie kamen am Boot vorbei, das McCoy gesehen hatte. McCoy streckte zögernd eine Hand aus und berührte das kalte, harte Metall. Er fühlte die feinen Schweißlinien der Platten, die Struktur der Farbe. Kirk nahm seinen Arm und zog ihn mit. Er selbst weigerte sich, das als wirklich anzuerkennen, was er sah.

Spock bemerkte das glitzernde Wasser voraus. Er blieb stehen und musterte es mißtrauisch. McCoy und Kirk folgten ihm nun wie Blinde, hatten schutzsuchend die Arme umeinandergelegt und stolperten so dahin. Kirk legte eine Hand auf Spocks Arm, griff fest zu und bildete so mit den beiden anderen eine feste Kette.

Spock führte sie durch ihre Illusionen, aber er wußte selbst nicht, ob nicht auch er durch seine eigenen Illusionen zu gehen hatte.

Am Rande des Waldes blieb er wieder stehen. Da war das Boot – ein düsterer Umriß in der Dunkelheit.

»Jim, sehen Sie's?« fragte er.

»Ich weiß nicht recht«, antwortete Kirk wie betäubt. Spock sah McCoy an. Der Doktor war nicht in der Lage, eine Meinung zu äußern.

»Mir scheint«, sagte Spock laut, »daß das, was diese Illusionen bewirkt, seine Opfer nicht entkommen lassen will.«

Wieder begann er zu gehen. Diesmal fiel das Gelände ein wenig zum Boot hin ab. Das Licht schien einladend aus der offenen Luke. Spock schob erst Kirk, dann McCoy die Rampe hinauf. Innen schloß und verriegelte er sorgfältig die Luke und überlegte, ob dieser Schritt den Illusionen der Menschen ein Ende bereiten würde oder nicht. Eine Weile saßen sie zusammengesunken in ihren Sitzen, bis Kirk den Vulkanier anschaute.

»Ist das nun wirklich?« fragte er.

Spock nickte. »Das ist wirklich, Captain.«

Neugierig musterte ihn Kirk. »Woher wollen Sie das wissen?«

»Ich weiß es eben.«

Kirk verstand. Er vertraute Spocks Urteil. Aber er sah, daß der Vulkanier vor Erschöpfung kurz vor einem Kollaps stand. Er stand auf und trat zu ihm.

»Alles in Ordnung mit Ihnen?« fragte er.

»Ja.« Spock nickte dazu.

McCoy richtete sich nun auf, und Kirk sah ihn an. »Wir versuchen besser, möglichst schnell von hier wegzukommen und das Schiff zu erreichen.« Dann griff er nach einem Schalter und legte ihn um. Der mittlere Fensterschild schob sich in den Rumpf. Hinter der Bleikristallscheibe sah Kirk eine ganze Stadt: schlanke, im Sternenlicht schimmernde Türme, breite gepflasterte Fußgängerstraßen, Luftwagen, die in der Landschaft schwebten. Er ließ sich in den Kommandosessel zurückfallen.

»Ich kann nicht«, sagte er. »Auf mich wirkt es noch immer. Ich würde uns alle umbringen.«

Spock sah hinaus zu den Bäumen und zum still daliegenden See. »Ich werde das Boot fliegen«, sagte er und rutschte auf den Navigatorsitz.

Die Antriebsaggregate ließen das kleine Boot leise zittern.

Spock ließ das Beiboot nach oben schweben, und es schien Kirk, als würden sie durch die Stadt nach oben fliegen. Eine weiße Wand ragte gefährlich nahe in die Höhe. Die Nase des Beiboots zeigte nach oben. Ein zierlicher silberfarbener Turm befand sich im Zentrum der Stadt, er wurde größer, rückte näher, bis Kirk jede Nut und jeden Bolzen erkennen konnte, bis er das Gefühl hatte, er müsse dem Vulkanier die Kontrolle über das Boot entreißen. Sie würden es niemals schaffen, würden nicht von hier wegkommen! Sie würden alle zusammen sterben! Er griff nach den Kontrollen vor ihm, McCoys Hände umklammerten seine Handgelenke.

»Es ist nicht wirklich, Jim«, flüsterte McCoy in sein Ohr. »Es ist nicht real. Du mußt das glauben! Laß doch das Boot fliegen. Konzentriere dich darauf, das, was du siehst, nicht zu glauben! Glaube überhaupt nichts!«

Kirk klammerte sich an die Armstützen seines Sitzes, während das Boot über die Schwerkraft triumphierte und an Höhe gewann. In einem Farbenrausch aus Rot und Gold ging die Sonne auf, eingefaßt von Violett und Indigo, bis wieder die sternenbestückte Schwärze des Raumes folgte. Kirk lehnte sich zurück und versuchte sich zu entspannen. Der Einfluß, der den Planeten in seinen Klauen hielt, konnte sie hier, jenseits von Atmosphäre und Schwerkraft, nicht mehr erreichen.

Spock ging, sobald sie den Orbit erreicht hatten, auf Automatik über und lehnte sich mit geschlossenen Augen zurück. McCoy beugte sich besorgt über ihn.

»Er muß ausruhen. Dieser Schlag auf den Kopf hat ihm mehr zugesetzt, als er zugeben will. Ich sollte ihm wirklich ein Sedativ geben, damit er eine Weile schläft.«

»Nicht nötig«, antwortete Spock und rollte den Kopf vor und zurück. »Ich werde schon ausruhen, Doktor.«

McCoy gab sich mit diesem Versprechen zufrieden. »Kommen Sie aber wenigstens mit nach hinten, damit Sie's bequemer haben«, schlug er vor.

Spock stand auf und ging mit. Er war müde. Kirk beobachtete die Instrumente. Sie mußten, ehe sie das Sternenschiff erreichten, eine Stunde im Orbit bleiben. McCoy kam zurück, nachdem er Spock gut untergebracht und mit einer Decke zugedeckt hatte, und setzte sich in den Navigationsstuhl.

»Dieser Planet sieht so schön aus«, sagte Kirk, ohne wegzuschauen, »und wie soll man da glauben, daß er dem Menschen so häßliche Dinge antun kann?« McCoy hatte darauf keine Antwort. »Aber hier sind wir sicher«, fuhr Kirk fort. »Sind wir erst an Bord der *Enterprise*, finden wir schon eine Möglichkeit, die Crew zurückzuholen.«

»Ich glaube, dieses Ding ist viel mächtiger, als du annimmst«, meinte McCoy leise. »Und ich denke, seine Reichweite war sogar so groß, daß es Durban im Schiff tötete.«

Kirk starrte ihn entgeistert an. »Wie denn?«

»Das kann ich dir auch nicht genau sagen, aber wahrscheinlich mit Hilfe seiner eigenen Vorstellungskraft.«

Kirk fühlte, wie ihm der Mund trocken wurde. Er schaute wieder in diese wirbelnde Welt jenseits des Fensters hinaus, damit der Arzt die Angst in seinen Augen nicht sehen konnte. Denn wenn dieser Einfluß sogar das Schiff erreichen konnte, war nicht mehr mit Bestimmtheit zu sagen, daß etwas real war.

Aber McCoy erriet oder las seine Gedanken. »Wenn wir zum Beispiel denken, wir hätten angedockt, dann könnten wir die Luke öffnen – und im Raum ersticken.«

Kirk schaute über die Schulter zurück zu Spock. Er atmete ruhig und schien zu schlafen. Wieder wußte McCoy, was der Captain dachte.

»Wir können uns nicht immer auf seinen Geist verlassen, Jim. Er steht jetzt unter großem Druck. Dieser Einfluß wird sich später wahrscheinlich auf ihn auswirken. Von wann ab können wir ihm nicht mehr vertrauen? Und wem vertrauen wir dann?«

»Wir müssen unbedingt ins Schiff kommen und etwas planen, ehe wir alle völlig zusammenbrechen. Hoffentlich hat Scotty inzwischen die Transporter repariert.«

»Vielleicht hat denen gar nichts gefehlt. Wir sollten nur denken, sie seien nicht in Ordnung. Also wieder eine Massenhalluzination.«

Ein großer silberner Stern erschien nun im Fenster hinter der Spitze des Halbmondes. Der Stern wurde rasch größer und nahm eine vertraute, beruhigende Form an. Kirk studierte die Instrumente. Die Sensoren zeigten richtig an, und die Daten der Ortungsinstrumente deckten sich mit den ihren. Aber konnte er ihnen vertrauen?

»Wir müssen Spock holen«, sagte er.

»Ist das vielleicht ein Befehl?« knurrte McCoy.

»Aber Doktor!« rief Kirk verblüfft.

»Der Mann ist doch krank, Jim. Ich halte ihn für absolut dienstunfähig.«

»Und was ist mit uns? Wissen wir, daß der Stern vor uns wirklich die *Enterprise* ist und keine Illusion? Wie soll ich feststellen, daß die Instrumente tatsächlich die richtigen Daten liefern?«

»Du bist doch der Captain«, sagte McCoy ungerührt. »Auf einen kranken Mann darfst du dich nicht verlassen.«

Kirk wußte nicht recht, was er tun sollte, aber er mußte zu einer Entscheidung kommen. Er griff nach dem Radio.

»Kirk an *Enterprise*.«

»*Enterprise* hier, Sir«, erwiderte Scott sofort.

»Vorbereiten zur Aufnahme des Bootes, Mr. Scott. Wir nähern uns dem Schiff von der Heckseite.«

»Jawohl, Sir. Hangardeck wird freigemacht und zur Aufnahme des Bootes vorbereitet. Wir haben lange nichts von Ihnen gehört, Sir. Haben Sie Mr. Spock gefunden?«

»Ich hatte zu vieles zu überlegen, als daß ich das Schiff hätte anrufen können, Scotty«, sagte Kirk und bemühte sich um einen leichten Ton. »Ja, wir haben Spock. Er bekam einen Schlag auf den Kopf.«

»Ich lasse sofort eine ärztliche Gruppe heraufkommen. Haben Sie herausgefunden, was mit der Crew los ist?«

»Wir haben einige Theorien, Scotty. Ist an Bord etwas Merkwürdiges vorgekommen, seit wir weg sind?«

»Nein, Sir. Die Reparaturen an den Transportern sind nahezu fertig.«

»Gut.« Kirk warf McCoy einen zweifelnden Blick zu.

»Wir öffnen jetzt die Hangartore für Sie, Sir.«

Im Heck des Sternenschiffs öffnete sich ein heller, senkrechter Schlitz, der sich langsam verbreiterte. Die riesige Kammer dahinter war hell erleuchtet. Landefackeln markierten die Gleiter am Boden und den Landekreis. Kirk senkte die Nase des Bootes und kam auf gleiche Höhe mit dem ersten Lichterpaar.

»Ich komme zur Landung herein, Scotty«, sagte Kirk.

Statik knisterte und krachte. Kirk runzelte die Stirn, aber seine Aufmerksamkeit konzentrierte sich auf das genaue Einfahren des Bootes. Das Sternenschiff lag bäuchlings unter ihnen, eine Stadt mit Silberpylonen. Kirk tat das Herz weh, als er sie sah. Wie schön sie doch war, seine *Enterprise!* Er bewunderte die klaren Linien. Sie war eine Persönlichkeit, und Weiblichkeit strahlte von ihr aus.

Während er sie voll Zärtlichkeit betrachtete, erfuhr das Sternenschiff eine merkwürdige Veränderung. Die Hülle verlor ihren Silberglanz und begann in einem trüben Goldton zu glühen. Kirk sah das entsetzt, und seine Hand krampfte sich um die Instrumente. Der goldene Glanz wurde heller, über die Rumpfplatten tanzten die Flämmchen elektrischer Entladungen. Das Schiff schien von einem flammenlosen Feuer aufgefressen zu werden, von einer Hölle lebhaften, kalten Lichtes, und das Boot segelte direkt in die Vernichtung, in das verzehrende Feuer hinein.

McCoy war ebenso Zeuge dieser entsetzlichen Transformation des Sternenschiffs. »Jim!« schrie er nach einem Moment starrer Sprachlosigkeit. »Um Himmels willen, bring uns hier weg, sonst tötest du uns alle!«

Kirk sagte nichts. Sein Mund war eine harte Linie, und seine Augen starrten die noch sichtbare Landeplattform an. Die glühende goldene Hülle wollte er nicht sehen. Er stemmte sich gegen das heftige Zittern, das die ganze Bootsstruktur erschütterte, und gab vor, es nicht zu bemerken.

Ein Teil seines Geistes schrie. Die *Enterprise* brannte von innen her, wurde von tödlicher Strahlung zerstört. Es war Wahnsinn, das Boot hineinzubringen, es war Selbstmord!

McCoy sprang auf. Sein Schrei war das Echo aus Kirks Geist. »Jim! Das Schiff ist tot! Bring uns weg!«

»Nein«, knurrte Kirk. »Es ist eine Illusion, und sie darf nicht gewinnen!«

»Wie soll das eine Illusion sein?« schrie McCoy. »Wir sehen doch beide, was da los ist!« Er beugte sich über Kirk, griff nach den Instrumenten und wollte etwas tun, um das Boot wieder in die Höhe zu ziehen. Kirk stieß ihn weg.

Die offene Landeluke und die strahlenden Lichter füllten nun das ganze Fenster aus – und das Glühen des strahlenden Schiffsrumpfes. Diesen Eindruck schob Kirk von sich. Die *Enterprise* war so, wie sie immer gewesen war. Alles andere war eine Täuschung. Das wußte er, und er wollte es glauben. Die Landelichter glitten unter dem Boot vorbei; da war auch der Landekreis. Kirk stellte die Instrumente auf Landung. Das grell erleuchtete Deck kam ihm entgegen. Es gab einen sanften Stoß, mehr nicht. Dann lehnte sich Kirk auf seine Arme und schloß die Augen.

Scott musterte ihn besorgt. »Sir, geht es Ihnen auch wirklich gut?« fragte er.

»Mir geht es gut. Was ist mit Spock und McCoy?«

»Die haben sich beide die Köpfe angeschlagen. Ich muß schon sagen, es war die härteste Landung, die ich je gesehen habe. Für einen Moment dachte ich schon, Sie fliegen direkt durch das Deck.«

Kirk gelang sogar ein Lächeln. »Scotty, wie viele Leute haben wir noch oben?«

»Zweiundfünfzig, Sir«, antwortete Scott prompt. »Und da sind Sie, Mr. Spock und Dr. McCoy schon inkludiert.«

Spock gab zu bedenken: »Wie soll die *Enterprise* mit einer so niedrigen Besatzung auf Sd-Beschleunigung gehen? Das wäre nicht nur ungeheuer hart für die Besatzung, sondern eine große Gefahr.«

»Mr. Spock versteht die Sache richtig«, stellte Scott kühn fest. »Meiner Meinung nach haben wir kaum Aussicht, die Sternbasis lebend zu erreichen. Das Schiff kann sich doch nicht selbst fliegen.«

Kirk nickte müde. »Das weiß ich auch, Scotty, aber wir müssen etwas tun. Bleiben wir hier, kommen wir vielleicht oder wahrscheinlich später alle unter den Einfluß dessen, das sich da unten befindet, was immer es auch sein mag. Und dann können wir keinem mehr helfen. Wenn wir aber versuchen...«

»Ich möchte nur wissen, was, zum Teufel, das ist«, murmelte McCoy.

Spock sah ihn an. »Ich glaube, es hat etwas mit den Seglern zu tun.«

»Den Seglern?«

»Ich habe bemerkt, daß sie immer in der Nähe sind, wenn diese Halluzinationen beginnen.«

»Das ist richtig«, pflichtete ihm Kirk bei. »Durban starb im Labor, und in einem dieser Behälter befindet sich ein Segler. Ist es möglich, daß sie eine gewisse Form von Intelligenz besitzen? Daß man mit ihnen in Kontakt treten kann?«

Spock schüttelte den Kopf. »Das bezweifle ich, Captain. Intelligenz erfordert eine gewisse Gehirnmenge. Die Gehirngröße des Seglers liegt aber weit unter dieser angenommenen Norm.«

»Wir müssen es trotzdem versuchen«, sagte Kirk und ging zum Labor.

Der Segler sah durch das Glasgitter des Behälters mit zwei hellen, bernsteinfarbenen Augen zu ihnen hinaus. Er hatte ein flaches, pelziges Gesicht, einen biegsamen, wurstförmigen Körper, der ebenfalls mit Pelz bedeckt war, und Füße mit drei Zehen. An jedem Zeh befand sich eine scharfe, gebogene Greifklaue. Kirk musterte den Segler und fühlte sich ziemlich töricht, wenn er daran dachte, daß er mit diesem Wesen Höflichkeiten austauschen sollte. Seine Offiziere hatten sich um ihn versammelt und lauschten voll ernster Aufmerksamkeit – wie auch der Segler, obwohl er keinen wahrnehmbaren Versuch zu einer Antwort machte.

Schließlich richtete sich Kirk wieder auf und legte eine Hand auf seinen schmerzenden Hinterkopf.

»Das funktioniert nicht«, meinte er enttäuscht. »Ich denke, Sie haben recht, Mr. Spock. Der Segler zeigt keine Spur von Intelligenz.«

»Und er hat auch, seit wir hier sind, nicht auf unseren Geist eingewirkt, obwohl er eine ideale Gelegenheit hatte, das gesamte Kommandopersonal des Schiffes zu beeinflussen«, bemerkte Spock. »Wenn Sie erlauben, bitte.« Er trat zum Behälter und griff hinein; er packte das Wesen direkt am Kopf. Für einen Moment umwölkten sich seine Augen. Dann trat er zurück. Kirk sah ihn gespannt an. Spock schüttelte nur den Kopf.

»Na schön«, meinte Kirk. »Je eher wir hier wegkommen, desto weniger werden wir beeinflußt, desto wahrscheinlicher ist es, daß wir die Reise überleben. Mr. Scott, Sie übernehmen den Maschinenraum. Mr. Spock, Sie gehen zur Hilfskontrolle und lassen alles über die Brücke laufen. Von dort aus wird alles geleitet. Dr. McCoy, jeder bekommt eine stimulierende Injektion.«

»Jim, ich kann nicht…« Aber McCoys Einwand wurde nicht mehr gehört, denn Kirk war schon auf dem Weg zur Brücke.

Sie war voll besetzt. Kirk konnte es kaum glauben. Erstaunt schaute er sich um, und dann erfüllte ihn große Freude. Der fremde, verhängnisvolle Einfluß auf der Oberfläche des Planeten hatte den Verstand seiner Mannschaft irgendwie freigegeben. Sein Gespräch mit dem Segler hatte sich schließlich doch als wirksam erwiesen. Das Wesen hatte Kontakt mit seinen Artgenossen aufgenommen, und die Crew war frei zurückgekommen. Er rannte die Stufen hinab zum Ruder. »Mr. Burnhard, setzen Sie Kurs zur Sternbasis Fünfzehn. Leutnant Jones...«

»Captain?« fragte Spock von der Lifttür her.

Kirk drehte sich strahlend zu ihm um und breitete die Arme aus. »Alles in Ordnung, Mr. Spock, alles in schönster Ordnung! Die Mannschaft ist zurück.«

Spock lief ihm entgegen. Sein Gesicht drückte große Besorgnis aus. Er schaute sich auf der Brücke um. Nichts. »Jim...« Er nahm Kirk fest am Arm. »Das glauben Sie nur. Sie sind nicht hier. Wirklich nicht.«

Das Lächeln verschwand von Kirks Gesicht. Ungläubig schaute er sich um. Er konnte seine Crew sehen. Er konnte ihre Stimmen hören. Tina Jones stand neben ihm, und er roch ihr Parfüm, konnte über ihr weiches Haar streichen. Er schaute Spock an und schüttelte den Kopf.

»Sie irren sich, Mr. Spock, sie sind doch alle da! Die Segler ließen sie gehen. Jetzt können wir bleiben und den Landurlaub...«

»Captain!« Spock schüttelte ihn so heftig, das seine Zähne aufeinanderschlugen. »Das ist nur eine Illusion, nichts als eine Illusion!«

Kirk schüttelte den Kopf. Er glaubte es nicht. Er wollte es nicht glauben.

»Jim, habe ich Sie je angelogen?« fragte Spock beschwörend. »Glauben Sie mir dieses eine Mal, bitte!«

Kirk schaute in die dunklen, rätselhaften Augen. Der Vulkanier schien ihm in die Seele zu blicken, und die Bande zwischen den beiden Männern strafften sich. Kirk glaubte ihm. Er ließ Spock gehen. Aber Kirk mußte nach der Lehne des Kommandosessels greifen. Die Lifttüren öffneten sich, und McCoy betrat die Brücke. Sulu, Uhura und ein Mann von Scotts Abteilung folgten ihm.

McCoy schaute von Kirk zu Spock und fühlte, daß hier etwas sehr Bedeutsames vorging. »Was ist los?« fragte er. »Jim, fehlt dir was?«

»Der Captain ist ganz in Ordnung, vielen Dank, Doktor«, antwortete Spock förmlich. »Er wünscht, diesen Ort schnellstens zu verlassen.«

»Ich glaube, das wollen wir alle«, entgegnete McCoy ungehalten, ging die Stufen hinab und musterte Kirk. »Jim, ist wirklich alles in Ordnung mit dir?«

Kirk ließ sich auf den Kommandostuhl fallen und nickte. »Gib mir nur diese Injektion, Pille«, bat er.

Spock begab sich zur Computerstation, während McCoy Kirks Wunsch erfüllte.

»Mr. Spock«, sagte Kirk müde, »setzen Sie Kurs zur Sternbasis Fünfzehn.«

Spock griff nach dem Computer, dann zögerte er. In den Tiefen seiner Augen funkelte etwas. Sein Gesicht drückte etwas sehr Intensives aus, vielleicht eine dämmernde Freude.

Kirk musterte ihn besorgt. »Mr. Spock?«

»Jim«, flüsterte Spock, »warum müssen wir hier weg? Wir können bleiben. Nur Sie und ich. Wir brauchen doch die anderen nicht.«

»Jetzt hat er den Verstand verloren«, brummte McCoy. »Er ist übergeschnappt.«

»Nein. Das Ding hat ihn nur endlich auch in den Griff bekommen«, sagte Kirk und verließ den Kommandosessel. »Es bietet ihm etwas an...« Da wurde ihm klar, daß er zuviel verriet. Er ließ McCoy stehen und ging zu dem Vulkanier.

»Spock!«

»Wir können zum Planeten hinabgehen«, erklärte er ganz vernünftig. »Und dort können wir für immer zusammen bleiben.«

Kirk zog ihn in die Höhe und schüttelte ihn. »Werden Sie vernünftig«, herrschte er ihn an.

Spock schüttelte verwirrt den Kopf. Kirk schlug ihm zwei-, dreimal ins Gesicht. Ein dünner Blutfaden lief dem Vulkanier aus einem Mundwinklel. Er senkte die Augen und schüttelte erneut den Kopf. Kirk ließ ihn los, und Spock legte eine Hand auf die Computerkonsole, um Halt zu finden.

»Es tut mir leid«, murmelte er so leise, daß nur Kirk es hören konnte. Kirk berührte seinen Arm und drehte sich zur neugierigen Crew um.

»Wir haben eine Arbeit zu erledigen«, sagte er. »Fangen wir an damit.«

»Jim, Spock hat von Gehirnkapazität gesprochen«, sagte McCoy scharf. »Was dann, wenn es sich um eine zusammengesetzte Gehirnmasse handelt? Wenn alle Teil-Einheiten sich zusammenschließen und als Gesamtheit agieren?«

»Nein, Pille.« Kirk schüttelte den Kopf. »Gäbe es hier überhaupt eine Intelligenz, dann hätte Spock sie gefühlt, als er seinen Geist mit dem der Kreatur verschmolz.«

»Oh...«, meinte McCoy enttäuscht. Dann herrschte eine Weile Schweigen.

»Captain, der Doktor könnte recht haben«, sagte Spock leise.

Kirk drehte sich zu ihm um. »Wie denn?«

»Es kann ein Massengehirn sein. Ihr Planet hat etwas Ähnliches. Ameisen, Bienen und dergleichen. Das kommt auch auf meinem Planeten vor. Kreaturen, die als Einzelwesen ohne Intelligenz sind, aber doch als Massenintelligenz zum Wohl der Gesamtheit handeln. Es könnte sein, daß wir unsere Gedanken an die falsche Spezies gerichtet haben.«

Kirk runzelte die Stirn. »Wenn es nicht die Segler sind, wer dann?«

»Solche Intelligenzen kommen nur bei Insektenvölkern vor«, erklärte Spock. »Der Segler ist ein warmblütiger Eierleger.«

»Insekten?« Kirk musterte ihn verblüfft. »Welche Insekten?«

»Natürlich!« schrie McCoy. »Diese Schmetterlinge! Sie sind überall dort unten.«

»Ja, richtig«, bestätigte Spock. »Wir haben schon festgestellt, daß sie in Gemeinschaften leben, daß sie individuelle Zeichnungen haben, daß sie in so großer Zahl vorhanden sind, so daß sie als die dominierende Spezies dieses Planeten gelten können.«

Kirk sah erst Spock, dann McCoy an. »Gut. Das müssen wir herausfinden.«

Der erwürgte Durban hatte eine große Anzahl von Schmetterlingen in seiner Kollektion gehabt. Spock griff in den Behälter hinein, und bald saß eine dieser winzigen, graziösen Kreaturen auf seinem Finger. Das Tierchen blieb dort sitzen und breitete seine scharlachroten Flügel aus. Spock berührte mit dem Zeigefinger der anderen Hand sehr zart den kleinen Kopf. Das Tierchen blieb ruhig, dann schloß es die Augen.

»Sie wollen uns nichts Böses«, berichtete er Kirk eine Weile später, als sie beobachteten, wie sich das Schiff allmählich mit den vermißten Mannschaftsangehörigen füllte. »Was wir erlebten, war nur ein Überschwall, verstreute Gehirnwellen ihrer Gemeinschaft. Sie existieren nur, um ihre Träume auszuleben.«

»Schmetterlinge«, sagte McCoy verächtlich. »Wer hätte das gedacht, daß Schmetterlinge irgendwo die dominierende Spezies sein könnten?«

»Vielleicht ist es nicht überall so, Doktor«, meinte Spock. »Sie sind eine wenig widerstandsfähige Spezies, und auch auf diesem Planeten gibt es einige vielversprechende Spezies, die sich vielleicht einmal soweit entwickeln, daß sie den Platz der Schmetterlinge einnehmen können, etwa so, wie einst die Dinosaurier von anderen irdischen Spezies ersetzt wurden.«

»Jede andere Art wäre gegenüber den Schmetterlingen eine Verbesserung«, sagte McCoy.

Spock hob dazu eine Braue. »Ich möchte wissen, ob die Dinosaurier mit Ihnen übereinstimmen würden, Doktor«, sagte er leise.

McCoy funkelte ihn an.

Scott schob den Kopf durch den Türspalt des Transporterraums. »Alle Mann an Bord, Sir. Soll ich jetzt den Transporter schließen?«

»Ich denke, Mr. Spock möchte etwas hinunterbeamen«, sagte Kirk.

Spock bückte sich, hob den Behälter mit den Schmetterlingen auf und trug ihn in den Transporterraum. McCoy schaute ihm mißbilligend zu.

»Nein, wahrlich, Dinosaurier«, knurrte er. »Jim, was wollte er auf der Brücke über dich und sich selbst sagen?«

Kirk schaute ihn nicht an, als er zum Lift ging. »Ich denke, Pille, du hast gesagt, er hätte den Verstand verloren.«

Einleitung zu »Das Gedankensieb«

von William Shatner

Dies sind die neuen Reisen des *Raumschiffs Enterprise* – die Mission ist die alte geblieben: nach neuen Lebensformen, neuen Kulturen, nach unbekannten neuen Welten zu suchen...

Es ist müßig festzustellen, daß bereits ein Jahrzehnt vergangen ist, seit die *Enterprise* zu ihrer ersten Fünf-Jahres-Mission aufgebrochen ist. Und es ist ebenso ernüchternd wie ermunternd festzustellen, daß die seltsamste neue Welt eine altbekannte ist – die unsere.

Doch was kann noch über einen Planeten gesagt werden, dessen Bewohner die Abenteuer noch immer – und immer wieder – mitverfolgen in größerer Zahl als damals, als sie noch die neuen Reisen waren – in beinahe jedem Land und in fast jeder Sprache?

Was kann noch über eine Welt gesagt werden, in der Tausende von neuen Reisen der *Enterprise* träumen? In der Hunderttausende immer und immer wieder die Geschichten der frühen Reisen lesen und darauf drängen, daß neue Reisen geschrieben und gefilmt werden?

Seltsam?

Bemerkenswert!

Doch vielleicht nicht ganz so seltsam in einer Welt, in der der Mensch es schon immer gewohnt war, neue Welten zu entdecken. Captain James T. Kirk würde den Satz: »Ein kleiner Schritt für einen Menschen, ein riesiger Schritt für die Menschheit« sehr wohl verstehen. Die Summe vieler solcher kleiner Schritte wird letztendlich zu einer Welt wie der seinigen führen: seltsam, neu, aber doch ein Hort für die Menschheit. Kleine Schritte, nicht nur ins All, sondern auch in unsere Gedankenwelt sind manchmal schmerzhaft – aber notwendig, um uns selbst und andere besser zu verstehen. Wenn dabei die Welt der *Enterprise* ein Vorbild ist, so ist es das Verdienst von jedem, der an diesem Projekt beteiligt war.

Ich bin immer wieder erstaunt über die Gefühle, die so viele Menschen für diese Vision hegen. Oft konnte ich mir diese Gefühle nicht erklären, und vielleicht liegt die einzig richtige Erklärung dafür in jedem einzelnen Menschen selbst. Andererseits zeigt die großartige Anteilnahme – das Schreiben, das Lesen, das Nachdenken, Träumen und Reden über *Raumschiff Enterprise*, die Cons mit Tausenden und Abertausenden von Fans, in denen neue Mitglieder herzlich aufgenommen werden –, daß sie gemeinsam Anteil nehmen an etwas, das ihnen allen sehr wichtig ist.

Jeder von uns, der mit der *Enterprise* reiste, kann dafür nur dankbar sein. Und wenn die *Enterprise* zu neuen Reisen aufbricht, was sie nicht nur in diesen und anderen Geschichten, sondern auch auf dem Bildschirm wieder tun wird, dann ist dies den Bemühungen dieser Anhänger zu verdanken. Ihnen gebührt der Dank, den ich hier abstatte.

Ich persönlich bin gerührt und bewegt von dem Interesse, das der Rolle Kirks zuteil wird. Merkwürdigerweise teile ich dieses Interesse.

Man hat mich ernsthaft gefragt, wie ich denn, nach all den Jahren, die Rolle des Kirk jetzt in den neuen Reisen spielen würde. Ich habe lange darüber nachgedacht, und es ist mir aufgefallen, daß ich einiges in diesen Jahren gelernt habe, und ich glaube, Kirk ebenfalls. Ich glaube noch stärker daran, daß es wichtig ist, offen gegenüber wirklichen Gefühlen bereit zu sein, sich selbst zu erkennen und den Mut zu haben, darüber zu sprechen: über Ärger, Wut, Liebe, Schmerz.

Das kann schwierig sein, aber es ist sehr wichtig. Kirk hat es teilweise gelernt, und die Menschen fanden es offensichtlich gut. Ich glaube, inzwischen hat er noch dazugelernt.

Wie würde er also jetzt sein? Wie sehe ich ihn jetzt?

Sehr wahrscheinlich so, wie ihn Shirley Majewski in dieser Geschichte beschrieben hat.

Sie stellt die Frage, was von einem Menschen übrigbleibt, dem nichts mehr gehört – außer sein ureigenstes Ich.

Wenn die Antwort dieser Geschichte auf Kirk zutrifft, dann ist es zugleich eine Antwort auf die Frage, warum Menschen sich in dieser Welt für andere einsetzen.

Und dieser Einsatz ist überhaupt nicht seltsam.

Ich jedenfalls bin davon überzeugt.

Das Gedankensieb

Er schien einen langen, steilen Hang zu erklettern. In weiter Ferne sah er ein schwaches Licht. Er stolperte. Wo ging er eigentlich? Auf einer Straße, einem Pfad, oder befand er sich auf einem Deck? Der Boden unter seinen Füßen schien hart und glatt zu sein. Er ging weiter. Das Licht wurde heller. Eine Ecke.

Eine Stimme, die Gefahr bedeutete. Unmittelbar vor der Ecke blieb er stehen. Vorsicht, Gefahr!

Eine harte, grobe Stimme: »Einmal muß er ja da rauskommen.« Und eine andere: »Ja, er wird Hunger kriegen...«

Hunger... Essen... Ja, das war es. Aber: Gefahr! Gefahr...

Er drückte sich an die Wand. Überwältigende Angst packte ihn. Seine Beine begannen zu zittern, und er wimmerte. Eine Hand bedeckte den Mund. Ruhig. Sei still. Gefahr!

Die Schritte entfernten sich. Die Angst ließ nach. Vorsichtig schob er sich weiter zur Ecke. Herumschlüpfen... Leere Halle; das Licht ist heller, stammt von einer Kugel, die an einem Draht hängt, und läßt braune, schmutzige Wände mit abblätternder Farbe und einen braunen, schmutzigen Boden erkennen; und eine Tür.

Vorsicht – Falle? Ein runder Türknopf. Er griff danach und zog die Hand wieder zurück. Die Tür blieb offen. Er versetzte ihr einen Stoß. Sie schwang leicht – und schlug zu!

Lärm. Gefahr.

Seine Knie begannen wieder zu zittern. Schnell zog er sich hinter die Ecke zurück. Er sank in sich zusammen und zog die Knie fest an die Brust, machte sich so klein wie möglich.

Dann... Schritte. Sie kamen auf ihn zu. Verstecken, verstecken! Er legte die Arme um seinen Kopf und machte sich noch kleiner. Ein Schrei kam jetzt aus seiner Kehle: »Hilfe! Hilfe, bitte!«

Eine Stimme; anders diesmal: »Ich komme schon... Warte dort!«

Die Schritte bogen um die Ecke und hielten neben ihm an. Eine Hand... Wirklich? Angst... Etwas berührte leicht seinen Arm. Dann war wieder die sanfte, mitfühlende Stimme: »Oh, Jimmy, ich machte mir solche Sorgen. Warum bist du weggelaufen?«

Die Angst ließ nach. Langsam entspannte er sich, schaute hoch, glatte Beine sah er, ein weißes Kleid; Arme, die sich ihm entgegenstreckten; Haar, das ein lächelndes Gesicht einrahmte. Gefahr? Unwirklich? Eine Falle? Wimmern...

»Nein, Jimmy, nein... Nicht weinen. Ist schon gut. Ich bin Jan. Du erinnerst dich doch? Jan. Komm, nimm meine Hand.«

Jan? Jan war... sanft, lieb... Sie würde helfen. Langsam streckte er die Hand aus und griff nach der ihren.

»So ist's gut, Jimmy... Du erinnerst dich also. Komm jetzt. Steh auf. Du mußt hungrig sein.«

Hungrig? Ja. Wann hatte er das letzte Mal gegessen? Und was? Er erinnerte sich nicht. Doch halt. Ein Tablett? Helle Farben? Nein... eine Schüssel... fade schmeckend, aber Essen.

Allmählich richtete er sich an der Wand auf.

»Gut, Jimmy, gut! Das ist fein, Jimmy. Komm, wir suchen etwas zu essen für dich.« Sie zog ihn an der Hand mit sich, zur Ecke... zur Gefahr...

Er versteifte sich und stemmte sich dagegen. Er riß sie aus dem Gleichgewicht; sie stolperte und fiel. Er griff nach ihr, hielt sie an den Schultern fest; sehr sanft und liebevoll. Sie war weich und lieb, ein Mädchen; nein, eine Frau. Ihre Augen waren groß, und die Brauen schienen leicht gerunzelt zu sein...

»Jimmy? Laß mich jetzt los, Jimmy.«

»Nein, ich... möchte... möchte...«

»Was willst du, Jimmy?«

»Ich... möchte...« Was wollte er eigentlich? Ganz tief in ihm tauchte etwas Vertrautes auf... eine Wärme...

»He, was tut er denn da?« Schreie, rohe Hände, die nach ihm

griffen. »Weg, du Irrer!« Ein Schlag an den Kopf. Gefahr. Gefahr...

»Halt, Frank, halt! Bitte nicht!«

»Warum? Der ist doch verrückt... Was glauben Sie denn? Warum haben Sie ihn so nahe an sich rankommen lassen?« Grobe Hände rissen ihn los und schleuderten ihn um die Ecke.

»He, Fred, da ist unser Supermann!«

Wieder packten ihn brutale Hände und schleuderten ihn an die Wand.

»Nicht, bitte! Laßt ihn doch in Ruhe. Er hat mir wirklich nichts tun wollen«, sagte die Frauenstimme.

Etwas wurde über ihn geworfen, man zerrte an seinen Armen, zwängte sie in Ärmel und verdrehte sie. Dann wirbelte man ihn herum und schleuderte ihn wieder an die Wand. Er zuckte vor Schmerz zurück.

»Bleib stehen! Dich werden wir lehren, deine dreckigen Pfoten von den Pflegerinnen fernzuhalten!« wurde er angebrüllt.

»Frank, er wollte mir doch gar nichts tun. Ich bin gestolpert, und er wollte mich auffangen. Bitte, zwingt ihm doch nicht dieses schreckliche Zeug auf!«

»Wollen Sie mir Vorschriften machen, was ich zu tun habe, Miß Hamlin? Ich hab' Sie schon öfter bei dem Burschen gesehen, immer so fürsorglich, was?« höhnte er. »He, Fred, zieh mal diese Riemen strammer an. Oder soll er dir wieder auskommen?«

Man zerrte ihm die Arme auf den Rücken und band sie fest. Er wehrte sich verzweifelt und schrie vor Entsetzen.

»Frank, ich werde Sie melden! Dr. Wright wird erfahren, wie...«

»Nein, Süße, das werden Sie nicht tun. Ich sage ihm nämlich sonst, daß ich Sie dabei erwischt habe, wie Sie's mit diesem... Supermann getrieben haben. Jetzt schaut er nicht mehr so hübsch aus, was? Erzählen Sie's dem Wright nur, dann bin ich das nächstemal ganz bestimmt nicht mehr so sanft mit ihm. Fred, komm jetzt. Wir schaffen ihn dorthin, wohin er gehört.«

Wie aus großer Entfernung spürte er, daß man ihn an den Riemen, mit denen man ihn verschnürt hatte, mitschleifte; eine Tür wurde geöffnet, grelles Licht blendete ihn, und er wurde in einen Raum gestoßen. Sein Kopf schlug hart auf, dann kamen Dunkelheit und Schmerz. »Hilfe, Hilfe!« hörte er sich schreien. »Hilfe! Spock, Hilfe, Sp...«

Dann Stille. Er blinzelte; er sah das Bett, eine graue Matratze, ein zerknülltes Laken. Es gelang ihm, die Beine unter sich zu ziehen und sich an der Wand entlang in die Höhe zu schieben. Er taumelte und stürzte, diesmal aber auf das Bett.

»Wasser... bitte, Wasser... Spock?« Seine Stimme kam als Echo zurück. Dann wieder Stille. »Hilfe... Hilfe, bitte! Spock?« Nein, nicht Spock. Jan? Sie sagte, sie würde helfen... »Jan!« schrie er. »Jan, wo bist du?« Sein Mund war trocken und schmerzte vor Durst und seinem Geschrei.

Klirrender Lärm. Wieder diese Rohlinge? Gefahr. Verstekken...

»Jimmy...?« Die sanfte Stimme. »Jimmy, ich bin da...« Eine weiße Gestalt, die ihm entgegenlief. Er öffnete den Mund zu einem Schrei. »Nein, Jimmy, nein. Ich tu' dir doch nichts. Ich bin doch Jan.« Weiche Hände strichen ihm über das Gesicht, über das Haar. »Jimmy, es tut mir so leid, daß sie so brutal waren.« Blaue Augen, tränenfeuchte Augen. Eine kühle, weiche Feuchtigkeit an seiner Wange. Wasser? Weiches, nasses Zeug an seinem Gesicht...

Scharfer Schmerz... »Tut weh...«

»Scht, Jimmy, laß mich dein Gesicht säubern. Es blutet und ist ganz zerschrammt... Nein, Jan tut dir nicht weh. Scht...« Der Schmerz ließ nach, hörte auf, damit auch – fast – die Angst.

Die Angst wurde von einem aufkeimenden Gedanken ersetzt.

»Jan?«

»Ja, da bin ich doch, Jimmy. Komm, setz dich auf. Dann kann ich dir diese Riemen abnehmen.«

»Wo, Jan? Wo?«

Sie sah ihn an und bemerkte, daß sein Gesichtsausdruck anders war als sonst. Erkannte sie einen Schimmer von Intelligenz in seinen Augen?

»›Wo‹ was, Jimmy?« fragte sie sanft. Seit sechs Monaten war er nun hier, und zum ersten Mal schien sich in ihm etwas zu verändern.

»Wo bin ich?«

»Das ist ein... Krankenhaus, Jimmy. Du warst sehr krank. Ich bin eine Krankenschwester und pflege dich.« Sie sprach sehr langsam und deutlich.

Er zog die Stirn in Falten und schüttelte den Kopf, dann schaute er wieder in die Augen. »Krank? Wieso bin ich krank?«

»Es ist dein Geist, Jimmy«, antwortete sie leise.

»Nein, nein, nein!« Er versuchte sich aufzurichten, konnte es aber nicht, da seine Hände noch immer gefesselt waren. Er ließ sich zurückfallen und warf den Kopf von einer Seite zur anderen. Tränen quollen ihm unter den zusammengekniffenen Lidern hervor. »Nein, nur das nicht!« schrie er.

Fieberhaft dachte Jan nach. Er wußte also, was dies zu bedeuten hatte! Zum ersten Mal hatte eine Idee in seinem Geist Fuß fassen können. Er wußte, was es hieß, einen kranken Geist zu haben...

»Jimmy, komm, laß dir diese gräßliche Jacke ausziehen.«

Sie half ihm, so daß er auf der Bettkante sitzen konnte. Geschickt löste sie die Riemen, zog ihm die Zwangsjacke aus und warf sie angewidert auf den Boden. Er schaute sie an und rieb sich die Hände. Das Schluchzen ließ nach. Er schüttelte den Kopf und strich sich mit einer Hand über das Gesicht, als wollte er Spinnweben wegwischen. Und dann spielte die winzige Andeutung eines Lächelns um seine Mundwinkel.

»Danke«, sagte er.

Eine erregende Hoffnung erfüllte Jan. Ja, das war eine Wendung! Seltsam, wie sie sich zu diesem Mann hingezogen fühlte.

Sie dachte an den Tag seiner Einlieferung vor sechs Monaten zurück. Sie war gerade im Aufnahmebüro, als zwei Polizisten einen Mann hereinschleppten, der angstvoll um sich schlug, weinte und schrie. Pfleger kamen mit einer Zwangsjacke herbeigerannt, man verpaßte ihm eine gehörige Dosis eines Beruhigungsmittels, und dann sackte er in einem Sessel zusammen.

»Wer ist der Mann?« war die Polizei gefragt worden.

»Das wissen wir nicht. Wir sahen ihn nahe der Stadtgrenze in einem Hintergäßchen herumtaumeln.«

»Was hat er denn da an?«

»So was habe ich auch noch nicht gesehen. Gelbes Hemd mit Insignien, sieht ganz so aus, als wär's irgendein Sportverein oder so. Merkwürdiges Material, dieses Hemd. Er war furchtbar schmutzig. Muß oft hingefallen sein.«

»Irgendwelche Ausweise oder so?«

»Nichts. Wir werden die Vermißten-Abteilung verständigen. Vielleicht hat schon jemand nach ihm gefragt...« Die Polizisten gingen wenig später.

Man nahm den Mann auf, packte seine merkwürdige Kleidung weg, die Ärzte untersuchten ihn und stellten fest, daß er etwa Mitte Dreißig und körperlich anscheinend völlig gesund war.

Man registrierte ihn als »John Doe«, denn die paar Worte, die er murmelte oder schrie, waren amerikanisches Englisch, und dann unterzog man ihn einer eingehenden Behandlung.

Niemand fragte nach ihm, niemand besuchte ihn, und seine Fingerabdrücke waren nirgends registriert.

Sie war froh, daß dieser Fremde in ihren Flügel des riesigen Krankenhauses kam. Etwas an ihm zog sie an. Befand er sich nicht im Zustand der Raserei, stand er meistens am vergitterten Fenster und schaute zum Himmel hinauf.

Eines Tages, als er so dastand, blieb sie neben ihm stehen und sagte zu ihm: »John.« Er drehte sich zu ihr um, schaute sie an und antwortete sehr klar: »James.«

Der Name schien ein Signal zu sein, denn er wurde sofort sehr heftig. Seit dieser Zeit war er, mit Ausnahmen einiger unzusammenhängender Momente, wieder in seinen persönlichen Schrekken versunken, der ihn festzuhalten schien. Manchmal wimmerte und weinte er wie ein kleines Kind. Er hatte alle Tests durchlaufen. Ein Doktor schwor, es sei Schizophrenie, ein anderer hielt ihn für manisch-depressiv, aber keine solche Überlegung führte zu etwas. Sie wußten einfach gar nichts. Nachdem Jan ihnen von seiner Reaktion erzählt hatte, änderten sie seinen Namen in James Doe ab, aber darüber hinaus war nichts zu machen. Außer Jan Hamlin kümmerte sich niemand um ihn. In ihrer spärlichen Zeit tat sie für ihn, was ihr möglich war.

Als sie an diesem Tag ihren Dienst angetreten hatte, bekam sie zu hören, daß ihr »Schützling« in den Keller des Krankenhauses entkommen sei. Man hatte sie schon oft mit diesem »Supermann« und ihrer Schwäche für ihn geneckt; die Wärter nannten ihn so wegen seiner Kraft und der merkwürdigen Kleider, in denen er gebracht worden war.

Die grobe Behandlung, der man ihn unterzog, war üblich, nicht aber die besondere Fürsorge, die ihm Jan Hamlin zukommen ließ.

Und nun, nach all dieser Zeit, endlich ein Wort des Verstehens, dieses »Danke«.

Jan lächelte glücklich. »Jimmy, das ist doch gerne geschehen.«

»Jim«, berichtigte er sie und sah sie dabei scharf an.

Sie hielt den Atem an, als sie an das erste Mal dachte.

Er runzelte die Stirn. »Jim«, wiederholte er. »Ja, Jim. Nicht Jimmy...« Er lächelte.

»Jim und was noch?« drängte sie.

»Jim... Ich... ich weiß nicht. Nur Jim«, antwortete er und musterte sie besorgt. Sie sah Tränen in seinen Augen.

»Ist schon gut, Jim«, beeilte sie sich zu sagen. »Komm, ich bringe dich zum Speisesaal. Es ist noch Abendessenszeit.« Sie nahm seine Hand und zog ihn in die Höhe.

An der Tür zum Speisesaal blieb er stehen und sah sich erschreckt um. Das Geschirrklappern ängstigte ihn. Er klammerte sich fest an ihre Hand, so daß es sie schmerzte.

»Alles ist gut, Jim«, redete sie ihm zu. »Komm, wir holen dein Essen.«

Es widerte sie an, was man den Patienten gab, einen häßlichen, farb- und geschmacklosen, unappetitlichen Brei, von dem man nicht mehr wußte, woraus er bestand. Sie seufzte und nahm den verbeulten Löffel.

»Nein«, sagte Jim. »Ich... kann selbst.«

Sie lehnte sich zurück und sah Jim zu, der den Löffel nahm, ihn in die graue Masse tauchte und zu essen begann. Ruhig saß sie neben ihm, und eine winzige Hoffnung keimte wieder in ihr auf. An diesen Wandel in ihm vermochte sie kaum zu glauben. Zuerst aß er sehr ungelenkig, es fiel ihm offenbar schwer. Die ersten paar Löffel verschüttete er, doch dann ging es von Mal zu Mal besser, und bald aß er ohne Schwierigkeiten.

Sie brachte ihm Kaffee. Er nahm die Tasse und nippte daran. Ein Lächeln erhellte sein Gesicht. »Gut«, sagte er. »So mag ich ihn. Du hast den Selektor genau richtig programmiert, Jan.«

»Ich... was, Jim?« fragte sie.

»Ich sagte, du hast den Selektor so programmiert, wie ich meinen Kaffee gerne mag.« Und diesmal nahm er einen großen Schluck.

»Oh, ja...« Sie war verwirrt. Programmiert? Selektor? Seltsame Ideen. Programmiert? So etwas tat man bei einem Computer. Aber Selektor?

»Jim, was ist ein...« In der Halle schrillte eine Glocke, die das Ende der Besuchszeit ankündigte. Jan mochte die Klingeln nicht, denn sie erschrak jedesmal, wenn sie sah, wie ihre Patienten davor Angst hatten.

Neben ihr krachte etwas zu Boden. Jan sah sich um und erblickte Jim neben seinem umgestürzten Stuhl. Seine Lippen bewegten sich. »Alarmstufe Rot«, sagte er und ging eilig zur Tür, rannte aber nicht.

Jan holte ihn an der Tür ein. Er schaute die Halle auf und ab. »Wo ist er denn?« fragte er sie, als Jan neben ihm stand.

»Wo ist was?« wollte sie wissen.

»Der Turbolift. Wohin?« Diese Frage klang knapp und geschäftsmäßig.

»Jim, wir haben hier keinen Turbolift«, antwortete sie.

»Da muß einer sein.« Er schritt energisch aus. Sie hatte Mühe, mit ihm Schritt zu halten. »Ich muß dorthin! Es ist Alarmstufe Rot, und man braucht mich dort.«

Und da hörte das Schrillen auf. Er tat noch ein paar Schritte, blieb stehen und drehte sich zu Jan um. »Der Alarm hört auf. Was ist da los? Wo... Warum haben sie...« Er versuchte sich zu erinnern. »Jan, wo... wo ist...« Es schmerzte sie, die Verwirrung in seinen Augen zu erkennen. Er hob eine Faust zum Mund. Sie hörte das vertraute Wimmern, und das Herz wurde ihr schwer. Sie hielt ihm die Hand entgegen, und er klammerte sich an sie wie ein verirrtes Kind. Tränen quollen ihm aus den Augen. »Jan? Es ist weg... Fast hätte ich...« Er begann leise zu schluchzen.

»Scht, Jim. Komm. Ich bringe dich in dein Zimmer zurück.« Sie zog ihn mit sich die Halle entlang. In seinem Zimmer wurde er wieder ruhiger, und allmählich hörte er auch zu schluchzen auf.

»Jim, ich muß jetzt gehen«, sagte sie schließlich. »Der Pfleger kommt. Er wird dir helfen, zu Bett zu gehen.«

Aber er rührte sich nicht, als sie ihm gute Nacht sagte und ging.

Er war allein und lag auf dem Rücken; das Fenster am Fußende seines Bettes war schwer vergittert. Strahlende Sterne erhellten den Nachthimmel, und während er zu ihnen hinaufschaute, bewegte sich etwas – ein Nachtflugzeug in großer Höhe, ein Lichtpunkt nur. Seine Augen folgten ihm, bis es verschwunden war. Ein Schluchzen formte sich in seiner Kehle, und eine Träne lief ihm über die Wange. Seine Lippen bewegten sich erst lautlos, doch dann formten sich die Worte: »Spock? Spock? Helfen Sie mir, Spock? Bitte!« Endlich schlief er ein.

Spock schaute von der Zeitschrift auf, in der er gelesen hatte, denn er hatte den Türsummer gehört. »Ja, herein!« rief er, und die Tür schob sich leise zischend auf.

Dr. Leonard McCoy, der leitende medizinische Offizier des Sternenschiffs *Enterprise*, stand unter der Tür. »Darf ich eintreten?« fragte er förmlich.

»Wenn Sie es wünschen, Dr. McCoy.« Spock schaltete das Lesegerät aus und deutete auf einen Stuhl an der anderen Schreibtischseite.

McCoy setzte sich. Er schwieg eine ganze Weile und musterte nur die Reihe vulkanischer Glocken an der Wand, als habe er vergessen, weshalb er gekommen war.

»Nun?« fragte Spock schließlich.

McCoy schrak zusammen und wandte sich zu Spock um. »Wissen Sie, welches Datum wir heute haben?« fragte er.

»Wenn Sie damit den Jahrestag von Captain Kirks Verschwinden meinen – ja. Warum fragen Sie?« Er lehnte sich zurück. In den beiden geflochtenen Goldstreifen an seinen Ärmeln fing sich das Licht; es waren die Streifen des Captains des Sternenschiffs.

»Wollen Sie denn gar nichts tun, etwa eine Gedenkfeier abhalten lassen?« fragte McCoy.

»Wofür denn, Doktor? Mit einem Gedenkgottesdienst werden Tote geehrt. Wir aber wissen nicht, ob Captain Kirk tot ist.«

»Natürlich ist er tot, Spock! Sonst wäre er ja zurückgekommen. Jim Kirk käme sogar aus der Hölle zurück, wenn er könnte. Wenn er noch lebte, hätte er sich irgendwo gezeigt, hätte etwas von sich hören lassen. Er ist tot.«

»Können Sie das beweisen, Doktor? Können Sie mir eine Leiche zeigen, eine Phaserverbrennung – irgend etwas?«

»Verdammt, Spock!« fuhr McCoy auf. »Sie haben ja wahrscheinlich das, was Sie wollten! Sie sind endlich Captain der *Enterprise*.«

»Doktor, ich hatte nie den Wunsch...«

»Ach, hören Sie doch mit diesem alten Spruch auf, Spock! Sie wollten nie das Kommando haben? Sie haben es schnell genug übernommen, als Jim verschwand.«

Spock seufzte. »Ich übernahm das Kommando, um eine tüchtige Mannschaft zusammenzuhalten. Das habe ich Ihnen schon wiederholt erklärt, McCoy. Schön also. Da Sie so sehr darauf dringen, sollen Sie Ihre Gedenkfeier haben. Aber ich werde nicht daran teilnehmen«, erklärte er entschieden.

»Warum nicht? Haben Sie ein schlechtes Gewissen?« McCoy stand auf und ging zur Tür, ohne sich noch einmal umzuschauen.

»Dr. McCoy, Sie werden nicht in einem solchen Ton mit mir

sprechen!« Auch Spock stand jetzt, und sein Gesicht war umwölkt.

McCoy wirbelte herum. »Warum, Spock? Habe ich die Wahrheit erraten? Sie geben also zu, froh zu sein, daß Jim verschwunden ist? Okay, dann machen Sie doch eine Meldung über mich. Mir ist es egal. Ich habe sowieso die Absicht, die *Enterprise* so bald wie möglich zu verlassen.«

»Doktor, ich bin der Captain der *Enterprise*. Hier kommandiere ich. Es gibt gewisse Gründe, die mich nicht daran glauben lassen, daß James Kirk tot ist, aber mit Ihnen werde ich nicht darüber sprechen. Ich weiß natürlich, wie Sie zu ihm standen, also werde ich Ihren Ausbruch vergessen. Aber Sie können dieses Schiff erst verlassen, wenn ich meine Zustimmung dazu gebe. Da ich sie nicht gebe, haben Sie zu bleiben.«

»Was haben Sie...« McCoy tat, die Hände zu Fäusten geballt, einen Schritt vorwärts. »Ach, es ist ja sinnlos«, knurrte er und stampfte durch die Tür, die sich zischend hinter ihm schloß.

Spock schaute eine Weile die geschlossene Tür an; dann seufzte er, setzte sich und schaltete das Lesegerät ein.

Aber er nahm die Worte nicht auf, die in der ungewohnten Lesegeschwindigkeit über den Schirm wanderten. Vor seinem geistigen Auge stand das Bild des Mannes, den er seinen Freund genannt hatte, James Kirk. Und dieser Mann hatte ihm nähergestanden als sonst jemand. Spock dachte noch einmal an den Tag zurück, an dem Kirk vor einem Erdenjahr in seine Kabine gestürmt war.

»Spock, wie wär's mit einem Landgang?« Er schien diese lebhafte Stimme wieder zu hören. »Scotty sagt, er will nicht gehen und auf dem Schiff bleiben. Kommen Sie, Spock, hier muß ich Ihnen etwas zeigen. Sie werden's nicht glauben.« Kirk hatte ihn breit und jungenhaft angegrinst, und er war in seiner Vorfreude ganz aufgeregt gewesen.

Und Spock sah sich selbst, wie er seinem Freund antwortete: »Nein... Nein, Jim, ich habe eine neue wissenschaftliche Zeitschrift, die ich studieren muß. Aber gehen Sie nur. Ich will jetzt auch keinen Landgang machen.«

Kirk war ein wenig enttäuscht, aber er fing sich bald wieder. »Das wird Ihnen noch leid tun«, meinte er und zwinkerte Spock zu. Er winkte, drehte sich um und eilte hinaus.

Seither hatte Spock ihn nicht wieder gesehen.

Kirk hatte sich zur Freizeitstation transportieren lassen. Dann war er verschwunden.

Die *Enterprise* war in der Umlaufbahn geblieben, während der ganze Planet nach einer Spur von James Kirk abgesucht wurde.

Nichts.

Schiffe, die den Planeten verlassen hatten, waren durchsucht worden – aber es hatte vor Beginn dieser Maßnahme genug Zeit gegeben, den Planeten verlassen zu können. Freiwillig oder als Entführter. Schiffe der Klingonen oder anderer Rassen waren abgeflogen.

Es war ein sogenannter Offener Planet, einer von etlichen nahe dem Rand der Einflußsphäre der Förderation, nicht weit vom Reich der Klingonen entfernt. Dieser Planet wurde von Menschen und anderen als Stützpunkt benützt. Klingonen sah man ebenso oft hier wie andere nichtmenschliche Rassen.

Am dritten Tag der Suche kehrte Lieutenant-Commander Scott unter Bewachung zur *Enterprise* zurück. Offensichtlich war er in eine Rauferei verwickelt gewesen, denn er hatte ein blaues Auge, und seine Uniform war zerrissen. Im Transporterraum stand er vor Commander Spock stramm.

»Was ist passiert, Mr. Scott?« fragte Spock.

»Ich... habe nichts zu sagen, Sir«, erwiderte Scott.

»Mr. Scott, Sie werden mir sagen, was geschehen ist. Warum hat man Sie in diesem Zustand zurückgebracht?«

»Sir... Ich... Wissen Sie, ich konnte mir einfach nicht anhören, was sie über Captain Kirk sagten.« Scotty war offensichtlich wütend.

»Und was sagten ›sie‹, Mr. Scott?«

»Sie sagten, der Captain sei zu den Klingonen übergelaufen, Sir.«

»Ah, ich verstehe. Und wer sind diese ›sie‹?«

»Eine Bande von Heiden von der *Lexington*, Sir. Sie sagten, der Captain müsse gekauft worden sein.«

»Das reicht, Mr. Scott. Ich verstehe Ihre Reaktion. Sie sind entschuldigt.« Spock wandte sich kurz ab. »Aber Sie werden an Bord dieses Schiffes bleiben, bis ich Ihnen die ausdrückliche Erlaubnis gebe, es zu verlassen.«

»Jawohl, Sir.« Scott blieb an Bord, solange das Sternenschiff in der Umlaufbahn war. Aber die Geschichte machte allmählich die Runde und nahm an Umfang zu. Andere dachten darüber nach, während die Suche nach Captain Kirk weiterlief.

Am sechsten Tag empfing Spock eine Nachricht vom Oberkommando der Sternflotte: »Commander Spock. Wir bedauern, daß wir die *Enterprise* nicht mehr länger außer Dienst stellen können. Die Suche nach Captain Kirk wird fortgesetzt von Zivilbehörden... Sie werden hiermit aufgefordert, das Kommando der *Enterprise* zu übernehmen und zur Sternbasis Elf zu fliegen, um dort weitere Befehle entgegenzunehmen.«

Diese Mitteilung war von der Brückencrew mitgehört worden. Man war sehr erschüttert und erstaunt, als Spock den Befehl an Chekov weitergab, Kurs auf Sternbasis Elf zu nehmen.

»Sie wollen tatsächlich von hier wegfliegen, ohne herausgefunden zu haben, was mit Jim passiert ist?« hatte McCoy sich zornig an Spock gewandt.

»Doktor, ich habe meine Befehle.«

»Na und? Spock, das können Sie nicht tun.«

»Dr. McCoy, hier können wir nichts mehr tun. Die Sternflotte hat uns sowieso schon einige Extratage für die Suche bewilligt. Sie können das Schiff nicht so lange außer Dienst stellen.«

»Aber... Spock!«

»Das wäre dann alles, Dr. McCoy«, hatte Spock geantwortet. Und damit setzte er sich in den Kommandosessel. »Mr. Chekov, Sie nehmen Kurs auf Sternbasis Elf.«

»Jawohl, Sir«, erwiderte Chekov.

»Bringen Sie uns aus dem Orbit, Mr. Sulu«, befahl Spock. »Sol Zwei.«

Sulu zögerte.

»Aber, Mr. Spock...« sagte er und blickte den Vulkanier an. Uhura hielt den Atem an. Sie spürte die wachsende Spannung auf der Brücke. Alle Köpfe wandten sich den beiden Gestalten zu, die einander scharf ansahen – der fremde Vulkanier und der Orientale von der alten Erde.

»Leutnant Sulu, wenn Sie nicht sofort meinem Befehl gehorchen, enthebe ich Sie Ihres Postens«, sagte Spock.

Sulu lief tiefrot an. »Jawohl, Sir«, antwortete er und beugte sich über seine Instrumente, aber die Schalter, mit denen er das große Sternschiff bediente, wurden voll Zorn umgelegt.

Nun wandte sich Spock an den Ingenieur Scott, der neben seinem Brücken-Instrumentenbrett stand. Dort saß ein anderer Mannschaftsangehöriger mit rotem Hemd. »Mr. Scott, ich glaube, der Leutnant kann hier mit den Pflichten des Ingenieurs gut zurechtkommen. Und ich glaube, Mr. Scott, Sie können Ihre Pflichten viel besser von Ihrem Büro aus im Maschinendeck erfüllen. Ich werde es Sie wissen lassen, wenn Ihre Anwesenheit auf der Brücke erwünscht oder nötig ist. Für den Augenblick sind Sie hier entlassen.«

Scotts Mund öffnete sich in einem Ausdruck erschütterten Staunens. Dann sagte er knapp: »Jawohl, Sir«, wirbelte herum und marschierte zum Lift.

»Und Sie, Dr. McCoy, haben sicher genug Arbeit im Revier«, fuhr Spock fort, ohne den hinter ihm stehenden Arzt anzuschauen.

McCoy machte einen Schritt auf Spock zu, blieb stehen und blickte Uhura an, deren Gesicht ihre Erschütterung und Ungläubigkeit widerspiegelte. Seine Augen wanderten die Brücke entlang und erfaßten die dort arbeitenden Personen. Schließlich blickte er zu Spock hinüber, der ihm nur sein Profil und ein spitzes Ohr zeigte, da er starr geradeaus schaute.

»Jawohl, Commander«, erwiderte McCoy steif. »Ich werde Sie hier nicht wieder mit meiner Anwesenheit belästigen, außer ich werde auf die Brücke befohlen.« Er trat zu Scotty, der noch an der

Lifttür wartete, und beide Männer verschwanden. Von diesem Tag an erschienen Montgomery Scott und Leonard McCoy nur dann auf der Brücke, wenn Spock sie rufen ließ. Sie taten das, was von ihnen verlangt wurde, sehr gewissenhaft, aber nicht mehr.

Die *Enterprise* war kein glückliches Schiff mehr.

Als die *Enterprise* die Sternbasis Elf erreichte, wurde Spock zu Kommodore Mendez zum Rapport gebeten. Mendez wartete schon an der Tür, als Spock kam.

Die beiden Männer betraten das Büro, die Tür schloß sich hinter ihnen.

Niemand an Bord der *Enterprise* erfuhr je, was hinter dieser geschlossenen Tür vorgegangen war. Man wußte nur, daß Spock einige Stunden später auf das Schiff zurückkehrte, Leutnant Kyle war allein im Transporterraum, als Spock materialisierte. Deshalb sah er auch als erster das Ergebnis der Besprechung im Büro des Kommodore. Er schaute zufällig von seinen Instrumenten auf, als die Materialisation geschah, hielt vor Staunen den Atem an und stand dann stramm zur Ehrenbezeigung.

»Ah... Willkommen, an Bord, Sir... ah, Captain Spock, Sir!«

Das vertraute blaue Hemd, das Spock so viele Jahre lang getragen hatte, war verschwunden. Der Vulkanier trug jetzt das Gold des Kommandanten, und zweieinhalb Reihen goldenen Flechtwerks, die seinen Rang als Captain kennzeichneten, glänzten an seinen Manschetten.

»Danke, Mr. Kyle«, sagte Spock, trat von der Plattform und ging sofort zur Brücke. Er schritt die paar Stufen zum Kommandosessel hinab und setzte sich.

»Leutnant Uhura, öffnen Sie bitte Kanäle für einen Rundspruch«, befahl er.

»Jawohl, Sir... ah, Captain«, stotterte Uhura. Die sonst nicht aus der Ruhe zu bringende Nachrichtenspezialistin drückte erst einmal die falschen Knöpfe, so daß ein paar Sekunden lang die Rückkopplungen ein schauerliches Pfeifkonzert aufführten.

Spock warf ihr einen düsteren Blick zu und sagte dann: »Hier spricht... Captain Spock. Ich erhielt den Befehl, das Kommando über die *Enterprise* zu übernehmen. Sobald das Schiff alle erforderlichen Vorräte aufgenommen hat, wird die normale Mission fortgesetzt. Diesmal gibt es keinen Landurlaub. Spock, Ende.«

Nur das Klicken und Summen der Geräte unterbrach die verblüffte Stille, die nun in dem riesigen Schiff herrschte. Dann formten sich Gruppen, lösten sich auf, formten sich neu.

»Habt ihr das gehört?« – »Ja, ich kann es nicht glauben!« – »Und was ist mit dem Captain?« – »Er ist ja der Captain.« – »Hast du gehört?«

In der Mitte des Krankenreviers stand Schwester Chapel wie festgefroren und starrte den Intercon an. Sie konnte einfach nicht glauben, was sie gerade gehört hatte.

»Nun, Schwester Chapel, jetzt hat er es also doch getan«, sagte McCoy grimmig.

»Sir?«

»Seit ich Spock kenne, hat er behauptet, er wolle auf keinen Fall Captain werden. Jetzt ist Jim nicht einmal zwei Wochen vermißt, und schon hat Spock das Kommando übernommen. Dieser verdammte Vulkanier!«

»Aber, Dr. McCoy, jemand muß doch... Captain der *Enterprise* sein, bis... bis...« Sie konnte den begonnenen Satz nicht beenden.

»Bis Jim zurückkommt?« schloß McCoy ihn für sie ab. Der Doktor konnte es immer noch nicht glauben, daß James Kirk tot war. Viele von der Mannschaft äußerten schon diese Meinung, aber er konnte es nicht. Noch nicht. Der Gedanke war zu schrecklich, zu schmerzhaft, um akzeptiert werden zu können. »Nun... ja, Doktor«, sagte Christine stockend. Mehr vielleicht als die anderen war sie von Spocks plötzlichem Wandel schockiert. Sie hatte nicht mehr mit ihn gesprochen, seit McCoy ins Revier gestürmt war, nachdem ihn Spock von der Brücke gewiesen hatte. »Ihr geliebter Mr. Spock hat jetzt endlich als Vulkanier Farbe bekannt, und ich will verdammt sein, wenn ich ohne direkten Befehl nochmals einen Fuß auf diese Brücke setze!« hatte er damals gemeint.

Jetzt fuhr McCoy weiter fort: »Sie hätten ihn ja nicht zum Captain machen müssen. Er hätte ja einstweilen auch als Erster Offizier das Kommando haben können.« Aber tief in seinem Innersten wußte er, daß die *Enterprise* einen Captain brauchte. Er wandte sich von Christine ab, betrat sein Büro und schloß die Tür.

Nach drei Tagen legte das Sternschiff wieder ab. Die Reise führte sie zuerst zum Planeten des Wächters der Ewigkeit, sehr zum Schrecken von McCoy und den anderen, die schon einmal hier gewesen waren und den Entschluß gefaßt hatten, ihn geheimzuhalten. Ein Geheimbericht besagte, es wäre zu gefährlich, eine Garnison oder eine Station zu errichten, da er die Möglichkeit bot, die Geschichte zu ändern. Spock ließ sich alleine hinunterbeamen und kehrte zurück, ohne ein Wort über seinen Aufenthalt zu verlieren. McCoy konnte und wollte ihn nicht fragen. Langsam kehrte Routine wieder ein. Dann hielt sich das Schiff lange Zeit in der Nähe des Klingonischen Imperiums auf. Sehr oft begegneten sie dessen Schiffen und Personal. Aber der von den Organianern aufgezwungene Frieden hielt. Auch Spock hielt Frieden, wenn auch er selbst keinen zu finden schien.

Ein Jahr verging.

McCoy konnte nicht wissen, daß in der Nacht, da James Kirk verschwunden war, Spock in seinem Quartier von Entsetzen geschüttelt aufgewacht war. In seinem Geist wirbelten Angst und Schmerz wie irr, und immer glaubte er, Jim Kirk um Hilfe rufen zu hören. Das gleiche Erlebnis hatte er schon einmal auf dem neutralen Planeten Organia gehabt, als er dem klingonischen Gedankensieb unterworfen gewesen war. Damals hatte der starke Vulkanier der Qual widerstehen können, so daß er keinen bleibenden Schaden davontrug, wenn auch die Erinnerungen sehr schrecklich waren.

Wenn aber James Kirk oder sonst ein Mensch auch nur annähernd dem ausgesetzt war, das er hatte erdulden müssen, so mußte das Ergebnis verheerend sein. In dieser Nacht schien Spock das wilde, lächelnde Gesicht von Kor zu sehen, jenes klingonischen Kommandanten, dem sie dort begegnet waren. Fast schien er es zu bedauern, daß er diesen mutigen Gegner vernichten mußte, aber der Krieg ging ja weiter.

Das Erlebnis ging schnell vorbei. Jeder andere als Spock hätte es als Alptraum bezeichnet, aber er wußte es besser. Er kannte James Kirk; er hatte begriffen, daß die Klingonen ihn verschleppt und seinen Geist geleert hatten, daß er aber noch lebte.

Dessen war sich Spock noch sicherer, als er Tage später einen Sturm tödlicher Angst fühlte, die aber nicht die Angst des Todes selbst war. Wieder kam dieser Hilferuf, vermischt mit den Qualen des Alptraums. Edith Keftler tot und in der Zeit verloren, durch den Wächter, gehe zu ihr, helft mir, Spock.

Alptraum, aber nicht unwirklich. Von Menschen nicht zu überprüfen. Aber wenn Kor vom Wächter wußte, dann lag die ganze Geschichte in seiner Hand. Und in der Spocks.

Der Vulkanier wußte, daß sein Freund ihn in seiner Todesangst um Hilfe gebeten hatte, doch antworten konnte er auf diesen Hilferuf nicht. Trotzdem mußte geholfen werden.

Die Erkenntnis, daß sein bester und einziger wahrer Freund James Kirk nach Absicht des Feindes und aller Wahrscheinlichkeit ein seines Geistes beraubter Körper war, falls er noch lebte, verschloß er im hintersten Winkel seines Bewußtseins. Spock tat, was er für gut hielt, für sich selbst, für Jim und auch für die Sternflotte: Er nahm Jims Platz als Commander der *Enterprise* ein.

Als er sich bereit erklärte, das Kommando über das Sternschiff zu übernehmen, stellte er die Bedingung, daß die *Enterprise* jenen Quadranten der Galaxis zugewiesen bekommen müsse, der dem Imperium der Klingonen am nächsten lag. Wenn er nicht auf der Brücke zu sein hatte, verbrachte er die Zeit mit dem Studium uralter Archive, das ihm der Bordcomputer ermöglichte. Im Augenblick konnte oder wollte der Wächter keine Fragen beantworten, und es war hoffnungslos; einen Mann zu finden, der in irgendwelchen Zeiten und Räumen verloren war. Aber ein Vulkanier mußte alles versuchen.

Es hatte Zeiten gegeben, da Spock versucht war, McCoy alles zu erzählen, was er wußte. Er brachte es jedoch nie über sich, es auch wirklich zu tun. McCoy hätte ihm vielleicht gar nicht geglaubt. Aber wenn er ihm geglaubt hätte, wie konnte dieses menschliche Wesen mit diesem Wissen leben und mit dieser seelenquälenden Hoffnung, wo es doch logischerweise keine Hoffnung geben konnte? Wie könnte überhaupt einer dieser Menschen damit leben?

Und so ahnte McCoy von alldem nichts und hielt, unterstützt von Uhura, Sulu und Scott, eine Gedenkfeier für Captain James Kirk. Für sie alle war es ein ergreifendes Erlebnis.

Captain Spock war kurz vor Beginn der Gedächtnisstunde auf der Brücke erschienen und hatte den Kommandosessel übernommen, damit Chekov an der Zeremonie teilnehmen konnte. Chekov war verblüfft gewesen, als Spock ihm mitgeteilt hatte, er könne gehen; es war der erste menschliche Zug, den Spock gezeigt hatte, nachdem er Captain geworden war.

Natürlich wurde die Gedenkstunde auch auf die Brücke übertragen. Einige Mitglieder der Crew beobachteten Spock heimlich. Später konnten sie nur berichten, daß auf Spocks Gesicht ein unbeschreiblicher Ausdruck gelegen hatte, als Uhura beim Gesang eines von Kirks Lieblingsliedern zusammengebrochen war. Mehr war nicht zu melden.

Jan Hamlin blieb kurz vor Jim Does Zimmertür stehen. Sie hatte durch das Guckfensterchen geschaut und gesehen, daß Jim vor dem Fenster stand und zum Himmel hinaufblickte. Wie er es immer tat.

Jan hatte jetzt dienstfrei, und sie wäre gerne nach Hause gegangen, denn sie war sehr müde. Aber diese einsame, bewegungslose Gestalt rührte sie zutiefst. Sie schloß die Tür auf und betrat das Zimmer. »Jim?« sagte sie leise, um ihn nicht zu erschrecken. »Ich bin's, Jan.« Und sie trat so vor ihn, daß sie sein Gesicht sehen konnte.

Langsam senkte er den Kopf und sah sie an. Ein kleines Lächeln huschte über sein Gesicht. »Hallo, Jan.«

Sie lachte ihn strahlend an. »Wie geht es dir heute, Jim?«

»Fein ... Ich fühle mich ... Ich glaube, ich fühle mich ganz wohl, Jan, wenn ich mich auch nicht ... erinnern kann.«

»Das ist schon in Ordnung, Jim. Mache dir deshalb keine Sorgen«, redete sie ihm fast hastig zu. »Was meinst du zu einem Spaziergang draußen unter den Bäumen?«

»Draußen?« Das schien ihn zu verwirren, und er runzelte die Stirn.

»Ja, Jim. Ich bringe dich hinaus. Aber du mußt mir versprechen, daß du bei mir bleibst und nicht davonzulaufen versuchst.«

»Ich werde ... nicht davonlaufen«, antwortete er langsam.

»Es ist kühl, Jim. Nimm deine Jacke.«

Er ging zum Schrank, nahm eine Jacke heraus und zog sie an. In letzter Zeit war er immer selbständiger geworden. Seiner Flucht in den Keller des Spitals war eine lange Periode des Rückschritts gefolgt, und einige Wochen lang hatte er sich völlig in sich zurückgezogen. Dann, eines Tages, schien er sie wiederzuerkennen, nannte sie Jan und reagierte auf den Namen Jim. Seitdem hatte sich sein Zustand langsam, aber kontinuierlich verbessert. In mancher Weise war er wie ein Kind, das lernen mußte, wie man selbst ißt, sich anzieht, sich pflegt. Nur ein- oder zweimal hatten ihn die Schrecken in ihren Klauen, die ihn früher erfüllt hatten. Von Mal zu Mal hatte er sich rascher erholt, und Jan hatte wieder zu hoffen begonnen, daß er eines Tages vollständig genesen würde.

»Komm, nimm meine Hand, Jim«, forderte sie ihn auf und öffnete die Tür.

»Nein.«

»Was?« fragte sie erstaunt. Bisher hatte er sich nie dagegen gewehrt.

»Nein. Nicht deine Hand ... Ein Mann ... nein ... Eine Frau ... nimmt den Arm eines Mannes, wenn sie ... mit ihm spazierengeht«, erwiderte er bedächtig und bot ihr seinen Arm.

»Ja, natürlich, Jim, du hast recht!« rief sie glücklich, und sie legte ihre Hand in seine Armbeuge. So traten sie in den strahlenden Sonnenschein hinaus.

»Ah, draußen«, sagte Jim lächelnd und atmete tief die kühle, frische Luft ein. »Ein schöner Tag, Jan.« Er sah lächelnd auf sie hinab.

»Ja, Jim. Wir können dort unter den Bäumen auf dem Gras gehen.«

»Ich bin immer gern auf Gras gegangen, wenn ich an Land war.«

An Land? Jan hatte, wenn er früher davon sprach, so etwas nie in Frage gestellt, denn es schien ihn zu verwirren, wenn sie nicht wußte, was er meinte. Ausdrücke wie »an Land gehen« und »Landurlaub«, wie er sie gebrauchte, waren doch bei der Flotte üblich. Jan hatte einen Bruder bei der Flotte gehabt, ehe er in Korea vermißt wurde. Auch er war gerne auf Gras gegangen, das er nach den harten Decks als besonders angenehm empfunden hatte. Jetzt hatte sie also eine Chance, einen Schritt voranzukommen.

»Ja, ich denke, die Decks sind ziemlich hart, Jim«, sagte sie.

»Sicher. Der Bodenbelag in meinen Räumen und auch in den Freitzeiträumen ist natürlich weicher als die Korridore und die...« Er schwieg und runzelte nachdenklich die Stirn.

Das schien sie nicht zu bemerken. »Da sind wir ja. Ist es hier nicht hübsch? Jim, komm, wir setzen uns ein wenig in die Sonne, du kannst dich an diesen starken Baum lehnen und ausruhen.« Das tat er, und er schaute durch die Zweige in den blauen Himmel.

»Wie schön«, murmelte er. »Genau wie der Himmel auf Omicron Ceti Drei. Schade, daß wir nicht mehr dorthin können.« Er lächelte versonnen.

»Ja, sehr schade«, antwortete Jan, obwohl sie nicht wußte, wovon er sprach.

»Weißt du, wenn wir zurückgingen, würden die Berthold-Strahlen...« Er schwieg und schaute sie an. »Du... warst ja gar nicht dort, Jan!« Seine Stimme verhärtete sich, und er musterte sie scharf. »Warum hast du das gesagt?« Er packte ihr Handgelenk und hielt es fest.

»Jim, laß bitte meine Hand los, du tust mir weh«, sagte sie ruhig. Ihr Herz pochte. Er hatte noch nie zuvor versucht, sie zu verletzen. War das eine neue Phase, in die er jetzt kam? »Du tust mir weh, Jim«, wiederholte sie im gleichen ruhigen Tonfall.

Er schaute ihre Hand an, die sich gerötet hatte, und ließ sie los. »Ich... Es tut mir leid. Ich wollte... dir nicht weh tun, Jan...« Seine Augen wurden feucht.

»Ist schon gut, Jim. Bitte, nicht weinen. Du hast mir ja nichts getan.« Seine Gefühle lagen direkt unter der Oberfläche.

»Ich... Jan, ich wollte dir nicht... weh tun. Du bist... lieb. Jan, ich habe dich sehr gern.«

»Ich dich auch, Jim«, antwortete sie lachend. Dann wurde ihr klar, daß sie ihn tatsächlich sehr gern hatte, daß sie mehr als berufliches Interesse für diesen Mann empfand. Zugleich wurde ihr bewußt, daß die geschriebenen und ungeschriebenen Vorschriften für Pflegerinnen immer davon abrieten, sich mit einem Patienten mehr als nötig abzugeben, eine »emotionale Bindung« einzugehen. Aber niemand kümmerte sich sonst um ihn. Niemand hatte je nach ihm gefragt. Das war unfair, fand sie. Sie war die einzige Person, die überhaupt davon Kenntnis nahm, wenn es ihm etwas besser ging. Und da, beschloß sie, mußte sie nun etwas tun. Es konnte gefährlich sein, und sie holte tief Atem, ehe sie sprach. »Jim, erinnerst du dich an etwas aus der Zeit, ehe du hierherkamst?«

Er sah sie verwirrt an und überlegte angestrengt. »Vorher? War ich... denn sonst irgendwo?«

»Ja, Jim. Irgendwo. Dort gab es einen Turbolift, und die Mahlzeiten wurden programmiert. Kannst du dich erinnern?«

»Turbo... Turbo... Ja, der Turbolift. Er brachte mich... zur Brücke. Ja, die Brücke!« Er sprang auf, und auch sie erhob sich. »Ich muß hin, ich muß zur Brücke. Sie brauchen...« Er schaute sich um. »Nein, ich bin auf Landurlaub. Bäume... Gras... Ich muß mich nach oben beamen lassen.«

Er griff unter seine Jacke, tastete seine rechte Hüfte ab und suchte an seinem Gürtel. »Er ist weg! Mein Kommunikator ist weg!« Er wirbelte herum und griff nach ihren Armen. »Jan, ich muß ihn finden! Hilf mir suchen!« Er ließ sich auf die Knie nieder und suchte mit den Händen in den welken Blättern und im Gras. »Jan, so hilf mir doch suchen, bitte!«

Sie kniete neben ihm nieder und legte ihm die Arme um die

Schultern. »Jim, nicht... hier findest du ihn sicher nicht. Du hast doch keinen Kom... Kommunikator. Was ist das? Komm, ich bringe dich zurück, Jim.«

Aber er suchte weiter und hockte sich schließlich auf die Fersen. Dann holte er tief Atem und schaute ihr ins Gesicht. »Es ist wieder weg, Jan«, sagte er.

»Was war es denn, Jim?«

»Ich weiß es nicht. Manchmal meine ich... Da scheine ich direkt am Rand des... Erinnerns zu sein. Ist es das, Jan? Ich kann mich nicht erinnern?«

»Ja, Jim, das ist es. Ach, wenn du dich nur erinnern könntest!«

Sie stand auf, und er folgte ihr. Einen Augenblick lang schaute er auf sie hinab, dann legte er ihr die Hände auf die Schultern. Sie dachte an den Moment unten im Keller und fragte: »Jim, was ist denn?«

»Du bist eine entzückende Frau, Jan« war die überraschende Antwort, und dazu lächelte er sie ganz bezaubernd an.

»Danke. Es ist hübsch, wie du das sagst.« Sie fühlte, daß sie errötete.

»Nein, es ist wirklich wahr! Du bist eine entzückende Frau.« Jetzt lachte er leise. »Und rot kannst du auch werden.« Da lachte er laut und legte die Arme um sie. So hielt er sie ein paar Sekunden fest, und dann küßte er sie sehr sanft und zärtlich. Das war ganz natürlich, und sie erwiderte seinen Kuß auf die gleiche Art. Doch dann lachte sie verlegen und schob ihn von sich.

»Jim, es wird schon spät, und ich muß nach Hause gehen.« In ihrem Kopf wirbelte es. Was tat sie da? Das war nicht richtig, und es durfte nicht wieder geschehen! Doch als sie in seinen Armen lag, war alles ganz richtig gewesen. Er hatte sie angelächelt und war entspannt gewesen.

»Na schön«, meinte er. »Dann bringe ich dich zum Tor.« Er begann schnell und energisch zum Ausgang zu gehen.

Am nächsten Morgen ließ sich Jan Hamlin beim Direktor des Krankenhauses melden. Als sie in sein Büro kam, erzählte sie ihm, was sie glaubte, über James Doe erfahren zu haben; daß sie meinte, er müsse beim Militär, vermutlich bei der Flotte gewesen sein; daß er viel gereist sei. Nein, wohin er gereist war, wisse sie nicht, denn die Namen, die er genannt habe, seien ihr unbekannt gewesen.

»Man muß ihn doch irgendwo kennen«, platzte sie schließlich heraus. »Dr. Wright, jemand muß ihn doch kennen!«

»Miß Hamlin, wir haben alles versucht, und auch die Army, die Navy und die Handelsflotte wissen nichts über ihn. Das FBI hat seine Fingerabdrücke nicht erfaßt, bei den Vermißtenlisten entspricht keine Beschreibung seinem Aussehen. Was sollen wir denn noch tun?«

»Könnten wir nicht sein Bild durch die Presse laufen lassen?«

»Miß Hamlin, sind Sie der Meinung, das nützt etwas? Wenn jemand ihn suchte...«

»Vielleicht hält man ihn für tot, Dr. Wright«, drängte sie. »Sie haben es vielleicht aufgegeben, ihn zu suchen.«

»Hm, ja, das könnte der Fall sein«, gab Wright nachdenklich zu. »Wissen Sie was? Ich rufe die Zeitungen an, vielleicht tun sie mit. Aber ich bin überzeugt, daß nichts dabei herauskommt. Solche Bilder erscheinen ja immer wieder, und keinem nützt es was. Es ist eben auch nur ein vergessener Patient in einem Irrenhaus... Na, schön, ich versuch's trotzdem.«

Dann fielen ihr die Kleider ein, die er anhatte, als man ihn brachte. Wright stimmte zu und berichtete ihr, ein paar Reporter würden bald kommen. Sie ließ sich also Jims Kleider geben, ging zu ihm und erklärte ihm alles. Jim schien zu verstehen, und sie wollte ihm beim Umziehen helfen.

»Nein, nein«, wehrte er ab, »das kann ich selbst tun.«

Jan trat zurück. Langsam zog er sein Hemd aus und schlüpfte in das gelbe, das auf dem Bett lag. Einen Augenblick lang musterte er es, zog das Emblem mit dem Zeigefinger nach und schien ganz in Gedanken versunken zu sein. Dann schüttelte er den Kopf, schlüpfte mit den Armen hinein und zog sich das Hemd über. Seine Hände schlossen schnell und geschickt die Halsöffnung. Jan hatte keinen Reißverschluß bemerkt. Wie hatte er das nur so flink tun können? Dann griff Jim nach den Hosen. Lächelnd bat er Jan, sie solle sich umdrehen.

»Aber Jim, ich bin doch Krankenschwester!« widersprach sie lachend.

»Nein, ich ziehe sie nicht an, wenn du nicht...«

»Ah, gut.« Jan drehte sich um und schaute zum Fenster hinaus. Endlich sagte er »okay«, und sie durfte sich umdrehen. Er saß auf der Bettkante und zog gerade die hohen Stiefel an. Er schien genau zu wissen, wie er sie unter den Hosenbeinen befestigen mußte.

Er stand auf. »So. Ist das in Ordnung?« fragte er.

Sie hielt den Atem an. Jetzt war er ein ganz anderer Mensch. Er wippte ein wenig auf den Zehenballen und stand groß und aufrecht da, und er sah aus wie... wie... ganz so, als sei er immer so gekleidet gewesen. Nur sein Haar war in Unordnung. Jan griff in eine Tasche ihrer Schwesterntracht und zog einen Kamm heraus.

»Da, Jim, kämme dir deine Haare«, sagte sie und lächelte ihn an.

»Klar.« Rasch fuhr er sich mit dem Kamm durch das Haar. Sie hatte ihm oft beim Frisieren geholfen und beobachtet, wie leicht er sich selbst dabei tat. Bald lag sein Haar glatt am Kopf, bis auf eine Locke, die ihm in die Stirn fiel. Sie hatte zuvor schon versucht, sie zu bändigen, hatte aber herausgefunden, daß es unmöglich war.

»Gut siehst du aus, Jim«, sagte sie fröhlich. So würde ihn mit Sicherheit jemand erkennen. »Komm, wir gehen zu Dr. Wright, und dann werden dich die Fotografen aufnehmen.«

In Gegenwart der Reporter fühlte sich Jim ziemlich unbehaglich, aber er hielt sich recht gut. Der Fotograf schoß zwei Bilder, und Jim ließ es bewegungslos über sich ergehen.

Dr. Wright stand vom Schreibtisch auf und trat zu Jim. »Das wäre im Moment alles, Jim. Du kannst jetzt mit Miß Hamlin in dein Zimmer zurückkehren. Vielleicht sprechen wir später noch einmal miteinander.«

Jim musterte den Mann mit dem gütigen Gesicht. In tiefer Konzentration zog er die Stirn in Falten. »Wer... sind Sie?« fragte er.

»Ich bin Dr. Wright. Dr. Leonard Wright, Chefarzt des Hauses.«

»Dr.... Dr....«, begann Jim langsam, dann hob er die Stimme. »Dr. Leonard... Pille? Dr. Leonard McCoy? McCoy? Nein. Sie sind nicht McCoy. Wo ist er?«

»Jim...« Jan trat neben ihn und griff nach seinem Arm. »Komm, wir gehen.«

»Nein.« Er löste sich aus ihrem Griff und trat einen Schritt zurück. »Ich will es wissen. Wo ist Pille? Was habt ihr mit Pille getan? Er ist mein Chefarzt, nicht Sie, Dr. Wright.« Das klang völlig nüchtern und vernünftig. Er sprach energisch, als forderte er eine Antwort.

»Jim, was redest du da?« fragte Wright. Wenn er den Patienten zum weiteren Reden brachte, konnte er vielleicht Entscheidendes erfahren.

»Wenn Dr. McCoy nicht hier ist, wo ist dann Schwester Chapel? Oder Dr. M'benga? Einer von ihnen muß doch hier sein.«

»Nein, Jim«, sagte Jan leise. »Das war doch anderswo, nicht wahr? Wir haben gestern darüber gesprochen.« Und da fiel ihr ein, daß vielleicht jetzt die richtige Zeit war, zu fragen: »Wie heißt du eigentlich? James... und wie noch?«

»Ich bin Captain James T. Kirk von der...« Da hielt er inne. Ein Ausdruck äußersten Entsetzens trat in sein Gesicht. Mit beiden Händen faßte er sich an den Kopf, und er sank mit einem Schmerzensschrei auf die Knie. »Spock! Spock! Helfen Sie mir doch! Helft mi...i...ir!«

Der Arzt des zwanzigsten Jahrhunderts, die Pflegerin und die Zeitungsmänner konnten ja nicht wissen, daß Captain James T. Kirk auf einen posthypnotischen Befehl reagierte, der ihm von einer Bande Außerirdischer eingegeben worden war. Diese Fremden waren im dreiundzwanzigsten Jahrhundert als eine sehr wilde und grausame Rasse bekannt, die Klingonen. Ausgelöst wurde der Befehl durch seinen Namen und Rang. Die Klingonen hatten nicht gewußt, daß man ihn auch »Jimmy« nannte, und daß Jan diesen Namen benutzt hatte, war ein Grund für die teilweise Heilung eines geschädigten, gemarterten Geistes gewesen. So war er in seine Kindheit zurückgeführt worden, so hatten sich die geschädigten

Zellen und Nervenmuster wieder zusammenfügen können. Sie hatte ihm mehr geholfen, als sie auch nur ahnen konnte.

Aber jetzt überfiel ihn wieder die Qual, die ihm von dem klingonischen Gedankensieb aufgezwungen worden war. Die Schlüsselworte hatten Visionen eines unaussprechlichen Grauens heraufbeschworen, und die damit verbundenen Ängste waren gleichzeitig ein unbeschreiblicher Schmerz. Das Ergebnis war verheerend. Kirk schlug wütend um sich. Die von Dr. Wright eiligst herbeigerufenen Wärter mußten dem Tobenden eine Zwangsjacke anlegen, und so wurde er, gefesselt und hilflos, in sein Zimmer zurückgeschleppt. Schwester Hamlin weinte herzzerreißend, und Dr. Wright begleitete die Zeitungsleute zum Ausgang.

»Das wird eine großartige Story, Doc«, sagte der Reporter Blair genüßlich. Der Fotograf hatte noch ein Bild von diesem merkwürdigen Mann, der sich Captain James T. Kirk nannte, im Kasten, und das zeigte ihn auf dem Boden, wo er von drei Wärtern festgehalten wurde.

»Das letzte Bild möchte ich lieber nicht veröffentlicht sehen«, sagte Dr. Wright.

»Keine Aussicht, Doc. Wir lassen uns doch diese Story nicht verpatzen«, entgegnete Blair lachend.

Am nächsten Tag schrieb das Lokalblatt mit einer dicken Überschrift auf der ersten Seite in die Welt: WER IST DIESER MANN? Zwei Bilder darunter zeigten einen gutaussehenden Mann in voller Größe, der eine merkwürdige Art Uniform trug; auf dem dritten Bild lag er auf dem Boden; sein Gesicht war zu einer Grimasse von Angst, Schmerz und Entsetzen verzerrt, und die Wärter legten ihm gerade die Zwangsjacke an. Die Geschichten dazu schilderten, wie der Mann von sich selbst behauptet hatte, er heiße James T. Kirk und sei Captain; er habe nach einem Dr. Leonard McCoy gefragt, der sein Chefarzt sei, und zum Schluß wurden alle Leser aufgerufen, sich zu melden, die diesen Mann kannten.

Eine Nachrichtenagentur nahm die Geschichte auf und sorgte für eine nahezu weltweite Verbreitung. Andere Reporter, die

James Kirk zu sehen verlangten, wurden abgewiesen. Man hielt ihn unter Sedativen, denn sein Zustand war wieder so schlecht wie bei seiner Einlieferung.

Tage vergingen, eine Woche. Niemand kam, der ihn kannte. Die Aufregung legte sich allmählich wieder. Ein paar Nachrichtenmagazine brachten die Geschichte noch einmal, doch jede Neuigkeit wird nach einer Weile alt und vergessen.

Jim Doe nannte man fortan aber nicht mehr so, sondern man änderte den Namen in den Registern des Krankenhauses ab in James T. Kirk. Seine merkwürdige Kleidung packte man wieder in den Lagerraum. Alles war wieder wie immer.

Die *Enterprise* setzte ihre Mission fort. Alles blieb so, wie es war, wurde nicht schlechter, aber auch nicht besser. Die Mannschaft gewöhnte sich an den neuen Captain, und jeder führte seine Pflicht mit gewohnter Gründlichkeit aus.

McCoy und Scott verbrachten viel von ihrer Freizeit gemeinsam. Sie sprachen leise miteinander, damit der Vulkanier nichts von der Unterhaltung hörte. In einer Ecke saß er an einem Leseschirm des Bibliothekscomputers. McCoy schaute Scott in die Augen. »Mein Gott, jetzt wird mir klar, daß ich ... fast eine Woche lang nicht mehr an Jim Kirk gedacht habe«, sagte er.

»Ja, Doktor, ich muß zugeben, daß es mir ähnlich geht. Diese Gedenkfeier im letzten Monat scheint meine Hoffnung, ihn wiederzufinden oder jemals wieder von ihm zu hören, zum Erlöschen gebracht zu haben.«

McCoy starrte seufzend in seine Kaffeetasse. »Ja, das stimmt. Wenn wir nur wüßten, was passiert ist. Dann könnten wir's wenigstens akzeptieren.«

»Jawohl«, bestätigte Scotty und nippte gedankenverloren an seinem Kaffee.

Plötzlich schien sich Spock am Computer zu versteifen, und McCoy sah, wie ein Schauer ihn schüttelte.

Dann stand Spock auf und war ganz der ruhige, gelassene Vulkanier, als den man ihn kannte. Er trat zu den beiden Männern.

»Eben habe ich die Bestätigung erhalten, daß Jim in der Vergangenheit gefangen ist«, sagte er. »Das habe ich geglaubt, seit er verschwand. Eine telepathische Mitteilung, als Beweis nicht ausreichend. Die Klingonen entführten ihn und benutzten an ihm ihr... Gedankensieb. Sie erfuhren das Geheimnis des Wächters. Ich hatte angenommen, Jim sei Kor dort entwischt und habe versucht, zu Edith zu gelangen. Ich begann ihn zu suchen; ich fing bei 1930 an, aber er befindet sich in den fünfziger Jahren des zwanzigsten Jahrhunderts, und er ist geisteskrank.«

Spock schloß die Augen, und als er sie wieder öffnete, schaute er Dr. McCoy fest an. »Einen Teil davon wußte ich seit der Nacht von Jims Verschwinden. Doktor, ich hörte ihn im Geist um Hilfe rufen. Und ich konnte nichts tun, um ihm zu helfen.«

»Warum haben Sie mir das nicht gesagt?« fuhr McCoy auf.

Spock zuckte zusammen. »Sie hätten mir nicht geglaubt, Doktor.«

McCoys Gesicht war voll Trauer und Mitleid. »Nein«, gab er leise zu, »ich hätte es nicht geglaubt.«

Da zeigte ihnen Spock die Fotos.

Sehr viel später ging die Tür zu McCoys Wohnung auf, und Captain Spock stand in der Tür.

»Kann ich mit Ihnen sprechen, Doktor?« bat er.

»Natürlich, Spock. Kommen Sie nur herein«, antwortete McCoy liebenswürdig.

»Es tut mir leid, daß ich Sie stören muß, Doktor, denn ich weiß, daß Sie auch Ihre Ruhe brauchen, wenn Sie für die vor uns liegenden Ereignisse bereit sein wollen. Aber... ich möchte gerne... erklären.«

»Spock, mir brauchen Sie doch nichts zu erklären, ich verstehe auch so. Sie haben das getan, was Sie für richtig hielten, und das habe ich Ihnen wiederholt bestätigt.«

»Trotzdem... Ich muß sicher sein, daß Sie verstehen, weshalb ich so gehandelt habe«, beharrte Spock.

McCoy lächelte. »Spock, wir kennen einander doch schon ziemlich lange. Wissen Sie denn nicht, daß ich auch einiges über Sie weiß? Als ich mir darüber klar wurde, daß Sie etwas über Jim in Erfahrung gebracht hatten, ging es sogar in meinen Dickschädel hinein, womit Sie die ganze Zeit hatten leben müssen. Und da glauben Sie, ich könnte es nicht verstehen? Du lieber Himmel, Spock, ich verstehe nur nicht, daß Sie unter dieser Last nicht zusammengebrochen sind. Ich hätte nicht durchgehalten. Natürlich ahnte ich, daß etwas nicht stimmte, aber ich Dummkopf sah es einfach nicht. Jetzt weiß ich, daß es Ihnen lieber war, wenn wir Sie haßten, als wenn wir zu oft an Jim gedacht hätten. Und ich bin derjenige, der zu Ihnen hätte kommen sollen. Ich hätte sagen müssen: Es tut mir leid…«

»Das ist nicht notwendig, Doktor. Sie haben wie ein Mensch gehandelt, der einen großen Verlust erlitten hat. Ich wußte das, und es tut mir leid…«

»Schauen Sie, Spock, vergessen wir das lieber. Vor uns liegt eine riesige Aufgabe, auf die wir uns konzentrieren müssen«, unterbrach ihn McCoy.

»Einverstanden. Aber noch etwas… Pille. Er könnte tot sein. Oder es wäre besser für ihn, wenn er tot wäre. Ich habe Ihnen ja gesagt, was diese Klingonen mit dem Gedankensieb tun können. Über ein Jahr lebt er nun in primitivsten Verhältnissen. Wahrscheinlich hat sich niemand richtig um ihn gekümmert. Ich habe die Sache nachgeprüft und herausbekommen, daß zu dieser Zeit geisteskranke Patienten nur im beschränkten Umfang die nötige Pflege erhielten. Wenn er noch lebt, müssen Sie darauf gefaßt sein, daß er nicht mehr der Jim Kirk ist, den Sie und ich einst kannten.«

»Das weiß ich, Spock. Ich wußte es, seit Sie uns erzählt haben, daß die Klingonen ihn mit dem Gedankensieb behandelt haben. Jetzt bin ich auf einiges gefaßt. Ich muß nur endlich wissen, ob er noch lebt oder ob er tot ist. Lebt er, holen wir ihn zurück und lassen ihm die erstklassigste Pflege angedeihen, deren unsere Technologie fähig ist. Und ist er tot – nun, dann müssen wir diese Tatsache akzeptieren. Das heißt, falls es bewiesen werden kann.« McCoy lächelte Spock an. »Spock, ich bin froh, daß Sie gekommen sind. Ich wollte Ihnen dafür danken, daß Sie mir nicht gestattet haben, die *Enterprise* zu verlassen. Ich hoffe, wir können das vergangene Jahr bald gründlich vergessen. Ich versuche es jedenfalls. Eigentlich verrückt von uns, daran zu verzweifeln.«

»Da pflichte ich Ihnen bei, Doktor. Es wäre ja auch... unlogisch.« Ein winziges Lächeln kräuselte den einen von Spocks Mundwinkeln.

»Ich dachte es mir, daß Sie das sagen würden, Mr. Spock!« Und da lachte McCoy zum ersten Mal seit über einem Jahr schallend.

Das Summen des Transporterstrahls verstummte, und zwei Gestalten erschienen auf einer ruhigen Straße. Es war drei Uhr morgens, und die Straße war völlig menschenleer.

Dr. Leonard McCoy und Fähnrich Pavel Chekov gingen die dunkle Straße entlang. Die *Enterprise* hing hoch über ihnen im Orbit. Man hatte ihnen je ein Transpondergerät in den Arm eingepflanzt, das der Schiffsbesatzung ermöglichte, sie überall aufzuspüren und sofort zurückzuholen, ohne daß sie offene Kommunikatoren mit sich herumtragen mußten. Jeder hatte seinen Kommunikator bei sich, McCoy besaß sogar zwei Geräte; das eine befand sich im Geheimfach seiner »Arzttasche«, die in den Schiffswerkstätten nach seinen Angaben eigens für ihn angefertigt worden war. Er spielte einen Arzt aus dem Jahr 1950, doch bei einem richtigen Arzt dieser Zeit hätte der Inhalt dieser Tasche nur Verwirrung ausgelöst.

Mit einem solchen Arzt mußten sie aber nun Kontakt aufnehmen, um Kirk auf normalem Weg herauszuholen, damit kein Geheimnis in der Vergangenheit zurückblieb. Sie hatten gefälschte Ausweise, die entsprechenden Kleider und auch sonst alles, was dazugehörte.

Der Vulkanier war genau. Er hatte es nicht einmal riskiert, selbst mitzukommen. Die Ohren ließen sich diesmal kaum mit der Geschichte um den ›mechanischen Reispflücker‹ erklären. Und so gut hatte sie zuvor ja auch nicht gewirkt. McCoy grinste in sich hinein. Die Chancen standen gut, daß Jim und er eines Tages über diese Geschichte nochmals köstlich lachen würden.

Jan Hamlin kam von ihrem Urlaub zurück, erholt, aber ruhelos.

Ihr erster Gang durch die verschiedenen Stationen machte sie erst allmählich wieder mit den hageren, bleichen Gesichtern vertraut. Die meisten Patienten konnten nicht gescheit essen und neigten zum Untergewicht. Während der Wintermonate gingen sie nur selten ins Freie. Deshalb sahen viele bleich und krank aus.

Den Gang zu dem Zimmer, in dem der Mann war, der sich selbst James T. Kirk nannte, hatte sie gefürchtet, und sie zögerte ein wenig, ehe sie hineinging. Sie hatte nächtelang geweint, nachdem die Reporter dagewesen waren, denn sie hatte sich selbst die Schuld an dem gegeben, was dann passierte. Wenn sie ihn nur nicht nach seinem Namen gefragt hätte! Bis zu diesem Augenblick, da er ihn nannte, hatte sich sein Zustand so erfreulich gebessert gehabt, und nun war er wieder in die Schrecken dieser Alpträume zurückgefallen, verursacht durch die Worte: »Ich bin James T. Kirk.«

Ehe sie in Urlaub gegangen war, hatte sie noch ein paarmal nach ihm gesehen, doch er hatte sie nicht erkannt und auf nichts reagiert, was immer sie auch zu ihm sagte. Man hatte ihn wieder in die Zwangsjacke gesteckt und ihr verboten, sie ihm abzunehmen, weil er sich sonst selbst verletzen könnte. Schließlich hielt sie es nicht mehr aus und ging in Urlaub.

Und jetzt holte sie tief Atem. Jemand war bei Jim; es war Frank Thomas, ein Wärter, den man von einer anderen Abteilung hierher versetzt haben mußte. Hätte sie das gewußt, wäre sie nicht in Urlaub gegangen.

Thomas war ein Rohling, ein dummer, herzloser Sadist. Das wußte Jan, und sie hatte ihn auch ein paarmal gemeldet, weil er seine Patienten mißhandelte, doch bewiesen konnte ihm nie etwas werden. Deshalb lachte er sie nur aus.

Und als sie das Zimmer betrat, bot Thomas Jim gerade Wasser an, entzog es ihm aber jedesmal wieder.

»Frank!« rief Jan. Er sprang schuldbewußt auf und schüttete das ganze Wasser über Jim.

»Zum Teufel, Miß Hamlin! Sehen Sie, was Sie da angerichtet haben«, hielt er ihr vor, die Unschuld in Person.

»Ich habe schon gesehen, was Sie getan haben, Frank. So passen Sie also auf Jim auf? Mit Quälereien? Hinaus mit Ihnen«, befahl sie angewidert. »Hinaus!«

Er sah ihr Gesicht und ging.

Jan trat zu Jim, der sich in einer Ecke zusammengekauert hatte. »Jim? Jimmy? Keine Angst, ich bin's, Jan.« Sanft nahm sie seine Hand, doch das Herz wurde ihr schwer, weil er sie nur wild anstarrte. Da schaute sie ihn genauer an. Er sah schrecklich aus. Blaß, hager und eingefallen. Sein Haar war wirr, sein Gesicht mit Stoppeln bedeckt. Jan wußte, hier mußte etwas geschehen. Warum hatten ihn die Ärzte nicht in die Krankenabteilung verlegt? Wahrscheinlich hatte Thomas nichts davon berichtet.

Während sie das überlegte, näherte sie sich Jim noch einen Schritt, doch er kauerte sich noch mehr in die Ecke und begann sogar noch zu wimmern. »Jimmy«, sagte sie leise, »ich will dir doch nichts tun. Bitte, laß mich dir helfen.« Sie hielt ihm die offene Hand entgegen.

Nun erst schienen seine Augen sie zu sehen. Er schaute ihr ins Gesicht, auf die offene Hand und rückte ein wenig näher.

»Jan?« fragte er zögernd.

»Ja, Jimmy. Jan.«

Er kannte sie! Sie streckte beide Arme nach ihm aus.

»Jan... du bist... zurückgekommen!« Er tat einen Schritt, rutschte im Wasser aus, das Thomas verschüttet hatte, und fiel vor Jan auf die Knie.

»Jim!« rief sie, kniete neben ihm nieder und nahm ihn schützend in die Arme.

»Jan?« wimmerte er. »Hilfst du mir?« Er legte seinen Kopf an ihre Schulter.

»Ja, Jim, ja«, versprach sie und wiegte ihn sanft hin und her. Allmählich verebbte sein Schluchzen, und wie ein Kind sagte er immer wieder: »Du bist zurückgekommen... Du bist wieder da...« Sie hörte nicht, daß hinter ihr die Tür aufging. Sie sprach tröstend auf Jim ein und strich ihm über das Haar.

»Miß Hamlin!« Eine laute Stimme ließ sie aufspringen. Die

Stimme und die plötzliche Bewegung erschreckten Jim, und er zog sich verängstigt zurück.

»Oh, mein Gott!« hörte Jan eine zweite Stimme.

Sie schaute sich um und sah zwei Männer hinter sich stehen. Der eine war Dr. Wright, der zuerst gesprochen hatte. Ein anderer, ziemlich großer und dunkelhaariger Mann, dessen Haar schon ein wenig zu ergrauen begann, ließ Jim nicht aus den Augen. Er hatte ein freundliches, etwas faltiges Gesicht. Seine Augen drückten Schock und noch tiefere Gefühle aus. Sie waren durchdringend blau, aber nun schimmerten Tränen in ihnen.

Niemand bewegte sich. Jan kniete noch neben Jim und hielt ihn fest, denn er wimmerte wieder vor Angst. »Scht, Jim, niemand darf dir etwas tun. Nein, das lasse ich nie zu!«

»Miß Hamlin«, sagte Wright wieder und wollte sie in die Höhe ziehen.

»Einen Moment, Doktor«, bat der andere Mann und kniete nun ebenfalls neben Jim nieder. »Miß Hamlin, bitte, lassen Sie mich mit ihm sprechen.«

Seine Stimme klang sanft und traurig, aber sie hatte etwas an sich, das ihr Vertrauen weckte. Sie ließ also Jim los, der sich sofort weiter zurückzog.

Aber der Mann neben Jan legte beide Hände auf Jims Schultern und hielt ihn so fest. »Jim, so schau mich doch an, Jim. Ich bin's, Pille. Ich bin gekommen, dich nach Hause zu holen, Jim. Ich bin da, Pille. Du bist jetzt in Sicherheit, Jim.«

Langsam hob Jim den Kopf. Er schien zu lauschen, und seine Augen versuchten, sich auf etwas zu konzentrieren. »Pille? Pille? Wo...?«

»Hier, Jim. Neben dir. Schau mich an, Jim.« Er schüttelte ihn leicht.

Jan holte tief Atem. »Wer sind Sie?« fragte sie.

»Sein Freund, Miß Hamlin, ein sehr alter Freund. Ich heiße Leonard McCoy. Dr. Leonard McCoy.«

Da fiel ihr ein, was Jim in Wrights Büro gesagt hatte; er hatte damals Dr. Wright mit Dr. McCoy verwechselt, beide hießen ja Leonard. Und er hatte nach »Pille« gerufen, bevor sie ihn nach seinem Namen gefragt hatte. »Sie sind Pille?« fragte sie.

»Ja, so nennt er mich.«

Jan wandte sich wieder Jim zu. Erstaunen zeigte sich in seinem Gesicht. Seine Lippen formten das Wort »Pille«. Sie lehnte sich näher an ihn und sagte: »Jim, Pille ist hier. Schau doch mal!« Sie legte ihre Hände an sein Gesicht und drehte es so, daß er McCoy anschauen mußte. »Dr. McCoy, sprechen Sie doch mit ihm«, bat sie.

»Jim!«

»Pille? Pille?« Jim schaute in McCoys Augen, und langsam dämmerte die Erinnerung. »Pille!« rief er.

»Ja, Jim. Pille. Ich bin hier!« McCoy lachte über das ganze faltige Gesicht.

»O Gott«, stöhnte Jim. »Pille, hilf mir«, bat er und versuchte, aufzustehen.

McCoy und Jan halfen Kirk auf die Füße. »Was ist denn dieses barbarische Ding, das er da anhat, Schwester?« knurrte McCoy.

»Eine normale Zwangsjacke, Doktor«, antwortete sie erstaunt, weil er sie nicht erkannt hatte. »Ich wollte sie ihm abnehmen. Die anderen haben es mir aber nicht erlaubt.«

»Jetzt wird sie ihm aber sofort abgenommen«, befahl McCoy.

»Moment, Dr. McCoy«, sagte Wright. »Er ist unberechenbar und gewalttätig, er könnte jemanden verletzen. Glauben Sie wirklich, daß das gut ist?«

»Er und jemanden verletzen?« knurrte McCoy. »In diesem Zustand? Schauen Sie ihn doch an! Was haben Sie mit ihm gemacht?« Er war sehr aufgebracht.

»Doktor, wir haben für ihn getan, was wir konnten«, erwiderte Wright scharf.

Jim zuckte wieder zusammen und versuchte, sich wieder in die Ecke zu kauern. McCoy bemerkte es. »Wir erschrecken ihn nur. Jim, es tut mir leid. Und ich hätte keine Kritik üben sollen. Bitte, kann ich eine Weile mit ihm allein bleiben?«

Wright zögerte einen Moment, aber er verstand diese Bitte

schließlich. Er war ein guter Arzt, wenn auch überarbeitet und frustriert.

»Gut, ich bin vor der Tür, wenn Sie mich brauchen.«

»Danke, Doktor. Und wollen Sie bitte Mr. Chekov hereinschicken?«

»Sicher. Kommen Sie mit, Miß Hamlin?«

Jan nickte und wollte dem Arzt folgen.

»Nein!« rief Jim. »Bitte, Jan, geh nicht. Bleib hier.«

Sie schaute McCoy an. »Bitte, Doktor. Er scheint...«

»Dann bleiben Sie doch, Miß Hamlin. Sie können mir zeigen, wie man dieses... Marterinstrument von ihm herunterbekommt.« McCoy schäumte.

»Gewiß, Doktor.« Sofort begann die tüchtige, geschickte Schwester die Gurte zu lösen. Sie wollte gerade das scheußliche Ding auf das Bett legen, als die Tür aufging und ein junger Mann eintrat. Er schaute sich um; dann fielen seine Augen auf Jim, der nun mitten im Raum stand und sich die Arme rieb.

»Captain! Captain Kirk!« rief Chekov.

James Kirk tat einen Schrei und flüchtete in die entfernteste Ecke des Zimmers, wo er sich verzweifelt zu verstecken versuchte und den Kopf hinter den Armen verbarg.

Chekov schaute verblüfft drein, während Jan und McCoy sich um Jim bemühten. »Schwester, was ist da passiert?« rief McCoy.

»Der junge Mann nannte ihn ›Captain Kirk‹. Und wenn er das Wort Captain hört oder auch seinen Namen, dann passiert immer das gleiche.«

McCoy kniete neben Jim nieder. Dann entnahm er seiner Arzttasche ein Instrument, stellte etwas daran ein und drückte es an Jims Arm. Etwas zischte, und fast sofort beruhigte sich Jim. McCoy nahm Jims Arm und half ihm auf die Füße.

Jim leistete keinen Widerstand, als sie ihn gemeinsam zum Bett führten, wo sie ihn auf die Kante setzten.

Pavel Chekov war in der Tür stehengeblieben. Die heftige Reaktion seines Captains auf seine Begrüßung hatte ihn über alle Maßen erschüttert. Er hatte zwar gewußt, daß Kirk von den Klingonen mit dem Gedankensieb behandelt worden war, aber er hatte ja nicht geahnt, wie schlimm sich das auswirken würde.

»Pavel, reden Sie mit Jim«, befahl ihm McCoy. »Aber benutzen Sie nicht seinen vollen Namen, und sprechen Sie ganz ruhig.«

Chekov mußte erst ein paarmal schlucken, ehe er seiner Stimme trauen konnte. »Ah, ja... Hallo, Jim, wie geht es Ihnen?« Mehr fiel ihm nicht ein, aber das genügte. James Kirk hob den Kopf, sah Chekov an, kniff die Augen zusammen und sagte: »Mr.... Mr. Chekov, ja?«

»Jawohl, Sir, ich bin's, Sir.« Mehr wagte Pavel nicht zu sagen, aber er getraute sich vor Begeisterung auch kaum mehr zu atmen, als sich langsam ein Lächeln auf das Gesicht des Captains stahl.

»Ah, Sie werden uns also zur *Enterprise* navigieren, und wir kehren nach Hause zurück?« fragte er. »Was, Chekov?«

Pavel schaute McCoy an, und der nickte.

»Jawohl, Sir. Wir werden gleich den Kurs eingeben, wenn Dr. McCoy sagt, daß Sie soweit sind«, antwortete er. Und dazu lachte er breit über das ganze Gesicht.

»Gut, gut«, sagte Kirk. »Also bereithalten, Fähnrich.«

»Aye, aye, Sir.«

Jan Hamlin schaute von einem zum anderen. Sie ahnte ja nicht, worüber da gesprochen wurde, und sie hatte auch nicht gehört, daß McCoy Wright erzählt hatte, der Patient sei »besessen von der Navy«. McCoy sah aber ihre Verwirrung und erklärte ihr die Sache in kurzen Worten.

»Ah, jetzt verstehe ich«, erwiderte sie. »Das erklärt...«

»Hm, das dachte ich mir«, antwortete McCoy.

Kirk saß ruhig auf der Bettkante, lächelte in sich hinein und wirkte völlig entspannt. McCoys Medikament hatte besser gewirkt als jede andere Behandlung, der er im Krankenhaus unterzogen worden war.

»Ich möchte ihn untersuchen, Schwester«, sagte nun McCoy. »Aber schauen Sie doch dieses Bett an, es ist furchtbar schmuddelig!« Sein gutmütiges Gesicht war rot vor Zorn. »So haben Sie also für ihn gesorgt?«

»Doktor, bitte. Ich war nicht hier und bin erst fünf Minuten vor Ihnen hergekommen. Ich war auch sehr erschüttert. Ich wollte ihn ja gerade aus seiner Ecke herausholen. Den Wärter, der hier zuständig ist, kenne ich als Rohling, und ich wollte ihn aus meiner Station entfernen. Er taugt auch sonst nichts, Doktor.«

»Ja, das sehe ich. Schauen Sie nur seine Kleider an. Sind alle Patienten hier mit solchen Lumpen behängt?«

»Ja, Doktor.« Jan wurde rot. Dieser Mann schien aus einem privaten Haus zu kommen, wo es genug Helfer gab und neue, saubere Kleidung zur Verfügung stand.

»Das ist ja barbarisch! Können Sie wenigstens ein sauberes Laken für dieses Bett und saubere Kleider für ihn besorgen?«

»Natürlich, Doktor.« Sie ging zur Tür, blieb aber noch einmal stehen. »Haben Sie die Absicht, ihn mitzunehmen?«

»So bald wie möglich.«

»Dann wollen Sie sicher die Kleider, in denen er kam. Sehr merkwürdige Kleider.«

»Ah, natürlich! Das wären ein goldfarbenes Hemd, schwarze Hosen und schwarze Stiefel, nicht wahr?«

»Ja.«

»Nun, selbstverständlich.« McCoy wußte, daß Kirks Uniform hier fehl am Platz war und nicht in diese Zeit gehörte. »Er würde seine Sachen sicher gerne mitnehmen.«

Jan Hamlin eilte davon, und als sie ging, trat Wright ein. »Ist alles in Ordnung, Doktor?« erkundigte er sich.

»Ha, ich habe schon reinlichere Spitalräume gesehen, Doktor«, knurrte McCoy. Dann besprachen sie die Möglichkeiten, den Patienten in einer Privatklinik unterzubringen. Wright sagte zu, daß der Papierkrieg beschleunigt durchgeführt werden sollte, und nahm Chekov mit.

Jan kam zurück, als McCoy Jim gerade ein weiteres Medikament verpaßt hatte. Er glaubte nicht, daß sie den Scanner gesehen hatte, mit dem er Jim untersucht hatte. Und sie konnte auch nicht wissen, woraus sich die Injektion zusammengesetzt hatte – Beruhigungsmittel, verschiedene Medikamente, von denen Jan Hamlin niemals hören würde, Vitaminkonzentrate und gewebsverjüngende Mittel, die erst etliche Jahre in der Zukunft entwickelt werden würden. Das Beruhigungsmittel machte Jim schläfrig, aber er war munter genug, um sie zu veranlassen, sich umzudrehen, während McCoy ihm beim Anziehen half. Dann döste er ein und sah in dem Gewand des Captains klein aus.

»Und jetzt lassen wir ihn eine Weile ruhen, Schwester«, befahl er.

Jan schaute auf Jim herab. Was war in dieser kurzen Zeit alles geschehen! Jetzt kam ihr zu Bewußtsein, daß er bald gehen würde. Dieser Doktor nahm ihn mit sich... Sie war froh, daß nun endlich gut gesorgt wurde für Jim, aber... es schmerzte sie, daß sie ihn dann nicht mehr wiedersehen würde.

Sie wandte sich an McCoy. »Doktor, bitte, kann ich mitkommen und ihn pflegen?« bat sie. »Mich hält nichts hier, ich habe keine Familie... Und Sie brauchen jemanden für die Reise...«

McCoy schüttelte lächelnd den Kopf. »Nein, vielen Dank, Schwester. Nein. Wir schaffen das gut alleine, Chekov und ich. Es ist nicht nötig...«

»Aber, Doktor, er hat mich doch gern! Ich könnte nach ihm schauen. Ich glaube, ich habe ihm geholfen... Bitte...« Ihre Augen füllten sich mit Tränen.

»Schwester Hamlin, das paßt aber gar nicht zu Ihrem Beruf«, antwortete McCoy ein bißchen zu barsch.

Jan kniete neben dem Bett nieder und nahm sehr sanft Jims Hand in die ihre. Sie sah zu McCoy auf. »Doktor, es tut mir leid, daß mir in diesem Fall gar nicht beruflich zumute ist. Ich wollte nicht... Ich...« Sie begann leise zu weinen.

McCoy verstand. »Sie lieben ihn also, Miß Hamlin?« fragte er sanft.

»Ja, o ja!« Jan schluchzte; sein Mitgefühl brachte den Damm ihrer Zurückhaltung zum Einsturz. »Bitte, Dr. McCoy, lassen Sie mich mitkommen!«

»Ja, wenn ich könnte«, erwiderte McCoy wahrheitsgemäß. »Aber...«

»Ich gehe überallhin mit, mir ist keine Entfernung zu groß, bitte!« flehte sie.

McCoy setzte sich auf die Bettkante. Jim wurde unruhig. »Miß Hamlin, Sie könnten gar nicht so weit reisen, wie notwendig wäre, um dorthin zu gelangen, wo wir uns hinbegeben. Es tut mir unendlich leid, aber es ist unmöglich.« Auch er redete lauter als sonst, denn er mußte ihr Schluchzen übertönen.

Jim begann zu stöhnen und sich herumzuwälzen. McCoy legte eine Hand auf seine Schulter, um ihn zu beruhigen, doch er begann zu murmeln. Allmählich wurden seine Laute zu verständlichen Worten, dann immer klarer: »Spock! Helfen Sie doch, Spock! Die Klingonen... Sie wollen... Spock... Sie wollen die Erde... übernehmen... Ich kann nicht... Ich darf es ihnen nicht sagen... Spock, sie wollen... die Geschichte... verändern. Oh, dieser Schmerz! Oh, ich kann ihn nicht mehr ertragen... Spock, helfen Sie mir!« Er wehrte sich gegen McCoys Hand und versuchte sich aufzusetzen. Dann schrie er. McCoy griff in seine Tasche, entnahm ihr den Scanner und strich damit über Jims Körper. Er las die Stärke ab, dann benützte er wieder die Injektionspistole. Sofort fiel Jim schlaff zurück und schien wenig später tief zu schlafen.

»Diese verdammten klingonischen Ungeheuer!« knurrte McCoy. »Wenn wir erst wieder im Raum sind, werde ich...« Da kam ihm zu Bewußtsein, was er gesagt hatte, und er hätte die Worte gerne zurückgeholt, doch es war zu spät. Jan Hamlin starrte ihn großäugig an, dann den Scanner und die Injektionspistole, schließlich Jim.

Langsam stand sie auf. Ihre Miene drückte erst Erschrecken, dann Angst aus. »Ich weiß, ich weiß!« platzte sie heraus.

»Was wissen Sie?« fragte McCoy.

»Sie... Sie beide und der andere Mann... Jim sprach gar nicht von unserer Navy. Sie sind auch kein wirklicher Doktor. Diese Geräte, die Sie benützen... Bei uns gibt es so etwas nicht, wahrscheinlich auf der ganzen Erde nicht! Ich habe von diesen... UFOs gelesen, von denen jeder spricht, die von so vielen gesehen werden... Entweder werde ich verrückt, oder Sie sind... Sie sind...« Sie sah drein, als wollte sie schreien.

Lautlos fluchte McCoy in sich hinein. Wenn er nur seinen Scanner nicht benutzt, wenn er geschwiegen hätte, dann hätte er sagen können, Jim wäre im Delirium gelegen. Aber nein, er selbst mußte von den Klingonen reden, vom Raum und von Raumschiffen... Er mußte etwas tun, denn die Schwester zog sich zur Tür zurück. Schnell folgte er ihr, griff nach ihrem Arm und hielt sie fest, als sie sich von ihm losreißen wollte.

»Miß Hamlin, bitte, Sie brauchen keine Angst zu haben. Hören Sie mir zu!« Wieder erkannte sie die Autorität in seiner Stimme. Sie blieb stehen und wandte sich zu ihm um.

»Ich erzähle Ihnen alles, nur müssen Sie versuchen, es zu verstehen. Wir haben nicht vor, Ihnen Leid zuzufügen. Sie haben recht. Jim, Pavel und ich – wir sind nicht von hier, von... jetzt. Wir kommen aus der Zukunft.« Er schwieg, um ihr Zeit zu lassen, das zu verdauen.

»Aus... der Zukunft? Was... Wie...«

»Jan, das kann ich Ihnen so schnell nicht genau erklären, denn Sie würden es nicht verstehen. Aber sind wir deshalb in Ihren Augen Monster? Schauen Sie mich doch an. Bin ich so anders als die übrigen Menschen, die Sie kennen? Schauen Sie Jim an. Sie sagten vorher, daß Sie ihn lieben. Ist es nicht egal, wann er geboren wurde? Ich weiß, daß Sie jetzt Angst haben. Ich verstehe es. Jan, denken Sie nach! Weshalb haben Sie Angst?« McCoy lächelte sie herzlich an. Sie schien sich zu beruhigen, ihm zuzuhören; sie schaute von ihm zu Jim und wieder zurück.

»Nein... Wahrscheinlich verstehe ich nur nichts. Wie...«

»Das können Sie auch nicht verstehen, Jan.« McCoy lachte leise. »Sogar für mich ist's schwer, das alles zu begreifen, und ich sollte doch eigentlich wissen, wie wir's gemacht haben. Pavel und ich – und andere – haben lange nach James Kirk gesucht. Die Einzelheiten kann ich Ihnen nicht schildern, denn Sie würden sie ja doch nicht verstehen, aber das sollte genügen: Jim ist ein sehr wichtiger Mann, so wichtig, daß viele hundert Leben riskiert wurden, als wir durch die Zeit in die Vergangenheit zurückkehrten, um ihn zu suchen. Und jetzt müssen wir ihn in seine eigene Zeit, zu seinem eigenen Leben zurückbringen. Er wird geheilt werden. In seiner – in unserer – Zeit gibt es nur wenige Menschen, die nicht geheilt werden können, und auch denen wird geholfen. Sie werden von den besten Ärzten der Galaxis behandelt.«

»Der Galaxis?« staunte Jan.

»Ja, Jan. Der Galaxis. Der Mensch hat in James Kirks Zeit längst die Sterne erreicht; in meiner Zeit.« Ah, jetzt war es endlich gesagt. Und sie hatte ihm zugehört und war nicht kreischend die Halle entlanggerannt. Also fuhr er fort: »Ich hätte Ihnen das alles gar nicht erzählen dürfen, Jan, denn ich habe damit das Risiko einer Geschichtsveränderung auf mich genommen. Und Sie sagen, daß Sie Jim Kirk lieben?«

Sie zögerte. Er wußte, daß sie ihre Liebe gegen dieses neue, furchterregende Wissen abwog. Langsam kehrte sie zu James Kirks Bett zurück und schaute auf ihn hinab. Konnte sie wirklich einen Mann lieben, der ihr in jeder Beziehung fremd sein mußte? Aber er hatte sich ja nicht verändert. Noch immer war er der hilflose, kranke Mann, für den sie so lange hatte sorgen dürfen. Seine Hand hing über die Bettkante. Sie bückte sich, nahm sie auf und legte sie sanft auf die Decke. »Ja«, antwortete sie bestimmt. »Ich liebe ihn noch immer. Was Sie mir da sagten, ändert nichts daran.«

»Dann müssen Sie mir versprechen, daß Sie keinem Menschen verraten, was ich Ihnen erzählt habe. Seinetwegen müssen Sie ihn gehen lassen und Ihr Geheimnis wahren«, bat McCoy eindringlich.

Sie schaute ihn an, und ein kleines Hoffnungslicht brannte in ihren Augen. »Nehmen Sie mich mit! Sie sagen, daß Sie ihn in seine Zeit zurückbringen. Nehmen Sie mich auch mit, Dr. McCoy, bitte. Ich komme mit, egal wohin. Ich will alles tun, nur will ich bei ihm sein.«

»Nein. Ich glaube nicht, daß Sie sich in unserer Zeit zurechtfinden könnten. Er könnte sich auch nicht Ihrer Zeit anpassen. Jim hat sein eigenes Leben zu führen, Miß Hamlin.«

»Ist er … verheiratet? Oder gibt … es sonst jemanden?«

McCoy lächelte verlegen. »Nein, verheiratet ist er nicht, und es ist auch keine Frau da. Er hat … andere Interessen, man könnte sagen, eine andere Liebe: seine Karriere, sein …« Er hielt inne. Er hatte schon viel zuviel gesagt!

Leise weinte Jan. Sie kniete neben Jim nieder, nahm seine Hand und drückte sie an ihre Wange.

McCoy seufzte. Er hatte getan, was er tun konnte. Jetzt würde er mit Spock reden müssen.

Sie hatten Jim aufgeweckt, Chekov geholt und Wright erzählt, ein Wagen erwarte sie, und dann führten sie einen ruhigen, nachdenklichen Jim hinaus zu einem kleinen Gehölz.

Jan hatte bislang die Tränen zurückgehalten, doch jetzt weinte sie leise in sich hinein. Sie wandte sich ab, als wolle sie gehen. Jim hielt ihren Arm fest. »Bitte, Jan, geh nicht. Bitte. Du kannst mich doch nicht verlassen. Was soll ich denn ohne dich anfangen?«

»Jim, hör mir zu«, redete McCoy auf ihn ein. »Jan sollte wirklich nicht mitkommen. Denke doch, Jim!«

»Nein. Ich gehe nicht, wenn ich Jan zurücklassen muß. Warum kann sie nicht mitkommen?«

McCoy wurde sich darüber klar, daß Kirk vermutlich nicht wußte, daß sie in die Vergangenheit zurückgekehrt waren. Wenn er es jetzt Jim zu erklären versuchte, würde er ihn nur noch mehr verwirren, das wußte er.

»Moment, Jim«, sagte der Doktor leise. »Ich muß mit Spock reden. Er weiß, was zu tun ist.«

»Spock, natürlich! Aber … wo ist Spock, Pille?« Kirk schaute sich um. »Spock ist ja gar nicht da.»

»Er ist auf der *Enterprise*, Jim. Ich werde ihn anrufen. Du bleibst hier mit Jan stehen. Miß Hamlin, bitte, nehmen Sie seine Hand. Ich weiß nicht, was geschieht, wenn er Spocks Stimme hört«, erklärte er rasch und zog seinen Kommunikator hervor.

»Wer … ist Spock?« wollte Jan wissen. »Und was ist das?« Sie deutete auf den Kommunikator.

»Spock ist... ein Freund, und das ist eine Art Sender«, erklärte er und ließ das Gerät aufschnappen. »McCoy an *Enterprise*. Spock, bitte kommen.«

»Hier Spock, Doktor. Haben Sie ihn gefunden?«

»Haben wir. Er steht neben mir.«

»Sind Sie bereit, sich an Bord beamen zu lassen, Doktor?«

»Ah, fast, Spock, aber wir haben da ein Problem. Ich weiß wirklich nicht, wie ich es lösen soll. Hier ist eine junge Frau, eine Krankenpflegerin... Durch meine Dummheit hat sie herausbekommen, wer und was wir sind. Sie steht hier neben uns. Und sie liebt ihn, und Jim will sie nicht zurücklassen.«

»Ich komme nach unten.«

»Spock, halten Sie das wirklich für klug?«

»Für notwendig, Doktor. Sind Sie einigermaßen außer Sicht?«

»Ja«, antwortete McCoy ziemlich düster. Er versuchte, unbesorgt zu erscheinen, denn er machte sich Gedanken darüber, wie Spocks Ankunft auf Kirk wirken würde. Nun, das würde er bald genug herausfinden, denn der Transporterstrahl bildete sich schon...

Jan hörte das Summen und wirbelte gerade rechtzeitig herum, um noch zu sehen, wie das Funkeln der Materialisation begann. Wie erstarrt stand sie da, sah die Gestalt, die sich aus einem glitzernden Nebel heraus verdichtete und zu einem Mann wurde, der die gleiche Kleidung trug, die sie von Jim Kirk kannte. Sie fühlte, wie Jims Hand sich schmerzhaft um die ihre krampfte.

Einen Augenblick lang waren seine Augen vor Staunen geweitet, dann kniff er sie zusammen, als erlebe er unbeschreibliche Angst.

»Jim, bitte, du tust mir weh!« Sie versuchte ihm ihre Hand zu entziehen, doch er ließ sie nicht los. Sein Gesicht war vor Zorn, ja, vor Wut verzerrt. »Jim, was ist los?« fragte sie besorgt.

»Mein Hemd«, knurrte Kirk und zog Jan mit sich.

»Dr. McCoy!« rief Jan.

McCoy und Spock schauten auf und sahen, daß James Kirk wütend gerannt kam.

»Jim, bleib stehen!« schrie McCoy.

»Warum hat er mein Hemd an?« brüllte Kirk. Er ließ Jan los und warf sich auf Spock, bearbeitete ihn mit den Fäusten und zerrte an dem goldfarbenen Uniformhemd.

Spock konnte die Schläge leicht abwehren, fing Kirks Hände und hielt sie fest. »Jim, hören Sie auf damit«, sagte er leise.

»Warum haben Sie mein Hemd an?« schrie Kirk. »Sie... haben mich aufgegeben. Ich bin nicht tot. Ich... bin der Captain!« Da überfiel ihn wieder die alte Angst. Kirk schrie, sank auf die Knie, und sein Gesicht drückte unbeschreibliches Entsetzen aus.

Spock beugte sich zu ihm hinab. Er legte seine lange, schmale Hand auf Kirks Schulter und drückte den einen Punkt, der nur den Vulkaniern bekannt war. Kirk sackte zusammen, aber Spock fing ihn auf und nahm ihn auf die Arme wie ein kleines Kind.

Jan Hamlin beobachtete verblüfft diese Szene, dann fragte sie Spock: »Was haben Sie mit ihm gemacht?«

Spock schaute sie an. Da bemerkte sie, daß der Mann, der hier vor ihr stand, anders war als andere Männer, irgendwie fremdartig. Und da wurde sie blaß.

Schnell kam McCoy heran und stützte sie. »Werden Sie uns bloß nicht ohnmächtig, Miß Hamlin. Jim ist schon in Ordnung. Ihm fehlt nichts. Spock hat nur... nun, er hat ihn schlafen gelegt. In ein paar Minuten ist er wieder wach.« Er redete beruhigend auf Jan ein, bis sie ihre Haltung wiedergefunden hatte. Dann schaute sie zu Spock auf und sah, wie ein Ausdruck tiefer Trauer das Gesicht des großen, mageren, fremdartig aussehenden Mannes überflog. Dann aber hatte er wieder die Maske völliger Gefühlsleere auf, als er sah, daß Jan ihn anblickte.

McCoy zog seinen Mantel aus und legte ihn auf den Boden. Darauf ließ Spock seine Last langsam nieder, und Pavel deckte den Bewußtlosen mit seinem Mantel zu. Dann richtete sich Spock auf und wandte sich zu Jan Hamlin um, die vor seinem durchdringenden Blick unwillkürlich zurückwich.

»Miß Hamlin, Dr. McCoy hat mir gesagt, daß Sie James Kirk lieben«, sprach er leise und ernst zu ihr. »Ist das richtig?«

»Ja... Ich liebe ihn«, antwortete sie bestimmt und hob ihr Kinn, um ihre große Angst nicht zu verraten.

»Ich glaube Ihnen, Miß Hamlin. Ich habe auch gehört, daß Sie wissen, wer wir sind und woher wir kommen. Ist das richtig?« Seine Augen bohrten sich in die ihren, als lese er in ihrem innersten Herzen.

Jan fürchtete sich vor diesem Mann, doch ihre Liebe zu Jim gab ihr die Kraft, sich zu behaupten, obwohl sie am liebsten davongerannt wäre vor diesem ruhigen, erbarmungslosen Mann.

»Miß Hamlin«, fuhr die tiefe Stimme fort, »haben Sie bitte keine Angst. James Kirk ist mein Freund. Ich verstehe, was er Ihnen bedeutet. Es ist sehr bedauerlich, daß er aus einer anderen Zeit stammt als Sie. In seiner eigenen Zeit ist er ein sehr einsamer Mann. Er braucht... Liebe, einen Menschen, der sich um ihn sorgt, aber seine Position als Captain in der Sternflotte der Föderation versagt ihm das Recht, sich ganz an eine Frau zu binden.«

Spock schwieg eine Weile, und McCoy musterte ihn verwundert. Noch nie vorher hatte er den Vulkanier so sprechen hören. Er sagte aber nichts, denn er meinte, Spock habe einen bestimmten Grund, so zu reden und Jan Hamlin noch mehr von der Zukunft zu erzählen, als sie ohnehin schon erfahren hatte.

»Wenn er so einsam ist, dann nehmen Sie mich doch mit«, bat sie. »Ich könnte...« Aber er schüttelte den Kopf.

»Nein. Das geht aus verschiedenen Gründen nicht. Es ist höchst unwahrscheinlich, daß Sie in unserer Zeit glücklich sein könnten. Sie würden... sich fehl am Platz fühlen.«

»Ich kann es doch lernen. Bitte...«

»Natürlich, aber...« Spock schüttelte wieder den Kopf. »Wenn wir Sie mitnähmen, könnte das unsere Zukunft verändern. Sogar er könnte zu existieren aufhören. Und, Miß Hamlin, haben Sie sich schon überlegt, daß Jim Sie vielleicht gar nicht liebt?«

Sie zuckte zusammen, denn dieser Gedanke schmerzte sie unendlich.

»Er... er hat mich gern. Er sagt, er will nicht, daß ich ihn verlasse.«

»Das klingt nicht nach James T. Kirk, Miß Hamlin. Das ist die Stimme eines Mannes mit einem kranken Geist, der auf grausame Art mißhandelt und gequält wurde. Sie waren gut zu ihm, haben ihn gepflegt und umsorgt. Wie ich höre, tun Sie ungewöhnlich viel für Ihre Patienten. Dafür gebührt Ihnen jede Anerkennung. Wenn sich James Kirk erholt, und ich habe gute Gründe, das anzunehmen, dann wird er Ihnen unendlich dankbar sein. Aber genügt Dankbarkeit? Vielleicht würde er Sie einmal sogar ablehnen, weil er sich für Sie verantwortlich fühlt, für eine Frau, die keine Verbindung mit ihrer eigenen Wirklichkeit mehr haben kann. Verstehen Sie das? Wenn Sie ihn wirklich lieben, müssen Sie ihn aufgeben, ihn vergessen und alles, was Sie von und über ihn gehört haben, auch über uns und die Zukunft.«

»Wie soll ich das? Ich kann ihn nicht vergessen, auch Sie nicht oder Dr. McCoy, nicht einmal diesen anderen jungen Mann; keinen, den ich heute gesehen, und nichts von dem, was ich gehört habe!« rief sie.

»Ich kann Ihnen vergessen helfen«, sagte Spock leise und ein wenig zögernd, als wünsche er es selbst nicht.

»W-was meinen Sie damit?« fragte sie ängstlich. Hatte man die Absicht, sie zu töten? Furchtsam zog sie sich zurück.

»Miß Hamlin, ich will Ihnen nicht weh tun. Dr. McCoy, würden Sie Miß Hamlin bitte erklären, daß die Geistverschmelzung sie in keiner Weise schädigen kann und wird?«

Der Doktor lächelte sie beruhigend an und nahm ihre Hand. »Jan, ich weiß, daß Sie Angst haben. Mir ginge es an Ihrer Stelle auch nicht anders. Aber bitte, glauben Sie mir, wenn ich Ihnen sage, daß Mr. Spock die weichherzigste Person ist, die ich kenne, auch wenn er fremdartig aussieht. Wissen Sie, sogar ich kann mich nicht leicht an seine spitzen Ohren gewöhnen.« Seine Augen funkelten spöttisch, als wolle er den großen, so düster aussehenden Mann necken. »Vertrauen Sie ihm. Vertrauen Sie uns. Ich glaube, Sie verstehen, was Jim uns bedeutet. Wir haben Ihnen beide erklärt, daß er unser Freund ist. Wir verdanken Ihnen sehr viel, und Sie dürfen uns glauben, daß wir gerade Ihnen nichts Böses tun wollen, denn Sie haben so viel für ihn getan.

Was Mr. Spock vorschlägt, ist eine Geistverschmelzung. Ich habe sie schon mehrmals erlebt. Jim ebenso. Sehr oft hat es uns Leben und geistige Gesundheit bewahrt. Lassen Sie Spock Ihnen helfen. Es tut nicht weh. Er legt Ihnen nur seine Hand auf die Stirn, mehr nicht. Glauben Sie mir.«

Seine ruhigen Worte hatten Jan fast überzeugt. Sie wandte sich an Spock. »Glauben Sie wirklich, daß es Jim helfen wird?« fragte sie.

»Ja, Miß Hamlin. Es wird ihm und Ihnen helfen.« Diese tiefe, ruhige Stimme klang wirklich so, daß man ihr vertrauen konnte.

»Nun...« Sie schaute auf den schlafenden Jim hinab. Sie fühlte für diesen hilflosen Mann eine überströmende Liebe. Und dann stellte sie sich selbst eine Frage: Was ist Liebe? Oder war es nicht Liebe, sondern Mitleid? Oder die Liebe einer Mutter zu ihrem Kind? Nein, nein! Damals, im Herbst, hatte er sie für einen Augenblick so an sich gedrückt und geküßt, wie ein Mann eine Frau hält und küßt, die er liebt. Sie hatte damals gefühlt, daß es Liebe war, auch wenn sie nicht wußte, ob er ebenso gedacht und gefühlt hatte.

Sie bückte sich, zog den Mantel etwas enger um ihn und berührte seine Wange zärtlich mit den Fingern. Dann holte sie tief Atem. »Was habe ich zu tun, Mr. Spock?« fragte sie.

»Nichts, Miß Hamlin. Ich werde alles tun. Denken Sie an nichts oder an so wenig, wie Ihnen möglich ist. Entspannen Sie sich. Haben Sie keine Angst vor mir. Ich habe nur eine Frage an Sie: Wollen Sie sich Ihrer Gefühle für James Kirk und Ihres Erlebnisses mit ihm als Patient erinnern können? Oder soll alles aus Ihrem Gedächtnis getilgt werden zusammen mit dem, was Sie über die Zukunft erfahren haben?«

»Können Sie das denn tun?«

»Ja, ich glaube schon.«

»Dann lassen Sie mir bitte die Erinnerung an ihn.«

»Wie Sie wünschen. Jetzt dürfen Sie keine Angst haben. Ich lege

Ihnen meine Hand auf die Stirn. Bitte, entspannen Sie sich völlig. Haben Sie keine Angst...« Er fühlte, wie sie zitterte, als er seine langen Finger zart auf ihre Stirn legte. Er schloß die Augen.

Jan Hamlin fühlte kaum etwas, doch eine unendliche Ruhe schien durch ihren Geist zu fließen. Die Spannung und Anstrengung des Tages rannen aus ihr heraus. Sie fühlte sich erleichtert. Etwas, das sie gestört hatte, wurde entfernt. Jetzt brauchte sie sich Jims wegen keine Sorgen mehr zu machen. Ihm würde es gutgehen. Und dieser freundliche Dr. McCoy würde für ihn sorgen. Oh, ihm würde es wirklich gutgehen.

Langsam kehrte Jan ins Krankenhaus zurück. Jim würde ihr fehlen. Vielleicht konnte sie ihn einmal in dieser Klinik besuchen... Sie trat durch das große Tor, um den Menschen zu helfen. Und sie hörte das Summen nicht, das kurze Zeit unter den riesigen alten Bäumen zu vernehmen war.

Commander Scott hatte das Kommando übernommen. Er saß im Kommandosessel und dachte gerade darüber nach, daß er eigentlich dafür geboren war und darin alt werden konnte.

Seine Maschinen fühlten sich vernachlässigt, doch er war glücklich. Ein wenig verwirrt, aber glücklich. Immer So Sieben und Acht, und dabei wußte man gar nicht, was eigentlich gespielt wurde. Von einer Zeit in die andere schaukeln, dann wieder zur Sternbasis Elf, zum Planeten des Wächters, dann wieder zur Sternbasis Elf...

Scott schüttelte sich bei dem Gedanken an die erbarmenswerte, fast unkenntlich schmale Gestalt, die Spock auf den Armen getragen hatte, als die Landetruppe materialisiert war. Scott hatte den Weg zum Revier freigemacht. Keinem Menschen hatte er erzählt, was er gesehen hatte. Auch McCoy ließ kein Wort verlauten, ebensowenig wie Chekov.

Nur McCoy und Spock hatten Kirk gesehen, nachdem sie ihn dort sicher untergebracht hatten.

Spock behielt seine Gedanken für sich. Scott wußte, daß er während der Reise zur Sternbasis die meiste Zeit bei Kirk verbrachte, aber das war auch schon alles. McCoy hatte ein wenig Fleisch auf Kirks Knochen gezaubert, ehe man ihn zum Sternbasis-Hospital hinunterbeamte. Er wirkte friedlicher, war aber noch immer ganz in sich gekehrt, erlaubte es Spock aber, daß dieser ihn durch die leeren Hallen trug.

McCoy war mit Spock von der Sternbasis zurückgekommen, und Scott konnte es kaum fassen, daß sich die beiden von Kirk hatten losreißen können. Gemeinsam hatten sie sich dann zum Planeten des Wächters hinabbeamen lassen und waren dann wieder zurückgekehrt.

McCoy war ebenso zugeknöpft gewesen wie Spock, und da hatte es Scott aufgegeben. Die beiden würden offensichtlich nicht ruhen, bis es dem Captain wieder gutging, wenn das überhaupt möglich war. Aber die Stimmung im Schiff hatte sich gebessert. Er lebte. Niemand konnte oder wollte daran glauben, daß sich ein James Kirk für lang unterkriegen ließ.

Und jetzt war Spock vor einer Stunde nach unten gebeamt – zu Mendez und dem Hospital der Sternbasis.

Anzunehmen war ja, daß der Vulkanier nur mit dem Bescheid zurückkommen würde, man müsse abwarten und hoffen. Und vielleicht konnte der Captain gar keinen Besuch empfangen? Scott seufzte. Hoffen durfte man ja schließlich noch, oder nicht?

Plötzlich meldete sich Uhura. »Mr. Scott, ich erhalte eben eine Mitteilung von Commodore Mendez. Er ordnet an, daß Sie sich bereithalten, den Captain an Bord zu holen.« Ihre Augen wurden immer größer. »Mr. Scott! Er verlangt, daß Sie eine Ehrengarde bereitstellen und daß Sie, Dr. McCoy, Mr. Sulu, Mr. Chekov und ich dabei sind!«

Scott überschlug sich mit Vermutungen. »Es könnte sein...«, sagte er, aber er ertappte sich dabei, daß er von einem Ohr zum anderen lachte. »Na also, worauf warten wir dann noch?« Er holte tief Atem. »Mr. Riley, die Brücke gehört Ihnen. Sie haben das Kommando«, sagte er und rannte Uhura zum Turbolift nach.

Minuten später summte der Transporter, und zwei Gestalten verdichteten sich aus dem goldenen Nebel heraus. Leutnant Josephs, der die Ehrengarde befehligte, pfiff auf seiner Bootsmannspfeife den Captain an Bord, aber der Pfiff endete mit einem schrillen Mißton, weil ihm die Luft wegblieb, als er vor sich – Captain James T. Kirk stehen sah und neben ihm, mit dem alten, vertrauten blauen Hemd des Raumwissenschaftlers, Commander Spock.

Ein paar Sekunden lang rührte sich keiner, und niemand sagte ein Wort. Dann trat James Kirk von der Transporterplattform herab, und ein breites Lachen verklärte sein Gesicht. »He, sagt denn da keiner ›Willkommen an Bord‹?« rief er.

Die Zeremonie verlief nicht protokollgemäß, wohl aber überaus herzlich und sehr glücklich. Es gab Tränen und Hochrufe, und vom Transporterraum gingen die Willkommensrufe durch das ganze Schiff. Wie ein Blitz schlug die Nachricht ein: Captain Kirk ist wieder da!

Viele Stunden später saßen James Kirk, Leonard McCoy und Mr. Spock gemütlich in Kirks Wohnung und hatten eine Flasche mit saurianischem Brandy vor sich auf dem Tisch stehen. Selbst Spock hatte zur Feier des Tages ein kleines Glas akzeptiert.

Kirk hatte eine Runde durch das ganze Schiff gemacht und jeden begrüßt, den er kannte, und die kennengelernt, die während Spocks Zeit als Captain an Bord gekommen waren. Ein paar von diesen wunderten sich wegen des Trubels, aber die schon länger hier Dienst machten, erzählten ihnen dann schon, warum das so war.

Für Kirk war es ein mit Gefühlen vollgepackter Tag gewesen. Jetzt war er erschöpft. Er lehnte sich im Sessel zurück und genoß die Behaglichkeit und Ruhe seines Quartiers. »Nun, Pille und Spock, es war eine lange Zeit. Ich dachte schon, ich würde mein altes Schiff nie wiedersehen.«

»Jim«, sagte McCoy, »wenn du nicht willst, brauchst du meine Frage nicht zu beantworten, aber ich habe manchmal nachgedacht, ob du dich noch erinnern kannst, was geschehen ist.«

»Einiges weiß ich noch, Pille. Komisch, ich erinnere mich genau daran, wie alles begann. Ist das wirklich schon fast zwei Jahre her? Mein Gott! Ich erinnere mich an ein Mädchen, ein hübsches, kleines Ding. Ich hatte sie zum Abendessen eingeladen, wir tanzten, und ich hatte ein paar Drinks. Dann stiegen wir in einen Wagen. Und dort muß ich ausgegangen sein wie eine Kerze.«

»Vielleicht unter Drogeneinfluß.«

»Wahrscheinlich. Und dann wachte ich in einem Klingonen-Schiff auf. Kor sagte, es könnte noch immer ein glorreicher Krieg sein. Irgendwie ein Privatkrieg. Er wollte mich ausfragen. Ich weigerte mich, und da wurde er sehr grob. Entweder, sagte er, müsse ich reden, oder ich käme unter das Gedankensieb. Ich habe nichts gesagt...« Kirk tat einen langen Zug und schaute noch eine Weile in sein Glas.

»Und dann... sind es nur noch Erinnerungsfetzen. Transport mit ihm zum Wächter. Dachte an Edith, Spock und dich. Ich riß mich von ihm los und sprang. Die Zeit erschien mir richtig, doch bald nicht mehr so ganz. Ich erinnere mich an ein großes Gebäude, an ein Mädchen, vielleicht eine Frau, die sehr gut und freundlich zu mir war.«

»Das war die Pflegerin, die wir kennenlernten, Schwester Hamlin«, unterrichtete ihn McCoy.

»Ja, ich erinnere mich... Jan. Hamlin? Hieß sie so? Komisch, daran erinnere ich mich nicht. Vielleicht wußte ich den Namen auch nie. Sie war... sehr gut zu mir. Ah, ich wünschte, ich hätte mich bei ihr bedanken können... Vielleicht hätte ich...« Er seufzte. »Ah, dafür ist es jetzt zu spät.« Er schien in Gedanken verloren.

McCoy sah Spock an und rutschte auf seinem Stuhl herum. Dann räusperte er sich ausführlich. »Es tut mir leid, Jim. Ich wollte dir das gar nicht alles ins Gedächtnis zurückrufen.«

Kirk lächelte ihn an. »Ist schon in Ordnung, Pille. Das meiste davon steht sowieso in meiner Krankengeschichte. Ihr beide kriegt noch Kopien davon. Die Ärzte haben mich von innen nach außen gedreht. Sie sagten, es sei besser, wenn ich mich an möglichst viele Dinge erinnere, sonst würde ein Jahr meines Lebens völlig fehlen...« Er füllte sein Glas nach, auch das von McCoy, aber Spock schüttelte den Kopf. »Spock, und Sie glauben also, mit dem Wächter... und Kor geht alles in Ordnung?«

»Ich war mit dem Wächter in Rapport«, antwortete Spock. »Der Doktor half mir dabei. Als er begriff, was sie Ihnen angetan hatten, da verstand er, daß nicht alle Lebewesen so sind wie seine Schöpfer. Er wird zwar nicht zulassen, daß eine Garnison oder Station ihn vor den Klingonen beschützt, aber er wird einer kleinen Gruppe von Wissenschaftlern historische Forschungen erlauben. Ich glaube, er will auf eine etwas merkwürdige Art nur Gesellschaft haben.«

Kirk lächelte. »Einsamkeit ist nicht nur eine menschliche Gefühlsregung.«

»Nein«, pflichtete ihm Spock bei. Sein Gesicht war ernst. »Es könnte sein, daß wir für die Einsamkeit des Wächters mit Vorfällen bezahlen, die die Geschichte verändern könnten. Aber mir ist egal, ob Kor frei herumläuft oder nicht. Er scheint völlig selbständig zu agieren. Ein Protest beim Imperium und bei den Organiern könnte nützlich sein.«

McCoy beschloß, das Thema zu wechseln. Kirk wirkte für seinen Geschmack ein wenig zu still, und Spock konnte leicht zuviel sagen. Also wandte er sich an Spock. »Sie hätten mich mit einer Feder umwerfen können, als ich Sie in Ihrem blauen Wissenschaftlerhemd neben Jim stehen sah, Spock«, sagte er und wartete auf die unvermeidliche Antwort.

»Warum sollte ich Sie mit dem hornigen Auswuchs eines Vogels niederschlagen wollen, Dr. McCoy?« fragte Spock, und eine Braue hob sich bis zum Haaransatz.

»Sie spitzohriger Computer wissen genau, was ich meine!« fuhr McCoy auf.

»Warum sagten Sie das dann nicht, Doktor?«

»Ich *habe* ja gesagt, was ich meinte!«

James Kirk lehnte sich zurück und lachte schallend. Er lachte und hustete und spuckte, bis ihm die Tränen kamen. McCoy und Spock drehten sich zu ihm um.

»Ah, Jim«, sagte McCoy. Dann lauter: »Jim, he, was ist denn los?«

»Oh... ah... du meine Güte! Pille! Spock!« Kirk richtete sich auf und wischte seine Augen trocken. »Jetzt weiß ich wirklich, daß ich zu Hause bin, ihr seid zwei Idioten!« Und er lachte weiter.

McCoy grinste, wandte sich zu Spock um und blinzelte ihm zu. Spocks Mundwinkel hoben sich leicht – für ihn war das ein erstes Grinsen. Es war das erste Mal, seit James Kirk verschwunden war, daß die beiden wieder eine ihrer wohlbekannten »Auseinandersetzungen« gehabt hatten.

»Ja, Jim, wir sind auch zu Hause«, sagte McCoy. Und zu Spock: »Würden Sie mir nicht etwas erklären, Spock? Ich hörte, wie Sie der Mannschaft sagten, Jim habe wieder das Kommando, aber – äh – wurden Sie denn – äh – degradiert?«

»Das nicht, Doktor, denn ich wurde auch nie richtig befördert.«

»Aber... Sie waren doch der Captain. Sie trugen die Streifen. Und den Titel hatten Sie ja auch.«

»Nur dem Namen nach, Doktor. Das war die Bedingung, unter der ich das Kommando übernahm – bis zu dem Tag, an dem Jim zurückkehrte.«

»Sie meinen, man hat Ihnen nicht einmal angeboten...«

»Oh, doch. Aber ich habe Ihnen oft genug gesagt, daß ich nicht...«

»...Kommandant zu werden wünsche. Ja, ich weiß. Guter Gott, Spock, und dabei haben Sie fast zwei Jahre lang Captain gespielt!«

»Wenn ich ein Mensch wäre, würde ich sagen: Ich habe es zwei Jahre lang nicht gerne gemacht, Doktor. Nein. Ich bin zufrieden mit dem, was ich bin, der Wissenschafts-Offizier und stellvertretende Kommandant von Captain James Kirk.«

»Ja, schon. Aber... Schauen Sie, Spock, warum...«

Da schlug die Bordverständigung an, und Kirk drückte auf den Knopf. »Hier Kirk.«

»Captain, hier ist Schwester Chapel. Ist Dr. McCoy bei Ihnen?«

»Ja, er ist da, Miß Chapel. Pille?«

»Was gibt es, Schwester?«

»Doktor, Fähnrich Thomas vom Maschinendeck ist auf einer Leiter ausgerutscht. Wahrscheinlich hat er sich dabei den Fuß gebrochen.«

»Bin gleich dort.« McCoy schaltete aus und stand auf. »Keine Ruhe für müde Helden. Danke für den Brandy, Captain.« An der Tür schaute er zurück. »Jim, ich bin froh, daß du wieder da bist.« Dann ging er lächelnd.

Spock stand auf. »Ich muß jetzt auch gehen, Captain. Ich habe noch einige Dinge...«

»Bitte, Spock, bleiben Sie noch eine Minute, und setzen Sie sich.«

»Jawohl, Sir.« Spock setzte sich.

»Das ist die erste Minute, die wir allein für uns haben. Ich möchte mich bei Ihnen bedanken, Spock.«

»Captain, Sie schulden mir keinen Dank. Ich tat nur das, was notwendig war.«

»Nein, Spock. Sie taten viel mehr. Commodore Mendez erzählte mir, wie Sie ihn bedrängten, um die Erlaubnis zu erhalten, nach mir suchen, den Planeten des Wächters aufsuchen, zu den Klingonen fliegen zu dürfen, um die *Enterprise* zurück in die Vergangenheit zu bringen. Und daß Sie Ihren Abschied nehmen oder sich einen Trick wie auf Talos IV ausdenken würden. Na, na, nun werden Sie nur nicht verlegen! Du lieber Gott...« Spock war deutlich grün geworden.

»Sir, Verlegenheit ist eine menschliche Regung.«

»Klar, weiß ich. Warum werden Sie dann grün?« Kirk lachte leise. »Sehen Sie, mein Freund, es ist höchste Zeit, daß wir aufhören, uns an der Nase herumzuführen. Ich weiß doch, daß Sie Gefühle haben. Warum wollen Sie das nicht zugeben? Ich verspreche, McCoy nichts davon zu verraten«, bemerkte er lachend.

Spock sagte lange nichts. Er schien mit sich selbst zu kämpfen, schaute Kirk prüfend an, und dann – oh, welches Wunder! – lächelte er. »Captain – Jim. Ich bin, was ich bin. Ich kann mich nicht ändern.«

Kirk bestand nicht darauf, denn das war schon sehr viel. »Ich weiß, Spock. Und ich hoffe sogar, daß Sie sich niemals ändern... Als dann allmählich die Vernunft wiederkehrte«, fuhr er fort, »dachte ich häufig an Sie. Sie waren eine der ersten Realitäten. Es gab einen Freund, der Spock hieß. Wo er war, wußte ich nicht, doch es gab ihn. Als Sie dann kamen, war ich so...« Nun war Kirk verlegen.

»Jim, Sie waren nicht Sie, das war das Gedankensieb«, sagte Spock leise.

»Ja, vermutlich... Aber warum haben Sie nicht aufgegeben? Warum haben Sie bei so geringen Chancen sich nachdrücklich bei Mendez eingesetzt?«

»Ich wußte, daß Kor Sie in seiner Gewalt hatte, aber Mendez wollte es erst nicht...«

»Das wußten Sie?«

»Ja, Jim. Ich hörte Sie nach mir rufen, als die Kraft des Gedankensiebs über Sie hereinbrach.«

»Ich... das wußte ich nicht. Ich versuchte, nicht schwach zu werden, aber...«

»Jim, ich war doch auch schon einmal den Qualen des Gedankensiebes ausgesetzt. Ich weiß, wie das ist. Sie konnten gar nicht anders.« Sein Mitleid war deutlich in seinen Augen zu lesen.

Sie schwiegen eine ganze Weile, weil sich jeder an seine eigene Hölle erinnerte. Dann holte Kirk tief Atem. »Ich bin sehr dankbar, daß Sie mich gehört haben, obwohl ich gar nicht darauf hoffen konnte.«

»Das versuchte ich, Mendez zu erklären, aber er glaubte mir nicht. Er hielt Sie für tot, Jim. Er bot mir das Kommando als Captain an. Ich hätte lieber das Schiff verlassen, doch ich brauchte es, um Sie zu suchen, und schließlich ging er auf mein Spiel ein. Also übernahm ich das Kommando zu meinen Bedingungen.« Er seufzte. »Als ich dann Beweise hatte, sprach ich mit McCoy und Scott. Interessant, denn sie glaubten mir, ehe sie etwas sahen.«

Kirk lehnte sich lächelnd in seinem Sessel zurück. »Nun ja, gefunden haben Sie mich schließlich... Spock, was hat das zu bedeuten, daß Sie über so ungeheure Entfernungen meinen Geist lesen konnten?«

»Stört Sie der Gedanke, Jim?«

»Ich weiß nicht recht... Sie etwa? Und können Sie jederzeit meine Gedanken lesen?«

»Nein, Jim. Eigentlich nur ganz selten, und nur dann, wenn ich in körperlichem Kontakt mit Ihnen bin, etwa bei der Geistverschmelzung. Und ich würde es auch nie ohne dringende Notwendigkeit tun, denn es ist eine Art Invasion... Nein, es muß Ihre ungeheure Not und Ihre schreckliche Qual gewesen sein...«

»Meine Not nach Ihrer Hilfe, mein Freund«, sagte Kirk. »Mir scheint, daß ich mich immer an Sie wende, wenn ich Hilfe brauche.«

»So wie ich mich auch immer an Sie gewandt habe. Weil wir einer den anderen brauchen, stehen auch unsere Geister in engem Kontakt.«

»Nun, dann wollen wir hoffen, daß sich solche Notwendigkeiten nicht allzuoft ergeben«, meinte Kirk. »Ich weiß aber zu schätzen, daß Sie Ihre Karriere aufs Spiel gesetzt haben, um mich zu suchen.«

»Captain, ich wollte nur der Sternflotte einen wertvollen Offizier erhalten.«

»Ach, Quatsch, Spock! Das glaube ich Ihnen nicht«, widersprach ihm Kirk lachend.

»Sir?«

»Lassen wir das. Ich bin Ihnen sehr dankbar. Mendez erzählte mir, alle hätten aufgegeben, sogar McCoy.«

»Aber erst, nachdem alle Suche vergeblich war, Jim. McCoy war der letzte, der die Hoffnung verlor.« Kirk stellte fest, daß Spock nun den Doktor schon verteidigte.

»Ja, natürlich, das ist klar. Nun, das kann ich ihm nicht verdenken. Mir wäre es auch nicht anders gegangen. Trotzdem vielen Dank.«

Spock grinste. Er hatte akzeptiert, was Kirk gesagt hatte.

»Eines noch.« Kirk richtete sich auf. »Die Ärzte erzählten mir, was Sie getan haben, nachdem Sie mich zurückgebracht hatten. Daß Sie die Geistverschmelzung angewendet haben, um die Angst auszulöschen, die mein Name in meinem Geist hervorrief, wie Sie sie zu sich selbst hinüberzogen, um sie zu besiegen. Das kann ich nie wieder gutmachen...«

»Jim, bitte... Davon will ich nichts mehr hören. Was ich tat, war notwendig, um die Wirkung des Gedankensiebes zu tilgen. Sie *konnten* das ja gar nicht selbst tun.« Er stand auf, und Kirk erhob sich ebenfalls und streckte sich genüßlich. Er war müde, doch das tat gut.

»Ich nehme an, wir setzen jetzt unsere Mission fort«, sagte Spock.

»Sobald wir aufgetankt und unsere Vorräte ergänzt haben, Spock. Dann sind wir auch schon wieder in der alten Mühle.«

»In der alten...«

»Ah, auch wieder nur eine menschliche Redewendung«, meinte Kirk lachend. »Allmählich müßten Sie ja wissen, daß ich voll solcher Sprüche stecke.«

»Ja, Captain. Sie scheinen wirklich für jede Gelegenheit eine parat zu haben. Aber eine paßt besonders für diesen Tag, glaube ich«, sagte Spock und fügte ernst hinzu:

»Willkommen wieder daheim, Jim. Willkommen daheim.«

Einleitung zu »Erneuter Besuch eines sonderbaren Planeten«

von Majel Barrett Roddenberry

Selbst in den ernsthaftesten Augenblicken wollten wir bei *Raumschiff Enterprise* immer noch ein bißchen Spaß haben. Wir lachten über Christine Chapels Hühnersuppe à la Vulkan – Verzeihung: Plomeek-Suppe – oder über Tribbles in Geflügelsandwiches, ein verstecktes Vulkanier-Fahrrad oder irgend etwas anderes.

Wir freuten uns immer, wenn die Zuschauer nicht nur die ernstgemeinten Elemente der Geschichten verstanden, sondern auch Spaß und Witz, wie in dieser Geschichte, die etwas von der Studio-Atmosphäre dieser Tage einfängt.

Sie gibt aber auch noch eine interessante Feinheit wieder: Wir hatten manchmal das Gefühl, das Universum, in dem die *Enterprise* ihre Mission absolvierte, wäre irgendwie eine Realität und es bestünde tagtäglich die Möglichkeit, von der Transporterkulisse des Studios direkt auf die wirkliche *Enterprise* gebeamt zu werden.

Was hätten wir wohl getan, wenn uns dies wirklich passiert wäre – falls wir nicht in Ohnmacht gefallen oder starr vor Überraschung gewesen wären?

Nun, ich für meinen Teil wäre wahrscheinlich geradewegs zur Krankenstation gelaufen und hätte mich in die Obhut meines Kollegen Dr. McCoy begeben.

Was würden Sie machen, wenn Sie tatsächlich Dr. McCoy, der Captain oder Spock wären?

Irgendwie habe ich das Gefühl, DeForest, Bill und Leonard hätten genau das getan, was sie in Ruth Bermans wunderbarer Geschichte tun – und die Sache ebenso geschaukelt.

Inzwischen fragen Sie sich bestimmt, was wir mit dem wirklichen McCoy, dem Captain und dem Vulkanier im Studio gemacht hätten? Beziehungsweise sie mit uns. Mhhmm... ein faszinierender Gedanke.*

* Diese Geschichte gibt es ebenfalls. Sie heißt »Besuch auf einem verwunschenen Planeten« von Jean Lorrah und Willard F. Hunt. Ruth Berman bezieht sich darauf in ihrem Titel.

Erneuter Besuch eines sonderbaren Planeten

Der Regisseur zählte für sich selbst die Sekunden, während seine Schauspieler mit heldenhafter Aufmerksamkeit wie festgewurzelt auf der Transporterplattform standen. »Start«, sagte McEveety.

William Shatner ging rasch ein paar Schritte vorwärts, und die Kamera fuhr herum, um ihm zu folgen. Doch er rutschte aus und schlug mit einem dumpfen Dröhnen auf den Boden.

»Schnitt. Oh, Gott«, stöhnte McEveety. Es war jetzt eher ein Stoßgebet als ein gewöhnlicher Fluch.

Die Aufnahmen waren an diesem Tag nicht gut verlaufen, und zu allem Überfluß hatte er auch noch eine kleine Herde – oder Horde, er war sich nicht sicher, welches Wort besser paßte – Besucher auf dem Hals. Normalerweise hätte er sie rausgeschmissen, aber es waren irgendwelche hohen Tiere, und er zögerte jedesmal, dem Produzenten zu sagen, er solle mit seinen Gästen verschwinden.

»Es tut mir leid«, sagte Shatner.

»Nun, es war nicht Ihr Fehler«, seufzte McEveety.

»Nein, mein Fuß war schuld!« sagte Shatner ernsthaft und kicherte über seinen eigenen Witz.

McEveety zuckte zusammen. »Fünf Minuten Pause, damit ich mich davon erhole«, sagte er und verwickelte den Kameramann in ein Gespräch. Ganz abgesehen von solchen Ausrutschern war er mit der Leistung des Kamerateams nicht zufrieden.

Leonard Nimoy ging zu seinem Stuhl und ließ sich hineinfallen. Eine Besucherin kam auf ihn zu, bat um ein Autogramm und sagte ihm, wie sehr sie Mr. Spock verehre.

»Danke, danke!« sagte Nimoy, so herzlich, wie es die Schläfrigkeit dieses Spätnachmittags erlaubte, und schüttelte lebhaft ihre Hand. Nachdem er das Autogramm gegeben hatte, entschuldige er sich und schlug das Drehbuch auf, um seine Einsätze zu überprüfen.

Der Fan betrachtete ihn noch einen Augenblick ehrfürchtig und machte sich dann auf den Weg, weitere Autogramme zu erbitten.

Shatner plauderte mit den Besuchern, weil es ihm leichter fiel, sich bei Gesprächen zu erholen, als ruhig dazusitzen. DeForest Kelley gesellte sich zu James Doohan, der geduldig hinter seiner Transporterkonsole wartete, und sie besprachen leise murrend die Chancen, die Dreharbeiten heute zu einer vernünftigen Zeit beenden zu können.

Nach wenigen Minuten wurden sie zum Transporter zurückgerufen und versteiften sich pflichteifrig zur »Beam-Haltung«. Die Klappe fiel, McEveety zählte die Sekunden, die für den Spezialeffekt benötigt wurden, und sagte dann hoffnungsvoll: »Start!«

Aber die Hoffnung, daß diese Aufnahme klappen würde, wurde prompt zunichte gemacht. Einen Augenblick lang glaubten die Schauspieler ohnmächtig zu werden. Blitze zuckten vor ihren Augen, und sie fühlten sich schwindlig, als ob sie gekniet hätten und zu schnell aufgestanden wären. Doch ihr Blickfeld wurde wieder klar, und sie standen immer noch auf der Transporterplattform. In der Hoffnung, die Aufnahme noch zu retten, schritt Shatner vorwärts und sagte im Befehlston: »Scotty, machen Sie einen Bericht über die Energiequelle, wir treffen uns dann im Besprechungsraum.«

»Energiequelle, Captain?« fragte der Mann hinter dem Armaturenbord völlig verwirrt.

»Die Aufnahme ist im Eimer«, murmelte Nimoy verdrossen. »Was ist los mit Ihnen, Jimmy?«

»Der Captain ist offensichtlich wohlauf, aber, entschuldigen Sie, Mr. Spock, sind Sie es auch?«

Nimoy bemerkte plötzlich, daß sie sich in einem Raum mit vier Wänden und einer Decke befanden, ohne Kamera und Beleuchtung (abgesehen von der normalen Raumbeleuchtung, die offenbar hinter der Wandverkleidung verborgen war). Nimoy gab seine Schauspielerhaltung auf und fing an, breit zu grinsen. »Wunderschön«, sagte er. »Wessen Idee war das? Justmans? Diese Nachbildung muß eine schöne Stange Geld gekostet haben. Wie haben Sie uns hierhergebracht?«

»Ich... Ich fürchte, hier stimmt etwas nicht«, sagte Kelley.

»Ja, Doktor, das scheint mir auch so.«

»Wie wär's, wenn wir mit dem Spielchen aufhörten?« meinte Nimoy.

»Mr. Spock!« Lieutenant-Commander Montgomery Scott loderte vor rechtschaffenem Zorn.

Kelley sagte schnell: »Captain, helfen Sie mir, ihn auf die Krankenstation zu bringen?«

Shatner nickte, und beide packten Nimoys Arme, um ihn auf den Korridor hinauszudrängen. Doch inzwischen hatte Nimoy die Kosten dieser Kulissen und Requisiten überschlagen. James Doohan könnte den Tonfall eines wütenden Scotty wahrscheinlich tagelang ohne Unterbrechung improvisieren, aber Matt Jeffries hatte einfach nicht das Budget, den Raum, in dem sie sich befanden, aufzubauen.

Die Türen glitten selbsttätig auseinander, als sie darauf zugingen, und alle drei wußten, noch bevor sie hindurchgetreten waren, daß sie sich an Bord der *Enterprise* befanden. Dem Geräusch der preßluftgetriebenen Türen würde gleich ein leises Klingeln folgen. Sie hatten es noch nie »wirklich« erlebt. Als sich die Tür mit einem schmatzenden Geräusch hinter ihnen geschlossen hatte, standen sie einen Augenblick lang still. Sie fühlten sich völlig verlassen.

»Schöner Mist, De«, meinte Shatner, der versuchte, sein inneres Gleichgewicht wiederzufinden. »Wie finden wir jetzt um Himmels willen die Krankenstation?«

»Gehen Sie zum Aufzug, und sagen Sie einfach ›Krankenstation‹«, schlug Kelley vor.

»Genau«, sagte Nimoy, »das stimmt. Er funktioniert auf verbales Kommando, oder? Entschuldigen Sie, daß ich es vergessen habe.«

»Wenn es nicht unmöglich wäre, dann wäre dies hier genau das Ding, das Justman drehen würde«, sagte Shatner.

»Genau das Ding, womit er mich aus der Fassung zu bringen glaubt«, sagte Nimoy verdrossen.

Der Aufzug brachte sie gehorsam einige Stockwerke nach unten. Glücklicherweise fanden sie die Krankenstation einige Türen weiter, ohne erst mühsam die Schildchen neben den vielen Türen lesen zu müssen. Kelley schauderte beim Anblick dieses vertrauten Raumes. Er nahm ein Diagnoseinstrument in die Hand. Es sah ähnlich aus wie ein Salzstreuer, war jedoch schwerer. Er richtete es versuchsweise auf Nimoy. Prompt gab es ein ungleichmäßiges Pfeifen von sich, und er legte es wieder zurück.

Shatner und Nimoy brachen in Lachen aus, und die Spannung lockerte sich ein wenig.

»Es ist alles etwas spukig und unheimlich hier«, beschwerte sich Kelley und legte das Instrument an seinen Platz in dem Raum zurück, den er immer als ruhmreiches Arztzimmer angesehen hatte.

»Sie meinen wohl spockig«, sagte Shatner.

Kelley ignorierte das Wortspiel. »Warten Sie ab, wie Sie sich fühlen, wenn wir erst auf der Brücke sind. Leonard, sagen Sie mir bitte, was auf Ihrem Bildschirm vorgeht, okay?«

»Sollen wir jetzt etwa so tun, als seien wir wirklich Kirk, Spock und McCoy?« fragte Nimoy.

»Warum eigentlich nicht?« fragte Shatner scherzhaft. Er dachte noch einmal darüber nach. »Nein, Sie haben recht. Scotty wäre hier der befehlshabende Offizier, nicht wahr? Lassen Sie uns zurückgehen und...« Irgend etwas summte.

Shatner brauchte einen Moment, um das Summen als den Geräuscheffekt – nein, das Geräusch – des Interkom zu identifizieren. Er ging zum Schalttisch und betätigte den Interkomschalter mit der lang geübten Lässigkeit. »Hier Kirk«, sagte er zu dem Gesicht, das auf dem Bildschirm erschien.

»Captain, wir werden angegriffen«, sagte Sulu.

»Komme sofort«, sagte Shatner und schaltete den Interkom ab. Er stand da und fragte sich, worauf er noch wartete, bis ihm einfiel, daß es ein Regisseur war, der »Schnitt« sagte. Hilflos sah er die anderen an und zuckte mit den Achseln. Sie gingen zusammen zur Tür.

Der Aufzug brachte sie auf Kommando zur Brücke. Shatner war erstaunt über deren Größe. Er brauchte mehrere Schritte, um zu seinem Kommandosessel zu gelangen, weit mehr, als er gewohnt war. Es war seltsam, sich hinzusetzen und auf den Hauptbildschirm zu blicken, der bereits eingeschaltet war. Er zeigte ein typisches Bild. Der Planet war dunkel – sie befanden sich über der Schattenseite. Es gab keinerlei größere Lichter, die von Monden oder anderen Planeten herrühren konnten. Shatner empfand die Einsamkeit des mattschwarzen Abbilds niederdrückend.

Kelley ging hinüber, stellte sich hinter den Stuhl und fragte sich – nicht zum ersten Mal –, was der Bordarzt hier auf der Brücke eigentlich zu tun hatte. Nimoy ging zu Spocks Station und blickte in das Sichtgerät. Zu seiner Enttäuschung war es dunkel. Er legte einen Schalter an der Seite des Apparates um, bemerkte aber, daß es der falsche gewesen sein mußte, denn das Bild war sehr seltsam. Er saß in Spocks Stuhl, fühlte sich nutzlos und starrte zu den anderen hinüber. Er fragte sich, ob sie sich wohl ebenso unbehaglich in dieser Maskerade fühlten wie er. Sie waren zwar keine wirklichen Offiziere der Sternenflotte, aber immerhin wirkliche Menschen, er dagegen würde als betrügerischer Fremder dastehen.

»Ihr Bericht, Mr. Sulu«, sagte Shatner forsch.

»Schlauer Bursche«, brummte Nimoy, ohne sich jedoch ganz von einem Groll gegenüber Shatner freimachen zu können, der (scheinbar) auf seine Fähigkeit vertraute, den Schein wahren zu können. Er hatte etwas lauter als beabsichtigt gesprochen, was ihm einen ungläubigen Blick von Uhura einbrachte. Er hob eine Augenbraue und blickte sie in der typischen überraschten Art Spocks an. Sie drehte sich zurück an ihr Schaltbord und fragte sich, ob sie unter Halluzinationen litt. Nimoy, der sich plötzlich wesentlich besser fühlte, warf einen kühlen, erwartungsvollen, spockmäßigen Blick auf Sulu.

»Nichts, was die Deflektoren nicht abwehren könnten, Captain«, sagte Sulu. »Die Klingonen versuchen uns zu verscheuchen.«

»Das sieht den Klingonen aber gar nicht ähnlich«, kommentierte Shatner.

»Es gibt doch diesen Vertrag zwischen uns«, fügte Kelley zweifelnd hinzu und war erleichtert, daß sowohl Sulu als auch Chekov zustimmend nickten.

»Die Klingonen haben noch keinen Anspruch auf diesen Planeten erhoben«, sagte Uhura.

Chekov rutschte unruhig auf seinem Stuhl herum. Offensichtlich wollte er eine Frage stellen. Shatner befürchtete, er werde nichts, was dieser junge Mann von ihm als Kirk wissen wollte, beantworten können. Er kam aber zu dem Schluß, daß eine Frage in ihrer Formulierung vielleicht Antworten auf die Fragen enthalten würde, die er nicht stellen konnte. »Ja, Mr. Chekov?« fragte er.

»Gab es irgend etwas auf dem Planeten, was das Interesse der Klingonen erklären könnte, Captain?«

Shatner zögerte. Er wußte nicht, was Kirk und sein Landetrupp gefunden haben könnten. Obwohl er genausogut hätte ja sagen können, sagte er: »Nein.«

»Unlogisch, Captain«, sagte Nimoy.

Shatner drehte sich in seinem Sessel herum und starrte ihn an.

Nimoy fuhr fort: »Aus der Tatsache, daß der Landetrupp nichts fand, folgt nicht notwendigerweise, daß es nichts zu finden gab.«

Shatner starrte ihn weiter an und biß die Zähne zusammen, um nicht kichern zu müssen. Abgesehen von einem Zucken seiner Kiefernmuskeln saß er völlig bewegungslos da.

Nimoy starrte zurück und merkte, daß er gleich die Kontrolle über sich verlieren würde. »Weitere Untersuchungen sind notwendig, Captain«, sagte er rasch. Er wußte, daß Hektik nicht zu Spock paßte, aber er hatte keine andere Wahl. Er lief zum Aufzug, ohne dafür um Erlaubnis zu bitten. Als er im Aufzug war, lehnte er sich gegen die Wand, ließ den Kopf auf die Brust fallen und lachte sich halbtot.

Shatner, der von der Brücke nicht einfach weglaufen konnte, riß sich zusammen und versuchte, sich mit dem Gedanken an die Bedrohung durch die Klingonen abzulenken. Diese Taktik zeigte einen plötzlichen Effekt, als ihm klar wurde, daß er tatsächlich durch die Phaserwaffen oder die Photonentorpedos der Klingonen oder durch ähnlich unglaubliche Waffengattungen getötet werden könnte. »Uhura«, sagte er, »versuchen Sie, eine Verbindung zum Kommandanten der Klingonen herzustellen.«

»Aye, Sir«, sagte sie und spielte ein paar elektronische Piepser auf ihrem Armaturenbord. »Verbindung über Bildschirm hergestellt«, sagte sie einen Moment später.

Shatner drehte sich zurück, um auf den Bildschirm zu blicken. Er staunte nicht schlecht, als das Bild auftauchte, deutlich wurde und ihm die vertraute, graue Wappenuniform zeigte. Zu seiner Überraschung war ihm das dazugehörige Gesicht ebenso vertraut. »Kommandant Kor!« sagte er.

»Nicht ganz korrekt«, sagte Kor. »Mein Rang entspricht jetzt dem eines Kommodore. Vielleicht schätzt die Föderation Ihren wahren Wert nicht richtig ein, Captain.«

»Vielleicht«, entgegnete Shatner und lächelte leutselig. Selbst wenn er den Angriff wirklich persönlich genommen hätte, wäre er vom Anblick des Adjudanten von Kor abgelenkt worden. Kor hatte die gewohnte dunkle Haut und sich gabelnde Augenbrauen, der Offizier hinter ihm aber hatte helle Haut und keine gabelförmigen Augenbrauen. Sie entstammten beide ganz offensichtlich verschiedenen Rassen der gleichen Spezies. »Fred Phillips sollte jetzt hier sein«, sagte Shatner zu Kelley.

Kelley nickte, als er sich daran erinnerte, wie peinlich es Phillips gewesen war, als er merkte, daß er die Klingonen bei ihrem zweiten Auftauchen in der Serie mit völlig anderen Masken als beim ersten Mal ausgestattet hatte.

»Ach, wirklich«, sagte Kor. »Und wer ist Mr. Phillips?«

»Nun«, meinte Shatner, »sagen wir mal, er treibt Studien über das Gesicht der Klingonen.«

»Ein Spion also«, sagte Kor nachdenklich. »Nicht mehr aktiv, nehme ich an, sonst würden Sie kaum seinen Namen verraten.«

»Ja, jetzt ist er sicher schon tot«, entgegnete Kelley. Vom langen Stehen, zumal nach einem langen Arbeitstag, begannen seine Füße zu schmerzen. Daher ging er hinüber zu Spocks Stuhl und setzte sich hin. Kor mißverstand seine Müdigkeit als Gefühlsregung.

»Mr. Phillips war sicherlich ein guter Freund von Ihnen«, sagte er mit geheuchelter Anteilnahme.

Shatner grinste. »So ist es. Aber sagen Sie mir bitte, Kommodore, benützen Sie friedliche Schiffe immer als Ziele? Sie haben doch auf uns geschossen, nicht wahr?«

»Das wohl kaum, Captain«, sagte Kor. »Betrachten Sie es als Salut. Wir beide haben diesen Planeten erforscht – ich habe ihn dem Imperium unter dem Namen Kahless gemeldet. Falls Sie noch nicht über einen eigenen Namen nachgedacht haben, dann tun Sie vielleicht gut daran, diesen zu übernehmen.«

»Aber das könnte auch ein offensichtlicher Trick Ihrerseits sein«, wandte Shatner ein. Es gab eine kurze Pause, während derer die Übersetzungsmaschine den Klingonen seine Ansicht durchgab.

Schließlich sagte Kor: »Feindseligkeit verstärkt nur die Anstrengungen. Meine Wissenschaftler haben nichts, was nur irgendeinen Wert hätte, auf Kahless gefunden, das gebe ich zu. Doch Ihr Interesse für diesen Planeten hat mich veranlaßt, unserer Regierung zu melden, daß ich ihn im Namen des Klingonischen Imperiums beanspruche. Falls Sie diesen Anspruch in Frage stellen wollen, müssen wir ein Schiedsgerichtsverfahren einleiten. Außer, Sie haben Lust darauf, mein Feuer zu erwidern.«

»Ich werde das in Erwägung ziehen. Kirk, Ende«, sagte Shatner. Er bemerkte die Lust auf einen Schlagabtausch in der Stimme des Klingonen.

Der Bildschirm wurde wieder klein wie eine Postkarte.

»Sie müssen etwas gefunden haben«, rief Chekov aus.

»Nicht unbedingt, Fähnrich«, sagte Shatner. Er versuchte, darüber nachzudenken, wie er mehr Informationen erhalten könnte. »Kelley...«, begann er und merkte verlegen, daß er nicht wußte, was er fragen wollte.

»Wer war...«, fing Kelley an. Er unterbrach sich und formulierte die Frage noch einmal, um den Eindruck zu erwecken, er wüßte die Antwort. »Wer war hier zuerst hier, das ist die Frage.« Sicherlich war unter den Leuten auf der Brücke jemand, der eine rhetorische Frage beantworten würde.

»Sehr wahr, Doktor«, sagte Chekov.

Kelley hob seine Hände in einer Geste der Hilflosigkeit. Er hielt inne, als Chekov fortfuhr: »Aber, warum haben sie so lange gewartet, den Anspruch auf den Planeten bekanntzugeben, wenn sie hier die ersten waren?«

»Eine ausgezeichnete Frage, Mr. Chekov«, sagte Shatner. »Ich denke, sie verdient eine eingehende Erörterung.« Er stand auf und nickte Kelley zu. »Pille...« Er wandte sich an Uhura. »Leutnant, Spock und Scotty sollen sich umgehend...« er zögerte und fragte sich, wie er den Besprechungsraum finden könnte, »...in Dr. McCoys Büro einfinden.«

Nimoy war schon da, als sie die Krankenstation erreichten. Er hätte die private Atmosphäre von Spocks Quartier vorgezogen, jetzt, wo er sich endlich von seinem Lachkrampf erholt hatte, doch er konnte sich nicht erinnern, in welcher Etage es sich befinden sollte, und so war er zu einem Punkt gegangen, den er ohne Schwierigkeiten finden konnte.

Krankenschwester Chapel war sofort hereingekommen, um nach Dr. McCoy zu sehen. Nimoy gab seinem Mitverschwörer Deckung und erklärte ihr, daß der Doktor bei der Lösung des Klingonenproblems auf der Brücke helfen würde. Dann wurde ihm klar, daß er sich lieber selbst vorsehen sollte, und sagte daher, er sei ebenfalls mit der Untersuchung des Problems beschäftigt und bitte darum, alleingelassen zu werden. Daher war er nun selbst neugierig genug, um zu versuchen, das Problem zu lösen.

Shatner und Kelley fanden ihn, als er an McCoys Tisch saß und intensiv auf den Monitor starrte.

»Was machen Sie da?« wollte Kelley wissen.

»Ich sehe mir die Berichte des Landetrupps an«, sagte Nimoy.

»Was?« fragte Kelley.

»Wie?« sagte Shatner.

Beide stellten sich hinter Nimoy, um ihm über die Schulter zu sehen. Der Monitor zeigte wechselnde Bilder, die bei Tageslicht aufgenommen worden waren. Derjenige, der den Tricorder hielt, drehte sich offensichtlich im Kreise herum. Die Bilder zeigten spärliche Wiesen, sandfarbene Berge, trockenen Sand, der von heftigen Windstößen aufgewirbelt wurde und hinter einer Hochwassermarke nassen Sand, den Ozean und eine große, leuchtendblaue Bucht. Ein möwenartiger, sandgelber Vogel kam ins Blickfeld, der eine Art Muschel aus den Seetieren herauspickte, die der Ozean auf den nassen Sand warf. Eine Krabbe floh vor dem Vogel und schaffte es, ins sichere Wasser zu gelangen. Der Kreis schloß sich mit einem raschen Schwenk über die Bucht, über nassen und trokkenen Sand, und das letzte Bild zeigte wieder Wiese.

»Man braucht nur noch zu landen«, sagte Nimoy träumerisch. Die Wiese, die das letzte Bild zeigte, war nun zu einem Stilleben geworden. Nimoy betätigte einen Schalter, und der Computer fertigte einen Ausdruck mit Informationen über die Lebensformen auf dem Planeten.

»Sie beherrschen das Ding ja schon«, rief Shatner bewundernd.

Die Tür ging auf.

»Ich habe einfach den Computer über den Interkom gefragt, wie er zu bedienen ist, das ist alles«, sagte Nimoy.

»Gedächtnisschwund, Doktor?« fragte Scott und betrachtete Nimoy mit großer Sorge.

»Setzen Sie sich«, sagte Shatner. »Bereiten Sie sich auf einen Schock vor. Wir sind nicht diejenigen, für die Sie uns halten.«

Scott betrachtete sie eingehend, ohne sich zu rühren. »Aye«, sagte er dann. »Er ist hervorragend gemacht worden, aber ich sehe jetzt, wo die Ohren aufhören. Darf ich fragen, warum Sie mir das erzählen?«

»Wir brauchen Ihre Hilfe«, sagte Shatner.

»Ach ja, brauchen Sie die jetzt?« fragte Scott. Er hatte langsam seine Hände sinken lassen. Eine Hand schnellte plötzlich hoch, in ihr lag ein Phaser. »Sie sind zu dritt, aber ich bin bewaffnet«, sagte er sanft. Normalerweise hätte er an Bord keinen Phaser getragen, aber seit das Klingonenschiff aufgekreuzt war, herrschte Alarmstufe Gelb, und Kirk hatte das Tragen der Phaser allgemein angeordnet, bevor er sich mit dem Landetrupp hatte hinunterbeamen lassen.

Die drei Schauspieler konnten sich zunächst ein Grinsen nicht verbeißen. Es war schwer zu glauben, daß dieses kleine Objekt, mit dem er auf sie zielte, kein Requisit, sondern eine Waffe war.

Scott war von ihrer Reaktion überrascht, aber das hielt ihn nicht davon ab, rückwärts auf den Interkom zuzugehen.

»Warten Sie einen Augenblick«, sagte Kelley. »Wer, glauben Sie, sind wir?«

»Klingonische Spione.«

Diese Beschuldigung rief offenes Gelächter hervor, und Scott hielt überrascht inne.

»Scotty, was wir Ihnen zu sagen haben, werden Sie nicht für möglich halten«, sagte Shatner.

Scott nickte grimmig. »Stimmt«, sagte er.

»Wir sind Schauspieler«, sagte Shatner. »Wir kommen aus der Vergangenheit – der Vergangenheit eines gänzlich anderen Universums, wie ich vermute. Verdammt noch mal, es ist eine Fernsehserie«, sagte er und fuchtelte mit den Händen im Raum herum. »Dieses Zimmer ist eine Kulisse, das Schiff ist ein Modell; wir sind Schauspieler in einer Science-fiction-Serie.«

»Es ist wie in dem Drehbuch, als wir in ein paralleles Universum verschlagen wurden, in dem die *Enterprise* von einer Art von Piraten bemannt war«, erläuterte Kelley hilfreich.

»Die ESS *Enterprise* des Terranischen Imperiums«, sagte Scott. »Ich war dabei.«

»Das war sie, Spock trug dort einen Bart«, sagte Nimoy.

Scott warf seinen Kopf herum und starrte Nimoy an. »Dieses Detail war im Bericht des Captain nicht enthalten.« Er seufzte, schüttelte den Kopf und schob den Phaser in seinen Gürtel zurück. »Also, meine Herren, wenn Sie nicht Kirk, Spock und McCoy sind, wo sind die dann?«

Die Schauspieler blickten sich an. »Im Studio?« meinte Kelley fragend.

»Wahrscheinlich«, sagte Shatner. Er wandte sich an Scott. »Sie sind in Los Angeles, Kalifornien, im zwanzigsten Jahrhundert. Das nehmen wir zumindest an.«

»Eine multiparallele Raum-Zeit-Umkehrung«, sagte Scott. »Das ist ein ganz schön schwieriges Problem. Ich werde tun, was ich kann, um die Situation wieder umzupolen, aber Sie sollten sich bis dahin von der Brücke fernhalten, meine Herren. Es gibt keinen Grund, das ganze Schiff zu alarmieren, vor allem jetzt nicht.« Er hielt inne und murmelte: »Falls die paraspatiale Anomalie...«

»Äh... Scotty«, sagte Shatner zögernd, »könnten Sie uns zumindest sagen, was hier eigentlich vorgeht? Was ist denn los mit diesem Planeten?«

»Wissen Sie es wirklich nicht? Nun, es würde sich auch nichts ändern, wenn Sie es wüßten.« Er sah sie ernst an. »Die Sache ist die: Die Klingonen haben ein Sternensystem entdeckt. Es ist, soweit wir das beurteilen können, kein sehr wichtiges System – mit einem Stern, einem Planeten, ohne Satelliten oder wichtige Mineralien, hat keine strategische Bedeutung –, aber sie sind hier, und es gibt keine Anzeichen dafür, daß sie von hier verschwinden werden, obschon sie erst dann Anspruch auf das System erhoben haben, als es so aussah, als ob wir dies tun wollten. Sie ließen – nein, der Captain ließ sich mit einem Landetrupp hinunterbeamen, um den Planeten zu untersuchen.«

»Haben Sie sich die Berichte angesehen, die sie hochgeschickt haben, als sie die Oberfläche des Planeten erkundeten?« fragte Nimoy.

»Nein, ich war mit den Klingonen beschäftigt, als die Berichte hereinkamen. Und danach...« Scott zuckte die Schultern. »Ich war mir nicht bewußt, daß ich das Kommando innehatte. Wenn Sie mich jetzt bitte entschuldigen wollen, es gibt eine Menge Arbeit.« Er drehte sich um und wollte gehen.

»Und wenn Kor den Captain noch einmal sprechen will?« fragte Shatner.

Scott wurde nachdenklich. »Richtig«, sagte er. »Ich kann auch besser auf Sie aufpassen, wenn Sie mit auf der Brücke sind.«

»Wir haben doch unsere Rolle bisher ganz gut gespielt«, sagte Kelley, der die Ankündigung, sie zu überwachen, übelnahm, säuerlich.

Scott sah ihn scharf an, dann nickte er. »Ich danke Ihnen, meine Herren«, sagte er und verschwand.

»Jetzt sitzen wir ganz schön in den Nesseln«, murmelte Shatner.

Als die drei beim Hinausgehen am Tisch vorbeikamen, schaltete Nimoy gerade den Monitor ab.

Shatner sah ihn nachdenklich an. »Warum haben Sie ihn gefragt, ob er sich die Berichte angesehen habe?«

»Weiß ich auch nicht, Bill. Irgendwie hatte ich das Gefühl, er hätte es nicht getan...«

Kelley stöhnte, als die Tür sich vor ihnen öffnete und sich schmatzend hinter ihnen schloß. Das Geräusch ging ihm auf die Nerven.

Chekov sah ihnen hoffnungsvoll entgegen, als sie auf die Brücke kamen.

»Wir sind zu keinem Ergebnis gekommen, Mr. Chekov«, erklärte ihm Shatner. Einer Eingebung folgend fügte er hinzu: »Haben Sie irgendwelche Theorien?«

Chekov schien erfreut, gefragt zu werden, aber er schüttelte den Kopf. »Nein, Captain. Was sollte jemand auf einem mondlosen Planeten ohne Bevölkerung...«

»Mondlos?« unterbrach ihn Nimoy.

»Ja, Mr. Spock«, entgegnete Chekov. »Die Beobachtungen des Systems...«

»Aber es gibt Ebbe und Flut.« Nimoy war in einer Stadt an der Küste aufgewachsen und war gern mit seiner Familie gesegelt. Er wußte, wie vom Mond hervorgerufene Gezeiten aussahen. »Sehen Sie sich die Küstenlinien an, und Sie werden es bemerken.«

»Es könnte sich um solare Gezeiten handeln«, wandte Uhura ein. Sie sah zu Nimoy hinüber, um seine Meinung dazu zu hören.

Nimoy, dem die wissenschaftliche Ausbildung Spocks fehlte,

war überhaupt nicht in der Lage, irgendeine Meinung dazu zu äußern. Er saß still da und versuchte, einer Antwort auszuweichen.

Shatner erkannte die Gefahr und benützte Kirks Autorität, um mit ihr fertig zu werden. »Das ist möglich«, meinte er. »Chekov, überprüfen Sie das Ganze nochmals.«

Chekov verließ seinen Posten und ging hinüber zu Spocks Station. Nimoy machte ihm Platz, und der junge Mann beugte sich über Spocks Geräte. Nimoy schaute ihm über die Schulter, wobei er versuchte, einen kritischen Gesichtsausdruck anzunehmen.

»Der solare Einfluß ist nicht groß genug, um Gezeiten zu verursachen«, berichtete Chekov nach einer Minute. »Es scheint, daß dazu der Einfluß eines Mondes vonnöten ist.«

»Sehr gut, Mr. Chekov«, sagte Nimoy in einem Tonfall, als verstünde er etwas davon.

Chekov sah dennoch unglücklich aus. Er arbeitete noch eine kurze Zeit weiter, dann sagte er: »Vielleicht sollten Sie lieber mich überprüfen, Sir. Die Sensoren zeigen dort, wo ein Mond, der die Gezeiten bewirken kann, sein müßte, nichts an.«

»Unnötig«, sagte Shatner schnell.

Chekov lächelte schafsgesichtig und schien erfreut und ein wenig überrascht über dieses unverdiente Lob von seinen Vorgesetzten.

»Vielleicht… ein unsichtbarer Mond«, rätselte Shatner. »Sieht aus wie das Werk von Romulanern.«

»Aber hier handelt es sich um Klingonen«, wandte Uhura ein. Sie unterbrach sich, dachte noch einmal nach und beendete ihren Satz: »…die mit den Romulanern verbündet sind.«

Sulu sprang aufgeregt auf. »Und wir wissen, daß die Romulaner an der Verbesserung ihrer Tarn-Vorrichtung gearbeitet haben. Allerdings, die Energie, die notwendig ist, einen ganzen Mond zu verbergen…!«

»Nun«, sagte Shatner, »es zeigt eben, wozu Forscher in der Lage sind, wenn sie auf ihre eigenen Geräte angewiesen sind.«

»Sehr lustig«, meinte Kelley. »Und was sollen wir jetzt tun? Ihnen die neue, verbesserte Tarn-Technik stehlen?«

Es herrschte Stille, und die drei Schauspieler erkannten, daß die jungen Offiziere es durchaus für möglich hielten, daß sie genau dies versuchen sollten.

»Es ist ein Vorsprung an Ingenieurwissen«, sagte Shatner, als er seine Stimme wieder unter Kontrolle hatte. »Uhura, machen Sie Scotty ausfindig, und sagen Sie ihm, was wir herausgefunden haben. Ich möchte seine Meinung hören.«

Einen Augenblick später hatte Uhura Scott auf einem der kleineren Bildschirme. Neben ihm sah man eine Transporterkonsole mit geöffneten Schaltpulten. Sein Ärger darüber, daß er unterbrochen worden war, schwand, als Uhura ihn über die Vorgänge informierte.

»Kein Wunder, daß sie Anspruch auf den Planeten erheben mußten«, sagte er, als sie fertig war. »Wenn sie sich dort niedergelassen hätten, obwohl sie behaupten, kein Interesse zu haben, hätte es uns schließlich gedämmert, daß sie an etwas anderem interessiert sein müssen.« Er grinste plötzlich. »Gut gemacht... Captain.«

Shatner grinste zurück. »Irgendwelche Vorschläge, wie die Föderation in den Besitz dieser neuen Tarn-Vorrichtung gelangen könnte?«

»Wie die Föderation... Oh, jetzt verstehe ich, was Sie meinen«, sagte Scott, dem klar wurde, daß Shatner wissen wollte, was Kirk tun würde und ob er es jetzt tun müßte. Scott schüttelte den Kopf. »Wir sollten sie vielleicht am besten in dem Glauben lassen, wir hätten uns täuschen lassen. Wenn wir unseren Wissenschaftlern einen Hinweis geben, finden sie vielleicht einen Weg, diese Technik nachzuentwickeln. Wir haben den Vorteil, daß wir wissen, was sie wissen – und darüber hinaus den Vorteil, daß sie nicht wissen, daß wir es wissen.« Er zögerte und sagte dann schlau: »Weil wir gerade davon sprechen, Sir, so denke ich, ich kann Ihnen einen prima Trick zeigen, wie man schnell verschwinden kann, wenn Sie zu mir hier herunterkommen.«

»Sehr gut, Scotty. Kirk, Ende«, sagte Shatner beiläufig. Er nickte Nimoy und Kelley zu. »Meine Herren...«

Scott hatte ihnen nicht genau sagen können, wo »hier herunter« war, aber sie nahmen an, es müsse derselbe Transporter sein, in dem sie hier erschienen waren. Nach anfänglicher Verwirrung fanden sie die richtige Etage dann doch ganz leicht.

»Captain«, sagte Scott, als sie hereinkamen, »wir müssen Sie in den nächsten fünf Minuten zurückbringen, bevor sich die Anomalie verschiebt.« Er sah sie von der Seite an. »Außerdem gibt es hier drei Herren, die wohl gern nach Hause möchten.«

»Richtig, Scotty. Bereiten Sie alles vor, und wir steigen auf die Plattform. Kirk, Ende.«

Nimoy und Kelley warfen Shatner einen schnellen Blick zu, um sicherzugehen, daß er wirklich nichts gesagt hatte. Shatner selbst fühlte sich etwas unsicher. Er fand es aufregend, seine eigene Stimme aus dem Munde eines anderen zu hören.

»Also... Meine Herren...« Scott wies mit einer Kopfbewegung auf den Transporter.

Sie stellten sich rasch innerhalb der kleinen Kreise auf.

Kelley fragte neugierig: »Meinen Sie wirklich, sie sollten diese Tarn-Vorrichtung nicht stehlen?«

Scott zuckte mit den Schultern. »Das ist meine Meinung. Die endgültige Entscheidung wird der Captain treffen.« Die Tatsache schien ihn zu erfreuen.

Der Raum um sie verschwand. Als er wieder da war, fehlte die vierte Wand. Von der nicht mehr vorhandenen Decke strahlten Scheinwerfer auf sie herunter. Alle drei seufzten vor Erleichterung.

Shatner machte ein paar Schritte und sprudelte los: »Gene, Sie werden es nicht glauben, wo wir gerade gewesen sind!«

»Schnitt!«

Noch eine Aufnahme im Eimer. Der Regisseur gab auf und beendete die Dreharbeiten für diesen Tag.